Ingeborg Bachmann
Sämtliche Erzählungen

R. Piper & Co. Verlag
München Zürich

ISBN 3-492-02544-7
Sonderausgabe 1980
© R. Piper & Co. Verlag, München 1978
Gesetzt aus der Walbaum-Antiqua
Gesamtherstellung Wiener Verlag, Wien
Printed in Austria

Zu dieser Ausgabe

Diese Ausgabe versammelt die Erzählungen Ingeborg Bachmanns in der Textgestalt und Anordnung, in der sie im zweiten Band der Gesamtausgabe erschienen sind (Ingeborg Bachmann, WERKE. 4 Bde. Herausgegeben von Christine Koschel, Inge von Weidenbaum, Clemens Münster. R. Piper & Co. Verlag, München 1978). Sie enthält im zweiten und vierten Teil die von Ingeborg Bachmann zusammengestellten Erzählungsbände DAS DREISSIGSTE JAHR (Piper Verlag, München 1961) und SIMULTAN (Piper Verlag, München 1972) sowie eine Reihe in Zeitungen und Zeitschriften publizierter bzw. nach den Typoskripten aus dem Nachlaß erstmals in der Gesamtausgabe veröffentlichter Texte aus den Jahren 1945–1959 (erster Teil) und 1965–1971 (dritter Teil). Die Erzählung DIE FÄHRE wurde 1945 geschrieben und 1946 erstmals in der „Kärntner Illustrierten", Klagenfurt, gedruckt. IM HIMMEL UND AUF ERDEN, DAS LÄCHELN DER SPHINX, DIE KARAWANE UND DIE AUFERSTEHUNG erschienen 1949 in der „Wiener Tageszeitung". DER KOMMANDANT ist ein Fragment aus dem verschollenen Roman STADT OHNE NAMEN, der zwischen 1947 und 1951 geschrieben wurde. AUCH ICH HABE IN ARKADIEN GELEBT erschien 1952 in der Wiener Monatsschrift „Morgen". Die Texte EIN GESCHÄFT MIT TRÄUMEN (Hörfunkaufnahme des NWDR 1952), PORTRAIT VON ANNA MARIA (entstanden zwischen 1955 und 1957), DER SCHWEISSER* (entstanden 1959), DER HINKENDE* (vermutlich entstanden Ende der fünfziger Jahre) wurden nach den Typoskripten des Nachlasses erstmals in der Gesamtausgabe publiziert. DER TOD WIRD KOMMEN (um 1965) wurde im „Jahresring" 1976/77, BESICHTIGUNG EINER ALTEN STADT 1971 in „Text + Kritik" erstveröffentlicht.

Die mit * bezeichneten Titel wurden von den Herausgebern der Gesamtausgabe eingesetzt. Genauere bibliographische und textkritische Angaben dortselbst.

Die Novelle DAS HONDITSCHKREUZ wurde in diesen Band nicht aufgenommen, da es sich bei diesem erzählerischen Versuch der Achtzehnjährigen um ein ausgesprochenes Jugendwerk handelt.

Inhalt

Vierter Teil: Simultan

Erster Teil

Die Fähre

Im hohen Sommer ist der Fluß ein tausendstimmiger Gesang, der, vom Gefälle getragen, das Land ringsum mit Rauschen füllt. Nahe am Ufer aber ist er stiller, murmelnder und wie in sich selbst versunken. Er ist breit, und seine Kraft, die sich zwischen das Land legt, bedeutet Trennung. Gegen Norden ist das Tal dunkel und dicht, nahe liegt Hügel an Hügel, aufwärtsgewölbt hängen Wälder nieder, und in der Ferne heben sich die steileren Höhen, die an hellen, freundlichen Tagen einen milden Bogen in das Land hinein bilden. Über den Fluß liegt im ersten Dunkel der waldigen Enge das Herrenhaus. Der Fährmann Josip Poje sieht es, wenn er Menschen und Last hinüberführt. Er hat es immer vor sich. Es ist von brennender weißer Farbe und scheint plötzlich vor seinen Augen auf.

Josips Augen sind jung und scharf. Er sieht, wenn sich ferne im Gesträuch die Zweige biegen, er wittert die Gäste der Fähre, gleich, ob es die Korbflechterinnen sind, die um Ruten an das andere Ufer fahren, oder Handwerksleute. Manchmal kommt auch ein Fremder oder ganze Gesellschaften mit lachenden Männern und buntgekleideten, heiteren Frauen.

Der Nachmittag ist heiß. Josip ist ganz mit sich allein. Er steht auf der kleinen Brücke, die vom Ufer über die lange Strecke weichen Sandes führt. Die Anlegestelle ist mitten in die Einsamkeit des Buschlandes gebaut, eine Fläche, die sich sandig und versteint bis zum allmählichen Übergang in Wiese und Feld ausdehnt. Man kann das Ufer nicht überschauen, jeder Blick ertrinkt im Gesträuch, und kleine, wenig verhärtete Wege sind dazwischen wie frische Narben. Allein das Wechselspiel der Wolken an diesem unsteten Tag ist Veränderlichkeit. Sonst ist die Ruhe ermüdend, und die schweigende Hitze drückt allen Dingen ihr Mal auf.

Einmal wendet sich Josip. Er blickt zum Herrenhaus hinüber. Das Wasser liegt dazwischen, aber er sieht doch an einem der Fenster den »Herrn« stehen. Er, Josip, kann viele Stunden ruhig stehen oder liegen, er kann Tag für Tag das gleiche Wasser hören, aber der Herr im weißen Haus, das sie manchmal das »Schloß« nennen, muß Ruhelosigkeit in sich tragen. Er steht bald an diesem, bald an jenem Fenster, manchmal kommt er den Wald herunter, daß Josip meint, er wolle den Fluß überqueren, aber dann verneint er, so gut dies über das Brausen geht. Er streift zwecklos am Ufer entlang und kehrt wieder um. Josip sieht das oft. Der Herr ist sehr mächtig, er verbreitet Scheu und Ratlosigkeit um sich, aber er ist gut. Alle sagen es.

Josip mag nicht mehr daran denken. Er sieht forschend nach den Wegen. Es kommt niemand. Er lacht. Er hat jetzt seine kleinen Freuden. Er ist schon ein Mann, aber es macht ihm noch immer Vergnügen, die platten Steine aus dem Sand zu suchen. Er geht bedächtig im feuchten, nachgebenden Sand. Er wiegt den Stein prüfend in den Händen; dann schwingt er, sich beugend, den Arm, und in schwirrendem Flug saust das übermütige Stück über die Wellen, springt auf und weiter und springt wieder auf. Dreimal. Wenn er es öfter macht, springen die Steine aber achtmal auf. Sie dürfen nur nicht plump sein.

Stunde auf Stunde stiehlt sich fort. Der Fährmann ist lange schon ein stummer, verschlossener Träumer. Die Wolkenwand über den entfernten Bergen wird höher. Vielleicht geht der Schein der Sonne bald weg und schlingt goldene Säume in die weißnebeligen Paläste. Vielleicht kommt dann auch Maria. Sie wird wieder spät kommen und Beeren im Korb tragen oder Honig und Brot für den Herrn. Er wird sie über den Fluß fahren müssen und ihr nachsehen, wenn sie gegen das weiße Haus geht. Er versteht nicht, warum Maria dem Herrn alle Dinge in das Haus tragen muß. Er soll seine Leute schicken.

Die späten Nachmittage bringen Verwirrung. Die Bedenken verfliegen mit dem Ermüden. Die Gedanken sind auf heimlichen Wegen. Der Herr ist nicht mehr jung. Er wird kein Verlangen tragen, das so schmerzt wie das des jungen Josip Poje. Warum muß Maria an ihn denken, wo er nie nach ihr sieht, sondern an große Dinge denkt, die unverständlich und dunkel für sie sind! Sie kann viele Male zu ihm kommen, er wird sie nicht sehen, wenn sie kein Wort sagt. Er wird ihre Augen nicht verstehen und die Schweigende fortschicken. Er wird nichts von ihrer Traurigkeit und ihrer Liebe wissen. Und der Sommer wird vergehen, und im Winter wird Maria mit ihm tanzen müssen.

Die kleinen Mücken und die Fliegen, die nach Sonnenuntergang so lebendig werden, schwärmen schon. Sie suchen immer durch die Luft, fliegen geruhsame Kreise, bis sie mit einem Mal zusammenstoßen. Dann lösen sie sich und schweben weiter, bis sich das wiederholt. Irgendwo singen noch Vögel, aber man hört sie kaum. Das Rauschen des Flusses ist Erwartung, die alles andere in sich erstickt. Es ist ein lautes Lärmen, das mit Bangen und Erregung gefüllt ist. Kühle weht auf und ein trüber Gedanke in ihr. Man müßte blind sein und sähe doch den weißen Fleck der Mauer vom anderen Ufer durch den Wald scheinen.

Der Abend ist da. Josip denkt daran, nach Hause zu gehen, doch er wartet noch ab. Es ist schwer, einen Entschluß zu fassen. Aber nun hört er, daß Maria kommt. Er sieht nicht hin, er will gar nicht hinsehen, aber die Schritte sagen genug. Ihr Gruß ist zag und hilflos. Er blickt sie an.

»Es ist spät.« Seine Stimme ist voll Vorwurf.

»Du fährst nicht mehr?«

»Ich weiß nicht«, erwidert er. »Wo willst du noch hin?« Er ist von fremder Unerbittlichkeit beherrscht.

Sie wagt nicht zu antworten. Sie ist stumm geworden. Sein Blick ist ein Urteil. Er bemerkt, daß sie nichts bei sich trägt. Sie hat keinen Korb, keine Tasche, auch kein Tuch, das sich zum Bündel wölbt. Sie bringt nur sich.

Sie ist ein törichtes Mädchen. Er ist voll Verwunderung und versteht sie nicht und verachtet sie ein wenig. Aber die Wolken haben nun ihren glühenden Saum. Die Wellen im Strom sind bedächtiger und breiter als am Tage, die Strudel inmitten dunkler und gefährlicher. Niemand wird wagen, jetzt mit einem Boot über das Wasser zu fahren. Nur die Fähre bietet Sicherheit.

Der Wind streicht über Josips Stirne, aber sie bleibt trotzdem heiß. Eine Regung, die ihn erzürnt, stürzt ihn in Verwirrung. Das Seil der Fähre stellt eine Verbindung her, löst die Grundlosigkeit und weist gerade und unfehlbar an das andere Ufer, auf das weiße Herrenhaus.

»Ich fahre nicht«, weist er Maria ab.

»Du willst nicht?« Ahnung steigt in dem Mädchen auf. Es hebt einen kleinen Beutel und frohlockt: »Ich werde dir doppelt so viel zahlen!«

Er lacht erlöst. »Du wirst nicht genug Geld haben. Ich fahre nicht mehr.«

Warum steht sie noch immer hier? Das Aufeinanderschlagen des Geldes verklingt. Zutraulichkeit ist in ihrem Gesicht und Bitte. Er verstärkt seine Abweisung und seinen Vorwurf.

»Der Herr wird dich nicht ansehen. Dein Kleid ist nicht fein, und deine Schuhe sind schwer. Er wird dich fortjagen. Er hat anderes zu denken. Ich weiß es, denn ich sehe ihn alle Tage.« Er ängstigt das Mädchen. Nach einer von Nachdenklichkeit erfüllten Minute stehen Tränen in ihren Augen.

»Im Winter wird der Herr nicht mehr hier sein. Er wird dich schnell vergessen.« Josip ist ein schlechter Tröster. Er ist bekümmert. Er wird sie nun doch über den Strom bringen. Die Ratlosigkeit in seinem Gesicht breitet sich mehr und mehr aus. Er sieht zu Boden. Hier ist aber nichts als die Fülle des Sandes. Ein schöner Plan verschwimmt in der Öde starrender Unentschlossenheit.

Als Maria sich langsam wendet, um zu gehen, versteht er sie zum zweitenmal an diesem Sommerabend nicht.

»Du gehst?« fragt er.

Sie bleibt nochmals stehen. Er freut sich nun. »Ich werde auch bald gehen.«

»Ja?«

Er macht sich an der Fähre zu schaffen. »Ich denke an den Winter. Wirst du mit mir tanzen?«

Sie blickt auf ihre Schuhspitzen. »Vielleicht . . . Ich will jetzt heimgehen.«

Ein wenig später ist sie fort. Der Fährmann Josip Poje denkt, daß sie vielleicht trotzdem traurig ist. Aber es wird einen lustigen Winter geben. Josip sucht einen Stein und schleudert ihn über das Wasser. Der Fluß ist merkwürdig trüb, und in der Mattheit des Abends hat keine Welle den schäumenden Silberkranz. Es ist nicht mehr als ein graues Wogen, das sich mit breiter Kraft zwischen das Land drängt und Trennung bedeutet.

Im Himmel und auf Erden

Über die Stirne Amelies lief ein roter Schatten. Sie trat vom Spiegel zurück und schloß die Augen. Da war die Spur für einen Augenblick vergangen, die Justins Hand über ihr Gesicht gezogen hatte. Er hatte sie nur einmal geschlagen und sich dann hastig zurückgezogen, um sich nicht zu früh zu verraten. In ihm war ein Sturm entfesselt, den tausend Schläge gegen Amelie nicht hätten beruhigen können.

»O Gott«, murmelt er und wusch sich die Hände. Er benützte Gott prinzipiell nur, wenn er glaubte, daß nichts mehr ausreiche, um seine Erregung auszudrücken. Amelie war zu verschreckt, um näher zu treten; aber sie wußte, daß es ihm gut tat, gefragt zu werden, und so fragte sie vom anderen Ende des Zimmers her ein leises »Was...?« Sie wagte jedoch nicht zu fragen: was gibt es, was ist dir zugestoßen, wer hat dich beleidigt? – denn sicher war sie der Grund seiner Erbitterung. Nach einer Weile überwand sie sich und errötete. »Kann ich es gutmachen?«

»Nein«, schrie Justin erlöst, »dieses verlorene Geld kannst du nicht mehr...«, er brach erschöpft ab, dann nahm er höhnend den Faden wieder auf: »Gutmachen! Gutmachen! Du bist wohl verrückt. Diesen Schuften kann man doch nicht an!«

»Hat man dich betrogen?« flüsterte sie.

»Nein«, erwiderte er, »ich habe sie betrogen, wie sie es verdienen. Ich habe ihnen das Geld abgenommen, das sie nicht verdienen. Verstehst du das? Sie verdienen es nicht.«

»Ja«, antwortete sie und sah erleichtert, wie seine Stirn sich glättete.

Bald darauf ging er. Amelie zog ihre Arbeit hervor und versuchte, die vielen Stunden einzubringen, die er sie gezwungen hatte, Partnerin seiner Selbstgespräche zu sein. Ihre Finger stolperten über die Seide, in die sie viele bunte Stiche zu setzen hatte. Zwischendurch sah sie hastig nach der Uhr, und in ihre Wünsche, er möge früh nach Hause kommen, stieg ein anderer, es möge spät werden. Alle Wünsche aber liefen dahin, das Beste für Justin zu beschwören. Gegen Mitternacht versuchte sie sich aufzurichten; aber ihr Rücken war hart geworden, und sie deutete dies dahin, daß sie in ihrer Arbeit fortfahren solle. Eine seltsame Schläfrigkeit rieselte in ihre Gelenke, und als sie Justins Schritte vernahm und sich erheben wollte, war sie dazu unfähig. Sie starrte ihm entgegen.

»Warum gehst du nicht schlafen?« fragte er mit einem Lächeln, das sie alles vergessen ließ. Sie sprang in wilder Freude auf und schlug hart hin. Sie wehrte seinen Händen, die ihr zu Hilfe kamen. »Es ist nichts«, stammelte sie.

Sein Gesicht stand dunkel vor ihr. »Du bist doch nicht krank? Du wirst mir doch keine Scherereien machen!«

»Ich bin nur ganz steif vom langen Sitzen«, besänftigte sie ihn.

»Amelie«, sagte er, und seine Stimme erhob sich vor erwachendem Mißtrauen, »willst du bestreiten, daß du nur sitzen geblieben bist, weil du wissen wolltest, wann ich nach Hause komme?«

Sie schwieg und griff nach dem Stück Seide, das ihr entfallen war.

»Du hast wieder getrunken?« sagte sie tapfer.

»Hast du auf mich gewartet, um das festzustellen?« fragte er dringender. »Ich habe mein letztes Geld verloren und du sitzt hier und wartest, um mir Vorwürfe zu machen.« Er wurde immer lauter, um ihr Schweigen zu übertönen.

»Amelie«, sagte er dann so zärtlich wie zu einem kleinen Kind, »wir wollen vernünftig miteinander reden. Das geht nicht so weiter, daß du zu Hause sitzt, mir zur Last fällst und mir Vorwürfe machst. Siehst du das ein?«

Sie nickte ihm zu und sah ihn bewundernd an.

»Ich glaube, ich habe mich jetzt lange genug auf diesem barbarischen Jahrmarkt des Lebens abgemüht.« Er warf sich in einen Sessel, zog die Taschen seines Rockes hervor und drehte sie um. »Ausgeraubt, ausgestohlen«, stellte er fest und lachte, daß Amelies Blut stillstand. Dann bewegte sie sich stumm gegen den Kasten und suchte ein schmales Kuvert unter ihrer Wäsche hervor. Sie drückte es ihm rasch in die Hand. »Das ist alles. Ich habe genäht, wenn du nicht zu Hause warst.«

Er steckte es zu sich. »Wie lange schon?« fragte er.

Sie gab keine Antwort und legte sich ins Bett. Nachdem sie das Licht verlöscht hatten, holte er tief Atem. »Es hat mich tief erschüttert, daß du schon so lange Zeit etwas vor mir geheimhältst« – er räusperte sich – »tief erschüttert«, wiederholte er und betonte jede Silbe. Sie drehte das Licht wieder auf und sah ihm mit wilder Entschlossenheit ins Gesicht. Sie stand auf und setzte sich wieder an ihre Arbeit.

»Es ist vollkommen sinnlos, daß du jetzt weiterarbeitest. Du darfst nicht hoffen, mich dadurch zu rühren«, sagte er kühl, ohne sich ihr zuzuwenden. Sie nähte noch eine Weile, dann mußte sie innehalten, weil zu viele Tränen über ihr Gesicht liefen und sie nicht wußte, wie sie sie verbergen sollte.

»Komm zu mir«, sagte er ruhig.

Sie gehorchte.

Er drückte ihr einen Schlüssel in die Hand. »Du wirst jetzt in meine alte Fabrik gehen und aus dem Panzerschrank im Kontor meine schwarze Mappe holen, die ich vergessen hatte, als ich wegging.«

»Die braune Mappe«, verbesserte sie ihn.

»Eine schwarze Mappe«, wiederholte er, »ich habe sie erst unlängst gekauft.«

»Es wird jetzt niemand dort sein«, gab sie zu bedenken.

»Ja, natürlich«, erwiderte er zerstreut, »du tätest mir aber einen großen Gefallen, wenn du doch jetzt gingest. Es macht nichts aus, weil man davon weiß.«

»Versuch zu schlafen«, mahnte sie und lief dann leise aus dem Zimmer . . .

Als sie zurückkehrte, sah sie verwundert, daß er noch wach lag. Sie entdeckte, daß ihre Bereitschaft ihn versöhnt hatte, und wagte mit hellen Augen und einer leisen Melodie auf den Lippen, ihr Nähzeug wegzuräumen. Sie ging still zu Bett, flüsterte ihm »Gute Nacht!« zu und hörte glücklich die Erwiderung ihres Grußes.

Der Morgen war schön und sonnig. Es klingelte. Amelie stellte die Blumen ans Fenster und ging dann zur Türe. Freundlich beantwortete sie die Fragen der drei Polizisten und bat sie, weiterzukommen. Justin kam verschlafen dazu, tat befremdet und mischte sich nicht in das Gespräch. Die Beamten erstaunte Amelies Gleichmut, und einer fragte nun geradezu, ob sie die Mappe aus dem Kontor gestohlen habe. »Nein«, erwiderte sie, »ich habe sie heute nacht geholt.«

Justin ärgerte sich maßlos über Amelies einfältige Augen. Der Beamte forderte sie auf, mitzukommen, aber sie wollte das nicht begreifen. Sie lächelte ihn nachsichtig an und wandte sich, noch immer lächelnd, Justin zu. Da stürzte die Einfalt aus ihren Augen und wechselte mit einem Abgrund des Wissens, der mit einemmal ihn und sie und das Gefüge ihrer Beziehungen verschlang. Sie lief, ohne etwas fragen zu müssen oder erfahren zu wollen, ans Fenster und sprang in den dunklen Hof, der wie ein Schacht ein kleines Viereck gegen den Himmel freihielt . . .

»O Gott, o Gott«, murmelte Justin, weil er Gott prinzipiell nur benützte, wenn er glaubte, daß nichts mehr ausreiche, um seine Erregung auszudrücken.

Das Lächeln der Sphinx

In einer Zeit, in der alle Regierenden gefährdet waren – zu erklären, worin diese Gefährdung bestand, ist müßig, denn Gefährdungen haben zu viele Ursachen und doch keine zugleich –, befiel den Herrscher des Landes, von dem die Rede sein soll, Unruhe und Schlaflosigkeit. Nicht daß er sich »von unten«, von seinem Volk her, bedroht fühlte; die Bedrohung kam von oben, von unausgesprochenen Forderungen und Weisungen, denen er folgen zu müssen glaubte und die er nicht kannte.

Als der Herrscher überdies vom Auftreten eines Schattens an den Zufahrtstraßen seines Schlosses in Kenntnis gesetzt wurde, drängte sich ihm die Überzeugung auf, daß er den Schatten, der vielleicht die Bedrohung barg, anrufen und ins Leben zwingen mußte, um ihn bekämpfen zu können. Und er stieß alsbald auf den Schatten, den man ihm gemeldet hatte; es war schwer, von ihm auf die Gestalt zu schließen, die ihn vorausschickte, weil er zu groß war, um mit einem Mal ins Auge treten zu können. Am Anfang sah der Regent nichts als ein ungeheures Tier, das sich langsam durch die Gegend schleppte; später erst gelang es ihm, an der Stelle, an der er den Schädel vermutete, ein plattes, breites Gesicht zu entdecken, das jenem Wesen gehörte, das jeden Augenblick den Mund öffnen und derart fragen konnte, daß man vor ihm seit Jahrhunderten versagte, ihm die Antwort schuldig blieb und verloren war: Der König hatte die furchteinflößende, seltsame Sphinx erkannt, mit der er um das Fortbestehen des Landes und seiner Menschen zu ringen hatte. Er öffnete also zuerst den Mund und forderte sie heraus, ihn herauszufordern.

»Das Innere der Erde ist unserem Blick verschlossen«, be-

gann sie, »aber ihr sollt einmal hineinsehen, die Dinge vor
mir ausbreiten, die sie birgt, und mir über ihr Feuer und
ihre Festigkeit Bescheid sagen.«

Der Herrscher lächelte und wies seine Gelehrten und Arbeiter an, sich über den Leib der Erde zu machen, ihn zu
durchbohren, seine Geheimnisse freizulegen, alles zu messen und das Gefundene in die feinnervigsten Formeln zu
übertragen, deren Präzision unvorstellbar war. Er verfolgte
selbst den Gang der Arbeit, der sich in prächtigen Tabellen
und dicken Büchern spiegelte.

Eines Tages war es denn so weit, daß der Herrscher sein
Gefolge anweisen konnte, die geleistete Arbeit vorzulegen.
Die Sphinx konnte nicht umhin zuzugeben, daß die Arbeit
vollkommen und unangreifbar ausgefallen war; nur schien
es vielen, sie drücke zu wenig Achtung vor den Resultaten
aus. Aber keiner konnte ihr nachsagen, daß sie sich nicht
korrekt verhalten habe.

Wenn einige noch gefürchtet hatten, es würde nun offenbar werden, daß die Sphinx den König nur in Sicherheit
hatte wiegen wollen, um dann doch noch eine Falle in der
Formulierung des Rätsels zutage treten zu lassen, wurden
ihre Bedenken jetzt zerstreut. Die zweite Frage war wieder
unmißverständlich und einfach im Wortlaut. Gelassen forderte das beinahe entzauberte Ungeheuer, daß sich nun
alle an die Feststellung der Dinge machen sollten, die die
Erde bedeckten, einschließlich der Sphären, die sich um sie
schlossen. Diesmal taten die Wissenschafter mit ihren Stä-
ben noch ein übriges. Sie fügten den Aufzeichnungen eine
unerhört feingliedrige Untersuchung des Weltraums an,
die alle Planetenbahnen, alle Himmelskörper, Vergangen-
heiten und Zukünfte der Materie enthielt, mit der heimlichen Schadenfreude, der Sphinx damit eine dritte Frage
vorwegzunehmen.

Auch dem König schien es ausgeschlossen, daß noch etwas
zu fragen blieb, und er übergab die Lösung mit aufkeimen-

dem Triumph. Schloß die Sphinx die Lider oder war sie überhaupt blicklos? Vorsichtig suchte der Herrscher in ihren Mienen zu lesen.

Die Sphinx ließ sich so lange Zeit, die dritte Frage zu stellen, daß alle zu glauben begannen, sie hätten mit ihrem Übereifer in der Beantwortung der zweiten Frage tatsächlich das tödliche Spiel gewonnen. Als sie aber an ihrem Mund ein leises Zucken wahrnahmen, erstarrten sie, ohne daß sie zu sagen gewußt hätten, warum.

»Was mag wohl in den Menschen sein, die du beherrschst«, fragte sie in des Königs große Nachdenklichkeit. Der König hatte Lust, mit einem raschen Scherz zu antworten, um sich zu retten, nahm aber noch rechtzeitig Abstand davon und begab sich zu einer Beratung. Er stieß seine Leute an die Arbeit und zürnte ihnen, weil sie sich stoßen ließen. In Versuchsserien begannen sie, die Menschen zu entkleiden; sie zwangen ihnen die Scham ab, hielten sie zu Geständnissen an, die die Schlacken ihres Lebens zutage fördern sollten, rissen ihre Gedanken auseinander und ordneten sie in hunderterlei Zahlen- und Zeichenreihen.

Es war kein Ende abzusehen, aber das verschwiegen sie sich, denn der König ging ohnedies durch die Laboratorien, als gewänne er ihnen nicht das geringste Vertrauen ab und sinne einem schnelleren und treffenderen Verfahren nach. Diese Vermutung bestätigte sich eines Tages, als er die bedeutendsten Gelehrten und die fähigsten Staatsbeamten kommen ließ, den sofortigen Abbruch der Arbeit befahl und ihnen in geheimen Sitzungen Gedanken unterbreitete, deren Inhalt niemand weiter mitgeteilt wurde, wenngleich alle alsbald von den Auswirkungen betroffen wurden.

Kurze Zeit später lenkte ein Befehl die Menschen gruppenweise nach Orten, an denen hochspezialisierte Guillotinen errichtet waren, zu denen mit peinlicher Genauigkeit jeder einzeln aufgerufen wurde und die ihn dann vom Leben zum Tod brachten.

Die Offenbarung, die dieses Verfahren ergab, war so überwältigend, daß sie die Erwartung des Königs übertraf; er zögerte dennoch nicht, um der Vollständigkeit und Vollkommenheit willen auch die restlichen Männer, die ihm bei der Organisation und der Aufstellung der Guillotinen nützlich waren, zu veranlassen, sich den Maschinen zu übergeben, um die Lösung des Rätsels nicht zu gefährden.

Gebeugt und stumm vor Erwartung trat der König vor die Sphinx. Er sah ihren Schatten sich wie einen Mantel über die Toten breiten, die nun nicht aussagten, was zu sagen war, weil sich der Schatten über sie gelegt hatte, um sie zu bewahren.

Atemlos forderte der König die Sphinx auf, sich wegzuheben, um seine Antwort entgegenzunehmen, aber sie bedeutete ihm durch eine Gebärde, daß sie danach nicht verlange; er habe auch die dritte Antwort gefunden, er sei frei, sein Leben und das seines Landes stünden ihm zur Verfügung.

Über ihr Gesicht trat eine Welle, aus einem Meer von Geheimnissen geworfen. Sodann lächelte sie und entfernte sich, und als der König sich aller Ereignisse besann, hatte sie die Grenzen überschritten und sein Reich verlassen.

Die Karawane und die Auferstehung

Als der alte Mann, der gestorben war, sich nach wenigen Schritten umsah, begriff er nicht, warum sich auch hinter ihm die unabsehbare Wüste dehnte, die vor ihm lag. Er hätte nicht zu sagen vermocht, ob es Sand war, auf dem er so mühelos dahinging, oder glatter Asphalt, denn das Licht, das über der leeren Landschaft lag, war nicht Licht in irgendeinem Sinn, in dem er es früher gekannt hatte. Es gab weder Farben noch Schatten, es war glanzlos, ungreifbar, seine Wellen waren wohl nicht zu messen, seine Geschwindigkeit nicht festzustellen; es war also nicht Licht, und doch nannte es der alte Mann bei sich so.

Einfach war die Landschaft beschaffen, in die er geraten war. An welcher Stelle er sie betreten hatte, war nicht auszumachen, es schien ihm nach allen Seiten keinen Anfang und kein Ende zu geben, und dennoch wußte er, daß er erst kurze Zeit in dieser Wüste wanderte. Der Mann erinnerte sich noch der quälenden Schmerzen, von denen er in den letzten Tagen seines Lebens befallen gewesen war, und fühlte befremdet, daß es ihn nicht erleichterte, sie verloren zu haben und so mühelos ausschreiten zu können.

Als er sich nach einer Weile wieder umwandte, sah er sich nicht mehr allein. Hinter ihm, in einem Abstand, den er nicht zu schätzen vermochte, marschierte mit fröhlich erhobenem Kopf ein Knabe, und ein paar Schritte hinter dem Kleinen bemerkte er ein junges Mädchen; ihr Kopf war von einer Haarflut überschwemmt, wie sie die magere, schwindsüchtige Gestalt kaum tragen zu können schien.

Der alte Mann hatte das Gefühl, daß der Knabe und das Mädchen ihn wahrgenommen hatten und einander wahrnahmen, aber er wußte nicht, wie eine Verständigung herzustellen war. Vielleicht war es das beste, stehenzubleiben und zu warten, bis sie ihn erreicht hatten.

Wie er es aber auch anstellen wollte, stehenzubleiben – es gelang ihm nicht. Das ist der Tod, stellte er bei sich fest; man kann nicht mehr stehenbleiben.

Er wandte sich einigemal um und blickte auf seine Weggefährten, die sich nun schon um zwei weitere Personen vermehrt hatten. Dem zerbrechlichen jungen Mädchen folgte ein junger Mann, der sich auf Krücken fortbewegte. Hinter dem Invaliden kam eine gebückte alte Frau und bildete den vorläufigen Abschluß der Karawane.

Je länger die Wanderung dauerte und Gleichgültigkeit und Gleichförmigkeit auf die kleine Menschenschar ihre Gewalt ausübten, um so trauriger und sinnloser wurde für jeden einzelnen der ziel- und weglose Marsch, wenn auch wirkliche Traurigkeit keinen von ihnen mehr hätte ergreifen können. Ihr Denken und Fühlen war keineswegs ganz erloschen, aber nahezu ohne lebendigen Inhalt, so daß es sich nur mit sich selbst beschäftigte, richtungslos und einsam kreiste, und Gedanken sich müde an Gedanken schlossen.

Manchmal dachte der alte Mann: Es war Frühling, und der Wind trommelte ans Fenster, als ich starb. Mein Sohn spielte auf seiner kleinen Geige, einem viel zu kleinen Instrument, als daß ich es richtig hätte hören können. Meine Tochter sagte: »Vater!« – und noch einige Male »Vater!«. Zum dritten Male schien die Sonne in diesem Jahr.

Manchmal dachte das junge Mädchen: Es war Frühling, und der Wind trommelte ans Fenster, als ich starb. Meine Hand lag in der Hand des kurzsichtigen Arztes, der sie sanft drückte und hin und wieder sagte: »Wie wunderschön ihr Haar ist!«

Der junge Mann schwang sein Bein ab und zu schneller vor, zwischendurch tat er, als greife er im Gehen in seine Tasche, um eine Zigarette hervorzuholen: Es war Frühling und ich dachte: Gott ist tot. Er drückt einem seine schwere Hand auf den Mund, damit man nicht schreien kann, und er läßt den Wind an unsre Brust trommeln, an unsre Augen und an unsre Stirn, und die Zigarette erlischt, ehe man schreien kann.

Hin und wieder hatte die alte Frau Lust zu murmeln: Ach, hätte doch jemand Feuer im Ofen gemacht, hätte mir doch jemand die dicken Strümpfe von den Füßen gezogen und mich zu Bett gebracht. Mit beiden Fäusten trommelte der Wind ans Fenster und rief: »Schlaf nicht ein, mach Feuer im Ofen, zieh dir die Wollmütze über den Kopf und denk dir ein Märchen für dein Enkelkind aus!« Ach, wäre doch das Kind gekommen und hätte mich gebeten, das Märchen von dem weißen Osterlamm zu erzählen, das in eine Wolke verwandelt wurde. Ach, wäre doch der Wind durchs Fenster geflogen und hätte Feuer gemacht . . .

Nur der Knabe wußte nichts von Geigen, die zu leise klingen, und von Töchtern, die »Vater« sagen, nichts von schönen Haaren, nichts von Gott, der tot ist und einem dennoch die Beine vom Leib reißen kann; nicht einmal von Großmüttern wußte er, die auf Enkelkinder warten und kein Feuer mehr im Ofen anfachen können.

Was ist Frühling? hätte er fragen wollen. Das ist doch nicht der Frühling, von dem ihr sprecht! Den müßt ihr mir einmal zeigen, den wunderbaren, goldblauen Frühling, der mit einem Gefolge von Kirschblüten und klingenden Himmelschlüsseln kommt, in dessen Wolkenwagen die Engel fahren und die Sonne wie einen feurigen Schild tragen, an dem die Pfeile des Winters zerbrechen. Oh, was wißt ihr vom Frühling!

Er hätte keinem von den anderen geglaubt, daß das schon der Frühling war, wenn wirbelnde Winde an die Fenster des Waisenhauses trommelten, in dem er sein Leben lang still auf dem gleichen Platz gelegen war. Seine unentstiegene Sehnsucht wartete auf wunderbare Töne, die er noch nicht kannte, auf Worte, die er noch nie gesprochen hatte, und auf einen Menschen, der noch nicht auferstanden oder schon lange gestorben war.

Das weite, leere Land, in dem er sich jetzt fand, war nicht leerer als das, in dem er gelebt hatte, und es dünkte ihn, daß noch nichts anders geworden war, daß sich aber noch vieles ändern müsse.

Jeder seiner Schritte war von einer Fröhlichkeit, die er den anderen gerne mitgeteilt hätte. Aber diese Fröhlichkeit hatte keinen Namen, und er hätte sie nicht über die Lippen gebracht, selbst wenn es eine Möglichkeit gegeben hätte.

Plötzlich aber brach in die Eintönigkeit und die unbeschreibliche Leere eine Erschütterung, unter der der Knabe wankte und zusammenzubrechen drohte, wenngleich er weiterschritt und man kaum eine Veränderung an ihm wahrgenommen hätte. Bei der zweiten Erschütterung, die folgte, vermochte er die Hände zu regen und den Mund zu öffnen, aus dem ein Laut grenzenlosen Erstaunens brach, ohne daß das gleiche auch dem alten Mann und den anderen, die sich hinter ihm befanden, widerfuhr. Und als er zum drittenmal von dem rauschenden, dröhnenden Klang geschlagen wurde, wußte er, daß Glocken mit solch ungeheurer Wucht die Karawane in der Abgeschiedenheit und Verlorenheit ihres Unternehmens trafen und daß die Stunde gekommen war, in der es am Entschluß der Wandernden lag, ihren ziellosen Weg zu beenden und heimzukehren, wo sie noch nie oder schon immer zu Hause gewesen waren.

Mit einer Beweglichkeit, die er nie gekannt hatte, stürzte der Knabe aus der Reihe, die bisher keiner sprengen konnte, und stürzte vor zu dem alten Mann, der zwar verwundert wahrnahm, daß dem Knaben eine Kraft gekommen war, die er selbst nicht besaß und keiner der anderen, aber nicht verstand, was ihm das Kind mit zitternden Lippen vortrug.

»Alter Mann«, sprach es aus dem Kind, das mit einem Male, ohne eine einzige Sprache zu beherrschen, alle Sprachen auf seinen Lippen hatte, »die Glocken schlagen zum vierten und fünften Male! Hörst du die Glocken nicht, die ›Vater‹ rufen?«

Als der Knabe merkte, daß der alte Mann die Glocken nicht vernahm, stürzte er zurück und überfiel das Mädchen mit seinen stürmischen Bitten: »Horch! Sechsmal ... siebenmal ... die Glocken schlagen ...« Aber das Mädchen hob kaum den Kopf und ging unberührt weiter.

Der Invalide hört wohl auch die Glocken nicht, denkt der Knabe und zählt jeden Glockenschlag. Acht ... neun ...

Vielleicht spürt die alte Frau, daß ich ihr Enkelkind bin. »Großmutter, der Wind trommelt ans Fenster und will Feuer machen, sobald du nur deine Wollmütze über den Kopf gezogen hast und auf die Glocken hörst! Zehn ... Großmutter!« Fremde alte Frau! Elf ...

Der Knabe schluchzt, und Flammen schlagen in ihm empor, und er möchte eine Stimme haben, stärker als die große, dunkle, mächtige Glocke, die das zwölfte und letzte Mal an das weite, leere Land schlägt.

Und wenn sie auch niemand hört, jetzt sehen alle das flammende Kind, denn sie sehen und gehen ja noch, der alte Mann, der Invalide, das schwindsüchtige Mädchen und die Großmutter. Und die Glocke schlägt zum zwölften Male und schlägt stärker als alles, was je an ihre Ohren geschlagen hat, und sie bleiben stehen. Und das weite, leere Land ist nicht mehr, und der Weg ist nicht mehr, und die Wandernden selbst sind nicht mehr.

Nur an der Stelle, wo das Kind zu brennen anfing, steht eine kleine Flamme im unermeßlichen Dunkel, das alles Zwielicht verschlungen hat.

Der Kommandant

Ein Fragment aus dem frühen Roman ›Stadt ohne Namen‹

S. fuhr schwer aus dem Schlaf. Im Fenster traten die Vorhänge auseinander. Dunkel und dicht lag die Nacht draußen. Er hielt die Augen in das Schwarzblau geöffnet, ohne etwas darin wahrzunehmen, während in seinem Kopf fremde Geräusche gurgelten. Müdigkeit griff nach seinem Arm, der sich verängstigt in die Richtung des Lichtschalters bewegte, und überfiel ihn so plötzlich, daß er sein Vorhaben aufgeben mußte.

Er fand sich kaum zurecht. Doch da war die breite Straße wieder, eine begeisternde, tiefrote, breite Straße. Fröhlich schritt er aus und näherte sich der Station. Ein Zug rollte heran. Nur mehr wenige Schritte hatte er zu machen, um ihn zu erreichen und mitzukommen; dennoch hielt er an. Es wurde ihm noch rechtzeitig bewußt, daß er seine Ausweispapiere vergessen hatte. Was war ihm nur eingefallen, ohne Ausweis wegfahren zu wollen!

Er kehrte zurück. Kühl und wohltätig, seine Hast dämpfend, umfing ihn das strenge Weiß seiner Wohnung. Ehe er sich erneut auf den Weg machte, ließ er sich in den kühlsten und weißesten der Stühle fallen und atmete ein paarmal tief.

Die Station erreichte er gleichzeitig mit dem Zug. Das erschien ihm köstlich und bedeutungsvoll, und er erklomm die hohen Stufen behender, als er es zu tun pflegte.

Ein Klingeln zeigte die Abfahrt an. Im allerletzten Augenblick gelang es ihm, mit einem gefährlichen Sprung wieder die Straße zu erreichen. Seine Vergeßlichkeit war ihm ärgerlich bewußt geworden; er hatte seine Legitimation nicht zu sich genommen, und es blieb ihm nicht erspart, noch einmal zurückzugehen. Diesmal gönnte er sich keine Ruhe, er wagte nicht einmal, sich einem der verlockend bequemen Stühle zu nähern, sondern verließ die Wohnung sofort wieder, nachdem er sie betreten hatte.

An der Station unterdrückte er die Verzweiflung, die in ihm aufbrannte, denn er wußte sich wieder ohne Dokument. Aber nun war er entschlossen, auch ohne die wichtigen Papiere auf dem Fußweg sein Ziel zu erreichen!

Er nahm alle Abkürzungen, die ihn zeitsparend dünkten, und kam nach kürzester Zeit zur Kontrollbarriere XIII. Seine Vermutung bestätigte sich. Vier bis fünf Männer standen, ihren Dienst aufmerksam versehend, vor der kleinen Hütte neben der Barriere.

»Guten Tag«, lächelte S. vorsichtig.

»Die Papiere, bitte«, begann einer freundlich.

»Ich will nicht hinüber«, versicherte S., berauscht von einem Einfall. Die Männer blickten einander an, als mißtrauten sie ihm. Er zerstreute ihre Bedenken.

»Wir haben einen heißen Tag heute«, sprudelte er munter hervor.

Einer der Uniformierten zerkaute eine Überlegung.

»Wenn Sie in die Hütte hineingehen«, setzte der Posten endlich ein, »sehen Sie drin einen von uns liegen. Vielleicht ist er betrunken, aber nehmen Sie ihm ruhig das Glas aus der Hand. Er hat heute dienstfrei und kann machen, was er will.«

Blinzelnd nahm S. dies zur Kenntnis. Das gefiel allen, und nachdem er eine Weile in der Hütte gewesen war, kamen die anderen dazu, um nach ihm zu sehen.

»Ausgezeichneter Keller«, lobte S. und reichte das Glas herum. »Ihr müßt mir aber Gesellschaft leisten, sonst habe ich keinen rechten Genuß.«

Sie tranken zögernd.

»Es versteht sich von selbst«, erklärte S., »daß ich darüber zu niemandem sprechen werde, am wenigsten zu eurem Kommandanten.«

»Wenn man nur überhaupt verstünde, warum man für dieses bißchen Trinken bestraft wird!« sagte einer, schluckte hastig und dachte weiter nach. »Man könnte ebenso gut für das Essen von Obst bestraft werden.«

Sie tranken und scherzten fort; ab und zu sah einer nach der Barriere, aber niemand kam an diesem heißen Tag vorbei. Nachdem eine geraume Zeit vergangen war, wollte S. die Hütte verlassen. Er warf sein Glas an die Wand, so daß die Scherben den erschrockenen Wächtern vor die Füße fielen und keiner wagte, ihn aufzuhalten. Als er sie verlassen hatte, tröstete der Älteste die anderen. »Dieser Mann wird uns nicht gefährlich werden.«

Der Gedanke übertrug sich auf S. »Ich werde diesen armen Burschen nicht gefährlich werden«, dachte er und setzte seinen Weg fort, als kennte er ihn.

In Wahrheit wußte er jedoch nicht, wohin ihn seine Absicht führte, die ihm nun nicht mehr so deutlich schien, wie anfangs. Er hatte sich zum Beispiel gedrängt gefühlt, seine Papiere ordnungsgemäß mitzuführen – nicht daß sie ihm hätten Aufschluß geben können, aber man hätte ihm vielleicht an der Barriere bedeutet, daß er diese oder jene Bestimmung habe, oder an einen bestimmten Ort befohlen werde. Nun aber gehorchte er nicht einem Weg, der ihm vorgeschrieben war und der aus seinen Papieren hervorging, sondern einem, von dem er hoffte, er würde ihn aus eigenem wählen und finden dürfen.

Zu beiden Seiten der Straße sausten die Telegraphendrähte; er horchte den fliegenden Signalen nach und war wunderbar belebt von dem Gedanken der Mitwisserschaft, bis ihm einfiel, daß er wohl vom Sausen der Drähte und der Übersendung von Berichten wußte, keinesfalls hingegen von ihrem Inhalt, der vielleicht ihn selbst betraf. Müde senkte sich sein Kopf zu Boden, aber sein Tempo ließ nicht nach; noch hatte er keinen Grund, aufzugeben und zurückzuschrecken, denn nach jeder Seite vermutete er Gutes und

Böses, ohne daß er für das eine oder andere Bestätigungen finden konnte. Der Wein, der sich leicht in ihm eingenistet hatte, verscheuchte seine Gedanken und schob ihm ein fröhliches Lied auf die Lippen.

Plötzlich hielt er an. Tönte seine Stimme nicht vertausendfältigt in die Gegend? Er preßte seine Hand auf den Mund, der sich anfühlte, als wäre er zu einem riesigen Instrument angewachsen, aber das Lied sang sich trotzdem weiter. Vielleicht fehlte nun die Stimme, die er dazu beigesteuert hatte, aber wer hätte das genau feststellen können? Endlich klärte sich der Himmel zu beiden Seiten der Straße und gab die Urheber der Stimme frei. Ein unübersehbarer Trupp von Uniformierten marschierte singend auf gleicher Höhe mit S., ja, man könnte sagen, eine Handbreit hinter S., wenn nicht auf diese Weise der Eindruck entstünde, daß S. die Marschierenden anführte – und es wäre ihm nichts ferner gelegen, als diese Leute anzuführen, da er ja selbst seines Weges und Zieles nicht sicher war. Es kam ihm jedenfalls nicht zum Bewußtsein, daß er ihnen in der Mitte der Straße um diese Handbreit voranschritt und daß die Kolonnen am Straßenrand den Eindruck eines Gefolges erweckten.

Immerhin sang sich das Lied jetzt, seit es Unterstützung gefunden hatte, leichter, und man bezwang die öde, endlos wirkende Straße müheloser und schneller.

Gegen Abend mündete die Straße in eine Treppe, die sich ebenso breit und grau gegen den Horizont abzeichnete. Über der Treppe erhob sich ein Bau von überwältigender Einfachheit. Fenster liefen so unaufhörlich zur Höhe, einer grandiosen Höhe, daß man die Augen schließen mußte. Zwischen ihnen verbarg sich ein Netz feiner Apparate und ließ eine komplizierte Maschinerie hinter der kahlen Fassade ahnen.

S. blickte befriedigt auf die schwarzen Lettern, die zwischen der ersten und zweiten Fensterreihe die Aufschrift

»Kommandantur« ergaben, und war überzeugt davon, daß man ihn vorgeladen hatte und daß er hier eine Weisung empfangen sollte.

Unbesorgt schritt er die Treppe hinauf und hörte, daß die marschierenden Kolonnen anhielten und er allein den Weg fortsetzte.

Lautlos flogen die Flügeltüren auf; er eilte an zwei undurchdringlich vor sich hinblickenden Wachen vorbei, die ihre Gewehre stumpf zu Boden gestreckt hielten, und sah sich in einer Halle, die ihm den Atem nahm vor Weite, Leere und Stille. Tiefer im Raum schien eine Beratung abgehalten zu werden. Dem Flüstern, das sich auf- und abschwellend zu ihm fortpflanzte, entnahm er, daß der neue Kommandant zur Übernahme der Geschäfte erwartet werde.

S. zögerte, weiter zu gehen, bis sich ein Mann aus der Gruppe löste und sich ihm mit entschiedenen, sicheren Schritten näherte. Mit einem gleichgültigen Blick maß er S. zuerst, nahm dann jedoch die Haltung einer niederen Charge an und bat ihn mit leiser, monotoner Stimme, sich zum Stab zu begeben.

Den Uniformierten mit einem halb wohlwollenden, halb Distanz gebietenden Blick zurücklassend, setzte S. die Durchquerung des Saales fort. Die letzten hundert Schritte, die ihn noch von der Gruppe der Beratenden trennten, machten ihn zum Zeugen einer lebhaften Auseinandersetzung. Niemand schien zu wissen, wer der neue, zu erwartende Kommandant war, und S. fürchtete, die Kommandantur in einem äußerst ungünstigen Augenblick erreicht zu haben und wenig oder gar nichts zur Aufklärung der erlauschten Zweifel beitragen zu können.

Zwanzig Schritte, zehn Schritte ... Der Widerhall an den Wänden konnte kaum nachkommen, so atemlos stieß S. gegen das Ende des Saales vor.

Durch die Gruppe der Beratenden ging ein hörbarer Ruck.

Die Partner ließen voneinander ab und wandten sich mit einem Ausdruck der Sammlung dem Ankommenden entgegen.

S. fühlte, daß dem Augenblick eine Bedeutung zukam; er streckte seine Hand aus, aber niemand wollte sie ergreifen. Schließlich fing er zu glauben an, man habe hier auf geheimnisvolle Weise schon erfahren, wie er ohne Legitimation die Barriere passiert hatte, und wurde totenblaß, als er sein Spiel verloren wähnte. Niemand schien jedoch darauf acht zu haben, denn alle starrten geradeaus oder an ihm vorbei. Endlich löste sich einer der Versammelten aus der Gruppe, trat auf S. zu und hieß ihn willkommen.

Hatte er »Mein Kommandant« gesagt? S. stand unbeweglich, versuchte in den Gesichtern der Umstehenden zu lesen, suchte Anklage, Hohn, Kritik und Urteil, aber er fand nur Zustimmungen, die alle zu einer so blassen, fürchterlichen, zweifelsfreien Zustimmung zusammenflossen, daß er den Kopf senkte, um nicht einen Befehl in diese Gesichter zu schleudern.

Der Kommandant, den man gesucht hatte, war er. Dünne Musik setzte minutenlang ein, verdünnte Trompetenstöße fanden aus einem Nebenraum in den Saal, und ein dünner Schrei, ein spitzes, farbloses »Hurra« drang von weit her, vom Treppenaufgang, so nahm S. an und erinnerte sich der uniformierten Truppen, die mit ihm des Wegs gekommen waren.

Dann schüttelte er alle die Stimmen und Töne ab, schritt auf den »Stab« zu, sprengte ihn mit einer Handbewegung auseinander, bedeutete ihm, sich zu seiner Verfügung zu halten, und verlangte nach seiner Arbeit.

Bei der Durchsicht des Fernsehmaterials entdeckte man die unzulängliche Bewachung der Barriere XIII. Der Akt entwickelte sich schnell, und als er in die dritte Rollbahn zu den »Hauptleuten« einschwenkte, enthielt er bereits die genauesten Details über dieses ungewöhnliche Vorkommnis. Die Hauptleute, die im allgemeinen an der Aufdeckung von Unzulänglichkeiten in ihrem Bereich wenig Anteil nahmen, versäumten diesmal die Gelegenheit nicht, die Unterlagen aufs Genaueste zu überprüfen, um damit vor den neuen Kommandanten treten zu können und seine Aufmerksamkeit auf sich zu ziehen.

Selbst das Spiegelzimmer, das der Kommandant bezogen hatte und welches zu betreten alle Untergebenen schreckte, vermochte sie nicht abzuhalten. An Hand einer Spezialkarte wiesen sie dem Kommandanten, dem die Strenge und Vielfalt der Spiegel fast das Gesicht zu rauben schien, die Zusammenhänge vor, die nun neuerdings ergaben, daß das Delikt sich nicht auf die Wachmannschaft der Barriere XIII beschränken konnte, sondern daß ein dazu nicht Befugter sie an der Ausübung ihres Dienstes gehindert oder zumindest ihre Aufmerksamkeit mit Vorbedacht abgelenkt hatte.

Die inzwischen festgenommene Wachmannschaft, die die Störung eines ungemein klug angelegten Netzes zugelassen hatte, wurde von den Hauptleuten schon bereit gehalten, um dem Kommandanten selbst die Untersuchung zu ermöglichen. Diese aufmerksam getroffene Maßnahme fand das Lob des Kommandanten, der nicht nur durch die Hauptleute ein Verhör der Wachposten verlangte, sondern auch selbst in die Befragung eingriff.

Es stand in kurzer Zeit fest, daß diese Leute einer Verurteilung nicht entgehen konnten. Entgegen dem Verbot hatten sie Alkohol zu sich genommen und außerdem eine Person, den Hauptschuldtragenden, nicht an der Überschreitung der Barriere gehindert, obwohl ihnen keine Papiere vorgelegt wurden, ja, die Papiere fanden sich sogar, ohne ihren Besitzer, in dessen verlassenen Aufenthaltsräumen und waren auf die Gruppe S. ausgestellt.

Nachdem der kleine, hilflose, geständige Trupp von der

Barriere XIII den Spiegelsaal verlassen hatte und zur Verurteilung schritt, begann für den Kommandanten ein aufreibendes Nachspiel. Er war entschlossen, mit allen Mitteln die Feststellung des Hauptschuldigen zu betreiben und den gesamten, ihm zur Verfügung stehenden Apparat in Bewegung zu setzen, um sein Wirken nicht mit einem Fehler zu beginnen, der im weiteren Verlauf den Zusammenbruch der Ordnung nach sich ziehen konnte. Allerdings war es ihm nach Stunden noch unfaßbar, wo sich der den Maschen der Apparate Entgangene befinden konnte, da jeder Quadratmeter des Bodens kontrollierbar war und kontrolliert wurde. Nach festgesetzten Zeiträumen erschienen immer wieder die Hauptleute mit nichtssagenden Berichten im Spiegelsaal. Den Kommandanten fanden sie mit gesenktem Kopf, verbissen in Gedanken, die nicht fähig waren, zu beschwören, was er ihnen befahl. Der andauernde Kampf hatte ihn allmählich ermüdet, und als er nun glaubte, des Apparates und seiner selbst nicht mehr sicher zu sein, als er den wieder Eintretenden spöttisch und gequält entgegensah, fuhr er zurück, denn einen Augenblick lang meinte er, die Erscheinung des Gesuchten zu sehen.

Mit schneidendem Befehl hieß er die erschrockenen Hauptleute gehen. Dann suchten seine Augen über die Spiegel, jagten die Schnitte und Brennpunkte auf und ab, besessen von der Gewißheit, an der nächsten Kurve auf den Kopf des Schuldigen zu treffen, der vielleicht schon lange hier ein gelungenes Spiel spielte und sich zwischen den überscharfen Gläsern, mit denen die Wände kreuz und quer bedeckt waren, in Sicherheit bringen konnte. Wie er hier Eingang gefunden hatte, begriff er zwar nicht, wenn dies aber irgendwie hatte geschehen können, mußte die Wahrheit dieser vielen Spiegel eine unvollkommene sein.

Taumelnd durchquerte der Kommandant den Saal, aus vielen Hinterhalten bedroht, und immer sicherer, daß der raffiniert gebaute Saal wohl Überblick aber nicht Einblick geben konnte. Er riß die Türe auf und läutete Wachen herbei.

»Nehmt die Spiegel ab!« keuchte er. »Laßt nur einen einzigen stehen!«

Sich einem Befehl zu widersetzen, war nie Sache dieser Wachen gewesen; nun aber standen sie regungslos und nicht bereit, den Auftrag auszuführen. Die Hauptleute kamen hinzu und wußten ebensowenig, was gegen die Raserei des Kommandanten zu tun war. Endlich wagte man nicht länger, sich zu weigern, und riß die Spiegel nieder, doch es gelang nicht, einen einzelnen von der Zerstörung auszunehmen.

Ehe man sich um die Wirkung auf den Kommandanten kümmern konnte, hatte dieser sich abgewandt und war mit einem vorbeirollenden Wagen in die Tiefe gefahren. Er verlor einigemale den Weg, ehe er das Haupttor fand, aus dem er sich ins Freie rettete.

Die einzige Richtung, die er einschlagen konnte, führte geradewegs zur Barriere XIII. Bei den neu eingestellten Wachen war dort inzwischen die Meldung eingetroffen, daß der Kommandant im Begriff sei, in seinem Spiegelsaal des Gesuchten habhaft zu werden.

Als S. die Barriere erreichte, war der Posten nicht in der Lage, ihn anzuhalten. Es lag einzig in seiner Macht, ihm die Überschreitung der Barriere zu untersagen, weil er keine Ausweispapiere bei sich hatte. Anfangs erschrocken, besann sich S. und lachte erlöst auf; tatsächlich, er hatte seine Papiere zu Hause vergessen, er würde sofort umkehren und sie holen.

War sein Zuhause aber nicht jenseits der Barriere? Und wenn seine Papiere sich jenseits der Barriere befanden, wie war er jemals auf diese Seite der Barriere gekommen? Nichts erklärte den unbegreiflichen Wechsel, der sich über ihn oder unter ihm hinweg vollzogen hatte. Angesichts seiner Lage zog er den Schluß, daß er wieder zurückwandern müsse.

Zerstreut verabschiedete er sich vom Wachposten und trottete die breite Straße zurück, die sich, weiß Gott wo, im Horizont verlief. In seiner Müdigkeit begann er ein Lied zu summen, er summte ein wenig verdrossen, ein wenig gleichgültig, bis ihm war, als summte er in einem großen Chor.

Zu beiden Seiten der Straße aber hing Nebel oder Dunst von der Hitze, und er hatte den Eindruck, allein zu wandern. Dann riß der Himmel auf. Zwei lange Züge mit Uniformierten schleppten sich zu beiden Seiten eine Handbreit hinter ihm, und es sah beinahe aus, als führte er sie an. Keiner zählte die Zeit, die sie brauchten, um die große Treppe zu erreichen, die einem großartigen Gebäude vorgelagert war. S. stieg empor, er wußte nicht, wo die anderen geblieben waren, schritt in den vom Widerhall lebhafter Auseinandersetzungen erfüllten Saal und drang vor, ohne zu zögern, obwohl er dachte, daß er die Versammlung, die am anderen Ende des Saales stattfand, nicht stören dürfe. Bruchstückweise fing er Worte auf, die in einer Gruppe Beratender fielen: man erwartete den neuen Kommandanten.

Sollte er weiter vorgehen? Sollte er nicht einen anderen Augenblick wählen, um den Saal zu durchqueren?

Da stand er schon vor dem »Stab«, der verstummte und ihn kaum merklich willkommen hieß. S. wartete zu, denn ihm war nicht klar, wie er hier aufgenommen werde und was er hier zu tun hatte. Endlich löste sich einer aus der Reihe und hieß die anderen auseinandertreten. Eine schmale Gasse stand offen. Der Älteste der Gruppe flüsterte etwas, das klang wie: »Mein Kommandant.«

S. trat in die Gasse, wandte sich um und gab den ersten Befehl in die demütigen, erloschenen Gesichter.

Er war der neue Kommandant.

Auch ich habe in Arkadien gelebt,

... aber eines Tages war meine Zeit um, und ich nahm Abschied. Es war spät im Herbst. Aus den Büschen fielen faule Beeren, und die Schafe kamen die Hügel herunter, frierend und hungrig, denn über Nacht hatte der Wind das Gras aus den Bergwiesen gespült und an die felsigen Ufer geworfen. Auf silbernen Geleisen – zwei letzten Sonnenstrahlen – trug mich der Zug fort. In der Nacht erreichte ich die Grenze. Die Zollbeamten beschlagnahmten mein Gepäck, und als ich mein Geld umwechseln wollte, bedeutete man mir, daß hier eine andere Währung galt. Bedauerlicherweise war zwischen meiner Heimat und den anderen Ländern kein Abkommen getroffen worden, das einen Kurs festsetzte. Also war auch mein Geld wertlos.

Aber ich verlor den Mut nicht. Schon in der ersten Stadt lernte ich viele freundliche Menschen kennen; sie halfen mir, wo sie konnten, und ich fand bald Arbeit in einer Fabrik. Später ging ich zu einer Straßenbaufirma. Es war Frühling, und es war die erste Straße, die ich sah, eine wunderbare Straße, die die schwersten Fahrzeuge trug, eine große, herrliche Straße, auf der man bis ans Meer fahren konnte. Aber das Meer war weit, und es lagen viele Stationen davor, kleinere Städte und sehr große; auch eine Weltstadt war darunter. Einige Chronisten dieser Stadt sprachen die Vermutung aus, daß sie sich auf den Ruinen des alten Babylon erhebe, aber ihre beglaubigte Geschichte schien mir blaß und nichtig vor ihrer Gegenwart.

Diese Stadt ließ mich nicht mehr los, denn alles, was ich tat – ob ich nun an der Börse spielte, Maschinen baute oder den Ertrag von Plantagen zu steigern versuchte –, war so merkbar von Erfolg begleitet, daß es alle meine Erwartungen übertraf. Als mein Name zum erstenmal in den Zeitungen genannt wurde, war ich glücklicher als je zuvor in meinem Leben, und ich beschloß zu bleiben. Ich hätte jetzt jederzeit ans Meer fahren können, doch dazu kam es nicht mehr, denn ich hatte immer neue Versprechen einzulösen, die ich gegeben hatte, immer neue Aufgaben zu erfüllen, die ich übernommen hatte, mich immer neu zu bestätigen, da man nun einmal mich bestätigt hatte.

An manchen Abenden fuhr ich, wenn ich sehr müde war, bis zur Ausfallstraße, die ans Meer führt, holte aus meiner tiefen Müdigkeit und Ergebenheit das Bild des unbekannten Meeres hervor und sank, halb schlafend, der Ferne entgegen und dem unendlichen Himmel, der mit dem Meer den Erdkreis schließt. Sobald die Benommenheit wich, kehrte ich ernüchtert zurück und sagte mir, daß mir diese Reise noch immer bliebe und daß sie mir im Augenblick nichts eintragen konnte, nichts, was ich nicht schon besäße.

Jahre kommen und vergehen, die Menschen kommen und gehen, und die Zeit und die Menschen wollen mir wohl, und ich habe meinen Platz unter der Sonne.

Nun erreicht mich seit einigen Tagen, in Augenblicken, in denen ich keine Zeit habe, ihm Aufmerksamkeit zu schenken, der Ton einer Flöte, eine vom Wind zerrissene Melodie, ein von großer Entfernung geschwächter Ruf, und mir ist, als käme er von den herbstlichen Hügeln, die ans Blau eines makellosen, frühen Himmels grenzen. Oder ist es der Ton der Glocken, mit denen die weißen Lämmer ans Gebüsch streifen, wenn sie den Weg ins Tal nehmen? Oder rührt es vom Summen der silbrigen Strahlengeleise, die zu den Hütten am Bach führen und von dort geradewegs in den Sonnenball münden, der wie ein großer, versinkender Bahnhof alle Züge in den Himmel heimholt?

Hier werde ich manchmal um das Geheimnis des Erfolges befragt, und ich könnte euch sagen, daß es mir gelänge, bis ans Meer zu kommen und allen Straßen und allen Wassern der Welt meinen Namen einzuschreiben, wenn mir die Hoffnung bliebe, daß ich am Ende der Tage heimkehren könnte und die staunenden Hirten, die Hügel und Bäche meiner Heimat den Besitz begriffen und würdigten, den ich erworben habe. Aber die Währung zwischen hier und dort ist noch immer eine andere, und führe ich zurück, so käme ich nicht reicher heim, als ich fortzog, nur ein wenig älter und müder, und ich hätte vielleicht nicht mehr das Herz, mich zu bescheiden.

Nun aber erreicht mich wieder eine vom Wind verstärkte Melodie, aus schrecklicher Nähe ein nicht zu überhörender Ruf, und mir ist, als käme er aus meinem Herzen, das über mir zusammenschlägt, als legten sich mir die herbstlichen Hügel an die zitternde Brust, und als zöge der makellose Himmel in mich ein, um mich zu töten. Oder ist es der Ton einer Glocke, die ich trage, wenn meine Sehnsucht an die Büsche streift, um die roten, reifen Früchte des letzten Jahres zu ernten? Oder rühren diese Klänge vom Dröhnen der im Abendglanz sprühenden Geleise, die mich an die Hütte am Bach tragen und von dort geradewegs auf den zerfließenden Sonnenball, der wie ein riesiger, versinkender Bahnhof alle Wanderer in den Himmel heimholt?

Ein Geschäft mit Träumen

Abends verließ ich immer als letzter das Haus; ich hatte die Schlüssel zum Portier zu geben, und wenn ich im Tor stand, ehe ich mich auf den Heimweg machte, blieb mir noch die getane Arbeit zu überdenken – ich mußte mir vorstellen können, ob alle Schriftstücke abgelegt und in den Laden verschlossen waren, und ob die Termine und Verabredungen auch in den Kalendern meiner Vorgesetzten vermerkt standen. Manchmal ging ich beunruhigt zurück und überprüfte noch einmal alles, wofür mir Verantwortung übertragen war.

Immer war ich müde, wenn ich nach Hause ging, müde wie die Straßen, in denen sich Fahrzeuge und Menschen im Staub verloren; ich hörte das letzte Lärmen kaum, kaum den Wind, der sich im Park hob, und die Vögel, die mit hellen Schreien über die Dächer strichen und der Dämmerung bis an die Hügel und Weingärten vor der Stadt entgegenflogen.

Mein Weg führte mich durch die Innere Stadt.

In die Schaufenster traten Schatten und verbargen die Dinge, die darin gehäuft lagen, aber ab und zu flammten schon Neonlichter auf und drängten das einbrechende Dunkel gegen die Fassaden. Das bunte Licht floß über die Gehsteige auf die Straße, und von den höchsten Dächern sprachen Lichtreklamen mit den Leuchtschriften der Sterne, die erst blaß aus dem Himmel tauchten und dann glänzend und groß näher kamen.

An einem Sommerabend hielt ich, kaum spürend, daß ich stehenblieb, vor einer Auslage, und noch von weichen Luftzügen zum Weitergehen bestimmt, verharrte ich gedankenlos in einem Schauen, das sich mehr nach innen als nach außen kehrte.

In durchsichtiges Papier verpackt, zeigten sich mir kleine und größere Pakete, unregelmäßig in der Form und mit Schleifen gebunden, die, wie von einem Wind bewegt, hinter der Scheibe zitterten. Ich trat, aufmerksamer geworden, bis an den Rand des Gehsteiges zurück, um nach dem Firmenschild Ausschau zu halten, aber ich konnte keines entdecken; auch der Name des Inhabers fehlte. Neben dem Fenster lehnte, in der offenen Türe, ein Mann, die kalte Pfeife im Mundwinkel und die Arme über der Brust verschränkt. Seine Ärmel und die Aufschläge seines Rockes waren fadenscheinig und abgestoßen von zuviel Licht oder zuviel Dunkelheit. Es mochte der Verkäufer sein, ein Mann, den die Interesselosigkeit der Vorüberlaufenden interesselos an seinem Geschäft gemacht hatte, denn er sah so sehr mit sich selbst beschäftigt aus, als ließe man ihm schon seit langem Zeit dazu.

Ich dachte, daß ich ihn ohne weiteres ersuchen könne, mich eintreten zu lassen und mir einige von den Waren zu zeigen, obwohl mir einfiel, daß ich wenig Geld bei mir hatte – doch selbst, wenn ich mehr davon mit mir getragen hätte, wäre es mir nicht in den Sinn gekommen, etwas zu kaufen; auch wußte ich gar nicht, was es in diesem Laden zu kaufen gab. Zu all dem aber lag es mir überhaupt fern, planlos Besorgungen zu machen, denn ich legte damals sehr gewissenhaft den größten Teil meines Einkommens zur Seite, um im Winter in die Berge fahren zu können – genau genommen nicht einmal, um in die Berge zu kommen; ich pflegte das nur allen meinen Freunden zu sagen. Ich sparte, weil mir daran lag zu sparen; ich arbeitete, weil mir daran lag zu arbeiten; ich gönnte mir nichts, weil mir daran lag, mir nichts zu gönnen, und ich machte Pläne, weil es mir richtig schien, Pläne zu haben.

Ich zog meinen Hut und trat auf den Verkäufer zu.

»Ihr Schaufenster ist schlecht beleuchtet«, sagte ich vorwurfsvoll. »Ich möchte mir diese Dinge bei besserem Licht ansehen.«

»Was wollen Sie bei besserem Licht sehen?« fragte er mit einer weichen, aber spöttischen Stimme.

Undeutlich beschrieb ich mit der Hand einen von den Gegenständen, die ich durch das Fenster gesehen hatte, und stellte mich, neugierig geworden, neben den Mann auf die Schwelle, um einen Blick in das Innere des Ladens tun zu können.

Altes Gerümpel verstopfte den Raum, der nur schwach erhellt war; hinter dem Pult trennte ein dicht gewebter Vorhang den Laden von den anschließenden Räumen. Die Luft stand gesättigt von Staub und Stille, nur eine dicke Fliege, die sich von der Straße hineinverirrt haben mußte, kreiste summend um die Lampe, die nackt und ängstlich von der Decke baumelte.

Aus einer Wand sprangen Fächer, die voll mit Waren standen – ich konnte sie nicht genau ausnehmen, ich vermutete dies nur, weil hin und wieder die Enden einer Schleife über der Verpackung aufstanden.

Auf meiner Schulter spürte ich die Hand des Verkäufers, er schob mich tiefer in den Raum und schloß die Türe hinter sich. Dann ging er zum Lichtschalter und legte die Hand darauf. Überrascht und erschreckt folgte ich jeder seiner Bewegungen. Was hatte er mit mir vor? Er konnte mich niederschlagen, mir meine Brieftasche abnehmen . . .

In meiner Verwirrung vermochte ich nicht, zur Tür zu laufen und mich ins Freie zu retten; ich blieb stumm, und mein Herz schlug rasend gegen meine Kehle.

»Wenn Sie einen Traum sehen wollen, muß ich den Raum verdunkeln«, erklärte er ruhig, drehte am Schalter, ging dann zum Fenster, durch das noch ein wenig Licht von den Straßenlaternen sickerte, und zog einen Vorhang vor.

Ich regte mich noch immer nicht; ich wollte ihn fragen, was er damit meine – »Wenn Sie einen Traum sehen wollen . . .«, aber ehe ich zu dieser Frage ansetzte, offenbarten mir kleine Pakete in der Stellage wunderbare Inhalte, sie leuchteten auf, ihre Farben waren unvergleichlich, die Entfernung zwischen mir und den Fächern war aufgehoben, jedes Rot, jedes Silber stand vor meinen Augen, unfaßbar nah und dicht; Breite, Höhe und Tiefe waren ausgelöscht, mir wurde so warm, daß ich das Gefühl für meine Lage verlor, ich atmete kaum, und mir war, als sei ich in tiefes Wasser geraten, das mich trug und in dem ich schlief, selbst wenn ich die Augen offen hielt.

Mein Bewußtsein kehrte erst zurück, als ich in einem der Träume Anna sah; sie stand auf einem weißen, großen Schiff, ihr Körper war mit glänzenden Schuppen überzogen, und sie streckte die Arme nach mir aus. Über ihren Locken, die ein Wind hob und steil aufrichtete, kreiste ein schwarzer Vogel; ich fürchtete, er könne sie verletzen oder sie niederreißen, ich hielt mir die Hände vors Gesicht und suchte mir schnell einen anderen Traum. Goldene Bälle trafen, von niemandem geworfen, auf dem Boden auf und schnellten dann ein Stück zur Höhe, fielen herab und stiegen von neuem auf; es war ein wunderschönes Spiel, das ich gerne mitgespielt hätte. Dennoch wandte ich mich wieder zu Anna hin. Mir fiel ein, daß ich sie lange nicht mehr gesehen hatte, und ich dachte darüber nach, was sie wohl auf dem Schiff sollte, – – – denn sie wohnte, wie ich, in der Stadt, und wenn wir einander schon lange nicht mehr begegneten, war es nicht meine Schuld. Sie hatte es so gewollt – und nun streckte sie plötzlich die Arme nach mir aus und wünschte vielleicht, daß ich sie vor dem großen schwarzen Vogel bewahre.

Beklommen wandte ich mich um.

»Diesen Traum möchte ich nehmen«, sagte ich, »und diesen vielleicht auch. Drehen Sie das Licht wieder an!«

Im elektrischen Licht verblichen die Pakete, unscheinbar und staubig standen sie in den Regalen. Meine Augen brannten, ich fuhr mit der Hand über meine feuchte Stirne und trat an das Pult. Der Verkäufer nahm einen Bleistift

aus der Lade und zog den Kassablock. Ehe er jedoch zum
Schreiben ansetzte, fiel ich ihm in die Hand, fürchtend, daß
ich nicht bezahlen könnte, was er verlangte.

»Ich kaufe nur einen Traum«, sagte ich hastig, »ich will
nur den Traum von Anna...« – ich verbesserte mich
rasch: »... nur den von dem Mädchen auf dem großen
weißen Schiff.«

Nachdenklich setzte er unleserliche Zahlen auf ein neben
dem Block liegendes Blatt Papier, als mache es ihm Mühe,
den Preis zu errechnen.

»Einen Monat«, murmelte er schließlich und durchkreuzte
seine Berechnungen mit einem festen Strich.

Ich lachte ihm ins Gesicht.

Sich den Kragen zurechtrückend, erläuterte er: »Ich mache
keinen Scherz. Sie haben vielleicht erwartet, mit Geld bezahlen zu können, aber Sie werden wissen, daß Sie nirgends Träume für Geld bekommen. Sie müssen mit Zeit
bezahlen. Träume kosten Zeit, manche sehr viel Zeit. Wir
haben einen Traum – vielleicht darf ich ihn Ihnen zeigen –,
für den wir ein Leben verlangen.«

»Danke« – ich unterbrach ihn, denn mir schwindelte – »ich
fürchte, ich habe nicht so viel Zeit, ich werde nicht einmal
die Zeit für den kleinen Traum haben, nach dem mich verlangt.« Ich trat ganz nahe an ihn heran und sah ihm beschwörend ins Gesicht. »Mich verlangt, mehr als Sie begreifen können, nach diesem Traum, ich würde Ihnen viel,
vielleicht sogar alle meine Ersparnisse dafür geben, aber
meine Arbeit geht meiner Zeit vor, und die wenigen Tage,
die ich im Winter für mich haben werde, will ich in den
Bergen zubringen. Und selbst wenn ich auf die Erholung
verzichtete, würde meine Zeit nicht reichen, um diesen teuren Traum zu bezahlen.«

Wortlos warf der Verkäufer den Block an das Ende des Tisches: dann schritt er zur Türe und wies mich unmißverständlich hinaus. Ich ging, aber ich ging nicht, ohne mei-

nen ganzen Mut, meine ganze Empörung zusammenzufassen – ich war fast sicher, daß ich meinen Verstand verloren hatte, ich kämpfte einen kurzen, heftigen Kampf, in dem ich mir vorwarf, mich schon zu sehr in dieses Geschäft eingelassen zu haben, aus dem ich vielleicht nicht mehr herauskonnte, nicht mehr heraus wollte.

»Hören Sie«, schrie ich dem Mann zu, der mich nicht mehr ansah, sondern gleichgültig auf die Straße blickte, »ich will darüber nachdenken, ich werde es mir überlegen und morgen wiederkommen. Legen Sie mir den Traum auf die Seite, erlauben Sie nicht, daß mir jemand zuvorkommt!«

Ehe ich mir Rechenschaft ablegen konnte, lief ich die Straße hinunter, dunkleren Straßen zu.

Spät kam ich nach Hause. Ich schlief erst ein, als mir der Morgen mit dunstigem Frühlicht die Augen bestrich, und erwachte bald darauf erschrocken, weil es spät war, fast zu spät, um noch rechtzeitig an die Arbeit zu kommen.

Der Tag wollte nicht vergehen, nicht über meinen eiligen Gängen, meinen eiligen Handgriffen und verdoppelten Anstrengungen, allem gerecht zu werden. Ich fürchtete, nichts und niemand mehr gerecht zu werden, nicht den Anforderungen, die man an mich stellte, nicht mehr mir selbst, nicht mehr meinem Wachen und Schlafen, wenn kein Traum hineinreichte oder ich in keinen Traum reichte.

Am Abend ging ich kreuz und quer durch die Stadt, die Rolladen fielen donnernd über die Schaufenster, vor jedem Laden schrak ich zusammen, weil ich fürchtete, ohne es zu wollen, vor den einen gekommen zu sein, den ich suchte und mied.

Nach diesem Heimweg wurden mir noch viele Heimwege zur Qual, bis ich eines Tages beschloß, meiner Unrast ein Ende zu setzen. Ich nahm mir vor, nur noch einmal nach diesem Traum zu sehen und mit dem Verkäufer zu sprechen, ihn zu bewegen, den Preis zu senken, den ich nicht zahlen wollte.

Vielleicht würde ich ihn doch bezahlen.

Als ich mich dem Haus näherte, in dem ich den Laden wußte, sah ich schon von weitem ein hohes Gerüst bis an das Dach reichen. Eimer mit Kalk und Bottiche mit Mörtel standen auf dem Gehsteig, und wo einst der kleine dunkle, mit Gerümpel gefüllte Laden gewesen war, standen leere, saubere Wände. Das Fenster war aus dem Rahmen gelöst worden.

Ein Arbeiter sprang von der Leiter und kam vor meine Füße zu stehen.

Ich war sehr ruhig, ich fragte ihn, wohin der Besitzer übersiedelt sei, er wußte es nicht, er wußte nicht einmal, daß es hier überhaupt ein Lokal gegeben habe. Ich hätte mich wahrscheinlich in der Hausnummer geirrt, meinte er.

»Nein«, erwiderte ich zerstreut und wandte mich zum Gehen. »Nein, ich habe mich nicht geirrt.«

In dieser Nacht schlief ich tief und fiel aus der zitternden Unruhe, die mich die ganze Zeit hindurch benommen gemacht hatte, in eine Ruhe, die sich nicht wieder aufheben ließ. Ich schlief und hörte die Sirenen nicht, die mich immer geweckt hatten; die Vögel vor dem Fenster lärmten vergeblich, und ich blieb selbst ruhig, als ich die Augen aufschlug und entdeckte, daß es Nachmittag war, die Stunden fliegend blauten, und der Sonnenzeiger am Himmel nach Westen wies.

Einige Wochen lang lag ich, von einer wohltätigen, fast schmerzlosen Krankheit ans Bett gefesselt; ich hatte viel Zeit, schmerzlose und traumlose Zeit. An dem Tag, an dem ich so weit hergestellt war, daß ich meiner Arbeit wieder hätte nachgehen können, erhielt ich von meiner Firma die Kündigung. Ich hatte mir eben zuviel Zeit genommen, und nun wurde mir noch einmal Zeit auf lange Zeit geschenkt. Zeit wofür?

Portrait von Anna Maria
Unvollendet

Von Anna Maria P. hörte ich zum erstenmal Costanza und
Carlo sprechen, die sehr viele Maler kannten, meistens solche, von denen ich nie etwas gehört hatte. Meine Freunde
wollten diese Malerin auf dem Lande besuchen, in Draiano, wo sie den Sommer über war, und mich zu ihr mitnehmen. Ehe unser Schiff den Ort erreichte – denn wir
waren in diesem Jahr gar nicht weit davon an der Küste
untergekommen –, fragte ich, wie ich sie mir vorzustellen
habe. Nun, hieß es, sie sei Mitte dreißig, sehr kräftig, mus-
kulös, stark auch »als Mensch«; sie gehe gern in selbstge-
schneiderten Kleidern herum, schieße auf Vögel und helfe
in ihrer Freizeit den Bauern in den Weinbergen bei der Arbeit; so habe sie im Vorjahr tagelang Trauben gestampft
mit bloßen Füßen. Meine Freunde zeigten sich sehr beein-
druckt von dem einfachen und unverbildeten Wesen der
Freundin, vielleicht darum, weil Künstler oft durch die Art
ihrer Nebenbeschäftigungen die Phantasie der anderen
weitaus mehr und nachdrücklicher beschäftigen und seltener durch das, wodurch sie es eigentlich tun sollten und
wohl auch hin und wieder tun – durch ihre Arbeiten.

Dieser Tag, an dem ich in Draiano war, muß übrigens einer der schönsten Tage jenes Sommers gewesen sein, ganz
blauer Raum, von abgöttischer Helle bewohnt, so daß mir
die kurze Stunde im Hause der Malerin im Zusammenhang damit wie eine Störung erschien und fast aus dem
Gedächtnis gefallen ist. Aber gewiß ist mir, daß die junge
Frau, aus einem mir unbekannten Grund, über den Besuch
meiner Freunde nicht die geringste Freude zeigte, ja sie
überhaupt anblickte und unterhielt, als kennte sie sie nur
flüchtig. Noch ehe sie dazu kam, uns ihre letzten Bilder zu

zeigen, erklärte sie, beim Zahnarzt bestellt zu sein und uns vor der Abreise daher nicht mehr sehen zu können. Als wir gingen, gesellte sich zu uns ein junger Mann im Busch-hemd und blauen Baumwollhosen, den sie uns als Begleiter zugedacht hatte und mit dem wir eine Trattoria aufsuch-ten. Ich kam neben ihn zu sitzen und ließ mich auf ein Ge-spräch ein mit ihm, nichtsahnend, wer er sei. Wir sprachen von den Besonderheiten dieses Küstenstriches, und er wußte zum Beispiel die Muschelarten, die hier vorkamen, kennerisch zu beschreiben, er zog das eine und andere Schalentier aus der Tasche, und ich fand alles in der Ord-nung, bis er plötzlich, schon nicht mehr nüchtern, aufstand, zwischen den Tischen ins Freie schwankte und in einer Nebengasse verschwand. Costanza beugte sich zu mir her-über und sagte leise, er sei so eifersüchtig, ganz krank vor Eifersucht, denn mit dem verrufenen, verschuldeten Zahn-arzt des Ortes betrüge Anna Maria ihn schon den ganzen Sommer lang. Im Vorjahr habe er einen Fischer neben sich dulden müssen, aber er halte trotzdem an ihr fest, denn sie sei »eine Persönlichkeit«. Mich befremdete das sehr, denn der junge Mann war bestimmt zehn Jahre jünger als die Malerin. Da er nicht wiederkam, gingen wir kopfschüt-telnd weg und aufs Schiff und fuhren in einen drohenden Nachthimmel hinein. Bis zu unseren Gesichtern verspritz-ten die Wellen einen faden, grauen Schaum.

Ein Jahr später, im vor Hitze dampfenden Venedig, als sich zu irgendwelchen Festwochen »ganz Europa« eingefunden hatte, traf ich die Malerin wieder. Man hatte uns Zimmer in einem Studentinnenheim gegeben, die miteinander ver-bunden waren, denn eine dritte, mir kaum bekannte Person hatte, ehe sie und ich angekommen waren, erklärt, wir sei-en so sehr befreundet miteinander, daß man uns mit dieser Art der Unterbringung eine Freude machen würde. Als ich in das Zimmer kam, dessen Tür zum Nebenzimmer offen stand, wußte ich nicht, welches der beiden Zimmer nun mir zugedacht war, da sowohl in dem einen wie in dem anderen jemand Kleider, Haarbürsten und Waschzeug ausgestreut hatte. Ich setzte mich auf das Bett des Zimmers, das mir mehr zusagte, obwohl es nach einer recht belebten Calle lag, und wartete. Die Malerin trat ein, und ich hätte sie nicht wiedererkannt, vielleicht weil ich sie das erstemal nur so kurz gesehen hatte, oder vielleicht weil sie ihr Haar nicht mehr wild und offen trug, sondern gekämmt war und in einem dunkelblauen Kleid steckte, das sie weniger plump erscheinen ließ. Sie begrüßte mich mit großer Herzlichkeit, und wir lachten beide über die Freundschaft, deren man uns verdächtigt hatte, ohne daß sie, was mir lieb war, auch nur einen Versuch machte, in den folgenden Tagen sich enger an mich anzuschließen. Sie erklärte nur kurz, es sei ihr recht, daß ich dieses Zimmer wolle, in dem ich mich schon aufhalte, und schloß dann die Türe. Als ich nach einer Weile das gemeinsame Badezimmer aufsuchte, sah ich, daß sie, mehr noch als das Zimmer, diesen Raum als den ihren betrachtete und ihn ganz mit Beschlag belegt hatte. Ich sammelte ihre Sachen ein, die sie in meinem Zimmer vergessen hatte, und brachte sie ihr; nur im Badezimmer um ein wenig Platz zu bitten, unterließ ich, weil mir der Mut fehlte.

Bei einem Abendessen in Venedig saß sie mir gegenüber, und ich stellte fest, daß sie, die man beim besten Willen mit ihrem bäurischen und nervösen Gesicht, den zwar glaskalten, hellen Augen, aber dem ganz abstoßend dünnen Mund, nicht anziehend nennen konnte, mit einer Gier alle Umsitzenden in ein Gespräch verstrickte, die darauf schließen ließ, daß sie es gewohnt war, Erfolg zu haben; allerdings wandte sie sich ausschließlich an die Männer, während sie sich begnügte, bei mir ab und zu mit einem Blick Einverständnis zu suchen.

Später, als wir am beleuchteten Lido spazieren gingen, zwischen Eisbars und unruhigen Gärten, und als der

Meerwind uns kehlige Musik von einer Grammophonplatte, von weither, zutrug, schwieg Anna Maria plötzlich, und da ihr Schweigen sich allen mitteilte, waren auch wir anderen still. In gedrückter Stimmung erreichten wir den Pier und warteten auf das Schiff, das uns in die Stadt zurückbringen sollte. Die Malerin, vielleicht bemüht, »Einsamkeit« zu spielen, entfernte sich von uns; vielleicht aber hatte sie wirklich ein Licht im Wasser gesehen und mußte dem Strahl folgen. An diesem Abend gingen wir miteinander nach Hause, und ich weiß es so genau, weil sie mir nur dieses eine Mal etwas von sich erzählte. Sonst kamen wir in dieser Zeit mit ihren langen, festlichen Nächten beide sehr spät nach Hause, aber nie miteinander, und sie jedenfalls immer noch später als ich, aber sie schlief nie, was ich gerne tat, bis in den hellen, durchlärmten Vormittag hinein, und ich bewunderte sie deswegen nicht wenig. Leute, die wir beide kannten, erzählten, sie hätten sie um vier Uhr morgens mit aufgelösten Haaren und barfuß mit Herrn B. in der Nähe des Kasinos gesehen, es nahmen viele an, daß sie in diesen Mann, dem gegenüber sie sich am Tag sehr förmlich benahm, vielleicht weil er verheiratet war, oder aus anderen Gründen, verliebt war. Sie war aber auch mit anderen allein zu treffen in den Cafés auf dem Markusplatz oder am Rialto, und ihre Wirkung auf Männer war sehr groß, unleugbar und verwunderlich.

Auf der Rückreise fuhr ich bis Florenz mit einem Herrn im Speisewagen, der sie sehr verehrte und der mir beim Essen folgende Geschichte erzählte: »Sie ist vielleicht das sanfteste und schönste Geschöpf, das ich kenne.« Ich wunderte mich darüber, denn andere fanden sie verschiedener Härten wegen lächerlich und auch unweiblich, und ich selbst hatte sie jedenfalls wenig reizvoll gefunden, selbst ihr Charme erschien mir so eingeübt und übertrieben, wenn sie mit Männern sprach, daß es mir peinlich war. »Aber es gibt für sie nichts als ihre Kunst!« (So wenigstens drückte er sich aus.) »Sie haben ihre Bilder nicht gesehen, doch sie hat mir Blätter gezeigt, die mich nur im unklaren lassen, ob sie sehr viel oder gar nichts taugen. Sie ist auch wirklich verrückt, und ich möchte Sie jetzt fragen, ob Sie einen jungen Mann, mit dem ich sie einmal gesehen habe (er beschrieb ihn umständlich) getroffen haben?« Ich verneinte, obwohl mir später einfiel, daß sie in der Halle wirklich öfter von einem überaus eleganten jungen Menschen erwartet wurde, aber ich wollte ihn nicht kränken, gab vor, in meinem Gedächtnis zu suchen, und schüttelte den Kopf. »Dieser junge Mann«, fuhr er fort, »wird sie heiraten, und zwar aus einem sehr merkwürdigen Grund. Sie müssen wissen, daß sie, die man doch wirklich nicht schön nennen kann«, gab er mit unsicherer Stimme zu, »eine bestimmte Art von Männern anzieht, und zwar solche, die im allgemeinen ohne jedes Interesse an Frauen sind. Sie verstehen – ?« setzte er mit einem langen, fragenden Blick hinzu, und ich nickte rasch und sachlich. »Dieser junge Mann ist aus einer sehr guten Familie und hat daher gewisse Rücksichten zu nehmen. Aber nicht allein deswegen will er sie heiraten, sondern weil er meint, ohne sie nicht leben zu können, ohne ihre sich allen mitteilende Kraft, und als sie anfangs sein Ansinnen unmöglich fand, beging er einen Selbstmordversuch aus Verzweiflung über ihr Nein.«

Ich hingegen dachte in diesem Augenblick, daß es viel merkwürdiger sei, nicht zu wissen, woher plötzlich Gestalten wie die Malerin kämen. Aus welcher Familie mochte sie wohl sein? Wo hatte sie wohl ihre Jugend verbracht? Wie hatte sie ihren ersten Schritt aus der Anonymität getan? Denn heutzutage weiß man buchstäblich nicht mehr, woher die Leute kommen, die man vorfindet und deren Namen immer auftauchen in Gesprächen, die selbst immer wieder an allen möglichen Orten auftauchen und durch nichts legitimiert sind, hier oder dort zu sein. Mir fiel mit Vehemenz ein, was die Malerin in der einzigen Nacht mir erzählt hatte, in der wir miteinander nach Hause gekommen waren und zu unseren Zimmern hinaufgingen: »In unserem Haus, das nicht sehr groß ist und in dem ich mit meiner Mutter und meiner Tante lebe« – man könnte fragen, wann das wohl sei, da sie überall und nirgends war, viele Freunde hatte und malte, die Sommer im Süden verbrachte und im Winter zu Ausstellungen fuhr oder zu anderen Freunden, die sie aufnahmen in Paris oder Rom – »in unserem Haus, das sehr klein ist und trotzdem eine Dependance hat, ein Gartenhaus nennen wir es, steht zwischen den Mauern ein Kirschbaum. Einen schöneren habe ich nie gesehen. Dieser Kirschbaum hält im Frühling seine schaumigen Äste über beide Häuschen, und dann scheint es, als wären die beiden Gebäude unter ihn hineingebaut worden. Und sowie ich an ihn denke, legt er mit seiner Fracht, seiner unlöschbaren Helle, in mir an, wo immer ich auch bin. Denn ich bin sein Land; die Dinge brauchen uns Heimatlose, um irgendwo zuhause zu sein.«

Den schönen, jungen Selbstmörder, der, wenn ich recht verstanden hatte, eine so mysteriöse Rolle in ihrem Leben spielen sollte, traf ich, ohne daß er mich erkannt hätte, bei den C., die mich im Wagen nach Ostia mitnehmen wollten, weil man dort eine in Heiterkeit untergegangene antike Stadt finde. Ich sagte, ich kenne es schon, aber in dem Augenblick hörte niemand zu, und später durfte ich es nicht wiederholen, weil man um die Freude gekommen wäre, es mir zeigen zu können, aber der Selbstmörder hörte es und lächelte grimmig, ging dann mit mir zwischen den Mauern auf und nieder und riß Gräser ab, biß hinein und rief schließlich laut: »Immer diese Rücksichten! Warum sagt denn keiner, was ist, und warum bevölkern wir denn die Welt mit unseren eigenen und anderen Gespenstern – als dürften wir uns nicht zu nahe kommen!« Er schwang sich über die Mauer einer alten Steinbar und stellte sich dahinter wie ein Kellner auf. Er blickte zur Decke, die der blanke

Himmel war. »Ich möchte diese wunderbare weiße Wolke herunterziehen und in die dunklen Getränke mischen, die wir ausschenken.« Auch ich sah auf, der Wind erfaßte mich, der vom Meer kam, und ohne nachzudenken, in einer Besinnungslosigkeit, die ich sofort bereute, sagte ich: »Ich kenne einen Kirschbaum, der dieser Wolke in diesem Moment gleicht und der auch wie etwas unverwüstlich Weißes über der Welt hängt.« Er fragte: »Sie meinen den Kirschbaum unserer guten Freundin Anna Maria?« Ich bestätigte verwirrt: »Ja ... Sie kennen sie?« Er dachte kurz nach und sagte: »Flüchtig. Ich möchte fast sagen, ich kenne sie dieses Kirschbaums wegen, obwohl ich sie nie besucht habe und daher den Kirschbaum nicht beurteilen kann. Aber ich habe mir eine Fotografie bei ihr ausgebeten, die sie mir gab, als ich einmal Gelegenheit hatte, mit ihr länger zu reden.« Es hätte mich nicht erstaunt, ihn kühl oder abfällig von ihr sprechen zu hören, weil Verlöbnisse ja selten im Guten gelöst werden, aber er spielte entweder meisterhaft ein Spiel, bei dem mir nicht klar wurde, worum es ging, oder jener Verehrer Anna Marias war damals völlig im Irrtum über die Dinge gewesen, die sie und den Selbstmörder betrafen. »Wie geht es Ihrer Freundin?« fragte er dann. Ich sah ihn an und erwiderte: »Aber wie soll ich das wissen! Wir sind nicht sehr gut befreundet miteinander!« »Nun«, sagte er, »ich dachte es mir, weil mein Freund (er nannte den Namen des Verehrers) mir kürzlich erzählte, Sie seien eng befreundet ... Wenn ich mich recht erinnere, gab es da sogar ein paar komische Geschichten, und Anna Maria soll Ihnen übel mitgespielt haben. Darum sind Sie ihr wohl böse?« fragte er und lächelte ganz durchtrieben und erfüllt von Freude. »Welche Geschichten!« rief ich aus. Natürlich hätte, aufgrund irgendeiner guten Erziehung, dieser Mann mir niemals diese Geschichten erzählen dürfen, um keine Indiskretion zu begehen, oder um mich nicht zu kränken – ob sie nun auf Wahrheit beruhten oder nicht. Aber ihm kamen gar keine Bedenken, und ich hörte mir seine Erzählung kopflos an, ohne ihn daran zu hindern. Als er zu Ende war, rief ich:»Das ist nicht wahr und ganz unmöglich obendrein. Sie kennt mich kaum, und ich kenne sie kaum.«»Oh«, sagte er,»trotzdem ist das hübsch und Sie verstehen jetzt, daß ich lachen mußte.«

An demselben Abend, als ich aus dem Haus ging, um Blumen zu kaufen – ich wohnte in einer sehr abgelegenen Gegend in Rom –, sah ich Anna Maria diesen versteckten Platz überqueren, der so schön und goldbraun im Abendlicht ist und den ich nie überquerte, ohne etwas Neues zu entdecken, nie ohne Begeisterung über seinen rummelplatzhaften Lärm und seine exaltierten Marktweiber, den traurigen Muschelmann und die Blumenfrau, die nur grüßte, wenn sie etwas verkauft hatte. Anna Maria kam auf mich zu. Ich fühlte, wie ich rot wurde, und ich hielt ihr mein Gesicht hin in der Abendröte, sie mir das ihre, ich grüßte sie, und weil plötzlich einen Augenblick Stille auf dem Platz eintrat, so wie manchmal das bewegteste Meer eine Achtel- oder Sechzehntelpause macht, in der man den Atem anhält vor Schrecken und Entzücken, so hielt ich den Atem an, als ich meinen Gruß allein in der Stille hörte. Sie sah mich verwundert an, und da ich wußte, daß sie ganz vorzügliche Augen hatte, war ich sicher, daß sie mich erkannt hatte, aber nicht erkennen wollte. Gemächlich, wie irgendeinen Vorübergehenden, auf den ihr Blick gefallen wäre, musterte sie mich und ging weiter.

Die beiden Freunde, durch die ich Anna Maria kennengelernt hatte, wohnten kurze Zeit darauf bei mir, weil sie ihre Wohnung gekündigt hatten und ihre neue noch nicht beziehen konnten. Von Anna Maria wurde nie gesprochen. Aber als ich mit Costanza, die sich in langen, weißen Morgenröcken durch die Wohnung schleppte und den Staub von den alten Möbeln, die so schwer reinzuhalten waren, kehrte, allein war, sagte sie:»Man kann den Kopf nicht in den Sand stecken, wie du es tust, was ist bloß mit dir und Anna Maria?« Ich fuhr auf. »Mit mir und Anna Maria!« Costanza: »Du magst sie eben nicht. Aber Carlo ist ganz deiner Meinung!« Ich: »Meiner Meinung!« Costanza: »Er kann Frauen nicht leiden, die sich nicht waschen.« Ich hob die Hände und machte eine Bewegung, um sie zum Schweigen zu bringen. »Warum sollte sie sich denn nicht waschen, um Himmels willen«, sagte ich. »Frag mich nicht! Aber sie darf sich nicht wundern, daß niemand mit ihr zu tun haben will.« »Nein, nein«, sagte ich schmerzlich, und ich fühlte mich elend, weil ich etwas sagen mußte, was ich gar nicht sagen wollte, und zu dem Stoff beizutragen anfing. »Sie war sehr begehrt, und ich glaube, da waren einige in sie verliebt in Venedig.« »Du warst in Venedig«, schrie sie, »nun erzähl einmal alles, obwohl ich vermutlich mehr weiß, als du wissen kannst!«

Ich erfuhr noch alles mögliche über Anna Maria, auch späterhin, und von den verschiedensten Leuten. In Paris hieß es, alle hätten sich von ihr zurückgezogen, weil sie sich unmöglich betragen habe; in Mailand hörte ich nur Gutes, und es wurde viel von ihren Bildern gesprochen. Sie galt ja bei den einen als einfach, mutig und begabt, bei den anderen als verlogen, intrigant und zudringlich, und die Meinung aller wechselte, als sie vor kurzem starb, und seither hörte ich von ihr meistens als von der »Ärmsten« sprechen.

Einen Freund, mit dem ich unlängst im Auto in der Nähe Pavias durch den kleinen Ort fuhr, in dem Anna Maria zuhause gewesen war und in dem ihr Kirschbaum stand, bat ich, vor dem kleinen Haus anzuhalten. Mit einem Mal dachte ich herzlich an die Malerin, fühlte mich von guten Gefühlen überschwemmt und glaubte, diesen Kirschbaum sehen zu müssen. Ich trat durch den Garten ein und hielt Ausschau nach der unverwüstlichen, weißen Blütenwolke. Ich entdeckte nicht einmal einen Baumstumpf und wollte

schon umkehren, als mich eine ältere Frau, in der ich sogleich Anna Marias Mutter vermutete, der großen Ähn-
lichkeit wegen, anrief und nach meinen Wünschen fragte.
Es fiel mir nicht schwer, zu erklären, warum ich hierher
kam. Die Frau brach in Tränen aus, griff mit beiden Händen nach mir und lachte dann unter Tränen vor Freude:
»Anna Maria hat soviel von Ihnen gesprochen, soviel von
Ihnen erzählt.« Ich machte mich los und stand voll Verblüffung und im Aufruhr. »Das ist doch nicht möglich!«
stammelte ich und unterbrach mich ihretwegen. Aber bei
mir dachte ich: Was mag sie wohl erzählt haben! Was
kann sie bloß von mir gewußt und über mich gesagt haben?! Ich fühlte mein Gespenst einen Augenblick in diesem Haus umgehen und wünschte mich auf der Stelle weit
fort. Beim Abschied gab mir die Frau ein in Seidenpapier
gehülltes Bild der Tochter als Andenken mit. Wir hatten
beide feuchte Augen, und im Gehen fragte ich sie nach
dem Kirschbaum. »Es war kein besonders schöner Baum,
und er wollte nicht einmal blühen. So ließ ich ihn schlagen,
vor langem schon.« Ich winkte, schloß das Gartentor, lief
über die Straße auf das Auto zu und stieg ein. Während
wir weiterfuhren, versuchte ich, meinem Freund diesen
Aufenthalt umständlich zu erklären, ohne einen Namen zu
nennen, und löste dabei die Fotografie aus dem Seidenpapier. Ich starrte das Bild an, hob es ganz nah an die Augen,
aber ich konnte mich nicht erinnern, dieses Gesicht je gesehen zu haben. Mein Denken setzte aus und dann wieder
ein mit dem Gedanken: Das ist nicht Anna Maria! – »Aber
das ist doch Anna Maria«, sagte überrascht mein Freund,
der einen Augenblick von der Fahrbahn weg und auf das
Bild sah. »Ich wußte nicht, daß du sie gekannt hast«, sagte
ich. »Aber natürlich«, erwiderte er. »Anna Maria! Wenn
du willst, kann ich dir ja alles erzählen . . .« Ich zündete
rasch eine Zigarette für ihn an und steckte sie ihm zwischen die Lippen: »Ich bitte dich, sie ist doch tot«, sagte ich

und zitterte noch immer. »Aber findest du, daß ihr das Bild ähnlich ist . . .?« Ich reichte ihm die Fotografie, und er sah sie noch einmal genau an. »Sehr«, sagte er.

In meinem Herzen dachte ich: es wird ihr noch oft ein Unrecht geschehen.

Der Schweißer

Die Männer legten das Werkzeug zusammen und verluden es auf den Wagen. Dann rückten Brunner und Maunz das Baustellenschild an die richtige Stelle und hängten das Warnlicht auf. Reiter stand unschlüssig, mit der abgenommenen Schutzbrille in der Hand und blinzelte in die Dämmerung. In dem Augenblick gingen die Lichter an über der Straße, noch ohne Wirkung, weil es nicht dunkel genug war. Gegen die Floridsdorfer Brücke verloren sich die schimmernden Flecken in der Luft. Der Mann schaute hinauf und dann hinunter – die Straße lag ausgenommen da, mit bloßen, freischwebenden Straßenbahnschienen, zeigte das metallene Gedärm.

»Kommt ihr nachher ins Kaffeehaus?«, fragte Reiter, als die beiden andren den Wagen wegzuschieben anfingen. Brunner schüttelte den Kopf, Maunz blickte sich gar nicht um, und Reiter blieb zurück, wischte sich die Augen mit dem Handrücken. Er sah die Straßenbahn kommen, winkte dem Wagenführer, der ein wenig abbremste, und sprang auf. Am Spitz stieg er aus und lüftete dankend seine Kappe.

Das Kaffeehaus war leer.

Er stand jetzt ganz allein auf der Straße, einen Augenblick war es, als gäbe es hier keinen Verkehr, nur den Wind, der von der Donau herüberkam, eine kalte Böe. Er stand, unweit das Überschwemmungsgebiet, und hinter sich, im Rücken, ein Stück abgesprengte Stadt, eingeklammert von der Nordbahn und der Nordwestbahn; lang noch wollte er die Häuser im Rücken haben, sich nicht umdrehen, nicht heimgehen, nicht sich niederlegen zwischen den Fabriken, der Lokomotivfabrik und der Kabelfabrik, der Ölfabrik, nicht einsperren lassen in den steinernen Kasten, nicht grüßen im Haus.

Das Kaffeehaus war leer. Er hatte gehofft, daß irgend jemand dasitzen würde, mit dem er Karten spielen oder ein Bier trinken konnte; er suchte jemand in dem Nirgendwo, suchte eine träge Vertraulichkeit, ehe er nachhause mußte, fast jeden Abend suchte er ein Schwemmland, das sich zwischen die Arbeit und das Heimkommen legte, wie das Schwemmland, das sich zwischen die Stadt und die Arbeiterbezirke im Osten legte. Er ging bis nach hinten, stieß an ein paar Stühle und ging dann wieder weiter nach vorn in dem verödeten Saal, setzte sich an ein Fenster und starrte hinaus. Er hörte den Ober kommen, drehte den Kopf, als er ihn stehenbleiben fühlte, und sagte: »Einen großen Braunen.« Er wollte etwas hinzufügen, zu reden anfangen mit Franz, ließ es aber, es fiel ihm nichts ein.

Die Nacht fiel ein . . . Um die Zeit spielten in den anderen Kaffeehäusern die Rentner, die Pensionisten Billard, aber hier in seinem Kaffee wurde nicht Billard gespielt, die Arbeiter, die hierherkamen, hatten zu schwere Hände oder sie hatten überhaupt etwas gegen das Spiel. Seit kurzem aber war ein Spielapparat aufgestellt worden; auf den hatten alle Lust, und der Mann stand jetzt brüsk auf und fing an, Geld einzuwerfen in den Kasten, den Hebel zu drücken, die wilden Geräusche und das Geroll zu genießen. Als er keine Münzen mehr fand in seiner Tasche, hörte er auf, ging zu seinem Tisch zurück, wo schon der Kaffee stand, und trank ihn in einem Zug aus und das Glas Wasser nach. Er streckte seine Beine weit aus, um sich [zu] dehnen, und dabei berührte er mit dem Fuß etwas unter dem Tisch. Er beugte sich unter den Tisch, suchte im Dunkeln. Dann hielt er es in der Hand, etwas Ungewohntes, ein kleines Paket, nein, nicht ein Paket. Eine Weile ließ er seine Hand unter dem Tisch, um den Gegenstand bloß zu fühlen und zu erraten – dann erst zog er ihn hervor. Es war ein Buch, in einem Schutzumschlag aus braunem Packpapier. Der Mann legte es neben das Tablett mit dem Glas Wasser und schaute sich dann um. Er schaute nach Franz aus, der wieder verschwunden war. Auch die Kassiererin war heute nicht da. Niemand war heute da.

Er wollte aufstehen, das Buch nach hinten tragen, den »Fundgegenstand«. Aber er war zu müde, trostlos; Brunner und Maunz kamen also wirklich nicht. Er schlug das Buch auf, schnippte mit dem Zeigefinger, den er vom Daumen abschnellen ließ, ein paar Seiten hoch. Dann beugte er den Kopf darüber, las ein paar Worte ab, die da standen, weder aufmerkend, noch verständnislos; er las einfach die Worte ab, wie er immer Worte abgelesen hatte, von einem Formular, von einer Sportzeitung, so wie er es in der Schule gelernt hatte, ein Wort nach dem andern.

Er las mindestens zehn Zeilen ab, dann schlug er das Buch zu. Gleich darauf öffnete er es wieder, er wollte nachschauen, was für ein Buch das war. Es hieß »Die Fröhliche Wissenschaft«. Darunter stand noch ein Titel . . . Der Mann lachte auf, nachdem er diese Titel gelesen hatte – oder war es bloß einer, so genau war das nicht zu sehen. Er wollte Geld auf den Tisch legen und gehen, er merkte, daß er nicht mehr genug bei sich hatte, stand auf und schrie nach hinten: »Franz, anschreiben!« Er hatte das Buch in der Hand, ging sehr laut und fest hinaus, in der Tür drehte er sich aufmerksam um, er sah den Ober aus der Richtung der Toilette kommen, den Block herausziehen und den Bleistift, nickte ihm zu, während seine Hand mit dem Buch schon durch den Vorhang fuhr, der vor der Tür hing, und ging.

Reiter schaute auf, als der Doktor in die Küche kam und [die] Tür leise hinter sich zuzog.

»Hören Sie«, sagte der Doktor. Der Mann schob ihm einen Küchensessel hin, holte zwei Schnapsgläser aus der Kredenz und eine halbvolle Flasche Eierlikör, während der Doktor zur Wasserleitung ging und sich die Hände wusch, an dem karierten Handtuch flüchtig abwischte. »Sie kann morgen wieder aufstehen«, sagte der Doktor und setzte sich. Sie nippten beide widerwillig an dem hausgemachten dicken, schleimigen Likör.

»Aber sie gefällt mir nicht. Gefällt mir nicht«, sagte der Doktor. »Aufs Land sollte sie gehen oder in ein Sanatorium.« Der Mann schaute bedrückt vor sich hin. »Sie kann nach Hollabrunn gehen, zu den Eltern. Aber das ist auch keine Erholung.«

»Ja«, sagte der Doktor, »lieber nicht, wenn es keine Erholung ist.«

»Sie ist so dumm, Sie müssen es ihr nachsehen«, sagte der Mann entschuldigend. »Lieber geht sie zu Pfuschern, zu einem Schwindler, der es mit Magneten macht. Lauter Schwindel, ich weiß. Sie geht zu Schwindlern.«

Der Doktor antwortete nicht, er schrieb ein Rezept, unleserlich, setzte einen Schnörkel darunter und legte es dem Mann hin. Der Mann ließ es liegen, ohne daraufzuschauen, und sagte dann rasch: »Ich war zwei Tage nicht arbeiten. Sie müssen mir einen Schein schreiben.«

»Ausnahmsweise«, sagte der Doktor, »weil die Frau Sie braucht. Ausnahmsweise kann ich das machen. Ich kann das sonst nicht. Es ist strafbar.«

Der Mann nickte, holte einen Krankenschein aus der Küchentischlade, schob ihn hin. Der Doktor schrieb nicht gleich, sondern fragte: »Was ist denn los? Mit Ihnen ist doch etwas los.« »Nichts«, sagte der Mann, »das heißt, ich möchte Sie etwas fragen.«

»Ja?« fragte der Doktor. Er hatte keine Eile, er dachte, daß er noch fünf oder sechs Besuche machen müsse, daß ihn überall der Gestank, ungelüftete Zimmer, unappetitliche Betten, Küchen, Frauen, Kinder erwarteten. Er saß träge da, wohlig, wollte sich nie mehr wegrühren. Diese Küche hier war sauber, er kannte die Küche schon lange. Rosi Reiter war eine saubere Frau, diese beiden Reiters ordentliche Leute. Anständige Leute, nannte der Doktor sie auch zuzeiten für sich.

»Wo sind die Kinder?« fragte der Doktor.

»Bei der Nachbarin«, sagte der Mann und deutete mit der Hand nach oben, zur Zimmerdecke. »Bis morgen nur. Morgen hole ich sie.«

»Was ist denn los mit Ihnen«, fragte der Doktor nochmals aufs Geratewohl.

»Es handelt sich um ein Buch«, sagte der Mann mit niedergeschlagenen Augen. »Ich möchte Sie nämlich etwas fragen, wegen dem Buch.« Er ging zu der Kiste, auf der das Radio stand. Auf dem Radio lag das Buch. Er reichte es dem Doktor. »Kennen Sie das?« fragte er. Der Doktor blätterte es auf, blickte kurz den Mann an und sagte selbstgefällig: »Und ob ich das kenne.« Der Mann sah ihn erstarrt an, er wartete auf ein weiteres Wort des Doktors. »Ja, die Philosophie«, sagte der Doktor, »früher hat die mich auch einmal interessiert. Jetzt komme ich nicht mehr zum Lesen. Interessiert hat es mich schon, früher einmal, aber wenn man im Leben steht ... im Leben, wenn man steht, wissen Sie«, fuhr der Doktor fort, »ja, die Philosophie! Etwas ganz anderes ist natürlich das Leben, das müssen Sie mir glauben. Man kommt auch zu nichts mehr, später, hier und da im Urlaub reichts zu einem Roman.« Der Doktor brach ab und sah erstaunt den Mann an, dessen Gesicht weiß geworden war und wie eine Maske ihn anstarrte vor Beherrschung.

»Ich habe das Buch gelesen«, sagte der Mann und hielt den Atem an.

Der Doktor sah nun beinahe bestürzt aus. »Das haben Sie gelesen?« Er schlug mit der Hand auf das Buch. Dann fügte er, neugierig, hinzu: »Wieso?«

Der Mann gab keine Antwort, schenkte Likör ein und

fragte: »Was für Bücher gibt es noch? Wo bekommt man diese Bücher?«

Der Doktor sagte irritiert: »Du lieber Himmel, Bücher gibt es wie Sand am Meer. Da kann ich schlecht raten. Gehen Sie in eine Leihbücherei, lassen Sie sich einschreiben. Oder in die Volksbücherei, dann können Sie Bücher borgen.«

»Auch solche?« fragte der Mann.

»Alle möglichen Bücher«, sagte der Doktor. »Meine Frau ist auch eingeschrieben.«

In der Nacht, während die Frau schlief und röchelte im Schlaf, lag Reiter über dem Buch, die Arme aufgestützt. Er las noch einmal in dem Buch, er las besonders die Stellen, die von jemand unterstrichen worden waren mit Bleistift. Diese Stellen taten es ihm [an], er dachte an die Person, die das eigens unterstrichen hatte und hier und da etwas an den Rand geschrieben, zum Beispiel: Irrtum! oder: Siehe Menschl. Allzumenschl. Der Mann las und las, indem er die Lippen bewegte; manchmal geriet er heftig in Bewegung, und dann fuhren die Worte in ihn wie Geister, fingen an, ihr Wesen in ihm zu treiben. Er stöhnte wollüstig, sein Kopf schmerzte, seine Augen brannten, obwohl er gute abgehärtete Augen hatte, an das blaue sternhelle Licht gewöhnte Augen. Das blaue sternhelle Licht, wenn er schweißte, hatte ihm hier und da einen solchen Augenblick verschafft oder der Anblick des roten, glühenden Stahls, wenn sein Körper mitzitterte, weil die Materie zitterte, sich aufbäumte, blühte und wegstarb unter seinen Händen. Er konnte Stahl verschmelzen, das hatte er gelernt, und nun machte er sich daran, Buchstaben, Silben zu verschmelzen in seinem Hirn, und in ihm selber war das blauweiße Licht, in dem man vor Licht nichts sah.

»Er ist entlassen worden, ich weiß es«, sagte die Frau.

»Frau Rosi«, sagte der Doktor, »beruhigen Sie sich, er

wird eine andere Stelle finden. Ich werde tun, was ich kann. Ich kenne da einen Ingenieur bei der Maschinenfabrik.«

»Herr Doktor«, sagte die Frau, »es ist alles umsonst, ich weiß es. Er kümmert sich um nichts mehr. Er schaut die Kinder nicht mehr an. Ich könnte krepieren. Von ihm aus ja, krepieren könnte ich.«

»Ich werde ihm eine Stelle verschaffen. Heutzutage ist nichts leichter als das. Haufenweis gibt es Stellen für einen gelernten Arbeiter.«

»Nein«, sagte die Frau und weinte, »es ist alles umsonst. Jetzt ist das Unglück da. Keiner gibt einen roten Heller für uns.«

»Sie sind eine dumme Frau, Frau Rosi«, sagte der Doktor, »denn ihr Mann ist doch ein braver Mensch, ein fleißiger, braver Mensch.«

»Aber er liest. Tut nichts als lesen. Reden Sie mit ihm. Auf mich hört er ja nicht.«

»Natürlich werde ich mit ihm reden«, sagte der Doktor, »beruhigen Sie sich.« Er stampfte im Schlafzimmer der Reiters auf und ab und blieb vor dem Nachtkastel stehen, auf dem die Bücher lagen, hob eins ums andre ab. »Yoga, Einführung in das Heil«, »Die Seele und ihre Abgründe«, »Wir und das Weltall«, »Der Geist des 20. Jahrhunderts«, »Der Wille zur Macht«. Der Doktor schmiß ein Buch nach dem andern wieder hin und rief zornig aus: »Was soll denn das bedeuten!«

»Der Mann schnappt mir noch über«, klagte die Frau. »Das geht schon zwei Monate. Plötzlich hat er angefangen zu lesen. Vorher hat er nie getrunken, nur sein Bier am Abend, nicht geraucht hat er, nicht gelesen. Ich schwör es Ihnen. Ein Abstinenzler. Jetzt geht das letzte Geld auf für die Bücher und für das Bier. Ich könnte nach Hollabrunn gehen zu den Eltern.«

»Lieber nicht«, sagte der Doktor beschwichtigend, »es

wäre keine Erholung. Sie müssen in ein Sanatorium mit Ihrer Lunge.«

»Und die Kinder«, schrie sie, »die Kinder!«

Der Mann lag im Bett und las. Er stand auf, um dem Doktor zu öffnen, und legte sich gleich wieder ins Bett.

»Sie müssen mir einen Schein schreiben«, sagte der Mann und sah den Doktor aus entzündeten Augen an. »Meine Augen tun mir verdammt weh.«

»Das werde ich nicht tun«, sagte der Doktor, deutlich jedes Wort betonend. »Warum besuchen Sie Ihre Frau nicht? – Warum besuchen Sie Ihre Frau nicht im Krankenhaus!« schrie der Doktor und schlug mit der Faust auf den Tisch, auf die gehäkelte [Tischdecke], die ein Mal hinterließ. Der Blumentopf fiel um, Rosis Geranien, Rosis Blumen, Rosis Erde fiel auf den Boden.

»Warum schreien Sie mich an?« fragte der Mann sanft und langsam.

»Ihre Frau stirbt!« schrie der Doktor.

»Schreien Sie doch nicht so«, sagte der Mann leiser. Er drückte seine Zigarette aus in einem Teller, der auf dem Kastel stand; einige kleine Teller und ein Aschenbecher voll Asche und Stummeln standen schon da, einige auf dem Boden neben dem Bett, auf dem Fensterbrett.

»Sie schreien ja«, sagte nun der Mann in einem Hochdeutsch, das den Arzt erschauern ließ.

»Wie reden Sie mit mir, was erfrechen Sie sich!« sagte der Doktor zitternd in dem gleichen Hochdeutsch.

»Nehmen Sie Platz«, sagte der Mann; er kletterte jetzt aus dem Bett, kam zum Vorschein in dem Hemd, das ihm wie einem Gespenst herunterhing, einem braunkarierten Hemd, wie es der Doktor nur von seinen Leuten kannte, die zumeist in den Taghemden schliefen.

»Sie sind ein Lump«, sagte der Doktor erschöpft. Er gab ihm nicht die Hand.

Der Mann ging an ihm vorbei, und in die Küche, holte den Eierlikör und zwei Flaschen Bier. Er schenkte dem Doktor von beidem ein, lächelte ihm aufmunternd zu und stieg wieder ins Bett.

»Ich brauche einen Schein«, sagte er und lachte dazu. »Ich bin krank. Ich kann sonst nicht die Arbeitslosen beziehen.«

»Sie sind gesund. Sie werden arbeiten!«

Der Doktor probierte ungehalten den Likör und trank dann das Bier.

»Ich bin schwerkrank, das sehen Sie doch!« Der Mann strampelte wie ein Kind die Decke in die Höh, die Decke stand nun gegen das Bettende hoch in die Luft und fiel zu beiden Seiten um die Füße herunter.

»Wo sind denn die Kinder?« fragte der Doktor drohend.

»Die Kinder sind bei den Eltern«, sagte der Mann still und ließ die Decke herunterfallen. »Sonntag war ich in Holla-brunn.«

»Sie Lump«, sagte der Doktor. »Reden Sie doch! Sagen Sie die Wahrheit. Warum arbeiten Sie nicht!«

Der Mann sah mit einmal blaß und ernst aus, die dunklen feinen Stoppeln von seinem Bart erschienen wie ein schwarzer grausiger Ausschlag in seinem Gesicht.

»Ich kann nicht mehr, Herr Doktor. Das ist es. Ich kann nicht mehr. Es ist etwas gerissen in mir. Zersprungen. Ich kann nicht mehr arbeiten, zur Stund aufstehen, mich auf-raffen! Nie mehr werd ich arbeiten können.«

Beide rührten sich nicht. Dem Mann traten plötzlich Trä-nen in die Augen. »Wie geht es meiner Rosi?« flüsterte er.

»Natürlich gehe ich arbeiten, Herr Doktor. Morgen gehe ich. Morgen...« Er wimmerte: »Arme Rosi, arme Rosi...«

Der Doktor begann hin und herzugehen über Rosis blauen Läufer, der wie ein Steg durchs Zimmer führte, licht und selten benutzt. »Sie sind wirklich verrückt. Warum lesen Sie bloß all das Zeug. Unsinn ist das, zu lesen. Ein

Mensch, der im Leben steht . . . Ich stehe auch im Leben, wir stehen alle im Leben, und Sie lesen, sonst können Sie nichts, lesen, machen sich fertig. Das kommt doch von den Büchern, daß Sie sich fertig machen!«

Der Mann trocknete langsam und ohne Scham seine Tränen mit einem Zipfel des Leintuchs. »Sie müssen mich aber verstehen. Ich bin Schweißer, ich kenne das ganz helle Licht. Schweißer – das ist ein sehr guter Beruf. Ich habe die Prüfung gemacht und gleich geheiratet danach. Gleich sind eins nach dem andern die Kinder gekommen. Bei den Stadtwerken habe ich gearbeitet, in fast allen Bezirken, auch im ersten Bezirk, in den Straßen, wo die großen Geschäfte sind, die Juweliere, Geschäfte, die Konditoreien, ach, die Kleider, die Radios, Autos, Eisschränke, alles habe ich aus der Nähe gesehen, man arbeitet so daneben, man sieht hin, und die meisten neiden es. Maunz ist am neidischsten, er möchte goldene Uhren und Teppiche. Aber sehen Sie, das war es nicht für mich, so neidisch war ich nie. Wir wohnen in Floridsdorf, Sie auch, Herr Doktor, darüber muß ich Ihnen wohl nichts sagen. Hier ist alles anders als es sonstwo wäre. Das Grün zum Beispiel von unseren Parks, die Luft, alles ist etwas zu kurz gekommen, den Straßen fehlt das, was eine Straße schön macht, dem Park das, was einen Park romantisch macht. Gute Wohnungen haben wir in den Gemeindebauten, aber froh wird man nicht darin, an den Räumen ist zu wenig, an allem ist etwas zu wenig, an unsren Frauen auch, an der Rosi ist zu wenig, nicht daß sie keine gute Frau wäre, aber es ist bald zu wenig an ihr geworden wie an ihrem Armband zu wenig ist, an den Holzperlen und den dünnen goldenen Ohrringen mit den Vergißmeinnicht dran, an unsren Kindern ist zu wenig, aber das merkt man vielleicht am wenigsten, weil sie selber noch nichts davon merken und es besser tragen, auch an mir und auch an Ihnen ist zu wenig, Herr Doktor, das müssen Sie mir entschuldigen, aber an Ihnen ist auch zu wenig, weil Sie hier Doktor sind. Nein, ich beklage mich nicht, es geht uns sehr gut, ich habe meinen Lohn, meine Arbeit, da ist die Gewerkschaft, da ist die 45-Stundenwoche, vielleicht werden es bald noch weniger Stunden sein. Aber sehen Sie, ich bin Schweißer. Krankenversichert, unfallversichert, lebensversichert, meine Frau bekäme ein schönes Geld nach mir, die Wohnung ist uns sicher, der Zins niedrig, Floridsdorf ist auch eine gute Gegend, billig ist alles. Ach, ich vergesse Sie, Herr Doktor. Sie gehören auch hierher, wie die Arbeiter. Sie haben zwei Zimmer mehr, das gönne ich Ihnen, es ist recht, daß Sie mehr Zimmer haben. Abends fallen Ihnen die Augen zu wie mir, Sie trinken ein Bier, ich auch. Im Urlaub gehen Sie ins Waldviertel, ich nach Hollabrunn, da ist nicht viel Unterschied. Aber ich bin Schweißer. Ich habe schon eine gewisse Erfahrung mit dem Stahl, mit der Hitze, mit dem Licht, was für einem Licht. Wir haben Schutzbrillen. Aber was ist, wenn die Schutzbrille eines Tages vergessen ist. Wenn sie zerspringt. Schauen Sie, das könnte vorkommen. Ich habe nie meine Brille vergessen, sowas darf einfach nicht vorkommen.

Fix Laudon, da ist mir die Brille zersprungen und nun springt das Licht herein, wie ein Wolf und frißt meine Augen, reißt meine Augen und mein Hirn auf. Wie mir alles durcheinanderkommt. Wenn wir die Welt antreten sollten, denn vielleicht werden wir ja die Welt antreten, wir, an denen zu wenig ist, dann möchte ich nicht, daß an uns und allem zu wenig ist, daß dies die Welt antritt, diese gehäkelten Tischdecken und der Likör und diese Bäume, die so verschlissen herumstehen, und dieser Geruch in den Häusern und diese Straßen, die zur Not von einer Kreuzung zur anderen führen, und diese Krankenscheine, die nach schlechtem Papier schmecken, und diese öffentlichen Schulen und die Bedürfnisanstalten, die man sich als Vertraulichkeiten gegen uns herausnimmt, und überall der Wink, das Blin-

zeln, mit den Werksküchen, den Blechlöffeln, der Altersver-
sicherung, den Rummelplätzen, Sportplätzen, den Kinos.
Aber mir ist das mit dem Buch passiert. Ja, dieses Buch.
Was sagen Sie nun. Ich habe ja nie vorher gelesen. Auf die
Prüfung habe ich gelernt, wie Sie studiert haben. Das war
alles. Dann kommt das Buch daher. Ich kann das Buch nie
mehr zurückgeben . . .« Der Mann richtete sich auf und
fiel wieder ganz ins Hochdeutsche: »Es ist unwiderruflich,
sehen Sie, mein Lieber, unwiderruflich! Ich weiß jetzt, daß
ich nicht verworfen bin, daß ich teilnehmen muß. Denn
keiner ist ausgeschlossen, ich jedenfalls lasse mich nicht
ausschließen. Ich bin vielleicht weniger ausgeschlossen als
Sie, obwohl Sie studiert haben und ich nicht!«
»Aber ja«, sagte der Doktor verwirrt, »aber ja, es sagt ja
niemand was dagegen.« Er rieb sich die Stirn mit dem Taschentuch, um Zeit zu gewinnen. Dann zog er die Brauen
zusammen und schnaubte aufgebracht in das Tuch. »Sie
meinen wohl, Sie sind ein Genie und ich bin der Idiot.
Danke, danke. Sie faseln da etwas zusammen. Besten
Dank. Warum reden Sie nicht mit Ihren Leuten? Sind Ihre
Freunde vielleicht ausgeschlossen oder schlechter als Sie?
Gehn Sie arbeiten und reden Sie mit Ihren Freunden. Sind
Ihre Freunde vielleicht ausgeschlossen, Sie eingebildeter
Mensch? Reden Sie dort. Nicht mit mir! Mit mir nicht!
Für mich ist das Blödsinn; ich habe schon einiges gelesen
in meinem Leben. Ich muß zu Ihrer Frau gehen, um die
Sie sich nicht kümmern. Sie haben sie wieder zu dem Pfu-
scher gehen lassen. Jetzt hat es sich ausgependelt. Jetzt
geht sie drauf, verstanden. Jetzt ist es aus.«
Der Mann sah neugierig auf den Arzt. »Glauben Sie denn,
daß Brunner und Maunz solche Bücher lesen wollen. Ja,
politisieren tun sie hier und da, aber wie die Kinder, ohne
Gedanken. Ich hätte auch nicht lesen und denken mögen
vor dem Tag. Aber jetzt weiß ich nicht mehr, was aus mir
wird. Was wird aus mir, Herr Doktor? Was wird aus ei-

nem wie mir? Daß Sie mich recht verstehn: ich möchte nicht aus meiner Haut, nicht ein Studierter sein, sondern bleiben, was ich war. Ich gehe gern auf den Bau, bin immer gern gegangen. Aber ich kann nicht mehr. Ich gehe dort so fremd herum. Wissen Sie, was der Maunz gesagt hat das letzte Mal?« Der Mann sah listig und erwartungsvoll auf. »Er hat gesagt: Wir blasen dir bald etwas.«
Der Doktor ging zur Tür und sah zurück auf das zerwühlte Bett und in alle Winkel des Zimmers, als wollte er feststellen, was sich so sehr verändert hatte. Es war keine Ordnung mehr in dem Raum und der frische Geruch hatte sich verzogen; ein Paar Hosen lag auf dem Boden vor dem Kasten, verknäulte Socken daneben. Ein Vorhang war aus der Schiene gesprungen und hing schlaff auf der einen Seite des Fensters herunter. Der Doktor legte eine Beschwörung in seinen Blick, mit dem er all das wahrnahm. Aber der Mann schüttelte langsam den Kopf; er hatte verstanden und verneinte. Für sich verneinte er, wie jemand, der einsieht, auch einsehen will, aber für sich keinen Gebrauch mehr von dieser Einsicht machen kann.

Reiter saß im Kaffeehaus und trank das dritte Bier. Er ließ anschreiben.
»Ich lese jetzt ein sehr interessantes Buch«, sagte er. Der Doktor unterbrach ihn mit einer verächtlichen Bewegung.
»Gut«, sagte der Mann. »Ich bin schon still.«
»Ihre Frau ist tot, und Sie sind schuld daran. Sie haben mich zu spät gerufen.«
»Arme Rosi«, sagte [der] Mann, »sie wollte wohl sterben. Sie haben keine Schuld. Nicht daß sie mißtrauisch war gegen die Ärzte, aber sie hat immer an die Pfuscher geglaubt. Helfen Sie jemand, der an ein Pendel glaubt . . . das bringen Sie nicht fertig. Es war ihr wichtiger als gesund werden, und mir sind die Bücher wichtiger . . .« Der Mann verstummte und trank.

»Ich lese ein Buch«, begann er wieder. »Draus geht hervor: im Anfang und am Ende ist alles egal. Leben und Tod. Ich lese ein anderes Buch, daraus geht hervor, daß alles einen Wert hat. Ich lese ein Buch, aus dem geht hervor, daß wir die Welt ändern müssen. Und noch eines, da geht noch allerhand hervor, wovon Sie sich nichts träumen lassen. Himmel, was da alles hervorgeht und hängt da oben wie eine Wolke, und ich schaue hinauf, während ich unten im Dreck liege und euch die Straßenbahnschienen flicke, und frage mich, wie sollen wir zusammenkommen, die Wolke und ich.«

»Das bilden Sie sich bloß ein«, sagte der Doktor schwach und trank nun auch. »Einer richtet die Lichtleitung, einer richtet das Brot, einer die Schuhe und einer die Gewehre. Sie sind ein Arbeiter, verstanden, das ist eine gute Sache. Das andre geht Sie nichts an.«

»So, so!«, rief der Mann, »geht mich nichts an! Aber freilich, Sie verordnen Ihr Aspirin, fahren einem mit dem Löffel in den Mund und stechen die Spritzen in die Venen. Ihnen ist alles egal, und drum merken Sie nicht, daß Sie auch drunten liegen wie ich, im Dreck, und daß die schöne Wolke über Sie hinzieht, als gäb es Sie nicht. Aber es muß uns geben. Es muß.«

»Das ist die Höhe«, sagte der Doktor. »Lassen Sie mich aus dem Spiel.«

Der Mann sprang auf und ging auf den Spielapparat zu. »Nein, ich lasse dich nicht«, sagte der Mann und riß an dem Hebel. »Ich lasse dich nicht, mein Geist.« Der Hebel ging krachend herunter und die Kugeln begannen zu tanzen. »Verstehen Sie«, brüllte der Mann, über den Lärm hinweg, zu dem Doktor hinüber. »Es muß eine Verbindung sein, sonst spucken mir die Bücher ins Gesicht oder ich spucke die Bücher an! Ist da ein Zusammenhang oder keiner?!«

»Wer soll das wissen?«

»Wer? Ich natürlich. Ich soll es wissen, sonst hat das alles gar keinen Sinn. Wenn ich es nicht weiß, dann ist es ganz umsonst, daß die Bahn fährt und das Brot jeden Tag frisch aus dem Ofen kommt, daß einer die Straßen kehrt und einer die Bücher macht.«

»Es wird schon auch so einen Sinn haben, auch wenn Sie es nicht wissen«, murmelte der Doktor selbstgefällig.

»Ich muß schon sagen.«

»Saufen. Stänkern. Das ist alles, was Sie können.«

»Hören Sie mir bloß auf. Hören Sie auf.«

»Eine Schande ist das, nicht zu sagen.«

»Den Seinen gibts der Herr wohl im Schlaf.«

»Da schau an. Aber es wird Sie noch reuen.«

»Lang geht das nicht mehr, ist alles zu lang gegangen.«

»Kommt eine Zeit, kommt ein Rat.«

»Ich glaube, mich beißt was.«

»Ich geb keinen roten Heller für Sie.«

»Zu nachtschlafner Zeit und am hellichten Tag.«

»Rutschen Sie mir den Buckel herunter.«

»Sie haben die Weisheit wohl mit dem Löffel gefressen.«

Der Doktor schleifte den Mann, der sich wehrte, zu dem Tisch zurück. Der Ober, der hinzugekommen war, gab sich den Anschein mitzuhelfen und flüsterte: »Tun Sie ihn mir weg, Herr Doktor.«

»Franz, zahlen«, sagte Reiter scharf, der es gehört hatte.

»Nein, anschreiben.«

»Ich zahle alles«, sagte der Doktor und drückte Reiter auf einen Sessel am Tisch.

»Sehen Sie den Tisch dort drüben, am Fenster?« fragte der Mann aufgeregt. »Sehen Sie, Herr Doktor, dort unter dem Tisch ist es gelegen im Dunkeln, das Buch, mit dem es angefangen hat. Dort war meine Hand im Dunkeln und hat danach gegriffen, hat sich verbrannt. Da – meine Hand tut mir noch weh davon. Da – meine Augen, mein Kopf. Diese

Schmerzen. Dort ist es geschehen. Ist das ein besonderer Ort? Nein, ein so beliebiger Ort. Aber an jedem beliebigen Ort, in einer beliebigen Stunde geschieht so etwas, fängt es an. Ich weiß nicht, was es für Sie sein wird, Herr Doktor. Für Sie wird an einem anderen Ort, in einer anderen Stunde etwas geschehen. Dann werden Sie leiden, schreien in der Nacht, nicht mehr aus und ein wissen und nie mehr leben können wie vorher. Und fragen werden Sie, fragen, daß tausend milde flockige feuchte Antworten nicht genug fallen werden in diese einzige brennende Frage... Ich lade Sie ein. Seien Sie nicht fad, lade Sie ein, weil Sie so gut beisammen sind und so gut aus der Wäsche schauen. Trinken Sie noch eins mit mir, Genosse Doktor, lieber Genosse, Sie sind ein feiner Kerl. Sie würden mit uns auf die Barrikaden kommen, wenn es um die Wurst geht, aber da ist noch eine andre Barrikade. Wer steht da schon? Schaut! Bin ich das vielleicht? Wie kommen wir denn zusammen, Herrschaften, wir, denen es um den Wurstzipfel geht, und wir, denen es um den Gedanken über die ganze Wurst geht und die allergrößten Gedanken über uns und die Wurst. Schöne Wolke, die vorüberzieht... Was für ein Geschrei ist das in der Nacht!«

Die Leiche des Andreas Reiter, 35 Jahre alt, Schweißer bei den Stadtwerken, der sich über die Floridsdorfer Brücke in die Donau gestürzt und das Genick gebrochen hatte, wurde am anderen Tag am Ufer in der Höhe von Jedlesee angeschwemmt. Der Unglückliche hatte in einem Anfall von Schwermut gehandelt, da seine Frau kurz zuvor an Tuberkulose gestorben war und ihn mit zwei minderjährigen Kindern zurückgelassen hatte.
Die Kapelle der Arbeiter seines Bezirks spielte am Grab »Ruhe sanft« und »Ich hatt' einen Kameraden«.
Der Doktor entfernte sich, in Begleitung des Ober Franz, als erster vom Friedhof. »Ich hatt' einen Kameraden«, sag-

te er laut und entrüstet. »Das ist der reine Hohn!« Der Ober sah ihn von der Seite an und schwieg. »Wenn man weiß, was ich weiß«, murmelte der Doktor ohne Erklärung. Dann sagte er wieder laut: »Aber doch, wenn man weiß, was ich weiß, dann stimmt es. Wenn man es genau nimmt, stimmt es wieder.«

»Meine Verehrung«, sagte der Ober und verabschiedete sich.

Der Hinkende
Fragment

Gott allein weiß, warum ich hinke. Nie konnte ich in Erfahrung bringen, ob mein rechtes Bein schon seit meiner Geburt beträchtlich kürzer ist als mein linkes oder ob es erst später, in meinen ersten Jahren, ein Unfall oder eine Krankheit war, die das bewirkte.

Seit langem schon erzähle ich gerne, daß meine Eltern einen Autozusammenstoß gehabt hätten, als sie mich auf einer Geschäftsreise von Paris nach Madrid mitnahmen, daß sie selbst nur leicht verwundet wurden, ich jedoch dabei eine so schwere Verletzung erfahren habe, daß auch die Kunst hervorragender Ärzte mir nicht mehr helfen konnte.

Aus dieser Geschichte kann mancher auf eine sehr beiläufige Weise heraushören, daß ich der Sohn wohlhabender Leute gewesen sein muß und daß das Leben mir erst später schlimm mitgespielt habe.

Manchmal erregt es mich, wenn ich diese Geschichte für mich ausspinne und der verlorenen und versäumten Zeit denke, die an mir vorbeigegangen ist und immer wieder verloren und versäumt an mir vorbeigehen wird. Dann geschieht es, daß die Telephonzentrale, in der ich von früh morgens bis spät abends sitze, um den Hörer abzuheben und die Verbindung zu den angeschlossenen Apparaten herzustellen, sich in eine Gruft verwandelt, aus der ich keinen Ausstieg finde – und in meiner Brieftasche sammeln sich die Lohnstreifen wie Totenscheine, die man Monat für Monat auf meinen Namen ausstellt, ohne mich zu fragen, ob mir die Luft nicht am Ende noch für einen Atem Nahrung gibt, für eine Hoffnung, die mich hinausführt auf die Straße, in die Sonne, unter die Menschen, in deren Lachen und Weinen. Vielleicht ist da noch Hoffnung auf einen Morgen, auf Wolken, die wie reife Trauben aneinanderhängen und aus denen, gekeltert, die Süße ganz verwunschener Zeiten aus dem Himmel strömt. Vielleicht ist da noch Hoffnung, daß man leicht werden und fliegen könnte, daß die Füße von einem abfielen, daß dieses schwere, schleppende Bein abfiele, mit dem man ans Kreuz der Ohnmacht geschlagen ist!

Doch ich brauche diese Hoffnung nicht. In meinem sauberen und komfortablen Grab fühle ich mich ausgezeichnet. Nur manchmal wird es mir eben zuviel. »Ich verbinde«, »Warten Sie, bitte!«, »Die Klappe ist besetzt«, »Ich verbinde«. – Diesen Text habe ich gut gelernt; ich kann ihn fehlerlos. Ich verbinde selbst im Traum: ich verbinde feurige Pferde, auf denen ich über Telephonschnüre springe, mit morastenen Erdlöchern, in denen ich als riesige Telephonnummer liege und immer wieder meinen Namen sagen muß. »R 27 303«, »Ich verbinde«, »R 27 303«. Ich verbinde diese riesige Nummer, die ich selbst bin, mit den nackten Würmern und dem springlebendigen Getier unter dem verhärteten Schlamm, auf den mein Kopf zu liegen kommt. »R 27 303«, »Warten Sie, bitte«, »Ich verbinde«, »Die Klappe ist besetzt«.

Aber morgens habe ich nahezu immer alles vergessen – ausgenommen den Text, und das ist gut, denn ich brauche diesen Text; ich darf ihn nicht vergessen. Dieser Text ist mein Brot.

Aber ich wollte eigentlich von etwas anderem sprechen – von diesem Tag im vergangenen Frühling, als ich nicht mehr aus und ein wußte vor Sorgen. Damals lief ich Gefahr, meine Stelle in der Telephonzentrale zu verlieren, denn es gab einen Kriegsverletzten, einen Amputierten, der sich die Freundschaft des Direktors erworben hatte oder schon des längeren besaß. Ich weiß, daß dieser Mann einen Verdienst brauchte, aber ich brauchte ihn eben auch, und es war nicht meine Schuld, daß ich mein Bein nicht im Krieg verloren hatte, nein, es war nicht meine Schuld. Ich hätte es gerne verloren; es gibt vielleicht nichts, das ich lieber verloren hätte als dieses Bein, das so wenig taugt. Ich habe immerzu verloren, immerzu, woran ich mein Herz hängte: vor Kriegsende den kleinen schmutzigen Hund, der mir zulief und mich zwei Tage und Nächte durch das halbe Land begleitete, als wüßte er, wie notwendig mir seine Nähe war, und der ein klügeres Gesicht machen konnte als die meisten Menschen; oder das große, bis zum Boden reichende Fenster meiner alten Wohnung, durch das ganz betrunkene Schatten und sprechende Gesichter kamen und mich trösteten, wenn ich mich beim Einschlag der Bomben nicht mehr retten konnte wie die anderen; und zuletzt Annas Freundschaft.

Aber daran will ich gar nicht denken.

Ich kannte sie erst kurze Zeit. Eines Tags zog sie in das kleine verwahrloste Hotel, in dem ich noch heute wohne – in das Zimmer, das neben meinem liegt. Und eines anderen Tags grüßten wir einander auf der Treppe. Wieder eines anderen Tags kam sie auf mich zu und bat mich, den Kurzschluß an ihrer Lampe zu beheben. Oh, ich weiß, wie man schadhafte Drähte verkürzt, wie man einen gestörten Kontakt wiederherstellt! Ich ließ mich nicht lange bitten, sondern machte mich gleich an die Arbeit.

Im dunklen Zimmer leuchtete sie mir mit einer Taschenlampe. Wenn ich mich umwandte, blendete mich das Licht, und Annas Gesicht war nicht auszunehmen. Aber der Schatten ihres Kopfes hing wie ein überlebensgroßes Plakat an der Wand dahinter. Ich sah Anna nicht an, aber ich blickte noch einige Male diesen Schatten an, aus dem sie, groß und unübersehbar, auf mich zukam.

Als ich ging, dankte sie mir mit herzlichen Worten. »Ich habe zu danken«, murmelte ich, und ich fürchtete, sie könnte es verstehen.

Am Wochenende schlug sie mir vor, sie auf einem Spaziergang ins Grüne zu begleiten. Ich war wie betäubt von dieser Zumutung.

»Ausgezeichnet«, sagte ich. »Ausgezeichnet! Wir gehen ins Grüne! Wir gehen ins Grüne und lassen mein Bein zu Hause. Mein Bein fühlt sich nämlich nicht sehr wohl.«

Ich hieb mir, um meinen Worten Nachdruck zu verleihen, mit der Hand auf den Schenkel. – Natürlich hatte ich keine Schmerzen. Ich habe überhaupt nie Schmerzen. Aber sie sollte wissen, daß alles nicht so einfach war, wie sie es haben wollte.

Anna sah mein Bein gar nicht an. Mir fiel auf, daß sie überhaupt noch nie davon Notiz genommen hatte. Sie sah nicht einmal mich an, sondern blickte an mir vorbei aus dem Fenster.

Wir gingen nicht ins Grüne; auch später nicht. Aber abends klopfte ich immer an ihre Zimmertür. Manchmal öffnete sie und ließ mich ein. Stundenlang saß ich in dem großen Lehnstuhl, der bei jeder Bewegung ächzte und zusammenzubrechen drohte, und erzählte ihr, was tagsüber vorgefallen war: daß der Direktor meinen Lohn erhöhen wolle, daß aber, aus verschiedenen Gründen, nicht so bald damit zu rechnen sei; daß neue Sparmaßnahmen zu erwarten seien, daß einer der Angestellten des Diebstahls beschuldigt worden sei und daß meine Straßenbahn, als ich nach Hause fuhr, ein Lastauto gestreift und leicht beschädigt hätte.

Ich erzählte gerne und viel, aber ich hütete mich, von mir zu sprechen. Als ich es dennoch unternahm, unterlief mir ein Fehler. Anna war übrigens nicht ohne Schuld.

»Ist *das* schon lange her?« fragte sie unvermittelt. Augenblicklich wußte ich, daß sie mein Bein meinte und alles, alles, was damit zusammenhängt. Als ich zögernd zu sprechen anfing, merkte ich, daß ich ihr meine alte Geschichte nicht erzählen konnte. Ich frage mich, warum ich das glaubte, und ich weiß keine Antwort darauf. Jedenfalls mußte ich also an Ort und Stelle eine neue erfinden. Sie gelang ganz gut, und es geht daher zu weit, wenn ich sage, daß mir ein Fehler unterlief.

Ich berichtete trocken und nüchtern, daß meine Mutter, bald nach meiner Geburt, gestorben sei – mein Vater habe sie schon zuvor verlassen. Ich berichtete weiter, ohne nachdenken zu müssen, vom Leben im Waisenhaus und von der Schule; ich flocht glaubwürdige Anekdoten ein, und dann kam ich zum Eigentlichen: »Ich wollte Schauspieler werden«, sagte ich mit erhobener Stimme. »Ich wollte etwas Großes. Ich wollte nicht nur – ich wußte, daß ich etwas Großes vollbringen könnte. Aber das verstehst du nicht. Ich hatte nicht so lange Zeit und nicht soviel Geld wie die anderen. Meine Ausbildung war mangelhaft, aber ich wollte etwas Großes, ich wollte es blindlings und unbeirrbar, und ich wurde engagiert.«

Ich machte eine Pause und sah sie an. Sie hatte die Knie emporgezogen, die Arme darum geschlungen und stützte das Kinn auf den Rücken einer Hand. Sie schien zu schlafen. Ich stand auf und gab vor, erzürnt zu sein. »Ich kann auch gehen«, sagte ich drohend. Neben mir lag der umgestürzte Lehnstuhl, und ich bückte mich jetzt, um ihn aufzustellen und ihm das herausgebrochene Bein wieder einzusetzen. Anna rührte sich nicht; sie schlug nur ihre Augen auf und sah mich an, nichtssagend und dumm, schien es mir, und wartete ruhig, bis ich den Stuhl wieder instand gesetzt hatte.

Nun wurde ich wirklich zornig; ihre Dummheit und Teilnahmslosigkeit rissen mich dazu hin. »Ich wurde für die Hauptrolle engagiert«, schrie ich außer mir. »Im zweiten Akt hatte ich aus dem Fenster meiner Geliebten zu springen. Auf der Generalprobe sprang ich, wie immer, und diesmal stürzte ich, ja, und das war das Ende. Das war das Ende . . .«

Ich schrie nicht mehr, sondern streckte ruhig mein Bein vor und schaute dann die Wand an, aus der kein Schatten mehr auf mich zukam, um sich an meine Brust zu lehnen. Ich wollte gleich gehen, aber plötzlich fand ich mich ganz nah neben Anna, ich schlang den Arm um sie und gab mein Gesicht an das ihre.

»Als Kind habe ich versucht, mich zu rächen«, sagte ich, und mein Atem feuchtete ihre Wangen.

»Zu rächen . . .?« fragte sie.

»Ich habe einer Katze mit einem großen, scharfen Messer die Beine abgeschnitten, einer ganz kleinen, blutjungen Katze. Dann trug ich sie den langen Weg zum Fluß hinunter und warf sie ins Wasser. Ich hörte sie schreien, noch als sie im Wasser trieb. Es war, als schrie das Wasser. Ja, das Wasser schrie noch lang, es schrie, bis es Abend wurde, und ich lag am Ufer und zählte die Schreie.«

Anna wurde so blaß, daß ihr Gesicht kleiner zu werden schien; nur ihre Lippen traten, zusehends, röter und voller hervor. Sie ließ sich ohne Widerstand küssen.

Zweiter Teil: Das dreißigste Jahr

Jugend in einer österreichischen Stadt

An schönen Oktobertagen kann man, von der Radetzkystraße kommend, neben dem Stadttheater eine Baumgrup-
pe in der Sonne sehen. Der erste Baum, der vor jenen dun-
kelroten Kirschbäumen steht, die keine Früchte bringen, ist
so entflammt vom Herbst, ein so unmäßiger goldner Fleck,
daß er aussieht, als wäre er eine Fackel, die ein Engel fallen gelassen hat. Und nun brennt er, und Herbstwind und
Frost können ihn nicht zum Erlöschen bringen.
Wer möchte drum zu mir reden von Blätterfall und vom
weißen Tod, angesichts dieses Baums, wer mich hindern,
ihn mit Augen zu halten und zu glauben, daß er mir immer
leuchten wird wie in dieser Stunde und daß das Gesetz der
Welt nicht auf ihm liegt?
In seinem Licht ist jetzt auch die Stadt wieder zu erkennen,
mit blassen genesenden Häusern unter dunklen Ziegel-
schöpfen, und der Kanal, der vom See hin und wieder ein
Boot hineinträgt, das in ihrem Herzen anlegt. Wohl ist der
Hafen tot, seit die Frachten schneller von Zügen und auf
Lastwagen in die Stadt gebracht werden, aber von dem hohen Kai fallen noch Blüten und Obst hinunter aufs ver-
tümpelte Wasser, der Schnee stürzt ab von den Ästen, das
Tauwasser läuft lärmend hinunter, und dann schwillt er
gern noch einmal an und hebt eine Welle und mit der Welle ein Schiff, dessen buntes Segel bei unserer Ankunft gesetzt wurde.
In diese Stadt ist man selten aus einer anderen Stadt gezogen, weil ihre Verlockungen zu gering waren; man ist aus
den Dörfern gekommen, weil die Höfe zu klein wurden,
und hat am Stadtrand eine Unterkunft gesucht, wo sie am
billigsten war. Dort waren auch noch Felder und Schotter-

gruben, die großen Gärtnereien und die Bauplätze, auf denen jahrelang Rüben, Kraut und Bohnen, das Brot der ärmsten Siedler, geerntet wurden. Diese Siedler hoben ihre Keller selbst aus. Sie standen im Grundwasser. Sie zimmerten ihre Dachbalken selbst an den kurzen Abenden zwischen Frühling und Herbst und weiß Gott, ob sie ein Richtfest gesehen haben vor ihrem Absterben.

Ihren Kindern kam es darauf nicht an, denn die wurden schon eingeweiht in die unbeständigen Gerüche der Ferne, wenn die Kartoffelfeuer brannten und die Zigeuner sich, flüchtig und fremdsprachig, niederließen im Niemandsland zwischen Friedhof und Flugplatz.

In dem Mietshaus in der Durchlaßstraße müssen die Kinder die Schuhe ausziehen und in Strümpfen spielen, weil sie über dem Hausherrn wohnen. Sie dürfen nur flüstern und werden sich das Flüstern nicht mehr abgewöhnen in diesem Leben. In der Schule sagen die Lehrer zu ihnen: Schlagen sollte man euch, bis ihr den Mund auftut. Schlagen ... Zwischen dem Vorwurf, zu laut zu sein, und dem Vorwurf, zu leise zu sein, richten sie sich schweigend ein.

Die Durchlaßstraße hat ihren Namen nicht von dem Spiel, in dem die Räuber durchmarschieren, aber die Kinder dachten lange, das wäre so. Erst später, als die Beine sie weiter trugen, haben sie den Durchlaß gesehen, die kleine Unterführung, über die der Zug nach Wien fährt. Hier mußten die Neugierigen hindurch, die zum Flugfeld wollten, über die Felder, quer durch die Herbststickereien. Jemand ist auf die Idee gekommen, den Flugplatz neben den Friedhof zu legen, und die Leute in K. meinten, es sei günstig für die Beerdigung der Piloten, die eine Zeitlang Übungsflüge machten. Die Piloten taten niemand den Gefallen, abzustürzen. Die Kinder brüllten immer: Ein Flieger! Ein Flieger! Sie hoben ihnen die Arme entgegen, als wollten sie sie einfangen, und starrten in den Wolkenzoo, in dem sich die Flieger zwischen Tierköpfen und Larven bewegten.

Die Kinder lösen von den Schokoladetafeln das Silberpapier und flöten darauf ›Das Maria Saaler G'läut‹. Die Kinder lassen sich in der Schule von einer Ärztin den Kopf nach Läusen absuchen. Die Kinder wissen nicht, wieviel es geschlagen hat, denn die Uhr auf der Stadtpfarrkirche ist stehengeblieben. Sie kommen immer zu spät von der Schule heim. Die Kinder! (Sie wissen zur Not, wie sie heißen, aber sie horchen nur auf, wenn man sie »Kinder« ruft.)

Aufgaben: Unter- und Oberlängen, steilschriftig, Übungen im Horizontgewinn und Traumverlust, auswendig Gelerntes auf Gedächtnisstützen. In der Ausdünstung von Ölböden, von ein paar Hundert Kinderleben, Zwergenmänteln, verbranntem Radiergummi, zwischen Tränen und Tadel, Eckenstehen, Knien und unstillbarem Schwätzen sind zu leisten: ein Alphabet und das Einmaleins, eine Rechtschreibung und zehn Gebote.

Die Kinder legen alte Worte ab und neue an. Sie hören vom Berg Sinai und sie sehen den Ulrichsberg mit seinen Rübenfeldern, Lärchen und Fichten, von Zeder und Dornbusch verwirrt, und sie essen Sauerampfer und nagen die Maiskolben ab, eh sie hart und reif werden, oder tragen sie nach Hause, um sie auf der Holzglut zu rösten. Die nackten Kolben verschwinden in der Holzkiste und werden zum Unterzünden verwendet, und Zeder und Ölbaum wurden nachgelegt, schwelten darauf, wärmten aus der Ferne und warfen Schatten auf die Wand.

Zeit der Trophäen, Zeit der Weihnachten, ohne Blick voraus, ohne Blick zurück, Zeit der Kürbisnächte, der Geister und Schrecken ohne Ende. Im Guten, im Bösen: hoffnungslos.

Die Kinder haben keine Zukunft. Sie fürchten sich vor der ganzen Welt. Sie machen sich kein Bild von ihr, nur von dem Hüben und Drüben, denn es läßt sich mit Kreidestrichen begrenzen. Sie hüpfen auf einem Bein in die Hölle und springen mit beiden Beinen in den Himmel.

Eines Tages ziehen die Kinder um in die Henselstraße. In ein Haus ohne Hausherr, in eine Siedlung, die unter Hypotheken zahm und engherzig ausgekrochen ist. Sie wohnen zwei Straßen weit von der Beethovenstraße, in der alle Häuser geräumig und zentralgeheizt sind, und eine Straße weit von der Radetzkystraße, durch die, elektrischrot und großmäulig, die Straßenbahn fährt. Sie sind Besitzer eines Gartens geworden, in dem vorne Rosen gepflanzt werden und hinten kleine Apfelbäume und Ribiselsträucher. Die Bäume sind nicht größer als sie selber, und sie sollen miteinander groß werden. Sie haben links eine Nachbarschaft mit Boxerhund und rechts Kinder, die Bananen essen, Reck und Ringe im Garten aufgemacht haben und schwingend den Tag verbringen. Sie freunden sich mit dem Hund Ali an und rivalisieren mit den Nachbarskindern, die alles besser können und besser wissen.

Noch lieber sind sie unter sich, nisten sich auf dem Dachboden ein und schreien manchmal laut im Versteck, um ihre verkrüppelten Stimmen auszuprobieren. Sie stoßen leise kleine Rebellenschreie vor Spinnennetzen aus.

Der Keller ist ihnen verleidet von Mäusen und vom Äpfelgeruch. Jeden Tag hinuntergehen, die faulen Bluter heraussuchen, ausschneiden und essen! Weil der Tag nie kommt, an dem alle faulen Äpfel gegessen sind, weil immer Äpfel nachfaulen und nichts weggeworfen werden darf, hungert sie nach einer fremden verbotenen Frucht. Sie mögen die Äpfel nicht, die Verwandten und die Sonntage, an denen sie auf dem Kreuzberg über dem Haus spazierengehen müssen, Blumen bestimmend, Vögel bestimmend.

Im Sommer blinzeln die Kinder durch grüne Läden in die Sonne, im Winter bauen sie einen Schneemann und stecken ihm Kohlenstücke an Augenstatt. Sie lernen Französisch. Madeleine est une petite fille. Elle est à la fenêtre. Elle regarde la rue. Sie spielen Klavier. Das Champagnerlied. Des Sommers letzte Rose. Frühlingsrauschen.

Sie buchstabieren nicht mehr. Sie lesen Zeitungen, aus denen der Lustmörder entspringt. Er wird zum Schatten, den die Bäume in der Dämmerung werfen, wenn man von der Religionsstunde heimkommt, und er ruft das Geräusch des bewegten Flieders längs der Vorgärten hervor; die Schneeballbüsche und der Phlox teilen sich und geben einen Augenblick lang seine Gestalt preis. Sie fühlen den Griff des Würgers, das Geheimnis, das sich im Wort Lust verbirgt und das mehr zu fürchten ist als der Mörder.

Die Kinder lesen sich die Augen wund. Sie sind übernächtig, weil sie abends zu lang im wilden Kurdistan waren oder bei den Goldgräbern in Alaska. Sie liegen auf der Lauer bei einem Liebesdialog und möchten ein Wörterbuch haben für die unverständliche Sprache. Sie zerbrechen sich den Kopf über ihre Körper und einen nächtlichen Streit im Elternzimmer. Sie lachen bei jeder Gelegenheit, sie können sich kaum halten und fallen von der Bank vor Lachen, stehen auf und lachen weiter, bis sie Krämpfe bekommen.

Der Lustmörder wird aber bald in einem Dorf gefunden, im Rosental, in einem Schuppen, mit Heufransen und dem grauen Fotonebel im Gesicht, der ihn für immer unerkennbar macht, nicht nur in der Morgenzeitung.

Es ist kein Geld im Haus. Keine Münze fällt mehr ins Sparschwein. Vor Kindern spricht man nur in Andeutungen. Sie können nicht erraten, daß das Land im Begriff ist, sich zu verkaufen und den Himmel dazu, an dem alle ziehen, bis er zerreißt und ein schwarzes Loch freigibt.

Bei Tisch sitzen die Kinder still da, kauen lang an einem Bissen, während es im Radio gewittert und die Stimme des Nachrichtensprechers wie ein Kugelblitz in der Küche herumfährt und verendet, wo der Kochdeckel sich erschrocken über den zerplatzten Kartoffeln hebt. Die Lichtleitung wird unterbrochen. Auf den Straßen ziehen Kolonnen von Marschierenden. Die Fahnen schlagen über den Köpfen zusammen. ».. .bis alles in Scherben fällt«, so wird gesungen draußen. Das Zeitzeichen ertönt, und die Kinder gehen dazu über, sich mit geübten Fingern stumme Nachrichten zu geben.

Die Kinder sind verliebt und wissen nicht in wen. Sie kauderwelschen, spintisieren sich in eine unbestimmbare Blässe, und wenn sie nicht mehr weiterwissen, erfinden sie eine Sprache, die sie toll macht. Mein Fisch. Meine Angel. Mein Fuchs. Meine Falle. Mein Feuer. Du mein Wasser. Du meine Welle. Meine Erdung. Du mein Wenn. Und du mein Aber. Entweder. Oder. Mein Alles . . . mein Alles . . . Sie stoßen einander, gehen mit Fäusten aufeinander los und balgen sich um ein Gegenwort, das es nicht gibt.

Es ist nichts. Diese Kinder!

Sie fiebern, sie erbrechen sich, haben Schüttelfrost, Angina, Keuchhusten, Masern, Scharlach, sie sind in der Krise, sind aufgegeben, sie hängen zwischen Tod und Leben, und eines Tages liegen sie fühllos und morsch da, mit neuen Gedanken über Alles. Man sagt ihnen, daß der Krieg ausgebrochen ist.

Noch einige Winter lang, bis die Bomben sein Eis hochjagen, kann man auf dem Teich unter dem Kreuzberg schlittschuhlaufen. Der feine Glasboden in der Mitte ist den Mädchen in den Glockenröcken vorbehalten, die Innenbogen, Außenbogen und Achter fahren; der Streifen rundherum gehört den Schnelläufern. In der Wärmestube ziehen die größeren Burschen den größeren Mädchen die Schlittschuhe an und berühren mit den Ohrenschützern das schwanenhalsige Leder über mageren Beinen. Man muß angeschraubte Kufen haben, um für voll zu gelten, und wer, wie die Kinder, nur einen Holzschlittschuh mit

Riemen hat, weicht in die verwehten Teichecken aus oder schaut zu.

Am Abend, wenn die Läufer und Läuferinnen aus den Schuhen geschlüpft sind, sie über die Schultern hängen haben und abschiednehmend auf die Holztribüne treten, wenn alle Gesichter, frisch und jungen Monden gleich, durch die Dämmerung scheinen, gehen die Lichter an unter den Schneeschirmen. Die Lautsprecher werden aufgedreht, und die sechzehnjährigen Zwillinge, die stadtbekannt sind, kommen die Holzstiege hinunter, er in blauen Hosen und weißem Pullover und sie in einem blauen Nichts über dem fleischfarbenen Trikot. Sie warten gelassen den Auftakt ab, eh sie von der vorletzten Stufe – sie mit einem Flügelschlag und er mit dem Sprung eines herrlichen Schwimmers – auf das Eis hinausstürzen und mit ein paar tiefen, kraftvollen Zügen die Mitte erreichen. Dort setzt sie zur ersten Figur an, und er hält ihr einen Reifen aus Licht, durch den sie, umnebelt, springt, während die Grammophonnadel zu kratzen beginnt und die Musik zerscharrt. Die alten Herren weiten unter bereiften Brauen die Augen, und der Mann mit der Schneeschaufel, der die Langlaufbahn um den Teich kehrt, mit seinen von Lumpen umwickelten Füßen, stützt sein Kinn auf den Schaufelstiel und folgt den Schritten des Mädchens, als führten sie in die Ewigkeit.

Die Kinder kommen noch einmal ins Staunen: die nächsten Christbäume fallen wirklich vom Himmel. Feurig. Und das Geschenk, das sie dazu nicht erwartet haben, ist für die Kinder mehr freie Zeit.

Sie dürfen bei Alarm die Hefte liegen lassen und in den Bunker gehen. Später dürfen sie Süßigkeiten für die Verwundeten sparen oder Socken stricken und Bastkörbe flechten für die Soldaten, für die auf der Erde, in der Luft und im Wasser. Und derer gedenken, in einem Aufsatz, unter der Erde und auf dem Grund. Und noch später dürfen sie Laufgräben ausheben zwischen dem Friedhof und dem Flugfeld, das dem Friedhof schon Ehre macht. Sie dürfen ihr Latein vergessen und die Motorengeräusche am Himmel unterscheiden lernen. Sie müssen sich nicht mehr so oft waschen; um die Fingernägel kümmert sich niemand mehr. Die Kinder flicken ihre Sprungseile, weil es keine neuen mehr gibt, und unterhalten sich über Zeitzünder und Tellerbomben. Die Kinder spielen ›Laßt die Räuber durchmarschieren‹ in den Ruinen, aber manchmal hocken sie nur da, starren vor sich hin und hören nicht mehr drauf, wenn man sie »Kinder« ruft. Es gibt genug Scherben für Himmel und Hölle, aber die Kinder schlottern, weil sie durchnäßt sind und frieren.

Kinder sterben, und die Kinder lernen die Jahreszahlen von den Siebenjährigen und Dreißigjährigen Kriegen, und es wäre ihnen gleich, wenn sie alle Feindschaften durcheinanderbrächten, den Anlaß und die Ursache, für deren genaue Unterscheidung man in der Geschichtsstunde eine gute Note bekommen kann.

Sie begraben den Hund Ali und dann seine Herrschaft. Die Zeit der Andeutungen ist zu Ende. Man spricht vor ihnen von Genickschüssen, vom Hängen, Liquidieren, Sprengen, und was sie nicht hören und sehen, riechen sie, wie sie die Toten von St. Ruprecht riechen, die man nicht ausgraben kann, weil das Kino darübergefallen ist, in das sie heimlich gegangen sind, um die ›Romanze in Moll‹ zu sehen. Jugendliche waren nicht zugelassen, aber dann waren sie es doch, zu dem großen Sterben und Morden ein paar Tage später und alle Tage danach.

Es ist nie mehr Licht im Haus. Kein Glas im Fenster. Keine Tür in der Angel. Niemand rührt sich und niemand erhebt sich.

Die Glan fließt nicht aufwärts und abwärts. Der kleine Fluß steht, und das Schloß Zigulln steht und erhebt sich nicht.

Der heilige Georg steht auf dem Neuen Platz, steht mit der Keule, und erschlägt den Lindwurm nicht. Daneben die Kaiserin steht und erhebt sich nicht.

O Stadt. Stadt. Ligusterstadt, aus der alle Wurzeln hängen. Kein Licht und kein Brot sind im Haus. Zu den Kindern gesagt: Still, seid still vor allem.

In diesen Mauern, zwischen den Ringstraßen, wieviel Mauern sind da noch? Der Vogel Wunderbar, lebt er noch? Er hat geschwiegen sieben Jahr. Sieben Jahr sind um. Du mein Ort, du kein Ort, über Wolken, unter Karst, unter Nacht, über Tag, meine Stadt und mein Fluß. Ich deine Welle, du meine Erdung.

Stadt mit dem Viktringerring und St. Veiterring . . . Alle Ringstraßen sollen genannt sein mit ihren Namen wie die großen Sternstraßen, die auch nicht größer waren für Kinder, und alle Gassen, die Burggasse und die Getreidegasse, ja, so hießen sie, die Paradeisergasse, die Plätze nicht zu vergessen, der Heuplatz und der Heilige-Geist-Platz, damit hier alles genannt ist, ein für allemal, damit alle Plätze genannt sind. Welle und Erdung.

Und eines Tages stellt den Kindern niemand mehr ein Zeugnis aus, und sie können gehen. Sie werden aufgefordert, ins Leben zu treten. Der Frühling kommt nieder mit klaren wütenden Wassern und gebiert einen Halm. Man braucht den Kindern nicht mehr zu sagen, daß Frieden ist. Sie gehen fort, die Hände in ausgefransten Taschen und mit einem Pfiff, der sie selber warnen soll.

Weil ich, in jener Zeit, an jenem Ort, unter Kindern war und wir neuen Platz gemacht haben, gebe ich die Henselstraße preis, auch den Blick auf den Kreuzberg, und nehme zu Zeugen all die Fichten, die Häher und das beredte Laub. Und weil mir zum Bewußtsein kam, daß der Wirt keinen Groschen mehr für eine leere Siphonflasche gibt und für mich auch keine Limonade mehr ausschenkt, überlasse ich anderen den Weg durch die Durchlaßstraße und ziehe den Mantelkragen höher, wenn ich sie blicklos überquere, um hinaus zu den Gräbern zu kommen, ein Durchreisender, dem niemand seine Herkunft ansieht. Wo die Stadt aufhört, wo die Gruben sind, wo die Siebe voll Geröllresten stehen und der Sand zu singen aufgehört hat, kann man sich niederlassen einen Augenblick und das Gesicht in die Hände geben. Man weiß dann, daß alles war, wie es war, daß alles ist, wie es ist, und verzichtet, einen Grund zu suchen für alles. Denn da ist kein Stab, der dich berührt, keine Verwandlung. Die Linden und der Holunderstrauch . . .? Nichts rührt dir ans Herz. Kein Gefälle früher Zeit, kein erstandenes Haus. Und nicht der Turm von Zigulln, die zwei gefangenen Bären, die Teiche, die Rosen, die Gärten voll Goldregen. Im bewegungslosen Erinnern, vor der Abreise, vor allen Abreisen, was soll uns aufgehen? Das Wenigste ist da, um uns einzuleuchten, und die Jugend gehört nicht dazu, auch die Stadt nicht, in der sie stattgehabt hat. Nur wenn der Baum vor dem Theater das Wunder tut, wenn die Fackel brennt, gelingt es mir, wie im Meer die Wasser, alles sich mischen zu sehen: die frühe Dunkelhaft mit den Flügen über Wolken in Weißglut; den Neuen Platz und seine törichten Denkmäler mit einem Blick auf Utopia; die Sirenen von damals mit dem Liftgeräusch in einem Hochhaus; die trockenen Marmeladebrote mit einem Stein, auf den ich gebissen habe am Atlantikstrand.

Das dreißigste Jahr

Wenn einer in sein dreißigstes Jahr geht, wird man nicht aufhören, ihn jung zu nennen. Er selber aber, obgleich er keine Veränderungen an sich entdecken kann, wird unsicher; ihm ist, als stünde es ihm nicht mehr zu, sich für jung auszugeben. Und eines Morgens wacht er auf, an einem Tag, den er vergessen wird, und liegt plötzlich da, ohne sich erheben zu können, getroffen von harten Lichtstrahlen und entblößt jeder Waffe und jeden Muts für den neuen Tag. Wenn er die Augen schließt, um sich zu schützen, sinkt er zurück und treibt ab in eine Ohnmacht, mitsamt jedem gelebten Augenblick. Er sinkt und sinkt, und der Schrei wird nicht laut (auch er ihm genommen, alles ihm genommen!), und er stürzt hinunter ins Bodenlose, bis ihm die Sinne schwinden, bis alles aufgelöst, ausgelöscht und vernichtet ist, was er zu sein glaubte. Wenn er das Bewußtsein wieder gewinnt, sich zitternd besinnt und wieder zur Gestalt wird, zur Person, die in Kürze aufstehen und in den Tag hinaus muß, entdeckt er in sich aber eine wundersame neue Fähigkeit. Die Fähigkeit, sich zu erinnern. Er erinnert sich nicht wie bisher, unverhofft oder weil er es wünschte, an dies und jenes, sondern mit einem schmerzhaften Zwang an alle seine Jahre, flächige und tiefe, und an alle Orte, die er eingenommen hat in den Jahren. Er wirft das Netz Erinnerung aus, wirft es über sich und zieht sich selbst, Erbeuter und Beute in einem, über die Zeitschwelle, die Ortschwelle, um zu sehen, wer er war und wer er geworden ist.

Denn bisher hat er einfach von einem Tag zum andern gelebt, hat jeden Tag etwas anderes versucht und ist ohne Arg gewesen. Er hat so viele Möglichkeiten für sich gesehen und er hat, zum Beispiel, gedacht, daß er alles mögliche werden könne:

Ein großer Mann, ein Leuchtfeuer, ein philosophischer Geist.

Oder ein tätiger, tüchtiger Mann; er sah sich beim Brückenbau, beim Straßenbau, im Drillich, sah sich verschwitzt herumgehen im Gelände, das Land vermessen, aus einer Blechbüchse eine dicke Suppe löffeln, einen Schnaps trinken mit den Arbeitern, schweigend. Er verstand sich nicht auf viele Worte.

Oder ein Revolutionär, der den Brand an den vermorschten Holzboden der Gesellschaft legte; er sah sich feurig und beredt, zu jedem Wagnis aufgelegt. Er begeisterte, er war im Gefängnis, er litt, scheiterte und errang den ersten Sieg.

Oder ein Müßiggänger aus Weisheit – jeden Genuß suchend und nichts als Genuß, in der Musik, in Büchern, in alten Handschriften, in fernen Ländern, an Säulen gelehnt. Er hatte ja nur dieses eine Leben zu leben, dieses eine Ich zu verspielen, begierig nach Glück, nach Schönheit, geschaffen für Glück und süchtig nach jedem Glanz!

Mit den extremsten Gedanken und den fabelhaftesten Plänen hatte er sich darum jahrelang abgegeben, und weil er nichts war außer jung und gesund, und weil er noch so viel Zeit zu haben schien, hatte er zu jeder Gelegenheitsarbeit ja gesagt. Er gab Schülern Nachhilfestunden für ein warmes Essen, verkaufte Zeitungen, schaufelte Schnee für fünf Schilling die Stunde und studierte daneben die Vorsokratiker. Er konnte nicht wählerisch sein und ging darum zu einer Firma als Werkstudent, kündigte wieder, als er bei einer Zeitung unterkam; man ließ ihn Reportagen schreiben über einen neuen Zahnbohrer, über Zwillingsforschung, über die Restaurationsarbeiten am Stephansdom. Dann machte er sich eines Tages ohne Geld auf die Reise, hielt Autos an, benutzte Adressen, die ihm ein Bursche, den er kaum kannte, von jemand Dritten gegeben hatte, blieb da und dort und zog weiter. Er trampte durch Europa, kehrte dann aber, einem plötzlichen Entschluß folgend, um, bereitete sich auf Prüfungen für einen nützlichen Beruf vor, den er aber nicht als seinen endgültigen ansehen wollte, und er bestand die Prüfungen. Bei jeder Gelegenheit hatte er ja gesagt zu einer Freundschaft, zu einer Liebe, zu einem Ansinnen, und all dies immer auf Probe, auf Abruf. Die Welt schien ihm kündbar, er selbst sich kündbar.

Nie hat er einen Augenblick befürchtet, daß der Vorhang, wie jetzt, aufgehen könne vor seinem dreißigsten Jahr, daß das Stichwort fallen könne für ihn, und er zeigen müsse eines Tages, was er wirklich zu denken und zu tun vermochte, und daß er eingestehen müsse, worauf es ihm wirklich ankomme. Nie hat er gedacht, daß von tausendundeiner Möglichkeit vielleicht schon tausend Möglichkeiten vertan und versäumt waren – oder daß er sie hatte versäumen müssen, weil nur eine für ihn galt.

Nie hat er bedacht . . .

Nichts hat er befürchtet.

Jetzt weiß er, daß auch er in der Falle ist.

Es ist ein regnerischer Juni, mit dem dieses Jahr beginnt. Früher ist er verliebt gewesen in diesen Monat, in dem er geboren ist, in den frühen Sommer, in sein Sternbild, in die Verheißung von Wärme und guten Einflüssen guter Gestirne.

Er ist nicht mehr verliebt in seinen Stern.

Und es wird ein warmer Juli.

Unruhe überfällt ihn. Er muß die Koffer packen, sein Zimmer, seine Umgebung, seine Vergangenheit kündigen. Er muß nicht nur verreisen, sondern weggehen. Er muß frei sein in diesem Jahr, alles aufgeben, den Ort, die vier Wände und die Menschen wechseln. Er muß die alten Rechnungen begleichen, sich abmelden bei einem Gönner, bei der Polizei und der Stammtischrunde. Damit er alles los und ledig wird. Er muß nach Rom gehen, dorthin zurück, wo er am freiesten war, wo er vor Jahren sein Erwachen, das Erwachen seiner Augen, seiner Freude, seiner Maßstäbe und seiner Moral erlebt hat.

Sein Zimmer ist schon ausgeräumt, aber einiges liegt herum, von dem er nicht weiß, was damit geschehen soll: Bücher, Bilder, Prospekte von Küstenlandschaften, Stadtpläne und eine kleine Reproduktion, von der ihm nicht einfällt, woher er sie hat. ›L'espérance‹ heißt das Bild von Puvis de Chavannes, auf dem die Hoffnung, keusch und eckig, mit einem zaghaft grünenden Zweig in der Hand, auf einem weißen Tuch sitzt. Im Hintergrund hingetupft – einige schwarze Kreuze; in der Ferne – fest und plastisch, eine Ruine; über der Hoffnung – ein rosig verdämmernder Streif Himmel, denn es ist Abend, es ist spät, und die Nacht zieht sich zusammen. Obwohl die Nacht nicht auf dem Bild ist – sie wird kommen! Über das Bild der Hoffnung und die kindliche Hoffnung selbst wird sie hereinbrechen und sie wird diesen Zweig schwärzen und verdorren machen.

Aber das ist nur ein Bild. Er wirft es weg.

Dann liegt da noch ein feiner Seidenschal mit einem Riß, von Staub parfümiert. Ein paar Muscheln. Steine, die er aufgehoben hat, als er nicht allein übers Land ging. Eine vertrocknete Rose, die er, als sie frisch war, nicht weggeschickt hat. Briefe, die beginnen mit »Liebster«, »Mein Geliebter«, »Du, mein Du«, »Ach«. Und das Feuer frißt sie mit einem raschen »Ach« und rollt und bröckelt eine feine Aschenhaut. Er verbrennt die Briefe alle.

Er wird sich von den Menschen lösen, die um ihn sind, möglichst nicht zu neuen gehen. Er kann nicht mehr unter Menschen leben. Sie lähmen ihn, haben ihn sich zurechtgelegt nach eigenem Gutdünken. Man geht, sowie man eine Zeitlang an einem Ort ist, in zu vielen Gestalten, Gerüchtgestalten, um und hat immer weniger Recht, sich auf sich selbst zu berufen. Darum möchte er sich, von nun an und für immer, in seiner wirklichen Gestalt zeigen. Hier, wo er seit langem seßhaft ist, kann er nicht damit beginnen, aber dort wird er es tun, wo er frei sein wird.

Er kommt an und trifft in Rom auf die Gestalt, die er den anderen damals zurückgelassen hat. Sie wird ihm aufgezwungen wie eine Zwangsjacke. Er tobt, wehrt sich, schlägt um sich, bis er begreift und stiller wird. Man läßt ihm keine Freiheit, weil er sich erlaubt hat, früher und als er jünger war, hier anders gewesen zu sein. Er wird sich nie und nirgends mehr befreien können, von vorn beginnen können. So nicht. Er wartet ab.

Er trifft Moll wieder. Moll, dem immer geholfen werden mußte. Moll, der sonst an den Menschen zweifelte, Moll, der verlangt, daß man sich an ihm bewährt, Moll, dem er vor langer Zeit sein ganzes Geld geborgt hat, Moll, der auch Elena kannte . . . Moll, jetzt im Glück, gibt ihm das Geld nicht zurück und ist deswegen schwierig im Umgang und leicht beleidigt. Moll, den er seinerzeit zu allen seinen Freunden gebracht hat, dem er alle Türen geöffnet hat, weil er so hilfsbedürftig war, hat sich inzwischen überall eingenistet und ihn in Verruf gebracht mit kleinen, fein dosierten Geschichten, nacherzählten, leicht gefälschten Äußerungen. Moll ruft täglich an und ist überall, wo er hingeht. Moll sorgt sich um ihn, erschleicht sich Bekenntnisse, die er an der nächsten Ecke an den Nächstbesten weitergibt, und nennt sich seinen Freund. Wo Moll nicht ist, ist Molls Schatten, riesig und bedrohlicher noch in den Gedanken und Phantasien. Moll ohne Ende. Molls Terror. Moll selbst aber ist um vieles kleiner, rächt sich nur erstaunlich geschickt dafür, daß er ihm etwas schuldig ist.

Dieses Jahr beginnt schlecht. Er wird inne, daß die Gemeinheit möglich ist und daß sie ihn erreichen kann, ja schon des öfteren ihm nahe gekommen ist, aber diesmal wirft sie sich mit Gewalt über ihn und erstickt ihn. Und es ist ihm plötzlich gewiß, daß diese Gemeinheit eine lange Geschichte haben, sich auswachsen und sein Leben durchziehen wird. Ihre Säure wird ihn immer wieder ätzen, ihn brennen, wenn er nicht mehr darauf gefaßt sein wird. Auf Moll war er nicht gefaßt.

Auf viele Moll muß er sich noch gefaßt machen, er kennt ihrer schon zu viele da und dort; erst jetzt begreift er an dem einen Moll, daß da nicht nur einer ist.

In diesem Jahr wird er irre und weiß nicht, ob er je Freunde hatte, ob er je geliebt worden ist. Ein Blitz beleuchtet alle seine Bindungen, alle Umstände, Abschiede, und er fühlt, daß er betrogen und verraten ist.

Er trifft Elena wieder. Elena, die ihm zu verstehen gibt, daß sie ihm verziehen hat. Er versucht, dankbar zu sein. Daß sie ihn erpreßt und bedroht hat, ohne Verstand in ihrer Wut war und seine Existenz vernichten wollte — und das ist erst wenige Jahre her —, begreift sie selbst kaum mehr. Sie ist zur Freundschaft bereit, liebenswürdig, spricht klug, nachsichtig, wehmütig, denn sie ist jetzt verheiratet. Er war damals kurze Zeit von ihr getrennt gewesen, hatte sie, wie er sich selbst zugab, aufs dümmste betrogen. An den Rest denkt er widerwillig: an ihre Rache, seine Flucht, seine Verluste, die Wiedergutmachungen, die Scham, auch die Reue, die erneute Werbung. Jetzt hat sie ein Kind, aber als er sie arglos danach fragt, gibt sie lächelnd und zögernd zu, daß sie eben damals, in der Zeit der Trennung, schwanger geworden sei. Sie scheint einen Augenblick lang bedrückt, nicht länger. Er staunt über ihre Ruhe, ihre Gelassenheit. Er denkt, empfindungslos und ohne Erregung, daß ihr Zorn damals also geheuchelt war, daß sie keinen Grund gehabt habe für ihre Selbstgerechtigkeit, kein Recht zu der Erpressung, die er hingenommen hatte, weil er allein sich schuldig glaubte. (Bisher meinte er, sie sei erst nach seiner Abreise, vielleicht um zu vergessen, zu einem anderen gegangen.) Er hat sich die ganze Zeit über schuldig geglaubt, und sie hatte ihn einfach an seine Schuld glauben lassen. Er atmet leise und nachdrücklich die Schuld aus und denkt: Ich bin schlecht beraten gewesen in meiner Verzweiflung. Aber ich bin jetzt noch schlechter beraten von meiner Klarsicht. Mir wird kalt. Ich hätte die Schuld lieber behalten.

Es ist Zerstörung im Gang. Ich werde von Glück reden können, wenn dieses Jahr mich nicht umbringt. Ich könnte die etruskischen Gräber besuchen, ein wenig in die Campagna fahren, in der Umgebung streunen.

Rom ist groß. Rom ist schön. Aber es ist unmöglich, hier nochmals zu leben. Wie überall mischen sich Halbfreunde unter die Freunde, und dein Freund Moll erträgt deinen Freund Moll nicht, und sie beide sind unnachsichtig gegen deinen dritten Freund Moll. Von allen Seiten wird auf die Wand gedrückt, hinter der du Schutz suchst. Obwohl du manchmal gewünscht und gebraucht wirst, selbst Zuneigung faßt und andere brauchst, sind alle Gesten heikel, und du kannst nicht mehr mit Kopfschmerzen herumgehen; sie werden sogleich als beleidigender Unmut ausgelegt. Du kannst nicht einen Brief ohne Antwort lassen, ohne des Hochmuts, der Indolenz bezichtigt zu werden. Du kannst dich bei keiner Verabredung mehr verspäten, ohne Zorn zu erregen.

Wie aber hat das bloß angefangen? Hat nicht vor Jahren schon die Unterdrückung, die Bevormundung durch die Netzwerke der Feindschaften und Freundschaften eingesetzt, bald nachdem er sich in die Händel der Gesellschaft hatte verstricken lassen. Hat er nicht, in seiner Mutlosigkeit, seither ein Doppelleben ausgebildet, ein Vielfachleben, um überhaupt noch leben zu können? Betrügt er nicht schon alle und jeden und vielfach sich selber? Eine gute

Herkunft hat ihm geschenkt: die Anlage zur Freundlich-keit, zum Vertrauen. Seine gute Sehnsucht ist gewesen: das barbarische Verlangen nach Ungleichheit, höchster Vernunft und Einsicht. Hinzuerworben hat er nur die Erfahrung, daß die Menschen sich an einem vergingen, daß man selbst sich auch an ihnen verging und daß es Augenblicke gibt, in denen man grau wird vor Kränkung – daß jeder gekränkt wird bis in den Tod von den anderen. Und daß sich alle vor dem Tod fürchten, in den allein sie sich retten können vor der ungeheuerlichen Kränkung, die das Leben ist.

August! Da waren sie, die Tage aus Eisen, die in der Schmiede zum Glühen gebracht wurden. Die Zeit dröhn-te.

Die Strände waren belagert, und das Meer wälzte nicht mehr seine Wellenheere heran, sondern täuschte Erschöpfung vor, die tiefe, blaue.

Am Rost, im Sand, gebraten, geflammt: das leicht verderbliche Fleisch des Menschen. Vor dem Meer, auf den Dünen: das Fleisch.

Ihm war angst, weil der Sommer sich so verausgabte. Weil das bedeutete, daß bald der Herbst kam. Der August war voll Panik, voll Zwang, zuzugreifen und schnell zu leben.

In den Dünen ließen sich alle Frauen umarmen, hinter den Felsen, in den Kabinen, in den Autos, die unter den Pinienschatten standen; selbst in der Stadt, hinter den herabgelassenen Persianen am Nachmittag, boten sie sich im Halbschlaf an oder sie blieben, eine Stunde später, auf dem Corso mit ihren hohen Absätzen hängen im aufgeweichten Asphalt der flautenstillen Straßen und griffen, Halt suchend, nach einem Arm, der vorüberstreifte.

Kein Wort wurde in diesem Sommer gesprochen. Kein Name genannt.

Er pendelte zwischen dem Meer und der Stadt hin und her,

zwischen hellen und dunklen Körpern, von einer Augenblicksgier zur andern, zwischen Sonnengischt und Nachtstrand, mit Haut und Haar gepackt vom Sommer. Und die Sonne rollte jeden Morgen schneller herauf und stürzte immer früher hinunter vor den unersättlichen Augen, ins Meer.

Er betete die Erde und das Meer und die Sonne an, die ihn so fürchterlich gegenwärtig bedrängten. Die Melonen reiften; er zerfleischte sie. Er kam vor Durst um.

Er liebte eine Milliarde Frauen, alle gleichzeitig und ohne Unterschied.

Wer bin ich denn, im goldnen September, wenn ich alles von mir streife, was man aus mir gemacht hat? Wer, wenn die Wolken fliegen!

Der Geist, den mein Fleisch beherbergt, ist ein noch größerer Betrüger als sein scheinheiliger Wirt. Ihn anzutreffen, muß ich vor allem fürchten. Denn nichts, was ich denke, hat mit mir zu schaffen. Nichts anderes ist jeder Gedanke als das Aufgehen fremder Samen. Nichts von all dem, was mich berührt hat, bin ich fähig zu denken, und ich denke Dinge, die mich nicht berührt haben.

Ich denke politisch, sozial und noch in ein paar anderen Kategorien und hier und da einsam und zwecklos, aber immer denke ich in einem Spiel mit vorgefundenen Spielregeln und einmal vielleicht auch daran, die Regeln zu ändern. Das Spiel nicht. Niemals!

Ich, dieses Bündel aus Reflexen und einem gut erzogenen Willen, *Ich* ernährt vom Abfall aus Geschichte, Abfällen von Trieb und Instinkt, *Ich* mit einem Fuß in der Wildnis und dem anderen auf der Hauptstraße zur ewigen Zivilisation. *Ich undurchdringlich*, aus allen Materialien gemischt, verfilzt, unlöslich und trotzdem auszulöschen durch einen Schlag auf den Hinterkopf. Zum Schweigen gebrachtes *Ich aus Schweigen* . . .

Warum habe ich einen Sommer lang Zerstörung gesucht im Rausch oder die Steigerung im Rausch? – doch nur, um nicht gewahr zu werden, daß ich ein verlassenes Instrument bin, auf dem jemand, lang ist's her, ein paar Töne angeschlagen hat, die ich hilflos variiere, aus denen ich wütend versuche, ein Stück Klang zu machen, das meine Handschrift trägt. Meine Handschrift! Als ob es darauf ankäme, daß irgend etwas meine Handschrift trägt! Blitze sind durch Bäume gefahren und haben sie gespalten. Wahnsinn ist über die Menschen gekommen und hat sie innen zerstückt. Heuschreckenschwärme sind über die Felder gefallen und haben die Fraßspur gelassen. Fluten haben Hügel verheert, die Wildbäche den Abhang. Die Erdbeben haben nicht geruht. Das sind Handschriften, die einzigen!

Wäre ich nicht in die Bücher getaucht, in Geschichten und Legenden, in die Zeitungen, die Nachrichten, wäre nicht alles Mitteilbare aufgewachsen in mir, wäre ich ein Nichts, eine Versammlung unverstandener Vorkommnisse. (Und das wäre vielleicht gut, dann fiele mir etwas Neues ein!) Daß ich sehen kann, daß ich hören kann, das verdiene ich nicht, aber meine Gefühle, die verdiene ich wahrhaftig, diese Reiher über weißen Stränden, diese Wanderer nachts, die hungrigen Vagabunden, die mein Herz zur Landstraße nehmen. Ich wollte, ich könnte all denen, die an ihre einzigartigen Köpfe und die harte Währung ihrer Gedanken glauben, zurufen: seid guten Glaubens! Aber sie sind außer Kurs gesetzt, diese Münzen, mit denen ihr klimpert, ihr wißt es nur noch nicht. Zieht sie aus dem Verkehr mitsamt den abgebildeten Totenköpfen und Adlern. Gebt zu, daß es vorbei ist mit Griechenland und Buddhaland, mit Aufklärung und Alchimie. Gebt zu, daß ihr nur ein von den Alten möbliertes Land bewohnt, daß eure Ansichten nur gemietet sind, gepachtet die Bilder eurer Welt. Gebt zu, daß ihr, wo ihr wirklich bezahlt, mit eurem Leben, es nur jenseits der Sperre tut, wenn ihr Abschied genommen habt von allem, was euch so teuer ist – auf Landeplätzen, Flugbasen, und nur von dort aus den eigenen Weg und eure Fahrt antretet, von imaginierter Station zu imaginierter Station, Weiterreisende, denen es um Ankommen nicht zu tun sein darf!

Flugversuch! Neuer Liebesversuch! Da eine immense unbegriffene Welt sich zu deiner Verzweiflung anbietet – laß fahren dahin!

Schattenschlaf, geflügelte Heiterkeit über Abgründen. Wenn einer den anderen nicht mehr umschlingt, still für sich gehen läßt, wenn der Polyp Mensch seinen Fangarm einzieht, nicht mehr den Nächsten verschlingt ... Menschlichkeit: den Abstand wahren können.

Haltet Abstand von mir, oder ich sterbe, oder ich morde, oder ich morde mich selber. Abstand, um Gottes willen!

Ich bin zornig, von einem Zorn, der nicht Anfang und Ende hat. Mein Zorn, der von einer frühen Eiszeit herrührt und sich gegen die eisige Zeit jetzt wendet ... Denn wenn die Welt zu Ende geht – und alle sagen's, die Gläubigen und die Abergläubischen, die Wissenschaftler und die Propheten, einmal wird sie zu Ende gehen – warum dann nicht vor dem Ausrotieren oder vor dem Knall oder vor dem Jüngsten Gericht? Warum dann nicht aus Einsicht und Zorn? Warum sollte sich dieses Geschlecht nicht sittlich verhalten können und ein Ende setzen? Das Ende der Heiligen, der unfruchtbar Fruchtbaren, der wahrhaft Liebenden. Dagegen wäre zufällig nichts zu sagen.

Er erwachte immer schwerer an den Morgen. Er blinzelte in das wenige Licht, drehte sich weg, vergrub seinen Kopf im Kissen. Er bat um mehr Schlaf. Komm, schöner Herbst. In diesem Oktober der letzten Rosen ...

Es gibt allerdings eine Insel, von der ihm einer erzählt hat, in der Ägäis, auf der es nur Blumen und steinerne Löwen gibt; die gleichen Blumen, die bei uns bescheiden und kurz blühen, kommen dort zweimal im Jahr, groß und leuchtend. Die knappe Erde, der abweisende Fels spornen sie an. Die Armut treibt sie in die Arme der Schönheit.

Er schlief meist bis tief in den Nachmittag und half sich mit Liebhabereien über den Abend. Er gab immer mehr Unmut preis bei diesem Ausschlafen und schlief sich Kraft zusammen. Ihm schien plötzlich die Zeit nicht mehr kostbar, nicht mehr vernutzbar. Er mußte auch nichts Bestimmtes tun, um zufrieden zu sein, keinen Wunsch oder Ehrgeiz mehr befriedigen, um am Leben zu bleiben.

Die Besonderheit dieses abtretenden Jahres war es, mit dem Licht zu geizen. Auch die Lichttage trugen Grau.

Er ging jetzt immer auf kleine Plätze, ins Ghetto oder in die Cafés der Kutscher nach Trastevere, und trank dort langsam, Tag für Tag zu der gleichen Stunde, seinen Campari. Er bekam Gewohnheiten, pflegte sie, auch die allerkleinsten. Diesen seinen Verknöcherungen sah er mit Wohlgefallen zu. Am Telefon sagte er oft: Meine Lieben, heute kann ich leider nicht. Vielleicht nächste Woche. – In der darauffolgenden Woche stellte er das Telefon ab. Auch in den Briefen ließ er sich auf keine Versprechungen und Erklärungen mehr ein. So viele unnütze Stunden hatte er mit anderen verbracht, und jetzt nutzte er die Stunden zwar auch nicht, aber er bog sie zu sich her, roch an ihnen. Er kam in den Genuß der Zeit; ihr Geschmack war rein und gut. Er wollte sich ganz auf sich selbst zurückziehen. Aber das bemerkte niemand oder niemand wollte es wahrhaben. In den Vorstellungen der Mitwelt ging er noch verschwenderisch um, war er immer noch ein Hans Dampf in allen Gassen, und manchmal traf er seine wolkige Gestalt in der Stadt und grüßte sie zurückhaltend, weil er sie kannte von früher. Von heute war sie nicht. Heute war er ein anderer. Gut fühlte er sich allein, er forderte nichts mehr, trug die Wunschgebäude ab, gab seine Hoffnungen auf und wurde einfacher von Tag zu Tag. Er fing an, demütig von der Welt zu denken. Er suchte nach einer Pflicht, er wollte dienen.

Einen Baum pflanzen. Ein Kind zeugen.

Ist das bescheiden genug? Ist es einfach genug?

Wenn er sich umsähe nach einem Stück Land und einer Frau – und er kennt Leute, die das getan haben in aller Bescheidenheit –, dann könnte er um acht Uhr früh aus dem Haus und an seine Arbeit gehen, im Getriebe einen Platz ausfüllen, von den Ratenzahlungen auf Möbel und von den staatlichen Kinderzulagen Gebrauch machen. Er könnte, was er erlernt hat, monatlich in Geldscheinen bedankt sehen und sie dazu verwenden, sich und den Seinen ein ruhiges Wochenende zu machen. Er könnte den Kreislauf mitbeleben, mitkreisen.

Das würde ihm gut gefallen. Besonders: einen Baum zu pflanzen. Er könnte ihn durch alle Jahreszeiten beobachten, Ringe ansetzen sehen und seine Kinder hinaufklettern lassen. Ernten würden ihm gefallen. Äpfel. Obwohl er keine Äpfel essen mag, besteht er auf einem Apfelbaum. Und einen Sohn zu haben, das wäre nach seinem Geschmack, obwohl es ihm, wenn er Kinder sieht, gleichgültig ist, welchen Geschlechts sie sind. Der Sohn würde auch wieder Kinder haben, Söhne.

Aber eine Ernte, die so fern ist, draußen im Garten, den andere übernehmen werden, draußen in der Zeit, in der er kein Leben mehr haben wird! Dieser Schauder! Und hier ist der ganze Erdkreis voll von Bäumen und Kindern, krätzigen, verkrüppelten Bäumen, hungernden Kindern, und keine Hilfe reicht aus, um ihnen zu einem würdigen Dasein zu verhelfen. Pfleg einen wilden Baum, nimm dich dieser Kinder an, tu es, wenn du kannst, schütz auch nur einen Baum vorm Gefälltwerden und sprich dann weiter!

Hoffnung: ich hoffe, daß nichts eintritt, wie ich es erhoffe.

Ich erhoffe, wenn Baum und Kind mir zukommen sollen, daß dies zu einer Zeit geschieht, in der mir jede Hoffnung darauf abhanden gekommen ist und jede Bescheidenheit. Dann werde ich auch umgehen können mit beiden, gut und bestimmt, und sie verlassen können in meiner Todesstunde.

Aber ich lebe ja. Ich lebe! Daran ist nicht zu rütteln.

Einmal, als er kaum zwanzig Jahre alt war, hatte er in der Wiener Nationalbibliothek alle Dinge zu Ende gedacht und dann erfahren, daß er ja lebte. Er lag über den Büchern wie ein Ertrinkender und dachte, während die kleinen grünen Lampen brannten und die Leser auf leisen Sohlen schlichen, leise husteten, leise umblätterten, als fürchteten sie, die Geister zu wecken, die zwischen den Buchdeckeln hausten. Er *dachte* – wenn jemand versteht, was das heißt! Er weiß noch genau den Augenblick, als er einem Problem der Erkenntnis nachging und alle Begriffe locker und handlich in seinem Kopf lagen. Und als er *dachte* und *dachte* und wie auf einer Schaukel hoch und höher flog, ohne Schwindelgefühl, und als er sich den herrlichsten Schwung gab, da fühlte er sich gegen eine Decke fliegen, durch die er oben durchstoßen mußte. Ein Glücksgefühl wie nie zuvor hatte ihn erfaßt, weil er in diesem Augenblick daran war, etwas, das sich auf alles und aufs Letzte bezog, zu begreifen. Er würde durchstoßen mit dem nächsten Gedanken! Da geschah es. Da traf und rührte ihn ein Schlag, inwendig im Kopf; ein Schmerz entstand, der ihn ablassen hieß, er verlangsamte sein Denken, verwirrte sich und sprang von der Schaukel ab. Er hatte seine Kapazität zu denken überschritten oder vielleicht konnte dort kein Mensch weiterdenken, wo er gewesen war. Oben, im Kopf, an seiner Schädeldecke, klickte etwas, es klickte beängstigend und hörte nicht auf, einige Sekunden lang. Er meinte, irrsinnig geworden zu sein, und umkrallte sein Buch mit den Händen. Er ließ den Kopf vornüber sinken und schloß die Augen, ohnmächtig bei vollem Bewußtsein.

Er war am Ende.

Er war mehr am Ende als je, als wenn er bei einer Frau war und wenn in seinem Gehirn alle Leitungen einen Augenblick lang unterbrochen waren, er die Vernichtung seiner Person erhoffte, sich eintreten fühlte in das Reich der Gattung. Denn was hier vernichtet worden war, in dem großen alten Saal, beim Licht der grünen Lämpchen, in der Stille der feierlichen Buchstabenabspeisung, war ein Geschöpf, das sich zu weit erhoben hatte, ein Flügelwesen, das durch blaudämmernde Gänge einem Lichtquell zustrebte, und, genau genommen, ein Mensch, nicht mehr als ein Widerpart, sondern als der mögliche Mitwisser der Schöpfung. Er wurde vernichtet als möglicher Mitwisser, und von nun an würde er nie wieder so hoch steigen und an die Logik rühren können, an die die Welt gehängt ist.

Er wußte sich abgewiesen, unfähig, und von Stund an war ihm die Wissenschaft ein Greuel, weil er sich darin vergangen hatte, weil er zu weit gegangen und dabei vernichtet worden war. Er konnte nur noch dies und jenes dazulernen, ein Handlanger werden und seinen Verstand geschmeidig erhalten, aber das interessierte ihn nicht. Er hätte sich gern außerhalb aufgestellt, über die Grenze hinübergesehen und von dorther zurück auf sich und die Welt und die Sprache und jede Bedingung. Er wäre gerne mit einer neuen Sprache wiedergekehrt, die getaugt hätte, das erfahrene Geheimnis auszudrücken.

So aber war alles verwirkt. Er lebte, ja, er lebte, das fühlte er zum ersten Mal. Aber er wußte jetzt, daß er in einem Gefängnis lebte, daß er sich darin einrichten mußte und bald wüten würde und diese einzige verfügbare Gaunersprache würde mitsprechen müssen, um nicht so verlassen zu sein. Er würde seine Suppe auslöffeln müssen und am letzten Tag stolz oder feig sein, schweigen, verachten oder wütend zu dem Gott reden, den er hier nicht antreffen konnte und der ihn dort nicht zugelassen hatte. Denn hätte er mit dieser Welt hier etwas zu tun, mit dieser Sprache, so wäre er kein Gott. Gott kann nicht sein in diesem Wahn, kann nicht in ihm sein, kann nur damit zu tun haben, daß dieser Wahn ist, daß da dieser Wahn ist und kein Ende des Wahnes ist!

Im Winter desselben Jahres war er mit Leni in die Berge gefahren, auf die Rax, an dem Wochenende, ja, er weiß es genau. Jetzt erst weiß er es genau. Sie hatten gefroren, gezittert, sich verängstigt aneinander geklammert in der Sturmnacht. Die viel zu dünne schäbige Decke hatten sie einander abwechselnd zugeschoben, dann wieder im Halbschlaf einer dem andern entrissen. Zuvor war er bei Moll gewesen und hatte ihm alles anvertraut. Er war zu Moll gerannt, weil er nicht wußte, was zu machen war, er verstand nichts von alledem, kannte keinen Arzt, kannte sich mit sich selbst und Leni nicht aus, mit Frauen nicht aus. Leni war so jung, er war so jung, und sein Wissen, mit dem er sich aufspielte vor ihr, rührte von Moll her, der sich auskannte oder vorgab, sich auszukennen. Moll hatte die Tabletten besorgt, die er Leni an dem Abend in der Skihütte zu schlucken befahl. Mit Moll hatte er alles beredet, und obwohl ihm so elend war, hatte er sich beneiden lassen von ihm. (Eine Jungfrau, das ist mir noch nicht untergekommen in dieser Stadt, sprich dich aus, alter Freund!) Getrunken hatte er mit Moll und in seinem Rausch Molls Ansichten inhaliert. (Rechtzeitig Schluß machen. Da gibt's nur eines. Sich aus der Affäre ziehen. An die Zukunft denken. Der Stein um den Hals.) Aber in der Schneenacht graute ihm vor sich selber, vor Moll, vor Leni, die er nicht mehr anrühren mochte, seit er wußte, was ihr bevorstand, nie mehr wollte er diesen knöchernen faden Körper, diese geruchlose Kindfrau anrühren, und darum stand er auf mitten in der Nacht und ging noch einmal hinunter ins Gastzimmer, setzte sich an einen leeren Tisch und bemitleidete sich, bis er nicht mehr allein war, bis die beiden blonden Skifahrerinnen sich zu ihm setzten, bis er betrunken war und mit den beiden hinaufging, hinterdreinging wie ein Verurteilter, in dasselbe Stockwerk, in dem Leni wach lag und weinte oder schlief und im Schlaf weinte. Als er mit den beiden Mädchen in der Kammer war und sich mit ihnen lachen hörte, schien ihm alles einfach und leicht. Alles das gab es noch für ihn, alles konnte er fordern; es war so leicht, er hatte nur noch nicht die richtige Einstellung, aber er würde sie haben, jetzt gleich und von da an für immer. Er fühlte sich als Mitwisser eines Geheimnisses der Leichtigkeit, der Billigkeit und eines frevellosen Frevels. Noch ehe er die eine zu küssen anfing, war Leni schon preisgegeben. Noch ehe er einen Rest von Widerstand und Scham überwand und der anderen ins Haar fuhr, war die Angst abgetan. Doch dann bezahlte er, denn er konnte seine Ohren nicht verschließen vor den schrillen Worten und dem irren Gestammel, das ihn einkreiste. Er konnte nicht mehr zurück und er konnte seine Augen nicht schließen, bezahlte mit seinen Augen für alles, was ihm vorher und nachher zu sehen geschenkt war in den Nächten, in denen Licht brannte. Am nächsten Morgen war Leni verschwunden. Als er nach Wien zurückkam, schloß er sich ein paar Tage ein, er ging nicht zu ihr, ging nie mehr zu ihr, und er hörte nie wieder von ihr. Jahre später erst betrat er das Haus im III. Bezirk, in dem sie wohnte; aber sie wohnte nicht mehr dort. Er traute sich auch jetzt nicht, nach ihr zu forschen, wäre auch sofort wieder gegangen, geflohen, wenn sie noch da gewohnt hätte. Manchmal sah er sie, in Gespensterstunden, mit aufgedunsenem Gesicht die Donau hinuntertreiben oder das Kind in einem Kinderwagen durch den Stadtpark schieben (und an solchen Tagen mied er den Stadtpark), oder er sah sie ohne Kind, weil das Kind doch gar nicht leben konnte, wie sie als Verkäuferin in einem Geschäft stand und ihn, noch ehe sie ihn sah, nach seinem Wunsch fragte. Er sah sie auch glücklich verheiratet mit einem Vertreter in der Provinz. Aber er sah sie doch nie wieder. Und er vergrub es so tief in sich, daß es nur selten hochstieg, das Bild von der Schneenacht, von dem Sturm, von dem bis zu den kleinen Hüttenfenstern hochgewehten Schnee, dem Licht, das gebrannt hatte über drei verschlungenen Körpern und einem Gekicher, Hexengekicher und blonden Haaren.

Wenn die Kirche im Dorf gelassen ist, wenn einer in die Grube gefallen ist, die er einem anderen grub, wenn sich das Sprichwörtliche erfüllt und alle Voraussagen über Mondwechsel und Sonnengang wieder einmal recht behalten haben – mit einem Wort, wenn die Rechnung vorläufig aufgeht und alles, was im All fliegen soll, fliegt, dann muß er den Kopf schütteln und denken, in welcher Zeit er lebt.

Er ist, wie alle, nicht gut vorbereitet; er weiß nur den geringsten Teil und jeder weiß ja nur einen allergeringsten Teil von dem, was vorgeht.

Er weiß zufällig, daß es Roboter gibt, die sich nicht irren, und er kennt einen Straßenbahnführer, der sich schon einmal geirrt hat mit der Abfahrtszeit und dem Vorfahrtsrecht. Vielleicht irren sich die Sterne und Kometen, wenn zuviel dazwischenkommt, aus Zerstreuung und Müdigkeit und weil sie abgelenkt werden vom alten poetischen Vortrag ihres Lichts.

Er möchte nicht oben sein, aber es ist ihm recht, daß es oben weitergeht, weil oben auch unten ist, also daß es rundherum weitergeht, denn aufzuhalten ist es nicht. Niemand hält es auf. Man hält die Gedanken nicht auf und kein Werkzeug zu ihrer Verlängerung. Es ist auch gleich, ob man links oder rechts durch den Raum fliegt, da alles schon fliegt, die Erde etwa, und wenn noch Flug im Flug ist, um so besser, daß es fliegt und sich dreht, damit man weiß, wie sehr es sich dreht und daß nirgends ein Halt ist, nicht im gestirnten Himmel über dir . . .

Aber in dir drinnen, wo du kaum aufkommst und nicht sehr mitfliegst, wo zwar auch kein Halt ist, aber ein gestockter, zäher Brei von alten Fragen, die nichts mit Fliegen zu tun haben und Abschußbasen, wo du das Steuer nur ruckweise und kaum spürbar drehen kannst, wo die Moral von der ganzen Geschichte gemacht wird, weil in ihr selbst keine ist, wo du die Moral von der Moral suchst und die Rechnung nicht aufgeht

Wo einer eine Grube gräbt und selbst hineinfällt, wo du klebst und dich windest und noch immer klebst und nicht weiter kannst

Weil dir dort kein Licht aufgeht (und was hilft's dir dann, alles zu wissen über die Lichtgeschwindigkeit?), weil dir kein Licht aufgeht über die Welt und dich und die ganzen Leben und Unleben und Tode

Weil hier nur Marter ist, weil du in der Gaunersprache das rechte Wort nicht findest und die Welt nicht löst

Nur die Gleichung löst du, die die Welt auch ist

Die Welt ist auch eine Gleichung, die löst sich und dann ist Gold gleich Gold und Dreck gleich Dreck

Aber nichts ist dem gleich in dir und nichts gleich der Welt in dir

Wenn du das aufgeben könntest, austreten könntest aus deiner gewohnten Beklemmung über das Gute und das Böse und in dem Brei alter Fragen nicht weiterrührtest, wenn du den Mut hättest, einzutreten in den Fortschritt

Nicht nur in den vom Gaslicht zur Elektrizität, vom Ballon zur Rakete (die subalterne Verbesserung)

Wenn du den Menschen aufgäbst, den alten, und einen neuen annähmst, dann

Dann, wenn die Welt nicht mehr weiterginge zwischen Mann und Frau, so wie jetzt, zwischen Wahrheit und Lüge, wie Wahrheit jetzt und Lüge jetzt
Wenn das alles zum Teufel ginge
Wenn du die Rechnung, auf die du Wert legst, neu aufstelltest und ihr Rechnung trügst
Wenn du ein Flieger wärst und, ohne zu deuteln, deine Bögen flögst, wenn du nur Nachricht gäbst, Bericht, nicht mehr die Geschichte von alldem zusammen, von dir und noch einem und einem Dritten
Dann, wenn du heil wärst und nicht mehr verwundet, gekränkt, süchtig nach Reinheit und Rache
Wenn du keine Märchen mehr glaubtest und dich nicht mehr fürchtetest im Dunkeln
Wenn du nicht mehr wagen müßtest und verlieren oder gewinnen, sondern machtest
Machst, den Handgriff in der größeren Ordnung, denkst in der Ordnung, wenn du in der Ordnung wärst, in der Rechnung, aufgingst in der hellen Ordnung
Dann, wenn du nicht mehr meinst, daß es besser gehen müsse »im Rahmen des Gegebenen«, daß die Reichen nicht mehr reich und die Armen nicht mehr arm sein dürften, die Unschuldigen nicht mehr verurteilt und die Schuldigen gerichtet werden sollten
Wenn du nicht mehr trösten und Gutes tun willst und keinen Trost mehr verlangst und Hilfe
Wenn das Mitleid und das Leid zum Teufel gegangen sind und der Teufel zum Teufel, dann!
Dann, wenn die Welt dort angefaßt wird, wo sie sich auch anfassen läßt, wo sie das Geheimnis der Drehbarkeit hat, wo sie noch keusch ist, wo sie noch nicht geliebt und geschändet worden ist, wo die Heiligen sich noch nicht für sie verwandt und die Verbrecher keinen Blutfleck gelassen haben
Wenn der neue Status geschaffen ist

Wenn die Nachfolge in keinem Geist mehr angetreten
wird
Wenn endlich endlich kommt
Dann
Dann spring noch einmal auf und reiß die alte schimpfliche
Ordnung ein. Dann sei anders, damit die Welt sich verän-
dert, damit sie die Richtung ändert, endlich! Dann, tritt du
sie an!

Wenn er in sein dreißigstes Jahr geht und der Winter
kommt, wenn eine Eisklammer November und Dezember
zusammenhält und sein Herz frostet, schläft er ein über
seinen Qualen. Er flieht in den Schlaf, flieht zurück ins Erwachen, flieht bleibend und reisend, geht durch die Verlassenheit kleiner Städte und kann keine Türklinke mehr nie-
derdrücken, keinen Gruß mehr entbieten, weil er nicht angesehen und angesprochen werden will. Er möchte sich
wie eine Zwiebel, wie eine Wurzel unter die Erde verkrie-
chen, wo sie warm geblieben ist. Überwintern mit seinen
Gedanken und Gefühlen. Mit einem schrumpfenden
Mund schweigen. Er wünscht, daß alle Äußerungen, Belei-
digungen, Verheißungen, die er ausgesprochen hat, ungültig würden, vergessen bei allen und er vergessen bei allen.
Aber kaum ist er befestigt in der Stille, kaum wähnt er sich
eingepuppt, behält er nicht mehr recht. Ein naßkalter
Wind treibt seine Erwartungslosigkeit um die Ecke, über
einen Blumenstand mit Sterbeblumen und Wintergrün.
Und plötzlich hält er die Schneeglocken in der Hand, die er
nicht kaufen wollte – er, der mit leeren Händen gehen
wollte! Die Schneeglöckchen beginnen wild und lautlos zu
läuten, und er geht hin, wo ihn sein Verderben erwartet.
Voller Erwartung und wie noch nie, mit der Erwartung
und dem Erlösungswunsch aus allen Jahren.
Erst jetzt, nachdem er sich ruhig und glücklich gepriesen
hat, nachdem er alle glaublichen Erfahrungen gemacht hat,

kommt die unglaubliche Liebe. Mit Todesriten und den kultischen Schmerzen, die jeden Tag anders verlaufen.

Von dieser Stunde an, noch eh die Blumen ihre Empfängerin kennenlernten, war er nicht mehr Herr seiner selbst, sondern ausgeliefert, verdammt, und sein Fleisch zog ihn mit sich in die Hölle. Er ging acht Tage lang und, nach dem ersten Bruch und Rettungsversuch, nochmals acht Tage lang in die Hölle. Sympathie, Wohltaten, Wohlgefallen hatten keinen Raum. Sie war nicht eine Frau, die so oder so aussah und so oder so war; ihren Namen konnte er nicht aussprechen, weil sie keinen hatte, wie das Glück selbst, von dem er geschleift wurde ohne Rücksicht. Er war in einem Zustand des Außersichseins, in dem der Geschmack eines Mundes nicht mehr wahrgenommen wird, in dem keine Geste Zeit läßt, eine andere auszudenken, in dem Liebe zur Revanche wird für alles, was auf Erden erträglich ist. Die Liebe war unerträglich. Sie erwartete nichts, forderte nichts und schenkte nichts. Sie ließ sich nicht einfrieden, hegen und mit Gefühlen bepflanzen, sondern trat über die Grenzen und machte alle Gefühle nieder.

Er war noch nie ohne Gefühl gewesen, ohne Komplikation, und nun war er zum erstenmal leer, ausgewrungen, und spürte nur mehr mit tiefer Befriedigung, wie eine Welle ihn in kurzen Abständen gegen einen Felsen hob und hinschlug und wieder zurücknahm.

Er liebte. Er war von allem frei, aller Eigenschaften, Gedanken und Ziele beraubt in dieser Katastrophe, in der nichts gut und schlecht oder recht und unrecht war, und er war sicher, daß es keinen Weg weiter oder heraus gab, den man als Weg hätte bezeichnen können. Während anderswo allerorten die anderen eine Arbeit taten, um Werke bekümmert waren, liebte er vollkommen. Es nahm mehr Kraft in Anspruch, als zu arbeiten und zu leben. Die Augenblicke glühten, die Zeit wurde zur schwarzen Brandspur dahinter, und er, von Augenblick zu Augenblick, trat immer lebendiger hervor als ein Wesen von reiner Bestimmung, in dem nur ein einziges Element herrschte.

Er packte seine Koffer, weil er instinktiv begriff, daß auch die erste Stunde Liebe schon zuviel gewesen war, und suchte mit der letzten Kraft seine Zuflucht im Abreisen. Er schrieb drei Briefe. In dem ersten beschuldigte er sich selbst der Schwäche, im zweiten seine Geliebte, im dritten verzichtete er darauf, nach einer Schuld zu suchen, und hinterließ seine Adresse. »Schreib mir bitte postlagernd nach Neapel, nach Brindisi, nach Athen, Konstantinopel . . .«

Er kam aber nicht weit. Ihm ging auf, daß mit der Abreise alles zusammenbrach, er hatte nur mehr wenig Geld, das letzte schon ausgegeben, um die Wohnung vorauszubezahlen, um sie halten zu können, einen Ort trotz allem halten zu können. Er lungerte im Hafen von Brindisi herum, verhandelte seine Habe bis auf zwei Anzüge und suchte nach Schwarzarbeit. Aber er taugte wohl nicht zu solchen Arbeiten und zu diesen Gefährlichkeiten, in die er jetzt hineingeraten konnte. Er wußte nicht mehr weiter, schlief zwei Nächte im Freien, fing an, die Polizei zu fürchten, den Schmutz zu fürchten, das Elend, den Untergang. Ja, er würde untergehen. Dann schrieb er einen vierten Brief: »Ich habe jetzt noch zwei Anzüge, die gebügelt werden müßten, meine zwei Pfeifen und das Feuerzeug, das du mir geschenkt hast. Es ist kein Benzin mehr drin. Wenn du mich aber vor dem Sommer nicht sehen willst, dich nicht von N. trennen kannst vor dem Sommer . . .«

Vor dem Sommer!

»Und wenn du dann noch immer nicht weißt, mit wem und warum und wozu, mein Gott . . . Aber wenn du es wüßtest, dann wüßte ich es vielleicht nicht, und es wäre mir noch erbärmlicher zumute. Ich kann in keinem Weg mehr einen Weg sehen. Wir hätten es nicht überleben sollen.«

Vor dem Sommer! Dann würde er dieses Jahr abgebüßt haben, und alles, was er später aus dem Stoff von dreißig Jahren bereiten konnte, versprach ihm, gewöhnlich zu werden. Oh, müssen wir wirklich alt, häßlich, faltig und schwachsinnig, beschränkt und verstehend werden, damit unser Los sich erfüllt? Nichts gegen die Alten, sagte er zu sich, es ist ja bald auch so weit für mich, und ich fühle schon den Schauder, mit dem alle meine Jahre über mich kommen werden. Bald. Noch aber stehe ich dagegen, noch will ich's nicht glauben, daß dieses Licht erlöschen kann, Jugend, dies ewiglich scheinende Licht. Als es aber immer kurzatmiger und hungrig zu flackern begann, und da alle Versuche, Arbeit zu finden oder weiterzukommen mit einem Schiff – all diese unsinnigen Unterfangen, die einem jüngeren Menschen oder einem Irren besser angestanden wären –, fehlgeschlagen waren, schrieb er nach Hause. Er schrieb beinahe die Wahrheit und bat seinen Vater zum ersten Mal um Hilfe. Ihm war elend zumute, denn er war dreißig Jahre alt, und früher hatte er es immer verstanden, sich durchzuschlagem. Nie war er so kraftlos und hilflos gewesen. Er bekannte seinen Zusammenbruch ein und bat um Geld. Er sollte nie schneller Geld erhalten. Er hatte sich noch nicht von der raschen Rettung erholt, da war er schon auf der Rückreise. Er ging über Venedig.

Dort kam er spätabends vor dem Markusplatz an, steuerte auf ihn zu. Die Bühne war leer. Die Zuschauer waren von den Sitzen geschwemmt. Das Meer hatte den Himmel überstiegen, die Lagunen waren voll von Geflacker, da die Leuchter und Laternen ihr Licht nach unten ins Wasser geworfen hatten.

Licht, lichtes Leuchten, fern vom Gelichter. Er geisterte durch. Von Anfang an hatte es ihn getrieben, Schutz in der Schönheit zu suchen, im Anschauen, und wenn er darin ruhte, sagte er sich: Wie schön! Das ist schön, schön, es ist schön. Laß es immer so schön sein und mich meinetwegen verderben für das Schöne und was ich meine damit, für Schönheit, für dieses »Mehr als . . .«, für dieses Gelungensein. Ich wüßte kein Paradies, in das ich, nach dem, was war, hinein möchte. Aber da ist mein Paradies, wo das Schöne ist.

Ich verspreche, mich damit nicht aufzuhalten, denn die Schönheit ist anrüchig, kein Schutz mehr, und die Schmerzen verlaufen schon wieder anders.

Früher hatte er nie gewußt, wie man reist. Er stieg in die Züge mit Herzklopfen und wenig Geld. In den Städten kam er immer nachts an, wenn Ströme von umsichtigen Fremden längst alle Hotelzimmer an sich gerissen hatten und seine Freunde schon schliefen. Einmal ging er die ganze Nacht spazieren, weil er kein Bett fand. Auf den Schiffen fuhr er mit noch größerem Herzklopfen und in den Flugzeugen hielt er vor Entzücken den Atem an. Diesmal aber hatte er den Fahrplan gelesen, sein neues Gepäck gezählt, einen Träger genommen. Er hatte einen reservierten Platz und Reiselektüre. Er wußte, wo er umsteigen wollte, und das Geld ging ihm nicht schon auf dem Bahnsteig aus, nachdem er einen Kaffee getrunken hatte. Er reiste wie ein Mensch von Distinktion und so ruhig, daß keiner ihm sein Vorhaben ansah. Er hatte vor, das Wanderleben zu beenden. Er wollte umkehren. Er fuhr in die Stadt zurück, die er am meisten geliebt hatte und in der er Steuern hatte zahlen müssen, auch Lehrgeld, Studiengeld und sonst noch einiges. Er fuhr nach Wien – mit dem Wort »heim« hielt er trotzdem an sich.

Er legte sich im Abteil nieder, den Kopf auf seinem zusammengerollten Mantel, und dachte nach. Auf diesem Lager würde er durch Europa rollen, aufschrecken aus Träumen, frieren, wenn er den vertrauten Gebirgen nah kam, dösen, sich peinlich erinnern. Er wollte an den Ausgangspunkt zurückkehren, denn er hatte von dem, was man die Welt nennt, genug gesehen.

Er quartierte sich in einem kleinen Hotel in der Inneren Stadt ein, in der Nähe der Post. Nie hatte er in Wien in einem Hotel gewohnt. Er war hier Untermieter gewesen, ohne und mit Badbenützung, ohne und mit Telefonbenützung. Bei Verwandten, bei einer alleinstehenden Krankenschwester, die seinen Tabakgeruch schlecht vertrug, bei einer Generalswitwe, für deren Katzen und Kakteen er, wenn sie zur Kur fuhr, hatte sorgen müssen.

Zwei Tage lang war er so unschlüssig, daß er es nicht wagte, jemand anzurufen. Niemand erwartete ihn; einigen Leuten hatte er zu lange nicht geschrieben, andere wieder hatten auf seine Briefe nie Antwort gegeben. Er fühlte plötzlich, daß seine Rückkehr eine Unmöglichkeit war aus vielen Gründen. Genausowenig hätte ein Toter wiederkommen dürfen. Es ist niemand erlaubt, fortzusetzen, wo man abgebrochen hat. Da ist niemand, sagte er sich, niemand, der noch auf mich zählt. Er ging essen, in ein Restaurant, in das er sich früher nie hineingewagt hätte, las die Speisekarte geläufiger als anderswo, er meinte gerührt zu sein über jede seltsame, lang vermißte Bezeichnung, aber er war es nicht. Er erkannte die alten vermißten Glokken beim Mittagsläuten. In ihm blieb es totenstill. Er traf zufällig Bekannte am Graben, traf mehr Bekannte, und, von den bedeutungsvollen Zufällen ermuntert, schloß er sich allen übereifrig und verlegen an. Er fing unsicher zu erzählen an von seinem Leben, das er anderswo geführt hatte, und brach gleich wieder ab, weil ihm klar wurde, daß sein Leben anderswo allen als ein Verrat galt, über den es besser war, Schweigen zu bewahren.

Er kaufte sich einen Stadtplan in einer Buchhandlung, für die Stadt, in der er jeden Geruch kannte und über die er nichts Wissenswertes wußte. Er schlug das Buch auf, setzte sich damit auf eine regennasse Bank im Stadtpark, fürchtete anzufrieren und ging dann, den Sternchen nach, zu dem großen Palast mit der Rüstungssammlung und in das Kunsthistorische Museum, zur Gloriette und zu den Kirchen mit den Barockengeln. Am Abend fuhr er bei Sonnenuntergang auf den Kahlenberg und schaute auf die Stadt hinunter, von einem empfohlenen Punkt aus. Er hielt sich die Hand vor die Augen und dachte: Das alles ist nicht möglich! Es ist nicht möglich, daß ich diese Stadt gekannt habe. So nicht.

Anderntags traf er sich mit Freunden. Er wußte überhaupt nicht, wovon sie redeten, aber alle Namen, die fielen, waren ihm bekannt, und selbst, wenn die Gesichter dazu sich nicht mehr einstellten – er kannte sie alle. Die Etiketten waren geblieben. Er nickte zu allem, was er hörte, bestätigend, es erschien ihm aber doch unwirklich, daß es das alles gab: neue Kinder einer alten Freundin, Berufswechsel, Korruption, Skandale, Premieren, Liebschaften, Geschäfte.

(Mein Vorhaben: Ankommen!)

Er trifft Moll wieder, den Wunderknaben, das Genie Moll, das zwanzigjährig alle geblendet hat, den reinen Geist Moll, der für ein Butterbrot seinerzeit seine vielbewunderten Studien über den Wertzerfall und die Kulturkrise einer christlichen Redaktion zur Verfügung gestellt hat. Moll ist ironisch geworden, bezieht die höchsten Honorare, eilt von Kongreß zu Kongreß, Moll, über den man sich lustig macht und der sich über sich selbst lustig macht, Moll, der jetzt bei Round-Table-Gesprächen vom einstigen Vermögen zehrt und die Welt keines neuen Einfalls für wert erachtet. Moll, der abends zum französischen Botschafter muß und am nächsten Tag den Beirat bei einer Konferenz abgibt, Moll, noch immer der Jüngsten einer, aalglatt, meinungslos Meinungen vertretend, Moll auf der Butterseite, Moll mit Verachtung für unsichere Existenzen, selbst der unsichersten eine . . . Moll rät ihm: »Steig bei uns ein.«

(Die Gaunersprache zur Perfektion gebracht!) Moll überlegen, Moll mit Sinn für alles und alle Leute, die er vor Jahren verachtet hat. Molls Händedruck, sparsam, aber fest. »Allora, bye bye. Mach's gut. Alsdann. Überleg es dir. Schreib, wenn du was brauchst.«

Er verabschiedet sich von Moll, den sparsamen Händedruck sparsam erwidernd, und geht in sein altes kleines Kaffeehaus. Der Ober stutzt, erkennt ihn, das liebenswürdig traurige Männlein. Und diesmal muß er nicht reden, nicht Hände schütteln, sich anstrengen; die Phrase bleibt ihm erspart, ein Lächeln genügt, sie lächeln einander töricht zu, zwei Männer, die vieles an sich haben vorbeigehen sehen, Jahre, Menschen, Glücke, Unglücke, und alles, was der alte Mann ausdrücken will — Freude, Erinnerung —, zeigt er ihm damit, daß er ihm genau die Zeitungen hinlegt, die er hier einst verlangt und gelesen hat.

Er muß nach dem Stapel von Zeitungen greifen, das ist er dem Alten schuldig; er ist es ihm gerne schuldig. Endlich ist er hier etwas freudig und ohne Widerstand schuldig.

Absichtslos beginnt er zu lesen, die Schlagzeilen, Lokales, Kulturelles, Vermischtes, den Sportbericht. Das Datum spielt keine Rolle, er hätte die Zeitung auch mit einer von vor fünf Jahren vertauschen können, er liest nur den Tonfall, die unverkennbare Schrift, die Anordnung, das Satzbild. Er weiß, wie nirgends, was links oben und rechts unten abgehandelt wird, was man hier in den Zeitungen für gut und was für schlecht hält. Nur hier und da hat sich unbeholfen eine neue Vokabel eingeschlichen.

Plötzlich steht ein Mann vor ihm, seines Alters, der ihn begrüßt; er müßte ihn kennen, aber es will ihm nicht einfallen, wer das ist — doch, es ist natürlich Moll, der da steht, und er muß Moll hastig und erfreut bitten, Platz zu nehmen an seinem Tisch. Moll, den schüchternen Bildungshungrigen, der einmal ergründen wollte, was der neue Stil sei, und der ihn nun gefunden hat. Moll, der also heute weiß, wie man wohnen, malen, schreiben, denken und komponieren muß. Endgültig, entschieden. Der einst tastende, suchende Moll, gespeist von den Erkenntnissen einer ihm vorangegangenen Generation, hat verdaut und käut das Verschlungene wieder. Molls System. Molls Unfehlbarkeit. Moll als Kunstrichter. Moll, der Unerbittliche, odi profanum vulgus, Moll, der die Sprache verloren hat und dafür mit zweitausend Pfauenfedern aus anderen Sprachen paradiert. Moll, der Romane nicht mehr lesen kann, Moll, für den das Gedicht keine Zukunft hat, Moll, der für die Kastration der Musik eintritt und der die Malerei der Leinwand entfremden will. Moll, schäumend, unbarmherzig, mißverstanden, verweisend auf die Größe von Guilielmus Apuliensis (ca. 1100) . . . Moll, der von allen Malern Erhard Schön für den erstaunlichsten hält. Moll wegweisend. Moll, der entrüstet schweigt, wenn von einem Gegenstand die Rede 'ist, der dem anderen bekannt ist, darbt als Hilfsbeamter, als Sammler obskurer Texte, als Übergangener. Moll, eifersüchtig darauf bedacht, daß man ihn verkennt und übergeht, rächt sich durch ätzende Bitterkeit, strafende Blicke an jeder schönen Frau, an einem Sonntag, an einer Frucht, an einer Gunst. Moll, der Märtyrer. Moll verachtet natürlich ihn, Molls alten Freund, weil er jetzt auf die Uhr sieht und merkt, daß es Zeit ist zu gehen. Moll, der nach der inneren Uhr lebt, die sein strenger Geist aufzieht, seine Gerechtsamkeit ticken läßt . . .

So vergeht ein Tag mit Zusammenstößen, und er erleidet sie in einer Welt, in der für ihn alle Menschen zu Geistern geworden sind. Er ist schlecht gegen Geister gewappnet. Das zeigt auch der folgende Tag.

Er trifft Moll wieder, da die Welt eines jeden voll von den Molls ist. Aber an diesen Moll erinnert er sich kaum. Es ist der Weißt-du-noch-Moll. Es nützt ihm nichts, keine Ahnung zu haben, denn Moll erinnert sich um so besser an alles. Moll erinnert ihn daran, wie er, Molls Mitschüler, zum erstenmal betrunken war und nur mehr lallen konnte, wie er sich übergeben mußte, und Moll hat ihn damals nach Hause gebracht. Moll weiß noch den Tag, an dem er, Molls Freund, eine Riesendummheit gemacht hat, Moll, der die Negative seines Lebens in der Hand hat, seine Pleiten, seine Gewöhnlichkeiten getreu aufbewahrt hat. Moll, der Kumpan, Moll, der mit ihm achtzehnjährig beim Militär war, Moll, der in der Erinnerung wieder bei der ›Wehrmacht‹ ist, Moll, der eine Sprache führt, die ihm Übelkeit verursacht, weil sie ihn glauben machen soll, er habe einmal die gleiche Sprache geführt. Moll, der ihn herausgehauen hat, Moll, der Stärkere, ihn, den Schwächeren. Moll, der die Dinge beim Namen nennt, was-ist-denn-aus-der-blonden-Puppe-geworden? heiraten-das-fehlt-noch! Moll, der schmiert, der sich auskennt, der sich kein X für ein U vormachen läßt, der die Weiber nimmt, wie sie genommen werden wollen, und die Chefs, die ihn können, der die Brüder kennt und die Weiber kennt. Moll, für den alles Politik ist und dem die Politik gestohlen werden kann, Moll, die Laus im Pelz, Moll, demzufolge der Krieg noch nicht verloren ist, der nächste jedenfalls, für den die Italiener ein Diebsgesindel sind, die Franzosen verweichlicht, die Russen Untermenschen, und der weiß, wie die Engländer im Grunde sind und wie im Grund die Welt ist, ein Geschäft, ein Handel, ein Witz, eine Schweinerei. Moll: »Aber ich habe dich doch früher gekannt, mach mir nichts vor, mir kannst du nichts vormachen!«

Wie vermeidet man Moll? Welchen Sinn hat es, dieser Hydra Moll ein Haupt abzuschlagen, wenn ihr an Stelle eines jeden wieder zehn neue nachwachsen!

Wenn er sich auch nicht daran erinnert, Moll je ein Recht auf eine einzige dieser Erinnerungen eingeräumt zu haben, so weiß er doch, wie es in Zukunft sein wird: Moll wird an allen Ecken und Enden auftauchen, immer wieder.

Abstand, oder ich morde! Haltet Abstand von mir!

Am Ende einer dieser Nächte, in denen die Wiederbegegnungen über ihn und die anderen richteten, stand er mit drei Gestalten und einer jungen Frau, die er früher eine Zeitlang ohne Erfolg umworben hatte, vor einer Würstelbude. Er hatte zuvor mit Helene in einer Bar getanzt, seinen Mund auf ihrer Schulter bewegt. Er hatte sich nicht entschließen können, sie auf den Mund zu küssen, obwohl er sicher war, daß er es diesmal tun konnte. Trotzdem ging er mit ihr, nachdem sie sich von den anderen verabschiedet hatten, in ihre Wohnung und trank bei ihr Kaffee. Sie hatte eine Art, vage zu sprechen, die er sofort wieder annahm. Wahrscheinlich hatte er damals so mit ihr geredet, Zwischentöne gebraucht, Halbheiten geübt, Zweideutigkeiten, und nun konnte nichts mehr klar und gerade werden zwischen ihnen. Es war spät, das Zimmer war verraucht, ihr Parfum verflogen. Ehe er ging, nahm er sie, zögernd und ausgehöhlt vor Müdigkeit, in den Arm. Er war sehr höflich; er wandte sich auf dem Treppenabsatz um, winkte zurück, als fiele es ihm schwer zu gehen. Es war seine letzte Heuchelei, und er sah dabei in ihr Gesicht, das ihn, hart und welk werdend, verscheuchte. Draußen war der Tag angebrochen oder was sich für Tag ausgab: Frühe, Nebel. Er erreichte das Hotel, übernächtig und schlafscheu, und bettete sich wie ein Kranker, schluckte zwei Tabletten und gab sich endlich auf. Er erwachte erst, als es schon wieder Abend war, warm und mit einem flauen Geschmack im Mund, der vom zu langen Schlaf herrührte und in dem ihm alle Begegnungen in der Stadt zergingen. Er packte seine Koffer, warf Hemden, Bürsten, Schuhe durcheinander hinein, als eilte es ihm sehr und als käme es auf kein Ordnungmachen mehr an. Auf dem Bahnhof erst suchte er nach einem Zug, mit dem Zeigefinger auf der Abfahrtliste.

Er geriet in den ungünstigsten Zug, einen Eilzug, der an jeder Station hielt, und mußte dann die halbe Nacht auf einem Provinzbahnhof, dessen Wartesaal geschlossen war, auf und ab gehen in der Winternacht, mit den Füßen auf den Boden trampeln und in die Hände klatschen. Er hätte sich gerne auf einen Gepäckwagen gesetzt und wäre eingeschlafen für immer. Aber ihm war nicht kalt genug, er war nicht müde genug. Seine Verlassenheit reichte für ein solches Ende nicht aus. Auf der Weiterreise hörte er sich Geschichten eines Mitreisenden an, der ihm darlegte, wieviel Prozent aller Irren sich für Napoleon, wieviel für den letzten Kaiser, für Lindbergh, Hitler oder Gandhi hielten. Es erwachte Interesse in ihm, und er fragte, ob man sich denn ohne Schaden für sich selber halten könne und ob das nicht auch Irrsinn sei. Der Mann, ein Psychiater vermutlich, klopfte seine Pfeife aus, wechselte das Thema und erzählte von anderen Prozentsätzen und Therapien gegen diese und jene Prozente. Er stocherte mit dem Pfeifenputzer in seiner Nase und sagte: »Sie, zum Beispiel, Sie leiden an . . . Sie machen sich zuviel daraus . . . Daran leiden wir natürlich alle, es ist nichts Besonderes.«

Der nächste Zug trug ihn durch eine schauervolle Nacht – die Räder sprangen in größeren Stationen auf andere Schienen und rollten voll Erbitterung, während er, eingeklemmt mit zehn Personen in einem Abteil, nach Luft rang, zur Seite sah, wenn die ältliche Frau neben ihm ihr Kind stillte, wenn ihr Mann, sein bleichsüchtiges Gegenüber, ausspuckte nach jedem Hustenanfall, und er wurde darüber fast verrückt, daß ein anderer Mann an der Tür schnarchte. Die Füße und Beine aller kamen durcheinander, jeder kämpfte um fünf Zentimeter Platz und versuchte, die anderen zu verdrängen. Plötzlich entdeckte er sich dabei, wie auch er mit seinem Ellenbogen sich ausbreitete, um die Frau mit dem Kind zurückzudrängen. Er war wieder mitten unter leibhaftigen Menschen, kämpfte zäh um seine Stellung, um seinen Platz, um sein Leben. Einmal schlief er kurz ein. Im Traum stürzte auf ihn die Stadt herab, mit der Karlskirche voran, mit ihren Palais und Parks und ganzen Straßenzügen; der Traum hatte wahrscheinlich nur eine Sekunde gedauert, denn er erwachte, tödlich erschreckt, von einem Schlag auf den Kopf. Er wußte sofort, ohne nachdenken zu müssen, daß der Zug mit einem anderen zusammengestoßen war. Ein Koffer war aus dem Netz gesprungen und hatte ihn getroffen. Er wußte auch sofort, daß der Zusammenstoß unerheblich war, denn es war nicht die Zeit, in der ihm etwas geschehen konnte. Keine frühe Vollendung. Kein früher Abgang. Keine herzbewegende Tragik. Nach ein paar Stunden konnte weitergefahren werden, alle waren erleichtert wie nach einer leichten Herzattacke. Niemand war verletzt, der Schaden gering. Er versuchte, sich an den Traum von der Stadt zu erinnern, den der Zusammenprall der Züge in ihm ausgelöst hatte oder der dem Ruck vorangegangen war, und es war ihm, als müßte er die Stadt nun nie wiedersehen, aber erinnern würde er sich von nun an für immer, wie sie war und wie er in ihr gelebt hatte.

Stadt ohne Gewähr!
Laßt mich nicht von irgendeiner Stadt reden, sondern von der einzigen, in der meine Ängste und Hoffnungen aus so vielen Jahren ins Netz gingen. Wie eine große, schlampige Fischerin sehe ich sie noch immer an dem großen gleichmütigen Strom sitzen und ihre silbrige und verweste Beute einziehen. Silbrig die Angst, verwest die Hoffnung.
Beim Schwarzwasser der Donau und dem Kastanienhimmel über den schimmelgrünen Kuppeln:
Laßt mich etwas von ihrem Geist hervorkehren aus dem Staub und ihren Ungeist dem Staub überantworten! Dann mag der Wind kommen und ein Herz hinwegfegen, das hier stolz und beleidigt war!
Strandgutstadt!
Denn Länder wurden an sie geschwemmt und Güter aus

anderen Ländern: die Kreuzstichdecken der Slowaken und die pechigen Schnurrbärte der Montenegriner, die Eierkörbe der Bulgaren und ein aufsässiger Akzent aus Ungarn.

Türkenmondstadt! Barrikadenstadt!

Soviel zerbröckelter Stein, soviele hohle Wände sind da, daß man es flüstern hört von langher, von weither.

O alle die Nächte, die aufkamen in Wien, soviel bittere Nächte! Und alle die Tage, die es dir hinwarf mit dem Gesumm aus Schulhäusern und Irrenanstalten, Altersheimen und Krankenzimmern, wenig gelüftet und selten geweißt, alle die Tage, von ganz schüchternen Kastanienblüten umschwärmt! O alle die Fenster, die nie aufgingen, alle die Tore, als ging's durch kein Tor hinaus, als gäb es den Himmel nicht!

Endstadt! als gäb es kein Gleis hinaus!

Hofrätliches und Abgetretenes in Kanzleien. Nie ein hartes Wort in den Vorzimmern, immer ein kränkendes. (Hinhalten, nicht abweisen.)

Es ist die Frage, ob man lieben muß, was man nicht lieben mag, aber die Stadt ist schön und ein umständlicher Dichter stieg auf den Turm von St. Stephan und huldigte ihr.

Alles ist eine Frage des Nachgebens, des Beipflichtens. Aber einige tranken den Schierlingsbecher unbedingt.

Die üble Nachrede ist mit dem weichen Herz im Vertrag. Aber einige hatten ein Herz mit einem wilden flachsigen Muskel und eine Rede, die in Rom gegolten hätte. Sie waren feindselig, verhaßt und einsam. Sie dachten genau, hielten sich rein und ließen die Quallen unter sich.

Einige hatten Worte zur Verfügung, die sie wie Leuchtkäfer in die anbrechende Nacht schickten und über die Grenzen. Und einer hatte eine Stirn, die blau und tragisch erglühte zwischen den Gezeiten aus Sprachlosigkeit.

Scheiterhaufenstadt, in der die herrlichsten Musiken ins Feuer geworfen wurden, in der bespien und geschmäht wurde, was von den aufrechten Ketzern kam, den ungeduldigen Selbstmördern, den gründlichen Entdeckern, und alles, was von dem geradesten Geist war.

Schweigestadt! Stumme Inquisitorin mit dem unverbindlichen Lächeln.

– – – aber das Schluchzen aus lockeren Pflastersteinen, wenn einer darübertorkelt, jung, geschunden vom Schweigen, ermordet vom Lächeln. Wohin mit dem aufkommenden Schrei aus einer Tragödie?!

Komödiantenstadt! Stadt der frivolen Engel und einer Handvoll versatzamtreifer Dämonen.

Schüchterne Stadt im Zwiegespräch, schüchterner Keim in einem Gespräch von morgen.

Stadt der Witzmacher, der Speichellecker, der Spießgesellen. (Für eine Pointe wird eine Wahrheit geopfert, und gut gesagt ist halb gelogen.)

Peststadt mit dem Todesgeruch!

Beim Schwarzwasser der Donau und dem schmutzigen Öl in der Weite:

Laßt mich an den Glanz eines Tages denken, den ich auch gesehen habe, grün und weiß und nüchtern,

nach gefallenem Regen,

als die Stadt gewaschen war und gereinigt,

als sternförmig die Straßen von ihrem Kern,

ihrem starken Herz, ausliefen, gereinigt,

als die Kinder in allen Stockwerken eine neue Etüde zu üben anfingen,

als die Straßenbahnen vom Zentralfriedhof wiederkamen mit allen Kränzen und Asternsträußen vom vergangenen Jahr,

weil Auferstehung war,

vom Tod,

vom Vergessen!

Über das Ende der Reise schwieg er. Er hatte sie nicht

beenden, sondern verschwinden wollen am Ende, spurlos, unauffindbar. Er hatte endlich die Mittel gefunden, sich im Geheimen einen Auftrag geben zu lassen, der ihn nach Indonesien geführt hätte. In Indonesien brach der Krieg aus, als er die Flugkarten lösen wollte. Der Auftrag wurde hinfällig, und um einen anderen – um in ein anderes fernes Land zu kommen – mochte er sich nicht mehr bemühen; er nahm es als ein Zeichen, daß er nicht gehen sollte. Er blieb in Rom. Gedacht hatte er es sich so: Weggehen mit ihr, deren Namen er nie auszusprechen wagte. Fliehen mit ihr, nie mehr zurückkommen nach Europa, einfach leben mit ihr, wo Sonne war, Früchte waren, mit ihrem Körper leben, in keinem anderen Zusammenhang mehr und fern von allem, was bisher gewesen war. In ihrem Haar leben, in ihrem Mundwinkel, in ihrem Schoß.

Er hat immer das Absolute geliebt und den Aufbruch dahin, und ›sie‹ war nun der erste Mensch, der ihm, in bezug auf einen anderen Menschen, den Wunsch eingab, aufzubrechen und ihn mitzunehmen dahin. In allen Augenblikken, wo dieses Äußerste ihm vorschwebte, wo es zum Greifen nah war, ist er ein Raub des Fiebers geworden, hat die Sprache verloren, sich verzehrt danach, die Sprache dafür zu finden. Er hat sich verzehrt danach, einen Schritt dahin tun zu können, wo dies Äußerste für ihn war, und wollte handeln danach, ohne Rücksicht.

Aber immer ist dann einer auf ihn zugetreten, hat ihm einen Brief überbracht, der ihn an eine früher eingegangene Verpflichtung mahnte, an einen Erkrankten, einen Angehörigen, einen Durchreisenden oder an einen Termin für eine Arbeit. Oder es hat sich einer in dem Moment, als er alle Fesseln abwerfen wollte, an ihn gehängt wie ein Ertrinkender.

»Laß mich in Frieden. Laß mich doch in Ruh!« hat er dann gesagt und ist ans Fenster getreten, als gäbe es draußen etwas Besonderes zu sehen.

»Aber wir müssen noch heute Klarheit haben. Wer hat damals angefangen? Wer hat zuerst gesagt . . .?«

»Ich weiß nicht, was ich alles gesagt habe. Laß mich endlich in Ruh!«

»Und warum bist du so spät nach Hause gekommen, warum bist du so leise zur Tür herein? Hast du nicht etwas verbergen wollen? Oder gar dich!?«

»Ich habe nichts verbergen wollen. Laß mich!«

»Siehst du nicht, daß ich draufgehe, daß ich weine?«

»Gut, du weinst, du gehst drauf. Warum eigentlich?«

»Du bist fürchterlich und du weißt nicht, was du redest.«

Nein, das weiß er nicht. Er hat so oft um Frieden gebeten, aber sehr oft auch, ohne zu wissen warum, nur um sich endlich hinlegen zu können, um endlich das Licht löschen zu können, die Augen im Dunkeln in jene Ferne richten zu können, von der man ihn abbrachte.

Laßt mich in Frieden, so laßt mich doch einmal in Frieden! Er will wenigstens darüber nachdenken dürfen, warum er es aufgegeben hat, zu verschwinden, sich unsichtbar zu machen. Er wird sich nicht klar darüber. Aber es wird sich zeigen.

Wie alle Geschöpfe kommt er zu keinem Ergebnis. Er möchte nicht leben wie irgendeiner und nicht wie ein Besonderer. Er möchte mit der Zeit gehen und gegen sie stehen. Es lockt ihn, eine alte Bequemlichkeit zu loben, eine alte Schönheit, ein Pergament, eine Säule zu verteidigen. Aber es lockt ihn auch, die heutigen Dinge gegen die alten auszuspielen, einen Reaktor, eine Turbine, ein künstliches Material. Er möchte die Fronten und er möchte sie nicht. Er neigt dazu, Schwäche, Irrung und Dummheit zu verstehen, und er möchte sie bekämpfen, anprangern. Er duldet und duldet nicht. Haßt und haßt nicht. Kann nicht dulden und kann nicht hassen.

Auch das ist ein Grund zu verschwinden.

In seinem Tagebuch aus diesem Jahr stehen die Sätze:
»Ich liebe die Freiheit, die doch in allem Feststehenden zu
Ende geht, und wünsche mir schwarze Erden und Kata-
strophen aus Licht. Aber auch dort ginge sie zu Ende, ich
weiß.«

»Da es keine natürliche Untersagung und keinen natür-
lichen Auftrag gibt, also nicht nur erlaubt ist, was gefällt,
sondern auch, was nicht gefällt (und wer weiß schon, was
gefällt!), sind unzählige Gesetzgebungen und Moralsyste-
me möglich. Warum beschränken wir uns auf ein paar ver-
mischte Systeme, deren noch keiner froh geworden ist?«

»Im Moralhaushalt der Menschheit, der bald ökonomisch,
bald unökonomisch geführt wird, herrschen immer Pietät
und Anarchie zugleich. Die Tabus liegen unaufgeräumt
herum wie die Enthüllungen.«

»Warum nur einige wenige Systeme zur Herrschaft ge-
langten? Weil wir so zäh festhalten an Gewohnheiten, aus
Furcht vor einem Denken ohne Verbotstafeln und Gebots-
tafeln, aus Furcht vor der Freiheit. Die Menschen lieben
die Freiheit nicht. Wo immer sie aufgekommen ist, haben
sie sich verworfen mit ihr.«

»Ich liebe die Freiheit, die auch ich tausendmal verraten
muß. Diese unwürdige Welt ist das Ergebnis eines un-
unterbrochenen Verwerfens der Freiheit.«

»Freiheit, die ich meine: die Erlaubnis, da Gott die Welt in
nichts bestimmt hat und zu ihrem Wie nichts getan hat, sie
noch einmal neu zu begründen und neu zu ordnen. Die Erlaubnis, alle Formen aufzulösen, die moralischen zuerst,
damit sich alle anderen auflösen können. Die Vernichtung
jedes Glaubens, jeder Art von Glauben, um die Gründe aller Kämpfe zu vernichten. Der Verzicht auf jede überkom-
mene Anschauung und jeden überkommenen Zustand: auf
die Staaten, die Kirchen, die Organisationen, die Macht-
mittel, das Geld, die Waffen, die Erziehung.«

»Der große Streik: der augenblickliche Stillstand der alten

Welt. Die Niederlegung der Arbeit und des Denkens für diese alte Welt. Die Kündigung der Geschichte, nicht zugunsten der Anarchie, sondern zugunsten einer Neugründung.«

»Vorurteile – die Rassenvorurteile, Klassenvorurteile, religiösen Vorurteile und alle andern – bleiben ein Schimpf, selbst wenn sie durch Belehrung und Einsicht schwinden. Die Abschaffung von Unrecht, von Unterdrückung, jede Milderung von Härten, jede Verbesserung eines Zustandes hält doch noch die Schimpflichkeit von einst fest. Die Schändlichkeit, durch das Fortbestehen der Worte festgehalten, wird dadurch jederzeit wieder möglich gemacht.«

»Keine neue Welt ohne neue Sprache.«

Darüber ist es Frühling geworden. Eine Sonnenlache schwimmt in seinem Zimmer. Auf dem kleinen Platz vor dem Haus jubeln die Kinder, die Autohupen, die Vögel. Er muß sich zwingen, an dem Brief weiterzuschreiben. »Sehr geehrte Herren . . .« Er schreibt den Herren nicht, was die Wahrheit ist: daß er aus Gleichgültigkeit, Erschöpfung und weil er nichts mehr besseres weiß, zu Kreuz kriechen will. Ach, was heißt schon »zu Kreuz kriechen«! Nur keine großen Worte mehr! »Auf Ihr freundliches Angebot zurückkommend . . .« Ist es etwa nicht ein freundliches Angebot? Es wird angemessen sein, und es gibt wirklich keinen Grund, sich zu gut dafür vorzukommen. »Am 1. des Monats, wie Sie es wünschen, werde ich Ihnen zur Verfügung stehen. Ich hoffe . . .«

Er hofft gar nichts. Er überlegt gar nichts. Mit dem künftigen Ort und der künftigen Arbeit sich zu befassen, wird noch genug Zeit sein. Er ist mit allen Bedingungen einverstanden und stellt selber keine. Er klebt den Brief rasch und ohne Zögern zu und gibt ihn auf. Er packt seine Siebensachen, die paar Bücher, Aschenbecher, das bißchen Geschirr, läßt den Hausverwalter kommen, spricht mit ihm das Inventar durch und verläßt die Wohnung, in der er nicht heimisch geworden ist. Er hat aber noch Zeit bis zu diesem 1. des Monats und macht darum eine umständliche Anreise, langsam und genießerisch, durch die italienischen Provinzen. In Genua kommt ihn die Lust an, wieder einmal zu wandern wie in seiner Jugend, wie nach der Zeit der Gefangenschaft, als er den Weg aus dem Krieg zurück, in den er mit einem Schnellzug gefahren war, zu Fuß gesucht hatte. Er schickt seine Koffer voraus und geht übers Land, zwischen den erwachenden Reisfeldern, gegen Norden. Und weil er todmüde ist am zweiten Abend von der ungewohnten Anstrengung, tut er, was er auch schon lange nicht mehr getan hat. Er stellt sich an den Straßenrand der Autostraße nach Mailand und versucht, einen Wagen anzuhalten. Es dunkelt, aber niemand will ihn mitnehmen, bis er, schon ohne Hoffnung, noch einmal einem Auto von weitem winkt. Und dieser Wagen hält an, leise, fast lautlos. Er bringt dem Mann am Steuer, der allein ist, verlegen seinen Wunsch vor, fühlt sich schmutzig wie ein Stromer und setzt sich, deswegen eingeschüchtert, neben ihn. Er sitzt lange schweigsam und sieht manchmal den Mann verstohlen von der Seite an. Er mußte sein Alter haben. Das Gesicht gefällt ihm, die Hände gefallen ihm, die locker auf dem Lenkrad liegen. Sein Blick geht weiter und bleibt auf dem Tachometer liegen, wo die Nadel rasch aufrückt, von 100 auf 120 und dann auf 140. Er wagt nicht zu sagen, daß er lieber langsamer fahren möchte, daß er plötzlich Furcht hat vor jeder Geschwindigkeit. Er hat es nicht eilig, in ein geordnetes Leben zu kommen.

Der junge Mann sagt plötzlich: »Ich nehme sonst nie jemand mit.« Und dann, als wollte er sich entschuldigen für sein Fahren: »Ich muß noch vor Mitternacht im Zentrum sein.«

Er sieht wieder den Mann an, der unverwandt nach vorn blickt, wo die Scheinwerfer das schwarze Knäuel aus Wald,

Masten, Mauern und Büschen entwirren. Er fühlt sich jetzt ruhiger und seltsam wohl, aber sprechen möchte er gerne und die hellen Augen des Mannes wieder auf sich gerichtet fühlen, die ihn nur kurz gestreift haben.

Ja, hell mußten sie sein, er wollte es so, und er wollte sprechen und den Mann zum Beispiel fragen, ob dieses Jahr auch für ihn so schwer sei und was zu tun sei, was man zu halten habe von allem. In sich begann er dieses Gespräch mit dem Mann zu führen, während sie auf den niedrigen Vordersitzen, wie zwei Schüler, zusammengetan für eine Lektion, durch die Nacht getragen wurden, eine große Nacht, in der alle Gegenstände groß und fremd erschienen.

Vor ihnen tauchte ein Lastwagen auf, sie näherten sich ihm schnell, bogen aus, aber als sie auf gleicher Höhe mit ihm waren, bog auch der Lastwagen aus, um in einen Seitenweg abzuschwenken.

Sie flogen wenige Meter vor und gegen eine Mauer.

Als er wieder zu sich kam, merkte er, daß er aufgehoben wurde; er verlor sofort wieder das Bewußtsein, spürte manchmal leichte Erschütterungen, ahnte für Augenblicke, was mit ihm geschah: er mußte in einem Krankenhaus sein, auf einem fahrbaren Bett, man gab ihm eine Spritze, redete über ihn hinweg. In seinem Kopf lichtete es sich erst, als er im Operationssaal war. Vorbereitungen waren im Gang, zwei Ärzte in Masken machten sich an einem Tisch zu schaffen, eine Ärztin näherte sich ihm, griff nach seinem Arm, rieb darauf herum, es kitzelte ein wenig, war angenehm. Plötzlich fiel ihm ein, daß es ja ernst war, und er dachte ganz still, er würde nicht mehr aufwachen, wenn sie ihn in diesen Schlaf versenkten. Er wollte etwas sagen, suchte mit der Zunge nach seiner Stimme und war glücklich, als er die paar Worte geläufig hervorbrachte. Er bat um ein Blatt Papier und einen Bleistift. Eine Schwester brachte ihm beides, und er hielt nun, während die Narkose ganz langsam zu wirken anfing, den Bleistift, setzte ihn an auf dem Papier, das die Schwester ihm auf einer Unterlage hinhielt. Er strichelte vorsichtig: »Liebe Eltern . . .« Dann durchkreuzte er die zwei Worte rasch und schrieb: »Liebste . . .« Er hielt inne und dachte angestrengt nach. Er gab, indem er es zerknüllte, das Papier der Schwester zurück und schüttelte den Kopf, um ihr zu bedeuten, daß es keinen Sinn habe. Wenn er nicht mehr erwachen sollte, konnten auch solche Briefe keinen Sinn mehr haben. Er lag mit schweren Lidern da und wartete, wunderbar erschlafft, die Bewußtlosigkeit ab.

Dieses Jahr hat ihm die Knochen zerbrochen. Er liegt mit ein paar kunstvollen blau-rot unterlaufenen Narben in der Klinik und zählt die Tage nicht, bis ihm der Gipspanzer abgenommen werden soll, unter dem er zu heilen verspricht. Der Unbekannte – das hat er nun erfahren – war auf der Stelle tot gewesen. Er denkt manchmal an ihn und starrt an die Zimmerdecke. Er denkt an ihn wie an einen, der an seiner Statt gestorben ist, und er sieht ihn vor sich, mit dieser hellen Spannung im Gesicht, den jungen festen Händen am Steuer, sieht ihn auf die Mitte des Dunkels in der Welt zurasen und dort in Flammen aufgehen.

Es ist Mai geworden. Die Blumen in seinem Zimmer werden täglich durch frische und farbigere ersetzt. Die Rollläden sind mittags für Stunden heruntergelassen, und der Duft in dem Zimmer wird bewahrt.

Könnte er jetzt sein Gesicht sehen, so wäre es das eines jungen Menschen, und er würde auch nicht daran zweifeln, daß er jung ist. Denn uralt hat er sich nur gefühlt, als er sehr viel jünger gewesen war, seinen Kopf hängen ließ und die Schultern einzog, weil ihn seine Gedanken und sein Körper zu sehr beunruhigten. Als er sehr jung gewesen war, hatte er sich einen frühen Tod gewünscht, hatte nicht einmal dreißig Jahre alt werden wollen. Aber jetzt wünschte er sich das Leben. Damals hatten in seinem Kopf nur die Interpunktionszeichen für die Welt geschaukelt, aber jetzt kamen ihm die ersten Sätze zu, in denen die Welt auftrat. Damals hatte er gemeint, alles schon zu Ende denken zu können, und hatte kaum gemerkt, daß er ja erst die ersten Schritte in eine Wirklichkeit tat, die sich nicht gleich zu Ende denken ließ und die ihm noch vieles vorenthielt.

Lange hatte er auch nicht gewußt, was er glauben sollte und ob es nicht überhaupt schmählich war, etwas zu glauben. Jetzt begann er sich selbst zu glauben, wenn er etwas tat oder sich äußerte. Er faßt Vertrauen zu sich. Den Dingen, die er sich nicht beweisen mußte, den Poren auf seiner Haut, dem Salzgeschmack des Meeres, der fruchtigen Luft und einfach allem, was nicht allgemein war, vertraute er auch.

Als er kurz vor seiner Entlassung aus der Klinik zum erstenmal in einen Spiegel sah, weil er sich die Haare selber kämmen wollte, und sich, wohlbekannt und zugleich ein wenig durchsichtiger, vor dem Kissenberg im Rücken aufgerichtet erblickte, entdeckte er inmitten der verklebten braunen Haare ein glänzendes weißes Etwas. Er befühlte es, rückte mit dem Spiegel näher: ein weißes Haar! Sein Herz schlug im Hals.

Er blickte das Haar töricht und unverwandt an.

Am Tag darauf nahm er wieder den Spiegel vor, fürchtete, mehr weiße Haare zu finden, aber da lag wieder nur das eine, und dabei blieb es.

Endlich sagte er sich: Ich lebe ja, und mein Wunsch ist es, noch lange zu leben. Das weiße Haar, dieser helle Beweis eines Schmerzes und eines ersten Alters, wie hat es mich nur so erschrecken können? Es soll stehenbleiben, und wenn es nach ein paar Tagen ausgefallen ist und so rasch kein anderes mehr erscheint, werde ich doch einen Vorgeschmack behalten und nie mehr Furcht empfinden vor dem Prozeß, der mir leibhaftig gemacht wird.

Ich lebe ja!

Er wird bald geheilt sein.

Er wird bald dreißig Jahre alt sein. Der Tag wird kommen, aber niemand wird an einen Gong schlagen und ihn künden. Nein, der Tag wird nicht kommen – er war schon da, enthalten in allen Tagen dieses Jahres, das er mit Mühe und zur Not bestanden hat. Er ist lebhaft mit dem Kommenden befaßt, denkt an Arbeit und wünscht sich, durch das Tor unten bald hinausgehen zu können, weg von den Verunglückten, den Hinfälligen und Moribunden.

Ich sage dir: Steh auf und geh! Es ist dir kein Knochen gebrochen.

Alles

Wenn wir uns, wie zwei Versteinte, zum Essen setzen oder
abends an der Wohnungstür zusammentreffen, weil wir
beide gleichzeitig daran denken, sie abzusperren, fühle ich
unsere Trauer wie einen Bogen, der von einem Ende der
Welt zum anderen reicht – also von Hanna zu mir –, und
an dem gespannten Bogen einen Pfeil bereitet, der den un-
bewegten Himmel ins Herz treffen müßte. Wenn wir
zurückgehen durch das Vorzimmer, ist sie zwei Schritte vor
mir, sie geht ins Schlafzimmer, ohne »Gute Nacht« zu sagen, und ich flüchte mich in mein Zimmer, an meinen
Schreibtisch, um dann vor mich hinzustarren, ihren ge-
senkten Kopf vor Augen und ihr Schweigen im Ohr. Ob sie
sich hinlegt und zu schlafen versucht oder wach ist und
wartet? Worauf? – da sie nicht auf mich wartet!
Als ich Hanna heiratete, geschah es weniger ihretwegen,
als weil sie das Kind erwartete. Ich hatte keine Wahl,
brauchte keinen Entschluß zu fassen. Ich war bewegt, weil
sich etwas vorbereitete, das neu war und von uns kam, und
weil mir die Welt zuzunehmen schien. Wie der Mond,
gegen den man sich dreimal verbeugen soll, wenn er neu
erscheint und zart und hauchfarben am Anfang seiner
Bahn steht. Es gab Augenblicke der Abwesenheit, die ich
vorher nicht gekannt hatte. Selbst im Büro – obwohl ich
mehr als genug zu tun hatte – oder während einer Konferenz entrückte ich plötzlich in diesen Zustand, in dem ich
mich nur dem Kind zuwandte, diesem unbekannten, sche-
menhaften Wesen, und ihm entgegenging mit all meinen
Gedanken bis in den warmen lichtlosen Leib, in dem es gefangen lag.
Das Kind, das wir erwarteten, veränderte uns. Wir gingen

kaum mehr aus und vernachlässigten unsere Freunde; wir suchten eine größere Wohnung und richteten uns besser und endgültiger ein. Aber des Kindes wegen, auf das ich wartete, begann alles sich für mich zu verändern; ich kam auf Gedanken, unvermutet, wie man auf Minen kommt, von solcher Sprengkraft, daß ich hätte zurückschrecken müssen, aber ich ging weiter, ohne Sinn für die Gefahr.

Hanna mißverstand mich. Weil ich nicht zu entscheiden wußte, ob der Kinderwagen große oder kleine Räder haben solle, schien ich gleichgültig. (Ich weiß wirklich nicht. Ganz wie du willst. Doch, ich höre.) Wenn ich mit ihr in Geschäften herumstand, wo sie Hauben, Jäckchen und Windeln aussuchte, zwischen Rosa und Blau, Kunstwolle und echter Wolle schwankte, warf sie mir vor, daß ich nicht bei der Sache sei. Aber ich war es nur zu sehr.

Wie soll ich bloß ausdrücken, was in mir vorging? Es erging mir wie einem Wilden, der plötzlich aufgeklärt wird, daß die Welt, in der er sich bewegt, zwischen Feuerstätte und Lager, zwischen Sonnenaufgang und Sonnenuntergang, zwischen Jagd und Mahlzeit, auch die Welt ist, die Jahrmillionen alt ist und vergehen wird, die einen nichtigen Platz unter vielen Sonnensystemen hat, die sich mit großer Geschwindigkeit um sich selbst und zugleich um die Sonne dreht. Ich sah mich mit einemmal in anderen Zusammenhängen, mich und das Kind, das zu einem bestimmten Zeitpunkt, Anfang oder Mitte November, an die Reihe kommen sollte mit seinem Leben, genauso wie einst ich, genau wie alle vor mir.

Man muß es sich nur recht vorstellen. Diese ganze Abstammung! Wie vorm Einschlafen die schwarzen und weißen Schafe (ein schwarzes, ein weißes, ein schwarzes, ein weißes, und so fort), eine Vorstellung, die einen bald stumpf und dösig und bald verzweifelt wach machen kann. Ich habe nach diesem Rezept nie einschlafen können, obwohl Hanna, die es von ihrer Mutter hat, beschwört, es sei beruhigender als ein Schlafmittel. Vielleicht ist es für viele beruhigend, an diese Kette zu denken: Und Sem zeugte Arpachsad. Als Arpachsad fünfunddreißig Jahre alt war, zeugte er den Selah. Und Selah zeugte den Heber. Und Heber den Peleg. Als Peleg dreißig Jahre alt war, zeugte er den Regu, Regu den Serug und Serug den Nahor, und jeder außerdem noch viele Söhne und Töchter danach, und die Söhne zeugten immer wieder Söhne, nämlich Nahor den Tharah und Tharah den Abram, den Nahor und den Haran. Ich probierte ein paarmal, diesen Prozeß durchzudenken, nicht nur nach vorn, sondern auch nach hinten, bis zu Adam und Eva, von denen wir wohl kaum abstammen, oder bis zu den Hominiden, von denen wir vielleicht herkommen, aber es gibt in jedem Fall ein Dunkel, in dem diese Kette sich verliert, und daher ist es auch belanglos, ob man sich an Adam und Eva oder an zwei andere Exemplare klammert. Nur wenn man sich nicht anklammern möchte und besser fragt, wozu jeder einmal an der Reihe war, weiß man mit der Kette nicht ein und aus und mit all den Zeugungen nichts anzufangen, mit den ersten und letzten Leben nichts. Denn jeder kommt nur einmal an die Reihe für das Spiel, das er vorfindet und zu begreifen angehalten wird: Fortpflanzung und Erziehung, Wirtschaft und Politik, und beschäftigen darf er sich mit Geld und Gefühl, mit Arbeit und Erfindung und der Rechtfertigung der Spielregel, die sich Denken nennt.

Da wir uns aber schon einmal so vertrauensvoll vermehren, muß man sich wohl abfinden. Das Spiel braucht die Spieler. (Oder brauchen die Spieler das Spiel?) Ich war ja auch so vertrauensvoll in die Welt gesetzt worden, und nun hatte ich ein Kind in die Welt gesetzt.

Jetzt zitterte ich schon bei dem Gedanken.

Ich fing an, *alles* auf das Kind hin anzusehen. Meine Hände zum Beispiel, die es einmal berühren und halten würden, unsere Wohnung im dritten Stock, die Kandlgasse, den VII. Bezirk, die Wege kreuz und quer durch die Stadt bis hinunter zu den Praterauen und schließlich die ganze angeräumte Welt, die ich ihm erklären würde. Von mir sollte es die Namen hören: Tisch und Bett, Nase und Fuß. Auch Worte wie: Geist und Gott und Seele, meinem Dafürhalten nach unbrauchbare Worte, aber verheimlichen konnte man sie nicht, und später Worte, so komplizierte wie: Resonanz, Diapositiv, Chiliasmus und Astronautik. Ich würde dafür zu sorgen haben, daß mein Kind erfuhr, was alles bedeutete und wie alles zu gebrauchen sei, eine Türklinke und ein Fahrrad, ein Gurgelwasser und ein Formular. In meinem Kopf wirbelte es.

Als das Kind kam, hatte ich natürlich keine Verwendung für die große Lektion. Es war da, gelbsüchtig, zerknittert, erbarmungswürdig, und ich war auf eins nicht vorbereitet – daß ich ihm einen Namen geben mußte. Ich einigte mich in aller Eile mit Hanna, und wir ließen drei Namen ins Register eintragen. Den meines Vaters, den ihres Vaters und den meines Großvaters. Von den drei Namen wurde nie einer verwendet. Am Ende der ersten Woche hieß das Kind Fipps. Ich weiß nicht, wie es dazu kam. Vielleicht war ich sogar mitschuldig, denn ich versuchte, wie Hanna, die ganz unerschöpflich im Erfinden und Kombinieren von sinnlosen Silben war, es mit Kosenamen zu rufen, weil die eigentlichen Namen so gar nicht passen wollten auf das winzige nackte Geschöpf. Aus dem Hin und Her von Anbiederungen entstand dieser Name, der mich immer mehr aufgebracht hat im Lauf der Jahre. Manchmal legte ich ihn sogar dem Kind selbst zur Last, als hätte es sich wehren können, als wäre alles kein Zufall gewesen. Fipps! Ich werde ihn weiter so nennen müssen, ihn lächerlich machen müssen über den Tod hinaus und uns dazu.

Als Fipps in seinem blauweißen Bett lag, wachend, schlafend, und ich nur dazu taugte, ihm ein paar Speicheltropfen oder säuerliche Milch vom Mund zu wischen, ihn aufzuheben, wenn er schrie, in der Hoffnung, ihm Erleichterung zu verschaffen, dachte ich zum erstenmal, daß auch er etwas vorhabe mit mir, daß er mir aber Zeit lasse, dahinter zu kommen, ja unbedingt Zeit lassen wolle, wie ein Geist, der einem erscheint und ins Dunkel zurückkehrt und wiederkommt, die gleichen undeutbaren Blicke aussendend. Ich saß oft neben seinem Bett, sah nieder auf dieses wenig bewegte Gesicht, in diese richtungslos blickenden Augen und studierte seine Züge wie eine überlieferte Schrift, für deren Entzifferung es keinen Anhaltspunkt gibt. Ich war froh zu merken, daß Hanna sich unbeirrt an das Nächstliegende hielt, ihm zu trinken gab, ihn schlafen ließ, weckte, umbettete, wickelte, wie es die Vorschrift war. Sie putzte ihm die Nase mit kleinen Wattepfröpfchen und stäubte eine Puderwolke zwischen seine dicken Schenkel, als wäre ihm und ihr damit für alle Zeit geholfen.

Nach ein paar Wochen versuchte sie, ihm ein erstes Lächeln zu entlocken. Aber als er uns dann damit überraschte, blieb die Grimasse doch rätselvoll und beziehungslos für mich. Auch wenn er seine Augen immer häufiger und genauer auf uns richtete oder die Ärmchen ausstreckte, kam mir der Verdacht, daß nichts gemeint sei und daß wir nur anfingen, ihm die Gründe zu suchen, die er später einmal annehmen würde. Nicht Hanna, und vielleicht kein Mensch, hätte mich verstanden, aber in dieser Zeit begann meine Beunruhigung. Ich fürchte, ich fing damals schon an, mich von Hanna zu entfernen, sie immer mehr auszuschließen und fernzuhalten von meinen wahren Gedanken. Ich entdeckte eine Schwachheit in mir – das Kind hatte sie mich entdecken lassen – und das Gefühl, einer Niederlage entgegenzugehen. Ich war dreißig Jahre alt wie Hanna, die zart und jung aussah wie nie zuvor. Aber mir hatte das Kind keine neue Jugend gegeben. In dem Maß, in dem es seinen Kreis vergrößerte, steckte ich den meinen zurück. Ich ging an die Wand, bei jedem Lächeln, jedem Jubel, jedem Schrei. Ich hatte nicht die Kraft, dieses Lächeln, dieses Gezwitscher, diese Schreie im Keim zu ersticken. Darauf wäre es nämlich angekommen!

Die Zeit, die mir blieb, verging rasch. Fipps saß aufrecht im Wagen, bekam die ersten Zähne, jammerte viel; bald streckte er sich, stand schwankend, zusehends fester, rutschte auf Knien durchs Zimmer, und eines Tages kamen die ersten Worte. Es war nicht mehr aufzuhalten, und ich wußte noch immer nicht, was zu tun war.

Was nur? Früher hatte ich gedacht, ihn die Welt lehren zu müssen. Seit den stummen Zwiesprachen mit ihm war ich irregeworden und anders belehrt. Hatte ich es, zum Beispiel, nicht in der Hand, ihm die Benennung der Dinge zu verschweigen, ihn den Gebrauch der Gegenstände nicht zu lehren? Er war der erste Mensch. Mit ihm fing alles an, und es war nicht gesagt, daß alles nicht auch ganz anders werden konnte durch ihn. Sollte ich ihm nicht die Welt überlassen, blank und ohne Sinn? Ich mußte ihn ja nicht einweihen in Zwecke und Ziele, nicht in Gut und Böse, in das, was wirklich ist und was nur so scheint. Warum sollte ich ihn zu mir herüberziehen, ihn wissen und glauben, freuen und leiden machen! Hier, wo wir stehen, ist die Welt die schlechteste aller Welten, und keiner hat sie verstanden bis heute, aber wo er stand, war nichts entschieden. Noch nichts. Wie lange noch?

Und ich wußte plötzlich: alles ist eine Frage der Sprache und nicht nur dieser einen deutschen Sprache, die mit anderen geschaffen wurde in Babel, um die Welt zu verwirren. Denn darunter schwelt noch eine Sprache, die reicht bis in die Gesten und Blicke, das Abwickeln der Gedanken und den Gang der Gefühle, und in ihr ist schon all unser Unglück. Alles war eine Frage, ob ich das Kind bewahren konnte vor unserer Sprache, bis es eine neue begründet hatte und eine neue Zeit einleiten konnte.

Oft ging ich mit Fipps allein aus dem Haus, und wenn ich

an ihm wiederfand, was Hanna an ihm begangen hatte, Zärtlichkeiten, Koketterien, Spielereien, entsetzte ich mich. Er geriet uns nach. Aber nicht nur Hanna und mir, nein, den Menschen überhaupt. Doch es gab Augenblicke, in denen er sich selbst verwaltete, und dann beobachtete ich ihn inständig. Alle Wege waren ihm gleich. Alle Wesen gleich. Hanna und ich standen ihm gewiß nur näher, weil wir uns andauernd in seiner Nähe zu schaffen machten. Es war ihm gleich. Wie lange noch?

Er fürchtete sich. Aber noch nicht vor einer Lawine oder einer Niedertracht, sondern vor einem Blatt, das an einem Baum in Bewegung geriet. Vor einem Schmetterling. Die Fliegen erschreckten ihn maßlos. Und ich dachte: wie wird er leben können, wenn erst ein ganzer Baum sich im Wind biegen wird und ich ihn so im unklaren lasse!

Er traf mit einem Nachbarskind auf der Treppe zusammen; er griff ihm ungeschickt mitten ins Gesicht, wich zurück, und wußte vielleicht nicht, daß er ein Kind vor sich hatte. Früher hatte er geschrien, wenn er sich schlecht fühlte, aber wenn er jetzt schrie, ging es um mehr. Vor dem Einschlafen geschah es oft oder wenn man ihn aufhob, um ihn zu Tisch zu bringen, oder wenn man ihm ein Spielzeug wegnahm. Eine große Wut war in ihm. Er konnte sich auf den Boden legen, im Teppich festkrallen und brüllen, bis sein Gesicht blau wurde und ihm Schaum vor dem Mund stand. Im Schlaf schrie er auf, als hätte sich ein Vampir auf seine Brust gesetzt. Diese Schreie bestärkten mich in der Meinung, daß er sich noch zu schreien traute und seine Schreie wirkten.

O eines Tages!

Hanna ging mit zärtlichen Vorwürfen herum und nannte ihn ungezogen. Sie drückte ihn an sich, küßte ihn oder blickte ihn ernst an und lehrte ihn, seine Mutter nicht zu kränken. Sie war eine wundervolle Versucherin. Sie stand unentwegt über den namenlosen Fluß gebeugt und wollte ihn herüberziehen, ging auf und ab an unserem Ufer und lockte ihn mit Schokoladen und Orangen, Brummkreiseln und Teddybären.

Und wenn die Bäume Schatten warfen, meinte ich, eine Stimme zu hören: Lehr ihn die Schattensprache! Die Welt ist ein Versuch, und es ist genug, daß dieser Versuch immer in derselben Weise wiederholt worden ist mit demselben Ergebnis. Mach einen anderen Versuch! Laß ihn zu Schatten gehn! Das Ergebnis war bisher: ein Leben in Schuld, Liebe und Verzweiflung. (Ich hatte begonnen, an alles im allgemeinen zu denken; mir fielen dann solche Worte ein.) Ich aber könnte ihm die Schuld ersparen, die Liebe und jedes Verhängnis und ihn für ein anderes Leben freimachen.

Ja, sonntags wanderte ich mit ihm durch den Wienerwald, und wenn wir an ein Wasser kamen, sagte es in mir: Lehr ihn die Wassersprache! Es ging über Steine. Über Wurzeln. Lehr ihn die Steinsprache! Wurzle ihn neu ein! Die Blätter fielen, denn es war wieder Herbst. Lehr ihn die Blättersprache!

Aber da ich kein Wort aus solchen Sprachen kannte oder fand, nur meine Sprache hatte und nicht über deren Grenze gelangen konnte, trug ich ihn stumm die Wege hinauf und hinunter und wieder heim, wo er lernte, Sätze zu bilden, und in die Falle ging. Er äußerte schon Wünsche, sprach Bitten aus, befahl oder redete um des Redens willen. Auf späteren Sonntagsgängen riß er Grashalme aus, hob Würmer auf, fing Käfer ein. Jetzt waren sie ihm schon nicht mehr gleich, er untersuchte sie, tötete sie, wenn ich sie ihm nicht noch rechtzeitig aus der Hand nahm. Zu Hause zerlegte er Bücher und Schachteln und seinen Hampelmann. Er riß alles an sich, biß hinein, betastete alles, warf es weg oder nahm es an! O eines Tages. Eines Tages würde er Bescheid wissen.

Hanna hat mich, in dieser Zeit, als sie noch mitteilsamer

145

war, oft auf das, was Fipps sagte, aufmerksam gemacht; sie war bezaubert von seinen unschuldigen Blicken, unschuldigen Reden und seinem Tun. Ich aber konnte überhaupt keine Unschuld in dem Kind entdecken, seit es nicht mehr wehrlos und stumm wie in den ersten Wochen war. Und damals war es wohl nicht unschuldig, sondern nur unfähig zu einer Äußerung gewesen, ein Bündel aus feinem Fleisch und Flachs, mit dünnem Atem, mit einem riesigen dumpfen Kopf, der wie ein Blitzableiter die Botschaften der Welt entschärfte.

In einer Sackgasse neben dem Haus durfte der ältere Fipps öfter mit anderen Kindern spielen. Einmal, gegen Mittag, als ich nach Hause wollte, sah ich ihn mit drei kleinen Buben Wasser in einer Konservenbüchse auffangen, das längs dem Randstein abfloß. Dann standen sie im Kreis, redeten. Es sah wie eine Beratung aus. (So berieten Ingenieure, wo sie mit den Bohrungen beginnen, wo den Einstich machen sollten.) Sie hockten sich auf das Pflaster nieder, und Fipps, der die Büchse hielt, war schon dabei, sie auszuschütten, als sie sich wieder erhoben, drei Pflastersteine weitergingen. Aber auch dieser Platz schien sich für das Vorhaben nicht zu eignen. Sie erhoben sich noch einmal. Es lag eine Spannung in der Luft. Welch männliche Spannung! Es mußte etwas geschehen! Und dann fanden sie, einen Meter entfernt, den Ort. Sie hockten sich wieder nieder, verstummten, und Fipps neigte die Büchse. Das schmutzige Wasser floß über die Steine. Sie starrten darauf, stumm und feierlich. Es war geschehen, vollbracht. Vielleicht gelungen. Es mußte gelungen sein. Die Welt konnte sich auf diese kleinen Männer verlassen, die sie weiterbrachten. Sie würden sie weiterbringen, dessen war ich nun ganz sicher. Ich ging ins Haus, nach oben, und warf mich auf das Bett in unserem Schlafzimmer. Die Welt war weitergebracht worden, der Ort war gefunden, von dem aus man sie vorwärtsbrachte, immer in dieselbe

Richtung. Ich hatte gehofft, mein Kind werde die Richtung nicht finden. Und einmal, vor langer Zeit, hatte ich sogar gefürchtet, daß es sich nicht zurechtfinden werde. Ich Narr hatte gefürchtet, es werde die Richtung nicht finden!

Ich stand auf und schüttete mir ein paar Hände voll kaltes Leitungswasser ins Gesicht. Ich wollte dieses Kind nicht mehr. Ich haßte es, weil es zu gut verstand, weil ich es schon in allen Fußtapfen sah.

Ich ging herum und dehnte meinen Haß aus auf alles, was von den Menschen kam, auf die Straßenbahnlinien, die Hausnummern, die Titel, die Zeiteinteilung, diesen ganzen verfilzten, ausgeklügelten Wust, der sich Ordnung nennt, gegen die Müllabfuhr, die Vorlesungsverzeichnisse, Standesämter, diese ganzen erbärmlichen Einrichtungen, gegen die man nicht mehr anrennen kann, gegen die auch nie jemand anrennt, diese Altäre, auf denen ich geopfert hatte, aber nicht gewillt war, mein Kind opfern zu lassen. Wie kam mein Kind dazu? Es hatte die Welt nicht eingerichtet, hatte ihre Beschädigung nicht verursacht. Warum sollte es sich darin einrichten! Ich schrie das Einwohneramt und die Schulen und die Kasernen an: Gebt ihm eine Chance! Gebt meinem Kind, eh es verdirbt, eine einzige Chance! Ich wütete gegen mich, weil ich meinen Sohn in diese Welt gezwungen hatte und nichts zu seiner Befreiung tat. Ich war es ihm schuldig, ich mußte handeln, mit ihm weggehen, mit ihm auf eine Insel verziehen. Aber wo gibt es diese Insel, von der aus ein neuer Mensch eine neue Welt begründen kann? Ich war mit dem Kind gefangen und verurteilt von vornherein, die alte Welt mitzumachen. Darum ließ ich das Kind fallen. Ich ließ es aus meiner Liebe fallen. Dieses Kind war ja zu allem fähig, nur dazu nicht, auszutreten, den Teufelskreis zu durchbrechen.

Fipps verspielte die Jahre bis zur Schule. Er verspielte sie im wahrsten Sinn des Wortes. Ich gönnte ihm Spiele, aber nicht diese, die ihn hinwiesen auf spätere Spiele. Verstekken und Fangen, Abzählen und Ausscheiden, Räuber und Gendarm. Ich wollte für ihn ganz andere, reine Spiele, andere Märchen als die bekannten. Aber mir fiel nichts ein, und er war nur auf Nachahmung aus. Man hält es nicht für möglich, aber es gibt keinen Ausweg für unsereins. Immer wieder teilt sich alles in oben und unten, gut und böse, hell und dunkel, in Zahl und Güte, Freund und Feind, und wo in den Fabeln andere Wesen oder Tiere auftauchen, nehmen sie gleich wieder die Züge von Menschen an.

Weil ich nicht mehr wußte, wie und woraufhin ich ihn bilden sollte, gab ich es auf. Hanna merkte, daß ich mich nicht mehr um ihn kümmerte. Einmal versuchten wir, darüber zu sprechen, und sie starrte mich an wie ein Ungeheuer. Ich konnte nicht alles vorbringen, weil sie aufstand, mir das Wort abschnitt und ins Kinderzimmer ging. Es war abends, und von diesem Abend an begann sie, die früher so wenig wie ich auf die Idee gekommen wäre, mit dem Kind zu beten: Müde bin ich, geh zur Ruh. Lieber Gott, mach mich fromm. Und ähnliches. Ich kümmerte mich auch darum nicht, aber sie werden es wohl weit gebracht haben in ihrem Repertoire. Ich glaube, sie wünschte damit, ihn unter einen Schutz zu stellen. Es wäre ihr alles recht gewesen, ein Kreuz oder ein Maskottchen, ein Zauberspruch oder sonstwas. Im Grund hatte sie recht, da Fipps bald unter die Wölfe fallen und bald mit den Wölfen heulen würde. ›Gott befohlen‹ war vielleicht die letzte Möglichkeit. Wir lieferten ihn beide aus, jeder auf seine Weise.

Wenn Fipps mit einer schlechten Note aus der Schule heimkam, sagte ich kein Wort, aber ich tröstete ihn auch nicht. Hanna quälte sich insgeheim. Sie setzte sich regelmäßig nach dem Mittagessen hin und half ihm bei seinen Aufgaben, hörte ihn ab. Sie machte ihre Sache so gut, wie man sie nur machen kann. Aber ich glaubte ja nicht an die gute Sache. Es war mir gleichgültig, ob Fipps später aufs Gymnasium kommen würde oder nicht, ob aus ihm etwas

Rechtes würde oder nicht. Ein Arbeiter möchte seinen Sohn als Arzt sehen, ein Arzt den seinen zumindest als Arzt. Ich verstehe das nicht. Ich wollte Fipps weder gescheiter noch besser als uns wissen. Ich wollte auch nicht von ihm geliebt sein; er brauchte mir nicht zu gehorchen, mir nie zu Willen zu sein. Nein, ich wollte ... Er sollte doch nur von vorn beginnen, mir zeigen mit einer einzigen Geste, daß er nicht unsere Gesten nachvollziehen mußte. Ich habe keine an ihm gesehen. Ich war neu geboren, aber er war es nicht! Ich war es ja, ich war der erste Mensch und habe alles verspielt, hab nichts getan!

Ich wünschte für Fipps nichts, ganz und gar nichts. Ich beobachtete ihn nur weiter. Ich weiß nicht, ob ein Mann sein eigenes Kind so beobachten darf. Wie ein Forscher einen ›Fall‹. Ich betrachtete diesen hoffnungslosen Fall Mensch. Dieses Kind, das ich nicht lieben konnte, wie ich Hanna liebte, die ich doch nie ganz fallen ließ, weil sie mich nicht enttäuschen konnte. Sie war schon von der Art Menschen gewesen wie ich, als ich sie angetroffen hatte, wohlgestalt, erfahren, ein wenig besonders und doch wieder nicht, eine Frau und dann meine Frau. Ich machte diesem Kind und mir den Prozeß – ihm, weil es eine höchste Erwartung zunichte machte, mir, weil ich ihm den Boden nicht bereiten konnte. Ich hatte erwartet, daß dieses Kind, weil es ein Kind war – ja, ich hatte erwartet, daß es die Welt erlöse. Es hört sich an wie eine Ungeheuerlichkeit. Ich habe auch wirklich ungeheuerlich gehandelt an dem Kind, aber das ist keine Ungeheuerlichkeit, was ich erhoffte. Ich war nur nicht vorbereitet gewesen, wie alle vor mir, auf das Kind. Ich hatte mir nichts dabei gedacht, wenn ich Hanna umarmte, wenn ich beruhigt war in dem finsteren Schoß – ich konnte nicht denken. Es war gut, Hanna zu heiraten, nicht nur wegen des Kindes, aber ich war später nie mehr glücklich mit ihr, sondern nur darauf bedacht, daß sie nicht noch ein Kind bekäme. Sie wünschte es sich, ich habe Grund,

das anzunehmen, obwohl sie jetzt nicht mehr davon spricht, nichts dergleichen tut. Man möchte meinen, daß Hanna jetzt erst recht wieder an ein Kind denkt, aber sie ist versteint. Sie geht nicht von mir und kommt nicht zu mir. Sie hadert mit mir, wie man mit einem Menschen nicht hadern darf, da er nicht Herr über solche Unbegreiflichkeiten wie Tod und Leben ist. Sie hätte damals gern eine ganze Brut aufgezogen, und das verhinderte ich. Ihr waren alle Bedingungen recht und mir keine. Sie erklärte mir einmal, als wir uns stritten, was alles sie für Fipps tun und haben wolle. *Alles:* ein lichteres Zimmer, mehr Vitamine, einen Matrosenanzug, mehr Liebe, die ganze Liebe, einen Liebesspeicher wollte sie anlegen, der reichen sollte ein Leben lang, wegen draußen, wegen der Menschen . . . eine gute Schulbildung, Fremdsprachen, auf seine Talente merken. – Sie weinte und kränkte sich, weil ich darüber lachte. Ich glaube, sie dachte keinen Augenblick lang, daß Fipps zu den Menschen ›draußen‹ gehören werde, daß er wie sie verletzen, beleidigen, übervorteilen, töten könne, daß er auch nur einer Niedrigkeit fähig sein werde, und ich hatte allen Grund, das anzunehmen. Denn das Böse, wie wir es nennen, steckte in dem Kind wie eine Eiterquelle. An die Geschichte mit dem Messer brauche ich deswegen noch gar nicht zu denken. Es fing viel früher an, als er etwa drei oder vier Jahre alt war. Ich kam dazu, wie er zornig und plärrend umherging; ein Turm mit Bauklötzen war ihm umgefallen. Plötzlich hielt er inne im Lamentieren und sagte leise und nachdrücklich: »Das Haus anzünden werde ich euch. Alles kaputtmachen. Euch alle kaputtmachen.« Ich hob ihn auf die Knie, streichelte ihn, versprach ihm, den Turm wieder aufzubauen. Er wiederholte seine Drohungen. Hanna, die dazutrat, war zum erstenmal unsicher. Sie wies ihn zurecht und fragte ihn, wer ihm solche Sachen sage. Er antwortete fest: »Niemand.«
Dann stieß er ein kleines Mädchen, das im Haus wohnte,

die Stiegen hinunter, war wohl sehr erschrocken danach, weinte, versprach, es nie wieder zu tun, und tat es doch noch einmal. Eine Zeitlang schlug er bei jeder Gelegenheit nach Hanna. Auch das verging wieder.

Ich vergesse freilich, mir vorzuhalten, wieviel hübsche Dinge er sagte, wie zärtlich er sein konnte, wie rotglühend er morgens aufwachte. Ich habe das alles auch bemerkt, war oft versucht, ihn dann schnell zu nehmen, zu küssen, wie Hanna es tat, aber ich wollte mich nicht darüber beruhigen und mich täuschen lassen. Ich war auf der Hut. Denn es war keine Ungeheuerlichkeit, was ich erhoffte. Ich hatte mit meinem Kind nichts Großes vor, aber diese Wenigkeit, diese geringe Abweichung wünschte ich. Wenn ein Kind freilich Fipps heißt... Mußte es seinem Namen solche Ehre machen? Kommen und Gehen mit einem Schoßhundnamen. Elf Jahre in Dressurakt auf Dressurakt vertun. (Essen mit der schönen Hand. Gerade gehen. Winken. Nicht sprechen mit vollem Mund.)

Seit er zur Schule ging, war ich bald mehr außer Haus als zu Hause zu finden. Ich war zum Schachspielen im Kaffeehaus oder ich schloß mich, Arbeit vorschützend, in mein Zimmer ein, um zu lesen. Ich lernte Betty kennen, eine Verkäuferin von der Maria Hilferstraße, der ich Strümpfe, Kinokarten oder etwas zum Essen mitbrachte, und gewöhnte sie an mich. Sie war kurz angebunden, anspruchslos, unterwürfig und höchstens eßlustig bei aller Lustlosigkeit, mit der sie ihre freien Abende zubrachte. Ich ging ziemlich oft zu ihr, während eines Jahres, legte mich neben sie auf das Bett in ihrem möblierten Zimmer, wo sie, während ich ein Glas Wein trank, Illustrierte las und dann auf meine Zumutungen ohne Befremden einging. Es war eine Zeit der größten Verwirrung, wegen des Kindes. Ich schlief nie mit Betty, im Gegenteil, ich war auf der Suche nach Selbstbefriedigung, nach der lichtscheuen, verpönten Befreiung von der Frau und dem Geschlecht. Um nicht eingefangen zu werden, um unabhängig zu sein. Ich wollte mich nicht mehr zu Hanna legen, weil ich ihr nachgegeben hätte.

Obwohl ich mich nicht bemühte, mein abendliches Ausbleiben durch so lange Zeit zu bemänteln, war mir, als lebte Hanna ohne Verdacht. Eines Tages entdeckte ich, daß es anders war; sie hatte mich schon einmal mit Betty im Café Elsahof gesehen, wo wir uns oft nach Geschäftsschluß trafen, und gleich zwei Tage darauf wieder, als ich mit Betty um Kinokarten vor dem Kosmoskino in einer Schlange stand. Hanna verhielt sich sehr ungewöhnlich, blickte über mich hinweg wie über einen Fremden, so daß ich nicht wußte, was zu tun war. Ich nickte ihr gelähmt zu, rückte, Bettys Hand in der meinen fühlend, weiter vor zur Kasse und ging, so unglaublich es mir nachträglich erscheint, wirklich ins Kino. Nach der Vorstellung, während der ich mich vorbereitete auf Vorwürfe und meine Verteidigung erprobte, nahm ich ein Taxi für den kurzen Heimweg, als ob ich damit noch etwas hätte gutmachen oder verhindern können. Da Hanna kein Wort sagte, stürzte ich mich in meinen vorbereiteten Text. Sie schwieg beharrlich, als redete ich zu ihr von Dingen, die sie nichts angingen. Schließlich tat sie doch den Mund auf und sagte schüchtern, ich solle doch an das Kind denken. »Fipps zuliebe . . .«, dieses Wort kam vor! Ich war geschlagen, ihrer Verlegenheit wegen, bat sie um Verzeihung, ging in die Knie, versprach das Nie-wieder, und ich sah Betty wirklich nie wieder. Ich weiß nicht, warum ich ihr trotzdem zwei Briefe schrieb, auf die sie sicher keinen Wert legte. Es kam keine Antwort, und ich wartete auch nicht auf Antwort. Als hätte ich mir selbst oder Hanna diese Briefe zukommen lassen wollen, hatte ich mich darin preisgegeben wie nie zuvor einem Menschen. Manchmal fürchtete ich, von Betty erpreßt zu werden. Wieso erpreßt? Ich schickte ihr Geld. Wieso eigentlich, da Hanna von ihr wußte?

Diese Verwirrung. Diese Öde.

Ich fühlte mich ausgelöscht als Mann, impotent. Ich wünschte mir, es zu bleiben. Wenn da eine Rechnung war, würde sie aufgehen zu meinen Gunsten. Austreten aus dem Geschlecht, zu Ende kommen, ein Ende, dahin sollte es nur kommen!

Aber alles, was geschah, handelt nicht etwa von mir oder Hanna oder Fipps, sondern von Vater und Sohn, einer Schuld und einem Tod.

In einem Buch las ich einmal den Satz: »Es ist nicht die Art des Himmels, das Haupt zu erheben.« Es wäre gut, wenn alle wüßten von diesem Satz, der von der Unart des Himmels spricht. O nein, es ist wahrhaftig nicht seine Art, herabzublicken, Zeichen zu geben den Verwirrten unter ihm. Wenigstens nicht, wo ein so dunkles Drama stattfindet, in dem auch er, dieses erdachte Oben, mitspielt. Vater und Sohn. Ein Sohn – daß es das gibt, das ist das Unfaßbare. Mir fallen jetzt solche Worte ein, weil es für diese finstere Sache kein klares Wort gibt; sowie man daran denkt, kommt man um den Verstand. Finstere Sache: denn da war mein Samen, undefinierbar und mir selbst nicht geheuer, und dann Hannas Blut, in dem das Kind genährt worden war und das die Geburt begleitete, alles zusammen eine finstere Sache. Und es hatte mit Blut geendet, mit seinem schallend leuchtenden Kinderblut, das aus der Kopfwunde geflossen ist.

Er konnte nichts sagen, als er dort auf dem Felsvorsprung der Schlucht lag, nur zu dem Schüler, der zuerst bei ihm anlangte: »Du.« Er wollte die Hand heben, ihm etwas bedeuten oder sich an ihn klammern. Die Hand ging aber nicht mehr hoch. Und endlich flüsterte er doch, als sich ein paar Augenblicke später der Lehrer über ihn beugte:

»Ich möchte nach Hause.«

Ich werde mich hüten, dieses Satzes wegen zu glauben, es hätte ihn ausdrücklich nach Hanna und mir verlangt. Man will nämlich nach Hause, wenn man sich sterben fühlt, und er fühlte es. Er war ein Kind, hatte keine großen Botschaften zu bestellen. Fipps war nämlich nur ein ganz gewöhnliches Kind, es konnte ihm nichts in die Quere kommen bei seinen letzten Gedanken. Die anderen Kinder und der Lehrer hatten dann Stöcke gesucht, eine Bahre daraus gemacht, ihn bis ins Oberdorf getragen. Unterwegs, fast gleich nach den ersten Schritten, war er gestorben. Dahingegangen? Verschieden? In der Parte schrieben wir: ». . . wurde uns unser einziges Kind . . . durch einen Unglücksfall entrissen.« In der Druckerei fragte der Mann, der die Bestellung aufnahm, ob wir nicht »unser einziges innigstgeliebtes Kind« schreiben wollten, aber Hanna, die am Apparat war, sagte nein, es verstehe sich, geliebt und innigstgeliebt, es komme auch gar nicht mehr darauf an. Ich war so töricht, sie umarmen zu wollen für diese Auskunft; so sehr lagen meine Gefühle für sie darnieder. Sie schob mich weg. Nimmt sie mich überhaupt noch wahr? Was, um alles in der Welt, wirft sie mir vor?

Hanna, die ihn allein umsorgt hatte seit langem, geht unerkennbar umher, als fiele der Scheinwerfer nicht mehr auf sie, der sie angeleuchtet hatte, wenn sie mit Fipps und durch Fipps im Mittelpunkt stand. Es läßt sich nichts mehr über sie sagen, als hätte sie weder Eigenschaften noch Merkmale. Früher war sie doch fröhlich und lebhaft gewesen, ängstlich, sanft und streng, immer bereit, das Kind zu lenken, laufen zu lassen und wieder eng an sich zu ziehen. Nach dem Vorfall mit dem Messer zum Beispiel hatte sie ihre schönste Zeit, sie glühte vor Großmut und Einsicht, sie durfte sich zu dem Kind bekennen und zu seinen Fehlern, sie stand für alles ein vor jeder Instanz. Es war in seinem dritten Schuljahr. Fipps war auf einen Mitschüler mit einem Taschenmesser losgegangen. Er wollte es ihm in die Brust rennen; es rutschte ab und traf das Kind in den Arm. Wir wurden in die Schule gerufen, und ich hatte peinvolle

Besprechungen mit dem Direktor und Lehrern und den Eltern des verletzten Kindes – peinvoll, weil ich nicht bezweifelte, daß Fipps dazu, und noch zu ganz anderem, imstande war, aber sagen durfte ich, was ich dachte, nicht – peinvoll, weil mich die Gesichtspunkte, die man mir aufzwang, überhaupt nicht interessierten. Was wir mit Fipps tun sollten, war allen unklar. Er schluchzte, bald trotzig, bald verzweifelt, und wenn ein Schluß zulässig ist, so bereute er, was geschehen war. Trotzdem gelang es uns nicht, ihn dazu zu bewegen, zu dem Kind zu gehen und es um Verzeihung zu bitten. Wir zwangen ihn und gingen zu dritt ins Spital. Aber ich glaube, daß Fipps, der nichts gegen das Kind gehabt hatte, als er es bedrohte, von dem Augenblick an begann, es zu hassen, als er seinen Spruch sagen mußte. Es war kein Kinderzorn in ihm, sondern unter großer Beherrschung ein sehr feiner, sehr erwachsener Haß. Ein schwieriges Gefühl, in das er niemand hineinsehen ließ, war ihm gelungen, und er war wie zum Menschen geschlagen.

Immer, wenn ich an den Schulausflug denke, mit dem alles zu Ende ging, fällt mir auch die Messergeschichte ein, als gehörten sie von fern zusammen, wegen des Schocks, der mich wieder an die Existenz meines Kindes erinnerte. Denn diese paar Schuljahre erscheinen mir, abgesehen davon, leer in der Erinnerung, weil ich nicht achtete auf sein Größerwerden, das Hellerwerden des Verstandes und seiner Empfindungen. Er wird wohl gewesen sein wie alle Kinder dieses Alters: wild und zärtlich, laut und verschwiegen – mit allen Besonderheiten für Hanna, allem Einmaligen für Hanna.

Der Direktor der Schule rief bei mir im Büro an. Das war nie vorgekommen, denn selbst, als sich die Geschichte mit dem Messer zugetragen hatte, ließ man in der Wohnung anrufen, und Hanna erst hatte mich verständigt. Ich traf den Mann eine halbe Stunde später in der Halle der Fir-

ma. Wir gingen auf die andere Straßenseite ins Kaffeehaus. Er versuchte, was er mir sagen mußte, zuerst in der
Halle zu sagen, dann auf der Straße, aber auch im Kaffeehaus fühlte er, daß es nicht der richtige Ort war. Es gibt
vielleicht überhaupt keinen richtigen Ort für die Mitteilung, daß ein Kind tot ist.
Es sei nicht die Schuld des Lehrers, sagte er.
Ich nickte. Es war mir recht.
Die Wegverhältnisse waren gut gewesen, aber Fipps hatte
sich losgelöst von der Klasse, aus Übermut oder Neugier,
vielleicht weil er sich einen Stock suchen wollte.
Der Direktor begann zu stammeln.
Fipps war auf einem Felsen ausgerutscht und auf den dar-
unterliegenden gestürzt.
Die Kopfwunde sei an sich ungefährlich gewesen, aber der
Arzt habe dann die Erklärung für den raschen Tod gefun-
den, eine Zyste, ich wisse wahrscheinlich . . .
Ich nickte. Zyste? Ich wußte nicht, was das ist.
Die Schule sei tief betroffen, sagte der Direktor, eine
Untersuchungskommission sei beauftragt, die Polizei verständigt . . .
Ich dachte nicht an Fipps, sondern an den Lehrer, der mir
leid tat, und ich gab zu verstehen, daß man nichts zu befürchten habe von meiner Seite.
Niemand hatte Schuld. Niemand.
Ich stand auf, ehe wir die Bestellung machen konnten, legte einen Schilling auf den Tisch, und wir trennten uns. Ich
ging zurück ins Büro und gleich wieder weg, ins Kaffeehaus, um doch einen Kaffee zu trinken, obwohl ich lieber
einen Kognak oder einen Schnaps gehabt hätte. Ich traute
mich nicht, einen Kognak zu trinken. Mittag war gekommen, und ich mußte heim und es Hanna sagen. Ich weiß
nicht, wie ich es fertigbrachte und was ich sagte. Während
wir von der Wohnungstür weg und durch das Vorzimmer
gingen, mußte sie es schon begriffen haben. Es ging so

schnell. Ich mußte sie zu Bett bringen, den Arzt rufen. Sie war ohne Verstand, und bis sie bewußtlos wurde, schrie sie. Sie schrie so entsetzlich wie bei seiner Geburt, und ich zitterte wieder um sie, wie damals. Wünschte wieder nur, Hanna möge nichts geschehen. Immer dachte ich: Hanna! Nie an das Kind.

In den folgenden Tagen tat ich alle Wege allein. Auf dem Friedhof – ich hatte Hanna die Stunde der Beerdigung verschwiegen – hielt der Direktor eine Rede. Es war ein schöner Tag, ein leichter Wind ging, die Kranzschleifen hoben sich wie für ein Fest. Der Direktor sprach immerzu. Zum erstenmal sah ich die ganze Klasse, die Kinder, mit denen Fipps fast jede Tageshälfte verbracht hatte, einen Haufen stumpf vor sich hinblickender kleiner Kerle, und darunter wußte ich einen, den Fipps hatte erstechen wollen. Es gibt eine Kälte innen, die macht, daß das Nächste und Fernste uns gleich entrückt sind. Das Grab entrückte mit den Umstehenden und den Kränzen. Den ganzen Zentralfriedhof sah ich weit draußen am Horizont nach Osten abtreiben, und noch als man mir die Hand drückte, spürte ich nur Druck auf Druck und sah die Gesichter dort draußen, genau und wie aus der Nähe gesehen, aber sehr fern, erheblich fern.

Lern du die Schattensprache! Lern du selber.

Aber jetzt, seit alles vorbei ist und Hanna auch nicht mehr stundenlang in seinem Zimmer sitzt, sondern mir erlaubt hat, die Tür abzuschließen, durch die er so oft gelaufen ist, rede ich manchmal mit ihm in der Sprache, die ich nicht für gut halten kann.

Mein Wildling. Mein Herz.

Ich bin bereit, ihn auf dem Rücken zu tragen, und verspreche ihm einen blauen Ballon, eine Bootsfahrt auf der alten Donau und Briefmarken. Ich blase auf seine Knie, wenn er sich angeschlagen hat, und helfe ihm bei einer Schlußrechnung.

Wenn ich ihn damit auch nicht lebendig machen kann, so ist es doch nicht zu spät zu denken: Ich habe ihn angenommen, diesen Sohn. Ich konnte zu ihm nicht freundlich sein, weil ich zu weit ging mit ihm.

Geh nicht zu weit. Lern erst das Weitergehen. Lern du selbst.

Aber man müßte zuerst den Trauerbogen zerreißen können, der von einem Mann zu einer Frau reicht. Diese Entfernung, meßbar mit Schweigen, wie soll sie je abnehmen? Denn in alle Zeit wird, wo für mich ein Minenfeld ist, für Hanna ein Garten sein.

Ich denke nicht mehr, sondern möchte aufstehen, über den dunklen Gang hinübergehen und, ohne ein Wort sagen zu müssen, Hanna erreichen. Ich sehe nichts daraufhin an, weder meine Hände, die sie halten sollen, noch meinen Mund, in den ich den ihren schließen kann. Es ist unwichtig, mit welchem Laut vor jedem Wort ich zu ihr komme, mit welcher Wärme vor jeder Sympathie. Nicht um sie wiederzuhaben, ginge ich, sondern um sie in der Welt zu halten und damit sie mich in der Welt hält. Durch Vereinigung, mild und finster. Wenn es Kinder gibt nach dieser Umarmung, gut, sie sollen kommen, da sein, heranwachsen, werden wie alle andern. Ich werde sie verschlingen wie Kronos, schlagen wie ein großer fürchterlicher Vater, sie verwöhnen, diese heiligen Tiere, und mich betrügen lassen wie ein Lear. Ich werde sie erziehen, wie die Zeit es erfordert, halb für die wölfische Praxis und halb auf die Idee der Sittlichkeit hin – und ich werde ihnen nichts auf den Weg mitgeben. Wie ein Mann meiner Zeit: keinen Besitz, keine guten Ratschläge.

Aber ich weiß nicht, ob Hanna noch wach ist.

Ich denke nicht mehr. Das Fleisch ist stark und finster, das unter dem großen Nachtgelächter ein wahres Gefühl begräbt.

Ich weiß nicht, ob Hanna noch wach ist.

Unter Mördern und Irren

Die Männer sind unterwegs zu sich, wenn sie abends beieinander sind, trinken und reden und meinen. Wenn sie zwecklos reden, sind sie auf ihrer eigenen Spur, wenn sie meinen und ihre Meinungen mit dem Rauch aus Pfeifen, Zigaretten und Zigarren aufsteigen und wenn die Welt Rauch und Wahn wird in den Wirtshäusern auf den Dörfern, in den Extrastuben, in den Hinterzimmern der großen Restaurants und in den Weinkellern der großen Städte.

Wir sind in Wien, mehr als zehn Jahre nach dem Krieg. »Nach dem Krieg« – dies ist die Zeitrechnung.

Wir sind abends in Wien und schwärmen aus in die Kaffeehäuser und Restaurants. Wir kommen geradewegs aus den Redaktionen und den Bürohäusern, aus der Praxis und aus den Ateliers und treffen uns, heften uns auf die Fährte, jagen das Beste, was wir verloren haben, wie ein Wild, verlegen und unter Gelächter. In den Pausen, wenn keinem ein Witz einfällt oder eine Geschichte, die unbedingt erzählt werden muß, wenn keiner gegen das Schweigen aufkommt und jeder in sich versinkt, hört hin und wieder einer das blaue Wild klagen – noch einmal, noch immer.

An dem Abend kam ich mit Mahler in den ›Kronenkeller‹ in der Inneren Stadt zu unserer Herrenrunde. Überall waren jetzt, wo es Abend in der Welt war, die Schenken voll, und die Männer redeten und meinten und erzählten wie die Irrfahrer und Dulder, wie die Titanen und Halbgötter von der Geschichte und den Geschichten; sie ritten herauf in das Nachtland, ließen sich nieder am Feuer, dem gemeinsamen offenen Feuer, das sie schürten in der Nacht und der Wüste, in der sie waren. Vergessen hatten sie die

Berufe und die Familien. Keiner mochte daran denken, daß die Frauen jetzt zu Hause die Betten aufschlugen und sich zur Ruhe begaben, weil sie mit der Nacht nichts anzufangen wußten. Barfuß oder in Pantoffeln, mit aufgebundenen Haaren und müden Gesichtern gingen die Frauen zu Hause herum, drehten den Gashahn ab und sahen furchtvoll unter das Bett und in die Kasten, besänftigten mit zerstreuten Worten die Kinder oder setzten sich verdrossen ans Radio, um sich dann doch hinzulegen mit Rachegedanken in der einsamen Wohnung. Mit den Gefühlen des Opfers lagen die Frauen da, mit aufgerissenen Augen in der Dunkelheit, voll Verzweiflung und Bosheit. Sie machten ihre Rechnungen mit der Ehe, den Jahren und dem Wirtschaftsgeld, manipulierten, verfälschten und unterschlugen. Schließlich schlossen sie die Augen, hängten sich an einen Wachtraum, überließen sich betrügerischen wilden Gedanken, bis sie einschliefen mit einem letzten großen Vorwurf. Und im ersten Traum ermordeten sie ihre Männer, ließen sie sterben an Autounfällen, Herzanfällen und Pneumonien; sie ließen sie rasch oder langsam und elend sterben, je nach der Größe des Vorwurfs, und unter den geschlossenen zarten Lidern traten ihnen die Tränen hervor vor Schmerz und Jammer über den Tod ihrer Männer. Sie weinten um ihre ausgefahrenen, ausgerittenen, nie nach Hause kommenden Männer und beweinten endlich sich selber. Sie waren angekommen bei ihren wahrhaftigsten Tränen.

Wir aber waren fern, die Corona, der Sängerbund, die Schulfreunde, die Bündler, Gruppen, Verbände, das Symposion und die Herrenrunde. Wir bestellten unseren Wein, legten die Tabakbeutel vor uns auf die Tische und waren unzugänglich ihrer Rache und ihren Tränen. Wir starben nicht, sondern lebten auf, redeten und meinten. Viel später erst, gegen Morgen, würden wir den Frauen über die feuchten Gesichter streichen im Dunkeln und sie noch einmal beleidigen mit unserem Atem, dem sauren starken Weindunst und Bierdunst, oder hoffen, inständig, daß sie schon schliefen und kein Wort mehr fallen müsse in der Schlafzimmergruft, unserem Gefängnis, in das wir doch jedesmal erschöpft und friedfertig zurückkehrten, als hätten wir ein Ehrenwort gegeben.

Wir waren weit fort. Wir waren an dem Abend wie an jedem Freitag beisammen: Haderer, Bertoni, Hutter, Ranitzky, Friedl, Mahler und ich. Nein, Herz fehlte, er war diese Woche in London, um seine endgültige Rückkehr nach Wien vorzubereiten. Es fehlte auch Steckel, der wieder krank war. Mahler sagte: »Wir sind heute nur drei Juden«, und er fixierte Friedl und mich.

Friedl starrte ihn verständnislos mit seinen kugeligen wäßrigen Augen an und preßte seine Hände ineinander, wohl weil er dachte, daß er doch gar kein Jude sei, und Mahler war es auch nicht, sein Vater vielleicht, sein Großvater – Friedl wußte es nicht genau. Aber Mahler setzte sein hochmütiges Gesicht auf. Ihr werdet sehen, sagte sein Gesicht. Und es sagte: Ich täusche mich nie.

Es war schwarzer Freitag. Haderer führte das große Wort. Das hieß, daß der Irrfahrer und Dulder in ihm schwieg und der Titan zu Wort kam, daß er sich nicht mehr klein machen und der Schläge rühmen mußte, die er hatte hinnehmen müssen, sondern der er sich rühmen konnte, die er ausgeteilt hatte. An diesem Freitag wendete sich das Gespräch, vielleicht weil Herz und Steckel fehlten und weil Friedl, Mahler und ich keinem als Hemmnis erschienen; vielleicht aber auch nur, weil das Gespräch einmal wahr werden mußte, weil Rauch und Wahn alles einmal zu Wort kommen lassen.

Jetzt war die Nacht ein Schlachtfeld, ein Frontzug, eine Etappe, ein Alarmzustand, und man tummelte sich in dieser Nacht. Haderer und Hutter tauchten ein in die Erinnerung an den Krieg, sie wühlten in der Erinnerung, in man-

chem Dunkel, das keiner ganz preisgab, bis es dahin kam,
daß ihre Gestalten sich verwandelten und wieder Uniformen trugen, bis sie dort waren, wo sie beide wieder befeh-
ligten, beide als Offiziere, und Verbindung aufnahmen
zum Stab; wo sie mit einer ›Ju 52‹ hinübergeflogen wurden nach Woronesch, aber dann konnten sie sich plötzlich
nicht einigen über das, was sie von General Manstein zu
halten gehabt hatten im Winter 1942, und sie wurden sich
einfach nicht einig, ob die 6. Armee entsetzt hätte werden
können oder nicht, ob schon die Aufmarschplanung schuld
gewesen war oder nicht; dann landeten sie nachträglich
auf Kreta, aber in Paris hatte eine kleine Französin zu
Hutter gesagt, die Österreicher seien ihr lieber als die
Deutschen, und als in Norwegen der Tag heraufkam und
als die Partisanen sie umzingelt hatten in Serbien, waren
sie so weit — sie bestellten den zweiten Liter Wein, und
auch wir bestellten noch einen, denn Mahler hatte begonnen, uns über ein paar Intrigen aus der Ärztekammer zu
berichten.
Wir tranken den burgenländischen Wein und den Gum-
poldskirchner Wein. Wir tranken in Wien, und die Nacht
war noch lange nicht zu Ende für uns.
An diesem Abend, als die Partisanen schon Haderers Achtung errungen hatten und nur nebenbei von ihm scharf
verurteilt worden waren (denn ganz deutlich wurde es nie,
wie Haderer eigentlich darüber und über noch anderes
dachte, und Mahlers Gesicht sagte mir noch einmal: Ich
täusche mich nie!), als die toten slowenischen Nonnen
nackt im Gehölz vor Veldes lagen und Haderer, von Mahlers Schweigen verwirrt, die Nonnen liegen lassen mußte
und innehielt in seiner Erzählung, trat ein alter Mann an
unseren Tisch, den wir seit langem kannten. Es war dies
ein herumziehender, schmutziger, zwergenhafter Mensch
mit einem Zeichenblock, der sich aufdrängte, für ein paar
Schilling die Gäste zu zeichnen. Wir wollten nicht gestört

und schon gar nicht gezeichnet werden, aber der entstandenen Verlegenheit wegen forderte Haderer den Alten unvermutet und großzügig auf, uns zu zeichnen, uns einmal zu zeigen, was er könne. Wir nahmen jeder ein paar Schilling aus der Börse, taten sie zusammen auf einen Haufen und schoben ihm das Geld hin. Er beachtete das Geld aber nicht. Er stand da, beglückt den Block auf den linken abgewinkelten Unterarm gestützt, mit zurückgeworfenem Kopf. Sein dicker Bleistift strichelte auf dem Blatt mit solcher Schnelligkeit, daß wir in Gelächter ausbrachen. Wie aus einem Stummfilm wirkten seine Bewegungen, grotesk, zu rasch genommen. Da ich ihm zunächst saß, reichte er mir mit einer Verbeugung das erste Blatt.

Er hatte Haderer gezeichnet:

Mit Schmissen in dem kleinen Gesicht. Mit der zu straff an den Schädel anliegenden Haut. Grimassierend, ständig schauspielernd den Ausdruck. Peinlich gescheitelt das Haar. Einen Blick, der stechend, bannend sein wollte und es nicht ganz war.

Haderer war Abteilungsleiter am Radio und schrieb überlange Dramen, die alle großen Theater regelmäßig und mit Defizit aufführten und die den uneingeschränkten Beifall der ganzen Kritik fanden. Wir alle hatten sie, Band für Band, mit handschriftlicher Widmung zu Hause stehen. »Meinem verehrten Freund . . .« Wir waren alle seine verehrten Freunde – Friedl und ich ausgenommen, weil wir zu jung waren und daher nur »liebe Freunde« sein konnten oder »liebe, junge, begabte Freunde«. Er nahm von Friedl und mir nie ein Manuskript zur Sendung an, aber er empfahl uns an andere Stellen und Redaktionen, fühlte sich als unser Förderer und der von noch etwa zwanzig jungen Leuten, ohne daß es je ersichtlich wurde, worin diese Förderung bestand und welche Resultate die Gunst zeitigte. Es lag freilich nicht an ihm, daß er uns vertrösten und zugleich mit Komplimenten befeuern mußte, sondern an dieser »Bagage«, wie er sich ausdrückte, an dieser »Bande von Tagedieben« überall, den Hofräten und anderen hinderlichen vergreisten Elementen in den Ministerien, den Kulturämtern und im Rundfunk; er bezog dort das höchste mögliche Gehalt und er erhielt in gemessenen Abständen sämtliche Ehrungen, Preise und sogar Medaillen, die Land und Stadt zu vergeben hatten; er hielt die Reden zu den großen Anlässen, wurde als ein Mann betrachtet, der zur Repräsentation geeignet war, und galt trotzdem als einer der freimütigsten und unabhängigsten Männer. Er schimpfte auf alles, das heißt, er schimpfte immer auf die andere Seite, so daß die eine Seite erfreut war und ein andermal die andere, weil nun die eine die andere war. Er nannte, um es genauer zu sagen, einfach die Dinge beim Namen, zum Glück aber selten die Leute, so daß sich nie jemand im besonderen betroffen fühlte.

Von dem Bettelzeichner so hingestrichelt auf das Papier, sah er aus wie ein maliziöser Tod oder wie eine jener Masken, wie Schauspieler sie sich noch manchmal für den Mephisto oder den Jago zurechtmachen.

Ich reichte das Blatt zögernd weiter. Als es bei Haderer anlangte, beobachtete ich ihn genau und mußte mir eingestehen, daß ich überrascht war. Er schien nicht einen Augenblick betroffen oder beleidigt, zeigte sich überlegen, er klatschte in die Hände, vielleicht dreimal zu oft − aber er klatschte, lobte immer zu oft − und rief mehrmals »Bravo«. Mit diesem »Bravo« drückte er auch aus, daß er allein hier der große Mann war, der Belobigungen zu vergeben hatte, und der Alte neigte auch ehrerbietig den Kopf, sah aber kaum auf, weil er es eilig hatte, mit Bertonis Kopf zu Ende zu kommen.

Bertoni aber war so gezeichnet:

Mit dem schönen Sportlergesicht, auf dem man Sonnenbräune vermuten durfte. Mit den frömmelnden Augen, die den Eindruck von gesundem Strahlen zunichte machten.

Mit der gekrümmten Hand vor dem Mund, als fürchtete er, etwas zu laut zu sagen, als könnte ein unbedachtes Wort ihm entschlüpfen.

Bertoni war am ›Tagblatt‹. Seit Jahren schon war er beschämt über den ständigen Niedergang des Niveaus in seinem Feuilleton, und jetzt lächelte er nur mehr melancholisch, wenn ihn jemand aufmerksam machte auf eine Entgleisung, auf Unrichtigkeiten, den Mangel an guten Beiträgen oder richtiger Information. Was wollen Sie – in diesen Zeiten! schien sein Lächeln zu sagen. Er allein konnte den Niedergang nicht aufhalten, obwohl er wußte, wie eine gute Zeitung aussehen sollte, o ja, er wußte es, hatte es früh gewußt, und darum redete er am liebsten von den alten Zeitungen, von den großen Zeiten der Wiener Presse und wie er unter deren legendären Königen damals gearbeitet und von ihnen gelernt hatte. Er wußte alle Geschichten, alle Affairen von vor zwanzig Jahren, er war nur in jener Zeit zu Hause und konnte diese Zeit lebendig machen, von ihr ohne Unterlaß erzählen. Gern sprach er auch von der düsteren Zeit danach, wie er und ein paar andere Journalisten sich durchgebracht hatten in den ersten Jahren nach 1938, was sie heimlich gedacht und geredet und angedeutet hatten, in welchen Gefahren sie geschwebt hatten, ehe sie auch die Uniform angezogen hatten, und nun saß er noch immer da mit seiner Tarnkappe, lächelte, konnte vieles nicht verschmerzen. Er setzte seine Sätze vorsichtig. Was er dachte, wußte niemand, das Andeuten war ihm zur Natur geworden, er tat, als hörte immer die Geheime Staatspolizei mit. Eine ewige Polizei war aus ihr hervorgegangen, unter der Bertoni sich ducken mußte. Auch Steckel konnte ihm kein Gefühl der Sicherheit zurückgeben. Er hatte Steckel, bevor Steckel emigrieren mußte, gut gekannt, war wieder Steckels bester Freund, nicht nur weil der bald nach 1945 für ihn gebürgt und ihn ans ›Tagblatt‹ zurückgeholt hatte, sondern weil sie sich in manchem miteinander besser verständigen konnten als mit den anderen, besonders wenn von »damals« die Rede war. Es wurde dann eine Sprache benutzt, die Bertoni zu irgendeiner frühen Zeit einmal kopiert haben mußte, und nun hatte er keine andere mehr und war froh, sie wieder mit jemand sprechen zu können – eine leichte, flüchtige, witzige Sprache, die zu seinem Aussehen und seinem Gehaben nicht recht paßte, eine Sprache der Andeutung, die ihm jetzt doppelt lag. Er deutete nicht, wie Steckel, etwas an, um einen Sachverhalt klarzumachen, sondern deutete, über die Sache hinweg, verzweifelt ins Ungefähre.

Der Zeichner hatte das Blatt wieder vor mich hingelegt. Mahler beugte sich herüber, sah kurz darauf und lachte hochmütig. Ich gab es lächelnd weiter. Bertoni sagte nicht »Bravo«, weil Haderer ihm zuvorkam und ihm die Möglichkeit nahm, sich zu äußern. Er sah seine Zeichnung nur wehmütig und nachdenklich an. Mahler sagte, nachdem Haderer sich beruhigt hatte, über den Tisch zu Bertoni: »Sie sind ein schöner Mensch. Haben Sie das gewußt?«

Und so sah der Alte Ranitzky:

Mit einem eilfertigen Gesicht, dem Schöntuergesicht, das schon nicken wollte, ehe jemand Zustimmung erwartete. Selbst seine Ohren und seine Augenlider nickten auf der Zeichnung.

Ranitzky, dessen konnte man sicher sein, hatte immer zugestimmt. Alle schwiegen, wenn Ranitzky mit einem Wort die Vergangenheit berührte, denn es hatte keinen Sinn, Ranitzky gegenüber offen zu sein. Man vergaß das besser und vergaß ihn besser; wenn er am Tisch saß, duldete man ihn schweigend. Manchmal nickte er vor sich hin, von allen vergessen. Er war allerdings zwei Jahre lang ohne Bezüge gewesen nach 1945 und vielleicht sogar in Haft gewesen, aber jetzt war er wieder Professor an der Universität. Er hatte in seiner ›Geschichte Österreichs‹ alle Seiten umgeschrieben, die die neuere Geschichte betrafen, und sie neu herausgegeben. Als ich Mahler einmal über Ranitzky hatte ausfragen wollen, hatte Mahler kurz zu mir gesagt:»Jeder weiß, daß er es aus Opportunismus getan hat und unbelehrbar ist, aber er weiß es auch selber. Darum sagt es ihm keiner. Aber man müßte es ihm trotzdem sagen.« Mahler jedenfalls sagte es ihm mit seiner Miene jedesmal oder wenn er ihm antwortete oder bloß einmal sagte:»Hören Sie . . .« und damit erreichte, daß Ranitzkys Augenlider zu flattern anfingen. Ja, er brachte ihn zum Zittern, jedesmal bei der Begrüßung, bei einem flachen, flüchtigen Händedruck. Dann war Mahler am grausamsten, wenn er nichts sagte oder die Krawatte nur etwas zurechtrückte, jemand ansah und zu verstehen gab, daß er sich an alles gleichzeitig erinnerte. Er hatte das Gedächtnis eines gnadlosen Engels, zu jeder Zeit erinnerte er sich; er hatte einfach ein Gedächtnis, keinen Haß, aber eben dies unmenschliche Vermögen, alles aufzubewahren und einen wissen zu lassen, daß er wußte.

Hutter endlich war so gezeichnet:

Wie Barabbas, wenn es Barabbas selbstverständlich erschienen wäre, daß man ihn freigab. Mit der kindlichen Sicherheit und Sieghaftigkeit in dem runden pfiffigen Gesicht.

Hutter war ein Freigegebener ohne Scham, ohne Skrupel. Alle mochten ihn, auch ich, vielleicht sogar Mahler. Gebt diesen frei, sagten auch wir. So weit waren wir mit der Zeit gekommen, daß wir ständig sagten: gebt diesen frei! Hutter gelang alles, es gelang ihm sogar, daß man ihm das Gelingen nicht übel nahm. Er war ein Geldgeber und finanzierte alles mögliche, eine Filmgesellschaft, Zeitungen, Illustrierte und neuerdings ein Komitee, für das Haderer ihn gewonnen hatte und das sich ›Kultur und Freiheit‹ nannte. Er saß jeden Abend mit anderen Leuten an einem anderen Tisch in der Stadt, mit den Theaterdirektoren und den Schauspielern, mit Geschäftsleuten und Ministerialräten.

Er verlegte Bücher, aber er las nie ein Buch, wie er sich auch keinen der Filme ansah, die er finanzierte; er ging auch nicht ins Theater, aber er kam nachher an die Theatertische. Denn er liebte die Welt aufrichtig, in der über all das gesprochen wurde und in der etwas vorbereitet wurde. Er liebte die Welt der Vorbereitungen, der Meinungen über alles, der Kalkulation, der Intrigen, der Risiken, des Kartenmischens. Er sah den anderen gerne zu, wenn sie mischten, und nahm Anteil, wenn ihre Karten sich verschlechterten, griff ein, oder sah zu, wie die Trümpfe ausgespielt wurden, und griff wieder ein. Er genoß alles, und er genoß seine Freunde, die alten und die neuen, die schwachen und die starken. Er lachte, wo Ranitzky lächelte (Ranitzky lächelte sich durch und lächelte meistens nur, wenn jemand ermordet wurde von der Runde, ein Abwesender, mit dem er morgen zusammentreffen mußte, aber er lächelte so fein und zwiespältig, daß er sich sagen konnte, er habe nicht beigestimmt, sondern nur schützend gelächelt, geschwiegen und sich das Seine gedacht). Hutter lachte laut, wenn jemand ermordet wurde, und er war sogar imstande, ohne sich dabei etwas zu denken, davon weiterzuberichten. Oder er wurde wütend und verteidigte einen Abwesenden, ließ ihn nicht morden, trieb die anderen zurück, rettete den Gefährdeten und beteiligte sich dann sogleich hemdsärmelig am nächsten Mord, wenn er Lust darauf bekam. Er war spontan, konnte sich wirklich erregen, und alles Überlegen, Abwägen, lag ihm fern.

Haderers Begeisterung über den Zeichner ließ jetzt nach, er wollte in das Gespräch zurück, und als Mahler es sich verbat, daß man ihn zeichnete, war er ihm dankbar und winkte dem alten Mann ab, der darauf sein Geld einstrich und sich ein letztes Mal vor dem großen Mann, den er erkannt haben mußte, verbeugte.

Ich hoffte zuversichtlich, daß das Gespräch auf die nächsten Wahlen kommen würde oder auf den unbesetzten

Theaterdirektorposten, der uns schon drei Freitage Stoff gegeben hatte. Aber an diesem Freitag war alles anders, die anderen ließen nicht ab von dem Krieg, in den sie hineingeraten waren, keiner kam aus dem Sog heraus, sie gurgelten in dem Sumpf, wurden immer lauter und machten es uns unmöglich, an unserem Tischende zu einem anderen Gespräch zu kommen. Wir waren gezwungen, zuzuhören und vor uns hinzustarren, das Brot zu zerkleinern auf dem Tisch, und hier und da wechselte ich einen Blick mit Mahler, der den Rauch seiner Zigarette ganz langsam aus dem Mund schob, Kringel blies und sich diesem Rauchspiel ganz hinzugeben schien. Er hielt den Kopf leicht zurückgeneigt und lockerte sich die Krawatte.

»Durch den Krieg, durch diese Erfahrung, ist man dem Feind näher gerückt«, hörte ich jetzt Haderer sagen.

»Wem?« Friedl versuchte sich stotternd einzumischen.

»Den Bolivianern?« Haderer stutzte, er wußte nicht, was Friedl meinte, und ich versuchte, mich zu erinnern, ob die damals auch mit Bolivien im Kriegszustand gewesen waren. Mahler lachte ein lautloses Gelächter, es sah aus, als wollte er den fortgeblasenen Rauchring wieder in den Mund zurückholen dabei.

Bertoni erläuterte rasch: »Den Engländern, Amerikanern, Franzosen.«

Haderer hatte sich gefaßt und fiel ihm lebhaft ins Wort: »Aber das waren doch für mich nie Feinde, ich bitte Sie! Ich spreche einfach von den Erfahrungen. Von nichts anderem wollte ich reden. Wir können doch anders mitreden, mitsprechen, auch schreiben, weil wir sie haben. Denken Sie bloß an die Neutralen, denen diese bitteren Erfahrungen fehlen, und zwar schon lange.« Er legte die Hand auf die Augen. »Ich möchte nichts missen, diese Jahre nicht, diese Erfahrungen nicht.«

Friedl sagte wie ein verstockter Schulbub, aber viel zu leise: »Ich schon. Ich könnte sie missen.«

Haderer sah ihn undeutlich an; er zeigte nicht, daß er zornig war, sondern wollte womöglich zu einer allem und jedem gerecht werdenden Predigt ausholen. In dem Moment stemmte aber Hutter seine Ellbogen auf den Tisch und fragte derart laut, daß er Haderer ganz aus dem Konzept brachte:»Ja, wie ist das eigentlich? Könnte man nicht sagen, daß Kultur nur durch Krieg, Kampf, Spannung möglich ist ... Erfahrungen – ich meine Kultur, also wie ist das?«

Haderer legte eine kurze Pause ein, verwarnte erst Hutter, tadelte darauf Friedl und sprach dann überraschend vom ersten Weltkrieg, um dem zweiten auszuweichen. Es war von der Isonzoschlacht die Rede, Haderer und Ranitzky tauschten Regimentserlebnisse aus und wetterten gegen die Italiener, dann wieder nicht gegen die feindlichen Italiener, sondern gegen die Verbündeten im letzten Krieg, sie sprachen von »in den Rücken fallen«, von »unverläßlicher Führung«, kehrten aber lieber wieder an den Isonzo zurück und lagen zuletzt im Sperrfeuer auf dem Kleinen Pal. Bertoni benutzte den Augenblick, in dem Haderer durstig sein Glas an den Mund setzte, und fing unerbittlich an, eine unglaubliche und verwickelte Geschichte aus dem zweiten Weltkrieg zu erzählen. Es handelte sich darum, daß er und ein deutscher Philologe in Frankreich den Auftrag bekommen hatten, sich um die Organisation eines Bordells zu kümmern; der Mißgeschicke dabei mußte kein Ende gewesen sein, und Bertoni verlor sich in den ergötzlichsten Ausführungen. Sogar Friedl schüttelte sich plötzlich vor Lachen, es wunderte mich und wunderte mich noch mehr, als er plötzlich sich bemühte, auch eingeweiht zu erscheinen in die Operationen, Chargen, Daten. Denn Friedl war gleichaltrig mit mir und war höchstens, wie ich, im letzten Kriegsjahr zum Militär gekommen, von der Schulbank weg. Aber dann sah ich, daß Friedl betrunken war, und ich wußte, daß er schwierig wurde, wenn er betrunken war, daß er nur zum Hohn mitsprach und sich aus Verzweiflung einmischte, und nun hörte ich auch den Hohn heraus aus seinen Worten. Aber einen Augenblick lang hatte ich auch ihm mißtraut, weil er einkehrte bei den anderen, sich hineinbegab in diese Welt aus Eulenspiegeleien, Mutproben, Heroismus, Gehorsam und Ungehorsam, jene Männerwelt, in der alles weit war, was sonst galt, was für uns tagsüber galt, und in der keiner mehr wußte, wessen er sich rühmte und wessen er sich schämte und ob diesem Ruhm und dieser Scham noch etwas entsprach in dieser Welt, in der wir Bürger waren. Und ich dachte an Bertonis Geschichte von dem Schweinediebstahl in Rußland, wußte aber, daß Bertoni nicht fähig war, auch nur einen Bleistift in der Redaktion einzustecken, so korrekt war er. Oder Haderer zum Beispiel hatte im ersten Krieg die höchsten Auszeichnungen erhalten, und man erzählt sich noch, daß er damals von Hötzendorf mit einer Mission betraut worden war, die große Kühnheit erfordert hatte. Aber Haderer war, wenn man ihn hier besah, ein Mensch, der überhaupt keiner Kühnheit fähig war, nie gewesen sein konnte, jedenfalls nicht in dieser Welt. Vielleicht war er es in der anderen gewesen, unter einem anderen Gesetz. Und Mahler, der kaltblütig ist und der furchtloseste Mensch, den ich kenne, hat mir erzählt, daß er damals, 1914 oder 1915, als junger Mensch bei der Sanität, ohnmächtig geworden sei und Morphium genommen habe, um die Arbeit im Lazarett aushalten zu können. Er hatte dann noch zwei Selbstmordversuche gemacht und war bis zum Ende des Krieges in einer Nervenheilanstalt gewesen. Alle operierten sie also in zwei Welten und waren verschieden in beiden Welten, getrennte und nie vereinte Ich, die sich nicht begegnen durften. Alle waren betrunken jetzt und schwadronierten und mußten durch das Fegefeuer, in dem ihre unerlösten Ich schrien, die bald ersetzt werden wollten durch ihre zivilen Ich, die liebenden, sozialen Ich mit Frauen und Beru-

fen, Rivalitäten und Nöten aller Art. Und sie jagten das
blaue Wild, das früh aus ihrem einen Ich gefahren war
und nicht mehr zurückkehrte, und solang es nicht zurückkehrte, blieb die Welt ein Wahn. Friedl stieß mich an, er
wollte aufstehen, und ich erschrak, als ich sein glänzendes,
geschwollenes Gesicht sah. Ich ging mit ihm hinaus. Wir
suchten zweimal in der falschen Richtung den Waschraum. Im Gang bahnten wir uns einen Weg durch eine
Gruppe von Männern, die in den großen Kellersaal hinein-
drängten. Ich hatte noch nie solch einen Andrang im ›Kronenkeller‹ erlebt und auch diese Gesichter hier noch nie
gesehen. Es war so auffällig, daß ich einen der Kellner
fragte, was denn los sei heute abend. Genaueres wußte er
nicht, meinte aber, es handle sich um ein »Kameradschaftstreffen«, man gebe sonst die Räume für solche Ver-
sammlungen nicht her, aber der Oberst von Winkler, ich
wisse wohl, der berühmte, werde auch kommen und mit
den Leuten feiern, es sei ein Treffen zur Erinnerung an
Narvik, glaube er.
Im Waschraum war es totenstill. Friedl lehnte sich an das
Waschbecken, griff nach der Handtuchrolle und ließ sie eine Umdrehung machen.
»Verstehst du«, fragte er, »warum wir beisammen sitzen?«
Ich schwieg und zuckte mit den Achseln.
»Du verstehst doch, was ich meine«, sagte Friedl eindringlich.
»Ja, ja«, sagte ich.
Aber Friedl sprach weiter: »Verstehst du, warum sogar
Herz und Ranitzky beisammen sitzen, warum Herz ihn
nicht haßt, wie er Langer haßt, der vielleicht weniger
schuldig ist und heute ein toter Mann ist. Ranitzky ist kein
toter Mann. Warum sitzen wir, Herr im Himmel, beisammen! Besonders Herz verstehe ich nicht. Sie haben seine
Frau umgebracht, seine Mutter . . .«

Ich dachte krampfhaft nach und dann sagte ich: »Ich verstehe es. Doch, ja, ich verstehe es.«

Friedl fragte: »Weil er vergessen hat? Oder weil er, seit irgendeinem Tag, will, daß es begraben sei?«

»Nein«, sagte ich, »das ist es nicht. Es hat nichts mit Vergessen zu tun. Auch nichts mit Verzeihen. Mit all dem hat es nichts zu tun.«

Friedl sagte: »Aber Herz hat doch Ranitzky wieder aufgeholfen, und seit mindestens drei Jahren sitzen sie jetzt beisammen, und er sitzt mit Hutter und Haderer beisammen. Er weiß alles über die alle.«

Ich sagte: »Wir wissen es auch. Und was tun wir?«

Friedl sagte eifriger, als wäre ihm etwas eingefallen: »Aber ob Ranitzky Herz haßt dafür, daß er ihm geholfen hat? Was meinst du? Wahrscheinlich haßt er ihn auch noch dafür.«

Ich sagte: »Nein, das glaube ich nicht. Er meint, es sei recht so, und fürchtet höchstens, daß noch etwas im Hinterhalt liegt, noch etwas nachkommt. Er ist unsicher. Andre fragen nicht lang, wie Hutter, und finden es natürlich, daß die Zeit vergeht und die Zeiten sich eben ändern.

Damals, nach 45, habe ich auch gedacht, die Welt sei geschieden, und für immer, in Gute und Böse, aber die Welt scheidet sich jetzt schon wieder und wieder anders. Es war kaum zu begreifen, es ging ja so unmerklich vor sich, jetzt sind wir wieder vermischt, damit es sich anders scheiden kann, wieder die Geister und die Taten von anderen Geistern, anderen Taten. Verstehst du? Es ist schon so weit, auch wenn wir es nicht einsehen wollen. Aber das ist auch noch nicht der ganze Grund für diese jämmerliche Einträchtigkeit.«

Friedl rief aus: »Aber was dann! Woran liegt es denn bloß? So sag doch etwas! Liegt's vielleicht daran, daß wir alle sowieso gleich sind und darum zusammen sind?«

»Nein«, sagte ich, »wir sind nicht gleich. Mahler war nie

wie die anderen und wir werden es hoffentlich auch nie sein.«

Friedl stierte vor sich hin: »Also Mahler und du und ich, wir sind aber doch auch sehr verschieden voneinander, wir wollen und denken doch jeder etwas anderes. Nicht einmal die anderen sind sich gleich, Haderer und Ranitzky sind so sehr verschieden, Ranitzky, der möchte sein Reich noch einmal kommen sehen, aber Haderer bestimmt nicht, er hat auf die Demokratie gesetzt und wird diesmal dabei bleiben, das fühle ich. Ranitzky ist hassenswert, und Haderer ist es auch, bleibt es für mich trotz allem, aber gleich sind sie nicht, und es ist ein Unterschied, ob man nur mit dem einen von beiden oder mit beiden an einem Tisch sitzt. Und Bertoni . . .!«

Als Friedl den Namen schrie, kam Bertoni herein und wurde rot unter der Bräune. Er verschwand hinter einer Tür, und wir schwiegen eine Weile. Ich wusch mir die Hände und das Gesicht.

Friedl flüsterte: »Dann ist eben alles doch mit allem im Bund, und ich bin es auch, aber ich will nicht! Und du bist auch im Bund!«

Ich sagte: »Im Bund sind wir nicht, es gibt keinen Bund. Es ist viel schlimmer. Ich denke, daß wir alle miteinander leben müssen und nicht miteinander leben können. In jedem Kopf ist eine Welt und ein Anspruch, der jede andere Welt, jeden anderen Anspruch ausschließt. Aber wir brauchen einander alle, wenn je etwas gut und ganz werden soll.«

Friedl lachte boshaft: »Brauchen. Natürlich, das ist es; vielleicht brauche ich nämlich einmal Haderer . . .«

Ich sagte: »So habe ich es nicht gemeint.«

Friedl: »Aber warum nicht? Ich werde ihn brauchen, du hast leicht reden im allgemeinen, du hast nicht eine Frau und drei Kinder. Und du wirst vielleicht, wenn du nicht Haderer brauchst, einmal jemand anderen brauchen, der auch nicht besser ist.« Ich antwortete nicht.

»Drei Kinder habe ich«, schrie er, und dann zeigte er, einen halben Meter über dem Boden mit der Hand hin und her fahrend, wie klein die Kinder waren.

»Hör auf«, sagte ich, »das ist kein Argument. So können wir nicht reden.«

Friedl wurde zornig: »Doch, es ist ein Argument, du weißt überhaupt nicht, was für ein starkes Argument das ist, fast für alles. Mit zweiundzwanzig habe ich geheiratet. Was kann ich dafür. Du ahnst ja nicht, was das heißt, du ahnst es nicht einmal!«

Er verzog sein Gesicht und stützte sich mit der ganzen Kraft auf das Waschbecken. Ich dachte, er würde umsinken. Bertoni kam wieder heraus, wusch sich nicht einmal die Hände und verließ den Raum so rasch, als fürchtete er, seinen Namen noch einmal zu hören und noch mehr als seinen Namen.

Friedl schwankte und sagte: »Du magst Herz nicht? Habe ich recht?«

Ich antwortete ungern. »Wieso denkst du das? . . . Gut, also, ich mag ihn nicht. Weil ich ihm vorwerfe, daß er mit denen beisammen sitzt. Weil ich es ihm immerzu vorwerfe. Weil er mitverhindert, daß wir mit ihm und noch ein paar anderen an einem anderen Tisch sitzen können. Er aber sorgt dafür, daß wir alle an einem Tisch sitzen.«

Friedl: »Du bist verrückt, noch verrückter als ich. Erst sagst du, wir brauchen einander, und jetzt wirfst du Herz das vor. Ihm werfe ich es nicht vor. Er hat das Recht dazu, mit Ranitzky befreundet zu sein.«

Ich sagte aufgebracht: »Nein, das hat er nicht. Keiner hat ein Recht dazu. Auch er nicht.«

»Ja, nach dem Krieg«, sagte Friedl, »da haben wir doch gedacht, die Welt sei für immer geschieden in Gut und Böse. Ich werde dir aber sagen, wie die Welt aussieht, wenn sie geschieden ist reinlich.

Es war, als ich nach London kam und Herz' Bruder traf.

Die Luft war mir abgeschnitten. Ich konnte kaum atmen, er wußte nichts von mir, aber es genügte ihm nicht einmal, daß ich so jung war, er fragte mich sofort: Wo waren Sie in der Zeit und was haben Sie getan? Ich sagte, ich sei in der Schule gewesen und man hätte meine älteren Brüder als Deserteure erschossen, ich sagte auch, daß ich zuletzt noch hatte mitmachen müssen, wie alle aus meiner Klasse. Darauf fragte er nicht weiter, aber er begann zu fragen nach einigen Leuten, die er gekannt hatte, auch nach Haderer und Bertoni, nach vielen. Ich versuchte zu sagen, was ich wußte, und es kam also heraus, daß es einigen von denen leid tat, daß einige sich genierten, ja, mehr konnte man wohl beim besten Willen nicht sagen, und andere waren ja tot, und die meisten leugneten und verschleierten, das sagte ich auch. Haderer wird immer leugnen, seine Vergangenheit fälschen, nicht wahr? Aber dann merkte ich, daß dieser Mann mir gar nicht mehr zuhörte, er war ganz erstarrt in einem Gedanken, und als ich wieder von den Unterschieden zu reden begann, der Gerechtigkeit halber sagte, daß Bertoni vielleicht nie etwas Schlechtes getan habe in der Zeit und höchstens feige gewesen war, unterbrach er mich und sagte: Nein, machen Sie bloß keinen Unterschied. Für mich ist da kein Unterschied, und zwar für immer. Ich werde dieses Land nie mehr betreten. Ich werde nicht unter die Mörder gehen.« –

»Ich verstehe es, verstehe ihn sogar besser als Herz. Obwohl – «, sagte ich langsam, »so geht es eigentlich auch nicht, nur eine Weile, nur so lange das Ärgste vom Argen währt. Man ist nicht auf Lebenszeit ein Opfer. So geht es nicht.«

»Mir scheint, es geht in der Welt auf gar keine Weise! Wir schlagen uns hier herum und sind nicht einmal fähig, diese kleine trübe Situation für uns aufzuklären, und vorher haben sich andere herumgeschlagen, haben nichts aufklären können und sind ins Verderben gerannt, sie waren Opfer oder Henker, und je tiefer man hinuntersteigt in die Zeit, desto unwegsamer wird es, ich kenne mich manchmal nicht mehr aus in der Geschichte, weiß nicht, wohin ich mein Herz hängen kann, an welche Parteien, Gruppen, Kräfte, denn ein Schandgesetz erkennt man, nach dem alles angerichtet ist. Und man kann immer nur auf seiten der Opfer sein, aber das ergibt nichts, sie zeigen keinen Weg.«

»Das ist das Furchtbare«, schrie Friedl, »die Opfer, die vielen, vielen Opfer zeigen gar keinen Weg! Und für die Mörder ändern sich die Zeiten. Die Opfer sind die Opfer. Das ist alles. Mein Vater war ein Opfer der Dollfuß-Zeit, mein Großvater ein Opfer der Monarchie, meine Brüder Opfer Hitlers, aber das hilft mir nicht, verstehst du, was ich meine? Sie fielen nur hin, wurden überfahren, abgeschossen, an die Wand gestellt, kleine Leute, die nicht viel gemeint und gedacht haben. Doch, zwei oder drei haben sich etwas dazu gedacht, mein Großvater hat an die kommende Republik gedacht, aber sage mir, wozu? Hätte sie ohne diesen Tod denn nicht kommen können? Und mein Vater hat an die Sozialdemokratie gedacht, aber sage mir, wer seinen Tod beanspruchen darf, doch nicht unsere Arbeiterpartei, die die Wahlen gewinnen will. Dazu braucht es keinen Tod. Dazu nicht. Juden sind gemordet worden, weil sie Juden waren, nur Opfer sind sie gewesen, so viele Opfer, aber doch wohl nicht, damit man heute endlich draufkommt, schon den Kindern zu sagen, daß sie Menschen sind? Etwas spät, findest du nicht? Nein, das versteht eben niemand, daß die Opfer zu nichts sind! Genau das versteht niemand und darum beleidigt es auch niemand, daß diese Opfer auch noch für Einsichten herhalten müssen. Es bedarf doch dieser Einsichten gar nicht. Wer weiß denn hier nicht, daß man nicht töten soll?! Das ist doch schon zweitausend Jahre bekannt. Ist darüber noch ein Wort zu verlieren? Oh, aber in Haderers letzter Rede, da wird noch viel darüber geredet, da wird das geradezu erst entdeckt, da knäuelt er in seinem Mund Humanität, bietet Zitate aus den Klassikern auf, bietet die Kirchenväter auf und die neuesten metaphysischen Platitüden. Das ist doch irrsinnig. Wie kann ein Mensch darüber Worte machen. Das ist ganz und gar schwachsinnig oder gemein. Wer sind wir denn, daß man uns solche Dinge sagen muß?«

Und er fing noch einmal an: »Sagen soll mir einer, warum wir hier beisammen sitzen. Das soll mir einer sagen, und ich werde zuhören. Denn es ist ohnegleichen, und was daraus hervorgehen wird, wird auch ohnegleichen sein.«

Ich verstehe diese Welt nicht mehr! – das sagten wir uns oft in den Nächten, in denen wir tranken und redeten und meinten. Jedem schien aber für Augenblicke, daß sie zu verstehen war. Ich sagte Friedl, ich verstünde alles und er habe unrecht, nichts zu verstehen. Aber ich verstand dann auf einmal auch nichts mehr, und ich dachte jetzt, ich könnte ja nicht einmal leben mit ihm, noch weniger natürlich mit den anderen. Schlechterdings konnte man mit einem Mann wie Friedl auch nicht in einer Welt leben, mit dem man sich zwar einig war in vielen Dingen, aber für den eine Familie ein Argument war, oder mit Steckel, für den Kunst ein Argument war. Auch mit Mahler konnte ich manchmal nicht in einer Welt leben, den ich am liebsten hatte. Wußte ich denn, ob er bei meiner nächsten Entscheidung dieselbe Entscheidung treffen würde? »Nach hinten« waren wir einverstanden miteinander, aber was die Zukunft betraf? Vielleicht war ich auch bald von ihm und Friedl geschieden – wir konnten nur hoffen, dann nicht geschieden zu sein.

Friedl wimmerte, richtete sich auf und schwankte zur nächsten Klosettür. Ich hörte, wie er sich erbrach, gurgelte und röchelte und dazwischen sagte: »Wenn das doch alles heraufkäme, wenn man alles ausspeien könnte, alles, alles!«

Als er herauskam, strahlte er mich mit verzerrtem Gesicht an und sagte: »Bald werde ich Bruderschaft trinken mit denen da drinnen, vielleicht sogar mit Ranitzky. Ich werde sagen . . .«

Ich hielt ihm das Gesicht unter die Wasserleitung, trocknete es ihm, dann packte ich ihn am Arm. »Du wirst nichts sagen!« Wir waren schon zu lange weg gewesen und mußten zurück an den Tisch. Als wir an dem großen Saal vorbeikamen, lärmten die Männer von dem »Kameradschaftstreffen« schon derart, daß ich kein Wort von dem verstand, was Friedl noch sagte. Er sah wieder besser aus. Ich glaube, wir lachten über etwas, über uns selber wahrscheinlich, als wir die Tür aufstießen zum Extrazimmer.

Noch dickerer Rauch stand in der Luft, und wir konnten kaum hinübersehen bis zu dem Tisch. Als wir näher kamen und durch den Rauch kamen und unseren Wahn abstreiften, sah ich neben Mahler einen Mann sitzen, den ich nicht kannte. Beide schwiegen und die anderen redeten. Als Friedl und ich uns wieder setzten und Bertoni uns einen verschwommenen Blick gab, stand der Unbekannte auf und gab uns die Hand; er murmelte einen Namen. Es war nicht die geringste Freundlichkeit in ihm, überhaupt nichts Zugängliches, sein Blick war kalt und tot, und ich schaute fragend Mahler an, der ihn kennen mußte. Er war ein sehr großer Mensch, Anfang dreißig, obwohl er älter wirkte im ersten Augenblick. Er war nicht schlecht gekleidet, aber es sah aus, als hätte ihm jemand einen Anzug geschenkt, der noch etwas größer war, als seine Größe es verlangte. Es brauchte eine Weile, bis ich von dem Gespräch wieder etwas auffassen konnte, an dem sich weder Mahler noch der Fremde beteiligten.

Haderer zu Hutter: »Aber dann kennen Sie ja auch den General Zwirl!«

Hutter erfreut zu Haderer: »Aber natürlich. Aus Graz.«

Haderer: »Ein hochgebildeter Mensch. Einer der besten Kenner des Griechischen. Einer meiner liebsten alten Freunde.«

Jetzt mußte man befürchten, daß Haderer Friedl und mir unsere mangelhaften Griechisch- und Lateinkenntnisse vorhalten würde, ungeachtet dessen, daß seinesgleichen uns daran gehindert hatte, diese Kenntnisse rechtzeitig zu erwerben. Aber ich war nicht in der Stimmung, auf eines der von Haderer bevorzugten Themen einzugehen oder gar ihn herauszufordern, sondern beugte mich zu Mahler hinüber, als hätte ich nichts gehört. Mahler sagte leise etwas zu dem Fremden, und der antwortete, grade vor sich hinblickend, laut. Auf jede Frage antwortete er nur mit einem Satz. Ich schätzte, er müsse ein Patient Mahlers sein oder jedenfalls ein Freund, der sich von ihm behandeln ließ. Mahler kannte immer alle möglichen Individuen und hatte Freundschaften, von denen wir nichts wußten. In einer Hand hielt der Mann eine Zigarettenpackung, mit der anderen rauchte er, wie ich noch nie jemand hatte rauchen gesehen. Er rauchte mechanisch und sog in ganz gleichmäßigen Abständen an der Zigarette, als wäre Rauchen alles, was er könne. An dem Rest der Zigarette, einem sehr kurzen Rest, an dem er sich verbrannte, ohne das Gesicht zu verziehen, zündete er die nächste Zigarette an und rauchte um sein Leben.

Plötzlich hielt er inne im Rauchen, hielt die Zigarette zitternd in seinen riesigen, unschönen, geröteten Händen und neigte den Kopf. Jetzt hörte ich es auch. Obwohl die Türen geschlossen waren, tönte von dem großen Saal jenseits des Ganges bis zu uns herüber der gegrölte Gesang. Es hörte sich an wie »In der Heimat, in der Heimat, da gibt's ein Wiedersehn . . .«

Er zog rasch an seiner Zigarette und sagte laut zu uns her, mit derselben Stimme, mit der er Mahler seine Antworten gegeben hatte:

»Die kehren noch immer heim. Die sind wohl noch nicht ganz heimgekehrt.«

Haderer lachte und sagte: »Ich weiß nicht, wie ich Sie verstehen soll, aber das ist wirklich eine unglaubliche Störung, und mein verehrter Freund, der Oberst von Winkler, könnte seine Leute auch zu mehr Ruhe anhalten . . . Wenn das so weitergeht, müssen wir uns noch nach einem anderen Lokal umsehen.«

Bertoni warf ein, er habe schon mit dem Wirt gesprochen, es sei eine Ausnahme, dieses Frontkämpfertreffen, eines großen Jubiläums wegen. Genaueres wisse er nicht . . .

Haderer sagte, er wisse auch nichts Genaueres, aber sein verehrter Freund und ehemaliger Kamerad . . .

Mir war entgangen, was der Unbekannte, der weiterredete, während Haderer und Bertoni ihn übertönten, zu uns her gesagt hatte – Friedl allein dürfte ihm zugehört haben –, und darum war mir unklar, warum er plötzlich sagte, er sei ein Mörder.

». . . ich war keine zwanzig Jahre alt, da wußte ich es schon«, sagte er wie jemand, der nicht zum erstenmal darangeht, seine Geschichte zu erzählen, sondern der überall von nichts anderem reden kann und nicht einen bestimmten Zuhörer braucht, sondern dem jeder Zuhörer recht ist. »Ich wußte, daß ich dazu bestimmt war, ein Mörder zu sein, wie manche dazu bestimmt sind, Helden oder Heilige oder durchschnittliche Menschen zu sein. Mir fehlte nichts dazu, keine Eigenschaft, wenn Sie so wollen, und alles trieb mich auf ein Ziel zu: zu morden. Mir fehlte nur noch ein Opfer. Ich rannte damals nachts durch die Straßen, hier« – er wies vor sich hin durch den Rauch, und Friedl lehnte sich rasch zurück, damit er nicht von der Hand berührt würde – »hier rannte ich durch die Gassen, die Kastanienblüten dufteten, immer war die Luft voll von Kastanienblüten, auf den Ringstraßen und in den engen Gassen, und mein Herz verrenkte sich, meine Lungen arbeiteten wie wilde, eingezwängte Flügel, und mein Atem kam aus mir wie der Atem eines jagenden Wolfes. Ich wußte nur noch nicht, wie ich töten sollte und wen ich töten sollte. Ich hatte nur meine Hände, aber ob sie ausreichen würden, einen Hals zuzudrücken? Ich war damals viel schwächer und schlecht ernährt. Ich kannte niemand, den ich hätte hassen können, war allein in der Stadt, und so fand ich das Opfer nicht und wurde fast wahnsinnig darüber in der Nacht. Immer war es in der Nacht, daß ich aufstehn und hinuntergehen mußte, hinaus, und an den windigen, verlassenen, dunklen Straßenecken stehen und warten mußte, so still waren die Straßen damals, niemand kam vorbei, niemand sprach mich an, und ich wartete, bis ich zu frieren anfing und zu winseln vor Schwäche und der Wahnsinn aus mir wich. Das währte nur eine kurze Zeit. Dann wurde ich zum Militär geholt. Als ich das Gewehr in die Hand bekam, wußte ich, daß ich verloren war. Ich würde einmal schießen. Ich überantwortete mich diesem Gewehrlauf, ich lud ihn mit Kugeln, die ich so gut wie das Pulver erfunden hatte, das war sicher. Bei den Übungen schoß ich daneben, aber nicht, weil ich nicht zielen konnte, sondern weil ich wußte, daß das Schwarze, dieses Augenhafte, kein Auge war, daß es nur in Stellvertretung da war, ein Übungsziel, das keinen Tod brachte. Es irritierte mich, war nur eine verführerische Attrappe, nicht Wirklichkeit. Ich schoß, wenn Sie so wollen, mit Zielsicherheit daneben. Ich schwitzte entsetzlich bei diesen Übungen, nachher wurde ich oft blau im Gesicht, erbrach mich und mußte mich hinlegen. Ich war entweder irrsinnig oder ein Mörder, das wußte ich genau, und mit einem letzten Rest von Widerstand gegen dieses Schicksal redete ich darüber zu den anderen, damit sie mich schützten, damit sie geschützt waren vor mir und wußten, mit wem sie es zu tun hatten. Aber die Bauernburschen, Handwerker und die Angestellten, die auf meiner Stube waren, machten sich nichts daraus. Sie bedauerten mich oder verlachten mich, aber sie hielten mich nicht für einen Mörder. Oder doch? Ich weiß nicht. Einer sagte ›Jack the Ripper‹ zu mir, ein Postbeamter, der viel ins Kino ging und las, ein schlauer Mensch; aber ich glaube, im Grunde glaubte er es auch nicht.«

Der Unbekannte drückte seine Zigarette aus, sah rasch nieder und dann auf, ich fühlte seinen kalten langen Blick auf mich gerichtet und ich wußte nicht, warum ich wünschte, diesen Blick auszuhalten. Ich hielt ihn aus, aber er dauerte länger als der Blick, den Liebende und Feinde tauschen, dauerte, bis ich nichts mehr denken und meinen konnte und so leer war, daß ich zusammenfuhr, als ich die laute, gleichmäßige Stimme wieder hörte.

»Wir kamen nach Italien, nach Monte Cassino. Das war das größte Schlachthaus, das Sie sich denken können. Dort wurde dem Fleisch so der Garaus gemacht, daß man meinen könnte, für einen Mörder wäre es ein Vergnügen. Es war aber nicht so, obwohl ich schon ganz sicher war, daß ich ein Mörder war, und ich war ein halbes Jahr sogar öffentlich mit einem Gewehr herumgegangen. Ich hatte, als ich in die Stellung von Monte Cassino kam, keinen Fetzen von einer Seele mehr an mir. Ich atmete den Leichengeruch, Brand- und Bunkergeruch wie die frischeste Gebirgsluft. Ich verspürte nicht die Angst der anderen. Ich hätte Hochzeit halten können mit meinem ersten Mord. Denn was für die anderen einfach ein Kriegsschauplatz war, das war für mich ein Mordschauplatz. Aber ich will Ihnen sagen, wie es kam. Ich schoß nicht. Ich legte zum erstenmal an, als wir eine Gruppe von Polen vor uns hatten; es sind dort ja aus allen Ländern Truppen gelegen. Da sagte ich mir: nein, keine Polen. Mir paßte es nicht, dieses Benamen der anderen – Polacken, Amis, Schwarze – in dieser Umgangssprache. Also keine Amerikaner, keine Polen. Ich war ja ein einfacher Mörder, ich hatte keine Ausrede, und meine Sprache war deutlich, nicht blumig wie die der anderen. ›Ausradieren‹, ›aufreiben‹, ›ausräuchern‹, solche Worte kamen für mich nicht in Frage, sie ekelten mich an, ich konnte das gar nicht aussprechen. Meine Sprache war also deutlich, ich sagte mir: Du mußt und du willst einen Menschen morden. Ja, das wollte ich und schon lange, seit genau einem Jahr fieberte ich danach. Einen Menschen! Ich konnte nicht schießen, das müssen Sie einsehen. Ich weiß nicht, ob ich es Ihnen ganz erklären kann. Die anderen hatten es leicht, sie erledigten ihr Pensum, sie wußten meist nicht, ob sie jemand getroffen hatten und wie viele, sie wollten es auch nicht wissen. Diese Männer waren ja keine Mörder, nicht wahr?, die wollten überleben oder sich Auszeichnungen verdienen, sie dachten an ihre Familien oder an Sieg und Vaterland, im Augenblick übrigens kaum, damals kaum mehr, sie waren ja in der Falle. Aber ich dachte unentwegt an Mord. Ich schoß nicht. Eine Woche später, als die Schlacht einmal den Atem anhielt, als wir nichts mehr von den alliierten Truppen sahen, als nur die Flugzeuge versuchten, uns den Rest zu geben, und noch lange nicht alles Fleisch hin war, das dort hinwerden sollte, wurde ich zurückgeschafft nach Rom und vor ein Militärgericht gebracht. Ich sagte dort alles über mich, aber man wollte mich wohl nicht verstehen, und ich kam ins Gefängnis. Ich wurde verurteilt wegen Feigheit vor dem Feinde und Zersetzung der Wehrkraft, es waren da noch einige Punkte, deren ich mich nicht mehr so genau entsinne. Dann wurde ich plötzlich wieder herausgeholt, nach Norden gebracht zur Behandlung in eine psychiatrische Klinik. Ich glaube, ich wurde geheilt und kam ein halbes Jahr später zu einer anderen Einheit, denn von der alten war nichts übriggeblieben, und es ging nach dem Osten, in die Rückzugsschlachten.«

Hutter, der eine so lange Rede nicht ertragen konnte und gerne jemand anderen zum Geschichten- oder Witzeerzählen gebracht hätte, sagte, indem er ein Brezel brach: »Nun, und ist es dann gegangen mit dem Schießen, mein Herr?«

Der Mann sah ihn nicht an, und anstatt noch einmal zu

trinken wie alle anderen in diesem Augenblick, schob er
sein Glas weg, in die Mitte des Tisches. Er sah mich an,
dann Mahler und dann noch einmal mich, und diesmal
wendete ich meine Augen ab.
»Nein«, sagte er schließlich, »ich war ja geheilt. Deswegen
ging es nicht. Sie werden das verstehen, meine Herren. Einen Monat später war ich wieder verhaftet und bis zum
Kriegsende in einem Lager. Sie werden verstehen, ich
konnte nicht schießen. Wenn ich nicht mehr auf einen
Menschen schießen konnte, wieviel weniger dann auf eine
Abstraktion, auf die ›Russen‹. Darunter konnte ich mir
überhaupt nichts vorstellen. Und man muß sich doch etwas
vorstellen können.«
»Ein komischer Vogel«, sagte Bertoni leise zu Hutter; ich
hörte es trotzdem und fürchtete, der Mann habe es auch
gehört.
Haderer winkte den Ober herbei und verlangte die Rech-
nung.
Aus dem großen Saal hörte man jetzt einen anschwellen-
den Männerchor, es hörte sich an wie der Chor in der
Oper, wenn er hinter die Kulissen verbannt ist. Sie sangen:
»Heimat, deine Sterne . . .«
Der Unbekannte hielt wieder lauschend den Kopf geneigt,
dann sagte er: »Als wär kein Tag vergangen.« Und: »Gute
Nacht!« Er stand auf und ging riesenhaft und ganz aufrecht der Tür zu. Mahler stand ebenfalls auf und sagte mit
erhobener Stimme: »Hören Sie!« Es war ein stehender
Ausdruck von ihm, aber ich wußte, daß er jetzt wirklich gehört werden wollte. Und doch sah ich ihn zum erstenmal
unsicher, er sah zu Friedl und mir her, als wollte er sich einen Rat holen. Wir starrten ihn an; es war kein Rat in unseren Blicken.
Wir verloren Zeit mit dem Zahlen, Mahler ging finster,
überlegend und drängend auf und ab, drehte sich plötzlich
zur Tür, riß sie auf, und wir folgten ihm, denn der Gesang

war plötzlich abgerissen, nur ein paar einzelne Stimmen, auseinanderfallend, waren noch zu hören. Und zugleich gab es eine Bewegung im Gang, die einen Handel oder ein Unglück verriet.

Wir stießen im Gang mit einigen Männern zusammen, die durcheinanderschrien; andere schwiegen verstört. Nirgends sahen wir den Mann. Auf Haderer redete jemand ein, dieser Oberst vermutlich, weiß im Gesicht und im Diskant sprechend. Ich hörte die Satzfetzen: ». . . unbegreifliche Provokation . . . ich bitte Sie . . . alte Frontsoldaten . . .« Ich schrie Mahler zu, mir zu folgen, rannte zur Stiege und nahm mit ein paar Sprüngen die Stufen, die dunkel, feucht und steinig wie aus einem Stollen hinauf in die Nacht und ins Freie führten. Unweit vom Eingang des Kellers lag er. Ich beugte mich zu ihm nieder. Er blutete aus mehreren Wunden. Mahler kniete neben mir, nahm meine Hand von der Brust des Mannes fort und bedeutete mir, daß er schon tot war.

Es hallte in mir die Nacht, und ich war in meinem Wahn.

Als ich am Morgen heimkam und kein Aufruhr mehr in mir war, als ich nur mehr dastand in meinem Zimmer, stand und stand, ohne mich bewegen zu können und ohne bis zu meinem Bett zu finden, fahl und gedankenlos, sah ich auf der Innenfläche meiner Hand das Blut. Ich erschauerte nicht. Mir war, als hätte ich durch das Blut einen Schutz bekommen, nicht um unverwundbar zu sein, sondern damit die Ausdünstung meiner Verzweiflung, meiner Rachsucht, meines Zorns nicht aus mir dringen konnten. Nie wieder. Nie mehr. Und sollten sie mich verzehren, diese hinrichtenden Gedanken, die in mir aufgestanden waren, sie würden niemand treffen, wie dieser Mörder niemand gemordet hatte und nur ein Opfer war – zu nichts. Wer aber weiß das? Wer wagt das zu sagen?

Ein Schritt nach Gomorrha

Die letzten Gäste waren gegangen. Nur das Mädchen in dem schwarzen Pullover und dem roten Rock saß noch da, hatte sich nicht mit den anderen erhoben. Sie ist betrunken, dachte Charlotte, als sie ins Zimmer zurückkam, sie will mit mir allein sprechen, mir womöglich etwas erzählen, und ich bin todmüde. Sie schloß die Tür, in der sie zögernd gestanden hatte, um dem letzten Gast noch eine Möglichkeit zu geben, die offenstehende Tür wahrzunehmen, und nahm von der Kommode einen Aschenbecher, über dessen Rand kleine Aschenhäute rieselten. Im Zimmer: die verrückten Stühle, eine verknüllte Serviette auf dem Boden, die gedunsene Luft, die Verwüstung, die Leere nach dem Überfall. Ihr wurde übel. Sie hielt noch ein brennendes Zigarettenende in der Hand und versuchte, es hineinzudrükken in den Haufen von Stummeln und Asche. Es qualmte jetzt. Sie sah blinzelnd hinüber zu dem Sessel in der Ecke, auf herabhängendes Haar, das rötlich glänzte, auf den roten Rock, der, wie eine Capa ausgebreitet, über die Beine des Mädchens fiel und in einem Halbkreis Füße, Teppich und Sessel verdeckte, am Boden schleifte. Mehr als das Mädchen selbst, sah sie alle diese unstimmigen vielen Rottöne im Raum: das Licht, das durch einen roten Lampenschirm mußte, mit einer flirrenden Staubsäule davor; eine Reihe von roten Bücherrücken dahinter auf einem Regal; den filzigen wilden Rock und die matteren Haare. Nun war einen Augenblick lang alles so, wie es nie wieder sein konnte – ein einziges Mal war die Welt in Rot.
Die Augen des Mädchens gingen darin auf, zwei feuchte, dunkle, betrunkene Objekte, und trafen die Augen der Frau.

Charlotte dachte: ich werde sagen, daß ich mich schlecht fühle und schlafen gehen muß. Nur diesen einen höflichen passenden Satz muß ich finden, sie damit zum Gehen bringen. Sie muß gehen. Warum geht sie nicht? Ich bin todmüde. Warum gehen Gäste nie? Warum bloß ist sie nicht mit den anderen gegangen?

Aber der Augenblick war vertan, sie war zu lange schweigend dagestanden; sie ging leise weiter in die Küche, säuberte den Aschenbecher, wusch sich rasch das Gesicht, wusch den langen Abend weg, das viele Lächeln, die Aufmerksamkeit, das angestrengte die Augen-überall-haben. Vor ihren Augen blieb zurück: der weite Rock mit dem Todesrot, zu dem die Trommeln hätten gerührt werden müssen.

Sie wird mir eine Geschichte erzählen. Warum gerade mir? Sie bleibt, weil sie mit mir sprechen will. Hat kein Geld oder findet sich nicht zurecht in Wien, kommt von da unten, eine Slowenin, halbe Slowenin, von der Grenze, jedenfalls aus dem Süden, der Name klingt auch danach, Mara. Irgend etwas wird es schon sein, eine Bitte, eine Geschichte, irgendeine, mit der sie mich um den Schlaf bringen will. Zuviel allein wird sie natürlich in Wien sein oder sie ist in irgendeine Geschichte geraten. Franz fragen nach diesem Mädchen, morgen.

Morgen!

Charlotte erschrak, memorierte rasch ihre Pflichten: morgen früh Franz abholen, den Wecker stellen, frisch sein, ausgeschlafen sein, einen erfreuten Eindruck machen. Es war keine Zeit mehr zu verlieren. Sie füllte rasch zwei Gläser mit Mineralwasser und trug sie ins Zimmer, reichte eines dem Mädchen, das schweigend austrank und dann, während es das Glas wegstellte, brüsk sagte: Morgen kommt er also zurück.

Ja, sagte Charlotte. Zu spät verletzt, fügte sie hinzu: Wer? – Es war zu spät.

Er ist oft verreist. Da sind Sie viel allein.

Manchmal, nicht oft. Das wissen Sie doch.

Sie möchten, daß ich gehe?

Nein, sagte Charlotte.

Ich hatte das Gefühl, daß der Mann, der soviel gesprochen hat, auch noch gern geblieben wäre . . .

Nein, sagte Charlotte.

Ich hatte das Gefühl . . . Mara verzog den Mund.

Charlotte war zornig, aber sie antwortete noch immer höflich: Nein, gewiß nicht. – Sie stand auf. Ich werde uns einen Kaffee kochen. Und dann rufe ich ein Taxi.

Jetzt war ihr der Satz gelungen, sie hatte wieder Boden unter den Füßen, hatte dem Mädchen bedeutet, daß sie das Taxi bezahlen werde, und sie hatte sich vor allem diese Bemerkung verbeten.

Mara sprang auf und griff nach Charlottes Arm.

Nein, sagte sie, ich will das nicht. Sie sind heut abend oft genug in die Küche gelaufen. Wir können draußen Kaffee trinken. Kommen Sie. Gehen wir weg, weit weg. Ich kenne da eine Bar. Wir gehen, nicht wahr? – Charlotte befreite ihren Arm und ging, ohne Antwort, die Mäntel holen. Sie schob das Mädchen zur Tür hinaus. Sie war erleichtert. Im Treppenhaus, das dunkel war und nur in jeder Biegung von der Laterne im Hof schwach erleuchtet wurde, kam ihr Maras Hand entgegen, griff wieder nach ihrem Arm. Sie fürchtete, daß das Mädchen stürzen könne, und zog und stützte es zugleich, bis sie unten waren und das Tor erreicht hatten.

Der Franziskanerplatz lag da wie ein Dorfplatz, still. Geplätscher vom Brunnen, still. Man hätte gerne Wiesen und Wälder von nah gerochen, einen Blick nach dem Mond getan, zum Himmel, der sich wieder dicht und nachtblau eingestellt hatte nach einem lärmigen Tag. In der Weihburggasse ging niemand. Sie gingen rasch hinauf bis zur Kärntner Straße, und plötzlich nahm Mara wieder, wie ein furchtsames Kind, Charlottes Hand. Sie hielten einander an den Händen und gingen noch rascher, als verfolgte sie jemand. Mara fing zu laufen an, und zuletzt liefen sie wie zwei Schulmädchen, als gäbe es keine andere Gangart. Maras Armbänder klirrten, und eines drückte gegen Charlottes Handgelenk und schmerzte, trieb sie an.

Von Unsicherheit befallen, sah Charlotte sich in dem luftlosen und heißen Vorraum der Bar um. Mara hielt ihr die Tür ins Innere auf. Wieder war alles rot. Nun waren auch die Wände rot, höllenrot, die Stühle und die Tische, die Lichter, die wie Verkehrsampeln auf ihre Ablösung durch das grüne Licht des Morgens warteten und nun die Nacht aufhalten und die Menschen anhalten wollten in der Nacht, im Rauch, im Rausch. Aber diese Rottöne waren, weil kein Zufall sie angerichtet hatte, dennoch schwächer in der Wirkung als das erste viele Rot von vorhin, sie schwächten auch die Erinnerung daran, und Maras Haare und ihr weiter Rock wurden in dem gähnenden Rachen Rot verschlungen.

Es wurde lustlos getrunken und getanzt; trotzdem hatte Charlotte das Gefühl, in einen Höllenraum gelangt zu sein, gebrannt und leiden gemacht zu werden von ihr noch unbekannten Torturen. Die Musik, der Stimmenlärm folterten sie, denn sie hatte sich unerlaubt aus ihrer Welt entfernt und fürchtete, entdeckt und gesehen zu werden von jemand, der sie kannte. Mit geducktem Kopf ging sie hinter Mara zu dem Tisch, an den sie der Kellner wies, einen langen Tisch, an dem schon zwei Männer in dunklen Anzügen saßen und, entfernter, ein junges Paar, das nicht einen Augenblick aufsah, sich gegenseitig mit den Fingerspitzen berührte. Rundherum fluteten und drückten die Tanzenden, wie von den Planken eines untergehenden Schiffes abrutschend, gegen den Tisch, stampften auf den Boden, auf dem auch der Tisch in Gefahr geriet, als wollten sie in die Tiefe. Alles schwankte, rauchte, dunstete in dem Rotlicht. Alles wollte in die Tiefe, lärmumschlungen tiefer, lustlos tiefer.

Charlotte bestellte Kaffee und Wein. Als sie wieder aufsah, war Mara aufgestanden und hatte begonnen, einen Meter entfernt von ihr, zu tanzen. Erst schien es, als wäre sie allein, aber dann war auch der Mann wahrzunehmen, der mit ihr tanzte, ein erhitzter dünner Bursche, ein Lehrling oder Student, der mit den Hüften und Beinen schlenkerte, auch allein für sich tanzte und nur hin und wieder nach Maras Händen griff oder sie kurz in den Arm nahm, um sie dann gleich wieder von sich zu stoßen und ihren eigenen erfinderischen Bewegungen zu überlassen. Mara wandte ihr Gesicht Charlotte zu, lächelte, wand sich, warf die Haare mit der Hand hoch. Einmal hüpfte sie ganz nahe zu Charlotte hin und verbeugte sich zierlich.

Sie erlauben doch?

Charlotte nickte steif. Sie wandte sich ab, trank in kleinen Schlucken; sie wollte das Mädchen nicht stören, indem sie es beobachtete. Ein Mann trat hinter ihren Stuhl und forderte sie zum Tanzen auf. Sie schüttelte den Kopf. Sie klebte auf ihrem Stuhl, und ihre Zunge klebte, schon wieder trocken, fest in ihrem Mund. Sie wollte aufstehen, heimlich gehen, wenn Mara nicht hersah. Aber sie ging nicht – doch das wußte sie erst später ganz deutlich – , weil sie keinen Augenblick lang das Gefühl hatte, daß Mara tanzte, um zu tanzen, oder daß sie mit jemand hier tanzen oder hierbleiben oder sich vergnügen wollte. Denn sie sah immerzu her, führte ihren Tanz nur auf, damit Charlotte hinsah. Sie zog ihre Arme durch die Luft und ihren Körper durch den Raum wie durch Wasser, sie schwamm und stellte sich zur Schau, und Charlotte, endlich bezwungen und um endlich ihren Blicken eine unverkennbare Richtung geben zu können, folgte ihr bei jeder Bewegung.

Ende der Musik. Eine atemlose, strahlende Mara, die sich setzte und nach Charlottes Hand griff. Ineinander ver-

191

schlungene Hände. Geflüster. Sind Sie böse? Kopfschütteln. Eine große Dumpfheit. Jetzt aufstehen und gehen können, diese kleinen klettenhaften Hände loswerden können. Charlotte befreite mit einem Ruck ihre rechte Hand, griff nach dem Weinglas und trank. Auch der Wein ging nicht aus, wieviel davon sie auch trinken mochte. Die Zeit ging nicht aus; diese Blicke, diese Hände, sie gingen nicht aus. Die beiden Männer am Tisch wandten sich an Mara, tuschelten mit ihr, lachten ihr zu.

Machen wir eine Brücke, Fräulein?

Mara hob ihre Hände, spielte mit den Händen der Männer ein kurzes Spiel, das Charlotte nicht kannte. Nein, keine Brücke, keine Brücke! rief sie lachend, kehrte den Männern ebenso plötzlich den Rücken, wie sie sich mit ihnen eingelassen hatte, und tauchte, heimkehrend, mit ihren Händen unter Charlottes Hände, die weiß und kalt nebeneinander auf dem Tisch lagen.

Ach, die Damen wollen unter sich sein, sagte der eine der Männer und lachte gutmütig seinem Freund zu. Charlotte schloß die Augen. Sie spürte den Druck von Maras harten Fingern und erwiderte ihn, ohne zu wissen warum und ohne es zu wünschen. Ja, so war das. Das war es. Sie kam langsam wieder zu sich, hielt die Augen unverwandt vor sich nieder auf die Tischplatte und rührte sich nicht. Sie wollte sich nie mehr rühren. Es konnte ihr jetzt gleich sein, ob sie gingen oder blieben, ob sie bis zum Morgen ausgeschlafen sein würde oder nicht, ob diese Musik weiterging, jemand sie ansprach, jemand sie erkannte ...

Du, sag etwas! Du ... gefällt es dir hier nicht? Gehst du denn nie tanzen, nie aus, um zu trinken ...? Sag etwas!

Schweigen.

Sag doch etwas. Lach ein bißchen. Hältst du das aus, dort oben bei dir? Ich könnte das nicht aushalten, allein herumgehen, allein schlafen, allein in der Nacht und tags arbeiten, immer üben . . . Oh, das ist furchtbar. Das hält niemand aus!

Charlotte sagte mühsam: Gehen wir.

Sie fürchtete, loszuweinen.

Als sie auf der Straße waren, fand sie wieder den Satz nicht, der sie schon einmal gerettet hatte. Früher war der Satz möglich gewesen: Ich lasse Ihnen ein Taxi rufen . . . Aber jetzt hätte sie diesen Satz übersetzen müssen in einen Satz mit einem Du. Diesen Satz konnte sie nicht bilden. Langsam gingen sie zurück. Charlotte steckte ihre Hände in die Manteltaschen. Ihre Hand wenigstens sollte Mara nicht mehr haben.

Die Stiegen am Franziskanerplatz fand Mara diesmal ohne Hilfe, ohne Frage im Dunkel. Sie ging voraus, als wäre sie diese Stiege schon oft hinauf- und hinuntergegangen. Charlotte steckte den Schlüssel ins Schloß und hielt inne. »Unsere Wohnung« konnte das nicht mehr sein, wenn sie jetzt wirklich aufschloß, Mara nicht noch hinunterstieß über die Stiegen. Ich müßte sie hinunterstoßen, dachte Charlotte und drehte den Schlüssel.

Drinnen schlang Mara, im nächsten Augenblick, die Arme um ihren Hals, hing wie ein Kind an ihr. Ein kleiner rührender Körper hängte sich an den ihren, der ihr mit einemmal größer und stärker als sonst vorkam. Charlotte befreite sich mit einer raschen Bewegung, streckte den Arm aus und machte Licht.

Sie setzten sich im Zimmer, wie sie zuletzt dagesessen hatten, und rauchten.

Das ist Wahnsinn, du bist wahnsinnig, sagte Charlotte, wie ist das nur möglich . . .? Sie hielt inne, sprach nicht weiter, so lächerlich kam sie sich vor. Sie rauchte und dachte, daß diese Nacht kein Ende nehmen werde, daß diese Nacht ja erst im Anfang war und womöglich ohne Ende.

Vielleicht blieb Mara jetzt für immer da, immer, immer, immer, und sie selber würde nun für immer nachdenken müssen, was sie getan oder gesagt habe, um schuld daran zu sein, daß Mara da war und dablieb.

Als sie hilflos zu dem Mädchen hinübersah, bemerkte sie, daß Tränen aus Maras Augen liefen.

Wein doch nicht. Bitte, wein nicht.

Du willst mich nicht. Niemand will mich.

Bitte, wein nicht. Du bist sehr lieb, sehr schön, aber . . .

Warum willst du mich nicht? Warum? – Neue Tränen.

Ich kann nicht.

Du willst nicht. Warum? Sag bloß, warum du mich nicht magst, dann gehe ich! – Mara fiel auf die Knie; langsam kippte sie aus dem Sessel, kam auf die Knie zu liegen und legte den Kopf in Charlottes Schoß. Dann gehe ich, dann bist du mich los.

Charlotte rührte sich nicht, sie sah, rauchend, nieder auf das Mädchen, studierte jeden Zug in dem Gesicht, jeden ausbrechenden Blick. Sehr lange und sehr genau sah sie es an.

Das war Wahnsinn. Noch nie hatte sie . . . Einmal, in der Schulzeit, als sie der Geschichtslehrerin die Hefte ins Konferenzzimmer hatte bringen müssen und niemand sonst in dem Raum war, war die aufgestanden, hatte den Arm um sie gelegt, sie auf die Stirn geküßt. »Liebes Mädchen.« Dann hatte Charlotte sich, erschreckt, weil die Lehrerin sonst so streng war, umgedreht und war zur Tür hinausgelaufen. Lange noch hatte sie sich verfolgt gefühlt von den zwei zärtlichen Worten. Von dem Tag an wurde sie noch strenger geprüft als die anderen, und ihre Noten wurden noch schlechter. Aber sie beschwerte sich bei niemand, erduldete die unverschuldete kalte Behandlung; sie hatte begriffen, daß auf diese Zärtlichkeit nur diese Strenge folgen konnte.

Charlotte dachte: wie aber kann ich Mara berühren? Sie ist aus dem Stoff, aus dem ich gemacht bin. Und sie dachte traurig an Franz, der auf dem Weg zu ihr war, jetzt mußte der Zug schon an der Grenze sein, und niemand konnte ihn mehr aufhalten weiterzufahren, niemand konnte Franz warnen davor zurückzukommen, wo es »unsere Wohnung« aufgehört hatte zu geben. Oder gab es sie noch? Alles stand ja noch da, an seinem Ort, der Schlüssel hatte gesperrt, und wenn Mara nun wie durch ein Wunder verschwand oder plötzlich doch fortging, dann würde morgen alles nur wie ein Spuk erscheinen, es würde wie nie gewesen sein.

Bitte sei vernünftig. Ich muß auch noch schlafen und sehr früh aufstehen morgen.

Ich bin nicht vernünftig. Ach Liebes, liebes Schönes, und du lügst mich nur ein bißchen an, nicht wahr?

Warum? Wieso? – Charlotte, schläfrig, verraucht, leer, konnte nichts mehr auffassen. Ihre Gedanken gingen noch wie Wachtposten in ihrem Kopf auf und ab, hörten die feindlichen Worte, sie waren auf der Hut, konnten aber nicht Alarm schlagen, sich bereit machen zur Abwehr.

Du lügst! O wie du lügst!

Ich weiß nicht, wovon du sprichst. Warum sollte ich lügen, und was überhaupt hast du für eine Lüge gehalten?

Du lügst. Du hast mich gerufen, hast mich kommen lassen zu dir, hast mich mitgenommen noch einmal in der Nacht, und jetzt ekelt dir vor mir, jetzt willst du's nicht wahrhaben, daß du mich gerufen hast zu dir!

Ich hätte dich . . .

Hast du mich nicht eingeladen? Was hat das bedeutet?

Charlotte weinte. Sie konnte die Tränen, die so plötzlich kamen, nicht mehr aufhalten. Ich lade viele Menschen ein.

Du lügst.

Maras nasses Gesicht, naß noch, während sie schon zu lachen begann, preßte sich gegen Charlottes Gesicht, zärtlich, warm, und ihrer beider Tränen vermischten sich. Die Küsse, die der kleine Mund gab, die Locken, die geschüttelt wurden über Charlotte, der kleine Kopf, der an ihren Kopf stieß, – alles war soviel kleiner, gebrechlicher, nichtiger als es je ein Kopf, je Haar, je Küsse gewesen waren, die über Charlotte gekommen waren. Sie suchte in ihren Gefühlen nach einer Anweisung, in ihren Händen nach einem Instinkt, in ihrem Kopf nach einer Kundgebung. Sie blieb ohne Anweisung.

Charlotte hatte als Kind manchmal aus Überschwang ihre Katze geküßt, auf die kleine Schnauze, das feuchte, kühle, zarte Etwas, um das herum alles weich und fremd war – eine fremde Gegend für Küsse. So ähnlich feucht, zart, ungewohnt waren die Lippen des Mädchens. An die Katze mußte Charlotte denken und die Zähne zusammenpressen. Und zugleich versuchte sie doch zu bemerken, wie diese ungewohnten Lippen sich anfühlten.

So also waren ihre eigenen Lippen, so ähnlich begegneten sie einem Mann, schmal, fast widerstandslos, fast ohne Muskel – eine kleine Schnauze, nicht ernst zu nehmen.

Küß mich nur einmal, bettelte Mara. Nur ein einziges Mal.

Charlotte sah auf ihre Armbanduhr; es reizte sie plötzlich, auf die Uhr zu sehen, und sie wünschte, daß Mara es merke.

Wie spät ist es denn? – Ein neuer Ton war in der Stimme des Mädchens, von der Art, wie Charlotte noch nie einen bösen, aufsässigen Ton gehört hatte.

Vier Uhr, sagte sie trocken.

Ich bleibe. Hörst du? Ich bleibe. – Wieder der Unterton, bedrohlich, niederträchtig. Aber hatte nicht auch sie selber einmal so zu jemand gesagt: Ich bleibe. Sie hoffte inständig, sie habe es nie in diesem Ton gesagt.

Wenn du es noch nicht begriffen hast: es ist zwecklos, daß du bleibst. Und um sechs Uhr kommt unsere Bedienerin. – Sie mußte jetzt auch böse sein, Mara diesen Ton vergelten, sie sagte »unsere« und log überdies, denn sie hatte die Frau erst für neun Uhr bestellt.

Maras Augen brannten. Sag das nicht, o du, sag das nicht! Du bist gemein, so gemein. Was du mir antust, wenn du das wüßtest ... Glaubst du, ich werde zulassen, daß du auf die Bahn gehst und mit ihm zurückkommst! Umarmt er dich gut? Gut? Wie?

Charlotte schwieg; sie war so aufgebracht, daß sie kein Wort hervorbrachte.

Liebst du ihn? Nein? Man sagt ... ah, die Leute sagen allerhand ... Sie machte eine wegwerfende Handbewegung. Ah, wie ich das alles hasse. Wie ich Wien hasse! Dieses Studium hasse, die Schwätzer, diese Männer, diese Weiber, die Akademie, alles. Nur du, seit ich dich gesehen habe ... Du mußt anders sein. Du mußt. Oder du lügst!

Wer sagt etwas? Und was?

Ich wäre nicht gekommen, nie gekommen ... Ich schwöre es dir.

Aber das ist doch ... Charlotte konnte nicht mehr weiterreden, sie stand taumelnd auf. Mara stand auf. Sie standen sich gegenüber. Mara wischte ganz langsam, und während die Aufregung aus ihr schon zu weichen begann, das Glas vom Tisch, dann das andere, sie griff nach einer leeren Vase und warf sie, weil die Gläser ohne Geräusch auf den Teppich gerollt waren, gegen die Wand, dann eine Kassette, aus der Muscheln und Steine mit Getöse herausflogen und über die Möbel rollten.

Charlotte suchte nach Kraft für einen großen Zorn, für einen Schrei, für Wut, für Beleidigung. Die Kraft hatte sie verlassen. Sie sah einfach dem Mädchen zu, wie es ein Stück nach dem anderen zerstörte. Die Zerstörung schien lang zu dauern wie ein Brand, eine Überschwemmung, eine Demolierung. Mara bückte sich plötzlich, hob zwei große Scherben von der Obstschale auf, hielt sie aneinander und sagte: So ein schöner Teller. Verzeih mir. Sicher hast du den Teller gern gehabt. Bitte verzeih mir.

Charlotte zählte, ohne Bedauern, ohne jede Regung, die

Stücke, die in Scherben gegangen oder beschädigt worden waren. Es waren nur ganz wenige Stücke, aber sie hätte gern alles in dem Zimmer mitzählen mögen, damit sie das Ausmaß der Zerstörung genauer hätte ausdrücken können, das soviel größer war; genauso gut hätte alles in Trümmer gehen können. Denn sie hatte zugesehen, keine Hand gerührt, bei jedem Krachen, jedem Splittern stillgehalten.

Sie bückte sich und sammelte die Muscheln und Steine ein, sie schob die Scherben zusammen, ging gebückt herum, damit sie nicht aufsehen und Mara ansehen mußte; dann ließ sie wieder ein paar Stücke fallen, als hätte es keinen Sinn, hier noch einmal aufzuräumen. Sie kauerte, in dem anhaltenden Schweigen, auf dem Boden. Ihre Gefühle, ihre Gedanken sprangen aus dem gewohnten Gleis, rasten ohne Bahn ins Freie. Sie ließ ihren Gefühlen und Gedanken freien Lauf.

Sie war frei. Nichts mehr erschien ihr unmöglich. Wieso sollte sie nicht mit einem Wesen von gleicher Beschaffenheit zu leben beginnen?

Aber jetzt hatte Mara sich neben sie gekniet, zu sprechen begonnen, sie sprach immerzu auf sie ein. Mein Geliebtes, du darfst nicht meinen, du, es tut mir so leid, ich weiß gar nicht, was in mich gefahren ist, du, sei gut zu mir, ich bin verrückt, nach dir verrückt, ich möchte, ich glaube, ich könnte . . .

Charlotte dachte: mir ist dauernd unklar, wovon sie spricht. Die Sprache der Männer war doch so gewesen in solchen Stunden, daß man sich daran hatte halten können. Ich kann Mara nicht zuhören, ihren Worten ohne Muskel, diesen nichtsnutzigen kleinen Worten.

Hör zu, Mara, wenn du die Wahrheit wissen willst. Wir müssen versuchen zu sprechen, wirklich zu sprechen miteinander. Versuch es. (Gewiß will sie die Wahrheit gar nicht wissen, und dann ist's auch die Frage, wie diese Wahrheit heißen müßte über uns beide. Dafür sind noch keine Worte da.) Ich kann nicht auffassen, was du sagst. Du redest mir zu unklar. Ich kann mir nicht vorstellen, wie du denkst. In deinem Kopf muß etwas anders herum laufen. Mein armer Kopf! Du mußt Mitleid mit ihm haben, mußt ihn streicheln, ihm sagen, was er denken soll.

Charlotte begann, Maras Kopf gehorsam zu streicheln. Dann hielt sie inne. Sie hatte das schon einmal gehört – nicht die Worte, aber den Tonfall. Sie selber hatte oft so dahingeredet, besonders in der ersten Zeit mit Franz, auch vor Milan war sie in diesen Ton verfallen, hatte die Stimme zu Rüschen gezogen; diesen Singsang voll Unverstand hatte er sich anhören müssen, angeplappert hatte sie ihn, mit verzogenem Mund, ein Schwacher den Starken, eine Hilflose, Unverständige, ihn, den Verständigen. Sie hatte die gleichen Schwachheiten ausgespielt, die Mara jetzt ihr gegenüber ausspielte, und hatte den Mann dann plötzlich im Arm gehalten, hatte Zärtlichkeiten erpreßt, wenn er an etwas anderes denken wollte, so wie sie jetzt von Mara erpreßt wurde, sie streicheln mußte, gut sein mußte, klug sein mußte.

Diesmal aber hatte sie Einblick. Es verfing nicht bei ihr. Oder doch? Es half vielleicht gar nicht, daß sie das Mädchen erkannte und durchschaute, weil sie sich plötzlich an sich selber erinnerte und erschaute. Nur viel älter kam sie sich mit einemmal vor, weil dieses Geschöpf vor ihr das Kind spielte, sich klein machte und sie größer machte für seinen Zweck. Sie fuhr Mara noch einmal zaghaft durchs Haar, hätte ihr gern etwas versprochen. Etwas Süßes, Blumen, eine Nacht oder eine Kette. Bloß, damit sie endlich Ruhe gab. Damit sie, Charlotte, endlich aufstehen und an etwas anderes denken konnte; damit dieses kleine lästige Tier verscheucht war. Sie dachte an Franz und sie fragte sich, ob auch er manchmal so von ihr belästigt worden war und sie gern verscheucht hätte, dieses kleine Tier, damit Ruhe war.

Charlotte stand auf, weil sie bemerkte, daß die Vorhänge nicht zugezogen waren. Und doch hätte sie gern die Fenster erleuchtet gelassen, zum Einsehen offenstehen gelassen. Sie hatte nichts mehr zu scheuen. Es sollte zu gelten anfangen, was sie dachte und meinte, und nicht mehr gelten sollte, was man sie angehalten hatte zu denken und was man ihr erlaubt hatte zu leben.

Wenn sie mit Mara zu leben begänne . . . Dann würde sie lieber arbeiten zum Beispiel. Obwohl sie immer gern gearbeitet hatte, hatte ihrer Arbeit der Fluch gefehlt, der Zwang, die unbedingte Notwendigkeit. Auch brauchte sie jemand um sich, neben sich, unter sich, für den sie nicht nur arbeitete, sondern der Zugang zur Welt war, für den sie den Ton angab, den Wert einer Sache bestimmte, einen Ort wählte.

Sie sah sich um im Zimmer. Die Möbel hatte Franz ausgesucht mit Ausnahme der Lampe im Schlafzimmer und ein paar Vasen, Kleinigkeiten. Es war kein Stück von ihr in dieser Wohnung. Es war gar nicht daran zu denken, daß jemals etwas mit ihr zu tun haben würde in einer Wohnung, solang sie mit einem Mann lebte. Nachdem sie von zu Hause weggegangen war, hatte sie ein Jahr lang mit einem Studenten gelebt, in einem Zimmer mit verstaubten Seidenlampen, Plüschsesseln und Wänden, die mit Plakaten und billigen Reproduktionen moderner Malerei vollgeklebt waren. Sie hätte nie gewagt, etwas daran zu ändern; es war seine Umwelt gewesen. Jetzt lebte sie in der hellen Ordnung, die Franz gehörte, und verließe sie Franz, so ginge sie in eine andere Ordnung, in alte geschweifte Möbel oder in Bauernmöbel oder in eine Rüstungssammlung, in eine Ordnung jedenfalls, die nicht die ihre war – das würde sich nie ändern. Genau genommen wußte sie auch schon nicht mehr, was sie für sich wollte, weil da nichts mehr zu wollen war. Natürlich hatte Franz sie bei jedem Kauf gefragt: Ist dir das recht? Was meinst du? Oder lieber in

blau? Und sie hatte gesagt, was sie dachte, nämlich: blau.
Oder: den Tisch lieber niedriger. Aber sie konnte nur dann
einen Wunsch äußern, wenn er Fragen stellte. Sie sah
Mara an und lächelte. Sie stieß mit der Fußspitze gegen
den Tisch. Es war eine Lästerung. Sie lästerte »unseren
Tisch«.

Mara würde sie sich unterwerfen können, sie lenken und
schieben können. Sie würde jemand haben, der zitterte vor
ihrem Konzert, der eine warme Jacke bereit hielt, wenn sie
aus dem Saal kam und schwitzte, jemand, dem es nur
wichtig war, teilzunehmen an ihrem Leben, und für den sie
das Maß aller Dinge war, jemand, dem es wichtiger war,
ihre Wäsche in Ordnung zu halten, ihr das Bett aufzu-
schlagen, als einen anderen Ehrgeiz zu befriedigen – jemand vor allem, dem es wichtiger war, mit ihren Gedanken
zu denken, als einen eigenen Gedanken zu haben.

Und sie meinte plötzlich zu wissen, was sie all die Jahre
vermißt und heimlich gesucht hatte: das langhaarige,
schwache Geschöpf, auf das man sich stützen konnte, das
immer seine Schulter herhalten würde, wenn man sich
trostlos oder erschöpft oder selbstherrlich fühlte, das man
rufen und wegschicken konnte und um das man sich, der
Gerechtigkeit halber, sorgen mußte, sich bangte und dem
man zürnen konnte. Nie konnte sie Franz zürnen, nie
konnte sie ihn anschreien, wie er sie anschrie manchmal.
Nie bestimmte sie. Er bestimmte (oder sie beide bestimmten, hätte er wohl gesagt – aber es war doch er, der, ohne
sich dessen bewußt zu sein, immer bestimmte, und sie hätte
es nicht anders gewollt –). Obgleich er ihre Selbständigkeit
und ihre Arbeit liebte, ihre Fortschritte ihn erfreuten, er sie
tröstete, wenn sie zwischen der Arbeit und der Hausarbeit
nicht zurechtkam, und ihr vieles erließ, soviel man sich eben
erlassen konnte in einer Gemeinschaft, wußte sie, daß er
nicht geschaffen war, ihr ein Recht auf ein eigenes Unglück, eine andere Einsamkeit einzuräumen. Sie teilte sein

Unglück oder heuchelte die Teilnahme; manchmal waren sie untrennbar in ihr: die Heuchelei, die Liebe, die Freundschaft. Aber es war nicht wichtig, wieviel Aufrichtigkeit in ihr war und wieviel Sucht nach Verdunkelung – wichtig war, daß nur sie dieses Problem kannte, daß es sie oft bewegt hatte, sie aber nie sich eine Lösung hatte vorstellen können.

Der Hochmut, auf ihrem eigenen Unglück, auf ihrer eigenen Einsamkeit zu bestehen, war immer in ihr gewesen, aber erst jetzt traute er sich hervor, er blühte, wucherte, zog die Hecke über sie. Sie war unerlösbar, und keiner sollte sich anmaßen, sie zu erlösen, das Jahr Tausend zu kennen, an dem die rotblühenden Ruten, die sich ineinander verkrallt hatten, auseinanderschlugen und den Weg freigeben würden. Komm, Schlaf, kommt, tausend Jahre, damit ich geweckt werde von einer anderen Hand. Komm, daß ich erwache, wenn dies nicht mehr gilt – Mann und Frau. Wenn dies einmal zu Ende ist!

Sie betrauerte Franz wie einen Toten; er wachte oder schlief jetzt in dem Zug, der ihn heimtrug, und er wußte nicht, daß er tot war, daß alles umsonst gewesen war, die Unterwerfung, die sie selber, mehr als er, betrieben hatte, weil er gar nicht hätte wissen können, was an ihr zu unterwerfen war. Er hatte sowieso zuviel Kraft auf sie vergeudet, war immer mit soviel Rücksichtnahme auf sie beschäftigt gewesen. Während es ihr immer richtig erschienen war, daß sie mit ihm hatte leben wollen, war es ihr immer traurig vorgekommen, daß er sich mit ihr hatte belasten müssen, es ergab gar nichts für ihn; sie hätte ihm eine Frau gewünscht, die ihn umsorgt und bewundert hätte, und er wäre darum nicht weniger gewesen, nichts konnte ihn verringern – auch ihre Quälereien konnten ihn, wie es nun einmal war, nicht verringern, aber genausowenig konnten sie ihm nützen, etwas eintragen, denn sie waren von der verfassungswidrigen, heillosen Art. Er ging gutmütig darauf ein, er wußte, daß er es hätte leichter haben können, aber es machte ihm doch Freude, mit ihr zu leben: sie war ihm genauso zur Gewohnheit geworden, wie eine andere Frau es geworden wäre, und, weiser als Charlotte, hatte er längst die Ehe als einen Zustand erkannt, der stärker ist als die Individuen, die in ihn eintreten, und der darum auch ihrer beider Gemeinsamkeit stärker prägte, als sie die Ehe hätten prägen oder gar verändern können. Wie immer eine Ehe auch geführt wird – sie kann nicht willkürlich geführt werden, nicht erfinderisch, kann keine Neuerung, Änderung vertragen, weil Ehe eingehen schon heißt, in ihre Form eingehen.

Charlotte schrak auf durch einen tiefen Atemzug, den Mara tat, und sah, daß das Mädchen eingeschlafen war. Sie war jetzt allein, wachte über dem, was möglich geworden war. Sie wußte im Augenblick überhaupt nicht, warum sie je mit Männern gewesen war und warum sie einen geheiratet hatte. Es war zu absurd. Sie lachte in sich hinein und biß sich in die Hand, um sich wach zu halten. Sie mußte Nachtwache halten.

Wenn nun der alte Bund zerriß? Sie fürchtete die Folgen, die dieses Zerreißen haben mußte. Bald würde sie aufstehen, Mara wecken, mit ihr ins Schlafzimmer gehen. Sie würden die Kleider abstreifen; mühselig würde es sein, aber es gehörte dazu, so mußte begonnen sein. Ein Neubeginn würde es sein. Aber wie soll man sich nackt machen, beim allerersten Mal? Wie soll das geschehen, wenn man sich nicht verlassen kann auf Haut und Geruch, auf eine von vieler Neugierde genährte Neugier. Wie eine Neugier herstellen zum ersten Mal, wenn noch nichts ihr vorausgegangen ist?

Sie war schon öfters, halbnackt oder in dünner Unterwäsche, vor einer Frau gestanden. Es war ihr immer peinlich gewesen, einen Augenblick lang zumindest: in der Badekabine mit einer Freundin; im Wäschegeschäft, im Modegeschäft, wenn eine Verkäuferin ihr half, Korsetts und Kleider anzuprobieren. Wie aber sollte sie vor Mara herausschlüpfen aus dem Kleid, es fallen lassen, ohne den Anfang zu versäumen. Aber vielleicht – und das erschien ihr plötzlich wunderbar – würden sie beide gar nicht verlegen sein, weil sie die gleichen Kleidungsstücke trugen. Sie würden lachen, sich mustern, jungsein, flüstern. Im Turnsaal, in den Schulen, war immer dieser Wirbel gewesen von Kleidungsstücken, dünnem Zeug in Rosa und Blau und Weiß. Gespielt hatten sie als Mädchen damit, sich gegenseitig die Wäsche an den Kopf geworfen, gelacht und um die Wette getanzt, einander die Kleider versteckt – und hätte der Himmel damals noch Verwendung für die Mädchen gehabt, so hätte er sie gewiß an die Quellen, in die Wälder, in die Grotten versetzt, und eine zum Echo erwählt, um die Erde jung zu erhalten und voll von Sagen, die alterslos waren.

Charlotte beugte sich über Mara, die jetzt, im Schlaf, keine Gefahr mehr war, küßte sie auf die Brauen, die schön geschweift und feierlich in dem fahlen Gesicht standen, küßte die Hand, die niederhing von dem Sessel, und dann, sehr heimlich, schüchtern beugte sie sich über den blassen Mund, von dem das Lippenrot im Lauf der Nacht verschwunden war.

Könnte dieses Geschlecht doch noch einmal nach einer Frucht greifen, noch einmal Zorn erregen, sich einmal noch entscheiden für seine Erde! Ein andres Erwachen, eine andere Scham erleben! Dieses Geschlecht war niemals festgelegt. Es gab Möglichkeiten. Die Frucht war nie vertan, heute nicht, heute noch nicht. Der Duft aller Früchte, die gleichwertig waren, hing in der Luft. Es konnten andre Erkenntnisse sein, die einem wurden. Sie war frei. So frei, daß sie noch einmal in Versuchung geführt werden konnte. Sie wollte eine große Versuchung und dafür einstehen und verdammt werden, wie schon einmal dafür eingestanden worden war.

Mein Gott, dachte sie, ich lebe nicht heute, nehme teil an allem, lasse mich hineinreißen in alles, was geschieht, um nicht auch eine eigene Möglichkeit ergreifen zu können. Die Zeit hängt in Fetzen an mir. Ich bin niemands Frau. Ich bin noch nicht einmal. Ich will bestimmen, wer ich bin, und ich will mir auch mein Geschöpf machen, meinen duldenden, schuldigen, schattenhaften Teilhaber. Ich will Mara nicht, weil ich ihren Mund, ihr Geschlecht – mein eigenes – will. Nichts dergleichen. Ich will mein Geschöpf, und ich werde es mir machen. Wir haben immer von unsren Ideen gelebt, und dies ist meine Idee.

Wenn sie Mara liebte, würde alles sich ändern.

Sie würde dann ein Wesen haben, das sie in die Welt einweihen konnte. Jeden Maßstab, jedes Geheimnis würde sie allein vergeben. Immer hatte sie davon geträumt, die Welt überliefern zu können, und hatte sich geduckt, wenn man sie ihr überlieferte, hatte verbissen geschwiegen dazu, wenn man ihr etwas hatte weismachen wollen, und an die Zeit gedacht, in der sie ein Mädchen gewesen war und noch gewußt hatte, wie man sich ein Herz faßt und daß man nichts zu fürchten hatte und vorangehen konnte mit einem dünnen hellen Schrei, dem auch zu folgen war.

Wenn sie Mara lieben könnte, wäre sie nicht mehr in dieser Stadt, in dem Land, bei einem Mann, in einer Sprache zu Hause, sondern bei sich – und dem Mädchen würde sie das Haus richten. Ein neues Haus. Sie mußte dann die Wahl treffen für das Haus, für die Gezeiten, für die Sprache. Sie wäre nicht mehr die Erwählte und nie mehr konnte sie in dieser Sprache gewählt werden.

Zudem war, bei allen Freuden, die ihr die Liebe zu Männern eingetragen hatte, etwas offen geblieben. Und obwohl sie jetzt, in der Stunde, da sie wachte, noch glaubte, daß sie die Männer liebe: es gab eine unbetretene Zone. Oft hatte Charlotte sich darüber gewundert, daß die Menschen, die besser als Stern, Strauch und Stein zu wissen hatten, welche Zärtlichkeiten sie füreinander erfinden durften, so schlecht beraten waren. In früher Zeit mußten Schwan und Goldregen noch die Ahnung gehabt haben von dem größeren Spielraum, und ganz vergessen konnte in der Welt nicht sein, daß der Spielraum größer war, daß das kleine System von Zärtlichkeiten, das man ausgebildet hatte und überlieferte, nicht alles war an Möglichkeit. Als Kind hatte Charlotte alles lieben wollen und von allem geliebt sein, von dem Wasserwirbel vor einem Fels, vom heißen Sand, dem griffigen Holz, dem Habichtschrei – ein Stern war ihr unter die Haut gegangen und ein Baum, den sie umarmte, hatte sie schwindlig gemacht. Jetzt war sie längst unterrichtet in der Liebe, aber um welchen Preis! Bei den meisten Menschen schien es sowieso nur eine traurige Ergebung zu sein, daß sie sich miteinander einließen; sie hielten es wohl für notwendig, weil nichts anderes vorlag, und dann mußten sie versuchen zu glauben, daß es richtig war, schön war, daß es das war, was sie gewollt hatten. Und es fiel ihr ein, daß nur einer von allen Männern, die sie gekannt hatte, vielleicht wirklich auf Frauen angewiesen war. Sie dachte an Milan, dem sie nicht genügt hatte, dem nichts genügt hatte, eben darum, und der darum auch gewußt hatte, daß ihr nichts genügte, der sich und sie verwünscht hatte, weil ihre schon verbildeten Körper ein Hemmnis waren bei dem Aufbruch zu schon vergessenen oder noch unbekannten Zärtlichkeiten. Es war zum Greifen nah gewesen, für Augenblicke sogar dagewesen: Ekstase, Rausch, Tiefe, Auslieferung, Genuß. Danach hatte sie sich wieder geeinigt mit einem Mann auf Güte, Verliebtheit, Wohlwollen, Fürsorge, Anlehnung, Sicherheit, Schutz, Treue, allerlei Achtenswertes, das dann nicht nur im Entwurf steckenblieb, sondern sich auch leben ließ.

So war es ihr möglich geworden zu heiraten, sie brachte die Voraussetzungen mit, in den Zustand Ehe einzugehen und sich darin einzurichten, trotz gelegentlicher Auflehnungen, trotz ihrer Lust, an der Verfassung zu rütteln. Aber immer, wenn sie an der Verfassung zu rütteln versucht hatte, war ihr rasch bewußt geworden, daß sie nichts an deren Stelle zu setzen gewußt hätte, daß ihr ein Einfall fehlte und Franz mit seinem Lächeln recht behielt und mit dem Mitleid, das er dann für sie hatte. Sie lebte gerne in seiner Nachsicht. Aber sie war nicht sicher, ob auch er gerne in ihrer Nachsicht gelebt hätte und was geschehen wäre, wenn er je gemerkt hätte, daß sie auch Nachsicht für ihn hatte. Wenn er etwa gewußt hätte, daß sie im geheimen nie glauben konnte, daß es so sein müsse, wie es zwischen ihnen war, und daß sie vor allem nicht zu glauben vermochte, daß er ihren Körper verstand. Ihre gute Ehe – das, was sie so nannte – gründete sich geradezu darauf, daß er von ihrem Körper nichts verstand. Dieses fremde Gebiet hatte er wohl betreten, durchstreift, aber er hatte sich bald eingerichtet, wo es ihm am bequemsten war.

An einer Bewegung des Mädchens, das im Halbschlaf seine Hand nach ihr ausstreckte, mit den Fingern ihr Knie umklammerte, ihre Kniekehle streifte, prüfte und betastete, spürte sie, daß dieses Geschöpf etwas von ihr wußte, was niemand gewußt hatte, sie selber nicht, weil sie ja auf Hinweise angewiesen war. Charlotte lehnte sich zitternd und erschrocken zurück und versteifte sich. Sie wehrte sich gegen den neuen Hinweis.

Laß mich, sagte sie unfreundlich. Laß das. Sofort.

Mara schlug die Augen auf. – Warum?

Ja, warum eigentlich? Warum hörte sie nicht auf zu denken, zu wachen und Totes zu begraben? Warum, da es schon so weit gekommen war, stand sie nicht endlich auf, hob Mara auf und ging mir ihr zu Bett?

Mara flüsterte mit einem verschwörerischen Blick: Ich will dich nur in dein Zimmer bringen, dich ins Bett bringen, sehen, wie du einschläfst. Dann gehe ich. Ich will nichts. Nur dich einschlafen sehen . . .

Sei, bitte, still. Sprich nicht. Sei still.

Du hast ja bloß Angst vor mir, vor dir, vor ihm! – Wieder der Tonfall, der alles zum Sinken brachte, der Charlotte zum Sinken brachte.

Und Mara setzte triumphierend hinzu: Wie du lügst! Wie feig du bist!

Als ob es darum ginge! Als ob es sich in der Übertretung eines Verbots erschöpfen sollte, einer kleinen Dummheit, einer zusätzlichen Neugier!

Nein, erst wenn sie alles hinter sich würfe, alles verbrennte hinter sich, konnte sie eintreten bei sich selber. Ihr Reich würde kommen, und wenn es kam, war sie nicht mehr meßbar, nicht mehr schätzbar nach fremdem Maß. In ihrem Reich galt ein neues Maß. Es konnte dann nicht mehr heißen: sie ist so und so, reizvoll, reizlos, vernünftig, unvernünftig, treu, untreu, anständig oder skrupellos, unzugänglich oder verabenteuert. Sie wußte ja, was zu sagen möglich war und in welchen Kategorien gedacht wurde, wer dieses oder jenes zu sagen fähig war und warum. Immer hatte sie diese Sprache verabscheut, jeden Stempel, der ihr aufgedrückt wurde und den sie jemand aufdrücken mußte – den Mordversuch an der Wirklichkeit. Aber wenn ihr Reich kam, dann konnte diese Sprache nicht mehr gelten, dann richtete diese Sprache sich selbst. Dann war sie ausgetreten, konnte jedes Urteil belachen, und es bedeutete nichts mehr, wofür jemand sie hielt. Die Sprache der Männer, soweit sie auf die Frauen Anwendung fand, war schon schlimm genug gewesen und bezweifelbar; die Sprache der Frauen aber war noch schlimmer, unwürdiger – davor hatte ihr schon gegraut, seit sie ihre Mutter durchschaut hatte, später ihre Schwestern, Freundinnen und die Frauen ihrer Freunde und entdeckt hatte, daß überhaupt nichts, keine Einsicht, keine Beobachtung dieser Sprache entsprach, den frivolen oder frommen Sprüchen, den geklitterten Urteilen und Ansichten oder dem geseufzten Lamento.

Charlotte sah Frauen gerne an; sie rührten sie häufig oder sie erfreuten ihre Augen, aber sie vermied, wo es ging, Gespräche mit ihnen. Sie fühlte sich geschieden von ihnen, von ihrer Sprache, ihrem Kreuz, ihrem Herz.

Aber sie würde Mara sprechen lehren, langsam, genau und keine Trübung durch die übliche Sprache zulassen. Erziehen würde sie sie, anhalten zu etwas, das sie, früh schon, weil sie kein besseres Wort gefunden hatte, Loyalität genannt hatte – ein Fremdwort in jedem Sinn. Sie bestand auf dem fremden Wort, weil sie noch nicht auf dem fremdesten bestehen konnte. Liebe. Da keiner es sich zu übersetzen verstand.

Charlotte sah nieder auf Mara; sie bewunderte in ihr ein Unerhörtes, die ganze Hoffnung, die sie auf diese Gestalt geworfen hatte. Dieses Unerhörte mußte sie jetzt nur in jede kleinste Handlung zu tragen verstehen, in den neuen Tag, alle Tage.

Komm. Hör mir zu, sagte sie und rüttelte Mara an der Schulter. Ich muß alles über dich wissen. Wissen will ich, was du willst . . .

Mara richtete sich auf, mit einem überraschten Ausdruck. Sie hatte verstanden. War es nicht schon eine Genugtuung, daß sie verstand in diesem Augenblick! Gib, daß sie taugt! Daß sie endlich versteht!

Nichts, sagte Mara. Ich will nichts. Ich werde nicht in die Falle gehen.

Was heißt das, daß du nichts willst?

Es heißt, was es heißt. Irgend etwas muß ich ja tun. Ich bin begabt, sagen sie, dein Mann sagt es auch. Aber das ist mir gleichgültig. Sie haben mir dieses Stipendium gegeben. Aber aus mir wird nichts. Und überhaupt: es interessiert mich nichts. – Sie machte eine kleine Pause und fragte dann: Interessiert dich denn etwas?

O ja. Vieles. – Charlotte spürte, daß sie nicht weiterreden konnte; die Schranken waren wieder gefallen. Sie hatte gestottert, nicht den Mut aufgebracht, sich zur Autorität zu machen, dieses törichte Geplapper wegzuwischen und ihren eigenen Ton wieder anzuschlagen.

Du lügst!

Hör augenblicklich auf, so mit mir zu reden, sagte Charlotte scharf.

Mara verschränkte trotzig die Arme und starrte sie unverschämt an: Die Musik, dein Beruf, das kann dich doch gar nicht interessieren. Das ist doch Einbildung. Lieben – lieben, das ist es. Lieben ist alles. – Sie schaute finster und entschlossen drein, nicht mehr unverschämt.

Charlotte murmelte verlegen: Das kommt mir nicht so wichtig vor. Von anderem wollte ich reden.

Anderes ist nicht wichtig.

Willst du behaupten, du wüßtest besser als ich, was wichtig ist?

Mara rutschte vom Sessel, rückte sich zurecht auf dem Boden zum Türkensitz und schwieg finster. Dann begann sie noch einmal, wie jemand, dem nur wenige Worte zur Verfügung stehen und der diese Worte darum um so hartnäckiger einsetzen, ihnen zur Wirkung verhelfen muß: Mich interessiert einfach nichts. Ich denke nur an Lieben. Und ich glaube dir deswegen nicht.

Vielleicht wollte Mara wirklich nichts anderes, und sie gab wenigstens nicht vor, sich für etwas zu interessieren, sie war ehrlich genug, es zuzugeben; und vielleicht hatte sie recht und die vielen anderen, die es nicht zugaben, belogen sich selbst und täuschten sich in den Büros, den Fabriken und den Universitäten mit Fleiß darüber hinweg.

Mara schien etwas eingefallen zu sein; sie setzte schüchtern hinzu: Ich habe dich im Radio gehört, letzte Woche. In diesem Konzert. Du warst sehr gut, glaube ich.

Charlotte hob abwehrend die Achseln.

Sehr gut, sagte Mara und nickte. Vielleicht kannst du wirklich etwas und vielleicht bist du ehrgeizig . . .

Charlotte erwiderte hilflos: Ich weiß es nicht. Auch so kann man es nennen . . .

Nicht böse sein! – Mara richtete sich auf, schlang die Arme plötzlich um Charlottes Hals. – Du bist wunderbar. Ich will ja alles tun, alles glauben, was du willst. Nur lieb mich! Lieb mich! Aber ich werde alles hassen vor Eifersucht, die Musik, das Klavier, die Leute, alles. Und ich werde stolz sein zugleich auf dich. Aber laß mich bei dir bleiben. – Sie besann sich und ließ die Arme sinken. – Ja, tu, wie du willst. Nur schick mich nicht fort. Ich werde alles für dich tun, dich aufwecken morgens, dir den Tee bringen, die Post, ans Telefon gehen, ich kann kochen für dich, dir alle Wege abnehmen, dir alles vom Leib halten. Damit du besser tun kannst, was du willst. Nur lieb mich. Und lieb nur mich.

Charlotte packte Mara an den Handgelenken. Sie hatte sie jetzt da, wo sie sie hatte haben wollen. Sie schätzte ihre Beute ab, und die war brauchbar, war gut. Sie hatte ihr Geschöpf gefunden.

Es war Schichtwechsel, und jetzt konnte sie die Welt übernehmen, ihren Gefährten benennen, die Rechte und Pflichten festsetzen, die alten Bilder ungültig machen und das erste neue entwerfen. Denn es war ja die Welt der Bilder, die, wenn alles weggefegt war, was von den Geschlechtern abgesprochen worden war und über sie gesprochen war, noch blieb. Die Bilder blieben, wenn Gleichheit und Ungleichheit und alle Versuche einer Bestimmung ihrer Natur und ihres Rechtsverhältnisses längst leere Worte geworden waren und von neuen leeren Worten abgelöst würden. Jene Bilder, die, auch wenn die Farben schwanden und Stockflecken sich eintrugen, sich länger hielten und neue Bilder zeugten. Das Bild der Jägerin, der großen Mutter und der großen Hure, der Samariterin, des Lockvogels aus der Tiefe und der unter die Sterne Versetzten . . . Ich bin in kein Bild hineingeboren, dachte Charlotte. Darum ist mir nach Abbruch zumute. Darum wünsche ich ein Gegenbild, und ich wünsche, es selbst zu errichten. Noch keinen Namen. Noch nicht. Erst den Sprung tun, alles überspringen, den Austritt vollziehen, wenn die Trommel sich rührt, wenn das rote Tuch am Boden schleift und keiner weiß, wie es enden wird. Das Reich erhoffen. Nicht das Reich der Männer und nicht das der Weiber.

Nicht dies, nicht jenes.

Sie konnte nichts mehr sehen; schwer und müd hingen ihre Augenlider herab. Sie sah nicht Mara und das Zimmer, in dem sie war, sondern ihr letztes geheimes Zimmer, das sie jetzt für immer abschließen mußte. In diesem Zimmer wehte es, das Lilienbanner, da waren die Wände weiß, und aufgepflanzt war dieses Banner. Tot war der Mann Franz und tot der Mann Milan, tot ein Luis, tot alle sieben, die sie über sich atmen gespürt hatte. Sie hatten ausgeatmet, die ihre Lippen gesucht hatten und in ihren Körper eingezogen waren. Tot waren sie, und alle geschenkten Blumen raschelten dürr in den gefalteten Händen; sie waren zurückgegeben. Mara würde nicht erfahren, nie erfahren dürfen, was ein Zimmer mit Toten war und unter welchem Zeichen sie getötet worden waren. In diesem Zimmer ging sie allein um, geisterte um ihre Geister. Sie liebte ihre Toten und kam sie heimlich wiedersehen. Im Gebälk knisterte es, die Zimmerdecke drohte einzustürzen im heulenden Morgenwind, der das Dach zerzauste. Den Schlüssel zu dem Zimmer, das wußte sie noch, trug sie unter dem Hemd . . . Sie träumte, aber sie schlief noch nicht. Nie sollte Mara fragen dürfen danach, oder auch sie würde unter den Toten sein. –

Ich bin tot, sagte Mara. Ich kann nicht mehr. Tot, so tot bin ich.

– – –

Sie möchten längst, daß ich gehe, klagte Mara.

Nein, sagte Charlotte heiser. Bleib. Trink mit mir. Ich komme vor Durst um. Bleib doch.

Nein, nicht mehr, sagte Mara. Ich kann nicht mehr trinken, nicht mehr gehen, stehen. Tot bin ich.

— — —

So schicken Sie mich doch schon fort!

Charlotte stand auf; ihr gelähmter übermüdeter Körper gehorchte ihr kaum. Sie wußte nicht, wie sie bis zur Tür oder bis zu ihrem Bett kommen sollte. Sie wollte auch nicht mehr, daß Mara hier blieb. Auch nicht, daß sie eine Bedenkzeit nahmen.

Zeit ist keine Bedenkzeit. Der Morgen war in den Fenstern, mit dem ersten, noch nicht rosigen Licht. Ein erstes Geräusch war zu hören von einem vorüberfahrenden Auto, von Schritten danach – hallenden, festen Schritten, die sich entfernten.

Als sie beide im Schlafzimmer waren, wußte Charlotte, daß es zu spät war zu allem. Sie zogen ihre Kleider aus und legten sich nebeneinander – zwei schöne Schläferinnen mit weißen Achselspangen und enganliegenden weißen Unterröcken. Sie waren beide tot und hatten etwas getötet. Mit den Händen strich eine der anderen über die Schultern, die Brust. Charlotte weinte, wandte sich um, langte nach der Weckeruhr und zog sie auf. Mara sah gleichgültig zu ihr hin. Dann stürzten sie ab in den Schlaf und in einen gewitterhaften Traum.

Der rote Rock lag verknüllt und unansehnlich vor dem Bett.

Ein Wildermuth

»Ein Wildermuth wählt immer die Wahrheit.« An diesen gewaltigen Satz, den er von seinem Vater, dem Lehrer Anton Wildermuth, so oft gehört hatte, dachte der Oberlandesgerichtsrat Anton Wildermuth, während er Robe und Barett ablegte. Von dem Tablett, das ihm der Gerichtsdiener Sablatschan reichte, nahm er ein Glas Wasser, aus seiner Hosentasche zog er eine kleine Blechbüchse mit Saridon hervor, schüttelte zwei Stück heraus, führte sie zum Mund und half mit ein paar Schlucken Wasser nach, die zerbissenen bitteren Tabletten hinunterzuwürgen. Seine Kopfschmerzen hatten sich jetzt bis in alle Winkel seines Hirns ausgebreitet, und sein Kopf lag wie unter einer Schmerzkrone. Wildermuth starrte vor sich hin, während dieser dröhnende Satz in ihm nachhallte, und hieß dann Sablatschan, der gehen wollte, mit einem Wink bleiben. Behutsam, als könnte ihm sonst der Kopf abfallen, ließ er sich auf einen Stuhl nieder und dachte, daß es mit dieser Wahrheit von nun an für immer zu Ende sei. Er hielt den Kopf vorgestreckt, horchend, ob nun draußen auf der Landesgerichtsstraße und in der ganzen Stadt sich dieser Stillstand auch bemerkbar mache, ja auf der ganzen Welt –
»Was habe ich gesagt, Sablatschan?«
Der alte Mann blieb stumm.
»Habe ich geschrien?«
Der alte Mann nickte.
Kurz darauf betraten einige Herren in schwarzen Talaren, schweigend, wie rächende Engel, den Raum; Wildermuth wurde von dem Schwarm zu einem Taxi hinuntergebracht und nach Hause in seine Wohnung gefahren. Er ließ sich zu Bett bringen und blieb einige Wochen, unter Beobach-

tung seines Hausarztes und eines Nervenarztes, liegen. In
den fieberfreien Stunden las er die Zeitungen, die über den
Fall Wildermuth geschrieben hatten. Er las die Berichte
und Stellungnahmen, kannte sie bald auswendig, versuchte, wie ein Unbeteiligter, die Geschichte in sich zu erzeugen
und dann in sich zu zerschlagen, die man für die Öffentlichkeit aus dem Vorfall gemacht hatte. Er allein wußte ja,
daß keine Geschichte sich aus den Elementen fügen und
kein Sinnzusammenhang sich vorzeigen ließ, sondern daß
nur einmal ein sichtbarer Unfall verursacht worden war
durch den Einschlag des Geistes in seinen Geist, der nicht
taugte, mehr anzurichten in der Welt als eine kurze kopflose Verwirrung.

1

Ein Landarbeiter namens Josef Wildermuth hatte seinen
Vater mit der Holzhacke erschlagen, das vom Vater erspar-
te Geld an sich genommen, in der Mordnacht vertrunken
und verschenkt, und sich am darauffolgenden Tag der Polizei gestellt. Aus den Polizeiakten ging hervor, daß der
Mann geständig war, und da kein Zweifel war an der
Richtigkeit seiner Aussagen, nur er als Täter in Frage kam,
erreichten die Akten bald den Untersuchungsrichter. Der
Untersuchungsrichter Anderle, ein Schulfreund des Oberlandesgerichtsrates Wildermuth, erlebte jedoch einigen Ärger mit dem Beschuldigten, da dieser plötzlich zu leugnen
anfing – genauer gesagt, auf das Ungeschickteste zu behaupten sich unterstand, daß alles, was die Polizei zu Protokoll gebracht habe, nicht stimme. Trotzdem konnte der
Untersuchungsrichter nach einer weiteren Zeit die Akten
schließen und weiterleiten, da der Josef Wildermuth einbe-
kannte, seinen Vater ermordet zu haben, nicht vorsätzlich
allerdings und nicht nur des Geldes wegen, sondern aus

Haß; immer schon habe er seinen Vater gehaßt, als Kind schon, da dieser ihn mißhandelt habe, vom Lernen abgehalten und zum Lügen und Stehlen angehalten habe, und so stand einiges zu lesen in dem Akt über eine schwere Jugend, einen verrohten, vertierten Vater und eine früh verstorbene Mutter.

Als der Oberlandesgerichtsrat Wildermuth diesen Fall zugewiesen bekam, wurde er, der Form halber, befragt, ob ein Verwandtschaftsverhältnis zwischen ihm und diesem Wildermuth vorliege. Er konnte das verneinen; selbst ein fernster Zusammenhang war ausgeschlossen, seine Familie stammte aus Kärnten, der Angeklagte aber war alemannischer Herkunft. Der Mord war in der Presse kaum beachtet worden, weil er zu unerheblich und gewöhnlich war, um Interesse zu wecken, und der Prozeß wurde dann nur zur Kenntnis genommen, weil ein Journalist von einem Boulevardblatt sich zu der Zeit zufällig mit dem Chef der Polizeikorrespondenz des längeren unterhalten und herausgefunden hatte, daß der Prozeß Wildermuth in den Händen des Oberlandesgerichtsrates Wildermuth lag — Richter und Angeklagter also den gleichen Namen trugen. Dieser Namensgleichheit wegen, die den Mann belustigte und neugierig machte, berichtete er in einem reißerischen, wichtigtuerischen Ton in seiner Zeitung von dem Fall, und andere Zeitungen zögerten dann auch nicht, ihre Berichterstatter zu schicken.

Der Richter war dankbar für diesen Fall, der keine Schwierigkeiten zu bieten schien, dankbar wie für eine Erholungspause, da er die letzten Male schwierige Prozesse mit politischen Hintergründen geleitet hatte. Quertreibereien von Männern der Regierung und anderen Leuten in Machtpositionen hatte er erfahren und Anfragen im Parlament erlebt, er hatte Drohbriefe erhalten aus der politischen Unterwelt, in denen ihm ein baldiger Tod prophezeit wurde, und darüber war er in einen Zustand völliger Erschöpfung geraten. In den kurzen Urlaub, den er sich hatte nehmen können, war ein Todesfall in seiner Familie gefallen, an Erholung war nicht zu denken gewesen, und am Ende, nach Hin- und Herreisen aufs Land, nach dem Begräbnis, den Erbschaftsregelungen, befand er sich womöglich in noch schlechterer Verfassung als zuvor. Der Fall Wildermuth, ein Routinefall sozusagen, doch ein Fall, der ihn an seine ersten selbständig geführten Prozesse in Wien, also an glücklichere Zeiten, erinnerte, begann ihn darum belebend zu beschäftigen in seiner Klarlinigkeit und Einfachheit, und hätte man ihn befragt, so hätte er jetzt eingestanden, daß ihn ein glanzvolles unbestechliches Auftreten in einem verwickelten monströsen Prozeß nicht mehr interessierte und daß ihn eine Welt immer mehr verdroß und anwiderte, in der nicht einfach gemordet, geraubt und geschändet wurde, sondern in der die Verbrechen immer unpersönlicher, gemeiner und sinnloser wurden. Ja, er zog eine Welt vor, in der jemand seinen Vater mit der Hacke erschlug und sich der Polizei stellte; da mußte keine Tiefenpsychologie bemüht werden, keine letzten Erkenntnisse über die dunklen Antriebe zu einem Massenmord und zu einem Kriegsverbrechen; es mußte nicht unter dem heuchlerischen Geschrei der Presse die schmutzige Wäsche einer ganzen Gesellschaftsschicht gewaschen werden, es brauchte nicht höchsten Stellen und Personen des öffentlichen Lebens mit Vorsicht oder Schärfe begegnet zu werden, kein Seiltanz war notwendig, kein politisches Fingerspitzengefühl, und da gab es einmal keine Sturzgefahr für ihn. Nur einem Menschen würde er sich gegenübersehen und seiner kleinen grausigen Tat, und er würde wieder einfach denken können und glauben dürfen an Recht und Wahrheitsfindung, an Urteil und Strafausmaß.

Während er die Akten Wildermuth studierte, hatte Anton Wildermuth aber dann zusehends Unruhe verspürt, einfach deswegen, weil er seinen Namen immer wieder lesen mußte als den eines Fremden. Er erinnerte sich daran, wie er einmal, als er noch in Graz studiert hatte, öfter in ein Haus eingeladen war, das, unter den Namensschildern mit den Klingeln neben dem Tor, ein Schild getragen hatte mit dem Namen Wildermuth. Dieses Schild hatte ihn ähnlich beunruhigt. Immer wenn er an der Wohnungstür jener unbekannten Wildermuths vorbeigegangen war, hatte er den Schritt verhalten, versucht, den Geruch aus dieser Wohnung zu riechen – einmal war es ein seifiger, dampfiger Geruch, ein andermal ein Krautgeruch gewesen. Diese beiden Gerüche stiegen ihm jetzt plötzlich wieder in die Nase, und er sah sich stillstehen in dem totenstillen Haus und mit einem Brechreiz kämpfen.

Wieder und wieder mußte er jetzt diesen Namen lesen, im Zusammenhang mit einer blutigen Hacke, einem angeschnittenen Brotlaib und einem Wettermantel, einem abgerissenen Knopf vor allem, der von diesem Mantel rührte und noch eine gewisse Rolle spielen sollte – mit einem Licht, das in einer Küche gebrannt hatte, dann aber nicht mehr gebrannt hatte, mit Zeitangaben, die ausgedrückt wurden mit ›22 Uhr 30‹ und ›23 Uhr 10‹ und die nicht in die lebendige Zeit passen wollten, mit Gegenständen, von denen gesprochen wurde, als hätte die Welt nur darauf gewartet, das Märchen dieser Gegenstände zu hören, Holzhacke vom Typ soundso, Wettermantel Marke soundso. Und sein Name war hier in einem üblen Märchen, verknüpft mit Vorkommnissen, ebenso sinnlos, wie er schon einmal mit einem Krautgeruch verknüpft war, mit einem Dampfgeruch oder einer plötzlich ins Stiegenhaus ausbrechenden Radiomusik. Die Vorkommnisse, die in die Akten geschrieben waren, hatten ihn sonst nie derart bewegt. Nie jedenfalls hatte er gefragt, wie zu einem Namen ein Mord, ein zertrümmertes Auto, eine Unterschlagung, ein Ehebruch kamen. Es war ihm selbstverständlich, daß Namen davon Kunde gaben und daß Vorfälle sich mit jenen Namen zusammentaten, an denen man Angeklagte und Zeugen erkennen konnte.

Als der Prozeß begann und er den Angeklagten erblickte, immer wieder anblicken mußte, entstand ein noch viel beklemmenderes Gefühl in ihm als während der Vorstudien, ein Gefühl, gemischt aus unwillkürlicher Scham und Revolte. Die Ruhe und die kühle Gleichmütigkeit, die ihm nachgerühmt wurden, mußte er diesmal heucheln. Einmal wußte er, nach dem Verlauf einer Stunde, nicht, was er gefragt hatte, was ihm geantwortet worden war. Am zweiten Tag, als der Prozeß nach den langweiligen Präliminarien in ein lebhafteres Stadium hätte kommen sollen, blieb er so leblos wie zuvor. Die Zeugen antworteten, als wären ihre Rollen geprobt, nirgends war Unsicherheit, Undeutlichkeit. Der Angeklagte wirkte ruhig, linkisch und stumpf – ein Bild der Aufrichtigkeit, das niemand zu schaffen machte. Nur der Richter argwöhnte, blätterte zu oft in den Papieren, legte die Hände ineinander, auseinander, hob die Hände zu oft, legte sie wieder hin, öffnete die Finger, schloß sie, umgriff mit einer zittrigen Hand die Tischkante, als suchte er Halt.

Es war vor der Mittagspause am dritten Tag, da geschah es, und die Hände des Richters kamen zur Ruhe. Mit einer kleinen bescheidenen Geste erhob sich der Angeklagte und sagte: »Aber die Wahrheit ist es nicht.« Und er fügte noch, in der größeren Stille, leiser hinzu: »Weil es eigentlich ganz anders war. Alles war doch ganz anders.«

Zur Rede gestellt, antwortete dieser Josef Wildermuth, seinen Vater habe er wohl erschlagen, aber da man ihn schon so genau befrage, meine er, daß er auch genauer antworten müsse und zugeben müsse, daß alles ganz anders gewesen sei. Der Hergang sei ihm nur in den Mund gelegt worden von der Polizei, und auch dem Untersuchungsrichter habe er ja nicht immer zu widersprechen gewagt. Zum Beispiel sei es zwischen ihm und dem Vater nicht zu einem Kampf gekommen um das Geld, und der Knopf, der abgerissene, den habe sein Vater ihm nicht im Kampf abgerissen, denn der Knopf von seinem Mantel fehle schon wochenlang, der Knopf sei von einem anderen Mantel, von dem eines der Nachbarn, der hier unter den Zeugen sei, der habe ja einen Streit mit dem Vater gehabt.

Weiter kam der Mann nicht, denn der Staatsanwalt sprang auf und holte zu einer scharfen kleinen Rede aus, in der das Wort ›Finten‹ fiel, das den Angeklagten bleich werden ließ, obwohl er oder weil er es vermutlich noch nie gehört hatte.

Am Nachmittag ging aber der Richter daran, alle Fragen neu zu stellen und diesen Wildermuth zum Reden zu bringen, der nun wieder gefügig antwortete, leise berichtete, was vorgefallen war, und ganz Neues berichtete. Bestehen blieb, von allem, was bereits Seiten und Seiten von Protokollen füllte, nicht eine brauchbare Feststellung. Weder der Hergang der Tat schien bisher richtig geschildert worden zu sein, noch war über das Motiv auch nur eine annähernd richtige Vermutung niedergeschrieben worden. Da so viele Fehler gemacht worden waren, wurde die Verhandlung zur Einholung neuer Gutachten vertagt.

Als der Prozeß fortgesetzt wurde, war ihm das Interesse der Öffentlichkeit sicher. Sachverständige waren hinzugezogen worden, darunter ein Experte von hervorragendem Ruf, ein europäischer Knopf- und Fadenspezialist, da von der Verteidigung Zweifel in die Richtigkeit der Expertise des wissenschaftlichen Polizeilaboratoriums gesetzt wurden und der Hergang der Tat restlos nur aufgeklärt werden konnte, wenn sich mit Sicherheit feststellen ließ, ob der Knopf von dem Mantel des Angeklagten stammte oder von dem Mantel des Nachbarn.

Bevor der Sachverständige jedoch aufgerufen wurde, sollte noch ein Tag hingehen; die Zeugen wurden auf das Neue hin, das sich ergeben hatte, befragt, und der Angeklagte

versuchte zu sagen, wie dies und jenes erst jetzt offenbar
gewordene Detail zu erklären sei und was ihn nun eigentlich zur Tat getrieben habe. Aber dieses Mal verfiel er,
nachdem er doch bisher immer rechtschaffen und ohne
Ausflüchte geantwortet hatte, ins Stottern oder in ein ver-
störtes Schweigen. Nein, er wisse nicht mehr genau, ob
sein Vater ihm im Ernst gedroht habe, ihn aus dem Haus
zu werfen; nein, er sei nicht sicher, ob er seinen Vater
schon immer gehaßt habe, eher nicht; als Kind habe er ihn
nicht gehaßt, denn oft habe ihm sein Vater Tiere geschnitzt
aus Holz, zum Spielen, andrerseits natürlich – da schien
ihm wieder etwas Neues einzufallen, er stierte vor sich hin,
erinnern fiel ihm schwer, er hatte keine Übung darin, sich
zu erinnern, das sah man dem Mann auch an.

Der amtlich bestellte Verteidiger mischte sich diesmal aber
wortreich ein, obwohl er nicht zu wissen schien, wie er den
Mann jetzt am besten verteidigen solle, aber er sah plötzlich eine Aufgabe für sich, spürte die größere Bewegung,
die Ausweitung in dem Prozeß, die stimmungsvolle Erwartung im Saal. »Wir müssen aus dieser armen gemarterten
Seele mit Geduld die Wahrheit herauslösen«, bat er das
Gericht mehrmals beschwörend, beinahe zum Zusammen-
spiel aufrufend und nicht zum Kampf. Er war ein sehr guter und altmodischer Verteidiger, der das Gericht zugleich
ungeduldig und milde stimmte, da er mit Worten operierte,
die jüngere Anwälte sich geweigert hätten zu benützen
und die in ihrem Mund auch lächerlich geklungen hätten:
Gequälte Seele. Unglückliche, geschändete Jugend. Zartes
Pflänzlein. Selbst das Wort ›Unterbewußtsein‹ bekam in
seinem Mund, wenn er es zögernd verwendete, etwas Rüh-
rendes, Herzzerreißendes. Und die Wahrheit, von der er
Aufhebens machte, erschien wie eine alte solide Kommode
mit vielen Schubladen, die knarrten, wenn man sie heraus-
zog, aber in denen dann auch alle ableitbaren kleineren
Wahrheiten schneeweiß, brauchbar, sauber und handlich

dalagen. Da lag das Herz, das der Angeklagte an seine früh dahingegangene Mutter gehängt hatte, da lag der verwirrte Sinn, der ihm nach Geld stand; da lagen die Begierden eines braven Arbeiters nach einem Glas Schnaps, nach ein wenig Menschlichkeit und Wärme; da lagen auf der anderen Seite die pünktliche und treue Pflichterfüllung, das gute Zeugnis des Arbeitgebers. Da lag schließlich auch die Holzhacke mit einem Blutfleck, die den friedlichen Bürger erschaudern und die Gesellschaft nach Schutz schreien ließ. Bedrücktes, verstehendes Schweigen entstand und verlieh dem alten Mann eine ungewohnte Beredsamkeit, und als nun gar der Sachverständige, die europäische Kapazität, in den Saal gerufen wurde, durfte er das Gefühl haben, daß diesem Prozeß Bedeutung zukam, daß auch ihm selber wieder einmal Bedeutung zukam und dieser Fall gar nicht ohne Feinheiten, Überraschungen und Vieldeutigkeiten war. Er sollte sich auch nicht irren in dem Gefühl, obwohl er sich letzten Endes doch irrte, weil die Überraschung aus einer anderen Richtung kam als der von ihm erwarteten.

Der Experte trat vor das aufmerksame Gericht, nicht ohne Vertrauen in seinen Augenblick:

»Hohes Gericht«, begann er, ein Konvolut wie eine Bittschrift vor sich hinhaltend, »der Rapport, den ich die Ehre hatte, zu überprüfen, enthält ja viele Konklusionen, achtbare Behauptungen, aber leider sehr wenige Feststellungen. Ich weiß nicht, ob Sie sich darüber im klaren sind, was, bei dem Stand der Wissenschaft, für eine zuverlässige Knopfanalyse heute alles getan werden und berücksichtigt werden muß. Für eine derartige Analyse muß man, um nur das Wichtigste zu nennen, den Glanz eines Knopfes bestimmen, die Oberflächenbeschaffenheit, den Lochabstand; man muß aber auch das Innere der Fadenlöcher fotografieren, man muß den Abstand der Löcher vom Rand messen, den Durchmesser feststellen. Das ist aber noch nicht alles. Des weiteren muß bestimmt werden: das spezifische Gewicht des Knopfes, die Dicke seines Wulstrandes . . .« Die Gesichter über den Talaren und die Gesichter der Geschworenen hatten einen undurchsichtigen Ausdruck angenommen. Der Experte blickte kurz umher und fuhr dann mit erhobener Stimme fort: »Hohes Gericht, um das Gewicht des Knopfes zu bestimmen, habe ich sowohl mit schweizerischen wie mit amerikanischen Präzisionswaagen gearbeitet!«

Ein Mann im Saal lachte erstickt auf.

Der Vorsitzende beugte sich vor und sagte lächelnd: »Herr Professor, wenn ich Sie recht verstanden habe, verlangen Sie diesem Knopf eine richtige Beichte ab, und Sie werfen den hiesigen Laboranten vor, daß sie den Knopf nicht zum Beichten gebracht haben!«

Im Saal schüttelten sich jetzt alle vor Lachen.

Der Verteidiger wurde zornig, sprang auf und sagte mit seiner zitternden Altherrenstimme: »Die Rolle des Publikums in diesem Raum ist es – zu schweigen!«

Der Vorsitzende lenkte ein, entschuldigte sich dafür, daß er das Gelächter heraufbeschworen habe, und bat den Experten, fortzufahren, der sich staunend umsah, als wäre es ihm unmöglich, den Zwischenfall und das Gelächter zu begreifen.

Später wurde der Chef des Laboratoriums vernommen, um mit dem Experten die Frage abzuklären, ob die an dem Knopf hängenden Fäden mit den Fäden am Mantel des Angeklagten identisch seien.

»Meine Herren«, rief der Experte bestürzt aus, »ich höre immerzu das Wort ›identisch‹! Man kann doch nicht sagen, diese Fäden seien identisch! In dem Wort ›identisch‹ drückt sich doch der höchste Grad von Wahrscheinlichkeit aus. Man könnte vielleicht – ja vielleicht! – sagen, daß zwei Fotos, die von einem Bild gemacht werden, identisch seien. Aber von diesen Fäden kann man es unmöglich behaupten.

Versteht das denn hier niemand? Versteht mich denn niemand?!«

Der Chef des Laboratoriums holte nun einen anderen Rapport hervor, der von der Materialprüfungsanstalt gemacht worden war, und verlas die Stelle, wo von »vollkommener Übereinstimmung« der Fäden die Rede war.

»Nein, nein«, murmelte der Experte erschöpft und begehrte dann noch einmal auf: »Das heißt aber doch noch lange nicht, daß die einzelnen Fäden vom selben Stück gewesen sein müssen. Begreifen Sie doch. In Europa gibt es nur wenige Knopfzwirnfabrikanten, und die stellen ihre Ware jahrelang nach derselben Methode her. Das gilt auch für die Knöpfe. Ich weiß nicht, worauf Sie hier hinauswollen, meine Herren, aber ich sehe meine Pflicht darin, Ihnen klarzumachen, daß Sie so nicht über den Knopf, so nicht über die Fäden reden können. Auch die Wahrheit über einen Knopf ist nicht so leicht herauszubekommen, wie Sie vielleicht glauben. Dreißig Jahre lang habe ich mich damit beschäftigt, gemüht, alles über den Knopf zu erfahren, und ich sehe jetzt, daß Ihnen eine halbe Stunde zuviel ist, sich damit ernsthaft zu beschäftigen . . .« Er wich zurück, senkte den Kopf wie vor einer Übermacht, vor der er aufgeben mußte.

Diesmal lachte niemand.

Die gute Stimmung war verflogen und die sie ablösende war unerträglich. Man wechselte zu anderen Fragen über. Aber nun schien von den Belastungszeugen und den Entlastungszeugen keiner mehr eine stichhaltige und vernünftige Antwort geben zu können. Seit der Knopf vorgezeigt worden war, dies alles über den Knopf ruchbar geworden war, ließen sich alle anstecken von Unsicherheit. Als ahnte jeder, daß der Knopf etwas zu Tage gebracht hatte, womit man gemeinhin nicht rechnen mußte. Es war also schon außerordentlich schwierig, über einen Knopf etwas Richtiges zu sagen, und gelehrte Männer fürchteten, nicht alles über den Knopf zu wissen, und widmeten ihr Leben der Erforschung von Knopf und Faden. Die Zeugen mußten das Gefühl bekommen, daß sie ihre früheren Antworten leichtsinnig gegeben hatten, daß ihre Aussagen, eine Zeit, einen Gegenstand betreffend, einfach unverantwortlich waren. Die Worte stürzten wie tote Falter aus ihren Mündern. Sie konnten sich selber nicht mehr glauben.

Da alles zu zerfließen und zu zerfallen drohte, ergriff jedoch der Staatsanwalt das Wort, der sich von der Einschläferung der Wahrheit nicht anstecken ließ. Er dankte zuerst ironisch, lächelnd beinahe, für die »ebenso erstaunliche, wie überflüssige« Knopfexpertise, mit der man nur Zeit verloren habe, und erinnerte dann, wobei sein Lächeln verschwand, an die »unübersehbaren, einfachen, harten Tatsachen«.

Er fuhr mit seiner schneidenden Stimme, einer gut erprobten, in den Saal, gebrauchte seine Machtworte und rief die verlorene Versammlung zurück in die Wirklichkeit. Er hatte das Publikum und die Geschworenen sofort auf seiner Seite, die vor lauter Lesarten schon nicht mehr zu lesen verstanden in diesem einfachen Verbrechen. Er schrie nach der Wahrheit. Der Angeklagte nickte zustimmend. Sogar der Verteidiger nickte unwillkürlich.

Nicht, wie die Zeitungen berichteten, am Ende der Auseinandersetzung oder während des Streites über den Knopf, sondern in diesem Augenblick geschah es, daß der Oberlandesgerichtsrat Anton Wildermuth sich mühsam aus seinem Stuhl hob, mit den Händen aufstützte und schrie. Dieser Schrei bestürzte das ganze Landesgericht, wurde für Tage zum Stadtgespräch und erstarrte in allen Zeitungen zur Schlagzeile. Es war ein Schrei, der eigentlich nur darum sonderbar war, weil er nichts mit dem Prozeß zu tun hatte, nirgends hingehörte, mit niemand zu tun hatte. Einige sagen, er habe geschrien: Wenn es hier noch einmal jemand wagt, die Wahrheit zu sagen . . .! Andere sagen, er habe geschrien: Schluß mit der Wahrheit, hört auf mit der Wahrheit ...! Oder: Hört auf mit der Wahrheit, hört endlich auf mit der Wahrheit ...! Diese oder jene Worte habe er dann mehrmals wiederholt in einer fürchterlichen Stille, habe dann seinen Stuhl weggestoßen und sei aus dem Saal gegangen. Andere sagen, er sei zusammengebrochen und habe aus dem Saal getragen werden müssen.

Fest steht der Schrei.

2

Soll sich doch einer den Kopf darüber zerbrechen, warum ich des Weges komme und ihn anhalte und ihn anschreie, und soll sich doch einer fragen, wohin, auf welchem Weg mit meinen Gedanken, ich noch stürzen werde, wenn ich wieder aufstehe nach diesem Fall. Welche Augenfarbe ich habe? Welches Alter? Welche Schuhgröße? Wie ich mein Geld ausgebe? Wann ich geboren bin? Einen Augenblick lang war ich darauf verfallen, meine Kopfgröße anzugeben, aber sie wird durchschnittlich sein. Und mein Gehirn wird leicht wiegen nach meinem Tod.

Es geht mir nämlich um die Wahrheit, so wie es anderen manchmal um Gott oder den Mammon geht, um Ruhm oder um die ewige Seligkeit.

Um die Wahrheit geht es mir, schon lange, schon immer.

Bei uns zu Hause, auf dem Lande, wo mein Vater Lehrer und mein Großvater Bauer war, ging noch zur Zeit, als wir Kinder waren, eine riesige verwaschene Schrift über die ganze vordere Hauswand. WIR HABEN HIER KEINE BLEI-BENDE STATT. Mein Großvater hat die Worte aufmalen lassen, ein Wildermuth, der noch beherzter war als seine Kinder und Kindeskinder, mit einem kräftigen, unbezweifelbaren Satz regierte und sich von ihm regieren ließ. Nach

seinem Tode wurde die Schrift übertüncht, die Wand geweißt. Aber weil dieser Satz über meine erste Stätte geschrieben war und die Zeit tatsächlich kurz ist, die wir hier
bleiben, werde ich dafür entschuldigt sein, daß es mir nur
um eines geht, und da auch die Zeit nicht ausreicht, dies eine als Beute zu erlegen, sondern nur zu jagen, zu verfolgen
mit ganzer Leidenschaft, werden meine leeren Hände auch
nicht zu belächeln sein oder doch nicht mehr als die leeren
Hände aller.

Aller alle leeren Hände.

Mein Vater, der über dreißig Jahre Lehrer in H. war, in
der Kleinstadt, an deren Bezirksgericht ich als junger Richter amtierte, ist protestantisch; ja, meine ganze Familie ist
protestantisch und ist es immer gewesen, mit Ausnahme
meiner Mutter, einer Katholikin, die nie zur Kirche ging.
So weit ich zurückdenken kann, hat sich mein Vater, der
sich um die Erziehung so vieler Kinder bekümmern mußte,
nie sonderlich mit meiner Schwester und mir beschäftigt,
doch hielt er gerne im Zeitungslesen oder im Heftekorri-
gieren inne, wenn einer von uns etwas erzählte oder die
Mutter ihm von einer Unart, einem Streit oder dergleichen
vermittelnd berichtete, und dann fragte er unweigerlich:
Ist das wahr? Er war der Erfinder des Wortes ›wahr‹ in allen seinen Bereitschaften, mit allen seinen Verbindungs-
und Verknüpfungsmöglichkeiten. ›Wahrhaftig‹, ›Wahr-
haftigkeit‹, ›Wahrheit‹, ›das Wahre‹, ›wahrheitsgetreu‹,
›Wahrheitsliebe‹ und ›wahrheitsliebend‹ – diese Worte kamen von ihm, und er war der Urheber der Verwunderung,
die diese Worte in mir auslösten von kleinauf. Noch ehe ich
diese Worte begreifen konnte, bekamen sie eine Faszina-
tion für mich, der ich erlag. Wie andere Kinder in dem Alter sich mühen, Bausteine genau zusammenzufügen nach
einem Muster, so gab ich mir die größte Mühe, das Muster
von »die Wahrheit sagen« zu erfüllen, und ich ahnte, daß
mein Vater damit meinte, ich solle »genau« sagen, was ge-

schehen war. Wozu das gut sein sollte, wußte ich freilich nicht, aber ich kam, soweit das ein so kleiner Kopf erlaubte, bald so weit, immer die Wahrheit zu sagen, weniger aus Furcht vor dem Vater als aus einer düsteren Begierde heraus. »Ein aufrichtiges Kind« nannte man mich dafür. Bald genügte es mir aber nicht mehr, was meinen Vater schon zufriedenstellte, zum Beispiel, zu sagen, daß ich auf dem Heimweg von der Schule getrödelt habe oder einer Rauferei wegen zu spät zum Mittagessen gekommen sei, sondern ich fing an, die noch wahrere Wahrheit zu sagen. Denn ich verstand plötzlich auch − es mag im ersten oder zweiten Schuljahr gewesen sein −, was von mir verlangt wurde, und ich begriff, daß ich gerechtfertigt war. Meine Begierde traf sich mit einem Begehren, mit einem guten und vor allen anderen ausgezeichneten Begehren, das die Erwachsenen an mich richteten. Mir stand ein leichtes, wunderbares Leben bevor. Ich durfte ja nicht nur, ich mußte unter allen Umständen die Wahrheit sagen! Wenn mein Vater also fragte, warum ich so spät aus der Schule heimgekommen sei, mußte ich sagen, daß der Lehrer, um uns zu strafen für Schwätzen und Lärmen, uns eine Viertelstunde habe nachsitzen lassen. Ich mußte sagen, daß ich außerdem noch Frau Simon auf dem Heimweg getroffen und mich deswegen noch mehr verspätet habe.

Aber nein, ich mußte sagen: Gegen Ende der Rechenstunde, wahrscheinlich fünf Minuten vorher, hat der Lehrer, weil wir unruhig gewesen sind, gesagt . . .

Nein: Weil in der letzten Bank Unruhe war, weil in der letzten Bank Anderle und ich Flieger aus Papier gefaltet haben, weil wir das Papier aus den Heften gerissen haben und Flieger gefaltet haben und außerdem noch zwei Papierkugeln gemacht haben, zwei Flieger und zwei Kugeln aus dem Papier, das wir aus den Rechenheften genommen haben, aus der Mitte in den Rechenheften, wo man die Klammern lösen kann, damit der Lehrer es nicht merkt . . .

Dann suchte ich noch nach dem genauen Wortlaut der Sätze, die der Lehrer gesprochen hatte, und ich erzählte haarklein, was Frau Simon mir gesagt hatte, wie sie mich dabei am Ärmel genommen habe, wie sie da plötzlich auf der Brücke vor mir gestanden sei. Aber nachdem ich alles haarklein erzählt hatte, fing ich noch einmal von vorn an, weil ich in heller Aufregung merkte, daß es noch immer nicht ganz stimmte, was ich da erzählte, und außerdem alles, was ich nannte, noch verhakt war mit einer Begebenheit vorher, einem Gegenstand, der außerhalb der genannten Gegenstände lag. Es war so schwer, etwas erschöpfend zu berichten, aber es kam nur darauf an, es zu wollen, und ich wollte ja, versuchte es weiter und brannte nach dieser Aufgabe, die so viel schöner war als die Schulaufgaben. Ich wollte die Wahrheit, und das hieß zu der Zeit noch vor allem »Wahrheit sagen«.

Eines Tages, als meine Schwester Anni und ich mit einigen Nachbarskindern einen Unfug angerichtet hatten, der die Nachbarschaft empörte, steigerte ich mich zum erstenmal in den Wahrheitsrausch, aus dem ich für Jahre nicht mehr herauskommen sollte. Schon ehe ich vor den Vater gerufen wurde, ordnete ich für mich die Begebenheit in peinlicher Reihenfolge und memorierte: Zuerst hat Edi gesagt, wir sollten Frau Simon auf dem Heimweg abpassen. Wir gingen miteinander bis an das Hauseck, um auf sie zu warten. Wir wollten sie erschrecken. Edi sagte, ich sagte, Edi sagte, zwar hat Edi zuerst gesagt, wir sollten es tun, aber ich habe schon früher daran gedacht, sie zu erschrecken mit einem Frosch, den ich gefangen hatte, in ihre Einkaufstasche tun wollte, der mir aber ausgekommen war. Als Frau Simon nicht kam, ging Anni Steine suchen, Anni und ich legten die Steine vor das Gartentor, Edi legte seinen Stock davor, fünf große Steine, ein Stock aus dem Forst, wir legten die Steine hin, den Stock hin, damit Frau Simon stolpern sollte über die Steine oder über den Stock, dann brachte Herma noch einen Pflasterstein, Herma sagte, ich sagte, Edi sagte, ja, das haben wir gesagt, dann sagte Anni, sie wolle aber nicht, daß Frau Simon auf die Nase falle, aber ich sagte, Edi sagte . . .

Ich wußte, daß ich schon straffrei ausgehen würde, wenn ich meinem Vater diese erste eilig entworfene Fassung erzählte, aber ich bat, noch nachdenken zu dürfen, ich verbesserte die Fassung, bis sie mir vollständig und richtig in allen Einzelheiten erschien, aber nur an ihre tödliche Weitläufigkeit kann ich mich noch erinnern. Mein Vater wollte seine tiefe Befriedigung über meine Leistung nicht zeigen, aber ich fühlte seine Nachsicht, als er mich gehen hieß mit den Worten:»Mit der Wahrheit kommt man am weitesten. Bleib immer bei der Wahrheit und fürchte niemand.«

Alle Vorfälle, auch die für mich unangenehmsten, fuhr ich fort, so zu beschreiben. Meine Mutter war oft zu ungeduldig, um sich meine Beichten ganz anzuhören, oft warf sie meinem Vater einen Blick zu, den ich nicht zu deuten wußte; mein Vater aber blieb aufmerksam, er genoß diese Verhöre, nach denen ich wenig und weniger zu fürchten hatte, und ich berauschte mich auch noch an der Freude, die ich ihm damit machte. Wenn es nur die Wahrheit war, was ich da vorbrachte an kleinen langweiligen Schulgeschichten, Bübereien, Torheiten, ersten guten und bösen Gedanken! Wenn es nur Wahrheit war, dann war alles gut! Es war etwas Herrliches um die Wahrheit in meiner Kindheit, um dieses Beschreiben, Nachsprechen, Hersagen. Ein Exerzitium wurde für mich daraus, das mich prägte, mich immer kundiger machte und mich jeden Vorfall, jedes Gefühl, jeden Gegenstand eines Schauplatzes zerlegen lehrte in seine Atome.

Erst viel später fiel mir auf, daß ich nach vielem natürlich nicht befragt worden war, über vieles nie hatte Rechenschaft ablegen müssen – daß von mir nicht über alles die Wahrheit gesagt worden war. Nie hatte mich jemand gefragt, was ich über die nicht beichtwürdigen Dinge dachte, was ich meinte und was ich glaubte. Zwischen meinem dreizehnten und achtzehnten Lebensjahr durchlebte ich eine Zeit, in der ich mich zwar weiter bis zum Exzeß im Wahrheitsagen übte, andrerseits aber frei herumging, in einer Welt, die ich mit der Familie nicht teilte, wie auf einer dunklen Hinterbühne. Auf sie zog ich mich zurück, wenn ich meinen Auftritt für die Wahrheit gehabt hatte, und dort erholte ich mich von den anstrengenden Auftritten und machte den Kraftverlust wett, den mich das Wahrheitsagen jetzt schon kostete. Alles fing mehr zu kosten an und sollte immer mehr kosten mit jedem Jahr. Atmen, Sehnen, Sagen. Auf der Hinterbühne spielten meine von niemand geahnten Traumabenteuer, Traumdramen, Fantastereien, die bald so üppig ins Kraut schossen wie die Wahrheiten im Rampenlicht. Vorsichtig und spöttisch nannte ich diese Welt manchmal meine ›katholische‹ Welt, obgleich es mit diesem Ausdruck nichts auf sich hatte, ich nur eine Welt damit bezeichnen wollte, die sündig, farbig und reich war, ein Dschungel, in dem man lässig sein konnte und der Gewissenserforschung entzogen war. Es war für mich eine Welt, die ich mit der Welt meiner Mutter in Zusammenhang brachte, für die ich sie verantwortlich machte, diese Mutter mit den schönen langen rotblonden Haaren, die durch unser Haus ging ohne Erforschung und die nur lustig die Augenbrauen hochzog, wenn wir Kinder einmal jammerten an einem eisigen Sonntag, weil wir zur Kirche mußten, als verwunderte sie dieses Aufbegehren, sie, die doch frei war . . . Meine lässige Mutter, die, während wir in der Kirche waren, badete in einem Holzzuber, sich ihr Haar wusch und noch im Unterkleid in der Küche stand, wenn wir zurückkamen, strahlend vor Frische und vor Vergnügen über sich selbst. Anni durfte ihr dann beim Kämmen helfen, und ich wickelte mir die ausgegangenen roten Haare um die Finger und spielte den

Ratgeber, wenn sie das Haar aufsteckte. Ja, meine Mutter, deren Sonntagsfreuden so aussahen, war sicher ausgeschlossen gewesen von etwas – von der Wahrheit natürlich. Sie konnte gar nicht wissen, was das war. Nur der Vater hatte mit ihr zu tun und nicht nur am Sonntag, wenn er direkt auf sie zu sprechen kam und uns ihren Wert vor Augen hielt. Welches Ziel andere Menschen sich auch stecken mögen – das Ziel der Wildermuths, so wurde mir klar, war es noch immer gewesen, die Wahrheit zu suchen, zur Wahrheit zu stehen, die Wahrheit zu wählen. Die *Wahrheit* – das hörte sich für uns Kinder an, als könnte man sich nach ihr aufmachen wie nach China, und *suchen* – das klang, als könnte man sie, wie man in feuchten Sommern nach Pilzen sucht, in den Wäldern suchen und einen ganzen Korb voll davon heimtragen.

Unser Haus hallte wider von der Wahrheit, von diesem Wort und von anderen Worten, die dieses fürstliche wie Schleppträger umstanden. Und einen Wildermuth erziehen – das hieß, ihn zur Wahrheit erziehen. Und ein Wildermuth werden – das hieß, einer in Wahrheit werden.

Aber dann verließ ich dieses Haus und ich trennte mich von der ersten Wahrheit, wie ich mich von dem Elternhaus trennte, von den Sonntagen, den Glaubenssätzen. Ich machte die Bekanntschaft einer anderen Wahrheit, als ich zu studieren anfing, mit einer, von der die Wissenschaft sprach, einer höheren dürfte man vielleicht sagen. Anderle war mit mir nach Graz gekommen, und auf der Universität schlossen wir uns an zwei Studenten aus der Stadt an, Rossi und Hubmann, die in dem Studium der Rechte auch etwas anderes erblickten als die leichteste Art, einen Titel zu erwerben und eine der üblichen Beamtenlaufbahnen in unserem Staat einzuschlagen. Die Vorlesungen befriedigten uns nicht; die Skripten, die man zur Erleichterung erhielt und nach denen »gebüffelt« werden sollte, verwarfen wir. Uns stand der Sinn nach etwas andrem, und so verwendeten wir unsere Abende darauf, über den »Stoff« hinaus nach den Gründen für diesen Stoff zu suchen. Ein oder zwei Jahre lang erhitzten wir uns also Abend für Abend über grundlegende Probleme, Verfassung und Recht, und sie wurden uns Anlaß zu vielen wortreichen Streiten. Aber ich merkte, daß jeder von uns Neigungen hatte, mehr noch, daß etwas an uns haftete wie der Hautgeruch, wie die Art zu gehen, zu schweigen, sich im Schlaf zu drehen, und wenn Hubmann dazu neigte, etwas für eine Wahrheit zu halten, so neigte ich dazu, das Gegenteil für die Wahrheit zu halten, und uns beide brachte Rossi auf, der unsere extremen Standpunkte süffisant zerlegte, an dem maß, was er die Wirklichkeit nannte, und uns darlegte, daß die Wahrheit wieder einmal in der Mitte lag. Aber wieso sollte die Wahrheit in der Mitte liegen? Es war einfach unglaublich, die Wahrheit in die Mitte zu stoßen oder nach rechts oder nach links oder ins Leere oder in die Zeit oder außer die Zeit. Ich glaube, es ist müßig, zu erwähnen, über welche Punkte wir so in Erregung geraten konnten, denn jeder, der gezwungen oder freiwillig einmal zehn Bücher über einen Gegenstand gelesen hat, wie wir etwa über Rechtsphilosophie, wird verstehen, was ich meine. Unsere Äußerungen waren ja wenig originell, wir hoben einfach Sätze oder Gedanken aus einem Buch heraus und sezierten sie oder koppelten sie: wir sahen einmal da eine Wahrheit und einmal dort und manchmal an einem dritten Ort. Wir balgten uns, wie junge Hunde um einen Knochen, um die Wahrheit, mit der ganzen Gelenkigkeit, Rauflust und Denkbegier junger Menschen. Wir meinten, selbst diese großen fabelhaften Gedanken zu haben, die Hegel und Ihering und Radbruch gehabt hatten, aber unsere Uneinigkeit bewies höchstens die Uneinigkeit, die schon vorlag. Wir schrien uns heiser über Relatives und Absolutes, Objektives und Subjektives. Wir spielten unsere Götter und unsere ersten Fremdworte aus wie Karten, oder wir schossen die Wahrheiten den anderen ins Tor und buchten uns einen Punkt.

In den letzten Studienjahren kamen wir auseinander. Wir hatten uns auf zu viele Prüfungen vorzubereiten, als daß wir uns noch hätten streiten können über Probleme, deren wir unendlich viele kurz aufleuchten gesehen hatten. Wir hatten Liebschaften, die uns die Abende wegnahmen, und Prüfungsängste, die uns schlaflos machten. Die Wahrheit kam darüber zu kurz, die höheren Wahrheiten erholten sich von uns, während wir, von ihnen abgelenkt, danach trachteten, ein überstürztes Ende unter überstürzte Studien zu setzen, um als brauchbare Elemente uns einordnen zu können in die Gesellschaft. Wir bekamen Boden unter die Füße, wir gingen als Konzipienten auf die Gerichte und verloren unseren ersten Hochmut, um einen neuen dafür einzuhandeln, und wir merkten, daß man in den Kanzleien und den langen langen Korridoren des Justizpalastes nicht für Wahrheitssuche Zeit hatte. Wir lernten Schriften aufsetzen, Akten ordnen, Maschinschreiben, Vorgesetzte grüßen und uns grüßen lassen von Sekretärinnen, Praktikanten und Dienern; wir lernten mit Ausgängen, Eingängen, Heftern, Ordnern, Schränken umgehen. Wo war die Wahrheit hingeflogen und wer wollte ihr nachsetzen und sie finden?

Doch ein Wildermuth, dem alles zur Frage nach ihr wird, kann ihre Spur nie verlieren, das glaube ich doch! Und mag er auch im Getriebe sein, durchs Getriebe gehn, durch das jeder muß . . .

Wir gründeten Familien. Wir bildeten Klüngel. Wir richteten Wohnungen ein. Ich heiratete Gerda, ein Mädchen von zu Hause, aus unserer kleinen Stadt. Früher hatten wir uns nicht gekannt, aber später, als ich als junger Richter heimkam, traf ich sie oft am See, am Wochenende, wenn ich schwimmen ging. Gerda, neben der ich in dumpfem Staunen lebe . . . Ich kenne keinen Menschen, der mir nahe steht und der so wenig auf die Wahrheit gibt wie meine Frau. Viele mögen sie gern, in ihrer Familie wird sie vergöttert, meine Freunde suchen ihre Gesellschaft lieber als die meine. Sie muß einen Zauber haben. Denn alle bewundern sie, weil sie aus der geringfügigsten Begebenheit, aus dem nebensächlichsten Erlebnis eine Geschichte machen kann. Sie unterhält sich und die anderen ununterbrochen auf Kosten der Wahrheit. Ich habe sie noch nie dabei ertappt, daß sie einen Vorfall genau berichtet hätte. Sie verwandelt alles sofort, eine Reise, einen Gang zum Milchgeschäft, ein Gespräch beim Friseur, in ein kleines Kunstgebilde. Alles, was sie erzählt, ist sinnreich oder ist verwunderlich, hat eine Pointe. Man muß unweigerlich lachen, verdutzt sein oder den Tränen nahe kommen, wenn sie etwas zum Besten gibt. Sie macht Beobachtungen, die ich nie machen könnte, sie redet und redet daher, als könnte sie nie jemand zur Rechenschaft ziehen. Sie lügt, und ich weiß nicht einmal, ob sie, von wenigen Ausnahmen abgesehen, sich darüber im klaren ist. Wenn sie ihren Paß holen gegangen ist, erzählt sie: Man saß da, vielleicht dreißig, was sage ich, vierzig Leute ... (Und ich bin sicher, das bedeutet: vier oder fünf Personen!) und ich wartete stundenlang. (Sie wartete aber, wie ich nachrechnete, eine halbe Stunde!) Wenn sie Kindheitserinnerungen auspackt, sind es einmal Wochen, die sie am Meer war, dann wieder nur acht Tage; oder sie erzählt stolz, wie sie immer nur mit Buben gespielt, immer Hosen getragen habe, aber ich kenne Fotos von ihr aus der Zeit, auf denen sie nur in Röcken zu sehen ist. Sie sagt, sie habe ganz kurz geschnittene Haare gehabt, einen ›Herrenschnitt‹ – aber ich weiß, daß sie mindestens zwei Jahre lang Zöpfe trug.

Ich habe nur einen Lebenslauf zu berichten, aber Gerda muß deren mehrere haben, denn obwohl ich im großen und ganzen ihre Vergangenheit kenne, genug Leute kenne, die sie von kleinauf kennen, gibt es, wenn sie von sich erzählt, unendlich viele Abweichungen, ja nicht einmal Abweichungen, da keine Linie da ist, von der sie abweichen könnte, sondern einfach viele Fassungen und Interpretationen ihres Lebens. Kaum fällt ihr, wenn sie guter Laune ist und redselig wird, ein Detail ein, so nimmt ihre Lebensgeschichte eine andere Wendung. Als junges Mädchen wollte sie nur Klavier spielen, war nicht wegzubringen vom Klavier, in Musik ertrinken wollte sie, mit Musik leben; aber dann erfahre ich plötzlich, daß sie am liebsten Medizin studiert hätte, daß sie nach Afrika hatte gehen wollen, in ein Krankenhaus, um dort den Ärmsten der Armen helfen zu können, daß dies ihr einziger Wunsch war, im Kongo oder bei den Mau-Maus auf jede Gefahr hin eine Mission zu erfüllen.

Manchmal, in einer Art Aberglauben, kommt es mir vor, als wäre es jedem von uns zugedacht, genau das ertragen zu müssen, was man am wenigsten erträgt, sich mit dem Menschen ganz einlassen zu müssen, an dem man zuschanden wird mit seinem tiefsten Verlangen. Gerda, deren Zauber jeder rühmt, ist genau die Frau, von der ich sicher hätte sein können, daß ich sie nicht ertragen kann. »Ihre zauberhafte Frau . . .« wagt mir noch dieser Kaltenbrunner zu schreiben, für den sie wohl den richtigen Zauber hätte, einen, der zu seinem Zauber passen würde, dem faulen, den ich in meinem Ingrimm und in meiner Ohnmacht mit der Wurzel ausreißen möchte.

Aber wie gut lebt Gerda, wie gut sogar neben mir, wie gut lebe ich neben ihr! Es geht ohne die Wahrheit vorzüglich, das hat mich am meisten verblüfft. Einmal, als ich dachte, daß sie sterben müsse, und sie dachte es auch, als sie die Totgeburt hatte, und als ich dachte, daß der Zauber nun abfallen und ihr Gesicht nackt werden müsse, daß nun Hoffnung für uns beide aufkomme in der Hoffnungslosigkeit, da log sie noch und machte ihre tiefsinnigen oder melancholischen, witzigen Sprüche, und sie lügt heute noch über die elendsten Stunden, die sie durchmachte, die ihren Körper schleiften bis an die äußerste Grenze. Sie weiß darüber spannend zu erzählen, ein Feuerwerk von Beobachtungen abzuschießen, unter Preisgabe all dessen, was mir darüber zu sagen wichtig erscheint, was wahr daran war, ziemlich wahr. Ich weiß, niemand würde, außer mir, auf die Idee kommen, sie einer Lüge zu zeihen. Sie hat eben, wie Herr Kaltenbrunner meint, eine ganz persönliche Art, die Welt zu sehen. Ich hasse diese persönliche Art, des Preises wegen, der dafür bezahlt wird, der Verdunkelung wegen, die die Welt dadurch erfährt. Denn die Welt ist nicht dazu da, um von Gerdas Arabesken geschmückt und verstellt zu werden, ist dunkel genug, um nicht noch von ihr verdunkelt werden zu müssen.

Mit der Wahrheitsfindung bin ich befaßt, und nicht nur von Berufs wegen bin ich mit ihr befaßt, sondern weil ich mich mit nichts andrem befassen kann. Wenn ich die Wahrheit auch nie finden sollte . . .

Ein Wildermuth, der nicht anders kann, schon lange, für immer . . .

Einer, der weiß, daß man mit ihr am weitesten kommt . . .

Aber will ich denn noch weiter kommen mit der Wahrheit? Seit ich geschrien habe, nein, seither will ich's nicht mehr, wollt' es schon oft nicht mehr. Warum weiterkommen wollen mit der Wahrheit? Wohin? Bis nach Buxtehude, bis hinter die Dinge, hinter den Vorhang, bis in den Himmel oder nur hinter die sieben Berge . . . Diese Entfernungen möchte ich nicht zurücklegen müssen, weil mir der Glaube längst fehlt. Und ich weiß ja schon: Ich möchte meinen Geist und mein Fleisch übereinstimmen machen, ich möchte in einer unendlichen Wollust unendlich lang übereinstimmen, und ich werde, weil nichts übereinstimmt und weil ich's nicht zwingen und nicht erreichen kann, schreien.

Schreien!

Die Wahrheit habe ich gesucht über mich, aber was ergibt das schon, was ich, mich zerfleischend, im einzelnen über mich denke oder manchmal in großen Zügen trauervoll über mich denke! Was läßt sich schon anfangen mit diesen banalen Offenbarungen, die jedem zuteil werden können? Ich bin sparsam, aber manchmal großzügig, ich kenne Mitleid mit vielen Menschen, und ich kenne kein Mitleid mit manchen Menschen. Ich habe den Verdacht, lasterhafte Anlagen zu haben, weiß aber nicht genau, welche man mit gutem Gewissen als lasterhaft bezeichnen darf, und kenne die Laster vielleicht darum nicht, weil ich keinen Gebrauch von meinen Anlagen gemacht habe, mir zuerst der Mut fehlte, dann die Zeit fehlte und es mir dann nicht mehr wichtig schien, sie entwickeln zu müssen. Ich bin ehrgeizig, aber nur unter bestimmten Voraussetzungen. Viel hätte ich darum gegeben, Rossi ausstechen zu können in der Zeit des Studiums und noch eine Weile nachher, als wir gleiche Laufbahnen einschlugen; aber es hat mich wirklich gefreut, daß Hubmann um so viel glänzender als ich abschnitt und eine Karriere machte im Justizministerium. Als Freunde betrachtete ich beide, gerne mochte ich beide, und ich weiß nicht, warum da ein Unterschied war in meinen Gefühlen. Vielleicht lag es gar nicht so sehr an mir, daß ich Rossis Erfolge beargwöhnte, sondern an ihm oder an etwas Drittem, das nicht in mir und nicht in ihm seinen Grund hatte, sondern in der Art unserer Freundschaft, die mir heute keinen Schmerz mehr verursacht. Treu bin ich und untreu, hilflos fühle ich mich oft und weiß doch mit Entschiedenheit aufzutreten. Feige bin ich und mutig und meistens habe ich beides an mir beobachtet, in vielen wechselvollen Schattierungen. Immer aber habe ich an mir nur beobachtet, daß es mir um die eine Erforschung zu tun ist, um die Wahrheit also. Aber ich beanspruche die Wahrheit nicht für mich, sie muß nichts mit mir zu tun haben. Nur ich habe mit ihr zu tun.

Zu tun habe ich mit ihr wie der Schmied mit dem Feuer, wie der Polarforscher mit dem ewigen Eis, wie ein Kranker mit der Nacht.

Und wenn ich nichts mehr mit ihr zu tun haben kann, werde ich mich niederlegen wie nach dem Schrei und nicht mehr aufstehen und mich zutodeleben in diesem Schweigen.

Ja, was ist denn die Wahrheit über mich, über irgendeinen? Die ließe sich doch nur sagen über punktartige, allerkleinste Handlungsmomente, Gefühlsschritte, die allerkleinsten, über Tropfen um Tropfen aus dem Gedankenstrom. Dann ließe sich aber schon nicht mehr folgern, daß einer solch massive Eigenschaften hätte wie ›sparsam‹, ›gutmütig‹, ›feig‹, ›leichtsinnig‹. Alle die tausend Tausendstelsekunden von Gefallen, Angst, Begierde, Abscheu, Ruhe, Erregung, die einer durchmacht, worauf sollen die schließen lassen! Müssen sie schließen lassen? Auf eins doch nur: daß er von vielem gehabt und gelitten hat . . .

Oder die Wahrheit über die Welt, da ich selbst mir nicht aufgehe und da ich allein schon so verschiedenartig zu sehen, zu fühlen, zu begreifen vermag! Ein Tisch, ein einziger Gegenstand wie mein Schreibtisch! Nehmt ihn! Oft habe ich mich, ihn gleichgültig erkennend, an ihm niedergelassen oder ihn berührt; im Dunkeln habe ich mich an ihn getastet; ich habe ihn skizziert in einem Brief an einen Freund, da entsprach er ein paar Bleistiftstrichen; ich rieche ihn manchmal, wie er nach langer Arbeit riecht; ich sehe ihn staunend an, wenn die Papiere alle weggeräumt sind und er frei vor mir steht, ein anderer – und was ist dieser massige Tisch noch alles darüber hinaus! Eine Holzmasse zum Verheizen, eine Form, die an einen bestimmten Stil erinnert, ein Gewicht hat er als Frachtgut, einen Preis hat er gehabt und wird einen anderen haben heute oder nach meinem Tod. Schon über diesen Tisch ist kein Ende abzusehen. Eine Fliege wird ihn anders sehen als ein Wellensittich, und ob Gerda den Tisch je so gesehen hat wie ich? Ich weiß es nicht, bin nur sicher, daß sie die Stelle kennt, wo ich mit der Zigarette ein Loch in die Platte gebrannt habe. Für sie ist es *mein* Tisch, der mit dem Brandloch; außerdem weiß sie noch von seinen gedrechselten Füßen, weil sie ›Staubfänger‹ sind. Mir ist das nur durch sie bewußt geworden, daß er ein Staubfänger ist, aber dafür weiß ich, was sie nicht weiß: welches Wohlbehagen er verursacht, wenn man sich mit beiden Ellbogen aufstützt, und wie ein Blick beim Nachdenken sich in seiner Maserung verfängt und wie es sich schläft auf diesem Tisch, denn ich bin ein paarmal eingeschlafen über der Arbeit, mit dem Kopf vornüberfallend auf die Tischplatte.

Da von einem einzigen Gegenstand schon soviel gilt, wieviel muß dann von der ganzen Welt gelten und berücksichtigt werden an jeder Stelle, und wieviel muß dann für einen Menschen gelten, da er sich rührt und lebt und einen Gegenstand weit übertrifft durch Leben.

Im Fleisch habe ich die Wahrheit gesucht. Etwas wollte ich übereinstimmen machen, meinen lebendigen Körper mit einem lebendigen Körper. Eine Beichte wollte ich dem Fleisch abzwingen, seine Wahrheit sollte es sagen, da nichts mehr die Wahrheit sagen wollte, mein Geist sich nicht aussprach, die Welt sich nicht aussprach. Denn ich fühlte ja, seit früher Zeit, daß eine Begierde in ihm war, die über die Begierde nach der Frau hinausging. Ich hatte meinen Körper im Verdacht, auf eine Wahrheit aus zu sein, und ich traute ihm zu, daß er mir etwas sehr Einfaches und Wunderbares mitteilen könne. Ich schickte meinen Körper in die Fremde, zu den Frauen, ließ ihn belehren und belehrte mit ihm einen anderen Körper. Ich versuchte, mit diesem Körper ehrlich zu sein, aber das war das allerschwerste und mindestens so schwer, wie mit dem Kopf ehrlich zu sein. Jetzt, da alle Erinnerungen schon verfälscht sind an die ersten Zusammentreffen mit Frauen, da

manches verworfen, manches verklärt ist, das meiste aber abgetan, was sich ebensogut zur Verklärung geeignet hätte, bleibt mir nur an unserer Ehe herumzurätseln, die so ohne Geheimnis ist, so gut, gleichförmig und vertrauensvoll verläuft. Was gibt es da zu rätseln, meint man. Und doch gibt es Momente, in denen mir unsere Gespräche und Umarmungen wie etwas Entsetzliches vorkommen, etwas Schandbares, Unrechtmäßiges, weil ihnen etwas fehlt, ja also doch die Wahrheit. Weil wir unser System von Zärtlichkeiten haben, nicht weiter suchen, nichts darüber hinaus, weil alles tot und gestorben ist, für immer gestorben. Nicht, daß es mir an Überraschung fehlt, wenn ich Gerda an mich ziehe, weil ich ihre und meine Gesten in- und auswendig kenne – nein, die Überraschung ist da, ist ja eben dies, daß kein Blitz dazwischen fährt, daß wir nicht vom Donner gerührt werden, daß sie nicht aufschreit und ich sie nicht niederschlage, daß wir beide nicht wüten gegen diese gute glückliche Verbindung, in der unsere Körper abstumpfen, verdorren – so sehr, daß keine Untreue, keine Wunschvorstellung, keine ausschweifende Fantasie ernstlich an diesem Erstorbensein noch etwas ändern könnten. Zu unseren Körpern, zu dem, was unsere Körper unter Liebe verstanden, fällt uns beiden nichts mehr ein. Wenn ich mich umsehe bei unseren Freunden und Bekannten, beschleicht mich obendrein das Gefühl, daß wir nicht die einzigen sind, denen nichts mehr einfällt dazu, und daß uns allen recht geschieht. Die wenigen vereinzelten Fälle und Anfälle von Leidenschaft werden wie zur Strafe von uns ironisch abgetan, aufgelaugt in einem bezeichnenden Schweigen oder zerstört von einem verleumderischen Geschwätz. Und mir selbst ist, als wären diese Fälle fast nur noch in Gerichtsakten zu finden; sie scheinen abgewandert zu sein in die Rubrik ›Unglücksfälle und Verbrechen‹.
Aber von der Wahrheit wollte ich reden, auf die mein Fleisch aus war, und von dem einzigen Mal, als ich mich

beinahe aus den Augen verlor und beinahe an diese Wahrheit geriet, in einem Sommer vor vielen Jahren.

In jenem Sommer – ich war damals noch Richter an unserem Bezirksgericht – fuhr ich jede zweite Woche mit einem Studenten, der in seinen Semesterferien bei mir praktizierte, nach der noch kleineren Stadt K., wo wir, wegen des großen Mangels an unbescholtenen Richtern in den Jahren nach dem Krieg, nur einen Gerichtstag hielten und uns für die kleineren Fälle, Verkehrsunfälle, Jugendfürsorge und Grenzstreitigkeiten der Bauern, hinbegeben mußten. Eine Kellnerin sprach vor, ich glaube, wegen Streitigkeiten über die Vaterschaft zu einem unehelichen Kind, sie hatte Mühe, sich auszudrücken, und dann fielen wieder Sätze von solchem Freimut, solcher Derbheit, daß ich mich damals, als ich noch wenig fremde Sprachen gewohnt war, zusammennehmen mußte, um kalt, freundlich und unbeteiligt zu erscheinen. Nur in Umrissen steht das Protokoll noch vor mir, stünde längst nicht mehr da in der Erinnerung, wenn nicht das unauslöschliche Bild von Wanda noch da wäre: die aufgelösten schwarzen Haare, der feuchte sagenhafte Mund, das Haar über die Brust geworfen, das Haar hinter sich geworfen, das Haar überall im Weg, aus dem Weg, einem Körper im Weg, der jede Möglichkeit, sich auszubreiten, zu krümmen, zu bewegen, die es nur geben kann, erleben wollte; ihre Arme sind in dem Bild, die in jedem Augenblick Arme sein wollten, ihre Finger, die wirklich zehn Finger waren, und jeder einzelne davon konnte die Haut anzünden, sich verkrallen oder eine Nachricht übermitteln aus ihrem Körper, der keine Verstellung kannte in der Suche, im Kampf, in seiner bitterlichen Geschlagenheit.

Ehe ich zum Mittagessen ging, sah ich Wanda im Gang stehen, erkannte sie, nickte höflich in ihre Richtung und drehte mich dann noch einmal nach ihr um, während der Student weiterging. Sie stand einfach da, wartete auf niemand, das sah man ihr an. Sie stand in dem Gerichtsgebäude wie in einem heiligen Raum, weil hier etwas Entscheidendes für sie betrieben wurde, sie lehnte sich an die Wand und verschlang die Hände wie in einer Kirche, nicht vor Schwäche, nicht unter Tränen, sondern wie ein Mensch, der nicht bereit ist, einen für ihn so wichtigen Schauplatz gleich zu verlassen.

Am Tag zuvor war Kirchtag gewesen, und in unserem Gasthof ging am Montagabend das Tanzen noch weiter. An Schlaf würde nicht zu denken sein, und darum beschlossen wir, mitzufeiern. Man lud uns an den besten Tisch, aber da wir uns, unserer Stellung wegen, dauernd beobachtet fühlten, kam bei uns keine Stimmung, keine Ausgelassenheit auf. Ich mußte mit dem Arzt und dem Zahnarzt, dem Wirt und einem Kaufmann Wein trinken, war der ›Herr Rat‹, der sich nichts vergeben durfte. Der Student tanzte schließlich, und ich blieb ausgestoßen zurück, ein immer stiller werdender Beobachter. In dieser Zeit war ich mit Gerda verlobt, meine Versetzung nach Wien stand bevor und damit auch meine Heirat. Daß nur eine Frau wie Gerda in Frage kam, stand für mich fest. Die Wahl hat auch später nie den geringsten Zweifel in mir ausgelöst. Allerdings wußte ich zu dem Zeitpunkt noch nicht, was ich seither weiß und erfolgreich in mir zum Schweigen gebracht habe: daß nicht sie und keine ihr ähnliche Frau je meinen Körper zu seiner Wahrheit bringen konnte, sondern daß es diese Kellnerin war und daß es auf der Welt noch die eine oder andere Wanda geben mag mit diesem Vermögen – ein Geschlecht von dunkelhaarigen blassen Frauen mit trübem großem Blick, kurzsichtigen Augen, fast ohne Sprache, Gefangene fast ihrer Sprachlosigkeit, zu dem ich mich bekenne und nie bekennen kann. Nicht daß es mir verboten wäre, diese Frauen zu lieben, daß ich litte unter einer Gesellschaft, die mir ein offenes Bekenntnis zu ihnen übel anmerken würde – es ist nur eine kleine, sehr erstaunte Trauer da in mir, daß ich die Wahrheit, dort, wo sie aufkommt, nicht brauchen kann. Ich hätte den Mut gehabt, mit Wanda zu leben und Gerda die Heirat auszureden, mich mit einer Frau zu belasten vor der Welt, die stumm war, mit dieser Welt nichts anzufangen gewußt hätte und von meinen Leuten nur geduldet worden wäre. Aber ich wußte ja sofort, daß es für mich überhaupt nicht in Frage kam, mit ihr zu leben, niemals mit ihr, und daß ich die Wahrheit nicht hätte ertragen können, die damals mein Fleisch überfallen und verheert hat.

Wanda saß mit einigen Männern an einem Tisch mir gegenüber. Einer hielt sie am Arm, ein anderer legte ihr die Hand auf die Schulter. Alle kannten sich, redeten durcheinander und lachten dann wieder grölend. Sie lachte selten, aber auch laut, häßlich, kurz, in einer Art, mit der ich mich nie abfinden könnte. Wie herrlich lacht Gerda. Natürlich lacht sie nicht, weil sie lachen muß, sondern sie lacht, um die anderen mit ihrem Lachen einzunehmen. Wanda lachte einfach heraus.

Um Mitternacht, als alles um mich herum schon betrunken war und ich, ohne aufzufallen, aus dem Haus und in die frische Luft gehen konnte, sah ich sie vor dem Tor stehen, und ich blieb stehen neben ihr in dem wenigen Licht, das im Wind schwankte, während auch das Haus hinter uns schwankte von der Musik, den Lachsalven, dem Singen und Stampfen. Ich sah in ihr Gesicht, wie ich sonst nie jemand ins Gesicht gesehen habe, sah sie an, als würde ich nie mehr wegschauen können, und sie sah mich an, ebenso endgültig. Wie an das Starren eines düsteren ernsten Raubvogels erinnere ich mich an ihr Starren und wie an etwas fürchterlich Feierliches, als unsere Augen nicht mehr weiter konnten und wir miteinander weggingen, ohne ein Wort, ohne uns zu berühren. Ganz langsam gingen wir, in einem Abstand, den wir uns selber eingaben vom ersten Schritt an. Ihr Rock durfte mich nicht berühren, auch im Wind nicht, sie durfte sich nicht umsehen, ich durfte nicht zurückschauen, nicht hasten, sie nicht einholen, nur gehen, hinter ihr gehen, die Straße hinunter, den Weg hinauf, in das dunkle Haus, die Treppe hinauf. Nicht fragen, nichts sagen. Als wir ihr Zimmer erreicht hatten, war ich fast bewußtlos. Ich hätte keinen Schritt mehr gehen können. Ich erkannte meinen Körper nicht wieder und begriff ihn ein einziges Mal.

Gelacht haben wir nie, geredet das Notwendigste, manchmal gelächelt, ein untergehendes Lächeln, die wenigen Male, die ich noch bei ihr war, wenn ich nach K. kam. Ernst und düster ist alles zwischen uns geblieben, verzweifelt ernst, aber wie hätte es anders meinem Begehren entsprechen können? Wie hätte eine Liebe für mich sonst Wert haben können, wenn sie sich nicht erschöpft hätte in der Suche nach Übereinstimmung. Ich habe mit diesem bleichen geduldigen Körper Wandas so übereingestimmt, so die Liebe vollzogen, daß jedes Wort sie gestört hätte und kein Wort, das sie nicht gestört hätte, zu finden war.

Gerda mit ihrer Blumensprache — wie will sie aufkommen gegen dieses Schweigen von damals! Könnte man diese Sprache bloß austilgen, ihr abgewöhnen, mit der sie mich so entfernt von sich. Liebster, ich bin so froh. Hab mich lieb. Tu deiner Geliebten nicht weh. Hast du mich auch wirklich noch lieb? Bin ich nicht deine Frau? Schläft mein Geliebter schon? Jedes Wort in rosa Schrift, alles untadelig, nie vulgär, nie aus der Rolle fallend. Weiß Gerda, wieviel, wie wenig davon übereinstimmt mit dem, was sie sagt, und dem, was sie fühlt? Was will sie verschleiern mit ihrer Sprache, welchen Mangel wettmachen und warum will sie mich auch so reden machen? Eingerichtet hat sie uns in dieser Sprache wie in den Möbeln, die sie von zu Hause mitgebracht hat und die ihr so behaglich sind wie die Sätze: Ich liebe dich. Und: Bekomm ich denn keinen Kuß? Fast nie streiten wir, und nie reißen wir die Notbrücke die-

ser Sprache ab, die wir im Anfang geschlagen haben und die sich als so dauerhaft erwiesen hat. Erst jetzt bin ich aufsässig gegen Gerda geworden, und an dem Abend letzte Woche, als sie mich nicht aufstehen ließ, geriet ich in den ersten unangenehmen Streit mit ihr. Dieser Kaltenbrunner, der vorgibt, ein Dichter zu sein, und eine ihrer Freundinnen heiraten will, hat sie wieder besucht, hat sich mit ihr ausgesprochen – worüber, weiß ich nicht. Gerda gab mir ein kleines schwarzes Buch von ihm, in dem auf der ersten Seite die ärgerliche Widmung steht: Mit Dank Ihnen, stets der Ihre, Edmund Kaltenbrunner. Nach dem Abendessen drängte mich Gerda, meine Bücher liegen zu lassen und darin zu lesen. Obwohl ich sonst schnell und leicht lese, hatte ich die größte Mühe, mit diesen nebelhaften Sätzen zurechtzukommen. Nach ein paar Seiten war ich nahe daran, einzuschlafen, aber Gerda setzte sich zu mir ans Bett und verlangte, daß ich ihr meine Eindrücke mitteile. Ich murmelte ausweichend eine Entschuldigung, spielte auf eine wiederkehrende Fiebrigkeit und Schwäche an. Mich ging ihr Dichter nichts an. »Du mußt zugeben«, sagte Gerda eifervoll, »da sind Sätze und Bilder von solcher Wahrheit! Von ungemeiner Wahrheit!« Ich war wütend und wurde boshaft, denn es war mir neu, daß es für Gerda die Wahrheit gab. Es sah ihr ähnlich, daß sie in einem Buch, in einem solchen Buch, eine Wahrheit anzutreffen meinte. Hier war ihr die Welt genug geheimnisvoll zusammengebraut, hier konnte sie zwischen Satzungeheuern die Wahrheit zum Krüppel machen. »Es ist eben eine andere Wahrheit, eine höhere Wahrheit«, rief sie aufgebracht.
Mir fielen gleich alle höheren Wahrheiten ein, denen ich schon begegnet war, höhere und höchste. Jetzt geschah mir das sogar in meinem eigenen Haus, daß jemand mit der höheren im Bund war und sich einbildete, von ihr etwas zu verstehen. Natürlich Gerda, die sich erregte und sagte, ich sei einfach unfähig, über das Buch zu urteilen. Weil ich

nur mit der gemeinen und nicht mit der ungemeinen Wahrheit zu tun habe, fragte ich hinterhältig. Ja, da spreche ich wohl ein wahres Wort aus, ich, der nüchterne Jurist, der Rechthaber und Zyniker mit meiner trockenen dürren Wahrheit!

Wie wahr! Wie wahr!

Ich war erleichtert. Den Rest der Zeit bis Mitternacht stritten wir dann nur mehr um des Streitens willen, wiederholten uns, und am Ende, als ihr einfiel, daß sie mich schonen müsse, und sie das Licht auslöschte, preßte Gerda, wie immer, wenn sie zur Versöhnung bereit ist, heftig meine Hand, zog und zerrte sie hinüber auf ihre Seite und legte sie auf ihre Brust. O diese Zärtlichkeit dann und das Geflüster!

Ich bin dieser Spiele und dieser Sprachen müde.

Hoch oben habe ich die Wahrheit gesucht, zuallerhöchst, in den großen gewaltigen Worten, von denen es heißt, daß sie geradewegs von Gott kommen oder von einigen, die ihm ihr Ohr geliehen haben, aber der großen Worte müssen zu viele und zu widersprüchliche sein, weil einem das große Wort vor lauter verschiedenen großen Worten nicht auffällt. Welches ist es wohl, an das man sich zu halten hätte? An viele große Worte habe ich mich zu halten versucht, an alle gleichzeitig und an jedes einzeln, und bin doch abgestürzt und habe mich zerschunden wieder aufgerichtet, geraucht, gegessen, geschlafen, bin wieder an die Arbeit gegangen, um ein Wort weniger, zu den paar Folianten, in denen für mich die Wahrheit nun zu stehen hatte für den täglichen Gebrauch.

Ist die Wahrheit da für den Gebrauch? Und wenn sie für den Gebrauch da ist, ist sie dann die Richtigkeit, die Genauigkeit? Welchen Zweck hätte sie dann? Ist es schon wahr, zu sagen, daß wir den Zug um 10 Uhr vormittags genommen haben, wenn wir ihn tatsächlich genommen haben? Gewiß. Aber was heißt das! Es heißt doch nichts weiter, als daß, was wir gesagt haben, übereinstimmt mit dem, was wir getan haben. Es wäre eine Lüge zu sagen: wir sind erst um 10 Uhr abends gefahren. Wenn wir doch morgens gefahren sind. Wenn es nicht übereinstimmt, ist da eine Lüge. Warum ist die Lüge nicht gut? Sie kann Folgen haben (aber kann die Wahrheit keine haben?), und ich bringe durch sie Verwirrung in die Welt (aber kann nicht die Wahrheit auch Verwirrung anrichten?), und ich täusche vielleicht jemand, gut.

Was ist so anders, wenn wir die Wahrheit sagen? Ich bin um 10 Uhr morgens gefahren. Da habt ihr die Wahrheit! Ein Vorfall bedarf ihrer, eine Tatsache bedarf meines Wahr-Sagens. Und die Tatsachen bleiben doch, was sie sind.

Aber warum müssen wir die Wahrheit sagen, noch einmal, meine Lieben? Warum müssen wir eigentlich diese verdammte Wahrheit wählen? Damit wir nicht in die Lüge geraten, denn die Lügen sind Menschenwerk und die Wahrheit ist nur zur Hälfte Menschenwerk, denn es muß ihr auf der anderen Seite etwas entsprechen, dort, wo die Tatsachen sind. Zuerst muß etwas da sein, damit eine Wahrheit sein kann. Allein kann sie nicht sein.

Was ist eine höhere Wahrheit, meine Lieben? Wo gibt es wohl eine höhere Wahrheit, wenn da kein höherer Vorgang ist! Meine Lieben, es ist etwas Fürchterliches um die Wahrheit, weil sie auf so wenig hinweist, nur auf sehr Gewöhnliches, und nichts hergibt, nur das Allergewöhnlichste. Ich habe in all den Jahren von ihr nichts herausbekommen als dies Feststellen, dieses Beichten, das erleichternde Beichten von Tatsachen. Mehr war wirklich nicht von ihr zu haben. Über Menschen habe ich die Wahrheit suchen müssen, über so viele, die vor dem Gesetz schuldig waren, und andere, die vor dem Gesetz unschuldig waren – aber was heißt das schon! Denn wie kann das Gesetz in der Wahrheit sein . . .

Warum? Warum? haben wir den Mörder gefragt, aber er konnte nur sagen, daß es so war und wie es war. Nur mit der Tat kam die Wahrheit blutig daher, mit der Axt, mit dem Messer, mit der Schußwaffe. Mit tausend Kleinigkeiten kam sie daher. Aber auf die Frage »Warum« kam sie nicht dahergeschossen. Da hat ein ganzes erfahrenes Gericht sich zu deuteln bemüht, damit da eine Wahrheit daherkommt. Aber dieses Weges kommt einfach nichts.

(O warum habe ich etwas getan und etwas anderes nicht? Warum war alles so furchtbar und so schön. Da kommt mir keine Wahrheit daher, ich mag nichts sagen, vermag nichts zu sagen und sage höchstens, um euch zufriedenzustellen: ich mußte es tun, es war mir zumute danach, ich empfand es so . . .)

Meine Lieben, ich bin gar nicht so krank, wie die Ärzte meinen, und schon gar nicht schonungsbedürftig. Ich brauche die Schonung nicht mehr. Es hat da ein Mann dreißig Jahre lang über den Knopf nachgedacht und alles, was zum Knopf gehört, und da werde ich wohl meine Weile noch über die Wahrheit nachdenken dürfen. Ich lade euch ein, meine Lieben, darüber einmal nachzudenken! Was wollt ihr denn mit der Wahrheit, denn sicher geht es euch, den Anständigen unter euch, auch um die Wahrheit. Etwas kaufen wollt ihr damit sicher nicht. In den Himmel kommen? Dafür, daß ihr euch nicht verplappert und nicht 10 Uhr abends sagt, wo ihr 10 Uhr morgens sagen müßt? Nur so weiter. Aber ob man dafür im Himmel Sinn haben wird?

(Aber 10 Uhr sagen ist schon gefährlich, denn es gibt natürlich 10 Uhr gar nicht, das wißt ihr doch wohl, die Rechnung ist nur angenommen, dahinter steht nichts, aber beruhigt euch meinetwegen beim Uhrenvergleichen und der Normalzeit!)

Ah, und doch, welch eine tiefe Befriedigung ist es, Übereinstimmung zu erlangen, die Entsprechung herzustellen.

Sagen: Es regnet – wenn es regnet. Sagen: Ich liebe – wenn man liebt.

Aber das war schon wieder gefährlich, da fängt es schon wieder an, dunkel zu werden, denn wie könnt ihr denn behaupten: Ich liebe. Liebt ihr? Wie stellt ihr das fest? Habt ihr höheren Blutdruck? Fühlt ihr euch erhoben, verwirrt? Was ist denn mit euch los? Ihr meint also, daß ihr liebt. Meint, meint. Und was meint ihr nicht noch alles? Es ist euch so. Also gut, wenn es euch so ist als ob, wenn ihr meint, den einen und anderen Grund wohl angeben zu können . . . Gebt sie nur an, eure schmeichelhaften tiefinneren Gründe. Glaubt man oder glaubt man euch nicht? Beweisen läßt sich also nichts, aber da ist vielleicht etwas, was euch zu Hilfe kommt, die ›innere‹ Wahrheit. Meinethalben also auch noch eine innere Wahrheit. Nur zu. Wahrheit um Wahrheit.

Nach der inneren Wahrheit habe ich gesucht. Nach dem bunten Fliegenpilz im tiefen Wald.

Aber nochmals, meine Lieben: welche Befriedigung ist es doch seit langem schon, die Nachricht zu hören: der Präsident hat sich mit dem Präsidenten getroffen und folgende Erklärung abgegeben. Wortlaut. Natürlich möchten wir, daß dem, was wir da erfahren, etwas entspricht, denn unsere Interessen sind derart, daß wir immer etwas profitieren möchten für unser Verhalten – und erst recht die Wirtschaft und die Industrie und die politischen Tugendwächter müssen profitieren können davon. Wenn wir nun falsch spekulieren, falsche Hoffnungen oder Verzweiflungen daran knüpfen, wenn nun die großen Bomben gar nicht in den Depots liegen, wenn man uns da zum Narren hält . . . Das ist ja nicht auszudenken!

Aber laßt uns lieber harmlos sein und vom ersten April reden. Als wir noch Kinder waren, sind wir am ersten April in aller Morgenfrüh zu den Eltern ins Zimmer gerannt und haben geschrien: »Kommt schauen! Die Kirschen sind

ieder Ja sagen und Du und Ja. All diese Worte wird es
cht mehr geben, und ich sage euch vielleicht, warum.
enn ihr kennt doch die Fragen, und sie beginnen alle mit
Warum?«. Es gibt keine Fragen in meinem Leben. Ich lie-
e das Wasser, seine dichte Durchsichtigkeit, das Grün im
asser und die sprachlosen Geschöpfe (und so sprachlos
n auch ich bald!), mein Haar unter ihnen, in ihm, dem
rechten Wasser, dem gleichgültigen Spiegel, der es mir
rbietet, euch anders zu sehen. Die nasse Grenze zwi-
hen mir und mir . . .

h habe keine Kinder von euch, weil ich keine Fragen ge-
nnt habe, keine Forderung, keine Vorsicht, Absicht, kei-
m Zukunft und nicht wußte, wie man Platz nimmt in ei-
m anderen Leben. Ich habe keinen Unterhalt gebraucht,
ine Beteuerung und Versicherung, nur Luft, Nachtluft,
stenluft, Grenzluft, um immer wieder Atem holen zu
nnen für neue Worte, neue Küsse, für ein unaufhör-
hes Geständnis: Ja. Ja. Wenn das Geständnis abgelegt
r, war ich verurteilt zu lieben; wenn ich eines Tages
ikam aus der Liebe, mußte ich zurück ins Wasser gehen,
dieses Element, in dem niemand sich ein Nest baut, sich
. Dach aufzieht über Balken, sich bedeckt mit einer Pla-
. Nirgendwo sein, nirgendwo bleiben. Tauchen, ruhen,
h ohne Aufwand von Kraft bewegen — und eines Tages
h besinnen, wieder auftauchen, durch eine Lichtung ge-
, *ihn* sehen und »Hans« sagen. Mit dem Anfang begin-
.

uten Abend.«
uten Abend.«
ie weit ist es zu dir?«
eit ist es, weit.«
nd weit ist es zu mir.«

en Fehler immer wiederholen, den einen machen, mit

reif!« Das sollte ein Scherz sein, aber ihr begreift wohl, daß
das kein besonders guter Scherz ist. Der viel bessere Scherz
wäre es, jemand ins Gesicht zu sagen: Ich möchte Sie ohrfeigen. Oder: Ich habe Sie schon immer für einen Schurken gehalten. Das ist aber schon annähernd die Wahrheit,
zu der die großen Scherze führen. So habe ich es auch
schon versucht manchmal, bloß um die Wahrheit zu sagen,
aber es war mir nicht wohl dabei, und ich war dann auch
nicht näher bei der Wahrheit, nach der ich mich aufmachen wollte.
Ich empfehle mich. Ich bin es, der geschrien hat.
Ich konnte plötzlich über einen Knopf nicht hinwegkommen und nicht über einen Mann, der auch ein Wildermuth
ist und ein Recht darauf hätte, daß nicht nur die Wahrheit
ans Licht kommt, die wir brauchen können. Er hat ja gesagt: ich habe es getan, und er geht ins Zuchthaus dafür
für fünfundzwanzig Jahre. Ich kann mich nicht abfinden
damit, daß die eine Wahrheit genügt, die ans Licht kommen kann, und daß die andere Wahrheit nicht daherkommt, nicht angeschossen kommt, nicht aufzuckt wie ein
Blitz. Daß wir von der brauchbaren Wahrheit den brauchbarsten Zipfel benutzen, um jemand die Schlinge um den
Hals zu legen, weil er gesagt hat: Ja, es war um 23 Uhr 30.
Oder weil er vergessen hat zu sagen: Es war um 10 Uhr
morgens.
Der Wahrheit gehe ich nach. Aber je weiter ich ihr nachgehe, desto weiter ist sie schon wieder, irrlichternd zu jeder
Zeit, an jedem Ort, über jedem Gegenstand. Als wäre sie
nur greifbar, als hätte sie nur Festigkeit, wenn man sich
nicht rührt, nicht viel fragt, sich gut sein läßt mit dem
Gröbsten. Auf mittlere Temperaturen muß sie eingestellt
sein, auf den mittleren Blick, auf das mittlere Wort. Da ergibt sie sich, ein fortgesetztes billiges Übereinstimmen von
Gegenstand und Wort, Gefühl und Wort, Tat und Wort.
Du wohlerzogenes Wort, das angehalten wird, sich dieser

reif!« Das sollte ein Scherz sein, aber ihr begreift wohl, daß das kein besonders guter Scherz ist. Der viel bessere Scherz wäre es, jemand ins Gesicht zu sagen: Ich möchte Sie ohrfeigen. Oder: Ich habe Sie schon immer für einen Schurken gehalten. Das ist aber schon annähernd die Wahrheit, zu der die großen Scherze führen. So habe ich es auch schon versucht manchmal, bloß um die Wahrheit zu sagen, aber es war mir nicht wohl dabei, und ich war dann auch nicht näher bei der Wahrheit, nach der ich mich aufmachen wollte.

Ich empfehle mich. Ich bin es, der geschrien hat.

Ich konnte plötzlich über einen Knopf nicht hinwegkommen und nicht über einen Mann, der auch ein Wildermuth ist und ein Recht darauf hätte, daß nicht nur die Wahrheit ans Licht kommt, die wir brauchen können. Er hat ja gesagt: ich habe es getan, und er geht ins Zuchthaus dafür für fünfundzwanzig Jahre. Ich kann mich nicht abfinden damit, daß die eine Wahrheit genügt, die ans Licht kommen kann, und daß die andere Wahrheit nicht daherkommt, nicht angeschossen kommt, nicht aufzuckt wie ein Blitz. Daß wir von der brauchbaren Wahrheit den brauchbarsten Zipfel benutzen, um jemand die Schlinge um den Hals zu legen, weil er gesagt hat: Ja, es war um 23 Uhr 30. Oder weil er vergessen hat zu sagen: Es war um 10 Uhr morgens.

Der Wahrheit gehe ich nach. Aber je weiter ich ihr nachgehe, desto weiter ist sie schon wieder, irrlichternd zu jeder Zeit, an jedem Ort, über jedem Gegenstand. Als wäre sie nur greifbar, als hätte sie nur Festigkeit, wenn man sich nicht rührt, nicht viel fragt, sich gut sein läßt mit dem Gröbsten. Auf mittlere Temperaturen muß sie eingestellt sein, auf den mittleren Blick, auf das mittlere Wort. Da ergibt sie sich, ein fortgesetztes billiges Übereinstimmen von Gegenstand und Wort, Gefühl und Wort, Tat und Wort. Du wohlerzogenes Wort, das angehalten wird, sich dieser

stummen Welt der Knöpfe und der Herzen barmherzig anzunehmen! Behäbiges, stumpfes Wort zum Übereinstimmen für jeden Gebrauch.

Und darüber hinaus, da gibt es doch nur lauter Meinungen, schneidige Behauptungen, Meinungen über Meinungen und eine Meinung über die Wahrheit, die schlimmer ist als die Meinungen über alle Wahrheiten, für die du
an die Wand gestellt werden kannst zu mancher Zeit und
auf den Scheiterhaufen kommst, denn es ist schon etwas
Furchtbares um die Meinung, wieviel mehr um die Wahrheit –

Und auch dies ist schlimm,
diese hohe Meinung, die ich von der Wahrheit hatte
und daß ich jetzt keine mehr von ihr habe
seit sie für mich zu Ende ist –

Nur eine Delle hat sie in meinem weichen kalt und heißen
Gehirn gelassen, das sich auf mittlere Temperaturen so
schlecht versteht. Wer hat bloß in meinem Gehirn genäch-
tigt? Wer hat mit meiner Zunge gesprochen? Wer hat geschrien aus mir?

Erzählt mir noch einmal das Märchen von der schneewei-
ßen Dame, die hinter den sieben Bergen wohnt, ich bitte
euch!

Ich will ja meine Robe und mein Barett ablegen, mich hin-
hocken an jede Stelle der Welt, mich hinlegen auf Gras
und Asphalt und die Welt abhören, abtasten, abklopfen,
aufwühlen, mich in sie verbeißen und mit ihr übereinstimmen dann, unendlich lang und ganz –

Bis mir die Wahrheit wird über das Gras und den Regen
und über uns:

Ein stummes Innewerden, zum Schreien nötigend und zum
Aufschrei über alle Wahrheiten.

Eine Wahrheit, von der keiner träumt, die keiner will.

Undine geht

Ihr Menschen! Ihr Ungeheuer!

Ihr Ungeheuer mit Namen Hans! Mit diesem Namen, den ich nie vergessen kann.

Immer wenn ich durch die Lichtung kam und die Zweige sich öffneten, wenn die Ruten mir das Wasser von den Armen schlugen, die Blätter mir die Tropfen von den Haaren leckten, traf ich auf einen, der Hans hieß.

Ja, diese Logik habe ich gelernt, daß einer Hans heißen muß, daß ihr alle so heißt, einer wie der andere, aber doch nur einer. Immer einer nur ist es, der diesen Namen trägt, den ich nicht vergessen kann, und wenn ich euch auch alle vergesse, ganz und gar vergesse, wie ich euch ganz geliebt habe. Und wenn eure Küsse und euer Samen von den vielen großen Wassern – Regen, Flüssen, Meeren – längst abgewaschen und fortgeschwemmt sind, dann ist doch der Name noch da, der sich fortpflanzt unter Wasser, weil ich nicht aufhören kann, ihn zu rufen, Hans, Hans . . .
Ihr Monstren mit den festen und unruhigen Händen, mit den kurzen blassen Nägeln, den zerschürften Nägeln mit schwarzen Rändern, den weißen Manschetten um die Handgelenke, den ausgefransten Pullovern, den uniformen grauen Anzügen, den groben Lederjacken und den losen Sommerhemden! Aber laßt mich genau sein, ihr Ungeheuer, und euch jetzt einmal verächtlich machen, denn ich werde nicht wiederkommen, euren Winken nicht mehr folgen, keiner Einladung zu einem Glas Wein, zu einer Reise, zu einem Theaterbesuch. Ich werde nie wiederkommen, nie

wieder Ja sagen und Du und Ja. All diese Worte wird es nicht mehr geben, und ich sage euch vielleicht, warum. Denn ihr kennt doch die Fragen, und sie beginnen alle mit »Warum?«. Es gibt keine Fragen in meinem Leben. Ich liebe das Wasser, seine dichte Durchsichtigkeit, das Grün im Wasser und die sprachlosen Geschöpfe (und so sprachlos bin auch ich bald!), mein Haar unter ihnen, in ihm, dem gerechten Wasser, dem gleichgültigen Spiegel, der es mir verbietet, euch anders zu sehen. Die nasse Grenze zwischen mir und mir . . .

Ich habe keine Kinder von euch, weil ich keine Fragen gekannt habe, keine Forderung, keine Vorsicht, Absicht, keine Zukunft und nicht wußte, wie man Platz nimmt in einem anderen Leben. Ich habe keinen Unterhalt gebraucht, keine Beteuerung und Versicherung, nur Luft, Nachtluft, Küstenluft, Grenzluft, um immer wieder Atem holen zu können für neue Worte, neue Küsse, für ein unaufhörliches Geständnis: Ja. Ja. Wenn das Geständnis abgelegt war, war ich verurteilt zu lieben; wenn ich eines Tages freikam aus der Liebe, mußte ich zurück ins Wasser gehen, in dieses Element, in dem niemand sich ein Nest baut, sich ein Dach aufzieht über Balken, sich bedeckt mit einer Plane. Nirgendwo sein, nirgendwo bleiben. Tauchen, ruhen, sich ohne Aufwand von Kraft bewegen – und eines Tages sich besinnen, wieder auftauchen, durch eine Lichtung gehen, *ihn* sehen und »Hans« sagen. Mit dem Anfang beginnen.
»Guten Abend.«
»Guten Abend.«
»Wie weit ist es zu dir?«
»Weit ist es, weit.«
»Und weit ist es zu mir.«

Einen Fehler immer wiederholen, den einen machen, mit

dem man ausgezeichnet ist. Und was hilft's dann, mit allen Wassern gewaschen zu sein, mit den Wassern der Donau und des Rheins, mit denen des Tiber und des Nils, den hellen Wassern der Eismeere, den tintigen Wassern der Hochsee und der zaubrischen Tümpel? Die heftigen Menschenfrauen schärfen ihre Zungen und blitzen mit den Augen, die sanften Menschenfrauen lassen still ein paar Tränen laufen, die tun auch ihr Werk. Aber die Männer schweigen dazu. Fahren ihren Frauen, ihren Kindern treulich übers Haar, schlagen die Zeitung auf, sehen die Rechnungen durch oder drehen das Radio laut auf und hören doch darüber den Muschelton, die Windfanfare, und dann noch einmal, später, wenn es dunkel ist in den Häusern, erheben sie sich heimlich, öffnen die Tür, lauschen den Gang hinunter, in den Garten, die Alleen hinunter, und nun hören sie es ganz deutlich: Den Schmerzton, den Ruf von weither, die geisterhafte Musik. Komm! Komm! Nur einmal komm!

Ihr Ungeheuer mit euren Frauen!
Hast du nicht gesagt: Es ist die Hölle, und warum ich bei ihr bleibe, das wird keiner verstehen. Hast du nicht gesagt: Meine Frau, ja, sie ist ein wunderbarer Mensch, ja, sie braucht mich, wüßte nicht, wie ohne mich leben — ? Hast du's nicht gesagt! Und hast du nicht gelacht und im Übermut gesagt: Niemals schwer nehmen, nie dergleichen schwer nehmen. Hast du nicht gesagt: So soll es immer sein, und das andere soll nicht sein, ist ohne Gültigkeit! Ihr Ungeheuer mit euren Redensarten, die ihr die Redensarten der Frauen sucht, damit euch nichts fehlt, damit die Welt rund ist. Die ihr die Frauen zu euren Geliebten und Frauen macht, Eintagsfrauen, Wochenendfrauen, Lebenslangfrauen und euch zu ihren Männern machen laßt. (Das ist vielleicht ein Erwachen wert!) Ihr mit eurer Eifersucht auf eure Frauen, mit eurer hochmütigen Nachsicht und eurer

Tyrannei, eurem Schutzsuchen bei euren Frauen, ihr mit eurem Wirtschaftsgeld und euren gemeinsamen Gutenachtgesprächen, diesen Stärkungen, dem Rechtbehalten gegen draußen, ihr mit euren hilflos gekonnten, hilflos zerstreuten Umarmungen. Das hat mich zum Staunen gebracht, daß ihr euren Frauen Geld gebt zum Einkaufen und für die Kleider und für die Sommerreise, da ladet ihr sie ein (ladet sie ein, zahlt, es versteht sich). Ihr kauft und laßt euch kaufen. Über euch muß ich lachen und staunen, Hans, Hans, über euch kleine Studenten und brave Arbeiter, die ihr euch Frauen nehmt zum Mitarbeiten, da arbeitet ihr beide, jeder wird klüger an einer anderen Fakultät, jeder kommt voran in einer anderen Fabrik, da strengt ihr euch an, legt das Geld zusammen und spannt euch vor die Zukunft. Ja, dazu nehmt ihr euch die Frauen auch, damit ihr die Zukunft erhärtet, damit sie Kinder kriegen, da werdet ihr mild, wenn sie furchtsam und glücklich herumgehen mit den Kindern in ihrem Leib. Oder ihr verbietet euren Frauen, Kinder zu haben, wollt ungestört sein und hastet ins Alter mit eurer gesparten Jugend. O das wäre ein großes Erwachen wert! Ihr Betrüger und ihr Betrogenen. Versucht das nicht mit mir. Mit mir nicht!

Ihr mit euren Musen und Tragtieren und euren gelehrten, verständigen Gefährtinnen, die ihr zum Reden zulaßt ... Mein Gelächter hat lang die Wasser bewegt, ein gurgelndes Gelächter, das ihr manchmal nachgeahmt habt mit Schrecken in der Nacht. Denn gewußt habt ihr immer, daß es zum Lachen ist und zum Erschrecken und daß ihr euch genug seid und nie einverstanden wart. Darum ist es besser, nicht aufzustehen in der Nacht, nicht den Gang hinunterzugehen, nicht zu lauschen im Hof, nicht im Garten, denn es wäre nichts als das Eingeständnis, daß man noch mehr als durch alles andere verführbar ist durch einen Schmerzton, den Klang, die Lockung und ihn ersehnt, den großen Verrat. Nie wart ihr mit euch einverstanden. Nie mit euren Häusern, all dem Festgelegten. Über jeden Ziegel, der fortflog, über jeden Zusammenbruch, der sich ankündigte, wart ihr froh insgeheim. Gern habt ihr gespielt mit dem Gedanken an Fiasko, an Flucht, an Schande, an die Einsamkeit, die euch erlöst hätten von allem Bestehenden. Zu gern habt ihr in Gedanken damit gespielt. Wenn ich kam, wenn ein Windhauch mich ankündigte, dann sprangt ihr auf und wußtet, daß die Stunde nah war, die Schande, die Ausstoßung, das Verderben, das Unverständliche. Ruf zum Ende. Zum Ende. Ihr Ungeheuer, dafür habe ich euch geliebt, daß ihr wußtet, was der Ruf bedeutet, daß ihr euch rufen ließt, daß ihr nie einverstanden wart mit euch selber. Und ich, wann war ich je einverstanden? Wenn ihr allein wart, ganz allein, und wenn eure Gedanken nichts Nützliches dachten, nichts Brauchbares, wenn die Lampe das Zimmer versorgte, die Lichtung entstand, feucht und rauchig der Raum war, wenn ihr so dastandet, verloren, für immer verloren, aus Einsicht verloren, dann war es Zeit für mich. Ich konnte eintreten mit dem Blick, der auffordert: Denk! Sei! Sprich es aus! – Ich habe euch nie verstanden, während ihr euch von jedem Dritten verstanden wußtet. Ich habe gesagt: Ich verstehe dich nicht, verstehe nicht, kann nicht verstehen! Das währte eine herrliche und große Weile lang, daß ihr nicht verstanden wurdet und selbst nicht verstandet, nicht warum dies und das, warum Grenzen und Politik und Zeitungen und Banken und Börse und Handel und dies immerfort.

Denn ich habe die feine Politik verstanden, eure Ideen, eure Gesinnungen, Meinungen, die habe ich sehr wohl verstanden und noch etwas mehr. Eben darum verstand ich nicht. Ich habe die Konferenzen so vollkommen verstanden, eure Drohungen, Beweisführungen, Verschanzungen, daß sie nicht mehr zu verstehen waren. Und das war es ja, was euch bewegte, die Unverständlichkeit all dessen. Denn

das war eure wirkliche große verborgene Idee von der
Welt, und ich habe eure große Idee hervorgezaubert aus
euch, eure unpraktische Idee, in der Zeit und Tod erschienen und flammten, alles niederbrannten, die Ordnung, von
Verbrechen bemäntelt, die Nacht, zum Schlaf mißbraucht.
Eure Frauen, krank von eurer Gegenwart, eure Kinder,
von euch zur Zukunft verdammt, die haben euch nicht den
Tod gelehrt, sondern nur beigebracht kleinweise. Aber ich
habe euch mit einem Blick gelehrt, wenn alles vollkommen,
hell und rasend war – ich habe euch gesagt: Es ist der Tod
darin. Und: Es ist die Zeit daran. Und zugleich: Geh Tod!
Und: Steh still, Zeit! Das habe ich euch gesagt. Und du
hast geredet, mein Geliebter, mit einer verlangsamten
Stimme, vollkommen wahr und gerettet, von allem dazwischen frei, hast deinen traurigen Geist hervorgekehrt, den
traurigen, großen, der wie der Geist aller Männer ist und
von der Art, die zu keinem Gebrauch bestimmt ist. Weil ich
zu keinem Gebrauch bestimmt bin und ihr euch nicht
zu einem Gebrauch bestimmt wußtet, war alles gut zwischen uns. Wir liebten einander. Wir waren vom gleichen
Geist.

Ich habe einen Mann gekannt, der hieß Hans, und er war
anders als alle anderen. Noch einen kannte ich, der war
auch anders als alle anderen. Dann einen, der war ganz
anders als alle anderen und er hieß Hans, ich liebte ihn. In
der Lichtung traf ich ihn, und wir gingen so fort, ohne
Richtung, im Donauland war es, er fuhr mit mir Riesenrad, im Schwarzwald war es, unter Platanen auf den großen Boulevards, er trank mit mir Pernod. Ich liebte ihn.
Wir standen auf einem Nordbahnhof, und der Zug ging
vor Mitternacht. Ich winkte nicht; ich machte mit der
Hand ein Zeichen für Ende. Für das Ende, das kein Ende
findet. Es war nie zu Ende. Man soll ruhig das Zeichen
machen. Es ist kein trauriges Zeichen, es umflort die Bahn-

höfe und Fernstraßen nicht, weniger als das täuschende Winken, mit dem so viel zu Ende geht. Geh, Tod, und steh still, Zeit. Keinen Zauber nutzen, keine Tränen, kein Händeverschlingen, keine Schwüre, Bitten. Nichts von alledem. Das Gebot ist: Sich verlassen, daß Augen den Augen genügen, daß ein Grün genügt, daß das Leichteste genügt. So dem Gesetz gehorchen und keinem Gefühl. So der Einsamkeit gehorchen. Einsamkeit, in die mir keiner folgt.

Verstehst du es wohl? Deine Einsamkeit werde ich nie teilen, weil da die meine ist, von länger her, noch lange hin. Ich bin nicht gemacht, um eure Sorgen zu teilen. Diese Sorgen nicht! Wie könnte ich sie je anerkennen, ohne mein Gesetz zu verraten? Wie könnte ich je an die Wichtigkeit eurer Verstrickungen glauben? Wie euch glauben, solange ich euch wirklich glaube, ganz und gar glaube, daß ihr mehr seid als eure schwachen, eitlen Äußerungen, eure schäbigen Handlungen, eure törichten Verdächtigungen. Ich habe immer geglaubt, daß ihr mehr seid, Ritter, Abgott, von einer Seele nicht weit, der allerköniglichsten Namen würdig. Wenn dir nichts mehr einfiel zu deinem Leben, dann hast du ganz wahr geredet, aber auch nur dann. Dann sind alle Wasser über die Ufer getreten, die Flüsse haben sich erhoben, die Seerosen sind gleich hundertweis erblüht und ertrunken, und das Meer war ein machtvoller Seufzer, es schlug, schlug und rannte und rollte gegen die Erde an, daß seine Lefzen trieften von weißem Schaum.

Verräter! Wenn euch nichts mehr half, dann half die Schmähung. Dann wußtet ihr plötzlich, was euch an mir verdächtig war, Wasser und Schleier und was sich nicht festlegen läßt. Dann war ich plötzlich eine Gefahr, die ihr noch rechtzeitig erkanntet, und verwünscht war ich und bereut war alles im Handumdrehen. Bereut habt ihr auf den Kirchenbänken, vor euren Frauen, euren Kindern, eurer Öffentlichkeit. Vor euren großen großen Instanzen wart ihr so tapfer, mich zu bereuen und all das zu befestigen, was in euch unsicher geworden war. Ihr wart in Sicherheit. Ihr habt die Altäre rasch aufgerichtet und mich zum Opfer gebracht. Hat mein Blut geschmeckt? Hat es ein wenig nach dem Blut der Hindin geschmeckt und nach dem Blut des weißen Wales? Nach deren Sprachlosigkeit?

Wohl euch! Ihr werdet viel geliebt, und es wird euch viel verziehen. Doch vergeßt nicht, daß ihr mich gerufen habt in die Welt, daß euch geträumt hat von mir, der anderen, dem anderen, von eurem Geist und nicht von eurer Gestalt, der Unbekannten, die auf euren Hochzeiten den Klageruf anstimmt, auf nassen Füßen kommt und von deren Kuß ihr zu sterben fürchtet, so wie ihr zu sterben wünscht und nie mehr sterbt: ordnungslos, hingerissen und von höchster Vernunft.

Warum sollt ich's nicht aussprechen, euch verächtlich machen, ehe ich gehe.

Ich gehe ja schon.

Denn ich habe euch noch einmal wiedergesehen, in einer Sprache reden gehört, die ihr mit mir nicht reden sollt. Mein Gedächtnis ist unmenschlich. An alles habe ich denken müssen, an jeden Verrat und jede Niedrigkeit. An denselben Orten habe ich euch wiedergesehen; da schienen mir Schandorte zu sein, wo einmal helle Orte waren. Was habt ihr getan! Still war ich, kein Wort habe ich gesagt. Ihr sollt es euch selber sagen. Eine Handvoll Wasser habe ich über die Orte gesprengt, damit sie grünen mögen wie Gräber. Damit sie zuletzt hell bleiben mögen.

Aber so kann ich nicht gehen. Drum laßt mich euch noch einmal Gutes nachsagen, damit nicht so geschieden wird. Damit nichts geschieden wird.

260

Gut war trotzdem euer Reden, euer Umherirren, euer Eifer und euer Verzicht auf die ganze Wahrheit, damit die halbe gesagt wird, damit Licht auf die eine Hälfte der Welt fällt, die ihr grade noch wahrnehmen könnt in eurem Eifer. So mutig wart ihr und mutig gegen die anderen – und feig natürlich auch und oft mutig, damit ihr nicht feige erschient. Wenn ihr das Unheil von dem Streit kommen saht, strittet ihr dennoch weiter und beharrtet auf eurem Wort, obwohl euch kein Gewinn davon wurde. Gegen ein Eigentum und für ein Eigentum habt ihr gestritten, für die Gewaltlosigkeit und für die Waffen, für das Neue und für das Alte, für die Flüsse und für die Flußregulierung, für den Schwur und gegen das Schwören. Und wißt doch, daß ihr gegen euer Schweigen eifert und eifert trotzdem weiter. Das ist vielleicht zu loben.

In euren schwerfälligen Körpern ist eure Zartheit zu loben. Etwas so besonders Zartes erscheint, wenn ihr einen Gefallen erweist, etwas Mildes tut. Viel zarter als alles Zarte von euren Frauen ist eure Zartheit, wenn ihr euer Wort gebt oder jemand anhört und versteht. Eure schweren Körper sitzen da, aber ihr seid ganz schwerelos, und eine Traurigkeit, ein Lächeln von euch können so sein, daß selbst der bodenlose Verdacht eurer Freunde einen Augenblick lang ohne Nahrung ist.

Zu loben sind eure Hände, wenn ihr zerbrechliche Dinge in die Hand nehmt, sie schont und zu erhalten wißt, und wenn ihr die Lasten tragt und das Schwere aus einem Weg räumt. Und gut ist es, wenn ihr die Körper der Menschen und der Tiere behandelt und ganz vorsichtig einen Schmerz aus der Welt schafft. So Begrenztes kommt von euren Händen, aber manches Gute, das für euch einstehen wird.

Zu bewundern ist auch, wenn ihr euch über Motoren und Maschinen beugt, sie macht und versteht und erklärt, bis vor lauter Erklärungen wieder ein Geheimnis daraus geworden ist. Hast du nicht gesagt, es sei dieses Prinzip und jene Kraft? War das nicht gut und schön gesagt? Nie wird jemand wieder so sprechen können von den Strömen und Kräften, den Magneten und Mechaniken und von den Kernen aller Dinge.

Nie wird jemand wieder so sprechen von den Elementen, vom Universum und allen Gestirnen.

Nie hat jemand so von der Erde gesprochen, von ihrer Gestalt, ihren Zeitaltern. In deinen Reden war alles so deutlich: die Kristalle, die Vulkane und Aschen, das Eis und die Innenglut.

So hat niemand von den Menschen gesprochen, von den Bedingungen, unter denen sie leben, von ihren Hörigkeiten, Gütern, Ideen, von den Menschen auf dieser Erde, auf einer früheren und einer künftigen Erde. Es war recht, so zu sprechen und so viel zu bedenken.

Nie war so viel Zauber über den Gegenständen, wie wenn du geredet hast, und nie waren Worte so überlegen. Auch aufbegehren konnte die Sprache durch dich, irre werden oder mächtig werden. Alles hast du mit den Worten und Sätzen gemacht, hast dich verständigt mit ihnen oder hast sie gewandelt, hast etwas neu benannt; und die Gegenstände, die weder die geraden noch die ungeraden Worte verstehen, bewegten sich beinahe davon.

Ach, so gut spielen konnte niemand, ihr Ungeheuer! Alle Spiele habt ihr erfunden, Zahlenspiele und Wortspiele, Traumspiele und Liebesspiele.

Nie hat jemand so von sich selber gesprochen. Beinahe wahr. Beinahe mörderisch wahr. Übers Wasser gebeugt, beinah aufgegeben. Die Welt ist schon finster, und ich kann die Muschelkette nicht anlegen. Keine Lichtung wird sein. Du anders als die anderen. Ich bin unter Wasser. Bin unter Wasser.

Und nun geht einer oben und haßt Wasser und haßt Grün
und versteht nicht, wird nie verstehen. Wie ich nie verstanden habe.

Beinahe verstummt,
beinahe noch
den Ruf
hörend.

Komm. Nur einmal.
Komm.

Dritter Teil

Der Tod wird kommen
Unvollendet

Unsere Großmütter Anna und Elisabeth sind tot seit Jahren, und unsere Großväter Franz und Leopold sind tot, die Cousinen und Vettern wissen davon. Wir sind eine große Familie, und wir haben Tode und Geburten zu nennen, sogar Tode wie die von Dr. Kilb, unserem Arzt in Stetten, und der Mord an Dr. Bärenthal in Hausen, gehören dazu. Unsere Toten sind über mehrere Friedhöfe verstreut, unsere Allerheiligen, unsere Gedächtnistage, von einigen vergessen, werden doch immer von anderen erinnert, von Cousine Lise, und Cousine Alwina. Auf unseren Bauernhöfen und in unseren Stadtwohnungen liegen die Fotoalben mit den aufgepreßten Bildern, darin sind auch die Toten, und sogar Tote als Wickelkinder, unser Cousin Ernst, unser Cousin Mottl, der eine war zwanzig, der andere zweiunddreißig und angeheiratet, und in solchen Altern starben sie, auf den Schlachtfeldern oder bloß neben einer Weißdornhecke, überrascht auf einem Spaziergang von einer verirrten Kugel, Genaues wissen wir nicht. Unsere Trauer ist ungleich, und manche Tode haben wir sogar vergessen, Tante Mitzi zum Beispiel mußte eines Tages erinnert werden, daß Tante Marie, von einem anderen Strang der Familie, schon seit Jahren gestorben war, sie hatte es vergessen oder nie recht wahrgenommen, obwohl sie sonst sich genau auskennt, besonders in den Toden und Geburten und ihre Buchhaltung beherrscht. Und solche Vergeßlichkeiten erlaubten sich auch Wera und Angela und vor allem Eugen, die abgetrennt von der Familie leben und kaum mehr Weihnachtskarten austauschen mit ihren Mitgliedern, häufig auf Reisen oder in anderen Ländern sind und neue Familien gegründet haben, von denen die Familie nur vom Hörensagen weiß.

Unsere Familie, und dies ist ihr einziges sichtbares Gesetz, ist da, wegen der Toten, wegen der Astern, der Hochzeitsservice, Likörgläser oder Besteckserien, bei Hochzeiten, und wegen der Glückwünsche, mit denen sie an bestimmten Tagen die Post belastet, zu Geburten, Taufen, Geburtstagen, Muttertagen. Unsere Familie bemächtigt sich des Todes, der Krankheit, und mögen sie ihr für immer unverständlich bleiben.

Unsere Familie hat sich des Todes von Ernst bemächtigt, der sich, wegen der begangenen Fälschungen bei einer Versicherung, erhängte, und sie hat sich des Todes von einem vierjährigen Kind, von Rikki, bemächtigt, die von den Riemen der elektrischen Futterschneide erfaßt wurde und verstümmelt wurde und zugrundeging. Unsere Familie ist nicht wir alle zusammen oder ein Strang und Familienteil, sondern ein riesiger Schwamm, ein Gedächtnis, das alle Geschichten aufsaugt [und] daraus eine eigene Geschichte macht. Und zuunterst, in ihrer Feuchtigkeit, in ihrem geschwollenen Gedächtnis, sitzt ein jeder von uns, anonym und ernährt, in seiner Anonymität.

Denn wenn der Tod uns erscheint in einer verständlichen Gestalt, so tut er es uns kund, indem er [über] einen von unserer Familie dahingeht. Wenn das weiße Kuvert im Briefkasten liegt, wenn unter der poste restante ein Trauerrand auftaucht, wenn die Nachricht an einem gewöhnlichen Briefende steht: »PS. Weißt Du, daß Onkel Karl vor zehn Tagen gestorben ist an Magenkrebs, er hatte furchtbar zu leiden, es war eine Erlösung«, dann tritt die Familie in ihre Rechte und zaubert ein Leben in ein paar Strichen vor uns hin, das Leben Onkel Karls: einmal war er in Deutschland als Arbeiter, dann heiratete er Tante Resi, Onkel Karl zupfte am Ohrläppchen, spielte abends Karten im Wirtshaus, Quartalsäufer, ging nicht zum Begräbnis, als

Großvater starb, stritt immerzu mit Onkel Hans, wegen des Gartens, wegen des Obstes, Onkel Karl hatte eine schöne Stimme, spielte Laute, und, und, und Onkel Karl, jetzt gestorben, jetzt unter Astern, vor drei Jahrzehnten mit einem Likörservice bedacht, jetzt mit einer Minute Schweigen, zwischen zwei Tätigkeiten, zwei Briefen von anderswoher, zwei Unzugehörigkeiten.

Unsere Familie, ohne Maßstab, ohne Beschränkung, setzt ihren Maßstab an die Leben, einer hat es weit gebracht, der hat es zu nichts gebracht, einer ist eine Schande für die ganze Familie, und ein anderer eine schwere Last, und geheime Nachrichten und geheime Urteile werden weitergegeben und [– – –]. Der Tod wird kommen und kein Ende setzen. Denn weil das Gedächtnis der Menschen nicht reicht, ist das Gedächtnis der Familie da, eng und beschränkt, aber ein wenig länger, ein wenig treuer. Treu aus Not, der kleinen Unsterblichkeit zuliebe, ein halbes Jahrhundert reichend, dann vergißt auch sie die Astern für die ältesten Toten, den Buchsbaum und seine Pflege. Gewissermaßen wacht die Familie auch über den Namen, ohne daß mit Bestimmtheit zu sagen wäre, warum in dieser Familie nur bestimmte Namen zugelassen sind und andere nicht. Auch die Angeheirateten richten sich danach und heißen Trude, Peter, Franz, oft Elisabeth, oft Stefanie, Josefine, Therese, wovon sie freilich nur vor Behörden und bei wichtigen Zeremonien den ganzen Namen anlegen dürfen. Der Werktagsname, der Name im Gebrauch, ist Lisi und Lisa, Steffi, Fini und Resi, die Anni, Rosi, Edi gesellen sich ihnen zu. Ein einziges Mal waren die Familiennamen in Gefahr, als sich Onkel Peter [mit] einem Fräulein, das sich Mary nannte, verlobte, im Jahre 1925 und dann noch einmal, als Cousin Ernst in seinem letzten Urlaub vor seinem Tod die Familie mit der Nachricht erschreckte, ein Mädchen namens Karin heiraten zu wollen, aus Uelzen bei Hannover. Diese Karin, die im Jahr 1957 die Anverwandten ihres toten Bräutigams besuchen kam, verliebte sich am Ende ihres Aufenthalts aber in einen deutschen Sommergast aus dem Rheinland, und fuhr mit dem Menschen Wolf-Dieter zurück in Gegenden, in denen ihr Name besser gedeihen möchte als hier.

In unserer Familie gibt es mindestens zwei Mörder und zwei Diebe und drei Dirnen, obwohl niemand dies unserer Familie ansieht, und unsere Familie hat der Geschichte und der Politik ihren Tribut gezahlt, sie hat, ohne Verabredung, in jede Partei eines ihrer Mitglieder entsandt und manchmal mehrere. Alle Ideen wurden in unserer Familie vertreten, wenngleich nicht in ihrer höchsten und formulierbarsten Form, sondern auf eine popularisierte Weise, unsere Familie trat auf den Ideen herum und bog sie sich zurecht, und eines Tages hatte sie ihre Monarchisten und Anarchisten, ihre Sozialisten, Kommunisten. Und dann kam eine Zeit, da hatte sie ihre Nazis und Antisemiten, die Wirrköpfe und ihre Plünderer und Mörder, und zugleich hatte sie auch die Opfer, und manchmal waren einige beides zugleich, wie Onkel Sepp, der eine der niedrigsten Parteinummern im Land hatte und sich im Krieg mit den Parteileuten zerstritt wegen einer Fuhre Holz und im Konzentrationslager endete, ein Opfer wovon, niemand weiß das, [– – –].

Aber unsere Familie, und das macht ihren Zauber aus, weiß gar nichts von den Ideen, die sie hat mit ausbrüten helfen, denen sie Vorschub geleistet hat, die sie miternährt hat. Unsere Familie ist ein kopfloser großer Körper, der sich durch die Zeit schleppt, dem die Glieder abgehackt werden und dem neue nachwachsen. Sie ist das kopflose Ungeheuer, für das Ministerien zuständig sind und Religionen, Sittengesetze und Gesetzbücher, und gewissermaßen ist auch unsere Familie eine heilige, denn sie wird viel im Mund geführt, sie scheint etwas Untadeliges, Göttliches zu sein, und dies alles bloß, weil sie sich verzweigt hat, weil in den Büschen an der Gail sich zwei gepaart haben oder im Trunk Onkel Edi Tante Fini noch ein Kind gemacht hat. Dies alles befugt unsere Familie, einen Rechtsanspruch auf die Welt zu haben, diese Erde gehört ihr, und keiner würde es wagen, sie ihr streitig zu machen. Denn unsere unheilig-heilige Familie ist unwissend und unschuldig, sie ist nicht, was einzelne sind, sondern sie, die alle zusammen ist, erhebt sich stolz und trägt triumphierend unseren Namen. Ja, wir gehören ihr an, sie ist besser als wir, nicht nur eine Idee, sondern etwas Fleischgewordenes.

Tante Lisi muß in ein Altersheim gebracht werden. Cousine Rosi hat Zwillinge bekommen, zweieiig, zwei Mädchen, [sie] heißen Erna und Alwina. Gott sei gedankt für alles. Onkel Sepp [ist] zum dritten Mal im Spital, dieses Jahr. Wir seufzen, die ganze Familie seufzt durch, wenn jemand ins Spital muß. Die Familie ist in den Krankheiten wirklich eingerichtet. Krankheiten, wenn sie nicht so beseufzt und bejammert würden – müßte man annehmen, daß alle nur begierig darauf warteten, daß wieder jemand krank wird. Tante Erna muß sofort nach K. fahren, weil Rosi krank geworden ist, und die Kinder hüten. Sie schreibt allen davon, wird von Tante Lisa abgelöst, und Fanny, unsere älteste Cousine, muß zuletzt alle Kinder zu sich nehmen und durchfüttern bis Rosi gesund ist. Wenn Fanny krank ist, kommt aber nur Tante Maiza, o es gibt ungeschriebene Gesetze! In einer Familie gibt es immer einige Frauen, die alle Kinder hüten, alle Krankheiten durchmachen, alle Hilfen leisten müssen, und andere, die sich weniger beteiligen müssen, dafür aber für anderes sorgen. Unsere Cousinen Maiza und Wine zum Beispiel sorgen dafür, daß der Gesprächsstoff in der Familie über Verpöntes, Lasterhaftes nicht ausgeht. Die ganze Familie entrüstet sich unentwegt über die ältesten und neuen Geschichten unserer beiden Cousinen. Maiza hat sich scheiden lassen, ist dem Pfarrer nachgerannt, war mit dem halben Dorf im Bett, und, nach Tante Lisa »nimmt sie jetzt keiner mehr«, seither hält sie sich die italienischen Bauarbeiter und die Reisenden, die durchs Tal kommen. Wine ist die Jüngste und hat schon zum dritten Mal ein Verhältnis mit einem verheirateten Mann. Die Familie kennt die zum Klatsch zugelassenen und die wahren Ausgaben von Wines fluchwürdigem Leben, die Familie läßt nur einen Teil der Wahrheit durchsikkern, aber unter sich ist sie um so grausamer, richterlicher, auf Einzelheiten erpicht. Jeder in der Familie wird von der Familie gerichtet, es gibt Ankläger und Verteidiger, Publikum, und jeder ist in jedem Fall etwas anderes, der Verteidiger auch manchmal Zuschauer, der Ankläger manchmal Verteidiger.

Wer Maiza anklagt, bleibt Wine gegenüber gleichgültig, nur die Älteren sind allen gegenüber streng und lassen nur die Toten sich verklären zu Leitbildern. Unsere Großväter sind verklärt und unsere Großmütter, von den Urgroßeltern aller ganz zu schweigen, denen schon die Flügel wachsen, und die von fernher ein Licht auf die schwarze [– – –].

Ab und zu, für Jahre, schämt sich ein Teil der Familie für den anderen. Unser Onkel Edi schämt sich vor seiner Frau, unsere Tante Erna für seine Familie, und unser Cousin Edi schämt sich für Onkel Edi und Tante Erna und alle ihre Kinder, sie schämen sich Fremden gegenüber, Landräten, Bezirksrichtern, Sommerfrischlern, und jeder hat seinen Grund. Onkel Edi schämt sich, weil Tante Nana Kürbisse auf dem Feld gestohlen hat, das einem Verwandten von Tante Erna gehört, und er schämt sich, weil Fredi Kommunist ist, und über den Zaun mit den Sommerfrischlern redet von »sauberer Regierung«, von den Pensionisten und »die Gehaltsempfänger« und dabei Onkel Sepp im Auge hat, der von seiner Pension lebt, und Fredi bekommt jedesmal einen roten Kopf, wenn er an die Existenz von Sepp erinnert wird, der SA-Mann war und in Jugoslawien an weiß der Himmel was für »Aktionen beteiligt war«; von Aktionen war oft die Rede, und Sepp hört auch nicht auf zu reden von den Offizieren und den Juden, die schuld waren, daß der Krieg verloren ist, und jeden Abend sagt er seinen Kindern vorm Schlafengehen: Österreich ist unser Heimatland, aber Deutschland ist unser Vaterland, und er schickt die Kinder zu einem Verein, der verboten ist, und dort lernen sie noch einmal, was er spät gelernt hat, wieder singen, Fahnen entrollen, Lagerfeuer anfachen, und Tante Resi schüttelt den Kopf, die auch davon weiß, und darum weiß eigentlich auch die ganze Familie davon, unter dem Siegel der Verschwiegenheit: es wird kein gutes Ende nehmen. Die Kinder soll er wenigstens draußenlassen. Die Kinder. Die Kinder. Tante Erna sagt, es wird schon nur halb so schlimm sein, und erzählt es weiter. Und alle erzählen weiter, daß Irg noch immer glaubt, daß Hitler lebt, und daß alles heute in den Zeitungen gelogen ist, Lug und Trug sagt auch Peter, und Hansi sagt, mit Politik will er nichts zu tun haben, Irg sagt, wenn es gegen die Russen geht, sofort wieder, er kennt die Russen, er war im Kaukasus, von unserer Familie waren fünf in Rußland, die kennen die Russen, zwei waren in Frankreich, die kennen die Franzosen, zwei waren in Norwegen und in Griechenland, die wissen alles über die Norweger und Griechen. Alle haben sie kein rechtes Vertrauen zu den Ländern, die sie kennen, und schließlich sind unsere Toten in Rußland und Griechenland und Polen und Frankreich, aber von denen erfahren wir nicht mehr, was sie denken, und Kurt und Seppi waren einmal in Italien, auf dem großen Friedhof von Aprilia und haben dort Blumen auf das Grab von Hans gelegt, sie erzählen und man erzählt weiter, daß der Friedhof sehr gut gehalten ist, sehr schön gepflegt, und riesengroß, ein mächtiger Friedhof, fast nicht zu glauben wie groß, und sehr gut gehalten.

Einen Sinn für das Große hat unsere Familie, für große Zeiten und für alles Gewaltige.

Von der Sprache aber unserer Familie, denn wie könnte man unsere Familie begreifen, wenn man ihre Sprache nicht kennte, und die ist alt und wild und stehend und zu Sprüchen gehämmert, und diese Sprache ist, wie alle Sprachen, manchmal schon längst keinem Gegenstand mehr angepaßt und manchmal ganz genau dort, wo die Poesie entspringt.

Dies ist die Sprache unserer Familie:

Fredi ist keinen roten Heller wert.

Erna hat nicht schwarz unter den Nägeln.

Was Hans sagt, hat nicht Hand und nicht Fuß.

Wir hören das Gras wachsen und da glaub ich, es beißt mich etwas und Jesus Maria und Josef, und er hat sie genommen wie die Dirn vom Tanz, und Hur bleibt Hur, vergelt's Gott, in der Not frißt der Teufel Fliegen. Unsere Familie, die plappert nach, die redet, solang der Tag hell ist, die redet und redet, in den Küchen, den Kellern, in den Gärten, auf den Äckern, man versteht gar nicht, was die soviel zu reden haben, aber die erfüllen die Welt mit ihren [– – –]. Tante Erna steht schon wieder am Zaun mit der Nachbarin, Onkel Sepp trinkt sein Budele Schnaps bei Onkel Edi im Gasthaus, sie reden, vom Heu, von heißen Wikkeln, vom Wetter, vom Schweineschlachten, von der Gemeinde, von der Pacht, von der Genossenschaft. Unsere Familie sorgt dafür, daß nichts unberedet bleibt in der Welt, und sie hat schon ihre eigene Meinung über alles, und die läßt sie sich nicht abkaufen, nur manchmal ist ihr eine Weile, sieben Jahre lang, ein Teil der Meinungen verboten worden, dann hat sie sie wieder, unsere Familie hat alle Vorurteile auf der Welt, wenn es sie nicht schon gäbe, erzeugt, alle Grausamkeiten sich ausgedacht, in unserer Familie heißt es: die oder den sollte man aufhängen oder anzeigen oder der verdient's nicht besser, und doch hat un-

sere Familie auch eine Milde, ihre Tränen, da ist schon geweint und geschluchzt worden über die Schlechtigkeit der
Welt, über eine krepierte Kuh, über Tante Maria, über
Maizas Unglück, unsere Familie weint am liebsten über
sich selbst, über das, was ihr zustößt, kaum je über das, was
andren zustößt, da hat sie Schauer, die sie genießt: habt ihr
schon gehört, den Taller haben sie mit drei Stichen im
Bauch gefunden, im Obertal. Unsre Familie genießt die
schlechten Nachrichten, es war ihr keine Stadt genug bom-
bardiert, keine Totenzahl zuviel, sie hat sie immer noch er-
höht, sie macht aus hundert Toten fast tausend, damit der
Schauer größer ist, sie räkelt [sich] und wühlt im Unglück,
aber um ihr nicht Unrecht zu tun, selbst ihr eigenes Unglück steigert sie, die Schmerzen, die einer gelitten hat,
werden [– – –].
In unserer Familie muß jeder irgend jemand ähnlich sehen,
das ist Gesetz, schon von den kleinsten Kindern wird gesagt, wem sie ähnlich sehen, der Nona oder Onkel Hans,
der in Aprilia begraben ist oder Tante Anna. Die größte
Ehre wird dem erwiesen, der der Nona ähnlich sehen darf,
unsrer einen Großmutter, die jedoch immer Schrecken verbreitet, wenn man von ihr spricht, die der meisten Geheimnisse unsrer Familie wert befunden wird. Hier und da deutet einer an, wie hart sie war, daß sie den Enkelkindern nie
ein Stück Zucker gegeben hat, wie einsam sie und gescheiter als die anderen, wie sie Bücher gelesen hat und alles
aus der Geschichte wußte, von Rudolf von Habsburg und
vom Kaiser Maximilian, und dem Prinzen Eugen, und wie
sie laut und deutlich in ihrem Schlafzimmer und stundenlang aus dem Geschichtsbuch las, niemand durfte zu ihr,
und niemand durfte sie duzen, am Ende dachte sie, daß alle
sie vergiften wollten, und daß eine Verschwörung gegen
sie im Gange sei, damals hatte Tante Erna immer geweint,
weil sie beinah glaubte, die anderen glauben auch, daß sie
die Nona vergiften wolle, und Onkel Peter kam nie mehr

ins Haus, weil er sich das nicht gefallen ließ, als Mörder von seiner Mutter bezeichnet zu werden [– – –].

Wäre ichs wert, einer Familie anzugehören, wenn ich ihre Mörder verraten würde, ihre Diebe anzeigen würde. Es ist wohl möglich, die fremden Familien ihrer Verbrechen und Defekte zu zeihen, aber die eigene, mit ihren schwärenden Eiterbeulen, nie, die werde ich nie verraten. Und doch ist mir mehr erlaubt, an unserer Familie zu sehen als an jeder anderen. Ein großes Aug ist mir für unsere Familie gewachsen, ein großes Ohr geworden für ihre Sprachen, ein großes Schweigen mir geworden über soviel, das aus großer Nähe zu verschweigen ist.

Schweigen wir. Unsere Familie, die sich auf der Erde ausgebreitet hat, wie die Menschheit inmitten von fremden Geschöpfen, unsere Familie, von der die Welt unheilbar geworden ist.

Ich und Wir. Meine ich manchmal nicht nur mehr Wir?

Wir Frauen und Wir Männer, Wir Seelen, Wir Verdammten, Wir Schiffer, Wir Blinde, Wir blinde Schiffer, Wir Wissende. Wir mit unseren Tränen, Eitelkeiten, Wünschen, Hoffnungen und Verzweiflungen.

Wir unteilbar, geteilt durch jeden einzelnen, doch Wir.

Meine ich nicht Wir, gegen den Tod gehend, Wir, von Toten begleitet, Wir Hinsinkende, Wir Vergebliche?

In soviel Momenten sind Wir. In allen Gedanken, die ich nicht mehr allein zu denken [ver]mag. In Tränen, die nicht allein um mich geweint werden mögen.

Wir wünschen Uns zum Neuen Jahr. Wir wünschen Uns, daß [es] Rosi besser gehen möge, wünschen Tante Erna einen sanften Tod. Fürchten Onkel Edi. Denken oft an Nana.

Nana, die durch die Türen huschte und die Tränke mischte, das Vieh zum Brunnen trieb. Nana, die sagte: Oh Gott, oh Gott. So fing jeder ihrer Sätze an. Nana, die wahnsinnig wurde und ans Bett gebunden werden mußte. Die in

der Irrenanstalt war, die zu verhungern fürchtete, der keiner ein Brot gab, die den Kürbis stahl auf dem Nachbar-
feld. So wenig von Nana, so alles von Nana, wer war sie,
ist sie, unsere Tote?
Bestraft sie nicht. Straft uns um keinen. Ein Natternge-
zücht, die Auserwählten, das sind wir, das einer zu zertre-
ten wünscht und einer zu Großem will. Immer wir, ich will
geliebt sein um alle.

Besichtigung einer alten Stadt

Weil Malina und ich Wien sehen wollen, das wir uns noch nie angeschaut haben, machen wir eine Fahrt mit dem AUSTROBUS. Dem Fremdenführer hängt eine Beethovenmaske um den Hals, und während wir, nach den Gesichtspunkten eines uns unbekannten Reisebüros, ein ganz neues Wien erleben, bemüht sich der Fremdenführer, englisch für die Amerikaner zu sprechen, nur uns beide sieht er mißtrauisch an, obwohl wir uns als Mr. und Mrs. Malina angemeldet haben, um mit echten Ausländern mitzudürfen. Der Fremdenführer wird schon mit allen möglichen Fremden durch Wien gefahren sein, Brasilianern, Pakistani und Japanern, denn sonst könnte er sich nicht diese gewagten Abschweifungen erlauben und an den seltsamsten Orten halten lassen. Denn zum Beispiel läßt der Mann fürs erste nur anhalten an vielen Brunnen, alle dürfen aussteigen und trinken aus dem Genienbrunnen, dem Danubiusbrunnen, im Stadtpark sogar aus der »Befreiung der Quelle«. Der Fremdenführer erklärt, das Wiener Hochleitungswasser, the most famous water in the world, müsse jeder einmal getrunken haben. Ohne Halt geht es an vielen graugrünen Barockkuppeln vorbei, die Karlskirche wird ausgelassen, die Nationalbibliothek unterschlagen, Erzherzog Karl, der Sieger, der Löwe von Aspern, wird vertauscht mit Kaiser Maximilian I. in der Martinswand, den ein Engel herausgeführt hat, nach seiner Verirrung, aus einer Tiroler Wand, und den heute der Fremdenführer kurzerhand auf ein Pferd nach Wien gesetzt hat. Vor einer Konditorei in der Inneren Stadt wird zu Malinas und meiner Verblüffung angehalten, die Amerikaner haben fünf Minuten Zeit, um sich Mozartkugeln zu kaufen, the most famous Austrian chocolates, ad gloriam and in memoriam of the most famous composer of all the times, und während die Amerikaner folgsam in eine trockene Imitation der Salzburger Mozartkugeln hineinbeißen, kreisen wir einmal um die Pestsäule, to remember the most famous and dreadful illness in the world which was stopped with the Austrian forces and prayers of Emperor Leopold I. Wir fahren rasch an der Staatsoper vorbei, where are happening the greatest singing successes and singing accidents in the world, und besonders rasch geht es am Burgtheater vorbei, where are happening every evening the oldest and most famous dramas and murderings in Europa. Vor der Universität geht dem Fremdenführer der Atem aus, er erklärt sie eilig zum oldest museum of the world und deutet erleichtert auf die Votivkirche, which was built to remember the salvation from the first turkish danger and the beaten turks left us the best coffee and the famous viennese breakfast Kipfel, to remember. Er flüstert mit dem Fahrer, mit dem er im Bund ist, und es wird aus der Stadt hinausgefahren. Denn wegen einer Einsturzgefahr müßten wir den Stephansdom vermeiden, die Pummerin sei gerade ausgeliehen nach Amerika und werde auf einer Wanderausstellung gezeigt, das Riesenrad sei leider in einer der größten deutschen Firmen, zum Umbau, um vergrößert zu werden für die künftigen, immer größer werdenden Ansprüche. Der liebe Gott wird im Vorüberfahren gezeigt, er hat eine Ruhebank im Lainzer Tiergarten. In Schönbrunn wird endlich eine Rast gemacht, und scheu bewundern alle den Doppelgänger des Friedenskaisers, der sein 70jähriges Regierungsjubiläum hinter sich hat und einsam, würdevoll, spazieren geht im Park. Er hat es nicht gewollt. Es ist ihm nichts erspart geblieben. Der Fremdenführer blättert in seinem Notizblock, er hat endlich die Stelle gefunden: An meine Völker! Der Fremdenführer sieht hilfesuchend zu Malina und mir, er hat schon einen Verdacht, denn er weiß

offenbar nicht, wie er die drei Worte übersetzen soll. Aber
Malina schaut den Mann unbewegt an. Der Fremdenführer fragt: is something wrong, Sir? Malina lächelt und ant-
wortet in seinem besten Englisch: oh, no, it's extremely
interesting, I'm interested in history, I love culture, I adore
such old countries like yours. Der Fremdenführer verliert
einen Verdacht, er rettet sich in einen anderen Satz, Wed-
nesday of July 29th 1914 the Emperor of the most famous
Empire in the world spoke to his nineteen peoples and de-
clared that in the most earnest hour of the greatest decision
of our time before the Almighty, he is conscious. Eine kleine Miss ruft: Gosh! sie will nicht glauben, daß ein so kleines Land einmal ein großes Land war, sie war auf eine
Operette gefaßt, auf Grinzing, auf die schöne blaue Donau. Unser Fremdenführer weist die hübsche kleine Amerikanerin zurecht: this was the biggest country which ever
existed in the world and it gave a famous word, in this
country the sun never goes down. Malina sagt hilfreich:
the sun never set.
Aber bald wird es wieder friedvoll, ein Anarchist hat Frau
Romy Schneider getötet, in Korfu und in Miramar tagen
Konferenzteilnehmer zahlloser Konferenzen, Madeira
nimmt einen Aufschwung durch Kreuzfahrten. Der Fremdenführer lenkt ins Gemütvolle, er leistet sich einen Wal-
zertraum, der weiße Flieder blüht wieder und auch im
Prater blühen wieder die Bäume, der Kronprinz Rudolf
lernt Madame Catherine Deneuve kennen, die gottlob im
AUSTROBUS jeder kennt. In Mayerling stehen wir im Regen herum, der strengste Nonnenorden wacht über einem
kleinen Waschtisch, der gezeigt werden darf, es sind keine
Blutflecken zu sehen, denn der Trakt mit dem Zimmer ist,
auf allerhöchsten Befehl, vor einem halben Jahrhundert
niedergerissen worden und durch eine Kapelle ersetzt. Nur
eine Nonne darf mit uns sprechen, alle anderen Nonnen
beten für sie, bitten für sie. Die Nacht bricht herein. Wir

haben für unser Geld noch nicht alles bekommen, Vienna by night steht uns noch bevor. Im ersten Lokal treten die Zigeunerbarone und die Csárdásfürstinnen auf und werden begeistert beklatscht, es gibt zwei Gläser Wein für jeden, im zweiten Lokal lungern die langhaarigen Bettelstudenten herum und die Vogelhändler gehen jodelnd von Tisch zu Tisch, es gibt ein Glas deutschen Sekt für jeden, die Amerikaner kommen mehr und mehr in Stimmung, wir ziehen durch die Innere Stadt, von einem Land des Lächelns ins andere, ein älterer Amerikaner belästigt im Übermut die lustige Witwe. Um fünf Uhr früh sitzen wir alle vor einer Gulaschsuppe, auch der Fahrer vom Austrobus ist mit von der Partie. Der Fremdenführer schenkt versöhnt der kleinen Miss die Beethovenmaske, und alle singen Die Geschichten aus dem Wiener Wald mit, der Fremdenführer und der Fahrer versuchen sich allein im Wiener Blut. Endlich stellt sich heraus, daß nur der Fahrer wirklich eine prächtige Stimme hat, und alle wollen, daß er etwas allein singt, für ihn gibt es kein Halten. Wien, Wien, nur du allein! Malina ist am Ende seiner Kräfte, ich fühle es von ihm auf mich übergehen, er schiebt dem Fahrer ein Trinkgeld zu, der mir zuzwinkert und mich jetzt als einziger durchschaut hat, er läßt mich nicht aus den Augen, kümmert sich keinen Deut um die junge Amerikanerin, und singt zu Malina hin: Grüß mir die lachenden, reizenden Frauen im schööönen Wien! Your husband doesn't like music? fragt der Fremdenführer aufmerksam, und ich sage verwirrt: not so late, not so early in the morning. Malina fängt mit dem älteren Amerikaner übereifrig zu reden an, er gibt vor, an einer Universität im Mittelwesten europäische Geschichte zu dozieren, er sei überrascht von seinem ersten Aufenthalt in Wien, es gebe hier so vieles zu bemerken, was noch niemals bemerkt worden ist, auch wie hier allerorten das Abendland schon gerettet wird, hier allein gebe es noch diese sagenhafte Tradition, Apollo, Thalia, Eos, Urania, dem Phönix, ja, sogar dem Kosmos sind hier Kinos gewidmet, Eden ist sogar ein Nachtlokal, für Diana wird mit einer leichten Damenfilterzigarette wieder geworben, Memphis wird von einer Konkurrenzfirma ins Gedächtnis gerufen. Ich denke an unsere Apostolischen Kaiser und flüstere Malina zu: ich glaube, der Mann hat sich einfach nicht getraut zu sagen, daß sie zu Semmeln verbacken und in Schmarren zerrissen worden sind. Der Amerikaner, der sich zu Missouri bekennt, prostet Malina zu, in dem er einen feinen guy erkennt, der seine Beobachtungen und sein Wissen übers große Wasser in die Wildnis tragen wird.

Gestärkt von der Gulaschsuppe und den Liedern, erinnert der Fremdenführer daran, daß es noch nicht in die Betten, sondern unbarmherzig weitergehe, denn es ist bereits heller Tag.

Ladies and Gentlemen! Our trip will finish in the Kapuzinergruft. Die Amerikaner sehen einander fragend und enttäuscht an. Einige wären lieber in den Prater gegangen, aber am Morgen gibt es keinen Prater und auch keinen Heurigen, und wir halten schon vor der Kapuzinerkirche und müssen fröstelnd und übernächtig hinunter in die Gruft. Here you can see the most famous collection in the world, the hearts of all the habsburgian emperors and empresses, archdukes and archduchesses. Eine betrunkene alte Amerikanerin fängt zu lachen an, die kleine Miss läßt die Beethovenmaske fallen und schreit: Gosh! Wir möchten alle heraus aus den Grüften, der ältere Amerikaner, dem noch die lustige Witwe gefallen hat, muß sich übergeben. Der Fremdenführer findet es einen Skandal und flucht, aber nicht mehr auf englisch, die Ausländer seien eben alle nur auf ein Vergnügen aus, von Kultur keine Ahnung, Ehrfurcht überhaupt keine, es wäre sein Beruf einfach der undankbarste Beruf von der Welt, für ihn wirklich kein Vergnügen, diese Barbaren haufenweise durch die

Wiener Tage und Wiener Nächte zu führen. Er treibt seine Herde zurück in den Bus. Malina und ich steigen nicht ein, wir bedanken uns und behaupten, wir hätten nur ein paar Schritte zu unserem Hotel, und gehen schweigend, eingehängt, eng aneinander gedrängt zum nächsten Taxistand. Im Taxi sprechen wir kein Wort, Malina ist am Einschlafen, und zuhause, in der Ungargasse sage ich: das war doch deine Idee. Malina sagt erschöpft: ich bitte schon sehr, das war wieder einmal deine Idee.

Vierter Teil: Simultan

Simultan

Bože moj! hatte sie kalte Füße, aber das mußte endlich Paestum sein, es gibt da dieses alte Hotel, ich versteh nicht,
wie mir der Name, er wird mir gleich einfallen, ich habe
ihn auf der Zunge, nur fiel er ihr nicht ein, sie kurbelte das
Fenster herunter und starrte angestrengt seitwärts und
nach vorne, sie suchte den Weg, der nach rechts, credimi,
te lo giuro, dico a destra, abbiegen mußte. Dann war es
also das NETTUNO. Als er an der Kreuzung verlangsamte
und den Scheinwerfer aufblendete, entdeckte sie sofort das
Schild, angeleuchtet im Dunkel, unter einem Dutzend Ho-
telschildern und Pfeilen, die zu Bars und Strandbädern
wiesen, sie murmelte, das war aber früher ganz anders,
hier war doch nichts, einfach nichts, noch vor fünf sechs
Jahren, nein wirklich, das ist doch nicht möglich.

Sie hörte den Kies knirschen unter den Rädern und Steine
zurückschlagen gegen die Karosserie, blieb zusammenge-
sunken sitzen, massierte sich den Hals, streckte sich dann
gähnend, und als er zurückkam, sagte er, damit sei es
nichts, sie müßten in eines der neuen Hotels gehen, hier
überzogen sie nicht einmal mehr die Betten, es gab keine
Gäste mehr für alte Hotels neben Tempeln, inmitten von
Rosen und unter Bougainvilleen, und sie war enttäuscht
und erleichtert, es sei ihr übrigens auch völlig gleichgültig,
todmüde, wie sie sei.

Im Fahren hatten sie wenig miteinander reden können, auf
der Autobahn war immer dieses scharfe Geräusch da, vom
Wind, von der Geschwindigkeit, das beide schweigen ließ,
nur vor der Ausfahrt in Salerno, die sie eine Stunde lang

nicht finden konnten, gab es dies und jenes zu bemerken, einmal französisch, dann wieder englisch, italienisch konnte er noch nicht besonders gut, und mit der Zeit nahm sie den alten Singsang wieder an, sie melodierte ihre deutschen Sätze und stimmte sie auf seine nachlässigen deutschen Sätze ein, wie aufregend, daß sie wieder so reden konnte, nach zehn Jahren, es gefiel ihr mehr und mehr, und nun gar reisen, mit jemand aus Wien! Sie wußte bloß nicht, was sie deswegen einander zu sagen hatten, nur weil sie beide aus dieser Stadt kamen und eine ähnliche Art zu sprechen und beiseite zu sprechen hatten, vielleicht hatte sie auch nur, nach einem dritten Whisky auf der Dachterrasse im Hilton, geglaubt, er bringe ihr etwas zurück, einen vermißten Geschmack, einen fehlenden Tonfall, ein geisterhaftes Gefühl von einem Daheim, das nirgends mehr für sie war.

Er hatte in Hietzing gewohnt, dann brach er ab, etwas mußte also noch in Hietzing geblieben sein, schwer auszusprechen, und sie war aufgewachsen in der Josefstadt, Wickenburggasse, dann kam das unvermeidliche namedropping, sie tasteten das Wiener Terrain ab, fanden aber keine gemeinsamen Leute, die ihnen weitergeholfen hätten, die Jordans, die Altenwyls, von denen wußte sie natürlich, wer die waren, aber kennengelernt, nie, die Löwenfelds kannte sie nicht, Deutschs auch nicht, ich bin schon zu lange weg, mit neunzehn bin ich weg, ich spreche nie mehr deutsch, nur wenn es gebraucht wird, dann natürlich, aber das ist etwas anderes, für den Gebrauch. Auf dem römischen Kongreß hatte sie zuerst Mühe gehabt, eigentlich eher Lampenfieber, wegen Italienisch, es war dann aber sehr gut gegangen, für ihn war das natürlich unbegreiflich, wenn man, wie sie, so viele Diplome in der Tasche hatte, sie erwähne es auch nur, weil sie einander sonst nie kennengelernt hätten und sie doch keine blasse, nicht einmal die blasseste Ahnung, eben nach dieser Überanstrengung und mit allen Gedanken woanders, in dieser Hilton-Pergola danach, und er in der FAO brauchte also nur Englisch und Französisch, so? und Spanisch konnte er recht gut lesen, aber wenn er nun in Rom bleiben wollte, dann war es doch ratsam, und er schwankte zwischen Privatstunden und einem Italienischkursus, den die FAO organisierte.

Er war einige Jahre lang in Rourkela gewesen und zwei Jahre in Afrika, in Ghana, dann in Gabun, länger in Amerika selbstverständlich, sogar ein paar Jahre zur Schule dort gegangen, während der Emigration, sie irrten beide die halbe Welt ab, und am Ende wußten sie ungefähr, wo sie, von Zeit zu Zeit, gewesen waren, wo sie gedolmetscht und er etwas erforscht hatte, was denn bloß? fragte sie sich, aber sie fragte es nicht laut, und sie kehrten aus Indien wieder nach Genf zurück, wo sie studiert hatte, zu den ersten Abrüstungskonferenzen, sie war sehr gut, sie wußte es auch, sie wurde hoch bezahlt, zu Hause hätte sie es nie ausgehalten mit ihrem Selbständigkeitsdrang, es ist eine so unglaublich anstrengende Arbeit, aber ich mag das eben trotzdem, nein, heiraten, nie, sie würde ganz gewiß nie heiraten.

Die Städte wirbelten auf in der Nacht, Bangkok, London, Rio, Cannes, dann wieder Genf unvermeidlich, Paris auch unvermeidlich. Nur San Francisco, das bedauerte sie lebhaft, no, never, und gerade das hatte sie sich immer gewünscht, after all those dreadful places there, und immer nur Washington, grauenhaft, ja, er auch, er hatte es auch grauenhaft gefunden und er könnte dort nicht, nein sie auch nicht, dann schwiegen sie, ausgelaugt, und nach einer Weile stöhnte sie ein wenig, please, would you mind, je suis terriblement fatiguée, mais quand-même, c'est drôle, n'est-ce pas, d'être parti ensemble, tu trouves pas? I was flabbergasted when Mr. Keen asked me, no, of course not, I just call him Mr. Keen, denn er schien immerzu keen auf etwas zu sein, auch auf sie während der Party im Hilton, but let's talk about something more pleasant, I utterly disliked him.

Mr. Keen, der nicht so hieß und der Mr. Ludwig Frankel in der FAO-Hierarchie im Weg stand, war vor den Bahnschranken von Battipaglia ein Gegenstand gemeinsamen Interesses, erwies sich aber auch als wenig ergiebig, da sie ihn ja nur einmal gesehen hatte und Mr. Frankel ihn auch erst seit drei Monaten um sich und über sich hatte, einen hemdsärmeligen Amerikaner, un casse-pied monolingue, emmerdant, aber, wie er sich ohnmächtig zugeben mußte, sonst ein ganz entwaffnend hilfsbereiter und argloser Mensch. Sie mußte noch einmal mißbilligen und weiterreden, I couldn't agree more with you, I was just disgusted, the way he behaved, und was hatte der Mann sich eingebildet mit seinen gut und reichlich fünfzig Jahren und einer schon kaum mehr zu übersehenden Glatze unter den dünnen Haaren, und sie fuhr ihrem Mr. Frankel durch die vielen dunklen Haare und legte ihm die Hand auf die Schulter.

Er war nicht geschieden, das nicht, aber in der Scheidung, die eine Frau Frankel in Hietzing und er nur langsam betrieben, er war sich noch immer nicht schlüssig, ob eine Scheidung das Richtige war. Bei ihr wäre es fast bis zu einer Heirat gekommen, aber kurz davor doch auseinandergegangen, und über das Warum hatte sie jahrelang nachgedacht, und nie kam sie auf den Grund, nie vermochte sie einzusehen, was damals vorgefallen war. Als sie am Lido von Paestum hielten und sie wieder im Auto wartete, während er sich in den neuen Hotels umsah und verhandelte, fiel es ihr halbwegs ein, denn es hatte niemand Dritten gegeben und keine Zerrüttung, so etwas gab es jedenfalls nicht für sie, so was würde sie niemals zugelassen haben, obwohl sie Leute kannte, denen ekelhafte Dinge passierten oder die in theatralischen Vorstellungen dachten oder vielleicht brockten die sich solche Geschichten einfach ein, damit sie etwas erlebten, how abominable, wie geschmacklos, alles, was degoutant war, hatte sie in ihrer Nähe nie aufkommen lassen, nur gegangen war es doch nicht, weil sie ihm nicht zuhören konnte, höchstens wenn sie beisammen lagen und er ihr wieder und wieder versicherte, wie sehr ihm dies und jenes an ihr, und er gab ihr viele winzige Namen, die anfingen mit: ma petite chérie, und sie ihm viele große Namen, die endeten mit: mon grand chéri, und sie waren ineinander verhängt gewesen, leidenschaftlich, sie hing vielleicht noch heute an ihm, das war der beste Ausdruck dafür, an einem zu einem Schemen gewordenen Mann, aber wenn sie damals aufgestanden waren am späten Vormittag oder am späten Nachmittag, weil man doch nicht immerzu aneinander hängen konnte, dann redete er von etwas, was sie nicht interessierte, oder er erzählte ihr, wie jemand, der verkalkt ist, und er konnte doch nicht mit dreißig schon an einer schweren Arteriosklerose leiden, drei oder vier wichtige Ereignisse aus seinem Leben und gelegentlich noch einige kleinere Begebenheiten, sie kannte sie alle nach den ersten Tagen auswendig, und gesetzt den Fall, sie hätte, wie andere, die ihr Privatleben den Gerichten dieser Welt auslieferten, vor einen Richter treten müssen, um sich zu verteidigen oder um anzuklagen, so wäre weiter nichts herausgekommen, als daß es eine Zumutung für einen Mann war, wenn eine Frau ihm nicht zuhörte, aber auch eine Zumutung für sie, weil sie ihn anhören mußte, denn meistens hatte er sie belehrt oder ihr etwas erklärt, das Thermometer und das Barometer, wie Eisenbeton hergestellt wurde und wie Bier, was der Raketenantrieb war und warum Flugzeuge fliegen, wie die Situation in Algerien früher und danach war, und sie, mit ihren riesigen kindlich aufgerissenen Augen, hatte getan, als hörte sie zu, in Gedanken immer woanders, bei ihm und ihrer Empfindung für ihn, Stunden zurück oder um Stunden voraus, nur im Augenblick konnte sie nichts für ihn aufbringen, schon gar nicht Aufmerksamkeit, und erst jetzt, viele Jahre zu spät, kam aus ihr die Antwort auf eine unwichtig gewordene Frage, auf ein immer leiseres, fast schon erlöschendes Warum. Die Antwort kam, weil sie sie nicht französisch suchte, sondern in ihrer eigenen Sprache, und weil sie jetzt mit einem Mann reden konnte, der ihr die Sprache zurückgab und der, dessen war sie sicher, terribly nice war, sie hatte nur noch kein einziges Mal Ludwig zu ihm gesagt, weil seine Freunde und seine Familie ihn unmöglich so nennen konnten. Sie überlegte, wie sie diese drei oder vier Tage lang ohne seinen Vornamen auskommen könne, sie würde einfach darling oder caro oder mein Lieber sagen, und als er die Wagentür auf ihrer Seite aufmachte, hatte sie schon verstanden und stieg aus, er hatte also zwei Zimmer im selben Stockwerk gefunden. Er suchte ihr die Tasche, das Kopftuch und das Plaid heraus, und eh der Hausdiener kam, überfiel sie ihn von hinten, umarmte ihn ungeschickt und sagte heftig, I'm simply glad we've met, you are terribly nice to me, and I do not even deserve it.

Im Speisesaal, in dem abgeräumt wurde, waren sie die letzten, mit der letzten lauen Suppe. Dieser panierte Fisch, ist das Kabeljau, tiefgefroren? Sie stocherte lustlos in dem Fisch herum, haben die hier keine Fische mehr, mit dem Mittelmeer vor der Tür? In Rourkela, da hatte man das Gefühl gehabt, wirklich etwas tun zu können, es war seine beste Zeit gewesen, in Indien, trotz allem, er zog mit der Gabel über das weiße Tischtuch die Eisenbahnlinie Calcutta–Bombay, ungefähr hier mußt du es dir vorstellen, praktisch haben wir mit einem Bulldozer angefangen und selbst die ersten Baracken gebaut, nach drei Jahren spätestens ist jeder völlig verbraucht, ich bin genau 21 mal hin- und hergeflogen zwischen Calcutta und Europa, und dann hatte ich genug. Als der Wein doch noch gebracht wurde, erläuterte sie es nachsichtig, sie waren immer zu zweit in einer Kabine, nicht wie Pilot und Co-Pilot, nein, natürlich nur, um sofort wechseln zu können nach zwanzig Minuten, das war die vernünftigste Zeit, länger konnte man nicht übersetzen, obwohl man manchmal dreißig oder gar vierzig Minuten aushalten mußte, der reine Wahnsinn, an den Vormittagen ging es noch, aber nachmittags wurde es immer schwerer, sich zu konzentrieren, es war dieses fanatisch genaue Zuhören, dieses totale sich Versenken in eine andere Stimme, und ein Schaltbrett war ja einfach zu bedienen, aber ihr Kopf, just imagine, t'immagini! In den Pausen trank sie aus einer Thermosflasche warmes Wasser mit Honig, jeder hatte seine eigene Methode, sich über den Tag zu bringen, aber am Abend kann ich kaum noch die Zeitung in der Hand halten, es ist wichtig, daß ich regelmäßig alle großen Zeitungen lese, ich muß den Wendungen auf der Spur bleiben, den neuen Ausdrücken, aber die Terminologien, das gerade war das wenigste, da gab es die Berichte, die Listen, die mußte sie vorher auswendig lernen, Chemie mochte sie nicht, Landwirtschaft sehr, Flüchtlingsprobleme, das ging, wenn sie für die Vereinten Nationen arbeitete, aber Unions des Postes Universelles und International Unions of Marine Insurance, das waren ihre letzten Alpträume gewesen, die mit nur zwei Sprachen hatten es eben leichter, sie aber, sie lernte schon frühmorgens, wenn sie ihre Atemübungen und ihre Gymnastik machte, sie war einmal in einem Krankenhaus gewesen, wo ein Arzt ihr das Autogene Training beigebracht hatte, und sie wandelte das jetzt für sich ab, nicht sehr orthodox, aber es half ihr sehr. Es ist mir damals sehr schlecht gegangen.

Mr. Frankel, dem es offenbar nie schlecht gegangen war, wunderte sich aber nicht, daß sie öfters schloß mit einem Satz: damals ist es mir gar nicht gut gegangen. Oder: damals ist es mir schlecht gegangen. Actually, basically, was man schon so perfekt nannte, als ob es das geben könnte! Eine Russin, eine ältere Frau übrigens, die bewunderte sie am meisten, sie hatte dreizehn Sprachen, she really does them, siehst du, ich weiß nicht, wie ich es sagen soll, gestand sie verwirrt, mit der Zeit wolle sie eine Sprache fallenlassen, Russisch oder Italienisch, es zerstört mich, ich komme ins Hotel, trinke einen Whisky, kann nichts mehr hören, nichts sehen und sitze ausgewrungen da, mit meinen Mappen und Zeitungen. Sie lachte, da war dieser Zwischenfall in Rio gewesen, nicht mit der Russin, mit einem Jungen von der sowjetischen Delegation, der mitkontrollierte, denn ihr Co-Dolmetscher hatte übersetzt, der amerikanische Delegierte sei ein silly man, und nun bestanden die todernst darauf, daß durak stupid heiße, nicht mehr und nicht weniger, und sie hatten alle etwas zum Lachen gehabt, ja manchmal sogar das.

Deutsch, das ist doch schon im Verschwinden, sagte er, uns kommt es jedenfalls so vor, aber ob das auch die anderen schon zu merken anfangen, was meinst du? Als sie im Gehen waren, fing er wieder an: was meinst du, wird es einmal eine einzige Sprache geben? Sie hörte nicht zu oder hörte es wirklich nicht, und auf der Stiege lehnte sie sich an ihn, tat, als könnte sie kaum mehr gehen, und er zog sie mit sich. Tu dois me mettre dans les draps tout de suite. Mais oui. Tu seras gentil avec moi? Mais non. Tu vas me raconter un tout petit rien? Mais bien sûr, ça oui.
Er sah noch einmal in ihr Zimmer, fragte leise: Nadja, Nadja? und schloß fast geräuschlos die Tür, ging zurück in sein Zimmer, in dem sie eben noch gewesen war, und fand das Bett noch warm und mit ihrem Geruch vor, sie hatte es

ihm schon bei der Abreise in Rom gesagt, sie könne nicht mehr, nach einem Schock, seit langer Zeit schon, später würde sie es ihm erklären, mit jemand in einem Zimmer oder gar in einem Bett schlafen, und er war erleichtert gewesen, daß sie ihm mit dieser Geschichte gekommen war, denn er hatte auch nicht die geringste Lust, war viel zu nervös und Alleinsein zu sehr gewohnt. In diesem Hotel, trotz der Steinböden, krachte es nun, die Terrassentür bewegte sich greinend, ein Moskito sirrte im Zimmer, er rauchte und rechnete, seit drei Jahren war ihm das nicht mehr passiert, nichts, was von der Gewohnheit abwich, und mit einer wildfremden Person, Hals über Kopf, ohne jemand ein Wort zu sagen, das Wetter war bedenklich und eine entsetzliche Öde in ihm, der Moskito stach jetzt zu, er schlug sich auf den Hals und traf ihn wieder nicht, hoffentlich will sie morgen diese Tempel nicht sehen, wenn sie sie doch schon zweimal gesehen hat, morgen früh gleich weiter, in ein kleines Fischerdorf am besten, ein ganz kleines Hotel, weg von diesem Touristenstrom, weg von allem, und wenn das Bargeld nicht reichte, er hatte sein Scheckheft, aber ob die in diesen Nestern überhaupt wußten, was ein Scheck war, jedenfalls hatte er eine CD-Nummer, die nie ihre Wirkung verfehlte, und die Hauptsache war schließlich, daß es zwischen ihnen beiden ging, nichts komplizierte sich mit ihr, und in einer Woche würde sie nach Holland verschwunden sein, seine einzige Betroffenheit rührte daher, daß er sie, vor einer Woche in Rom, an diesem Samstag, so bekommen hatte, als könnte etwas Einfaches sich wiederherstellen in seinem Leben, eine in Vergessenheit geratene schmerzliche Freude, von der er ein paar Tage lang so verwandelt war, daß auch die Leute in der FAO etwas merkten, zwischen well well, okay okay, you got that? er drückte die Zigarette aus, die Schläfrigkeit, kaum da, wurde zerstreut durch eine Musik, die über den Gang getragen wurde, STRANGERS IN THE NIGHT, nebenan wur-

den Zimmertüren aufgesperrt, und in ihm verwirrte sich
der Titel zu TENDER IS THE NIGHT, er mußte das Beste aus
diesen Tagen machen, im Waschbecken gurgelte plötzlich
das Wasser, röhrte, er schrak wieder auf, jetzt redeten die
nebenan laut, ein unmögliches Hotel, diese zitternde Unruhe in der Nacht, lo scirocco, sto proprio male, in Calcutta
oder wo hatte das angefangen, und jetzt in Rom kam die
Beklemmung immer häufiger, the board, the staff, das
neue Projekt, tired, I'm tired, I'm fed up, er nahm doch, im
Dunkeln danach tastend, das Valium 5, I can't fall asleep
anymore without it, it's ridiculous, it's a shame, but it was
too much today, dieses Gehetze und die Bank schon geschlossen, aber er wollte weg aus der Stadt mit ihr, she is
such a sweet und gentle fanciulla, not very young but look-
ing girlish as I like it, with these huge eyes, and I won't
have me hoping that it's possible to be happy, but I couldn't
help that, I was immediately happy with her.

Sie gingen rasch bis zum zweiten Tempel und, nach einem
Blickwechsel, kehrten sie vor dem dritten um. Er hielt den
Reiseführer aufgeschlagen in der Hand, las gedankenlos
einen Absatz, aber da sie nichts wissen wollte, erklärte er
ihr besser nichts. Sie schlenderten zu dem Garten des NET-
TUNO, in dem viele verlassene Liegestühle standen, suchten sich einen Platz, von dem aus man die Tempel sehen
konnte, bestellten Kaffee und redeten. Es ist ein so abson-
derliches Jahr heuer, er gab ihr recht, es war bestimmt
Schirokko, es ist sonderbar und drückend, immer ist es zu
heiß oder zu kalt oder zu schwül, wo ich auch bin, es ist
sonderbar, nun ging das schon so jahraus, jahrein. Tu es
sûr qu'il s'agit des phénomènes météorologiques? etwas
Kosmisches? moi non, je crains plutôt que ce soit quelque
chose dans nous-mêmes qui ne marche plus. Griechenland
war auch nicht mehr, was es damals oder gestern gewesen
war, es war überhaupt nichts mehr, wie man es zuerst, vor

zehn, fünfzehn Jahren kennengelernt hatte, und wenn er sich gar vorstellte, was in zwei Jahrtausenden passiert war, wo er kaum fähig war, diese kleine Zeitspanne und seine eigene Geschichte zu übersehen und sich vorzuhalten, kam es ihm überwältigend und irrsinnig vor, daß man hier einfach Kaffee trinken und zugleich auf griechische Tempel schauen konnte – come fosse niente, fiel sie ein, und er verstand nicht, was sie denn von seinem Gedankengang erraten konnte, den er für sich behielt und selber nicht recht begriff. Mit wem sie diese Tempel früher gesehen hatte, das ging ihn selbstverständlich nichts an, aber warum sie sie auf einmal nicht mehr sehen will? Er war bestimmt nicht der Grund dafür, es mußte etwas anderes sein, aber sie redete über alles und jedes hinweg, und was er bisher von ihr wußte, war etwas von einem Schock, but who cares, und daß es ihr öfters schlechtgegangen war.

Noch als er sie in Rom im Hotel abgeholt hatte, war ihr der Aufbruch wie der in ein übliches Abenteuer vorgekommen, aber je weiter sie sich entfernte von ihrem Standplatz, der wichtiger für sie war als für andere ein Zuhause und von dem ein Sich-Entfernen daher viel heikler ist, desto unsicherer fühlte sie sich. Sie war keine selbstsichere Erscheinung mehr in einer Halle, in einer Bar, entworfen von VOGUE oder GLAMOUR, zur richtigen Stunde im richtigen Kleid, fast nichts mehr deutete auf ihre Identität hin, sie sah aus wie eine beliebige Person mit ihren verwaschenen Blue jeans und der zu knappen Bluse, mit einem Koffer und einer Badetasche, er hätte sie ebensogut auf der Straße aufgelesen haben können. Damit er nicht merkte, wie sie es fürchtete, auf ihn angewiesen zu sein, bemühte sie sich, ihn fühlen zu lassen, daß es ohne ihre Ortskenntnisse und Orientierungskünste nicht ging. Sie blätterte in den Straßenkarten, die alle nicht mehr neu waren und überholt, unterwegs, an einer Tankstelle, kaufte sie noch eine Karte über den Küstenabschnitt, die dann wieder nicht stimmte, aber er wollte es nicht glauben, chauffierte mit der linken Hand und dem linken Auge, um auch in die Karte schauen zu können, und sie durfte sich nicht aufregen, weil er nicht wissen konnte, daß sie besser als jeder Portier, jeder Angestellte in einem Reisebüro und jede Auskunft in Kursbüchern, Straßenkarten und Flugplänen zu lesen verstand, alles, was mit Verbindungen und Anschlüssen zusammenhing, war doch ihr Leben, und als er nun ihre Gereiztheit und ihren Unmut merkte, zog er sie zum Scherz am Ohr, non guardare così brutto. Du, ich brauch meine Ohren, veux-tu me laisser tranquille! Sie verschluckte ein »chéri«, weil das einmal Jean Pierre gehört hatte, sie rieb sich beide Ohren, wo sonst ihre Kopfhörer anlagen, ihre Schaltungen automatisch funktionierten und die Sprachbrüche stattfanden. Was für ein seltsamer Mechanismus war sie doch, ohne einen einzigen Gedanken im Kopf zu haben, lebte sie, eingetaucht in die Sätze anderer, und mußte nachtwandlerisch mit gleichen, aber anderslautenden Sätzen sofort nachkommen, sie konnte aus »machen« to make, faire, fare, hacer und delat' machen, jedes Wort konnte sie so auf einer Rolle sechsmal herumdrehen, sie durfte nur nicht denken, daß machen wirklich machen, faire faire, fare fare, delat' delat' bedeutete, das konnte ihren Kopf unbrauchbar machen, und sie mußte schon aufpassen, daß sie eines Tages nicht von den Wortmassen verschüttet wurde.

Nachher: die Hallen in den Kongreßgebäuden, die Hotelhallen, die Bars, die Männer, die Routine, mit ihnen umzugehen, und viele lange einsame Nächte und viele zu kurze und auch einsame Nächte, und immer diese Männer mit ihren Wichtigkeiten und ihren Witzen zwischen den Wichtigkeiten, die entweder verheiratet und aufgedunsen und betrunken waren oder zufällig schlank und verheiratet und betrunken oder ganz nett und arg neurotisch oder sehr nett und homosexuell, sie dachte da besonders an Genf. Sie sprach wieder von der ersten Zeit in Genf, dem unvermeidlichen, und einigermaßen könne sie verstehen, was er am Morgen im Garten gedacht habe, denn wenn man einen kleinen Zeitraum ansehe, oder einen großen, wofür es bei ihr, zugegeben, nicht ganz reichte, wenn das für ihr kurzes Leben galt, was allein in Genf geschehen war und auch nicht geschehen war, dann war das eben nicht zu fassen, und wo nehmen die anderen Menschen bloß die Fassungskraft her, ich weiß nur, bei mir wird sie immer schwächer, ich bin entweder zu nahe daran, durch die Arbeit, oder wenn ich weggehe und mich in ein Zimmer einschließe, zu fern, ich kann es nicht fassen. Er legte ihr die Hand zwischen die Beine, und sie sah geradeaus, als merkte sie es nicht, aber wenn er es nicht tat, sie vergaß und sich auf das Fahren konzentrierte, forderte sie ihn heraus, und er schlug ihr auf die Hand, come on, you just behave, you don't want me to drive us into this abyss, I hope. Es ging sie beide wirklich nichts an, was in diesen Tagen geschah in der Welt, wie sich alles veränderte und warum es immer auswegloser wurde, er hatte nur darauf zu achten, daß sie die Abzweigung nach Palinuro fanden, auf nichts sonst, und auf diese fremde Frau mußte er achten, mit der er aus der Welt herausfuhr, er ärgerte sich nur, daß sein Kopf nichts verdrängte, was er hinter sich lassen wollte, ja, er wollte heraus für eine Weile, mit einer großen Wut, weil diese Tage ihm und nicht Food and Agriculture gehörten und weil ihm sowieso zu seinem Leben nichts mehr einfiel, weil er es durchschaute, wie die anderen es fertigbrachten, so zu tun, als wüßten sie, was sie wollten, alle, die er kannte, mit ihren Geschichten, ob sie nun halb wahr oder halb erlogen waren, bemitleidenswert, komisch oder irrsinnig, lauter gescheiterte Existenzen, die sich höher drängten, in immer bessere Stellungen, von P 3 zu P 4, um ehrgeizig nach dem P 5 zu schielen, oder die steckenblieben oder nach unten fielen, als wäre im Steigen und Fallen ein Ersatz zu finden für eine Position, die weg war, für einen Schwung, der weg war, weg die Freude, für immer.

Seine Hand lag jetzt immer ruhig auf ihrem Knie, und sie fand es sehr vertraut, so zu fahren, wie in vielen Autos mit einem Mann, wie mit allen Männern in einem Auto, trotzdem mußte sie sich zusammennehmen, sie mußte, mußte jetzt und hier sein, nicht in einer früheren Zeit, nicht sonstwo auf einer Straße, nicht früher in diesem Land, sondern mit Mr. Ludwig Frankel, Welthandelsstudium in Wien, dann die halbe Welt, mit Diplomatenstatus und einer CD-Nummer, die hier aber keine Vorteile brachte auf einer Steilküste, an einem äußersten Rand. Ja, just behave yourself! wenn sie nun aber nicht mehr wollte und ihm ins Steuer fiel, wenn sie es nur ein wenig verriß, dann konnte sie sich überschlagen mit ihm, eine Zusammengehörigkeit herstellen ein einziges Mal und abstürzen mit ihm ohne Bedauern. Sie nahm einige Schlucke aus ihrer Thermosflasche und schluckte eine Tablette mit, o nichts, nur diese lästigen Kopfschmerzen, die sie oft bekam, die ganze Küste unmöglich, diese Orte waren doch unerträglich, wo sie auch ausscherten und etwas suchten, waren Campingplätze, Rummelplätze oder kleine zuganglose Strände, tief unten. Wir schlafen noch im Auto heute nacht, sagte sie jammernd. In Sapri war es wieder nichts, dann schrie sie einmal auf, aber zu spät, an einem baumlosen düsteren flachen Strand hatte sie einen Betonkasten gesehen, mit einer Leuchtschrift HOTEL, wir müssen eben dahin zurück, wenn wir nichts finden. Um zehn Uhr abends war auch er bereit, aufzugeben. Das mußte Maratea sein, sagte sie, es ist zehn nach zehn, denn das letzte, was sie überall und immer wußte, war, wie spät es war und an welchem Ort sie sich befand. Ich sag dir doch, fahr dort hinunter, ti supplico, dico a sinistra, er wendete und sie dirigierte ihn, es hing etwas an einem Faden in ihr, wenn sie sich bloß noch beherrschte und ihre Stimme nicht zu kippen anfing, und sie sagte sehr ruhig etwas, nur um etwas zu sagen, bevor er hielt: sud'ba, Maratea, sud'ba.

Sie wartete nicht im Auto, sondern stieg taumelnd und lufthungrig aus, und als sie die Treppe zum Eingang hinaufging, fühlte sie es, ohne viel zu sehen, geblendet von den Lichtern, wie jemand, der eine gewohnte Umgebung riecht: das war nicht das kleine oder größere Hotel in einem Fischerdorf, sondern ein ganz anderes Hotel, eine erleichternde Rückkehr in ihre Welt, sie ging mit halbgeschlossenen Augen hinter ihm her, nahm sofort die Haltung von jemand an, der nicht nur müde ist, sondern auch unverschämt zeigt, daß er es ist und weder zu überraschen noch zu beeindrucken ist, auch nicht in verwaschenen Hosen und staubigen Sandalen, von einer Hotelhalle, der ihre Kategorie de luxe aus allen Poren kommt, von den first class gedämpften Vorgängen und Stimmen bis zur kategorischen Abwesenheit jeder Aufdringlichkeit. Sie ließ sich die Badetasche von einem Boy abnehmen, warf sich in einen Sessel in der Halle und sah ihn herüberkommen von der Reception, er blickte sie zweifelnd an, sie nickte, sie hatte es befürchtet, es gab also nur noch ein Zimmer. Sie gähnte, starrte dann mißmutig auf das Formular, das ihr der Manager hinhielt, kritzelte eine unleserliche Unterschrift darauf, wirklich eine Zumutung, als ob das nicht Zeit bis morgen hätte. Im Zimmer oben warf sie sich sofort auf das Bett neben dem Fenster, denn wenn sie schon kein eigenes Zimmer bekam, dann müsse sie wenigstens neben dem Fenster schlafen können, um keine Zustände zu bekommen. Der Zimmerkellner trat ein, er schüttelte den Kopf, MUMM gab es nicht, POMMERY, KRUG, VEUVE CLIQUOT kannte er nicht, also MOËT CHANDON, aber DOM PÉ-

RIGNON brut, bitte, da es ihn gab. Im Bad sah er ihr zu, als sie sich duschte, er trocknete sie ab und massierte sie wach, dann saß sie eingewickelt in das lange weiße Badetuch, am Tisch, als der Kellner wiederkam. Wie konnte er bloß wissen, daß sie heute Geburtstag hatte, ihren Paß hatte er natürlich gesehen, aber daß er daran gedacht hatte, come sono commossa, sono così tanto commossa. Die Gläser gaben keinen Ton. Sie trank zwei Gläser, er den Rest der Flasche, es war ja auch nicht sein Jahr, das in Maratea zu Ende ging. Sie lag immer wacher da, wie in einem Schlafwagen oder in einem Flugzeug mit fremden Menschen zusammengezwungen, sie setzte sich auf und horchte, er schlief entweder auch nicht oder er mußte einen unheimlich leisen Schlaf haben. Im Badezimmer legte sie die beiden dicken Badetücher in die Wanne und bettete sich hinein, sie rauchte und rauchte, und tief in der Nacht ging sie zurück ins Zimmer. Einen halben Meter stand ihr Bett von dem seinen entfernt, sie tauchte die Füße in den Abgrund zwischen den beiden Betten, zögerte, dann drängte sie sich vorsichtig an ihn und, während er sie im Schlaf an sich zog, sagte sie, nur ein wenig, du mußt mich nur ein wenig halten, bitte, ich kann sonst nicht einschlafen.

Die Sonne schien nicht, am Strand wehten die kleinen roten Flaggen, und sie berieten miteinander, was zu tun sei. Er beobachtete das Meer, sie eine Gruppe von Mailändern, die sich noch ins Wasser trauten. Er nahm seine Maske und die Flossen und erklärte ihr beim Zurückkommen, wie sie es anstellen müsse, hineinzukommen und wie sie zurückschwimmen solle. Vorn gingen die Wellen über den Felsen mit der weißlackierten Eisenleiter, unter dieser Leiter zog es das Wasser mit unfaßlicher Kraft weg, und die Wellen vertosten an den Felsen daneben. Ein ganzes Zeichensystem hatte er mit ihr ausgemacht, und er erwartete sie am besten an der Leiter. Ein Zeichen hieß: abwarten, ein andres, etwas näher, ein andres: wieder weiter hinaus, und dann: schnell, jetzt, komm! und dann schwamm sie blindlings und mit ganzer Kraft auf die Leiter zu, wo er stand, und sie ihn nicht mehr sah in der Gischt, er fing sie ab oder sie zog sich leicht, ohne seine Hilfe, hinauf. Es ging meistens gut, einmal schluckte sie viel Wasser, hustete, spuckte und mußte sich hinlegen.

Weil er öfter und länger schwimmen ging als sie und sie dann warten mußte, fing sie an, gereizt zu werden und mit ihm zu reden in Gedanken, als kennte sie ihn seit Jahr und Tag. Sie würde ihn anfahren: ich habe mich entsetzlich aufgeregt, du verschwindest einfach, ich suche die ganze Gegend ab, schaue mir die Augen aus dem Kopf, ich denke, du bist ertrunken, das regt mich doch auf, es ist einfach rücksichtslos, verstehst du das denn nicht? Sie schaute aufs Meer hinaus und dann wieder auf die Uhr, und als er nach fünfzig Minuten noch nirgends auftauchte, überlegte sie, wie man das in einem Hotel machte, mit einem Ertrunkenen. Zuerst würde sie in die Direktion gehen und klarstellen, daß sie nicht seine Frau war, aber das errieten die sowieso immer sofort, und dann mußte man jemand anrufen, die FAO natürlich, Mr. Keen, denn sonst kannte sie niemand, der ihn kannte. Pronto, pronto, sicher eine sehr schlechte Verbindung, Maratea–Rom, Nadja's speaking, you remember, to make it short, I went with Mr. Frankel to Maratea, yes, no, pronto, can you hear me now, a very small place in Calabria, I said Calabria, es würde ganz einfach gehen, Mr. Keen sehr betroffen und plötzlich ein gentleman, der auch Stillschweigen darüber bewahren würde, mit wem Mr. Frankel nach Kalabrien gefahren war, und sie würde nicht weinen, oh nein, sondern diese tranquillizer nehmen, die sie bei ihm gesehen hatte, eine dreifache Dosis, die sollten dann in Rom dafür sorgen, daß die Probleme gelöst wurden, denn für sie war das einfach zuviel, jede Summe würde sie zahlen, damit jemand sie mit einem Wagen direkt nach Rom brächte, bis vors Hotel, und dann hatte sie noch drei Tage bis zum IBM-Kongreß in Rotterdam, Zeit zum Verwinden, zum Lernen, zum Begraben und um im swimming-pool hin- und herzucrawlen, um wieder fit zu werden.

Sie warf ihm das Handtuch über die Schulter, rieb ihn ab und fing mit ihrer Predigt an, aber du bist ärger als ein Kind, du zitterst ja, du bist ja ganz durchgefroren, doch da kam eine riesige Woge an und sie brachte rasch das Messer, die Harpune und die Lampe, die er ihr zugeworfen hatte, auf den höherliegenden Felsen, ehe sie weiterschrie. Da sie ihre eigene Stimme nicht mehr hörte, bedeutete sie ihm, daß sie jetzt ins Wasser wolle, sie nahm seine Hand und klammerte sich fest daran, denn über die Leiter konnte sie nicht mehr hinein. Du mußt bis an den Rand vor, die Füße ganz vor, und sie krallte sich mit den Zehen an den glitschigen Felsen. Du gehst besser in die Knie und springst dann genau in die Welle hinein, dorthin, wo sie am höchsten ist. Jetzt. Sie sprang etwas zu spät und zwischen zwei Wellen. Sie schrie: wie war es denn? Nicht schlecht! Zu flach, mais c'était joli à voir, tu es ... Was? Was? Tu es ...
Sie sprang noch einige Male vor dem Mittagessen, wartete immer zu lange, sprang im falschen Moment, ihr Bauch tat ihr weh, dann der Kopf, doch, ich spür es doch, er hielt das für ausgeschlossen, hielt aber behutsam ihren Kopf in seinen Händen und tröstete sie, bis sie merkte, daß sie Hunger hatte, sie vergaß ihren wehen Kopf, und sie liefen hinauf zur Kabine.

Die Nachmittagsstunden bis zum Abendessen im Zimmer, während sie lernte, waren schwierig und langweilig für ihn, er wäre so gern unter Wasser gegangen, aber nachmittags konnte nun wirklich niemand mehr hinein. Er erzählte ihr von einem Fisch, den er am Morgen gesehen hatte, das wundervollste Exemplar dieser Art, im vergangenen Jahr, in Sardinien, hatte er viel geschossen, aber selbst dort hatte er nie eine so herrliche Cernia gesehen. Wir haben einander beobachtet, aber ich konnte sie nicht überlisten, ich war immer in der schlechteren Position, man muß sie im Nacken treffen, es war sinnlos, einfach zu schießen und sie womöglich am Schwanz zu erwischen, das dürfe man überdies nicht tun, es sei unsportlich, er jedenfalls tat es nie. Sie sagte, ach, an sie denkst du immer, nein, das will ich nicht, ich will nicht, daß du sie umbringst. Aber er würde sie wieder suchen gehen am nächsten Tag, und er erzählte ihr, wie man diese und jene Fische angehen müsse und wo man sie fand. Delphine hatte sie auch schon gesehen und etwas gelesen darüber, wie intelligent die waren, und er hatte eine Frau gekannt, es war seine eigene, aber das sagte er nicht, der einmal ein Delphin nachgeschwommen war, nur begleitet hatte er sie oder verliebt war er in sie gewesen, und sie ist geschwommen, als wäre ein Hai hinter ihr her, am Ufer ist sie zusammengebrochen, sie geht nie mehr ins Meer und sie kann auch nicht mehr schwimmen seither. Oh, sagte sie, während sie sich langsam unter ihn schob und mit der Zunge seine Mundwinkel berührte, ja ljublju tebja, oh das ist eine komische – sie unterbrach sich – es ist eine traurige Geschichte. Ljublju tebja. Ein einziges Schiff oder gar eine Mine, nicht nur für getroffene Fische, auch für weit entfernte, ist furchtbar, fürchterlich sind diese Erschütterungen, Verstörungen, denn es dürfen auch die Fische heutzutage nicht mehr ruhig leben, und sie können nichts dafür. Kann ich denn etwas dafür? fragte sie, ich habe doch diese Furchtbarkeiten nicht erfunden, ich habe etwas anderes erfunden, was? das habe ich erfunden, ja, das hast du erfunden, und sie kämpfte erbittert und wild für ihre Erfindung und sprachlos der einzigen Sprache entgegen, auf diese eine zu, die ausdrücklich und genau war.

Er hatte nicht den Wunsch, nach Wien zurückzukehren, es war zuviel abgebrochen, und was sollte er, mit seinem Beruf, dort auch tun. Nostalgie? Nein, etwas anderes, manchmal eine grundlose Traurigkeit. Ferien machte er sonst nur im Winter, weil er mit den Kindern am liebsten Ski fahren ging, seine Frau schickte sie ihm dann für einen Monat, diesmal waren nur zwei Wochen daraus geworden, in Cortina, früher waren sie immer nach St. Christoph gegangen, die Ferien gehörten den Kindern, die schon zu merken anfingen, daß etwas nicht stimme, eines Tages wird man mit ihnen reden müssen, denn lange wird es nicht mehr zu verbergen sein. Stell dir vor, sagte sie, einmal hat mich jemand rundheraus gefragt, warum ich keine Kinder habe und was denn der Grund sei, wie kommt dir das vor? so was fragt man doch einfach nicht. Er antwortete nicht, er nahm nur ihre Hand. Sie dachte, nichts sei einfacher, als mit jemand aus demselben Land beisammen zu sein, jeder wußte, was er sagen durfte und was nicht und wie er es sagen mußte, es war ein geheimer Pakt da, und was hatte sie sich alles anhören müssen von anderen, man konnte doch nicht immerzu erklären, hier ist die Grenze für mich, bis hierher und nicht weiter. Nun war sie noch einmal hell empört über Jean Pierre, der alles verkehrt gefunden hatte, was sie auch tat und dachte, der sie einfach, ohne je auf sie einzugehen, in ein ihr fremdes Leben hineinzwingen wollte, in eine ganz kleine Wohnung, mit ganz kleinen vielen Kindern, und dort hätte er sie am liebsten tagsüber in einer kleinen Küche gesehen oder nachts in einem allerdings sehr großen Bett, in dem sie etwas Winziges war, un tout petit chat, un petit poulet, une petite femmelle, aber damals hatte sie sich noch zur Wehr gesetzt, geschluchzt, geweint, Teller auf den Boden geworfen, sie war mit Fäusten auf ihn losgegangen, und er hatte gelacht, sich ruhig angesehen, was sie aufführte, bis sie ganz außer sich geriet, oder er hatte sie einfach geschlagen, nie im Zorn, sondern weil er es für das Natürlichste hielt, sie hie und da zu schlagen, pour te calmer un peu, bis sie sich wieder an ihn hängte und blieb.

Mr. Frankel fragte, glaubst du, daß die Menschen einmal eine einzige Sprache haben werden? Wie kommst du nur darauf, was für eine Idee! sie zog die Riemen ihrer Sandalen, die sie ständig verlor, wieder an den Fersen hoch. Soviel war ja im Verschwinden, aber da bleiben noch deine vierzig Sprachen in Indien und vierzig allein in dem kleinen Gabun und die Sprachen müssen also in die Hunderte oder Tausende gehen, jemand wird das schon zusammengezählt haben, ihr zählt doch alles zusammen, sagte sie boshaft, nein, im Ernst, sie könne es sich nicht vorstellen, wußte aber keinen Grund dafür anzugeben, er hingegen konnte es sich durchaus vorstellen, und sie entdeckte, daß er ein heilloser Romantiker war, und das gefiel ihr nun wieder besser als ihr erster Eindruck von ihm, daß er ein praktischer und erfolgreicher Mann sein müsse. Für mich wäre es eine große Erleichterung, wenn die Sprachen verschwänden, sagte sie, nur würde ich dann zu nichts mehr taugen. Ein Romantiker, oh was für ein Kind, und wenn es auch nur Food and Agriculture betraf, Hubschrauber, die angeschafft werden mußten zur Heuschreckenbekämpfung, oder Fischereiboote aus Island für Ceylon, und während er sich bückte, um ihr endlich den Riemen enger zu machen, fragte sie, aber bitte, wie sagst du dann: Würstel mit Kren. Oder: Sie gschlenkertes Krokodil? Gibst du es auf, t'arrendi? Er nickte und sah belustigt zu ihr auf, denn er hatte den Kren und das Krokodil vergessen. Und er dachte schon wieder an die Cernia, für die er, nun auf deutsch, keinen Namen wußte.

Die FAO war keine neue Gründung, sondern ging auf einen viel älteren Gedanken zurück als die UNO, etwas der Art hatte sich ein Bursche im Westen Amerikas ausgedacht, einer, der David Lubin hieß und also aus Osteuropa kam, woher sie beide, wenn sie nachforschten, auch ungefähr herkamen. Auf einem Pferd war er über sein neues Land geritten und hatte entdeckt, daß ein paar Meilen weiter die Leute nichts mehr von den Erfahrungen der anderen wußten bei der Kultivierung des Bodens, überall hatten sie einen andren Aberglauben und ein anderes Wissen, das Korn, die Melonen oder das Vieh betreffend, und so fing dieser Lubin an, diese verschiedenen Wissen zu sammeln, damit man es einmal austauschen könne auf der ganzen Welt, und weil niemand ihn damals verstand, war er bis zum König von Italien gereist mit dieser Idee, so märchenhaft fingen eben manchmal Dinge an, und deswegen saß er heute im ehemaligen Afrika-Ministerium von Rom, und jetzt zum Beispiel waren diese Mexikaner da mit ihrem Weizen, der eben besser war als jeder andere, aber sie hörte nicht mehr zu, sondern rief, was für eine schöne Geschichte! Und er sagte streng, aber das ist doch keine Geschichte, was ich dir da erzähle, das ist wahr. Nun eben, sagte sie, denn immer wenn jemand auf die Welt kommt und etwas Abenteuerliches denkt und anfängt mit etwas Neuem, dann kommt ihr daher und verwaltet es zu Tod, o verzeih, versteh mich recht, aber ich kann doch nicht anders denken, wenn ich mir das ganze Kauderwelsch anhöre zwischen Paris und Genf und Rom, wenn man es eben so mithörte wie sie und mithalf, daß die einander immer mehr mißverstanden und in die Enge trieben, ihr Männer seid eine gottverdammte Bande, immer müßt ihr etwas Gewöhnliches draus machen, und dieser Bursche, wie sagst du, hat er geheißen, dieser David gefällt mir eben, und die anderen gefallen mir nicht. Der wird auch wirklich noch auf einem Pferd herumgaloppiert sein und nicht wie ihr, die VIP, in einer Reitbahn, mit Reitstunden, damit ihr in Form bleibt, nein, der nicht, ich bin sicher, ihr seid heute eine für immer verdammte Bande.

Er lachte auf und ging darüber hinweg, er dachte, daß sie zu recht hatte, um so rasch recht haben zu dürfen, aber er fand sie nur schön, sogar wirklich schön, wenn sie sich ereiferte, viel schöner als damals im Hilton, mit den falschen Wimpern, einer dekorativen Stola und einer leicht abgewinkelten Hand für Handküsse, denn im Eifer wurden ihre Augen gefährlich, feucht und noch größer, und sie lebte vielleicht nur, wenn sie zu weit ging, sich heraustraute und über ihre Grenze ging. Wenn wir zurückkommen, dann zeige ich dir, was ich dort mache, in diesem Büro, denn ich verwalte nicht nur etwas zu Tode, ich trage auch nicht den ganzen Tag Akten herum, die werden in eigenen Aufzügen gefahren, weil sie viel zu schwer wären für mich, auch für einen Mister Universum oder den Atlas in Person. Sie fragte mißtrauisch, für welchen Atlas? und er war so erheitert, daß er Wein nachbestellte. Auf den Atlas, der das Ganze tragen sollte! Ci sono cascata, vero? sie schob ihr Glas weg, ich mag nicht mehr, ich weiß auch nicht, warum wir von diesem Zeug reden müssen, ich möchte nichts, was sonst jeden Tag ist, vor dem Einschlafen lese ich meistens noch einen Kriminalroman, aber nur, damit es ganz unwirklich wird, was schon irreal tagsüber für mich ist, jede Konferenz kommt mir wie die direkte Fortsetzung einer endlosen indagine, wie sagt man bloß? vor, immer wird die Ursache für etwas weit Zurückliegendes gesucht, für etwas Furchtbares, und man findet sich nicht durch, weil der Weg dorthin zufällig von vielen zertrampelt worden ist, weil andere die Spuren absichtlich verwischt haben, weil jeder eine Halbwahrheit darüber aussagt, um sich abzusichern, und so sucht und sucht man sich durch die Unstimmigkeiten, die Uneinigkeiten hindurch, und man findet nichts, man müßte schon eine Erleuchtung haben, um zu begreifen, was wirklich vorliegt und was man deswegen wirklich tun sollte, ganz plötzlich.

Ja, sagte er zerstreut, eine Erleuchtung. Nimmst du Obst? Es gefiel ihm an ihr auch, wie sie reagierte, Wünsche äußerte, etwas ablehnte oder annahm, wie anmaßend, bescheiden, ausfallend oder einfach sie war, immer wechselnd, eine Person, mit der man überall hingehen konnte, die in einem kleinen Café so tat, als hätte sie ihr Leben lang nur schlechten Kaffee getrunken und hungrig an einem vertrockneten Sandwich gekaut, und in einem Hotel wie diesem ließ sie den Kellner erkennen, daß mit ihr nicht zu spaßen war, an der Bar wirkte sie wie eine dieser Frauen, die prinzipiell nichts taten, denen man es nie recht machen konnte, die sich mit Grazie langweilen oder amüsieren, die irritierende Launen haben, durch eine fehlende Zitronenschale, durch zuviel oder zu wenig Eis oder wegen eines nicht richtig gemixten Daiquiris nervös wurden. Einer der Gründe für den dumpfen Widerwillen gegen seine Frau in Wien war doch, daß sie ungeschickt, mit zu großen Handtaschen, durch die Straßen ging, gebückt, anstatt den Kopf zurückzuwerfen, daß ein Pelzmantel eine Verschwendung war, weil sie ihn mit einer Dulderinnenmiene trug, und daß sie nie, wie Nadja, mißbilligend um sich blickte, mit einer Zigarette in der Hand, und das hieß, wo bitte, wo ist denn der Aschenbecher, und um Himmels willen keinen VAT, ich habe gesagt DIMPLE, und wenn das nicht sofort verstanden wurde, zog ein Erstaunen über ihr Gesicht, als hinge von DIMPLE oder nicht DIMPLE der Ausgang sehr ungewöhnlicher Dinge ab. Auf der Fahrt hatte sie ihn geradezu schikaniert, nach hundert Kilometern ließ sie sich aus dem Auto schleppen zu MOTTA oder PAVESI, als hätte sie und nicht er durch den Wochenendverkehr im August fahren müssen, und nur sie hatte natürlich kalte Füße, aber es fiel ihr nicht ein, zurückzugreifen nach dem Plaid, sie sagte nur matt, wenn du mir bitte, please, grazie caro, Gott, bin ich erfroren, und jetzt, als die Sonne endlich herauskam, während er müßig über Erleuchtung nachdachte, legte sie ihren Kopf auf seine Füße, denn seine Füße waren einfach für ihren Kopf da, damit sie bequemer liegen konnte, er beugte sich über sie, ihre Gesichter standen verzerrt übereinander, mit einander erschreckenden Zügen, aber er sagte, was sie hören wollte, und er mußte sie küssen, weil sie geküßt werden wollte, sie wand sich und lachte, aber es sieht uns doch niemand, weil sie ihn unsicher aufschauen sah, sie biß ihn ausgelassen in die Füße und die Beine, und damit sie aufhörte, fesselte er ihr die Hände und drückte sie auf den Boden, bis sie sich nicht mehr rühren konnte. Belva, bestiolina, sind das die richtigen Worte für dich? fragte er, und ja, sagte sie glücklich, ja, und, well, that is a mild way to put it.

Das Dorf hatten sie noch immer nicht gesehen, und an dem letzten Abend sagte er, er wolle doch wissen, wie dieses Maratea aussah, denn dieses Hotel konnte nicht viel mit einem Ort in Kalabrien zu tun haben, und sie sprang sofort erfreut auf und machte sich fertig, d'accord, denn er hatte ihr doch versprochen, einmal mit ihr spazierenzugehen, nicht einen Schritt waren sie gegangen bisher, tu m'as promis une promenade, klagte sie, ich will meine Promenade, und sie fuhren rasch weg mit dem Wagen, denn die Sonne war zwar wieder durch die Wolken gekommen, aber schon im Untergehen, und diese Sonne, die über dem Meeresspiegel anfing, ihre späten und tiefen Farben zu zeigen, bedeutete ihnen auch, daß sie erst strahlend wiederkommen werde, wenn er und sie nicht mehr da waren. Von oben müsse man den ganzen Golf sehen können, wir haben doch noch gar nichts gesehen, tu te rends compte? Sie wollte nicht den Golf sehen, sondern ein paar Schritte lau-

fen, ma promenade, habe ich gesagt, und als sie höher hin-
aufkamen und die Kurven dichter aufeinanderfolgten, sagte sie, aber wo ist denn das Dorf, ich habe gedacht hinter
dem Hügel, doch nicht da oben, wo fährst du denn hin,
aber doch bitte nicht da hinauf auf den Felsen. Sie verstummte und stemmte sich mit den Füßen ab, hörte ihn erzählen von den Sarazenen, der günstigen Verteidigungspo-
sition, noch mehr von den Sarazenen, schau doch, schau!
Sie schwieg, blinzelte, der Himmel rötete sich, sie kamen
den Wolken näher, wurden hinaufgekurvt in die Wolken,
sie sah das erste Geländer, dann streifte ein zweites Geländer über ihre Augen, sie kaute an einer Bitte, wieder ein
Geländer. Er hätte das nie hier vermutet, eine so herrliche
Straße, nun kam eine Brücke nach der anderen, immer höher zielend, freischwebend, und sie blickte in ihren Schoß,
auf die Zigarettenschachtel und das Feuerzeug. Die Läh-
mung fing in den Händen an, sie konnte sich keine Zigarette mehr anzünden und ihn auch nicht darum bitten, weil
sie ihm ausgeliefert war, sie atmete kaum mehr, und etwas
fing an, in ihr auszubleiben, es konnte der Anfang der
Sprachlosigkeit sein, oder es fing an, etwas einzutreten, eine tödliche Krankheit. Dann stand das Auto vor einem
blau-weißen Straßenschild P, als wäre es das erste, aber
auch das letzte Auto, das hier, auf einem trostlosen Stein-
feld anhielt. C'est fou, c'est complètement fou. Sie stieg
aus, wußte nicht, wohin schauen, zog sich seinen Pullover
über, so kalt war es, sie verkroch sich in der Wolle, sie kamen an leeren, armseligen Häusern vorbei und an einem
Kloster, vor dem ein Priester und drei alte Frauen standen,
alle in Schwarz, die höflich grüßten. Sie grüßte nicht
zurück.
S menja étogo dovol'no. Er führte sie auf einen steinigen
mit kargen Grasbüscheln bewachsenen Weg, der aufwärts
und nach vorn führte, zur Spitze des Felsens, dem Abgrund entgegen. Sie rutschte in ihren Sandalen und ver-

suchte, Schritt zu halten, sie sah auf und da sah sie es, es war eine riesige, riesenhafte Figur aus Stein, in einem langen Steingewand, mit ausgebreiteten Armen, auf deren Rücken sie zugingen. Sie brachte den Mund nicht auf, sie sah diese ungeheuerliche Figur wieder, die sie im Hotel auf einer Ansichtskarte gesehen hatte, den Christus von Maratea, aber jetzt gegen den Himmel gestellt, und sie blieb stehen. Sie schüttelte den Kopf, dann schüttelte sie seinen Arm ab, und das sollte bedeuten, geh du weiter. Sie hörte ihn etwas sagen, sie stand mit gesenktem Kopf da und ging dann rückwärts, sie rutschte wieder und setzte sich auf einen Steinblock am Wegrand, und das hieß, ich gehe keinen Schritt mehr. Er hatte noch immer nicht begriffen, sie saß da und riß Blätter von einer Staude ab, menthe, menta, mentuccia, und sie brachte es fertig, mit ihrer stillsten festen Stimme zu sagen: geh du weiter, ich kann nicht. Mareada. Schwindlig. Sie zeigte auf ihren Kopf, und dann roch sie an dem zerriebenen Blatt, als hätte sie ein Mittel, eine Droge gefunden. Aide-moi, aide-moi, ou je meurs ou je me jette en bas. Je meurs, je n'en peux plus. Als er sich entfernt hatte, fühlte sie, seitlich im Rücken, immer noch diese wahnsinnige Gestalt, die irgend jemand auf die Spitze des Felsens getan hatte, diese Wahnsinnigen, daß man das zuließ, daß man es zuließ, und in einem armseligen Dorf, das in jedem Moment ins Meer stürzen konnte, wenn man auch nur fest auftrat oder eine Bewegung zuviel machte, und deswegen bewegte sie sich nicht, damit dieser Felsen nicht hinunterstürzte mit ihnen beiden und mit der äußersten Armut dieses Dorfes und den Nachfahren der Sarazenen und allen beladenen Geschichten aus allen mühseligen Zeiten. Wenn ich mich nicht rühre, dann werden wir nicht stürzen. Sie wollte weinen, und sie konnte nicht weinen, seit wann kann ich denn nicht mehr weinen, seit wann denn schon nicht mehr, man kann doch nicht über dem Herumziehen in allen Sprachen und Gegenden das Weinen verlernt haben, und da mir kein Weinen zu Hilfe kommt, muß ich noch einmal aufstehen, noch einmal diesen Weg gehen und hinunter zum Wagen und einsteigen und mitfahren, was dann wird, weiß ich nicht, es ist meine Vernichtung.

Sie ließ sich von dem Stein heruntergleiten und legte sich auf die Erde, mit den Armen ausgestreckt, gekreuzigt auf diesen bedrohlichen Felsen, und bekam es nicht aus dem Kopf, diese groteske Anmaßung, eine Auftragsarbeit, ein Gemeindebeschluß, der einmal gefaßt worden war, und das also ist meine Vernichtung. Sie hörte ihn zurückkommen, es war beinahe dunkel geworden, sie stand auf, hielt sich sehr gerade und ging, ohne zurückzuschauen, an seiner Seite den Weg zurück, an dem Kloster vorbei, wo die schwarzen Figuren im Schwarz aufgegangen waren, zu dem Parkplatz. Einzigartig sei es gewesen, er war so befriedigt, den ganzen Golf habe er gesehen, in dem Augenblick, in dem die Sonne violett geworden und zerflossen und dann vom Meer aufgesogen worden war. Als er anfuhr und wendete, fiel ihm etwas ein, er sagte beiläufig, was für eine Idee übrigens, eine so abscheuliche Skulptur hier aufzustellen, hast du sie gesehen? Im Fahren schloß sie sofort die Augen und stemmte sich wieder ab, trotzdem fühlte sie die Brücken, die Abgründe, die Kurven, eine Bodenlosigkeit, gegen die sie nicht ankam. Tiefer unten fing sie an, wieder gleichmäßig zu atmen. Es ist mir höher vorgekommen als in den Bergen, es ist höher hier und schrecklich. Aber meine kleine Närrin, es sind doch 600, maximal 700 Meter, und sie erwiderte nein, nein, es sei sogar jetzt noch ärger, als in einer Boeing zur Landung herunterzumüssen. Landen wir bald?

In der Bar verlangte sie, wie ein Kranker, der sofort eine Injektion braucht, etwas, sie überlegte nicht wie sonst, bloß irgend etwas, das rasch wirken sollte, und sie bekam ein Glas, trank es in einem Zug, schmeckte nichts, ihr wurde heiß von dem Alkohol, und die Verstörung löste sich, die Blockade zwischen ihr und ihm und der Welt. Sie zündete sich zitternd die erste Abendzigarette an. Im Zimmer, als er sie umarmte, begann sie wieder zu zittern, wollte nicht, konnte nicht, sie fürchtete zu ersticken oder ihm unter den Händen wegzusterben, aber dann wollte sie es doch, es war besser, von ihm erstickt und vernichtet zu werden und damit alles zu vernichten, was in ihr unheilbar geworden war, sie kämpfte nicht mehr, ließ es mit sich geschehen, sie blieb fühllos liegen, drehte sich ohne ein Wort von ihm weg und schlief sofort ein.

Am Morgen, als sie aufwachte, hatte er schon gepackt, und während sie aus dem Bad den Rasierapparat hörte, fing sie langsam an, auch ihre Sachen zusammenzusuchen. Sie sahen einander nicht an, und sie lief erst nach ihm den Pfad zum Meer hinunter, fand ihn nicht, dann tauchte er vor der Leiter auf und hielt ihr einen großen Seestern entgegen. Sie hatte noch nie einen lebendigen Seestern gesehen oder gar bekommen, sie lächelte erfreut und traurig, sie bestaunte den Stern, den wollte sie mitnehmen als Souvenir, aber dann warf sie ihn plötzlich ins Wasser zurück, damit er weiterleben konnte. Das Meer war wilder als an allen Tagen zuvor, aber es brauchte sie ja niemand und es ängstigte sie auch nicht mehr, ihn unter Wasser zu wissen. Sie deutete auf die Felsen hinüber, gestikulierte, und dann ging sie über die schwarzen, grünen und hellmarmorierten Blöcke, zwischen denen das Wasser wütend brüllte, und sie kletterte, furchtvoll und vor Schwäche nahe am Weinen, die rissigen und steilen Brocken hinauf und hinunter, inmitten des Gebrülls.

Sie sahen beide gleichzeitig auf die Uhr. Sie hatten noch

zwei Stunden und lagen, müde vom Essen und schweigsam, nebeneinander in den Liegestühlen auf der untersten Terrasse. Erst hatten sie gedacht, daß sie im Lauf der Tage einander viel erzählen und mitteilen würden, daraus war nichts geworden, und sie überlegte, ob er auch an jemand anderen dachte und im Schlepp seiner Gedanken viele Gesichter, Körper, Zerschundenes, Zerschlagenes, Ermordetes, Gesagtes und Ungesagtes hatte, und ganz plötzlich sah sie ihn an, mit einer ernsten Begier, genau in dem Moment, als sie an Paris dachte und sich vorstellte, nicht er, sondern der andre müsse sie so sehen, und nun sah Mr. Frankel sie an und sie ihn mit dieser Eindringlichkeit. Bitte, was denkst du jetzt, woran denkst du eben jetzt, sag es, sag es mir unbedingt! O nichts Besonderes, er zögerte, an die Cernia habe er gedacht, die er nicht wiedergesehen habe, er müsse noch immer an sie denken. Daran dachte er also, er log nicht, es war wahr, sie allein beschäftigte ihn noch immer, und im Nacken hatte er sie treffen wollen. Sie griff sich, während ihr Kopfschmerz jäh einsetzte, an ihren Nacken und sagte: hier, ich spüre es hier.

In der letzten Stunde stand sie dreimal auf, ging einmal zum Bademeister, dann zur Toilette, dann in die Kabine, wo sie sich hinsetzte und vor sich hinstarrte, und nun mußte es ihm langsam auffallen, darum ging sie zurück, kniete vor ihm nieder und legte den Kopf an seine Knie. Würde es dir etwas ausmachen, mich bis zur Abfahrt allein zu lassen? Es ist nichts, sagte sie, es ist nur etwas schwierig, verzeih mir. Trägst du unsere Sachen hinauf? Ja?

Sie ging noch einmal zu den Felsen und sie kletterte nicht mehr vorsichtig, sondern sprang, wo sie konnte, von einem zum andern, sie war wieder nahe am Weinen, das nie kommen würde, und sie wurde immer waghalsiger, kühner, und ja, jetzt, sie setzte hinüber zu dem weitgelegenen schwarzen Felsen, sie riskierte es eben, abzustürzen, sie fing sich benommen, sie sagte sich, es ist eine Pflicht, ich muß, ich muß leben, und nach einem zwanghaften Blick auf die Uhr kehrte sie um, um sich nicht zu verspäten, und sie verbesserte sich, aber was sage ich mir da, was heißt das denn, es ist keine Pflicht, ich muß nicht, muß überhaupt nicht, ich darf. Ich darf ja und ich muß es endlich begreifen, in jedem Augenblick und eben hier, und sie sprang, flog, rannte weiter mit dem, was sie wußte, ich darf, mit einer nie gekannten Sicherheit in ihrem Körper bei jedem Sprung. Ich darf, das ist es, ich darf ja leben. In der Kabine waren nur noch ihre Jeans und die Bluse, sie zog sich rasch um und hüpfte den Weg zum Hotel hinauf, kein Atem ging ihr aus, und sie hatte fast kein Gewicht. Jetzt seh ich mich um, es ist das Meer, zwar nicht das ganze Meer, nicht die ganze Küste, nicht der ganze Golf – sie blieb stehen und bückte sich, denn auf dem Weg lag etwas, es war sein Pullover, den er verloren haben mußte. Sie hob den Pullover auf, preßte ihr Gesicht mit einem maßlosen Entzücken gegen den Pullover und küßte ihn, mit einem heißen Gesicht sah sie wieder hinaus, es ist das Meer, es ist wunderbar, und jetzt trau ich mich auch, hinter mich und hinaufzusehen zu den hohen phantastischen Hügeln, auch zu dem Felsen von Maratea, dem überhängenden, steilsten, und dort oben sah sie etwas wieder, eine kleine, kaum sichtbare Figur, mit ausgebreiteten Armen, nicht ans Kreuz geschlagen, sondern zu einem grandiosen Flug ansetzend, zum Auffliegen oder zum Abstürzen bestimmt.

In der Hotelhalle blieb sie atemlos stehen, sie wollte noch immer nicht zu ihm gehen und lief rasch in das Zimmer hinauf. Die Koffer waren weg, die Betten noch nicht für neue Gäste gerichtet, sie stellte sich vor den Spiegel und versuchte, ihre verwilderten langen Haare zu kämmen, in das spröde salzige Haar einen Schwung hineinzubringen.

Sie riß alle Schränke und Schubladen auf, warf leere Zigarettenschachteln, Papierfetzen und Kleenex in den Papierkorb, sah unter die Betten, und eh sie gehen wollte, entdeckte sie neben seinem Bett, in dem Fach unter der Lampe, ein Buch. Wie gut, daß sie noch einmal heraufgegangen war. Sie steckte es in ihre Tasche und zog es sofort wieder heraus, denn dieses Buch konnte nicht ihm gehören. Il Vangelo. Es war bloß die Bibel, die in solchen Hotels zur Einrichtung gehörte. Sie setzte sich auf das ungemachte Bett, und wie sie ihre Wörterbücher aufschlug, um oft abergläubisch ein Wort zu suchen, als Halt für den Tag, diese Bücher wie Orakel befragte, so schlug sie auch dieses Buch auf, es war nur ein Wörterbuch für sie, sie schloß die Augen, tippte mit dem Finger nach links oben und öffnete die Augen, da stand ein einzelner Satz, der ging: Il miracolo, come sempre, è il risultato della fede e d'una fede audace. Sie legte das Buch zurück und probierte, den Satz in den Mund zu nehmen und ihn zu verändern.

Das Wunder

Das Wunder ist wie immer

Nein, das Wunder ist das Ergebnis des Glaubens und

Nein, des Glaubens und eines kühnen, nein, mehr als kühnen, mehr als das –

Sie fing zu weinen an.

Ich bin nicht so gut, ich kann nicht alles, ich kann noch immer nicht alles. Sie hätte den Satz in keine andere Sprache übersetzen können, obwohl sie zu wissen meinte, was jedes dieser Worte bedeutete und wie es zu wenden war, aber sie wußte nicht, woraus dieser Satz wirklich gemacht war. Sie konnte eben nicht alles.

Vor der Bar blieb sie stehen, er wartete auf sie, sah sie aber nicht kommen und bemerkte ihre Anwesenheit nicht, denn er schaute mit anderen Gästen und dem Jungen von der Bar zum Fernsehapparat in der Ecke. Fahrräder, erst einige, fuhren über den Schirm, dann nur noch eines, ein über die Lenkstange gekrümmter Radler war zu sehen, dann ein Straßenrand mit einer Menschenmenge. Der Sprecher redete in höchster Erregung, er versprach sich, korrigierte sich, stolperte wieder über ein Wort, es galt noch drei Kilometer, er redete immer schneller, als hätte er die Pedale zu treten, als wäre er nicht mehr imstande, durchzuhalten, als wäre es sein Herz, das aussetzen konnte, jetzt schweißte seine Zunge, sie fragte sich, wie lang kann das wohl dauern, zwei Kilometer, und den Jungen von der Bar, der in Trance auf den Apparat starrte, fragte sie freundlich: chi vince? der Junge gab keine Antwort, noch ein Kilometer also, der Sprecher keuchte, röchelte, er konnte unmöglich diesen letzten Satz zu Ende bringen und kam mit einem unartikulierten Schrei durch das Zielband. In eben dem Augenblick dröhnte der Apparat, es waren die vielen am Straßenrand, die zu schreien anfingen, bis dieses chaotische Geschrei überging in ganz deutliche Stakkatorufe:

A
   dor
      ni
A
   dor
      ni

Sie hörte es mit Entsetzen und mit Erleichterung, und durch diese Rufe im Stakkato hörte sie die Stakkatorufe aus allen Städten und allen Ländern, durch die sie gekommen war. Den Haß im Stakkato, den Jubel im Stakkato.

A
   dor
      ni
A
   dor
      ni

Er wandte sich um und sah sie verlegen an, weil sie schon

eine Weile in diesem Raum sein mußte. Sie deutete lächelnd auf den Pullover, den sie über dem Arm hängen hatte. Der Junge von der Bar erwachte, sah sie blöde an und stotterte, commandi, Signora, cosa desidera?

Niente. Grazie. Niente.

Aber im Gehen, als sie schon seine Hand genommen hatte, drehte sie sich um, weil ihr das Wichtigste in den Sinn kam, und sie rief es dem Jungen zu, der Adorni siegen gesehen hatte.

Auguri!

Probleme Probleme

»Dann um sieben. Ja, mein Lieber. Wäre mir lieber. Hochhauscafé. Weil ich zufällig. Ja, zufällig, einmal muß ich immerhin zum Friseur. Um sieben, so ungefähr denke ich mir, wenn ich rechtzeitig . . . Was, ach so? Es regnet? Ja, finde ich auch, es regnet ja immerzu. Ja, ich mich auch. Ich freu mich.«

Beatrix hauchte noch etwas gegen die Muschel und legte den Hörer auf, sie drehte sich erleichtert auf den Bauch und drückte den Kopf wieder in das Polster. Während sie angestrengt lebhaft gesprochen hatte, war ihr Blick auf den alten Reisewecker gefallen, mit dem nie jemand reiste, es war doch tatsächlich erst halb zehn Uhr, und das beste an der Wohnung ihrer Tante Mihailovics war, daß es zwei Telefone gab und sie eines neben ihrem Bett im Zimmer hatte, zu jeder Zeit hineinreden konnte, dabei gerne in der Nase bohrte, wenn sie vorgab, bedächtig auf eine Antwort zu warten, oder noch lieber, zu späteren Stunden, mit den Beinen radfuhr oder ein paar noch schwierigere Übungen machte, aber kaum hatte sie eingehängt, schlief sie auch schon weiter. Sie konnte das eben, schon nach neun Uhr früh mit einer klaren hellen Stimme antworten, und der gute Erich dachte dann, sie sei längst, wie er, auf, vielleicht schon aus dem Haus gewesen und zu allem Möglichen bereit an diesem Tag. Es war ihm wahrscheinlich noch nie in den Sinn gekommen, daß sie jedesmal sofort wieder einschlief und sogar meinte, sie könne einen angenehmen Traum wieder aufnehmen, nur wenn er angenehm gewesen war, aber das kam selten vor, denn sie träumte nicht so recht und nichts Besonderes, und was also wirklich wichtig

war, das war ihr das Weiterschlafen. Falls sie je einer gefragt hätte und sie, was unwahrscheinlicher war, je eine
Antwort gegeben hätte, was sie für das Schönste hielt, womit sie sich am liebsten die Zeit vertrieb, was ihr Traum
war, was ihr Wunsch und ihr Ziel in ihrem Leben, dann
hätte sie mit verschlafener Begeisterung sagen müssen:
Nichts als schlafen! Nur würde Beatrix sich hüten, das jemand zu sagen, denn sie hatte schon seit einiger Zeit begriffen, worauf die anderen hinauswollten, Frau Mihailovics und Érich zum Beispiel oder gar ihre Cousine Elisabeth: daß˙ sie sich nämlich entschließen sollte, endlich etwas zu tun, ja unbedingt eine Arbeit haben müsse, und
man mußte diesen Leuten eben ein wenig entgegenkom-
men und gelegentlich Andeutungen fallen lassen über Zu-
kunftspläne und Interessen.

An diesem Morgen schlief sie aber nicht gleich ein, lag nur
entspannt und glücklich vergraben da und dachte: Grauenvoll. Sie empfand dumpf etwas als unerträglich, wußte
aber nicht, was es war, und es konnte nur damit zusammenhängen, daß sie sich doch für heute abend verabredet
hatte, anstatt die Verabredung auf morgen oder übermorgen zu verschieben. Sie hatte sich nur verabredet mit
Erich, um der Welt einen kleinen Tribut zu zahlen, denn
eine Verabredung mit Erich war natürlich sinnlos, und
sinnlos waren vermutlich alle Verabredungen, auch wenn
Beatrix im Moment andere Möglichkeiten gehabt hätte,
sich zu verabreden, aber sie hatte keine in dieser Zeit, und
es hing wiederum damit zusammen, daß sie einfach keine
Lust hatte, etwas zu unternehmen. Erich oder ein anderer,
Erich oder viele andere, darauf kam es doch nicht an, und
sie stöhnte laut und in einer gesunden animalischen Qual:
Grauenvoll.

Erich konnte sie es natürlich nicht sagen, wie grauenvoll
sie es fand, er war ein so lieber Mensch, er hatte es schon
schwierig genug, und was konnte er dafür, daß sie kein

Halt war für jemand und kein Antrieb und höchstens eine von ihm halluzinierte Oase in seinem Leben.

Sie stieg aus dem Bett, vorsichtig, und fiel sofort zurück vor Erschöpfung, denn es mußte wieder einmal überlegt werden, was zuerst geschehen sollte. Nach einer Weile blinzelte Beatrix, eine Ohnmächtige, die langsam das Bewußtsein erlangte, zu dieser Weckeruhr hinüber, die sie ebenso brauchte zur Orientierung wie sie sie haßte, der Orientierung wegen, und sah, daß es schon elf Uhr vorbei war. Es war ihr ein Rätsel, da sie sich nicht erinnerte, wieder eingeschlafen zu sein, sie hatte sich eben schon in der ersten Viertelstunde völlig verausgabt oder sie war noch gar nicht bei sich, sondern in sich, wo tief inwendig etwas lautlos zu einem Rückzug rief, immer zu einem Widerruf. Beatrix entschied, sich zu nichts zu zwingen, denn wenn sie etwas erzwingen wollte, ging es gar nicht, und um genau ein Uhr mittag stand sie betäubt vor dem Kasten und fing an, die Laden herauszuziehen und Türen zu öffnen. Sie kramte in der Lade mit der Unterwäsche herum, dann in der Lade mit den Strümpfen, sie förderte ein Paar dünne Strumpfhosen hervor, als hätte sie eine Bleifracht heben müssen, schaute nachdenklich die Strümpfe an, fuhr sacht mit den Händen hinein, hielt sie gegen das Licht, sie langsam wendend, aber sie wußte ja schon, es würde ihr nichts erspart bleiben, denn die Laufmaschen entdeckte sie immer erst, wenn sie die Strümpfe schon angezogen hatte, und diese qualvolle Mühe, jeden Tag, ein ganzes Leben lang, immer Strümpfe suchen zu müssen und nie zu wissen, ob ein Tag eventuell ein Tag für gute Unterwäsche war oder einer für alte und verwaschene, das allein war schon grauenvoll, und dann, endlich lauwarm geduscht, weil das heiße Wasser nie für alle reichte, wußte sie es so einzurichten, daß sie weder Frau Mihailovics noch der grauenvollen Elisabeth begegnete, damit nie jemand im Haus richtig merkte, wann sie aufstand, und das war eine schwere Belastung. Grauenvoll war Beatrix' liebstes Wort, das sich regelmäßig einstellte, wenn sie an eine Sache weder zuviel denken, noch sie ganz vergessen wollte. Sie hatte schon zwei Kleider herausgelegt, aber noch den Schlafrock an, während in der Küche ihr Kaffee sich erhitzte. Sie stand mit den beiden Kleidern vor dem Badezimmerspiegel und versuchte eine Verbindung zwischen sich und den Kleidern herzustellen. Fast durchsichtig war sie und wächsern im Gesicht, und ein kleines Leuchten begegnete einem kleinen im Spiegel bei dieser Erforschung. Sie war beinahe daran, etwas für sich herauszufinden, etwas Fundamentales über das Anziehen und was es so schwermachte, und warum man an manchen Tagen sogar zweimal oder dreimal so schwerwiegende Entscheidungen treffen mußte wie: das dunkle Blaue oder das Beige mit Weiß, und sie sah zum Fenster hinaus, auch das noch, es regnete, ja es regnete natürlich, beinahe hatte sie sich verplappert, aber am Telefon rechtzeitig noch so tun können, als hätte auch sie dieses gräßliche Wetter schon gesehen. Dieser Regen, wo sich alles änderte und auch der Mantel mitbedacht werden mußte und die Schuhe, obwohl sich alles noch einmal ändern konnte bis sieben Uhr abends! Beatrix ließ die Kleider über den Rand der Badewanne fallen und fing an, ihr Gesicht zu reinigen, denn es war noch zu früh sich zu entscheiden und weiterzudenken, aber für alle Fälle konnte sie sich ja schminken, für alle Fälle ganz unauffällig und ohne Lippenstift, da noch nicht viel entschieden war, und als sie dann doch noch einen Rest von ihrem Kaffee rettete und ihn, auf dem Bett kauernd, trank, war ihr etwas leichter zumute, es hatte ihr nur der Kaffee zu lange gefehlt, aber auch kein zweiter Kaffee konnte sie von der lebenslangen Belastung befreien, die sie auf sich genommen hatte und mit der sie noch nicht fertig wurde, weil sie, wie sie heute, zuversichtlicher dachte, einfach noch zu jung war.

Sie sagte gern zu jemand: Das ist sicher eine schreck-

liche Belastung für Sie! Oder: Mein Lieber, ich versteh, ich
weiß, das Ganze belastet dich doch so sehr, ich kenne
das!

An diesem Tag kam Beatrix auch dieses zweite Lieb-
lingswort in die Quere, sie stieß sozusagen bei der geringfügigsten Bewegung, beim geringsten Gedanken mit den
Schlüsselworten zusammen und merkte, daß alles grauenvoll und kompliziert war und daß sie unter einer Belastung
litt. Daß zwei Büstenhalter zu eng und die anderen zu lok-
ker waren, das konnte wohl nur ihr passieren, weil sie so
oft ohne rechten Verstand gespart hatte, aber jetzt hatte sie
wenigstens ihre hauchdünnen dreieckigen immer sitzenden
Slips, die sie Jeanne verdankte, ebenso den Hinweis auf die
Büstenhalter, obwohl sie nach dieser kurzen heftigen
Freundschaft mit einer Französin, einer wirklichen Pariserin, zur Einsicht gekommen war, daß viel auch in Paris
nicht zu lernen war und daß es sich also wohl kaum lohnte,
überhaupt etwas zu lernen, wenn das der ganze Ertrag
war. Jeanne war per Anhalter nach Wien gekommen,
wußte aber nicht, was sie hier wollte, und Beatrix konnte
es doch erst recht nicht erklären, was es in Wien zu suchen
gab, aber das weitere Ergebnis einer pariserischen Unternehmungslust war gewesen, daß Beatrix, die bisher immer
»Combinaige« oder »Combinaison« gesagt hatte, wie viele
Wienerinnen, zu einem Unterrock jetzt wieder Unterrock
sagte, weil sie herausgefunden hatte, daß die Combinaison
auf einen sprachlichen Unfall zwischen Paris und Wien
zurückzuführen sein mußte, und sie machte sich nicht gerne
lächerlich in solchen Dingen wie die beiden Damen Mihailovics, die bestimmt noch meinten, es sei vornehmer, ein
französisches Wort zu sagen. Sonst hatte sie sich mit Jeanne nicht besonders gut verstanden, deren Neugier und deren Kindischkeit vor allem ihre Nerven strapazierten. Sie
waren beide gleich alt, Jeanne sogar fast schon einund-
zwanzig, aber Beatrix hatte gefunden, daß diese Jeanne ein

Monstrum war an Aktivität und alles auf einmal wollte, wissen, wo es Hasch gab, Burschen kennenlernen, tanzen gehen, in die Oper rennen, danach noch in den Prater oder zum Heurigen, und sie war drauf und dran gewesen, Jeanne zu sagen, daß sie ihren Pariser Kopf voll konfuser Ideen hatte und weiter nichts, denn man konnte schließlich nicht ein Hippie sein und auch noch in die Oper wollen, Riesenrad fahren und die Welt umstürzen, jedenfalls nicht in Wien, und obendrein noch arrogant im Café Sacher sitzen, obwohl Jeanne einmal wild geworden war und ihr erklärt hatte, daß sie einfach ein drop-out sei, was sie komisch aussprach. Sie hatte eine Familie, einen Vater, der Anwalt war, und eine Mutter, die auch Anwältin war, und das konnte natürlich eine gewisse Belastung sein, aber für Beatrix war es eine entsetzliche Belastung, mit Jeanne durch Wien ziehen zu müssen, das sie so genau nicht kannte, weil sie doch immer hier lebte, bei Sacher den teuren Kaffee zahlen zu müssen, weil Mademoiselle mit einem kleinen gewöhnlichen Kaffeehaus nicht zufrieden war, es war ihr nichts wienerisch genug. Am peinlichsten war jedoch die Geschichte mit den Burschen, denn Beatrix kannte kaum welche, telefonierte gefällig herum, aber sie mochte Jeanne nicht zugeben, daß sie sich nur ziemlich regelmäßig mit einem verheirateten Mann traf, der schon fünfunddreißig war, und Erich gegenüber verschwieg sie Jeanne zwar nicht, aber gab zu verstehen, daß sie sich, ihrer Tante zuliebe und weil ihre Cousine ja auch arbeitete, einer reizenden französischen Studentin annehmen müsse, Vater Anwalt, Mutter Anwältin, und daß sie alles mögliche besichtigen wollten, bref, ein sehr gebildetes Mädchen. Und wie immer, wenn es sich nur irgend machen ließ, bat sie Erich unschuldig um einen Rat: Mein Lieber, du weißt ja, ich bin mir nicht so sicher, aber wenn du mir einen vernünftigen Rat geben könntest! Erich brachte die Albertina und das Kunsthistorische Museum ins Spiel, und Beatrix sah ihn dankbar an, während sie dachte: Grauenvoll. Natürlich war Beatrix in solchen Dingen dem guten Erich weit voraus, der keine Ahnung hatte, von welcher Direktheit diese Jeanne war und wie sie wirklich lebte, obwohl er so etwas vielleicht aus Zeitungen wußte, aber für einen verheirateten Mann, der bei der AUA angestellt war, zwischen Büro und häuslichen Miseren sich aufrieb, mußte das eine unbegreifliche Welt sein, und sie verhinderte, weniger aus Diskretion, als aus diesen Gründen, daß die beiden einander je trafen. Gewiß hätte diese Jeanne sofort gefragt, und nach allem, und für eine Pariserin, die irgendwo hinausdroppte, mußte es überdies ein arger Schock sein, was zwischen Beatrix und Erich nicht stattfand, die meinte womöglich, die Wiener Mädchen gingen mit niemandem ins Bett und ähnliche Blödheiten, während es sich doch einfach darum handelte, daß es für Beatrix zu strapaziös war. Erich hingegen hätte Jeanne keinen Umgang gefunden für sein kleines Mädchen, und Jeanne hätte Erich spießig und bourgeois gefunden, und die Ansichten beider hätten Beatrix verletzt, aber nun war das Kapitel Jeanne zum Glück abgeschlossen, denn Jeanne hatte zwei junge Engländer »aufgetan«, mit denen sie nach Rom weitertrampte, denn sie fand Wien wenig rigolo, eine langweilige Stadt, aber ausgerechnet das Café Sacher chic, als wäre es nicht ein Café wie jedes andere, wie ein Unterrock eben mehr oder weniger doch ein Unterrock war, obwohl weder Jeanne noch sie je einen trugen.

Diese schwere Belastung und dieses anstrengende Lügen waren jetzt auch unwichtig, da Erichs Frau schon wieder einen Selbstmordversuch gemacht hatte, kurz vor Jeannes Abreise, aber da es schon der dritte Selbstmordversuch war, der in Erichs Zeit mit Beatrix fiel und von dem sie daher umgehend verständigt wurde, war sie schon geübt in einem aufmerksamen abwesenden Zuhören, während sie aufatmend an Jeannes Abreise dachte. Es war trotzdem anstrengend, mit Erich in dem hintersten Winkel des Café

Eiles zu sitzen, obwohl sie das Café mochte und dann glücklich sitzenblieb, wenn Erich hastig aufbrach, denn nun mußte sie wieder von den Anfängen bis zur Gegenwart diese Ehegeschichte anhören, mit dem Wissen und dem Gefühl, daß Erich, der viel zu anständig und skrupulös war, es nie zu einer Scheidung bringen würde. Beatrix war immer teilnahmsvoll, obwohl sie Erichs Martyrium gar nichts anging. Sie überlegte jedesmal mit ihm hin und her, und sie besprachen es jedesmal durch, in allen Einzelheiten, denn Erich bewunderte die engelhafte Geduld von Beatrix, da der arme Mensch nicht verstehen konnte, daß Beatrix kein Interesse an einer Scheidung hatte, er selber ja wohl auch nicht, aber wenn er mit diesem geduldigen anspruchslosen Kind redete und redete, kam kein gemeines, gewöhnliches Interesse zutage, aber sein verzweifelter Wunsch, endlich ruhig zu leben und das ungelöste, unlösbare Problem mit Guggi doch gelöst zu sehen. Nun war die Teilnahme von Beatrix zwar absonderlich, nicht aber ihr Mangel an Interesse, denn sie fand es für Minuten oder halbe Stunden komisch, ein Statist zu sein in einem Drama, und manchmal dachte sie, wenn sie sich schon getrennt hatten, sie werde ihm einmal sagen, was ihr eingefallen war, denn der Ausdruck gefiel ihr zu sehr, nämlich daß es doch eine »pyramidale Telepathie« geben müsse zwischen ihm und Guggi. Jedesmal kam er rechtzeitig nachhause, einmal hatte er zufällig einen Zug aus Graz drei Stunden früher genommen, weil er sich bei einer Konferenz geärgert hatte über die Ablehnung seiner Vorschläge für den Inlandflugverkehr, und er hatte damit prompt wieder Guggi gerettet, die drei Stunden später nicht mehr zu retten gewesen wäre, er hatte sich wie ein Wahnsinniger gemüht, den Krankenwagen bestellt und sie in die Klinik gebracht, und danach hatte er sofort Beatrix angerufen, seinen »Lichtblick«, seine »Oase des Friedens« in einem verpatzten Leben, und er versicherte ihr, zitternd noch, aber inständig, daß er ohne sie nicht mehr weiterkönne, wie sehr er ihren Mut und ihre Gefaßtheit bewundere, ihre Stärke und eine Vernunft in ihr, über die gewiß kein anderes zwanzigjähriges Mädchen verfüge. In seinen Bewunderungsanfällen wünschte er ihr aufrichtig einen anderen Mann und jemand, der ihr wirklich geben könnte, was sie für immer bei ihm vermissen mußte. Beatrix mochte es nicht, daß Erich sie bewunderte oder von ihrer großen Reife sprach, sondern lachte und lachte, sobald dann der günstige Zeitpunkt kam, ein Lachen erlaubt war und Heiterkeit nicht mehr fehl am Platz war: Du vergißt aber, mein Lieber, daß ich an einem 29. Feber geboren bin! Bitte rechne doch einmal nach, ich bin doch noch ein Kind und ich werde nie erwachsen werden! Ich brauche dich so, du bist doch mein einziger Halt! Sie sah ihn dankbar an, und Erich dachte, in Gedanken bei Guggi natürlich, daß er sicher für Beatrix ein wichtiger Halt sein mußte, denn dieses Kind stand doch praktisch allein auf der Welt, und nun hatte er eben zwei Verantwortungen, die für Guggi und auch noch die für Beatrix, und niemals fiel ihm die Täuschung auf, denn sie täuschte ihn so absichtslos in allem und jedem, daß er unweigerlich an seine Wichtigkeit glauben mußte, also an Verantwortung. In wenigen, flüchtigen Momenten, in denen Beatrix ein Gefühl für Erich aufbrachte, seufzte sie für sich und dachte, das einzige, was sie diesem armen lieben Menschen aufrichtig wünsche, sei, daß er endlich einmal zu spät nachhause käme, wenn Guggi sich wieder einmal umzubringen geruhte. Denn das hatte er wirklich nicht verdient, so eine Frau wie Guggi und obendrein noch eine wie sie selbst.

Aber er war eben ein dummer Mensch und immer neu bestürzt von seinem Unglück, jemand, der in eine Falle geraten war, aus der es keinen Ausweg gab. Und sie saß da ihre Stunde ab und wußte genau, daß sie ihm nicht helfen konnte, niemand konnte das wohl, aber sie versuchte, ihn auf sich zu lenken, denn es war immer noch besser, wenn Erich meinte, er sei auch verantwortlich für sie, denn dann war er wenigstens eine Weile abgelenkt von seiner Guggi, und ein großer Beitrag war sie ja nicht zu seinem Unglück, aber man mußte es ihm etwas größer erscheinen lassen, damit er nicht ganz in dem wirklichen Unglück umkam.

Manchmal, selten genug, gingen sie auch ins Kino und hielten einander an der Hand. Beatrix lag überhaupt nichts daran, aber manchmal, wenn er aus dem Reden herausfand, obwohl er vor allem reden mußte, weil er es sonst mit niemand konnte, wurde er zärtlich, er biß sie leicht ins Ohr, berührte ihre Brust oder die Knie, aber ihr waren die Gespräche lieber und die alarmierenden Nachrichten am Telefon. Beatrix fand diese Berührungen peinlich, sie war einfach zu alt dafür. In der letzten Zeit in der Schule und dann in einem Internat war doch reichlich mehr und genug passiert, aber seit sie erwachsen geworden war und sich heftig geweigert hatte, zu studieren oder in eine Ausbildung zu gehen, kam sie nie mehr auf die Idee, sich mit einem Mann einzulassen, und ihre Abneigung gegen diese grauenvolle Normalität, der sich alle unterwarfen, fiel zusammen mit der Entdeckung einer Perversion, ihres fetischistischen Schlafs. Pervers, ja, sie wenigstens war etwas Besonderes unter diesen normalen Irren. Richtig pervers. Alles andere war doch eine solche Zeitvergeudung, und allein dieses Ausziehen und Anziehen war so anstrengend, doch nicht zu vergleichen mit ihrem Verfallensein an den tiefen Schlaf, in den sie hineingefunden hatte, hineinfand auch angezogen und mit den Schuhen auf dem Bett. Nach manchen durch Neugier provozierten Kindereien von früher und allem, was sie heute kurzweg für reichlich überschätzt hielt, war der Schlaf die Erfüllung geworden und wert, dafür zu leben.

Die wenigen Male, wenn ihre Tante Mihailovics weg war und Elisabeth den Mund zu halten hatte, die sich durch die

Affäre mit diesem Marek jedes Recht verwirkt hatte, ihr etwas zu sagen, ließ sie Erich in die Strozzigasse kommen, zu sich ins Zimmer; es war zwar eine Belastung für sie, auch noch dran denken müssen, daß er einen Schnaps trinken oder zumindest einen Kaffee wollte, aber sie lagen dann nebeneinander, und sie ließ ihn wieder reden. Nur wenn er leider aufhörte zu reden, fing sie bei jedem seiner zaghaften Versuche, weil immer Guggis Schatten über ihm lag, ausgelassen zu lachen an, eine unbezähmbare Lust zu aufreizenden Spielen überkam sie und eine noch wildere Abwehr überfiel sie, und Erich sagte einmal, gar nicht enttäuscht, es gefiele ihm, so gefalle sie ihm. Seine Geduld mit ihr war es also nicht, die ihn in Grenzen hielt, sondern wenn ihn seine Katastrophenstimmung verließ und er auch einmal lachte, meinte er, lachend, sie sei eben eine demivierge. Beatrix, die das Wort nicht verstand, schlug in dem Dictionnaire nach, den sie zu Jeannes Zeiten oft benutzt hatte, und es gefiel ihr dann auch, denn sie war wenigstens etwas Halbes; etwas Ganzes hätte sie einfach nicht sein mögen, aber Guggi war vermutlich eine dieser Frauen mit hysterischem Lieben und Leidenschaft, und da sah man wieder einmal, wohin diese Frauen es brachten, sogar mit jemand wie dem armen Erich.

Unangenehm berührt war Beatrix nur, wenn Erich auf ihre Zukunft zu sprechen kam, denn ganz ließ es sich natürlich nicht verbergen, daß sie in keine Schule mehr wollte und keine einzige Abschlußprüfung hatte, auch nur vage und nebenbei behauptete, daß sie sich nach einer passenden Arbeit umsehe. Erich, mit seinem Verantwortungsgefühl, wurde dann sehr langweilig, wenn er anfing damit, daß es in ihrem Interesse sei, er überlegte auch, was für sie richtig sein könnte, eine Ausbildung als Dolmetscherin oder vielleicht eine Arbeit in einer Boutique oder einer Buchhandlung oder einer Galerie. Sie müsse einfach etwas tun, es beunruhige ihn zu sehr, da er sie, unter den gegebe-

nen Zuständen, nicht heiraten könne. Aber Beatrix wußte
genau, daß es einfach keine Arbeit gab, auch nicht in dem
erbärmlichsten Büro – denn auch dafür brachte sie keine
Voraussetzungen mit – und daß man ihr nirgends erlauben
werde, bis in den tiefen Nachmittag zu schlafen, weil diese
unberatenen Menschen rundherum sich hineinzwängen
ließen in Stundenpläne, daß sie deswegen niemals arbeiten
würde, lernen schon gar nichts mehr, weil es ihr an jedem
Ehrgeiz fehlte, auch nur einen Schilling zu verdienen, sich
selbständig zu machen und unter schlechtriechenden Leuten acht Stunden zuzubringen. Besonders grauenvoll kamen ihr alle Frauen vor, die arbeiteten, denn sicher hatten
die alle einen Defekt oder litten an Einbildungen oder ließen sich ausnutzen von den Männern. Sie, sie würde sich
nie ausnutzen lassen, nicht einmal für sich selber würde sie
sich je an eine Schreibmaschine setzen oder in einer Boutique demütig fragen: Gnädige Frau, darf es vielleicht etwas
anderes sein? Vielleicht dieses Chemisier in Grün?
Nein, beteuerte sie, aber nur einmal, um den guten Erich
nicht zu verstören, Sorgen mache ich mir da gar keine, und
um welche Zukunft denn? Dann sagte sie zärtlich: Was
wollen wir uns beunruhigen wegen der Zukunft? Schau
doch, die Gegenwart ist schon eine zu schlimme Belastung
für dich, und ich möchte nicht, daß du auch noch an mich
denkst, wir wollen lieber versuchen, an Guggi zu denken.
Was sagt der Professor Jordan? Bitte, verschweig mir
nichts, zwischen uns darf es einfach keine Geheimnisse geben. Und damit hatte sie Erich wieder bei Guggi und dieser langwierigen Behandlung, der neuen Hoffnung und
den alten Befürchtungen. Von ihrer Mutter, die sich nach
Südamerika verheiratet hatte, der Schwester des verstorbe-
nen Herrn Mihailovics, bekam sie regelmäßig eine kleine
Summe, die von einem alten verkommenen Wohnhaus aus
dem X. Bezirk abfiel, und wenn es auch wenig war, eine
Art von Rente, die sich immer gleich blieb und durch die

Inflation ständig an Wert verlor, so verließ sie sich doch, zum Ärger ihrer Tante, auf diesen Betrag, denn sie brauchte wenig und sie wohnte so gut wie umsonst. Nie dachte sie daran, den Damen Mihailovics etwas zu geben, für das Zimmer und einige Auslagen, die, wortlos, für sie mitbezahlt wurden. Sie ging ja auch nie aus oder nur mit Erich, ganz selten allein in ein Kaffeehaus, weil sie zu erschöpft war, um sich in ein Leben zu stürzen, und die einzigen Ausgaben, die ihr allerdings wichtiger waren als alles andere, wichtiger als Essen auch, waren die für den Friseur und für ihre Kosmetika. Seit einiger Zeit sagte sie: Ich bin etwas knapp mit Kosmetika. Nur deswegen hatte sie einmal einen Fünfhundertschillingschein ungerührt und ohne Bedenken von Erich akzeptiert. Zum Geburtstag hatte sie ohnedies nichts von ihm zu erwarten, weil sie nie Geburtstag hatte, mit ihrem seltsamen 29. Februar. Was Erich nicht wußte, was er auch nicht wissen konnte, weil er zu wenig Zeit für sie hatte, und was sie auch keinem anderen Mann eingestanden hätte, warum sie vielleicht auch keinen wollte, war einfach, daß sie nur gerne beim Friseur saß, daß RENÉ für sie der einzige Platz auf der Welt war, wo sie sich wohlfühlte, und dafür verzichtete sie fast auf alles, auch auf ein regelmäßiges Essen, und sie freute sich noch dazu, daß sie zart war, zum Umblasen, und so wenig wog, kaum 46 Kilo. Sie mochte vor allem Herrn Karl und auch Gitta und Frau Rosi, ja selbst der kleine ungeschickte Toni war ihr lieber als Erich und die sorgenvolle verständnislose Tante Mihailovics. Alle bei RENÉ verstanden sie auch besser als andere Menschen, es behagte ihr darum nur die Atmosphäre in der Rotenturmstraße, im ersten Stock, und es sollte nur keiner mehr kommen und verlangen, daß sie sich ein Beispiel nähme an ihrer Cousine Elisabeth, die studiert und doktoriert hatte und sich abrackerte, dieses Musterkind, und das hatte es nun davon, mit seiner ganzen Gelehrtheit, daß es schon dreißig Jahre alt war und vor lauter Selbständigkeit, Demütigungen und aussichtslosen Existenzkämpfen doch nirgend richtig unterkam, sich obendrein nicht einmal zum Friseur wagte und darum wirklich wie dreißig aussah. Wenn Beatrix jemand ernstlich aus dem Weg ging, dann Elisabeth, denn obwohl ihre Cousine still und in sich gekehrt war, auch nie ein störendes oder vorwurfsvolles Wort zu ihr sagte, wurde Beatrix doch nur aufsässig in ihrer Gegenwart, und hätte sie nicht ihren Frieden in der Strozzigasse und Schlaf für zu kostbar gehalten, dann hätte sie ihr einmal gerne deutlich gesagt, für wie dumm sie sie halte, einfach dumm, und soviel Dummheit konnte sie nicht ertragen, nicht an einer Frau jedenfalls, denn mit Erich war es anders und rührend, wie dümmlich sie seine Ansichten und Besorgnisse auch fand. Ein Mann konnte sich Dummheit eben leisten, eine Frau niemals, die durfte sich nicht abzehren und auch noch ihrer Mutter schlaflose Nächte machen, weil sie nicht genug Geld verdiente, sich überhaupt auf so etwas Überspanntes wie Kunstgeschichte eingelassen hatte, und was half es ihr denn dann, wenn sie alles von diesem Dürer und diesen ganzen Malern wußte, in Florenz das ganze Zeug in- und auswendig kannte, denn mit dem Stipendium für Florenz war es auch aus, und soviel erriet Beatrix, daß die Damen Mihailovics nicht mehr weiter wußten, auch daß es tatsächlich wahr war, daß die dumme Person sich in den Anton Marek verliebt hatte, um sich noch mehr zu belasten, und wenn Beatrix jemand gefragt hätte, so wäre sie schon als Vierzehnjährige imstande gewesen, zu begreifen, daß dieser Marek sich aus nichts und niemand etwas machte, außer aus sich selbst, und überhaupt nicht daran dachte, die Mihailovics zu heiraten, um sich nach einer wohlüberlegten, genau berechneten Ehe scheiden zu lassen für eine sentimentale Person ohne Geld und Aussichten, während Erich einfach in einem Verhängnis war, bedauerlich zwar für ihn, aber günstig für Beatrix. Für einen geschiedenen oder verwitweten Erich hätte sie sich niemals zu RENÉ geschleppt, um dort stundenlang zwischen Kopfwaschen, Tönung, Maniküre und Epilierung heiter zu grübeln und in den Spiegel zu schauen, sich spiegelnd in diesen großen Spiegeln, die es in der Strozzigasse nicht gab, wo nur ein winziger im Badezimmer hing, klein, zu hoch und nicht hinreichend für ihre Bedürfnisse. Bei RENÉ war jede Wand mit diesen wunderbaren Spiegeln bedeckt, und es gab einige dreiteilige Profilspiegel, in denen man sich von allen Seiten sehen konnte, und Gitta brachte zuletzt auch noch den Handspiegel, damit ihr nichts entging, man nahm bei RENÉ überhaupt alles ernst, was ernst für sie war, und wenn sie, wie jede Woche, oft schon vor dem Ablauf einer Woche, hinaufging in den ersten Stock, bewegt, erwartungsvoll, atmete sie anders, die Müdigkeit fiel von ihr ab, sie verwandelte sich im Nu und trat strahlend ein in diesen Tempel. Noch ehe sie sich bei Frau Yvonne anmeldete, blickte sie schon um sich, in alle Spiegel, sie fand sich wieder und fand ihr wirkliches Zuhause. Noch ehe sie sich kritisch vor einen Spiegel stellte, war sie froh, sich selber in den Spiegeln kommen zu sehen und aufhören zu dürfen, an ihre Belastungen zu denken. Das also bin ich, sagte die eine Beatrix zu der anderen im Spiegel und starrte sich ergriffen an, während man schon hin und her zu rufen anfing, nach Herrn Karl, nach Gitta, nach Rosi, und Frau Yvonne lächelte, fast immer alle Wünsche ihrer Kundinnen im Gedächtnis, sie fragte aber trotzdem nach den Wünschen, runzelte die Stirn, weil Gitta noch nicht frei war und Frau Hilde, leider, leider, ein Kind erwartete und darum eben noch eine Weile nicht hier sein werde. Ja leider, dachte Beatrix mit einem Mißmut, ausgerechnet jetzt. Sie lächelte unbestimmt und schmerzlich, aber eine Rücksichtslosigkeit war es doch, wenn man, wie sie, an Frau Hilde so gewöhnt war. Beatrix hatte schon, in Trance, eine Bürste in der Hand und kämmte sich die Haare grimas-

sierend durcheinander, während sie lässig sagte: Schauen
Sie mich bloß nicht an, bei mir ist einfach alles da capo zu
machen, von den Haaren bis zu den Füßen, ich trau mich
kaum mehr auf die Straße, scheußlich, wie ich aussehe . . .
Herr Karl! Bitte, erretten Sie mich, schauen Sie sich das
einmal an! Sie fuhr sich mit den Fingern durch ihre langen, braunen Haare: Sagen Sie selber! Das kann doch
nicht so weitergehen, ich war doch erst letzte Woche hier!
Herr Karl sagte, mit einem anderen Kamm in ihrem Haar
rührend, es ginge gewissermaßen, einigermaßen, obwohl er
doch dringend zu einer biointensiven CHEV 09 Behandlung,
die von den Oréal-Laboratorien erarbeitet worden sei, raten müsse und noch dringender wolle er ihr zu der ganzen
Serie von Ampullen raten, nur zehnmal zu wiederholen.
Beatrix unterbrach ihn lebhaft: Meinetwegen probeweise
eine Ampulle, das seh ich ein, aber entscheiden, für eine
ganze Serie, nein, Herr Karl, also heute kann ich mich
wirklich nicht entscheiden, ich habe noch einen Tag vor
mir, da machen Sie sich keine Vorstellung, und dann bei
diesem Wetter! Sie sah sich hilflos um, weil ihr Regen-
schirm auf den Spannteppich tropfte, und Gitta lief zu ihr,
mit einem nervösen Blick auf die nassen Flecken, und stellte den Schirm in einen Schirmständer, den Beatrix nicht
gesehen hatte, denn es ging letzten Endes um diese Entscheidung, eine biointensive Behandlung oder nicht, was
einfach zu teuer war für sie, im Moment.
Sie durchquerte summend zwei RENÉ-Räume, genoß schon
dieses Verschwinden in einem Nebenraum mit den rosa
Mänteln, von dem aus es gleich weiterging zu den rosafar-
benen Toiletten, und sie zog sich selbstbewußt aus, obwohl
jetzt eine andere Frau hereingekommen war, denn es war
ein Tag für gute Unterwäsche, sie drapierte langsam und
überlegt den rosa RENÉ-Mantel um sich und hängte Kleid
und Mantel auf einen Haken. Draußen, in RENÉS Zimmern ging sie eine Weile unschlüssig herum, weil auf ein-

mal alle verschwunden waren, Herr Karl war nicht zu sehen, Gitta auch nicht, aber sie hörte gerne zu, wenn die Frauen telefonierten oder wenn wieder eine hereinkam und begrüßt wurde. Das also war die Gräfin Rasumofsky. Welche aber? sie hatte sich die jedenfalls anders vorgestellt, und bei den anderen war es ihr weniger wichtig zu wissen, wer die waren, weil fast alle in einem allumfassenden liebenswürdigen »Gnädige Frau« untergebracht wurden. Erst beim Zahlen und Heraussuchen der Zettel mußte unweigerlich der Name genannt werden, und dann hießen diese Frauen eben irgendwie, Jordan oder Wantschura, doch, unter der Jordan konnte sie sich plötzlich etwas vorstellen, das mußte doch die Frau von diesem großartigen Psychiater sein, der Guggi behandelte, aber die hatte sie sich auch anders vorgestellt, die sah ja so bescheiden aus, aber hübsch, beinahe bildhübsch, und sie war so jung, nur die anderen Frauen sagten ihr wirklich nichts, die einfach unter dem Titel »Frau Doktor« untertauchten oder die Frauen von Doktoren waren oder Frau Yvonne versuchte eben, den Frauen nach Laune oder aus Instinkt oder Eingeweihtheit zu einer Anrede zu verhelfen. Sonst war es Beatrix noch nie aufgefallen, daß alle Frauen hier mindestens Dreißig waren, der Durchschnitt um die Vierzig, mit Ausnahme der kleinen Frau Jordan, die aber so jung auch nicht mehr sein konnte, und jedenfalls war Beatrix hier weitaus die jüngste, denn junge Mädchen wuschen sich in Wien ihre Haare gewiß selber und feilten sich ihre Nägel, die aber auch danach aussahen. Beatrix würde das niemals tun, denn der Verzicht auf diese Nachmittage wäre ihr unerträglich gewesen, man hätte sie ebenso gut mit der Diagnose einer furchtbaren Krankheit treffen können. Paralyse etwa. Es würde bei ihr zu einer Paralyse führen, wenn man sie um die RENÉ-Welt brächte. Auch forderte sie herausfordernd diese Bedienung, dieses wirkliche Eingehen auf alles, was ihr zustand, und in der Strozzigasse, in die-

sem ewig provisorischen Zuhause, gab es niemand, der ihr
auch nur das Bett machte, nur hie und da fiel eine überflüssige Bemerkung ihrer Tante, weil Beatrix ihr Bett einfach tagelang verknäult und zerwühlt ließ, da sie doch nur
mit letzter Kraft in ihren auch unordentlichen Kasten
wühlen und suchen konnte, und nur ein sehr seltener Besuch von Erich ließ sie im Handumdrehen eine oberflächliche Ordnung herstellen, damit wieder einmal der Schein
gewahrt wurde, aber sonst hätte nichts sie dazu gebracht,
einen Raum sauber zu machen und aufzuräumen, und ihr
Geheimnis blieb es, wie sie es trotzdem fertig brachte, auf
der Straße oder bei RENÉ auszusehen, als käme sie aus einer dieser herrschaftlichen, gelüfteten, von alten legendären Hausmädchen besorgten Wohnungen, aus denen die
anderen Frauen hier wahrscheinlich kamen, und nur sie
war fähig, in ihrem Chaos ihre paar wenigen Kleider und
ein paar Stück Wäsche tadellos zu halten, denn für diesen
Schein und ihr Aussehen wusch und bügelte sie sogar,
unter Stöhnen und Ohnmachten, aber das mußte eben
sein, einmal in der Woche. Hier aber wusch Gitta ihr das
Haar, ribbelte sie so sanft, und Beatrix flehte: Bitte das
Wasser nur ja nicht zu heiß! Gitta wußte das zwar schon,
aber sie nickte verständnisvoll und ließ lange das laue
Wasser über die Haare duschen. Dann aber war Gitta verschwunden und man schickte ihr eine Neue, die an ihr her-
umzupfte mit einem Kamm, und Beatrix äugte im Spiegel
nach einem bekannten Gesicht. Nein, das war ja unerträglich, diese Gans, die ihr langes Haar zu kämmen versuchte,
das konnte doch nur Gitta, oder Herr Karl tat es manchmal
selbst, und sie schlug stammelnd vor, das Haar etwas vor-
zutrocknen, Ogott ogott, ich sag Ihnen doch, tun Sie mich
unter die Haube oder nehmen Sie einen Föhn! Denn ganz
hatte Beatrix sowieso nie verstanden, warum die sich alle
einbildeten, man müsse feucht gekämmt werden. Sie sah,
unter Kopfschmerzen, in den Spiegel, die Haare hingen

dünn und naß zu beiden Seiten herunter, sie riß die Augen
auf und musterte diesen fremden, entstellten, wildfremden
Schädel, wie grauenvoll mußte erst ein nackter Schädel
sein, aber dann war sie schon abgelenkt, weil sie merkte,
daß ein Lidschatten auf dem linken Auge heller geworden
war, sie schloß und öffnete prüfend ihre Wimpern. Jetzt
war die Person endlich fertig, und Beatrix griff nach einer
Illustrierten. Immer lagen hier deutsche Illustrierte herum,
aber VOGUE war kaum je zu finden, und wen interessierten
schon deutsche Illustrierte? Doppelmord bei Stuttgart. Sicher eine gräßliche Gegend, es klang ja auch nach Doppelmord. Sex in Deutschland. Das war sicher noch ärger. Jac-
queline Kennedy, jetzt Frau Onassis, hatte mehrere Dutzend Perücken, für jede Gelegenheit. Das war immerhin
schon interessanter, diskutabler, obwohl diese Kennedy –
Herr Karl stand endlich hinter ihr, sie schlug rasch die Illustrierte zu und fragte: Was haben wir denn in diesem
Winter für Frisuren? Nein, prinzipiell interessiere sie sich
nicht dafür, es sei ihr auch ganz gleichgültig, was die anderen sich auf den Kopf türmten, hoffentlich gäbe es keine
postiches mehr, es gebe schließlich wichtigere Dinge auf
der Welt, zum Beispiel interessiere es sie mehr, was er,
Herr Karl, von den Perücken halte, denn sie sei da nach
wie vor mißtrauisch. Beatrix war das vor allem der Preise
wegen, aber die Kennedy, wenn auch nicht mehr die Jüngste, war doch ziemlich überzeugend. Herr Karl, der rasch,
ohne je mit einem Finger ihren Kopf zu berühren, eine
Strähne nach der anderen meisterlich um die Wickler zu
legen begann und zugleich mit ihr redete, als wäre es ihm
das Leichteste von der Welt, so lange Haarsträhnen über
diese Wickler zu bringen, rief: Aber das sag ich doch wirklich nicht zum erstenmal, daß Sie eine haben müssen, zwei
genau genommen, zwei Perücken brauchen Sie unbedingt,
denn wenn Sie zum Wintersport wollen und dann in den
Süden! Beatrix verzog den Mund, denn zum Wintersport

fuhr sie nicht, einmal weil kein Geld dafür da war, dann weil man zu einem Sport, auch wenn man keinen betrieb im Wintersport, immerhin zu einer gewissen Zeit aufstehen mußte, und drittens, weil es nur so wenige Orte gab, die ihr gefallen hätten. Auf diese Skihütten und dieses ganze Genre, mit diesen Leuten vom Alpenverein, darauf konnte sie verzichten. Strohsacklager, so stellte sie sich das vor. Jodler und ungeheizte Zimmer. Zu Herrn Karl sagte sie vernünftig: Um übrigens vom Sommer zu reden, da man ja wirklich nach Oberitalien nicht mehr kann und ich dann lieber noch am Wörthersee bleibe, frage ich Sie ja. Denn nach dem Schwimmen, da kann ich doch unmöglich immer zum Friseur rennen, und ich bitte Sie, dort unten, zu einem in der Provinz, das ginge wirklich über meine Kraft. Herr Karl erklärte, daß er ihr, falls er sich nicht irrte, nun schon zum dritten Mal im Lauf des Herbstes, bis ins Detail gesagt habe, weshalb er ihr diese neuen Perükken empfehle und warum sie diesmal »waterproof« und trotzdem von erster Qualität seien. Beatrix verstand das auch ziemlich genau und hörte nicht mehr zu. Sie versank förmlich in dem Spiegel, während Herr Karl ihr ein rosa Netz über die Wickler legte, ihr Wattebauschen an die Ohren legte, die Haube herunterzog und den Apparat anstellte. Ja, sie wollte einen schwarzen Pullover, Herrenschnitt, V-Ausschnitt, mit weißer Bluse darunter, es sah mädchenhaft aus, und Erich würde das sicher mögen, so demivierge. Sie hob die Haube noch einmal in die Höhe und fragte ernsthaft, obwohl dieser Teil der Prozedur schon beendet war: Herr Karl, ich hab ganz vergessen, das heißt, ich hab es mir überlegt die ganze Zeit, ob ich mir diese mèches machen lassen soll, und Sie wissen ja, daß ich zu keinem Entschluß komme. Kann ich nicht. Herr Karl sagte dezidiert, aber nicht ohne Einfühlung: Dann müßten wir eben wieder von vorn anfangen.

Nein, Sie müssen mir doch raten, Sie wissen doch ganz genau, daß ich ohne Sie keinen Schritt tun kann. Nur überlegen möchte ich es mir noch. Was mach ich aber, wenn ich an den See oder ans Meer gehe und die mir dort keine mèches machen können, das ist es ja! Wissen Sie, daß ich eigentlich ganz amputiert bin, ohne Sie, denn ich kann Sie doch nicht einpacken und mitnehmen, ich bin ja nicht die Königin von England.

Nach diesem gelungenen Satz lächelte sie Herrn Karl besonders an und dachte, wieviel hübscher und jünger sie doch war als diese Person, die auch noch Todesurteile unterzeichnen hatte müssen, was Jeanne, die etwas von Politik wußte, ihr eindringlich vorgehalten hatte. Also dafür dankte sie, und ausschlafen konnte die gekrönte Elisabeth sicher auch nie, die war ja ärger dran als jeder Bettler mit ihren Diademen und dem ganzen Geld. Nur einen Friseur, den konnte sie überallhin mitschleppen, das gewiß, aber wenn man solche Hüte aufsetzte und erwachsene Kinder hatte, halfen auch ein Privatfriseur und Privatkosmetikerin nicht mehr, aber besonders an Todesurteile wollte Beatrix in diesen Stunden gar nicht denken, und sie entließ Herrn Karl, der schon die zwei Perücken abschrieb und ihr die Haube wieder über den Kopf zog.

Mit Gitta flüsterte sie: Sagen Sie, ist die Dame dort, die hübsche, ziemlich junge, die muß doch eine ständige Kundin von Ihnen sein, wirklich die Frau von dem Jordan? Gitta nickte eifrig und sagte: Eine bezaubernde Frau und so was von einfach! Beatrix ging das zwar nicht ein, denn was mußte die »einfach« sein, oder es war ein Trick, die machte sich eben interessant mit Einfachsein. Chacun à son goût. Sie konnte natürlich niemand sagen, warum Frau Jordan sie ausnahmsweise interessierte, denn diese Frauen interessierten sie sonst überhaupt nicht.

Frau Rosi kam mit dem kleinen Becken für die Füße, und Beatrix mußte noch einmal aufstehen und in dem hinteren Raum ihre Strumpfhosen ausziehen, in die rosa-weißen

RENÉ-Pantoffeln steigen und ging zurück unter die Haube, tauchte die Füße ins warme seifige Wasser, das endlich einmal die richtige Wärme hatte, sie nickte dankbar Frau Rosi zu, die schon ihre Instrumente ausbreitete, Beatrix' ersten Fuß auf die Knie nahm und anfing, die Nägel zu kürzen. Elfe hätte sie gern geheißen, und hatte es nicht einmal eine Schauspielerin gegeben, an der Burg, natürlich, die Lombardi hieß ja Elfe, und die gabs noch, aber die sah nicht aus, als ob der Name zu ihr paßte. Man sollte eben allen empfindlichen Leuten von einem gewissen Alter an erlauben, sich selber einen Namen auszusuchen, aber daran hatte wieder einmal niemand gedacht, und auf ihr Wahlrecht wollte Beatrix gerne verzichten, wenn sie es jetzt bald bekam, denn Politik war ihr egal, und wie diese Politiker schon alle aussahen. Als sie den kleinen Toni vorüberhasten sah im Spiegel, rief sie: Es ist zu heiß, ich halt das nicht mehr aus, drehen Sie doch bitte den Schalter auf 2.

Aschblond wäre sie gern gewesen, ein Florentinerblond mit rötlichem Schimmer machte vielleicht zu alt, aber so ein Aschblond, unscheinbar auf den ersten Blick ... Dafür würde sie ihr make-up ändern, einen ganz hellen fond de teint auftragen, ein kränkelndes Aussehen vortäuschen, weil alle so aufs Gesunde versessen waren und kaum jemand gesund war, sie aber schon, nur sie fand sich doch recht süß mit dem leicht bräunlichen Ton im Gesicht, das Rosabraun war meistens nicht echt, aber Frau Hilde hatte ihr beigebracht, wie man diesen rosa Kompaktpuder auftragen mußte, und nun mußte diese Person ein Kind bekommen, obwohl sie wirklich gut schminken konnte, und es war Wien eben doch eine völlig rückständige Stadt, weil so wenig Frauen sich beim Friseur schminken ließen, nur die Frauen, die etwas mit Fernsehen und Film zu tun hatten, aber danke, an Filmen hatte sie nie gedacht und Illusionen hatte sie auch keine. Katti, die einmal kurz ihre beste

Freundin war, als Beatrix noch dran glaubte, daß es beste Freundinnen gab, früher, als sie jünger war, die war so überspannt davon geworden und ein solches Nervenbündel. Allerdings war Katti schon fünfundzwanzig, und nach allem, was sie erzählte, schien das doch nicht übertrieben zu sein mit den Filmbetten, grauenvoll. Und dann kam Katti wieder zurück, mit einer neuen Hoffnung, in einem deutschen Film unterzukommen. Was also Beatrix durch diese Exfreundin über Rom gehört hatte, ob es nun wahr war oder nicht, das fand sie auch nicht zum Kranklachen, wenn es ihr auch gleichgültig war, daß die sich Nerven zuzogen, das ging ja noch, Launen hatte sie selber vielleicht auch, aber sie wenigstens war nie traurig oder enttäuscht und regte sich über nichts auf. Erich fand einen Typ wie Katti zum Explodieren – mit der hatte sie ihn leider einmal zusammengebracht – nie wieder. Und à propos Freundinnen, so was hatte man auch nicht mehr zu haben, wenn man erwachsen war.

Sie hielt ein einsames Zwiegespräch mit Erich: Weißt du, es ist mir egal, was der Rest der Menschheit macht, ob er sich wäscht oder nicht, LSD oder nicht, sich abmüht für nichts und wieder nichts, oder herumtrampt, ich finde alle, diesen Rest der Menschheit, ja, Rest, nur lustig, die einen und die anderen, ich kann mich da nicht so festlegen. Egal ist es mir, du verstehst doch. Ich? Ich und mich nicht ausdrücken können – ja, da hast du übrigens sehr recht, ich kann mich nicht ausdrücken. Es ist ein Fehler. Ich weiß es, und du hast vollkommen recht. Aber eigentümlich ist es, findest du nicht, daß ich mich nicht ausdrücken kann?

Laut würde sie aber heute einmal zu Erich etwas anderes sagen: Ich bin manchmal richtig in mich vernarrt, und sie würde es schnell hinsagen, ehe er mit Guggi und seinen Problemen kommen konnte. Erich hatte übrigens etwas sehr Komisches gesagt unlängst, etwas über die Beziehungen zwischen Männern und Frauen, und daß man das

Grundproblem nicht lösen könne, er jedenfalls fange an, zu kapitulieren, und daran tat er gewiß recht, aber trotzdem behielt er diese Manie bei, alles durchzudenken und sich selber zu analysieren, seine Situation im allgemeinen, dann seine Situation mit Guggi und dann seine Situation mit ihr, und zugleich behauptete er, daß es das Wichtigste sei, die Situationen nicht zu analysieren, sondern sie sich entwikkeln zu lassen, die Lösung komme von selbst. Schon ein widersprüchlicher Mann, obwohl ihr das alles gestohlen bleiben konnte, nämlich alle Situationen einzeln und miteinander. Situationen gingen sie nichts an. Aber das war vielleicht ein Denkfehler bei ihr. Erich machte sie immer auf alle möglichen Denkfehler aufmerksam, und Beatrix fand das sehr stimulierend, da die Situationen so monoton waren, und sie sagte daher öfters zu ihm, indem sie ihn betrübt und hilflos ansah: Ich glaube, ich hab da wieder einen Denkfehler gemacht, nicht wahr? Und wenn sie sich gar selbst an etwas die Schuld gab, wurde er der liebste und aufmerksamste Mensch, aber es mußte eine Schuld sein, die er sich ausgedacht hatte, es tat ihm dann so gut, Schuld einem anderen zu verzeihen, und Beatrix würde von nun an immer daran denken, sich mindestens einmal in der Woche eine Schuld zu geben. Heute klemmte doch wirklich ein Wickler unangenehm, was Herrn Karl noch nie passiert war. Sie würde Erich um Verzeihung bitten, für alle unglaublichen und belanglosen Dinge: Bitte, Erich, du mußt mir verzeihen, ich war so unaufmerksam das letzte Mal, nein, doch, ich merke es selber, hinterdrein, und ich sehe es ein, ich fürchte, mein Guter, ich war sehr nervös. Und gerade an dem Tag, an dem du so nervös warst, ich bin rücksichtslos gewesen, richtig rücksichtslos, und ich muß mich ändern, Erich, bitte, ich muß aufrichtig zu dir sein dürfen, sonst hat es doch keinen Sinn für mich, und dein Vertrauen zu verlieren, das wäre das Schlimmste für mich.

Beatrix schaute auf ihre Zehennägel, die beinahe fertig waren und nur noch lackiert werden mußten, süß, sie hatte vielleicht nichts Besonderes an sich, aber ihre Füße fand sie hinreißend, und es tat ihr nicht einmal leid, daß kein Mann je ihre Füße so sehen konnte, und Erich, auch in der Strozzigasse, wenn sie die Strümpfe auszog, um ihn zu reizen, schaute ihre Füße überhaupt nie an. Es genügte ihr, daß sie selber es wußte. Schöne Füße gab es selten, und besonders Frau Rosi konnte da ein Lied singen. Frau Rosi sang heute kein Lied, sondern zog das Becken weg, verschwand und kehrte wieder mit dem ganzen Besteck für die Maniküre. Beatrix rief nach hinten: Herr Karl, wie lange muß ich denn heute schmachten? was? noch zehn Minuten, das ist eine ausgemachte Grausamkeit von Ihnen, und wenn Sie sagen, zehn Minuten, dann bedeutet das doch zwanzig. Ich werde mir aber trotzdem nicht die Haare schneiden lassen, ich will Ihnen diesen Gefallen nicht tun, ich schmachte lieber.

Sie hielt Frau Rosi die linke feuchte Hand hin und senkte die rechte ins Wasser. Dann aber nahm sie wieder die Illustrierte. Als sie Fünfzehn gewesen war, hatte sich jemand in ihren Rollkragenpullover verliebt, grün war er gewesen, und damals wußte sie noch nicht, daß sie einen zu kurzen Hals für Rollkragenpullover hatte. Was lernte man nicht alles dazu, im Lauf der vielen Jahre! Nie mehr Rollkragenpullover, das stand fest.

Die Jacht Christina. Auf eine griechische Insel zusteuernd. Ari auf Deck, so ähnlich hatte der jemand ausgesehen, nur jünger. Es gab noch eine grausige Reportage über Afrika, und sie dirigierte lieber doch die Jacht auf Inseln zu, sie stand auf Deck und ihre Haare wehten im Wind, aber sie stand allein, ohne Gäste an Bord und ohne einen Ari, der völlig überflüssig war. Um Himmels willen, schrie sie auf, Toni, es ist doch schon wieder zu heiß, ich habe doch gesagt auf 2 und das kann nicht 2 sein, das ist 3!

Erich war aber auch ständig überarbeitet, übermüdet, denn gegen diese neue Personaleinschränkung wußte er sich nicht zu wehren und übernahm noch die ganze Arbeit für einen abgeschobenen Herrn Jakob, das sah ihm ähnlich, obwohl Beatrix sich unter »Personaleinschränkung« nicht viel vorstellen konnte, nur eine zusätzliche Belastung, und daß Erich, der sicher ein Recht darauf hatte, nicht einmal Flugtickets für schöne Reisen von dieser AUA gratis nahm, das war auch typisch, denn trotz seiner Klagen über die Direktion, die ihr begreiflich waren, identifizierte er sich doch mit diesen Herrschaften, die gewiß herumreisten, und heute mußte sie ihm einmal vorschlagen, sich um Flugtik- kets zu kümmern, ganz scherzhaft: das muß doch leicht sein für dich, und wir könnten dann endlich einmal mitein- ander sein, weit weg, in Karachi oder Bombay. Einen Flug nach Istanbul würde sie sich zumindest von ihm wünschen oder besser noch einen auf die Kanarischen Inseln. Du und ich, allein, zu zweit, in der Sonne, auf einem herrlichen Strand dieser Kanarischen Inseln, Erich, das muß doch möglich sein! Hoffentlich gingen Flugzeuge in diese wun- derbaren Gegenden nicht schon am Morgen weg oder am Mittag, es gab sicher auch Abendflüge, aber ob man in ei- nem Flugzeug bequem schlafen konnte, das war sehr zwei- felhaft. Nur ein kleines Gerede über ferne sonnige Länder konnte nicht schaden, denn Erich mußte sich dann einmal aufraffen, sich etwas einfallen lassen, um mit ihr wegfah- ren zu können. Dieses graue Wien vergessen und diese Überanstrengungen, denk bloß, Erich, ich würde mich so wahnsinnig freuen! Fliegen würde sie dann nicht, denn sie dachte sich die Welt mit diesen gepriesenen Gegenden fürchterlich unbequem, und Erich würde es kaum zustande bringen, seinem Direktor zwei Flugkarten zu entreißen für ein Vergnügen, aber ein Anstoß, einmal an Vergnügen zu denken, das war allerhöchste Zeit für ihn.

Die Haube war vermutlich auf 2 eingestellt, aber 2 fühlte

sich heute an wie 3 und sie rief: Bitte, Toni auf 1, es ist unerträglich, 2 halte ich nicht aus!

Wenn sie noch rechtzeitig fertig würde, mit allem Drum und Dran, dann konnte sie noch ins Kino gehen, vor ihrer Verabredung mit Erich. Allerdings, bei Regen, die ganze Kärntnerstraße hinunter und dann wieder zurück zum Hochhauscafé, das wäre zu verheerend, und ein Taxi war zu teuer. Sie seufzte. Sie würde also auf Erich wohl eineinhalb Stunden warten müssen im Kaffeehaus. Immerhin, es konnte ein neues Detail auftauchen im Drama, denn nicht jeder Mann hatte eine Frau wie Guggi, und ganz gern hätte sie Guggi einmal von weitem gesehen, aus der Nähe lieber nicht. Sie jedenfalls würde sich nie umbringen, und dabei hatte sie wahrscheinlich eine viel größere Angst vor dem Leben, einfach eine Heidenangst. Beatrix dachte, sie würde, wenn sie hier wegging von RENÉ, einfach ein paar Zeilen hinterlassen für Erich im Kaffeehaus, dann sofort nachhause fahren in die Strozzigasse, dort konnte sie sich hinlegen, mit ihren frischen Haaren. Die Haare sind eben doch das Schönste an mir, sonst ist nicht viel los, außer den Füßen natürlich. Zuhause würde sie sich ruhig und glücklich hinlegen, ihre Haare ausbreiten, ihre Füße betrachten, denn im Kino gab es sicher wieder einen dieser anstrengenden Filme, mit Mord und Totschlag und manchmal sogar Krieg, und wenn auch alles gestellt und erfunden war, dann nahm es sie doch zu sehr mit, gerade weil es in der Wirklichkeit anders zuging. In ihrer Wirklichkeit gab es nur Guggi, die ein Problem war, aber auch das war nur leihweise ein Problem, und Erich war einfach ein schwacher Mensch, der sich auch im Büro kujonieren ließ, das wußte er auch selber, und sie hätte diesem Chef längst die Meinung gesagt und sie hätte dieser haltlosen Person längst eigenhändig die Tabletten und Rasierklingen hingelegt, ausdrücklich, damit die wenigstens einmal zur Besinnung kam.

Sie zog ihre Puderdose aus der Handtasche und sah ihre Zähne an, nicht schlecht, wenn auch leicht unregelmäßig, sie mußte unbedingt zum Zahnarzt gehen, und zwar bald. Und gereinigt mußten die auch endlich werden, nicht diese Woche, aber nächste Woche. Eine fürchterliche Belastung. Sie war froh, daß sie sich schon halb und halb dazu entschlossen hatte.

Ich bin eine Mädchenfrau. Oder bin ich eher ein Frau-Mädchen? Sie überlegte, am Einnicken, ob da eine gefährliche Verschiedenheit bestehen könnte zwischen den beiden Ausdrücken, aber zu Erich würde sie heute am besten etwas ganz anderes sagen, damit er es nicht zu einfach hatte. Das mußte einmal gesagt werden. Weißt du, ich bin eine Frau, würde sie sagen, denn das war eben der Punkt, auf den es ankam, und den er nicht verstand: daß sie, trotz allem, eine Frau war. Demi-vierge war ganz schön, aber immer konnte sie ihm dieses Vergnügen nicht machen, sie so problemlos zu sehen. Ich bin eine Frau — das mußte ein Problem werden für ihn, einen ganz kleinen Stachel würde es in ihm zumindest hinterlassen, aber da es ihr zu kompliziert war, selber darüber weiterzudenken, versank sie fast bewußtlos unter dem Tosen der Trockenhaube. Ihre Hände waren jetzt auch fertig und lackiert, sie hatte es kaum bemerkt, daß Rosi schon ihre Sachen zusammenräumte und aufstand, und sie bat sie flehentlich, die Haube abzustellen. Zwanzig Minuten waren das bestimmt gewesen. Unsägliche zwanzig Minuten, Herrn Karl zuliebe.

Sie ging mit dem neuen dicklichen Fräulein, das Frau Hilde vertrat, in eine Kabine und legte sich auf das harte, schmale Bett, im Grund schon voller Mißtrauen, und nach den ersten Handgriffen von dieser »Vertretung« verfinsterte sie sich, sie hatte ganz deutlich das Gefühl, es werde schiefgehen. Begründen hätte sie es nicht können, denn beim Reinigen und Massieren konnte freilich noch nichts passieren, aber diese Person hatte Hände, also zwei schlimme, klobige Hände, das fühlte sie doch, diesen Instinkt hatte sie, wenn Hände sie berührten, und diese Langsamkeit und Vorsichtigkeit, mit der die ihr im Gesicht herumwischte mit einem Kleenex. Beatrix hielt die Augen geschlossen, damit sie wenigstens nicht dieses rotgeäderte teigige Gesicht sehen mußte, das sich von hinten über das ihre beugte, aber jetzt zupfte die Person schon mit der Pinzette an ihren Augenbrauen herum, wieder mit dieser Langsamkeit, und das mußte doch blitzschnell gehen, damit es nicht schmerzte. (Hören Sie bloß auf, ich kann nicht mehr, hören Sie doch auf!) Beatrix hatte nicht den Mut, laut etwas zu sagen, denn so etwas hatte sie noch nie durchgemacht bei RENÉ, eine derartige Tortur, und sie wußte nicht, wie sie, ohne diese Person zu beleidigen oder davonzurennen, lächerlich mit den Wicklern auf dem Kopf, aus dieser Situation herausfinden sollte. Das allerdings war eine Situation! Mit Herrn Karl hätte sie sich rasch verständigen können, aber er kam nie zu den Kabinen, das war nicht sein Reich, es kam überhaupt niemand, auch Gitta nicht, und sie konnte doch nicht einfach aufheulen, laut aufschreien in dieser Folterkammer. Mühsam fragte sie, während dieser neue Trampel weiterzupfte, wie spät es sei. Für das Kino war es also zu spät, auch das noch, und die Lockenwickler drückten sie, diese Person hatte nicht einmal daran gedacht, ihr ein Kissen unter den Kopf zu schieben, die verstand rein gar nichts, und Beatrix kam schließlich nicht zu RENÉ, um sich zu opfern für die ersten Versuche einer Dilettantin, aus der nie eine Kosmetikerin werden würde, das fühlte sie doch, bei diesen Händen. Die ersten Tränen liefen Beatrix aus den Augenwinkeln. Wie würde das erst beim Schminken zu ertragen sein, da mußte man doch völlig entspannt sein, und bei Frau Hilde war sie immer relaxed, direkt relaxed und schläfrig. Sie konnte schon jetzt nicht mehr stillhalten, und wenn es dann auf das Augenschminken ankam, würde es eine Katastrophe geben. Die Tränen genügten ja wohl schon, bemerkte dieser Trampel das nicht, eine Träne genügte doch, um nicht arbeiten zu können an einem make-up, und in ihrer Verzweiflung sagte Beatrix: Bitte, ein Glas Wasser, mir ist übel, bringen Sie mir ein Glas Wasser. Die Person hörte überrascht auf und ging hinaus. Beatrix setzte sich sofort auf und suchte zitternd nach einem Spiegel.

Wie idiotisch, sich ausgerechnet einen solchen Tag auszusuchen, um sich mit Erich zu treffen, der keine Ahnung hatte, was sie auf sich nahm. Das Gescheiteste wäre überhaupt, ihm bald zu sagen, am besten heute noch, daß sie einander nicht mehr sehen sollten, vielmehr nicht sehen dürften, daß sie ihrer Tante zum Beispiel alles gebeichtet hätte und ihre Tante, mit ihren bornierten Ansichten, diese Beziehung zu einem verheirateten Mann skandalös fand und daß sie natürlich, abhängig von ihrer Tante und zutod erschrocken über den Ausbruch ihrer Tante . . . Nein, das ging auch nicht. Aber Guggi konnte sie als Grund anführen und ihr eigenes schlechtes Gewissen, das sie deswegen nicht mehr zur Ruhe kommen lasse. Beatrix mochte besonders gern Worte wie Gewissen, Schuld, Verantwortung und Rücksicht, weil sie ihr gut klangen und nichts sagten. Man sollte überhaupt nur Worte mit anderen verwenden, die einem gar nichts sagten, weil man sonst unmöglich zurechtkam mit den anderen, und »Gewissen« würde eine Glaubwürdigkeit für Erich haben, der ja ein exemplarisches Beispiel dafür war, wie das funktionierte, wenn man einem Mann die unsinnigsten Worte servierte, denn er konnte nur mit denen etwas anfangen. Mit den heimlichen Worten und verheimlichten Gedanken von Beatrix wäre Erich doch in einen Abgrund gefallen oder zumindest völlig desorientiert worden. Eine Orientierung brauchte er, das war alles.

Sie löste sich, immerzu in den Spiegel sehend, zuerst ein paar Wickler am Hinterkopf, dann noch zwei vorne an den

Schläfen und war überrascht, als die steifen Locken ihr jetzt auf die Wangen herabhingen und ihr ein anderes Gesicht gaben als mit dem ausgekämmten Haar. So sollte sie aussehen! Das war es! Schmal, puppenhaft, mit diesen zwei Locken vorne, die künstlich aussahen, vielleicht lauter solche Korkenzieherlocken, ein ganz ausdrucksloses maskenhaftes Gesicht einrahmend, wie jetzt. Sie zog fasziniert einen Wickler nach dem anderen heraus, es war ihr gleichgültig, was Herr Karl danach sagen würde, ihr Herz fing an zu jagen, sie befeuchtete sich die Lippen und flüsterte sich etwas zu. Sie sah unwahrscheinlich aus, märchenhaft, geheimnisvoll, sie war ein solches Geheimnis, und wer würde sie je so sehen, dieses geoffenbarte Geheimnis eines Moments? Ich bin verliebt, ich bin ja richtiggehend verliebt in mich, ich bin zum Verlieben! Beatrix wünschte nur, daß die Person so schnell kein Glas und kein Wasser finden würde, denn sie war zum erstenmal verliebt, und das gab es also wirklich, ein so starkes Gefühl in einem Menschen, daß man vor Lachen und Weinen, zwischen Lachen und Weinen, keinen Ausdruck fand, aber das war ja etwas Unglaubliches, wie in den Filmen, so romanhaft, ein Erdbeben war in ihr, und weil sie auch nicht mehr Worte wußte als andre, war es sicher Verliebtheit.

Sie schlug ihren Gefühlsaufruhr rasch nieder, denn sie hörte Schritte und gleich würde die Kabinentür aufgehen, es würde alles wieder grauenvoll werden und das Leben draußen erbärmlich weitergehen, ein Leben, in dem Strümpfe zerrissen, in dem es ungelüftete schäbige Wohnungen gab wie in der Strozzigasse, in dem Kleider schmutzig wurden, in dem es regnete, wenn man einmal zum Friseur ging und sich darauf freute, in dem die Haare bald wieder fettig wurden, und die kurze Zeit der Perfektion, in der sie makellos war, mit rosigen Füßen und Händen und noch im Nachbeben nach einer Erschütterung – diese Zeit schleifte schon dahin, und wieder würde sie konsumiert werden, vom Leben, von Erich, denn dieser wehleidige Narr konsumierte sie auch, ohne zu wissen, wie kostbar sie war und wie sie sich verausgabte, sinnlos, damit er ein bißchen Mut bekam und sich wieder aufrichten konnte nach jedem Fall, während sie selber in seiner Gegenwart und durch seine Gegenwart zerstört wurde und verging, für nichts und wieder nichts. Augenblicke wie diese konnte Erich gar nicht kennen und einen Aufschwung und eine Bezauberung solcher Art nie gehabt haben, denn er war gemacht für Sorgenhaben und Sorgenausbreiten, all diesen nonsense, anstatt einmal die Augen aufzumachen und zu sehen, was für ein Juwel ihm beschert worden war, was an ihr besonders war und einzigartig und daß sie kein »kleines Liebes« und »liebes Kleines« war, sondern daß sie, mit oder ohne Denkfehler, ein einsames unverstandenes Kunstwerk war, unerreichbar und zum Glück unverstanden, denn von ihrer allwissenden Cousine hatte sie einmal gehört, daß es das Besondere an einem Bild war, daß man es nicht verstehen konnte, weil es nichts zu verstehen gab und die Bedeutungen keine Bedeutung hatten, es war also gar nicht alles so dumm, was dumme Leute manchmal daherredeten.

Das Glas Wasser trank sie, weil die Person damit zurückkam, und sie legte sich wieder ergeben hin, denn die wußte auch nichts Besseres zu sagen, als daß sie die Wickler nicht hätte herausnehmen dürfen, Herr Karl werde nicht begeistert sein. Beatrix erwiderte auf diese Bemerkung nichts, es stand ihr nicht dafür. Sie murmelte nur, was Frau Hilde und wie Frau Hilde ihr sonst das make-up machte, und sie bitte doch sehr. Die Person beugte sich wieder über sie und fing mit einem Lidstrich an, den sie gleich wieder wegwischte, das hatte ja so kommen müssen, und dann fing sie wieder an, auf dem andern Aug, das zu zucken begann, aber das Zucken war doch nicht gewollt von Beatrix, sondern verursacht von dieser ungeschickten Person, die noch einmal anfing, und Beatrix zuckte nicht mehr, denn die sollte sich nicht herausreden können, und nach einer halben Ewigkeit waren diese Lidstriche gezogen und die Lidschatten aufgetragen. Beatrix sagte nur einmal: Aber dezent bitte, eine Andeutung, ich bin ja keine Schauspielerin. Die Neue sagte gar nichts mehr, aber diese Stille war verdächtig, und es brauchte schon eine Riesengeduld, wie nur Beatrix sie aufbringen konnte, um dieses verdächtige Herumwischen, diese wiederholten Korrekturen zu ertragen. Endlich war sie erlöst und stand mit einem düsteren Schweigen auf, nein, sie wolle nichts sehen, in keinem Spiegel, nur sofort zu Herrn Karl und gekämmt werden. Die Feindseligkeit in der Kabine war schon unerträglich, und Beatrix flüchtete. Ihre ganze Herzlichkeit, ihre gewohnte Lust zum Plaudern bei RENÉ war ihr in dieser Stunde gründlich vergangen, und sie setzte sich in das vorderste Zimmer, um auf Herrn Karl zu warten.

Erst als er eilig kam, denn sie räumten schon auf, um schließen zu können, und nach Toni rief, damit er ihm den Föhn hielt, sah sie auf und sah ihn sehr vorwurfsvoll an. Sie hoffte, daß er sie gleich verstehen werde. Herr Karl empörte sich aber nur über die Wickler, die weg waren, und das war nun wirklich der Gipfel, aber es war noch gar nicht der Gipfel, denn ehe sie ihm antwortete, sah sie doch, unter einem unbezähmbaren Zwang, in den Spiegel. Sie hatte keine Worte, und das sagte sie: Herr Karl, ich habe keine Worte. Schauen Sie sich dieses make-up an, ich will ja nicht sagen, wie ich aussehe, aber wie ich aussehe, das sehen Sie selber!

Herr Karl bürstete schon, und er kämmte und föhnte jede Strähne, als bemerkte er nichts, und das war ihre bitterste Enttäuschung. Ihr geheimnisvolles Gesicht war wie nie gewesen. Aber gnädiges Fräulein – er sagte gottlob nicht gnädige Frau zu ihr, denn sonst wären ihr jetzt die Nerven gerissen – ich weiß, wie Sie an Frau Hilde gewöhnt sind, aber ich finde dieses neue make-up gar nicht so schlecht. Beatrix beherrschte sich und dachte, das geht leider über meine Beherrschung, er hätte zumindest sagen können, daß sie schauerlich aussah und daß ihre Augen eine Katastrophe waren. Sie war ja nicht blind und sie sah es, zu dikke unregelmäßige Linien, zuviel Schwarz, es war eine regelrechte Katastrophe. Herr Karl sagte nur, ablenkend: Draußen schüttet es leider, und Sie kommen immer, wenn es regnet. Beatrix antwortete noch immer nicht, sie überlegte fieberhaft, was sie tun solle, so konnte sie Erich unmöglich treffen, sie mußte es vermeiden, womöglich gleichzeitig mit ihm ins Hochhauscafé zu kommen, sie konnte nur in das Restaurant Linde laufen und auf die Toilette gehen, sich dort diese Farben herunterwaschen, aber mit Wasser war nichts zu machen, und sie nahm rasch einen der Wattebauschen, die da lagen, für die Ohren, sie sah einen Tiegel vor sich stehen, mit einer Creme, darauf stand: leave on over night, aber sie verstand nicht dieses blöde Englisch, und während er sie bat, den Kopf gerade zu halten, fing sie an, verzweifelt mit diesem Wattebauschen und der Creme sich die Augen zu reiben, denn das Zeug mußte einfach weg, das sah ja hurenhaft aus, und Erich würde denken, sie sei verrückt geworden, aber diese Creme war nicht die richtige, und Herr Karl war entsetzt und sagte etwas, aber sie hörte nicht zu, sie wischte und rieb sich die Lider, und dann war sie eben am Ende, sie brach in ein unaufhaltbares Schluchzen aus, die Wimperntusche rann ihr herunter, und sie sprang auf, mit schwarzen und blauen Tränenströmen auf den Wangen, und schrie: Lassen Sie mich, man soll mir sofort meinen Mantel ... Aber da sie auch das Kleid hinten hatte und nicht nur den Mantel, rannte sie nach hinten, schmiß den RENÉ-Mantel zu Boden und zog das Kleid an, den Mantel, und sie schluchzte und schluchzte, und sie konnte jetzt unmöglich noch mit Frau Yvonne verhandeln und Trinkgelder verteilen, und

Herr Karl, der ihr nachgelaufen war, aber nicht zu »Damen« hineindurfte, wartete auf sie und rief: Gnädiges Fräulein, aber ich bitte Sie, aber was ist denn, aber ich kann Sie so doch nicht . . .

Beatrix sah ihn nicht einmal an und rief nur: Ich zahle das nächste Mal, ich komme ja zu spät! und sie lief hinaus und die Stiege hinunter, aber Herr Karl holte sie ein, denn sie hatte den Schirm vergessen, und draußen goß es doch und in Strömen, er wollte noch etwas sagen, aber Beatrix, die zwar den Schirm nahm, aber nicht aufspannte, war schon vor dem Tor und sagte noch, während der Regen ihr ins Gesicht peitschte: Und ich sitze hier bei Ihnen einen ganzen Nachmittag herum, ich habe einen geschlagenen Nachmittag verloren, ich habe doch nicht meine ganze Zeit zu verlieren! Nachdem sie ihm den ganzen Nachmittag ins Gesicht geschleudert hatte, war ihr Kopf klatschnaß, die Frisur weg, aber das Taschentuch von Herrn Karl wies sie kategorisch zurück.

Verstehen Sie denn nicht! Mein ganzer Tag ist hin!

Sie überquerte die Straße, und in der Linde, im Vorraum der Toiletten weinte sie hemmungslos weiter, und es fiel ihr Erich ein, der schon wartete, aber heute umsonst. Hoffentlich hatte Guggi sich umgebracht, und er wartete nicht. Sie war auf einmal sicher, daß Guggi sich umgebracht hatte, hörte sofort zu weinen auf und sah in den Spiegel. Eine Katastrophe.

Zur alten Toilettenfrau sagte sie: Es ist eine Katastrophe. Es ist alles hin. Die Menschen sind eben alle so rücksichtslos. Die alte Frau sagte, sie in die Arme nehmend, besorgt: Aber Kind, Kind! Und Beatrix sagte, mit großer Fassung: Ich bin kein Kind, aber es sind eben alle rücksichtslos. Ich muß sofort diese Schmierage aus dem Gesicht wegkriegen.

Ja, die Männer, sagte die alte Frau, verständnisvoll und gerührt, und Beatrix verstand einen Moment nicht, aber dann, der alten Frau wegen, die noch an Märchen glaubte, schluchzte sie noch einmal laut auf. Den Gefallen konnte sie einer alten Frau tun, sie in ihrem Glauben zu lassen.

Ja, die Männer!

Ihr glücklichen Augen

Georg Groddeck in memoriam

Mit 2,5 rechts und 3,5 links hat es angefangen, erinnert sich Miranda, aber jetzt hat sie, harmonisch, auf jedem Auge 7,5 Dioptrien. Der Nahpunkt beim Sehen ist also abnorm nah gerückt, der Fernpunkt auch näher. Das Brillenrezept wollte sie einmal auswendig lernen, um auch nach einem Unfall, etwa auf einer Reise, sich sofort neue Gläser machen lassen zu können. Sie hat es bleiben lassen, weil dazu noch ihr Astigmatismus kommt, der die Angaben kompliziert, und diese zweite Deformation ängstigt sie, denn ganz wird sie nie verstehen, warum ihre Meridiane gestört sind und nirgends die gleiche Brechkraft haben. Auch der Ausdruck »Stab- und Zerrsichtigkeit« verheißt ihr nichts Gutes, und sie sagt zu Josef mit wichtigtuender Stimme: Zerrsichtigkeit, verstehst du, das ist ärger als Blindsein.

Es kann aber vorkommen, daß Miranda ihre kranken optischen Systeme als ein »Geschenk des Himmels« empfindet. Mit solchen, dem Himmel, Gott und den Heiligen vermachten Aussprüchen ist sie rasch zur Hand – ja, ein Geschenk sind sie, wenn auch vielleicht nur ein ererbtes. Denn es erstaunt sie, wie die anderen Menschen das jeden Tag aushalten, was sie sehen und mit ansehen müssen. Oder leiden die anderen nicht so sehr darunter, weil sie kein andres System haben, die Welt zu sehen? Es könnte das normale Sehen, inklusive des normalen Astigmatismus, die Leute ja ganz abstumpfen, und Miranda müßte sich nicht mehr vorwerfen, mit einem Privileg, mit einer Auszeichnung zu leben.

Bestimmt würde Miranda Josef nicht weniger lieben, wenn sie seine gelblich verfärbten Zähne jedesmal bei einem Lachen sehen müßte. Sie weiß aus der Nähe, wie diese Zähne sind, aber sie denkt unbehaglich an eine Möglichkeit von »immerzu sehen«. Es würde ihr wahrscheinlich auch nichts ausmachen, an manchen Tagen, wenn er müde ist, durch Faltenfelder um seine Augen erschreckt zu werden. Trotzdem ist es ihr lieber, daß dieses genaue Sehen ihr erspart bleibt und ihr Gefühl dadurch nicht beeinträchtigt und geschwächt werden kann. Sie merkt sowieso augenblicklich – weil sie Mitteilungen auf andren Wellen empfängt –, ob Josef müde ist, warum er müde ist, ob er übermütig lacht oder gequält. So scharf abgebildet wie andre braucht sie ihn nicht vor sich zu haben, sie mustert niemand, fotografiert Menschen nicht mit einem Brillenblick, sondern malt sie in ihrer eignen, von andren Eindrücken bestimmten Manier, und Josef endlich ist ihr wirklich gelungen, von Anfang an. Auf den ersten Blick hat sie sich in ihn verliebt, obwohl jeder Augenarzt darüber den Kopf schütteln würde, weil Mirandas erste Blicke nur katastrophale Irrtümer ergeben dürften. Aber sie besteht auf ihrem ersten Blick, und von allen Männern ist Josef derjenige, mit dessen frühen Skizzen und späteren, erweiterten Entwürfen, im Hellen, im Dunkeln und in allen erdenklichen Situationen Miranda ganz zufrieden ist.

Mit Hilfe einer winzigen Korrektion – der durch die Zerstreuungslinsen – mit einem auf die Nase gestülpten goldenen Brillengestell, kann Miranda in die Hölle sehen. Dieses Inferno hat nie aufgehört, für sie an Schrecken zu verlieren. Darum sieht sie sich, immer auf der Hut, vorsichtig um in einem Restaurant, eh sie die Brille aufsetzt, um die Speisekarte zu lesen, oder auf der Straße, wenn sie ein Taxi herbeiwinken will, denn wenn sie nicht achtgibt, kommt in ihr Blickfeld, was sie nie mehr vergessen kann: Sie sieht ein verkrüppeltes Kind oder einen Zwerg oder eine Frau mit einem amputierten Arm, doch solche Figuren sind wirklich nur die grellsten, auffallendsten inmitten einer Anhäufung von unglücklichen, hämischen, verdammten, von Demütigungen oder Verbrechen beschriebenen Gesichtern, unträumbaren Visagen. Und deren Ausdünstung, diese globale Emanation von Häßlichkeit, treibt ihr die Tränen in die Augen, läßt sie den Boden unter den Füßen verlieren, und damit das nicht eintritt, liest sie rasch die Speisekarte und versucht blitzschnell, ein Taxi von einem Privatauto zu unterscheiden, dann steckt sie die Brille weg, sie braucht nur eine kleine Information. Weiter will sie nichts wissen. (Einmal, um sich zu strafen, ist sie einen ganzen Tag lang mit der Brille durch Wien gegangen, durch mehrere Bezirke, und sie hält es nicht für richtig, diesen Gang zu wiederholen. Es ginge über ihre Kraft, und sie braucht die ganze Kraft, um mit der Welt zurechtzukommen, die sie kennt.)

Mirandas Entschuldigungen, weil sie nicht grüßt oder nicht zurückgegrüßt hat, werden von einigen Leuten nicht ernst genommen, von anderen als dumme Ausrede abgetan oder für eine besondere Form der Arroganz gehalten. Stasi sagt beinahe gehässig:

Dann setz doch eine Brille auf!

Nein, nie, niemals, erwidert Miranda, das bringe ich nicht über mich. Würdest du denn eine tragen?

Stasi kontert:

Ich? Wieso denn ich? Ich sehe doch anständig.

Anständig, denkt Miranda, wieso anständig? Und etwas kleinlaut forscht sie: Aber daß man es aus Eitelkeit nicht tut, das würdest du verstehen?

Stasi läßt Miranda ohne Antwort, und das heißt: nicht nur diese sagenhafte Einbildung, sondern eitel ist sie auch noch, und dieses sagenhafte Glück, das sie obendrein immer hat mit den Männern, falls es wahr ist, aber aus diesem zurückhaltenden Josef war ja nicht klug zu werden.

Zu Josef sagt Miranda:

Stasi ist jetzt viel gelöster, so nett war sie früher nie, ich glaube, sie ist verliebt, jedenfalls muß da etwas sein, was ihr guttut. Was will der nun eigentlich von ihr, die Scheidung und das Kind? Ich verstehe diese ganze Geschichte nicht.

Josef ist zerstreut, als wüßte er nicht recht, von wem die Rede ist. Doch, er findet auch, Stasi sei angenehmer geworden, beinahe frequentabel, vielleicht liege das an Bertis ärztlichen Kunststücken oder sogar an Miranda und ihnen allen, denn Stasi war einfach zermürbt gewesen, schon ganz widerwärtig geworden von all dem Unglück, aber jetzt bekomme sie das Kind doch zugesprochen. Das hört Miranda zum erstenmal, und sie hört es von Josef. Sie will gleich Stasi anrufen und sich freuen, dann ist ihr einen Moment lang kalt, sie schaut nach, ob das Fenster offen ist, es ist aber zu, Josef schaut wieder in die Zeitung, Miranda auf das Dach vis-à-vis. Wie finster es in dieser Gasse ist, zu teuer und zu finster in all diesen Häusern, auf einer Hinrichtungsstätte aus der guten alten Zeit.

Miranda hat im Arabia-Espresso gewartet, jetzt wird es Zeit, sie zahlt, geht, prallt mit dem Kopf gegen die Glastür des Espressos, reibt sich die Stirn, das wird wieder eine Beule geben, wo die alte kaum vergangen ist, Eisstücke müßte sie sofort haben, aber woher nimmt sie jetzt Eisstücke? Glastüren sind feindlicher als Menschen, denn nie hört Miranda zu hoffen auf, daß die Menschen auf sie aufpassen werden, wie Josef es tut, und schon lächelt sie wieder vertrauensvoll auf dem Trottoir. Sie kann sich allerdings irren, denn Josef wollte entweder zuerst zur Bank und dann in die Buchhandlung, oder umgekehrt, und so steht sie auf dem Graben und versucht, ihn herauszufinden unter allen, die über den Graben gehen, und dann stellt sie sich in die Wollzeile mit verschwommenen aufgerissenen Augen. Sie blickt abwechselnd in Richtung Rotenturmstraße und in Richtung Parkring, sie vermutet ihn bald in der Nähe, bald in der Ferne, ah, jetzt kommt er doch von der Rotenturmstraße, und sie freut sich auf einen wildfremden Mann, der aber abrupt aus ihrer Zuneigung entlassen wird, wenn er als Nicht-Josef erkannt ist. Dann fängt die Erwartung wieder an, wird immer heftiger, und in ihrer nebelhaften Welt gibt es zuletzt, mit Verspätung, doch eine Art Sonnenaufgang, der Dunstvorhang zerreißt, denn Josef ist da, sie hängt sich ein und geht glücklich weiter.

Die verhangene Welt, in der Miranda nur etwas Bestimmtes will, nämlich Josef, ist die einzige, in der ihr, trotz allem, wohl ist. Die präzisere, von Gnaden des Wiener Brillenstudios, der ausländischen Rivalen Söhnges und Götte, ob aus Bleiglas, aus leichtem Glas oder Plastik oder gesichtet durch die modernsten Haftschalen – Miranda wird sie nie akzeptieren. Sie gibt sich zwar Mühe, sie versucht es, weigert sich unversehens, bekommt Kopfschmerzen, ihre Augen tränen, sie muß im verdunkelten Zimmer liegen, und einmal, vor dem Opernball, aber wirklich nur, um Josef zu überraschen, hat sie sich diese teuren deutschen Haftschalen aus München kommen lassen und auf der Rechnung den Werbeslogan gelesen: Immer das Gute im Auge behalten. Über ein schwarzes Tuch gebeugt, hat sie versucht, die winzigen Dinger einzusetzen, die Vorschriften memorierend, blind von narkotisierenden Augentropfen, und dann war doch die eine Haftschale verloren, nie wiederzufinden im Bad, in den Abfluß der Dusche gesprungen oder auf den Kacheln zerschellt, und die andere war unter Mirandas Lid, hoch oben in den Augapfel, gerutscht. Bis zu Bertis Eintreffen, trotz Tränenströmen, war nichts zu machen gewesen, dann noch eine Stunde, trotz Bertis kundiger Hand, wieder nichts, Miranda will sich nicht erinnern können, wie und wann Berti die Linse gefunden und entfernt hat, und sie beteuert noch hie und da: Ich jedenfalls habe mein Möglichstes getan.

Auch Josef vergißt manchmal, wenn er mit ihr spricht, daß

er es nicht gerade mit einer Blinden, aber mit einem Grenzgänger zu tun hat und wohlbekannte Dinge Miranda nicht recht bekannt sind, daß aber ihre Unsicherheit produktiv ist. Obwohl sie zaghaft aussieht, ist sie nicht schwächlich, sondern selbständig, eben weil sie genau weiß, was sich zusammenbraut in dem Dschungel, in dem sie lebt, und weil sie auf alles gefaßt ist. Da Miranda unkorrigierbar ist, muß die Wirklichkeit sich vorübergehend Veränderungen von ihr gefallen lassen. Sie vergrößert, verkleinert, sie dirigiert Baumschatten, Wolken und bewundert zwei schimmelgrüne Klumpen, weil sie weiß, das muß die Karlskirche sein, und im Wienerwald sieht sie nicht die Bäume, aber den Wald, atmet tief, versucht, sich zu orientieren.

Da, schau, der Bisamberg!

Es ist nur der Leopoldsberg, aber das macht nichts. Josef ist geduldig. Wo hast du denn wieder deine Brille? – Ach so, im Auto vergessen. Und warum sollte es nicht ausnahmsweise der Bisamberg sein? fragt sich Miranda und fleht den Leopoldsberg an, ihr eines Tages den Gefallen zu tun, der richtige Berg zu sein.

Zärtlich und vertrauensselig und immer halb gekuschelt an Josefs Hagerkeit nimmt sie die nächste Wurzelhürde auf dem Weg. »Zärtlich« heißt nicht nur, daß sie sich im Moment so fühlt, sondern zärtlich ist alles an Miranda, von ihrer Stimme bis zu ihren tastenden Füßen, einschließlich ihrer gesamten Funktion in der Welt, die einfach Zärtlichkeit sein dürfte.

Wenn Miranda in eine Wiener Straßenbahn steigt, in einem AK oder BK zwischen den Menschen schwankt, ohne zu merken, daß der nackte Haß den Kondukteur und die alte Frau mit dem falschen Billett regiert, daß die Nachdrängenden von der Tollwut befallen sind und die Nochnichtausgestiegenen die Mordlust im Blick haben, und wenn Miranda mit vielen Pardons zum »Ausstieg« gekommen ist, glücklich, daß sie den Schottenring rechtzeitig erkannt hat und ohne Hilfe die zwei Stufen hinunterfindet, dann denkt sie, daß die Menschen alle eigentlich »ungeheuer nett« sind, und diese anderen Menschen im AK, die sich entfernen, der Universität entgegen, wissen zwar nicht, warum die Stimmung besser ist, die Luft wieder atembar ist, nur dem Kondukteur fällt auf, daß jemand das Wechselgeld nicht genommen hat, wahrscheinlich die Frau, die an der Börse oder am Schottenring ausgestiegen ist. Fesche Person. Gute Beine. Er streicht das Geld ein.

Miranda verliert vieles, wo andren etwas genommen wird, und sie geht ungerührt an jemand vorüber, anstatt einen Zusammenstoß mit ihm zu haben. Oder sie hat einen Zusammenprall, aber dann war es ein Irrtum, ein reiner Zufall, verschuldet von ihr. Sie könnte Messen lesen lassen für alle Autofahrer, die sie nicht überfahren haben, dem hlg. Florian Kerzen stiften für jeden Tag, an dem ihre Wohnung nicht abgebrannt ist, wegen der angezündeten Zigaretten, die sie weglegt, sucht und dann gottlob findet, wenn auch schon ein Loch in den Tisch gebrannt ist.

Traurig auch, ja, ein wenig traurig, wie viele Flecken, Brandspuren, überhitzte Kochplatten, ruinierte Kasserollen es in Mirandas Wohnung gibt. Aber es geht doch immer gut aus, und wenn Miranda die Tür öffnet, weil es geläutet hat, und unerwartet ein fremder Mensch dasteht, dann hat sie regelmäßig Glück. Es ist Onkel Hubert, es ist ihr alter Freund Robert, und sie wirft sich Onkel Hubert und Robert oder sonst jemand an den Hals. Zwar hätte es auch ein Hausierer oder ein Einbrecher sein können, der Schläger Novak oder der Frauenmörder, der noch immer den ersten Bezirk unsicher macht, aber zu Miranda in die Blutgasse kommen nur die besten Freunde. Die anderen Leute, die Miranda dann doch nicht erkennt, bei größeren Zusammenkünften, auf Parties, in den Theatern und Konzertsälen, die umgeben mit ihrer prickelnden Anwesenheit oder fraglichen Abwesenheit eine nicht ungesellige Miranda. Sie weiß bloß nicht, ob der Doktor Bucher zu ihr herübergegrüßt oder vielleicht doch nicht gegrüßt hat, und es könnte auch sein, der Größe und des Umfangs wegen, daß es Herr Langbein gewesen ist. Sie kommt zu keinem Schluß. In einer Welt von Alibis und Kontrollen rätselt Miranda – natürlich nicht an einem Welträtsel, an nichts von Bedeutung. Nur: will dieser Umriß Herr Langbein sein, oder will er es nicht sein? Es bleibt ein Geheimnis. Wo alle sich Klarheit verschaffen wollen, tritt Miranda zurück, nein, diesen Ehrgeiz hat sie nicht, und wo andre Geheimnisse wittern, hintenherum und hinter allem und jedem, da gibt es für Miranda nur ein Geheimnis auf der ihr zugewandten Seite. Es genügen ihr zwei Meter Entfernung, und die Welt ist bereits undurchdringlich, ein Mensch undurchdringlich.

Im Musikverein ist ihr Gesicht das entspannteste, eine Oase des Friedens, in einem Saal, in dem sie von gut zwanzig gestikulierenden Personen gesehen wird und selber niemand sieht. Sie hat es erlernt, die Nervosität in Räumen aufzugeben, in denen Menschen einander notieren, abschätzen, aufschreiben, abschreiben, meiden, beäugen. Sie träumt nicht, sie ruht einfach aus. Denn was den anderen ihre Seelenruhe ist, das ist Miranda ihre Augenruhe. Ihre Handschuhe machen sich leise davon und fallen unter den Sessel. Miranda spürt etwas an ihrem Bein, sie fürchtet, versehentlich das Bein ihres Nachbarn gestreift zu haben, sie murmelt: Pardon. Ein Stuhlbein hat sich in Miranda verliebt. Josef hebt das Programmheft auf, Miranda lächelt unsicher und versucht, ihre Beine streng und gerade zu halten. Herr Doktor Bucher, der nicht Herr Langbein ist, sondern Herr Kopetzky, sitzt beleidigt drei Reihen hinter ihr, nach Gründen suchend für die Wankelmütigkeit dieser Frau, für die er beinahe einmal alles, aber auch alles –
Josef fragt:

Hast du deine Brille?

Aber natürlich, sagt Miranda und gräbt in ihrer Handtasche. Ihr ist, als hätte sie außerdem Handschuhe mitgehabt, aber das sagt sie Josef besser nicht, nein, ihre Brille, das ist eigentümlich, sie muß also doch im Bad oder direkt neben dem Eingang oder im anderen Mantel oder, Miranda versteht es nicht, aber sie sagt geschwind:

Nein, du, hab ich nicht. Aber ich brauche doch nichts zu sehen in einem Konzert.

Josef schweigt, bewegt von seinem Leitmotiv in bezug auf Miranda: Mein argloser Engel.

Für Miranda haben andere Frauen keine Defekte, es sind Wesen, die weder Haare auf der Oberlippe noch auf den Beinen haben, die immer frisiert sind, ohne Poren und Unebenheiten, ohne Pickel und nikotinfarbene Finger, nein, nur sie kämpft einsam gegen ihre Unvollkommenheit vor dem Rasierspiegel, der einmal Josef gehört hat und in dem sie sieht, wovon sie hofft, daß Josef es barmherzig übersehen könnte. Danach aber, wenn Miranda Selbstkritik geübt hat, stellt sie sich vor den milden Biedermeierspiegel im Schlafzimmer und findet sich »passabel«, »es geht«, es ist gar nicht so schlimm, und da täuscht sie sich auch, aber Miranda lebt ja zwischen einem Dutzend Möglichkeiten, sich zu täuschen, und zwischen der günstigsten und der ungünstigsten balanciert sie jeden Tag durch ihr Leben.

Miranda besitzt in guten Zeiten drei Brillen: eine geschliffene Sonnenbrille mit einem goldenen, schwarzeingelegten Gestell, dann eine leicht transparente billige fürs Haus und eine Reservebrille, in der ein Glas locker ist und die ihr angeblich nicht steht. Außerdem dürfte sie auf ein früheres Rezept zurückgehen, denn aus dieser »Reserve« sieht Miranda alles »daneben«.

Es gibt Zeiten, in denen alle drei Brillen gleichzeitig verlegt, verschwunden, verloren sind, und dann weiß Miranda nicht mehr weiter. Josef kommt schon vor acht Uhr morgens aus der Prinz-Eugen-Straße und sucht die ganze Wohnung ab, er schimpft Miranda, er verdächtigt die Bedienerin und die Handwerker, aber Miranda weiß, daß niemand stiehlt, es liegt eben alles an ihr. Da Miranda die Wirklichkeit nicht toleriert, aber doch nicht ohne einige Anhaltspunkte weiterkommt, unternimmt die Wirklichkeit von Zeit zu Zeit kleine Rachefeldzüge gegen sie. Miranda begreift das, sie nickt den Objekten, der sie umgebenden Kulisse, komplizenhaft zu, und die komische Falte, die sie hat, wo sie noch keine haben müßte, vom angestrengten Augenauf-und-zumachen, wird an solchen Tagen tiefer. Josef verspricht, gleich zum Optiker zu gehen, denn Miranda kann ohne Brille nicht existieren, und sie dankt ihm, umklammert ihn plötzlich furchtvoll und möchte etwas sagen, aber nicht nur, weil er gekommen ist und ihr hilft, sondern weil er ihr hilft zu sehen und weiterzusehen. Miranda weiß nicht, was ihr fehlt, und sie möchte sagen, so hilf mir doch! Und zusammenhanglos denkt sie, sie ist eben schöner als ich.

In der Woche, in der Miranda warten muß und nicht ausgehen kann und den Überblick verliert, muß Josef zweimal mit Anastasia abends essen gehen, um sie wegen der Scheidung zu beraten. Nach dem ersten Mal ruft Stasi am nächsten Morgen an, nach dem zweiten Mal nicht mehr.

Ja, wir waren beim Römischen Kaiser. Gräßlich. Schlecht sei es gewesen, das Essen, und kalt sei ihr gewesen.

Und Miranda kann nicht antworten, denn für sie ist der Römische Kaiser der schönste und beste Platz in Wien, weil Josef dort zum erstenmal mit ihr essen war, und nun soll das auf einmal der gräßlichste – Miranda, hörst du mich? Also, wie gesagt. Nachher noch in der Eden-Bar. Schauderhaft. Ein Publikum!

Es mußte ganz gewiß etwas unter Stasis Begriff von Publikum geben, aber was mochte das sein? Miranda atmet wieder ruhiger. In der Eden-Bar ist sie nie mit Josef gewesen, ein winziger Trost ist das. Tut die bloß so oder ist die so?

Stasi versichert ihr, nach einer weiteren halben Stunde von Ausführlichkeiten: Jedenfalls hast du nichts versäumt.

So würde Miranda das nicht nennen, »nichts versäumt«, denn sie fürchtet, alles zu versäumen in diesen Tagen. Diese Woche will kein Ende nehmen, und jeder Tag hat einen Abend, an dem Josef verhindert ist. Dann ist die Brille fertig, er bringt sie schon ein paar Stunden später vom Optiker, aber es passiert gleich wieder. Miranda ist fassungslos, sie muß sich hinlegen, warten und ausrechnen, wann Josef in seiner Prinz-Eugen-Straße angekommen ist. Sie erreicht ihn endlich, sie weiß nicht, wie sie es anfangen soll, ihm zu sagen, daß die neue Brille ins Waschbecken gefallen ist.

Ja, du, ins Lavoir. Ich komm mir invalid vor, ich kann nicht ausgehen, ich kann niemand sehen. Du verstehst.

Josef sagt aus dem IV. Bezirk herüber:

Eine schöne Bescherung. Aber du bist doch schon oft ohne Brille ausgegangen.

Ja aber. Miranda weiß nichts Überzeugendes vorzubringen. Ja aber, jetzt ist das anders, denn sonst hab ich sie wenigstens in der Tasche.

Nein, das hast du nicht. Ich bitte schon sehr!

Wir wollen doch nicht deswegen, flüstert Miranda, bitte, wie klingst du denn?

Wie soll ich denn klingen?

Anders. Eben anders.

Und da keine Antwort kommt, sagt sie schnell:

Doch, Lieber, ich komme mit, ich fühle mich nur so unsicher, gestern bin ich beinahe, ja, fast, nicht ganz, ohnmächtig, wirklich, es ist scheußlich, ich habe die Reserve ja probiert. Alles »daneben«, verzerrt. Du verstehst schon.

Wenn Josef so schweigt, dann hat er nicht verstanden.

Bedauerlicherweise hat das keine Logik für mich, sagt der andersklingende Josef und hängt ein.

Miranda sitzt vor dem Telefon, schuldig. Jetzt hat sie Josef auch noch einen Anlaß gegeben, aber wofür? Warum fällt mir die Brille ins Waschbecken, warum ist Josef und warum ist die Welt, o Gott, das ist doch nicht möglich. Gibt es denn kein anderes Lokal in Wien? Muß Josef zum Römischen Kaiser gehen mit ihr? Muß Miranda weinen, muß sie in einer finsteren Höhle leben, an den Bücherregalen entlanggehen, das Gesicht an die Buchrücken pressen und dann auch noch ein Buch finden »De l'Amour«. Nachdem sie mühsam die ersten zwanzig Seiten gelesen hat, wird ihr schwindlig, sie rutscht tiefer in den Sessel, das Buch auf dem Gesicht, und kippt mit dem Sessel auf den Boden. Die Welt ist schwarz geworden.

Da sie weiß, daß ihr die Brille nicht zufällig ins Waschbecken gefallen ist, da sie Josef verlieren muß und ihn lieber freiwillig verlieren will, gerät sie in Bewegung. Sie übt die ersten Schritte auf ein Ende hin, das sie eines Tags, blind vor Schreck, feststellen wird. Daß sie Josef und Anastasia aufeinander zutreiben läßt, das dürfen beide nicht wissen, Stasi schon gar nicht, und sie muß darum eine Geschichte für alle erfinden, die erträglich und schöner ist als die wirkliche: Ihr wird also nie etwas an Josef gelegen gewesen sein, das vor allem, sie fängt schon an, diese Rolle zu lernen. Josef ist ein lieber guter alter Freund, nichts weiter, und sie wird sich freuen, sie wird es auch schon immer geahnt haben. Sie ahnt nur nicht, was die beiden wirklich tun und vorhaben, wie weit sie schon sind und welches Ende sie ihr anrichten. Miranda ruft Ernst an, und nach ein paar Tagen telefoniert er wieder ermutigt mit ihr. Zu Stasi macht sie einige unverständliche Bemerkungen, dann halbe Geständnisse: Ernst und ich, so kann man das nicht sehen, nein, wer sagt das denn? nein, aus war es wirklich nie, das ist doch, bitte, dir kann ich das ja, schon seit immer mehr gewesen als eine dieser Affären, die man eben hat, du verstehst —

Und sie murmelt noch etwas, als wäre sie schon zu weit gegangen. Die verwirrte Anastasia erfährt, daß Miranda
noch immer nicht von Ernstl loskommt, und davon hat nun
wieder einmal kein Mensch eine Ahnung in dieser Stadt, in
der angeblich jeder alles von jedem weiß.

Miranda bringt es fertig, sich mit Stasi zu verabreden, aber
noch rechtzeitig mit Ernst vor der Haustür gesehen zu
werden, wo sie den unschlüssigen verlegenen Ernst zu küssen anfängt und ihn unter Küssen und aufgeregtem Lachen fragt, ob er sich noch erinnre, wie man ihr Haustor
aufsperre.

Stasi bespricht mit Josef ausführlich die Haustorszene. Sie
hat alles deutlich gesehen. Josef meint nicht viel dazu, er
hat keine Lust, mit Anastasia über eine Miranda in Ernstls
Armen vor dem Haustor nachzudenken. Josef ist überzeugt, daß es nur ihn für Miranda gibt, aber am nächsten
Morgen, nachdem er Anastasia das Frühstück gemacht
hat, wird er vergnügt. Er findet das nicht so übel, auch er-
leichternd, und Anastasia ist eben doch sehr klug und hat
viel Scharfblick. Er wird sich mit dem Gedanken anfreun-
den, daß Miranda andere Männer braucht, daß Ernst
schließlich auch besser zu ihr paßt, schon der gemeinsamen
Interessen wegen, und sogar mit Berti sieht er sie oder mit
Fritz, der ja nur so abscheulich von ihr redet, weil er nie
zum Zug gekommen ist und noch immer angesprungen
käme, wenn sie ihn wollte. Für Josef hat Miranda eine
neue Anziehungskraft, die er nicht an ihr gekannt hat, und
da Anastasia noch einmal davon anfängt, traut er Miranda
fast stolz zu, daß sie richtige Verheerungen anzurichten
verstünde.

Der Fritz, der Ärmste, der säuft doch seither.

So sicher ist sich da Josef nicht wie Anastasia, denn Fritz
hat schon früher getrunken. Und einmal verteidigt er Miranda matt. Stasi seziert Mirandas Charakter und behauptet vor allem, sie habe keinen, sie ändre sich doch andau-

ernd. Einmal sieht man sie elegant im Theater, dann ist sie wieder verwahrlost, ein Rock zipft, oder sie hat wieder wochenlang keinen Friseur gesehen. Josef sagt:
Aber du verstehst nicht. Es hängt doch davon ab, ob sie grade ihre Brille gefunden hat oder nicht, und dann hängt es noch davon ab, ob sie sie auch aufsetzt.
Dumme Gans, denkt Stasi, er ist ihr ja noch immer attachiert, nein, die dumme Gans bin ich, weil ich mir Hoffnungen auf den Josef mache, und jetzt weiß er nicht, was er will, was will er bloß? Aber das ist doch sonnenklar, diese raffinierte, schlampige, dumme, diese – Hier findet Stasi keine Worte mehr – sie hat ihn doch vollkommen in der Hand mit ihrer Hilflosigkeit, der Josef will doch beschützen, und wer beschützt eigentlich mich?
Und sie weint aus ihren schönen anständig sehenden blauen Augen zwei Tränen in den Orangensaft und schwört sich, daß sie in ihrem ganzen Leben nicht mehr weinen wird, jedenfalls nicht in diesem Jahr und nicht wegen Josef.
Josefs heilige Miranda, die Fürsprecherin aller Grenzgänger, wird von Stasi geröstet, zerteilt, aufgespießt und verbrannt, und Miranda fühlt es körperlich, wenn sie darüber auch nie ein Wort erfahren wird. Sie traut sich nicht mehr aus dem Haus, sitzt da mit der zweiten neuen Brille – sie will nicht auf die Straße. Ernst kommt zum Tee, und sie machen Pläne für das Salzkammergut, und Berti kommt einmal nachsehen, er meint, sie habe eine Avitaminose. Miranda sieht ihn gläubig an, ganz dieses Glaubens ist sie auch, und sie schlägt Berti von sich aus vor, viel rohe Karotten zu essen. Berti sagt, indem er einen langen Rezeptzettel vollschreibt:
Außerdem sind die gut für deine Augen.
Miranda sagt dankbar:
Natürlich, du weißt ja, das Wichtigste sind mir meine Augen.

Nur Josef kann sie kaum mehr ansehen. Sie schaut immer rechts oder links oder sonstwo an ihm vorbei, damit ihr Blick ins Leere geht. Sie möchte sich am liebsten die Hand vor die Augen halten, denn die größte Versuchung für sie ist immer noch die, Josef hingerissen anzuschauen. Es tut ihr einfach in den Augen weh, was er ihr vorspielt, nicht wie anderen im Herzen, im Magen oder im Kopf, und ihre Augen müssen den ganzen Schmerz aushalten, weil Josef-Sehen für sie das Wichtigste auf der Welt war. Und jeden Tag findet jetzt statt: Josef-Weniger-Sehen. Weniger-Von-Josef-Sehen.

Miranda gibt Eiswürfel in Josefs Glas, und Josef lümmelt selbstverständlich da wie immer, nur spricht er über Stasi, als hätten sie schon immer über Stasi gesprochen. Manchmal sagt er feierlich: Anastasia. Miranda, der Josef überall im Weg ist, schaut auf ihre manikürten Fingernägel. Porcelaine, das war der Lack, der die Josef-Zeit begleitet hat, aber da Josef ihr nur mehr flüchtig beim Kommen und Gehen die Hand küßt und porcelaine nicht mehr bewundert und studiert, kann sie vielleicht auf diesen Lack auch verzichten. Miranda springt auf, macht das Fenster zu. Sie ist überempfindlich, Geräuschen gegenüber. Es gibt neuerdings in dieser Stadt nur noch Geräusche, Radios, Fernseher, junge kläffende Hunde und diese kleinen Lieferwagen, ja, daran stößt Miranda sich, sie kann sich doch nicht wünschen, auch noch schlecht zu hören! Und auch dann würde sie die Geräusche noch arg hören, nur die Stimme nicht mehr deutlich, die sie am liebsten hört.

Miranda sagt nachdenklich:

Bei mir geht alles übers Ohr, ich muß die Stimme von jemand mögen, sonst führt es zu nichts.

Aber gibt sie nicht vor, nur schöne Menschen gern zu haben? Niemand kennt mehr schöne Leute als Miranda, sie zieht sie an, denn sie zieht Schönheit jeder anderen Qualität vor. Wenn sie verlassen wird, und Josef ist dabei, sie zu

verlassen, dann wird eben Anastasia schöner oder beson-
ders schön gewesen sein. Es ist die Erklärung für alle
Wechselfälle in Mirandas Leben.
(Verstehst du, Berti? Sie war eben schöner als ich.)
Wovon hat Josef aber gesprochen die ganze Zeit, also doch
wieder einmal von ihr, wenn sie sich nicht täuscht.
Das ist doch sehr, sehr selten, sagt Josef.
Ja? findest du? – Miranda versteht noch immer nicht, was
er gesagt hat. Sie hört ihm immer weniger zu.
Ja, sagt er, mit dir ist das eben möglich.
Darauf will er also hinaus, und nun schaut Miranda ihn
seit Wochen zum erstenmal wieder an. O ja, sie wird diese
furchtbare fromme Lüge in eine Wahrheit verwandeln.
Begreift er denn nicht? Eine Freundschaft – Josef, sie und
eine Freundschaft?
Ja, sagt Miranda, so selten ist das doch nicht, eine Freundschaft. Und eine inwendige andere weniger sublime Miranda weiß sich nicht zu fassen: Mein Gott, ist dieser
Mann blöde, er ist einfach zu blöde, ja merkt er denn überhaupt nichts, und wird das bis in alle Ewigkeit so sein, und
warum bloß muß der einzige Mann, der mir gefällt, so
sein!
Ins Sonntagskonzert würden sie natürlich miteinander gehen, erklärt Josef nebenbei. Miranda findet das nicht mehr
natürlich. Aber da Stasi sonntags zu ihrem Mann muß,
noch einmal des Kindes wegen sich »auseinandersetzen«,
bleibt ihr ein Sonntag.
Was, die Vierte Mahler, schon wieder? sagt sie.
Nein, aber doch die Sechste, habe ich gesagt. Erinnerst du
dich noch an London? Ja, sagt Miranda, ihr Zutrauen ist
wieder da, sie wird noch einmal Mahler hören mit Josef,
und keinen Ton davon konnte ihr Stasi zerstören und ihr
auch Josef nicht streitig machen auf der Stiege des Musik-
vereins, solange sie sonntags noch weg mußte, zum sich-
Auseinandersetzen.

Josef kommt nach dem Konzert doch mit zu Miranda und so, als wäre es nicht das letzte Mal. Sagen kann er es ihr nicht, in ein paar Wochen wird sie begriffen haben, sie wirkt so vernünftig. Langsam zieht er sich die Schuhe an, sucht dann seine Krawatte, die er mit einem abwesenden Ausdruck bindet und zurechtrückt, ohne Miranda ein einziges Mal anzusehen. Er schenkt sich einen Sliwowitz ein, steht am Fenster und sieht hinunter auf das Straßenbild: I. Blutgasse. Mein argloser Engel. Einen Augenblick lang nimmt er Miranda in die Arme, er berührt mit seinem Mund ihr Haar und ist unfähig, etwas andres zu sehen und zu fühlen außer dem Wort »Blutgasse«. Wer tut uns das alles an? Was tun wir einander an? Warum muß ich das tun? und er möchte ja Miranda küssen, aber er kann nicht, und so denkt er nur, es wird noch immer hingerichtet, es ist eine Hinrichtung, weil alles, was ich tu, eine Untat ist, die Taten sind eben die Untaten. Und sein Engel sieht ihn mit geweiteten Augen an, behält die Augen fragend offen, als ob es noch etwas Letztes an Josef zu erkennen geben müßte, endlich aber mit einem Ausdruck, der ihn noch mehr vernichtet, weil er ihn freispricht und begnadigt. Weil Josef weiß, daß niemand mehr ihn so ansehen wird, auch Anastasia nicht, schließt er die Augen.

Miranda hat nicht gemerkt, wann die Tür zugefallen ist, sie hört nur eine Garagentür unten knallen, ein Gejohle aus einem entfernten Lokal, Besoffene auf der Straße, den musikalischen Auftakt zu einer Radiosendung, und Miranda möchte nicht mehr leben in dieser Geräuschhaft, Licht- und Dunkelhaft, sie hat nur noch einen Zugang zur Welt über einen dröhnenden Kopfschmerz, der ihr die Augen zudrückt, die zu lange offen waren. Was hat sie zuletzt bloß gesehen? Sie hat Josef gesehen.

In Salzburg, im Café Bazar, treffen sie einander wieder. Anastasia und Josef kommen herein als ein Paar, und Miranda zittert nur, weil Stasi so böse oder unglücklich aussieht, ja was hat sie denn bloß, wie soll ich denn da – und Miranda, die immer auf Josef zugeflogen ist, hört ihn etwas Spöttisches, Lustiges sagen, daraufhin geht Stasi verdüstert weiter und auf sie zu. Während Josef, auf der Flucht, vor ihr doch wohl nicht? den alten Hofrat Perschy und dann noch die Altenwyls und die ganze Clique grüßen muß, hebt Miranda sich mit einem Ruck in ihren Sandalen und fliegt ungeschickt auf eine bleiche Stasi zu und murmelt, mit einem roten Hauch im Gesicht, nachdem sie Stasi auf die Wange geküßt hat, gerötet von Heuchelei und einem angestrengten Willen:

Ich bin ja so froh für dich, und den Josef natürlich, ja, die Karte, ja, dank dir, hab ich bekommen.

Josef gibt sie flüchtig und lachend die Hand, Servus, und Stasi sagt großmütig: Aber Josef, so gib der Miranda doch einen Kuß.

Miranda tut, als hätte sie es gar nicht gehört, sie tritt zurück, zieht Anastasia mit sich, tuschelt und flüstert, immer röter im Gesicht, du, bitte, das ist ja eine Konfusion in diesem Salzburg, nein, nein, nichts Arges, aber ich muß nachher gleich den Ernst, der überraschend, du verstehst schon. Bring es dem Josef irgendwie bei, du wirst es schon richtig machen.

Miranda hat es eilig, sie sieht noch, daß Anastasia verstehend nickt und auf einmal »lieb« aussieht, aber plötzlich auch diese Röte im Gesicht hat. Es kann aber auch sein, daß nur sie so fiebrig ist und ihr Gefühl von einer befleckten Welt überhandnimmt. Aber ins Hotel wird sie noch kommen mit diesem Scharlach, dieser heißen Schande im ganzen Gesicht und auf dem Leib, und sie sieht noch die Flügeltür und sieht nur nicht, daß die Flügel nicht mit ihr herumwollen, sondern ein Flügel der Tür gegen sie schwingt, und sie denkt zuletzt, während es sie hinschleudert unter einem Hagel aus Glasscherben, und während ihr noch wärmer wird vom Aufschlagen und dem Blut, das ihr aus dem Mund und aus der Nase schießt: Immer das Gute im Auge behalten.

Das Gebell

Die alte Frau Jordan, die schon drei Jahrzehnte »die alte Frau Jordan« genannt wurde, weil es danach eine junge Frau Jordan gab und jetzt wieder eine junge Frau Jordan, wohnte zwar in Hietzing, aber in einer verlotterten Villa, in einer Einzimmerwohnung mit einer winzigen Küche und einem Bad, in dem es nur eine Sitzbadewanne gab. Von ihrem berühmten Sohn Leo, dem Professor, bekam sie 1000 Schilling im Monat, und sie brachte es fertig, damit zu leben, obwohl diese 1000 Schilling in den letzten zwanzig Jahren so an Wert verloren hatten, daß sie nur mit Mühe eine ältere Frau zahlen konnte, eine gewisse Frau Agnes, die zweimal in der Woche zu ihr »hereinsah« und ein wenig aufräumte, »das Gröbste«, und sie sparte davon auch noch für die Geburtstagsgeschenke und für Weihnachtsgeschenke für ihren Sohn und für ihren Enkel aus der ersten Ehe des Professors, der pünktlich zu Weihnachten von der ersten jungen Frau geschickt wurde, um sein Geschenk entgegenzunehmen, und Leo wiederum hatte zuviel zu tun, um darauf zu achten, und seit er berühmt war und sein Lokalruhm in einen internationalen Ruhm überging, hatte er noch mehr zu tun. Eine Änderung trat erst ein, als die neueste junge Frau Jordan, so oft sie konnte, zu der alten Frau kam, ein wirklich nettes sympathisches Mädchen, wie die alte Frau sich bald eingestand, und sie sagte nur jedesmal: Aber Franziska, das ist nicht richtig, Sie sollten nicht so oft kommen, und was für eine Verschwendung. Ihr werdet selber genug Auslagen haben, aber der Leo ist halt ein so guter Sohn!
Franziska brachte jedesmal etwas mit, Delikatessen und Sherry, etwas Gebäck, denn sie erriet, daß die alte Frau

gerne einen Schluck trank, und etwas mehr noch, daß sie großen Wert darauf legte, etwas zum »Aufwarten« zu haben, denn Leo konnte doch vorbeikommen, und er durfte nicht merken, daß sie nichts hatte und den ganzen Tag darüber nachgrübelte, wie das Geld einzuteilen sei und was für die Geschenke übrigbleiben mußte. Ihre Wohnung war peinlich sauber, aber es war ein leichter Geruch darin nach alter Frau, von dem sie nichts wußte und der Leo Jordan rasch in die Flucht trieb, ganz abgesehen davon, daß er keine Zeit zu verlieren hatte und absolut nicht wußte, worüber er mit seiner fünfundachtzigjährigen Mutter reden sollte. Belustigt war er nur manchmal gewesen – soviel wußte Franziska –, wenn er mit einer verheirateten Frau eine Beziehung hatte, denn dann schlief die alte Frau Jordan nicht und machte seltsame, umständliche Anspielungen, da sie für sein Leben zitterte und sich verheiratete Männer von Frauen, die mit Leo Jordan lebten, für gefährlich und eifersüchtig und blutrünstig hielt, und sie beruhigte sich erst wieder, als er Franziska geheiratet hatte, die keinen eifersüchtigen Mann im Gebüsch lauern hatte, sondern jung und fröhlich war, eine Waise, zwar nicht aus einer Akademikerfamilie, aber einen Bruder hatte sie, der Akademiker war. Akademikerfamilie und Akademiker waren für Frau Jordan von einer großen Wichtigkeit, obwohl sie nie unter Leute kam und nur von ihnen erzählen hörte. Aber ihr Sohn hätte ein Recht darauf gehabt, in eine Akademikerfamilie zu heiraten. Die alte Frau und Franziska sprachen fast nur von Leo, da er das einzige ergiebige Thema zwischen ihnen sein konnte, und Franziska mußte viele Male das Fotoalbum ansehen, Leo im Kinderwagen, Leo in einem Strandbad und Leo durch alle Jahre, auf Wanderungen, beim Briefmarkenkleben und so fort, bis zu seiner Militärzeit.

Es war ein ganz anderer Leo, den sie durch die alte Frau kennenlernte, als der, mit dem sie verheiratet war, und

wenn dann beide Frauen ihren Sherry tranken, sagte die
alte Frau: Er war ein kompliziertes Kind, ein merkwürdiger Bub, es war eigentlich alles vorauszusehen, was dann
aus ihm geworden ist.

Franziska hörte eine Zeitlang diese Beteuerungen mit
Freude an, auch daß Leo so gut zu seiner Mutter war und
ihr immer aufs Erdenklichste geholfen hatte, bis sie merkte, daß etwas nicht stimmte, und sie fand bestürzt heraus,
was nicht stimmte: Die alte Frau fürchtete sich vor ihrem
Sohn. Es fing damit an, daß die alte Frau – denn sie hielt
das für eine geschickte Taktik, die Franziska niemals
durchschauen würde, da sie ihren Mann blind bewunderte
– manchmal hastig und beiläufig sagte: Aber bitte kein
Wort zu Leo, sie wissen ja, was für ein besorgter Mensch
er ist, es könnte ihn aufregen, sagen Sie ihm bloß nicht,
daß mit meinem Knie etwas nicht in Ordnung ist, es ist ja
eine solche Kleinigkeit, aber er könnte sich aufregen.

Franziska kam zwar zum Bewußtsein, daß Leo sich doch
überhaupt nie aufregte, jedenfalls nicht seiner Mutter
wegen, und ihren Berichten daher abwesend zuhörte, aber
sie unterdrückte ihr erstes Begreifen. Das von dem Knie
hatte sie ihm leider schon erzählt, schwor aber der alten
Frau, kein Wort davon zu sagen, denn Leo hatte sowieso
ärgerlich reagiert und dann, sie begütigend, gemeint, wegen einer solchen Lappalie könne er wirklich nicht nach
Hietzing fahren. Sag ihr doch – er gebrauchte rasch ein
paar medizinische Ausdrücke –, sie soll sich das und das
kaufen und möglichst wenig tun und herumgehen. Franziska kaufte widerspruchslos die Medikamente und behauptete in Hietzing, sie habe heimlich, ohne einen Namen
zu nennen, mit einem Assistenzarzt ihres Mannes gesprochen, der ihr diesen Rat gegeben habe, aber wie sie, ohne
Pflegerin, die alte Frau im Bett halten sollte, das wußte sie
auch nicht. Und sie hatte keine Courage mehr, deswegen
Leo zu fragen, denn eine Pflegerin kostete Geld, und nun

fand sie sich zwischen zwei Fronten. Auf der einen Seite wollte Frau Jordan nichts wissen davon, auf der andren wollte Leo Jordan, wenn auch aus ganz andren Gründen, einfach nicht zuhören. In der Zeit des entzündeten Knies log sie ihren Mann einige Male an, sie fuhr schnell nach Hietzing, um angeblich zum Friseur zu gehen, räumte die kleine Wohnung auf und brachte alles mögliche mit, sie kaufte ein Radio, und danach wurde ihr allerdings unbehaglich, denn Leo würde diese Ausgabe bemerken, und so buchte sie schnell noch einmal alles um und griff ihr weniges Geld auf dem Sparbuch an, von dem abgemacht worden war, daß es ihre eiserne Reserve sein solle für irgendeinen Notfall, der hoffentlich nie eintreten würde und auch nur kleiner Notfall hätte sein dürfen. Denn sie hatte mit ihrem Bruder das Wenige geteilt, was nach dem Tod ihrer ganzen Familie geblieben war, außer einer Keusche in Südkärnten, die langsam verfiel. Sie rief dann einen praktischen Arzt aus der Nebenstraße und ließ ihn eine Weile die alte Frau behandeln, bezahlte wieder aus ihrer eisernen Reserve und was viel wichtiger war – sie durfte dem Arzt nicht zu erkennen geben, wer sie war und wer die alte Frau war, denn es hätte Leos Ruf nur geschadet, und Leos Ruf lag auch im Interesse von Franziska, aber viel selbstloser dachte die alte Frau, denn sie konnte von ihrem berühmten Sohn nicht noch verlangen, daß er sich ihr Knie ansah. Einen Stock hatte sie schon früher benutzt, aber nach der Kniegeschichte brauchte sie den Stock wirklich, und darum fuhr Franziska sie manchmal in die Stadt. Es war etwas mühsam, mit der alten Frau einkaufen zu gehen, sie brauchte einmal nur einen Kamm, aber es gab keine Kämme mehr wie »zu ihrer Zeit«, und wenn die alte Frau auch höflich war, würdevoll in dem Geschäft stand, so verärgerte sie doch die kleine Verkäuferin, indem sie mißtrauisch auf die Preise sah und sich nicht enthalten konnte, Franziska laut zuzuflüstern, daß das räuberische Preise seien, daß sie besser woanders hingingen. Die Verkäuferin sagte frech, da sie nicht wissen konnte, wie groß dieses Problem des Kammkaufens für die alte Frau war, zu andren Preisen gebe es nichts und nirgendwo. Franziska verhandelte verlegen mit der Mutter, sie nahm den Kamm, der gefallen hatte, der aber der alten Frau ein Vermögen zu kosten schien, und bezahlte ihn rasch, sie sagte: Er ist einfach schon ein Weihnachtsgeschenk von uns, ein Vorausgeschenk. Die Preise sind jetzt wirklich überall horrend gestiegen. Die alte Frau sagte kein Wort, sie fühlte ihre Niederlage, aber wenn es doch räuberische Preise waren und früher so ein Kamm zwei Schilling gekostet hatte, heute aber sechzig, dann gab es für sie nicht mehr viel zu verstehen in dieser Welt.

Nach der Zeit, in der das Thema »guter Sohn« erschöpft war, lenkte Franziska die Unterhaltung öfter auf die alte Frau selbst, denn sie wußte nur, daß Leos Vater früh gestorben war, an einem Infarkt oder Schlaganfall, ganz plötzlich, auf einer Treppe, und das mußte lange her sein, denn wenn man nachrechnete, dann war diese Frau schon fast seit fünfzig Jahren Witwe, zuerst noch Jahre beschäftigt, ihr einziges Kind großzuziehen, und dann eine alte Frau, um die sich niemand mehr kümmerte. Von ihrer Ehe sprach sie nie, sondern nur im Zusammenhang mit Leo, der eben ein ganz schweres Leben gehabt hatte, ohne Vater, und sie stellte, besessen von Leo, keinen Bezug her zu Franziska, die beide Eltern früh verloren hatte, denn schwer konnte es nur ihr Sohn gehabt haben, und heraus kam dann eigentlich, daß er es so schwer nicht gehabt hatte, weil ein entfernter Vetter ihm dann das Studium bezahlt hatte, dieser Johannes, von dem Franziska noch wenig gehört hatte, nur ein paar abfällige, kritische Sätze über diesen Verwandten, der im Geld schwimme und das Leben eines ewigen Müßiggängers führe, jetzt eines älteren, mit allen Lächerlichkeiten, der sich ein wenig mit

Kunst beschäftige, chinesische Lackarbeiten sammle, einer dieser Schmarotzer eben, wie sie in jeder Familie vorkommen. Daß er homosexuell war, wußte Franziska auch, und war nur etwas scharf verwundert, daß jemand wie Leo, der schon durch seinen Beruf angehalten war, Homosexualität und noch ganz andere Phänomene neutral und wissenschaftlich zu sehen, sich über diesen Vetter ausließ, als hätte er sich schuldhaft Kunstgegenstände, Homosexualität und auch noch ererbtes Geld zugezogen, aber damals bewunderte Franziska ihren Mann noch so sehr, um mehr als irritiert und verletzt zu sein. Auch hörte sie erleichtert von der alten Frau, als auf diese schweren Zeiten die Rede kam, daß Leo nämlich von einer unermeßlichen Dankbarkeit war und diesem Johannes sehr geholfen hatte, der in vielen persönlichen Schwierigkeiten steckte, über die man besser nicht sprach. Die alte Frau zögerte und sagte ermutigt, weil sie immerhin der Frau eines Psychiaters gegenübersaß: Sie müssen nämlich wissen, der Johannes ist sexuell.

Franziska beherrschte sich und unterdrückte ein Lachen, es war sicher die größte Kühnheit, zu der sich die alte Frau aufgerafft hatte seit Jahren, aber mit Franziska wurde sie immer offener und sie erzählte, wie Johannes sicher oft einen Rat bekommen hätte von Leo und selbstverständlich, ohne zahlen zu müssen, aber mit Johannes sei es eben hoffnungslos, und wenn jemand keinen guten Willen hatte, sich zu ändern, war das begreiflich, daß jemand wie Leo vor den Kopf gestoßen war, denn es solle ja alles weitergehen mit Johannes, wie eh und je. Franziska übersetzte sich vorsichtig diese naive Erzählung in die Wirklichkeit, verstand immer weniger, warum Leo so abfällig und boshaft über den Vetter sprach, und sie kam damals nicht auf den naheliegenden Grund, daß Leo ungern erinnert sein wollte an eine Verpflichtung, wie er ungern an seine Mutter und seine früheren Frauen erinnert sein wollte, die eine einzige

Konspiration von Gläubigern für ihn darstellten, denen er nur entkam, wenn er sie herabsetzte vor sich und anderen, denn so ähnlich gingen ja auch seine Reden über seine erste Frau, die ein Ausbund an Teufelei und Unverständnis und Niedertracht gewesen sein mußte, was sich bei der Scheidung erst ganz herausstellte, als ihr nobler Herr Vater ihr einen Anwalt genommen hatte und einen Teil des Gelds sicher stellen wollte für das Kind, Geld, das sie ihm gegeben hatte in den zweiten schwierigen Zeiten als junger Arzt. Es war eine für Franziska erschreckend hohe Summe, aber wie sie hörte, war von der »Baronin«, wie Leo sie immer ironisch nannte, nichts anderes zu erwarten gewesen, denn diese Familie hatte ihn ja immerzu wie einen Emporkömmling behandelt, ohne die geringste Ahnung zu haben, wen sie vor sich hatte, und auch daß die »Baronin« danach nie mehr heiratete, sondern völlig zurückgezogen lebte, vermerkte er belustigt, denn außer ihm hätte sich kein Trottel gefunden, jung und dumm und arm wie er damals war, der dieses preziöse Fräulein geheiratet hätte. Von seiner Arbeit habe sie nichts, einfach nichts verstanden, und was die Abmachungen des Sohnes wegen betraf, so verhielt sie sich zwar fair, sie schickte ihn regelmäßig, und lehrte den Sohn, seinen Vater zu achten, aber natürlich nur, um aller Welt zu beweisen, wie nobel sie war, aus keinem anderen Grund.

Der dornenreiche, leidvolle Aufstieg eines genialen Arztes war schon Franziskas Religion zu der Zeit, und immer wieder hielt sie sich vor, wie er, unter unsäglichen Mühen und trotz dem Hindernis dieser furchtbaren Ehe, seinen Weg nach oben gemacht hatte. Auch die Last, die seine Mutter doch darstellte, finanziell und moralisch, war für ihn keine leichte, und die wenigsten konnte Franziska ihm abnehmen. Obwohl es ihr sonst vielleicht nicht gerade in den Sinn gekommen wäre, ihre freien Stunden mit einer alten Frau zu verbringen, wurden die, im Gedanken an Leo, zu

etwas besonderem, zu einer Handreichung, einem Liebes-
beweis für ihn, damit er seinen Kopf ganz frei hatte für die
Arbeit.

Leo war eben auch zu gut zu ihr, er sagte ihr, das sei übertrieben, wie sie sich um seine Mutter kümmere, ein Anruf
hie und da genüge auch. Seit ein paar Jahren hatte die alte
Frau ein Telefon, das sie aber mehr fürchtete als liebte,
denn sie telefonierte nicht gerne und schrie immer zu sehr
hinein und hörte schlecht, was der andere sagte, außerdem
kostete das Telefon zuviel, aber das dürfe Franziska Leo ja
nicht sagen. Die alte Frau, von Franziska angeregt und vor
einem zweiten Glas Sherry, fing einmal doch an, von früheren Zeiten zu sprechen, von den ganz frühen, und es
stellte sich heraus, daß sie aus keiner Akademikerfamilie
war, ihr Vater war Handschuh- und Sockenstricker in einer kleinen Fabrik in Niederösterreich gewesen, und sie
war das älteste von acht Kindern, aber dann hatte sie trotzdem eine wunderbare Zeit gehabt, als sie in Stellung ging,
denn sie kam zu einer griechischen Familie, zu immens reichen Leuten, die einen kleinen Buben hatten, das schönste
Kind, das sie je gesehen hatte, und sie wurde seine Gouvernante, denn Gouvernante war eine sehr gute Stellung,
nichts Erniedrigendes, und die junge Frau des Griechen
hatte ja Dienstboten genug, oh ja, sie hatte schon ein besonderes Glück gehabt, denn es war damals schwierig gewesen, eine so gute Stellung zu finden. Kiki hatte das Kind
geheißen. Kiki wurde es jedenfalls damals von allen genannt. Wenn die alte Frau immer häufiger von Kiki zu
sprechen anfing und jedes Detail ihr einfiel, was Kiki gesagt hatte, wie drollig und zärtlich er war, welche Spazier-
gänge sie miteinander gemacht hatten, kam ein Glanz in
ihre Augen, der niemals darin war, wenn sie von ihrem eigenen Kind sprach. Kiki war einfach ein kleiner Engel gewesen, ohne Unarten, betonte sie, ohne alle Unarten, und
die Trennung mußte so furchtbar gewesen sein, Kiki hatte

man verheimlicht, daß das Fräulein wegging, und sie hatte die ganze Nacht geweint, und Jahre später hatte sie noch einmal versucht, herauszufinden, was aus der Familie geworden war, einmal hieß es, sie seien auf Reisen, dann wieder in Griechenland, und nun wußte sie überhaupt nicht, was aus Kiki geworden war, der jetzt über sechzig Jahre alt sein mußte, ja, über sechzig, sagte sie gedankenvoll, und gehen hatte sie müssen, weil die Griechen damals eine erste lange Reise machen mußten und sie nicht mitnehmen konnten, und sie hatte zum Abschied ein wunderbares Geschenk bekommen von der jungen Frau. Die alte Frau stand auf und kramte in einer Kassette, sie zeigte ihr die Brosche von Kikis Mutter, eine echte, mit Brillanten, aber sie fragte sich noch heute, ob man sie nicht hatte gehen lassen, weil die junge Frau gemerkt hatte, daß Kiki mehr an ihr hing als an seiner Mutter, verstehen könnte sie es schon, aber es sei der schwerste Schlag gewesen, und sie sei nie ganz darüber hinweggekommen. Franziska schaute nachdenklich die Brosche an, die vielleicht wirklich sehr wertvoll war, sie hatte aber keine Ahnung von Schmuck, nur die erste Ahnung, daß dieser Kiki der alten Frau mehr bedeutet haben mußte als Leo. Denn sie zögerte oft, etwas von Leos Kinderzeit zu erzählen, oder sie fing an, brach erschreckt ab und sagte rasch: Es waren eben Kindereien, Buben sind eben so schwer aufzuziehen, und absichtlich hat er es nicht getan, aber damals hatte er eben eine so schwierige Zeit und ich hatte schon meine liebe Not, aber man bekommt das ja alles tausendfach zurück, wenn ein Kind groß ist und dann seinen Weg macht und so berühmt wird, er war eigentlich mehr seinem Vater ähnlich als mir, wissen Sie.

Franziska gab behutsam die Brosche zurück, und die alte Frau erschrak wieder. Bitte, Franziska, aber sagen Sie nur ja kein Wort zu Leo, wegen der Brosche, er weiß nichts davon, und es könnte ihn verärgern, aber ich habe so meine

Pläne, denn wenn ich krank werde, dann könnte ich sie verkaufen, damit ich ihm nicht noch mehr zur Last fallen muß. Franziska umarmte die alte Frau furchtsam und heftig. Das dürfen Sie niemals tun, versprechen Sie's mir, daß Sie diesen Schmuck nie verkaufen. Sie fallen uns doch nicht zur Last!

Auf der Heimfahrt machte sie Umwege kreuz und quer, denn es war eine solche Turbulenz in ihr, diese arme Frau wollte doch wohl nicht diese Brosche verkaufen, während sie und Leo ziemlich viel Geld ausgaben, reisten, Gäste hatten, und sie überlegte immerzu, was sie eigentlich Leo sagen müsse, aber etwas warnte sie, es war ein erster leiser Alarm in ihr, denn in irgend etwas, auch wenn sie schrullig war und übertrieb, mußte die alte Frau recht haben, und deswegen sagte sie dann doch kein Wort zuhause, nur fröhlich, daß es der Mutter ausgezeichnet gehe. Vor der Reise zu einem Kongreß nach London schloß sie aber heimlich mit einer Garage, die Autos vermietete und Taxis privat auf Bestellung schickte, einen Vertrag, den sie anzahlte, und zu der alten Frau sagte sie vor der Reise: Uns ist da so eine Idee gekommen, weil Sie nicht allein zu weit gehen sollten; Sie rufen jetzt jedesmal ein Taxi, es kostet so gut wie nichts, es ist einfach eine Gefälligkeit von einem alten Patienten, aber reden Sie nicht darüber und vor allem nicht mit Leo, Sie kennen ihn ja, er mag nicht, daß Sie sich bedanken und so, und Sie fahren in die Stadt, wenn Sie etwas brauchen, und lassen den Wagen warten und lassen sich nur von Herrn Pineider fahren, dem jungen. Der weiß übrigens nicht, daß sein Vater ein Patient von Leo war, das fällt unter die ärztliche Schweigepflicht, wissen Sie, ich komme gerade von ihm, und Sie versprechen mir, Leo zuliebe, daß Sie den Wagen nehmen, es beruhigt uns einfach. In der ersten Zeit machte die alte Frau wenig Gebrauch von diesem Wagen, und Franziska schimpfte sie aus, als sie aus England zurückkam, denn mit dem Bein ging es wieder schlechter und die alte Frau hatte natürlich alle Einkäufe zu Fuß gemacht und war sogar einmal mit der Straßenbahn in die Innere Stadt gefahren, weil man in Hietzing fast nichts bekam, und Franziska sagte energisch wie zu einem widerspenstischen Kind, das dürfe einfach nicht mehr vorkommen.

Auch die Zeit der Gespräche über Kiki, das Leben einer jungen Gouvernante im Wien vor dem ersten Weltkrieg und vor der Heirat gingen vorüber, und manchmal erzählte auch nur Franziska, besonders wenn sie von einer Reise zurückgekommen war mit Leo, etwa was für einen großartigen Vortrag Leo gehalten hatte auf dem Kongreß, und daß er ihr jetzt diesen Sonderdruck für die Mutter mitgegeben habe. Die alte Frau las mühsam und angestrengt den Titel: »Die Bedeutung endogener und exogener Faktoren beim Zustandekommen von paranoiden und depressiv gefärbten Psychosen bei ehemaligen Konzentrationslagerhäftlingen und Flüchtlingen.« Franziska versicherte, es sei nur eine kleine Vorarbeit für eine viel größere, an der er arbeite, und sie dürfe jetzt auch schon mitarbeiten, es werde wahrscheinlich das bedeutendste und erste wichtige Buch auf diesem Gebiet sein. Von einer noch unabsehbaren Bedeutung.

Die alte Frau war merkwürdig stumm, sie verstand sicher nicht die Tragweite dieser Arbeiten, vielleicht überhaupt nicht, was ihr Sohn tat. Dann sagte sie überraschend: Wenn er sich nur nicht zu viele Feinde damit macht, hier in Wien, und dann ist da noch etwas . . .

Franziska erregte sich: Aber das wäre sogar sehr gut, es ist auch eine Provokation, und Leo fürchtet niemand, denn für ihn ist das die einzig wichtige Aufgabe, die noch weit über ihre wissenschaftliche Bedeutung hinausgeht.

Ja, natürlich, sagte die alte Frau schnell, und er weiß sich zu verteidigen, und Feinde hat man überhaupt, wenn man berühmt ist. Ich habe nur an Johannes gedacht, es ist aber schon so lange her. Wissen Sie, daß er eineinhalb Jahre, vor dem Kriegsende, im KZ war? Franziska war überrascht, sie hatte es nicht gewußt, verstand dann aber den Zusammenhang nicht. Die alte Frau wollte nicht weiterreden und tat es dann doch. Für Leo war es schon eine gewisse Gefahr, damals, einen Verwandten zu haben, der, nun Sie verstehen schon. Ja, natürlich, sagte Franziska. Sie blieb aber etwas verstört, denn die alte Frau hatte manchmal eine so umständliche Art, Dinge zu sagen und doch nicht zu sagen, und sie fand sich dann nicht zurecht, obwohl sie auf einmal ganz von Stolz erfüllt war, daß jemand aus Leos Familie etwas so Furchtbares durchgemacht hatte, und daß Leo, in seiner taktvollen bescheidenen Weise, ihr nie etwas darüber gesagt hatte, auch nicht in welcher Gefahr er sich, als junger Arzt, befunden haben mußte. An diesem Nachmittag wollte die alte Frau nicht mehr weitersprechen, sondern sagte, zusammenhanglos: Hören Sie das auch?

Was?

Die Hunde, sagte die alte Frau. Früher hat es nie so viele Hunde gegeben in Hietzing, ich habe wieder welche bellen gehört, und nachts bellen sie auch. Die Frau Schönthal nebenan hat jetzt einen Pudel. Der bellt aber wenig, er ist ein sehr lieber Hund, ich treffe sie fast jeden Tag beim Einkaufen, aber wir grüßen einander nur, der Mann ist nicht Akademiker.

Franziska mußte rasch heimfahren in die Stadt, und diesmal wollte sie Leo fragen, ob das etwas zu bedeuten habe, daß seine Mutter auf einmal von Hunden sprach, ob es ein bedenkliches Symptom war, es konnte mit dem Alter zusammenhängen. Aufgefallen war ihr auch, daß die alte Frau sich irgendwann einmal aufgeregt hatte, wegen zehn Schilling, die auf dem Tisch gelegen waren, dann nicht mehr da waren, als die Frau Agnes weggegangen war, und diese Erregung wegen der zehn Schilling, die fehlten, was sie sich aber gewiß nur einbildete, das waren doch Anzeichen von einem Prozeß, denn die Bedienerin konnte sie unmöglich genommen haben, sie war, was man, in manchen Kreisen, den besseren, eine kreuzbrave Frau nennt, die mehr aus Mitleid kam als des Geldes wegen, das sie überhaupt nicht brauchte, es war eine Gefälligkeit, weiter nichts. Auch die hilflosen Geschenke der alten Frau Jordan, eine abgeschabte uralte Handtasche oder sonst ein unnützer Gegenstand hätten diese Frau Agnes kaum veranlaßt, zu kommen, denn daß es weder von der Alten noch von ihrem Sohn etwas zu erwarten gab für sie, das hatte sie längst begriffen, und von Franziskas eifervollen Gedanken, die Lage zu verbessern, wußte sie nichts, und Franziska hatte deswegen der alten Frau gut zugeredet wie einem Kind, denn sie wollte nicht, daß die kostbare Hilfe verlorenging, wegen einer Altersstörrischkeit und einem Verdacht, der haltlos war.

Sie fand die alte Frau immer öfter am Fenster, wenn sie kam, und sie saßen nicht mehr beisammen, wenn Franziska kam, um den Sherry zu trinken und kleines Gebäck zu knabbern, und es ging also weiter mit diesen Hunden, während zugleich doch ihre Schwerhörigkeit zuzunehmen begann, und Franziska war ratlos, denn es mußte doch etwas geschehen, und Leo, dem sie zwar alles fernhielt, würde eines Tages auch nicht darum herumkommen, sich mit seiner Mutter beschäftigen zu müssen. Nur fing gerade damals etwas an, kompliziert zwischen Leo und ihr zu werden, und sie entdeckte, daß er sie schon dermaßen eingeschüchtert hatte, daß sie sich fürchtete vor ihm, aber wenigstens einmal, in einem Anfall von ihrem alten Mut, ihre unbegreifliche Furcht überwindend, schlug sie beim Abendessen vor: Warum nehmen wir denn die Mutter nicht zu uns, wir haben doch Platz, und dann wäre doch unsere Rosi immer bei ihr und du brauchtest dir nie Sorgen zu machen, außerdem ist sie so still und ohne Bedürfnisse, sie würde dich niemals stören und mich schon gar nicht, ich sage es deinetwegen, weil ich weiß, welche Sorgen du dir machst. Leo, der an diesem Abend bei guter Laune war und sich über etwas heimlich freute, und sie erriet nur nicht worüber, aber sie nutzte die Gelegenheit, antwortete lachend: Was für eine Idee, du hast überhaupt kein Gefühl für die Situation, mein Schatz, alte Leute darf man nicht mehr verpflanzen, es würde sie nur bedrücken, und sie braucht ihre Freiheit, sie ist eine starke Frau, die Jahrzehnte allein gelebt hat, und wie ich sie kenne, kennst du sie wohl kaum, sie würde ja vor Angst umkommen hier, schon der Leute wegen, die zu uns kommen, und dann womöglich stundenlang Skrupel haben, auch nur ins Bad zu gehen, vor Ängstlichkeit, daß einer von uns auch ins Bad wollen könnte. Aber, Franziskalein, bitte, nicht so ein Gesicht, ich finde deine Anwandlung rührend und lobenswert, aber du würdest sie glatt damit umbringen, mit deiner wunderbaren Idee. Nur, glaub mir, über diese Dinge weiß ich eben doch besser Bescheid.

Aber diese Sache mit den Hunden . . .? Franziska fing zu stottern an, denn sie hatte davon gar nicht sprechen wollen und hätte gern sofort jedes Wort zurückgenommen. Sie war nicht mehr fähig, ihre Besorgnis richtig auszudrücken.

Was, fragte ihr Mann, völlig verändert, will sie noch immer einen Köter? Ich verstehe nicht, antwortete Franziska. Wieso sollte sie – du meinst doch nicht, daß sie einen Hund haben will?

Aber natürlich, und ich bin nur froh, daß dieses kindische Zwischenspiel rasch vorübergegangen ist, denn sie würde doch nicht, in ihrem Alter, noch mit einem Hund zurechtkommen, sie soll auf sich selber aufpassen, das ist mir wichtiger, ein Hund ist eine derartige Plage, von der sie sich, bei dieser fortschreitenden Senilität, doch keine Vorstellung macht. Sie hat nie etwas gesagt, erwiderte Franziska schüchtern, ich glaube nicht, daß sie einen Hund will.

Ich wollte etwas ganz anderes sagen, aber es ist ohne Bedeutung, verzeih. Nimmst du einen Cognac, arbeitest du noch, soll ich dir etwas abtippen?

Bei ihrem nächsten Besuch wußte Franziska nicht, wie sie es anstellen sollte, aus der alten Frau, die auf der Hut war, etwas herauszufragen, was sie wissen mußte. Sie fing es auf einem Umweg an und sagte beiläufig: Ich habe übrigens heute den Pudel von der Frau Schönthal gesehen, wirklich ein hübscher Hund, ich mag Pudel sehr, überhaupt alle Tiere, weil ich doch auf dem Land aufgewachsen bin, wir hatten immer Hunde, ich meine, meine Großeltern und alle Leute im Dorf, und Katzen natürlich auch. Wäre es für Sie nicht gut, einen Hund zu haben, oder eine Katze, jetzt wo Sie sich mit dem Lesen schwer tun, so was geht zwar vorüber, aber ich zum Beispiel würde schrecklich gern einen Hund haben, nur, wissen Sie, in der Stadt, das ist eine Mühe und für einen Hund nichts Rechtes, aber in Hietzing, wo er im Garten herumtollen kann und man spazieren gehen kann . . .

Die alte Frau sagte erregt: Einen Hund, nein, nein, ich will keinen Hund! Franziska merkte, daß sie etwas falsch gemacht hatte, aber sie fühlte zugleich, daß sie die alte Frau nicht gekränkt hatte, als hätte sie ihr vorgeschlagen, sich einen Papagei zu halten oder Kanarienvögel, es mußte etwas ganz anderes sein, was sie so erregt hatte. Nach einer Weile sagte die alte Frau sehr ruhig: Nuri war ja ein sehr schöner Hund, und ich bin gut mit ihm ausgekommen, das war, lassen Sie mich nachdenken, das muß schon fünf Jahre her sein, aber ich habe ihn dann weggegeben, in so ein Asyl oder wo sie die weiterverkaufen. Leo mag Hunde nicht. Nein, was sage ich da, es war ganz anders, in diesem Hund war etwas, was ich mir nicht erklären kann, er konnte Leo nicht leiden, er ist ihn jedesmal angeflogen und hat gebellt wie verrückt, wenn Leo auch nur auf die Tür zugegangen ist, und dann hätte er ihn beinahe gebissen, und

Leo hat sich so empört, das ist ja natürlich, ein Hund, der so scharf ist, aber das war er sonst nie, mit keinem Fremden, und dann habe ich ihn selbstverständlich weggegeben. Ich konnte doch Leo nicht von Nuri anbellen und beißen lassen, nein, das war zuviel, denn Leo soll es doch gemütlich haben, wenn er zu mir kommt, und sich nicht ärgern müssen über einen unerzogenen Hund.

Franziska dachte, daß Leo, obwohl kein Hund mehr da war, der ihn anflog und nicht leiden konnte, doch reichlich selten kam und immer weniger, seit Franziska ihm das abnahm. Wann war er denn überhaupt hier gewesen? Einmal hatten sie zu dritt eine kleine Spazierfahrt gemacht über die Weinstraße und ins Helenental und in einem Gasthaus gegessen mit der Mutter, aber sonst kam doch nur Franziska.

Sagen Sie Leo nur ja nichts, das mit Nuri hat ihn sehr getroffen, er ist sehr verletzlich, wissen Sie, und ich kann es mir heute noch nicht verzeihen, daß ich so egoistisch war, Nuri haben zu wollen, aber alte Leute sind eben sehr egoistisch, liebe Franziska, das verstehen Sie noch gar nicht, Sie sind noch so jung und gut, aber wenn man sehr alt ist, dann kommen diese egoistischen Wünsche, und man darf sich da nicht nachgeben. Wenn Leo nicht für mich sorgte, was wäre dann aus mir geworden, sein Vater ist ja so plötzlich gestorben und hat an nichts mehr denken können, und Geld war auch keines da, mein Mann war ein bißchen leichtsinnig, nein, nicht ein Verschwender, aber er hat es schwergehabt und keine glückliche Hand mit dem Geld, da ist ihm Leo nicht nachgeraten, nur habe ich damals noch arbeiten können, denn es war ja für den Buben, und ich war noch jung, aber was sollte ich heute denn tun? Meine einzige Angst war immer, in ein Altersheim zu müssen, und das würde Leo nie zulassen, und hätte ich nicht diese Wohnung, müßte ich in ein Heim, und das ist wohl ein Hund nicht wert. Franziska hörte ihr verkrampft zu, und sie sagte in sich hinein: Das also ist es, das ist es, und sie hat ihren Hund für ihn weggegeben. Was sind wir für Menschen, sagte sie sich – denn sie war unfähig zu denken, was ist mein Mann für ein Mensch! – wie gemein sind wir doch, und sie hält sich für eine Egoistin, während wir alles haben! Um nicht ihre Tränen zu zeigen, packte sie rasch ein kleines Paket von MEINL aus, mit Kleinigkeiten, und tat, als hätte sie nichts verstanden. Ach, übrigens, wo hab ich bloß meine Gedanken, ich habe Ihnen nur den Tee und den Kaffee gebracht und ein bißchen Lachs und russischen Salat, ganz zusammen paßt es wohl nicht, aber ich war heute ziemlich verdreht beim Einkaufen, weil Leo abreist und ein Manuskript noch nicht fertig ist, er wird Sie aber heute abend anrufen, und er kommt ja schon in einer Woche zurück.

Er sollte ausspannen, sagte die alte Frau, sorgen Sie doch dafür, ihr habt doch noch keine Ferien gehabt in diesem Jahr. Franziska sagte lebhaft: Das ist ein guter Gedanke, ich bekomme ihn schon irgendwie herum, man muß das ein bißchen listig machen, aber das ist ein guter Rat, den Sie mir da geben, denn er überarbeitet sich ja ständig, und ich muß ihn einmal bremsen.

Was Franziska nicht wußte, war, daß es ihr letzter Besuch bei der alten Frau war, und sie keine kleine List mehr nötig hatte, weil andere Geschehnisse kamen und von einer so orkanartigen Stärke, daß sie beinahe die alte Frau vergaß und vieles andre mehr.

Die alte Frau, in ihrer Furcht, fragte ihren Sohn am Telefon nicht, warum Franziska nicht mehr kam. Sie beunruhigte sich, aber ihr Sohn klang vergnügt und unbesorgt, und einmal kam er sogar und blieb zwanzig Minuten. Das Gebäck rührte er nicht an, den Sherry trank er nicht aus, von Franziska sprach er nicht, aber eine ganze Menge von sich, und das machte sie überglücklich, denn er hatte schon lange nicht mehr von sich selber gesprochen. Er verreiste jetzt also, ausspannen müsse er, nur bei dem Wort »Mexiko« bekam die alte Frau einen gelinden Schrecken, denn gab es dort nicht Skorpione und Revolutionen, und Wilde und Erdbeben, aber er lachte sie aus, küßte sie und versprach zu schreiben, er schickte auch ein paar Ansichtskarten, die sie andächtig las. Franziskas Grüße fehlten darauf. Von Franziska bekam sie einmal einen Anruf aus Kärnten. Ach, was diese jungen Leute da an Geld hinauswarfen! denn Franziska erkundigte sich nur, ob alles gut ginge. Sie sprachen dann von Leo, nur die alte Frau schrie immer im unpassendsten Moment: Es wird aber zu teuer, Kind, aber Franziska redete weiter, ja, es sei ihr gelungen, er spanne jetzt endlich aus, und sie habe zu ihrem Bruder fahren müssen, etwas sei zu regeln hier, deswegen habe sie Leo nicht begleiten können. Familienangelegenheiten in Kärnten. Wegen des Hauses. Dann bekam die alte Frau noch ein merkwürdiges Kuvert, mit ein paar Zeilen von Franziska, außer Herzlichkeiten stand nichts weiter darin, als daß sie ihr gerne eine Fotografie lassen möchte, die sie selber gemacht habe, das Foto zeigte Leo, vermutlich auf dem Semmering, lachend, in einer Schneelandschaft, vor einem großen Hotel. Die alte Frau beschloß, Leo nichts zu sagen, und fragen würde er ohnehin nicht. Sie versteckte das Bild unter der Brosche in der Kassette.

Bücher konnte sie jetzt überhaupt nicht mehr lesen und das Radio langweilte sie, nur nach Zeitungen verlangte sie, die Frau Agnes ihr brachte. In den Zeitungen, für die sie Stunden brauchte, las sie die Todesanzeigen, es war immer eine gewisse Befriedigung in ihr, wenn jemand gestorben war, der jünger war als sie. So, also auch der Professor Haderer, er konnte höchstens siebzig Jahre alt sein. Die Mutter von Frau Schönthal war auch gestorben, an Krebs, noch nicht einmal fünfundsechzig. Sie kondolierte steif in der Milchhandlung und schaute den Pudel nicht an, und dann ging sie wieder nachhause und stellte sich an das

Fenster. Sie schlief nicht so wenig, wie man oft von alten Leuten behauptet, aber oft wachte sie auf, und schon hörte sie die Hunde. Wenn die Bedienerin kam, erschrak sie, denn es störte sie schon jedes Kommen von jemand, seit Franziska nicht mehr kam, und ihr selber war, als veränderte sie sich. Denn jetzt ängstigte sie es wirklich, daß sie plötzlich auf der Straße umfallen könne oder sich nicht mehr in der Kontrolle hatte, wenn sie etwas in der Stadt brauchte, und sie rief darum gehorsam immer nach dem jungen Herr Pineider, der sie herumfuhr. Und sie gewöhnte sich an diese kleinen Bequemlichkeiten aus Sicherheitsgründen. Den Zeitsinn verlor sie ganz, und als Leo einmal, braungebrannt, zu ihr kam, auf einen Sprung, wußte sie nicht mehr, ob er jetzt aus Mexiko zurück war oder wann er überhaupt dort gewesen war, aber sie war zu klug, um sich zu erkundigen, und dann entnahm sie einem Satz, daß er geradewegs aus Ischia kam, von einer Italienreise. Sie sagte zerstreut: Gut, gut. Das hat dir gut getan. Und während er ihr etwas erzählte, fingen die Hunde zu bellen an, mehrere gleichzeitig, in großer Nähe, und sie war so eingekreist von dem Gebell und einem sehr sanften, sanften Schrecken, daß sie sich vor ihrem Sohn nicht mehr fürchtete. Die Furcht eines ganzen Lebens wich auf einmal aus ihr.

Als er ihr sagte, im Gehen: Das nächste Mal bringe ich dir Elfi mit, du mußt sie endlich kennenlernen!, wußte sie überhaupt nicht, wovon er sprach. War er nicht mehr verheiratet mit Franziska, und seit wann eigentlich nicht mehr, und die wievielte Frau war das nun eigentlich, sie erinnerte sich nicht mehr, wie lange er mit Franziska gelebt hatte und wann, und sie sagte: Bring sie nur. Gut. Wenn es nur gut für dich ist. Einen Augenblick lang hatte sie die Gewißheit, Nuri sei wieder bei ihr und würde ihn anfliegen, anbellen, so nahe war jetzt das Gebell. Er sollte doch endlich gehen, sie wollte allein sein. Aus Gewohnheit bedankte sie sich, vorsichtshalber, und er fragte verwundert: Aber wofür denn? Jetzt habe ich doch tatsächlich vergessen, dir mein Buch mitzubringen. Ein phänomenaler Erfolg. Ich lasse es dir schicken.

Also vielen Dank, mein Bub. Schick es nur, aber deine dumme Mutter kann ja leider kaum mehr lesen und versteht so wenig.

Sie ließ sich von ihm umarmen und fand sich schon wieder allein, diesem Bellen ausgesetzt. Es kam aus allen Gärten und Wohnungen von Hietzing, eine Invasion der Bestien hatte angefangen, die Hunde näherten sich ihr, bellten ihr zu, und sie stand aufrecht, wie immer, da und träumte nicht mehr von der Zeit mit Kiki und den Griechen, sie dachte nicht mehr an den Tag, an dem der letzte Zehnschillingschein verschwunden war und Leo sie angelogen hatte, sondern versuchte nur noch angestrengt, die Dinge besser zu verstecken, sie wollte sie auch wegwerfen, besonders die Brosche und die Fotografie, damit von Leo nichts gefunden würde nach ihrem Tod, aber es fiel ihr kein gutes Versteck ein, nur der Kübel mit den Abfällen, aber der Frau Agnes traute sie auch immer weniger, denn ihr hätte sie den Mistkübel geben müssen, und sie hatte den Verdacht, daß diese Person ihn durchstöberte und dann die Brosche finden würde. Etwas zu unfreundlich sagte sie einmal: Geben Sie doch wenigstens die Knochen und die Reste den Hunden.

Die Bedienerin schaute sie erstaunt an und fragte: Welchen Hunden? Den Hunden natürlich, beharrte die alte Frau herrisch, ich möchte, daß es die Hunde bekommen!

Eine verdächtige Person, eine Diebin, die würde sich die Knochen wahrscheinlich nachhause tragen.

Den Hunden, sage ich. Verstehen Sie mich denn nicht, sind Sie schwerhörig? Kein Wunder, in Ihrem Alter.

Dann bellten die Hunde leiser, und sie dachte, jemand habe die Hunde entfernt oder einige Hunde weggegeben, denn es war nicht mehr das starke und häufige und feste Bellen von früher. Je leiser sie bellten, desto unbeugsamer wurde sie, sie wartete nur auf die Wiederkehr des stärkeren Bellens, man mußte warten können, und sie konnte warten. Es war auf einmal endlich nicht mehr ein Bellen, obwohl es unzweifelhaft von den Hunden kam aus der Nachbarschaft, auch nicht ein Knurren, nur hin und wieder das große, wilde, triumphierende Aufjohlen eines einzigen Hundes, ein Gewimmer danach und im Hintergrund das sich entfernende Gebell aller anderen.

Eines Tages erhielt Herr Dr. Martin Ranner, fast zwei Jahre nach dem Tod seiner Schwester Franziska, eine Rechnung von einer Firma Pineider, über Taxifahrten, die genau datiert waren, auch von Frau Franziska Jordan angezahlt und in Auftrag gegeben worden waren, aber da nur wenige Fahrten zu ihren Lebzeiten gemacht worden waren, die meisten nach ihrem Tod, rief er die Firma an, um eine Erklärung für diese mysteriöse Rechnung zu bekommen. Die Erklärung erklärte ihm zwar nur wenig, aber da er nicht wünschte, seinen ehemaligen Schwager anzurufen oder ihn noch einmal im Leben wiederzusehen, bezahlte er, ratenweise, diese Fahrten einer Frau, die er nicht gekannt hatte und die ihn überhaupt nichts anging. Er kam zu dem Schluß, daß die alte Frau Jordan, die dieser Pineider gefahren hatte, vor einiger Zeit gestorben sein mußte, denn die Firma hatte mehrere Monate seit der letzten Fahrt, aus Pietät vielleicht, verstreichen lassen, ehe sie ihre Forderungen geltend machte.

Drei Wege zum See

Auf der Wanderkarte für das Kreuzberglgebiet, herausge-
geben vom Fremdenverkehrsamt, in Zusammenarbeit mit
dem Vermessungsamt der Landeshauptstadt Klagenfurt,
Auflage 1968, sind 10 Wege eingetragen. Von diesen We-
gen führen drei Wege zum See, der Höhenweg 1 und die
Wege 7 und 8. Der Ursprung dieser Geschichte liegt im
Topographischen, da der Autor dieser Wanderkarte Glau-
ben schenkte.

Sie kam immer auf dem Bahnsteig II an und fuhr auf dem
Bahnsteig I weg. Herr Matrei, dem das schon seit Jahren
geläufig sein mußte, irrte aber wieder nervös und aufgeregt, unsicher, ob er auch die richtige Auskunft bekommen
habe und ob die Ankunftszeiten auf den Anschlägen
stimmten, auf diesem Bahnsteig II herum, als könnte er sie
verfehlen auf einem Bahnhof, der nur zwei Bahnsteige
hatte, und dann standen sie voreinander, jemand reichte
ihr schon den zweiten Koffer herunter und sie bedankte
sich überschwenglich und zerstreut bei einem Fremden,
denn jetzt kam das Ritual der Umarmung, sie umarmten
einander und sie mußte sich zu Herrn Matrei herunterbük-
ken, wie immer, aber diesmal durchfuhr sie ein alarmieren-
des Gefühl, denn er war kleiner geworden, nicht gerade zu-
sammengesunken, aber eben doch kleiner, und sein Blick
war kindlich und ein wenig hilflos geworden, und das alar-
mierende Gefühl war: er ist älter geworden. Nun war Herr
Matrei zwar immerzu älter geworden, aber Elisabeth hatte
es nie bemerkt, weil sie ihren Vater immer gleichmäßig alt
auf dem Bahnsteig fand, jedes Jahr, und jedes Jahr ärgerte
sie sich von neuem, daß er keinen Gepäckträger bestellt

hatte, sondern ihr die Koffer schleppte, damit sie, gewiß erschöpft von der Reise, nichts zu tragen brauchte, doch da er dieses Mal älter geworden war, stritt sie nicht mit ihm herum und zerrte nicht an einem der Koffer wie sonst, sondern ließ ihn beide tragen und ihn ihr beweisen, daß er kräftig, gesund und unverändert war und ihm das Schleppen von zwei Koffern einfach nichts ausmachte. Im Taxi fand sie ihre Unbefangenheit wieder, sie lachte und redete wie immer, legte ihren Kopf an seine Schulter, schaute gelegentlich auf ein paar neue Fassaden in der Bahnhofstraße und nahm geläufig den Lindwurm auf dem Neuen Platz zur Kenntnis, der auch kleiner geworden war, und danach erst, als das Stadttheater zu sehen war und sie einbogen in die Radetzkystraße, atmete sie auf, denn nun verhieß ihr schon alles die Nähe des Laubenwegs und des Hauses, in dem sie zuhause gewesen war. Nein, von der Reise und warum sie über Wien hatte fliegen müssen, wolle sie heute überhaupt nicht reden, über den Horror der letzten Tage, die Hauptsache war ja, daß sie endlich angekommen war, nach diesen vielen Tagen des Wartens, nach vielen Telegrammen, die Herrn Matrei jedesmal bestürzten, und wenn sie wieder abgesagt hatte, dann war er trotzdem zum Flughafen gefahren und hatte dort gewartet, obwohl sie doch eigens so oft telegrafierte, damit er nicht dahin fuhr und nicht wartete.

Nachdem sie das Taxi bezahlt hatte und sie durch den Garten gingen, wollte Herr Matrei ihr sofort die Neuerungen zeigen im Vorgarten, aber sie drängte ins Haus, sie sagte: Bitte später, bitte morgen! und im Haus setzten sie sich zuerst in das Wohnzimmer, sie mußte zuerst einen Schluck Kaffee trinken und rauchen, dann würde sie baden und sich umziehen. Sie tranken den Kaffee, den er warmgestellt hatte, einen etwas schalen, lauen Kaffee, der ihr aber, nach dem englischen Teetrinken von morgens bis abends, trotzdem schmeckte, und sie schimpften beide ein wenig auf die jungen Leute, nämlich auf Robert und Liz, und Herr Matrei erklärte dann doch, fast im Ernst, daß es ihm nicht ganz begreiflich sei, warum Robert mit Liz nicht nach Klagenfurt gefahren war, sondern ausgerechnet nach Marokko, schließlich wäre Klagenfurt gesünder und weniger teuer, und hatte Liz sich nicht schon das erste Mal hier wohlgefühlt, ein Waisenkind, das nie eine Familie gehabt hatte und endlich einmal sah, was ein Zuhause war? Elisabeth verteidigte Robert matt, denn viel gab es nicht zu sagen und zu erklären. Sie konnte sich ihren Bruder, mit seiner angestauten Unternehmungslust, nicht vorstellen im Laubenweg, gerade jetzt, und Liz brannte ja noch wie ein Kind darauf, etwas von der Welt zu sehen, gerade jetzt, denn zurückgezogen lebten die beiden sowieso schon ein ganzes Jahr lang in London, einfach weil sie immer beide todmüde von der Arbeit nach Hause fuhren, getrennt, lange Strecken mit der underground, und ihre Sonntage schon wie ein uraltes Ehepaar in Roberts Garçonniere verbrachten, schon seit einer Zeit, in der von Heirat noch keine Rede war.

Elisabeth wich diesem heiklen Thema aus, sie sprang auf, sie wolle endlich ihre Koffer auspacken, und sie machte ein geheimnisvolles Gesicht, das nur ihr Vater kannte; er solle sich etwas gedulden. Sie fing zwar nur an, ihre Koffer aufzumachen und hin und her zu gehen zwischen ihrem alten Zimmer und dem Bad im ersten Stock, und doch veränderte das Haus sich schon bei diesen Hantierungen, es belebte sich, denn ein »Kind« war zurückgekommen, daran änderte auch nichts, daß kein Kind mehr herumlief im Haus, sondern eine Frau, die sich wie ein Zwitter aus Gast und Mitbesitzerin fühlte. Elisabeth versuchte, ihr Wegbleiben nicht in die Länge zu ziehen, duschte nur, zog einen Morgenmantel an und hatte, obenauf, zwischen den Büchern, schon gefunden, was sie am nötigsten hatte heute abend, ein kleines Geschenk für ihren Vater, das schon wieder ein-

mal, wie alle Jahre wieder, bescheiden und ärmlich ausgefallen war, weil Herr Matrei nichts, aber auch nichts
brauchte und es seinen Kindern schwermachte in dieser
Hinsicht. Es war nicht nur eine Behauptung, die er ein für
allemal aufgestellt hatte, sondern war tatsächlich wahr,
man konnte ihm keine Dunhillpfeifen, keine goldenen Feu-
erzeuge, teure Zigarren, keine Krawatten, keine Luxusge-
genstände aus Luxusgeschäften schenken, auch Nützliches
nicht, weil er alles ablehnte und das Nützliche schon hatte
und hütete, von den Baumscheren bis zum Spaten, und den
Hausrat, den ein alter Mensch noch brauchte. Alkohol
trank er keinen, er rauchte nicht, er brauchte keine Anzüge, Seidenschals, Kaschmirpullover, Gesichtswasser, und
Elisabeth, die im Lauf der Jahre einen Einfallsreichtum
sondergleichen entwickelt hatte für Geschenke, die allen
noch so verschiedenen Arten von Männern entsprachen,
fiel nichts ein, wenn sie an ihren Vater dachte. Seine Be-
dürfnislosigkeit war auch keine Marotte, sondern ihm an-
geboren, und er würde an ihr festhalten bis zu seinem letzten Tag. Nur der Ausdruck »letzter Tag« störte Elisabeth
heute, sie strich ihn sofort aus ihren Gedanken, und nahm
die Fotos heraus, die zum Glück nicht einen Knick bekommen hatten, weil sie noch rechtzeitig einen alten festen Ak-
tendeckel nicht weggeworfen hatte. Eh sie hinunterging zu
ihm, sah sie die Fotos prüfend an, die sie in London nur
rasch aussortiert hatte, dilettantische Fotos in ihren Augen,
den fachmännischen, aber sie zeigten, was ihren Vater
mehr interessieren würde als ihre Fotobücher und Reportagen. Die Hochzeitsbilder, gemacht vor einem schäbigen
Registry Office und vor dem Hotel, in dem das kleine Essen nach der Hochzeit stattgefunden hatte, konventionelle,
unvermeidliche, gestellte Bilder, die bald so altmodisch aussehen würden wie die ihrer Eltern und Großeltern. Robert
mit Liz immer in der Mitte, Robert lächelnd zu Liz her-
untergebeugt, Liz zu ihm lächelnd aufsehend, Elisabeth an

der Seite von Liz, beinahe so groß wie ihr Bruder, schmal, fast schmäler als die junge zarte Liz. Einen Augenblick kam ihr wieder der Einfall, daß, bei einer kleinen Umgruppierung, man eher Robert und sie für das Paar halten konnte, obwohl sie geradeaus lächelte, wie Roberts Freund, der schlaksig und jungenhaft an Roberts Seite stand. Auf eine Fotografie war der Hotelportier mit daraufgerutscht, durch einen Irrtum, auf einer anderen standen noch zwei Personen da, eine entfernte Tante von Liz, eine kleine Freundin von Roberts Freund. Als Elisabeth die Fotos ordnete, damit obenauf das einzige Foto von Robert und Liz allein lag, fing sie zu rechnen an. Wenn dieses Jahr um war, noch im Winter, würde sie fünfzig Jahre alt sein, Robert war sechzehn Jahre jünger als sie, Liz dreißig Jahre jünger, diese Rechnung war unabänderlich, nur auf den Fotos konnte man sich täuschen, denn neben Liz sah sie keineswegs aus, als hätte sie die Mutter von Liz sein können, sondern, so lächelnd, sah sie undefinierbar aus, wie eine Frau Ende Dreißig, und Philippe, mit dem sie noch nie über ihr Alter gesprochen hatte und der jünger war als Robert, durfte oder konnte denken, daß er sich mit einer Frau eingelassen hatte, die einfach ein paar Jahre älter war als er. Sie rechnet heute aber genau. Fünfzig weniger zweiundzwanzig machte achtundzwanzig, denn Philippe war vor einem Monat achtundzwanzig geworden. Zweiundzwanzig Jahre Unterschied. Sie hätte also auch seine Mutter sein können, obwohl ihr dieser Gedanke noch nie gekommen war und auch jetzt für sie ganz fremd war. Es war jedenfalls bedeutungslos, und nur die Rechnung war richtig.

Während sie hinunterging zu ihrem Vater, der mittlerweile die Heizung angestellt hatte für den Abend, obwohl es Juli war, aber zu kalt in diesem vereinsamten Haus und für diesen Sommer, der keiner zu werden drohte, kein warmer Sommer aus ihrer Kindheit, versuchte sie, etwas zu erraten

auf diesen lächelnden Gesichtern, denn es mußte ihr etwas
entgangen sein in London. Es war dauernd in London etwas in der Luft gehangen, und es war nicht nur der
schwüle kühle Sommeranfang, schütterer Regen, dieses
Frieren in allen Räumen, es mußte mehr gewesen sein,
aber die Fotos waren doch kein Indiz, obwohl sie die Abzü-
ge noch einmal genau betrachtete wie ein Detektiv, der
diesem Etwas auf die Spur kommen wollte. Wo blieb diesmal ihre Witterung, ihre Fähigkeit, blitzschnell einer Sache
auf den Grund zu kommen oder sich oder anderen, in einer
Sache? Entweder hing es mit Robert und ihr zusammen
oder mit Robert und Liz. Es gibt wieder eine Frau Matrei,
hatten sie in London gesagt, lachend, und sie würden also
doch nicht aussterben, denn Liz würde sicher Kinder wollen, Robert wohl kaum, nicht Robert, der ihr zu ähnlich
war, er würde nicht wirklich wollen. Elisabeth hatte darüber nachzudenken gelernt, aber Robert hatte bestimmt
nie darüber nachgedacht, nur sein Instinkt war besser und
stärker gewesen als der ihre, von Anfang an. Denn sie
wußte nur und auch genau, warum Familien wie die Matreis aussterben sollten, auch daß dieses Land keine Matreis
mehr brauchte, daß schon ihr Vater ein Relikt war, und
Robert und sie sich zwar in die Fremde gerettet hatten und
tätig waren wie tätige Menschen in wichtigen Ländern,
und Robert würde durch Liz noch sicherer in der Distanz
werden. Aber was sie zu Fremden machte überall, war ihre
Empfindlichkeit, weil sie von der Peripherie kamen und daher ihr Geist, ihr Fühlen und Handeln hoffnungslos diesem Geisterreich von einer riesigen Ausdehnung gehörten,
und es gab nur die richtigen Pässe für sie nicht mehr, weil
dieses Land keine Pässe ausstellte. Nur zufällig hatten sie
beide noch ihre Staatszugehörigkeiten, weil Elisabeth damals in Amerika es zu anstrengend fand, sich durch umständliche Ansuchen und Verfahren in eine Amerikanerin
zu verwandeln, bloß weil sie einen Amerikaner geheiratet

hatte, und nach der Scheidung war es noch belangloser, was sie war auf dem Papier, denn ihre Arbeitserlaubnis hatte sie, und immer geschützt von einer Zahl von Freunden und Halbfreunden, konnte ihr in keinem Land etwas passieren, es gab in Washington einen wichtigen Jack und auch einen einflußreichen Richard, und wenn Elisabeth auch nur im äußersten Notfall aus Bekanntschaften Nutzen zog, profitierte sie für andere davon, denn sie hatte ihre Männer immer unter jenen gefunden, die gescheiterte Existenzen waren und sie brauchten, als Halt, auch für Empfehlungen, und mit Philippe war es natürlich wieder einmal so.

Als sie vor ihrem Vater die Fotos ausbreitete, sagte er, jemand habe angerufen aus Paris, schon zweimal, das konnte nur Philippe gewesen sein, und er würde schon wieder anrufen, wenn er etwas brauchte oder zufällig auf den Gedanken kam, ihr ein paar freundliche Worte zu sagen. Ihr Vater bedankte sich stirnrunzelnd für das Geschenk, ein Buch, das sie zufällig gefunden hatte bei einem Antiquar in London, »Die Straße nach Sarajewo«, mit alten Bildern, und er blätterte darin still, denn das ging ihn etwas an. Zu den Fotos sagte er wenig. Robert sehe aber gut aus, das betonte er mehrmals, Liz sei in Wirklichkeit hübscher als auf diesen Fotos, und wie jung seine Tochter noch aussah, das merkte er nicht, weil er sie nicht anders kannte und er nie eine Rechnung machte wie heute Elisabeth. Sie war sein Kind, Kinder sahen immer jünger aus, und für Herrn Matrei gab es nur die Beobachtung: Du schaust gut aus. Oder: Du schaust aber nicht gut aus. Und das bezog sich auf die Gesundheit des betreffenden Kinds. Herr Matrei sagte: Es war Zeit, daß der Bub geheiratet hat, jetzt bin ich beruhigt. Und Elisabeth, die wußte, wie verärgert Herr Matrei jedesmal über die Beteuerungen Roberts gewesen war, daß er nie, nie und um keinen Preis je heiraten würde, wunderte sich, daß er gar nie beunruhigt war, weil Elisa-

beth allein lebte, denn die kurze Ehe mit diesem Amerikaner, von der sie auch erst berichtete, als sie schon kurz vor
der Trennung stand, war für ihn entweder in Vergessenheit geraten oder er hatte sie nie ernst genommen, Amerikaner ließen sich – seiner Ansicht nach – ja trauen und
scheiden wie nichts, und da war es kein Wunder, daß Elisabeth so rasch wieder nicht verheiratet war. In dem Brief
wegen der Scheidung, der ausführlicher war als der über
ihre Heirat, hatte sie ihm mitgeteilt, es gehe ihr gut, sie
habe Hugh nichts vorzuwerfen, es sei besser für sie beide
so, und alles in bester Freundschaft und so fort, sehr fair,
von einem Drama könne keine Rede sein, sie werde aber
vielleicht wieder nach Paris gehen. Nun, dieser Hugh bei
Herrn Matrei hatte er sich ja nicht vorgestellt, und daß er
das damals unglaublich gefunden hatte, auch eine Taktlo-
sigkeit von Elisabeth, verschwieg er, denn wenn nur Elisabeth nicht zu leiden gehabt hatte, dann war es gut. Ihr
Brief las sich aufrichtig optimistisch, und Herr Matrei sagte sich: Ich kenne meine Pappenheimer, und die Hauptsache ist, daß der scheidungsfreudige Mister sie nicht unglücklich gemacht hat. Glückwünsche auf den Straßen von
Klagenfurt zu der Heirat seiner Frau Tochter hatte er kurz
angebunden entgegengenommen, und als er einmal merkte, daß die Frau »Direktor« Hauser, wie er sie ironisch
nannte, eine heuchlerische Frage stellte, als Elisabeth
längst geschieden war, sagte er herablassend: Abgesehen
davon, daß ich selber mich nie in die Angelegenheiten meiner Kinder mische, so dürfte eine amerikanische Heirat
kaum Gültigkeit bei uns haben. Meine Tochter ist sehr beschäftigt, sie ist in Afrika. Mein Sohn, vermute ich, will
später Chemie studieren. Mit mehr kann ich Ihnen nicht
dienen. Habe die Ehre.
Danach wagte in dem ganzen Viertel keiner der Leute,
Herrn Matrei nach dem Privatleben seiner Tochter zu fragen, und mit den Jahren starben so viele von diesen Leu-

ten, auch diese gehässige Frau Direktor Hauser, die für die Verbreitung des Klatsches in der Nachbarschaft gesorgt hatte, war längst tot. Herr Matrei sah nur noch selten auf, erstaunt, wenn ihn jemand grüßte, und er grüßte höflich zurück.

Elisabeth versuchte, da die Fotos nicht aufschlußreich genug waren, eifrig zu erzählen, denn ihr Vater hatte sich strikt geweigert, mit seinen siebenundsiebzig Jahren zum erstenmal in ein Flugzeug zu steigen und nach London zur Hochzeit seines einzigen Sohnes zu fahren, in ein Land, wo er kein Wort verstehen würde und wo er nicht einmal mit Liz sprechen konnte. Diese Londoner Tage mußte sie jetzt ausschmücken, mit Reizen versehen, die sie nicht gehabt hatten, und es ging bald flüssig, denn schon am Abend ihrer Ankunft war alles schiefgegangen, in Heathrow – Heathrow heiße der Flughafen von London, so wie Orly der von Paris –, weil sie sich mit Robert falsch verabredet hatte, beide hatten an verschiedenen Stellen gewartet, Heathrow sei nämlich sehr groß, ein kleines bißchen größer als der Klagenfurter Flughafen, und dann sei sie ins Hotel gefahren und hatte mehr als den doppelten Preis bezahlt, worüber Robert schallend gelacht hatte, denn daß seine Schwester, die mehrmals um die ganze Welt gereist war, sich ausgerechnet von einem englischen Taxifahrer hineinlegen ließ, das war zu grotesk und bestimmt noch dem unerfahrensten Amerikaner oder Afrikaner nicht passiert. Später waren sie friedlich beisammengesessen und hatten alles durchbesprochen und durchgerechnet, wieviel das Essen kosten würde, was alles noch zu kaufen und zu erledigen sei, und Liz nähte, Liz hätte für keine Reportage getaugt, denn sie war überhaupt kein Typ, der jetzt verlangt wurde, sie stellte weder »swinging London« dar, noch irgend etwas, was man erwartete von einer Zwanzigjährigen, sie war nirgend herumgewirbelt und kannte nur das Vergnügen, mit Robert zu sein, denn vorher hatte es nur

Arbeit für sie gegeben, jahraus jahrein, und ein Zimmer, mit einem anderen Mädchen geteilt, weil ein eigenes zu teuer war. An jenem Abend nähte sie an einem Strandkleid für einen marokkanischen Strand, und dann beschlossen sie, Klagenfurt anzurufen, um Herrn Matrei zu sagen, daß für den »fatalen Schritt« alles in Ordnung sei, Elisabeth als Trauzeugin für Robert ohne Schwierigkeiten akzeptiert worden sei, daß überhaupt alles gar nicht aufregend sei, sondern ganz einfach, und Robert und Elisabeth rissen sich abwechselnd das Telefon aus der Hand, sie beteuerten, sie dächten an ihn und zuletzt drückten sie Liz den Hörer in die Hand, die hilflos hineinstotterte: Grüß Gott, Vater, auf Wiedersehen. Das waren so ziemlich die einzigen Worte, die sie auf deutsch wußte. Von Elisabeth hatte sie noch »Dummkopf« gelernt, damit sie in passenden Momenten ein passendes Wort für Robert wisse, und von Robert hörte sie oft das Wort »Dummerle«, aber das war ein ausschließlich für sie bestimmtes geheimnisvolles zärtliches Wort. Sie tranken jeder ein Glas Bier, dunkles Guinness, Elisabeth freute sich nachdenklich an den beiden, denn wie hatte Robert es nur fertig gebracht, richtig zu wählen? Nach dem Bier würde sie gut schlafen. In den nächsten zwei Tagen ging sie mit Liz einkaufen, zu Harrods und noch in einige andere dieser Kaufhäuser, und Liz erzählte aufgeregt, daß sie niemand im office gesagt habe, daß sie heirate, die würden Augen machen, denn Liz hatte nur um ihren Urlaub gebeten. In den Kaufhäusern, in denen Liz alles kindlich entzückte, obwohl sie nur das wollte, was auf der Liste stand, und Elisabeth viele Male hinderte, ihr etwas zu schenken, hatte es angefangen, Elisabeth schlechtzugehen, und an dieser Stelle brach sie abrupt ab und sagte: Vater, wir gehören ins Bett. Dir fallen auch schon die Augen zu. Und morgen will ich gleich in den Wald.
Elisabeth wurde wieder hellwach vor dem Einschlafen, sie ging leise in die Küche hinunter und deckte den Tisch für

das Frühstück, damit Herr Matrei einmal seinen Tag anders anfangen konnte, wie in längst vergangenen Zeiten, aber in Gedanken war sie noch in London, in diesen labyrinthischen Kaufhäusern und nicht in einer Familieneintracht aus einem Erinnerungsalbum, mit frischen Semmeln und heißem Milchkaffee. Warum nur war ihr schlecht geworden, als sie die Rolltreppen hinauf- und hinunterfuhren, an hunderttausend Waren vorbei, und im Coffee Shop, wo sie sich in eine lange Reihe stellten, um Tee und Eier mit Schinken zu bekommen, geriet sie in eine Panik, und Liz fand glücklich noch zwei Plätze nebeneinander, zwischen fürchterlichen alten Frauen, die ihre Teller voller Kuchen und Sandwiches hatten und genußvoll alles verschlangen, was ungenießbar war, und schwätzten und plauderten, als wäre es der gemütlichste Ort von der Welt, alte Frauen, unter denen viele so alt waren wie Elisabeth, aber anders alt und unförmig und lächerlich angezogen. Elisabeth rührte ihre Eier nicht an, sie mußte ganz blaß geworden sein, denn Liz sagte zart: Ich fühle schon, daß du ganz erschöpft bist, du möchtest dich sicher bald ausruhen, ich bringe dich gleich ins Hotel. Elisabeth erwiderte einfach: Ja, verzeih mir, ich halte es leider nicht mehr aus. Im Gehen, während sie überlegten, was sie auf morgen verschieben konnten, sagte Liz schüchtern: Ich verstehe es, London ist eben nicht Paris oder New York, und wir wissen auch, wieviel Arbeit du gehabt hast, ich glaube, es war ein ziemliches Opfer für dich, zu kommen, aber ohne dich wäre Robert nicht froh und ich auch nicht, und dann möchte ich dir so gern einmal sagen, daß ich es genau weiß, daß Robert mich – daß alles, seine Entscheidung, doch von dir abhängig war, und ich habe dich gern, aber nicht nur deswegen. Ich habe dich wirklich lieb.

Elisabeth umarmte sie schnell und dankbar, denn daran war etwas wahr, daß Robert hatte wissen wollen, ob Liz ihr recht war, und sie hatte ausdrücklich nichts gesagt, aber zu verstehen gegeben, daß Liz ihr gefiel, und nun bekam sie eine Schwägerin, das hörte sich ziemlich furchtbar an auf deutsch, und sie dachte, daß sie eine »sister-in-law«, eine Schwester durch das Gesetz, lieber bekam.

Bei Gesprächen über Paris mußte sie aufpassen. Liz war mit Robert einmal übers Wochenende nach Paris gefahren, und sie hatte es »super« gefunden. Elisabeth hörte ihr lächelnd zu, denn ihr eigenes Paris war weit entfernt davon, »super« zu sein, aber sie war auch einmal das erste Mal in Paris gewesen, und obwohl sie es so nicht bezeichnet hätte, mußte sie unwillkürlich denken, daß vor fünfundzwanzig Jahren auch Paris herrlich gewesen war, als es noch keine Macht hatte, ihre verschiedenen Leben und so viele Menschen zu verschütten. Es gab überhaupt keine Orte mehr für Elisabeth, die ihr nicht wehtaten, aber diese liebe kleine Person hatte noch einige Städte vor sich zum Bestaunen und sie würde sie in ihrer Begeisterung alle aufregend und schön finden.

Sie brauchte morgens ja nicht gleich den Höhenweg bis zum See zu gehen, das war vielleicht zuviel, aber zum Waldwirt oder zumindest den Kalvarienberg hinauf konnte sie gehen, sie hatte keine frische Luft mehr geatmet seit Wochen, war nie mehr zu Fuß gegangen, und Herr Matrei kannte das schon, daß Elisabeth sich jedesmal »auslief«, wenn sie heimkam, die Stadt vermied und gleich hinter dem Haus in den Wald ging. Früher waren sie oft miteinander gegangen, und auch jetzt ging sie noch ein zweites Mal spazieren mit ihm, aber ihren Vormittagsspaziergang machte sie allein, denn sie rannte ja, fand Herr Matrei, und dieses Tempo konnte er nicht mehr mithalten.

Nachts fuhr Elisabeth auf, sie meinte, noch immer in London zu sein, und das durfte sie ihrem Vater nicht sagen, auch Robert nie, wie schlecht es ihr ergangen war, besonders nach der Abreise der beiden, als sie völlig ohne Verstand dachte, sie habe jetzt Robert verloren, denn als sie wenige Stunden später auch abfliegen wollte, stellte sich heraus, daß mit ihrem Flug etwas nicht in Ordnung war, und es war einfach nicht herauszubekommen im Reisebüro des Hotels, was zu tun sei, da alles ausgebucht war seit langem. Juli, Hochsaison, Touristenflüge führte man ins Treffen. Ganze Gruppen mußten sich dieser Flugzeuge bemächtigt haben, und sie mußte zehn Tage in diesem Hotel bleiben, lag meistens im Zimmer auf dem Bett und las, ließ sich einen Tee und ein Sandwich bringen, nebenan flüsterten immer Männer, sie sah einmal einen Pakistani herauskommen, dann, nachts, weil sie meinte, es klopfe jemand an ihre Tür, versuchte sie vorsichtig herauszufinden, was los war, aber es waren nur zwei Pakistani für den Zimmernachbarn, und es wurde wieder geflüstert. In den Gängen standen Spanierinnen herum, lustlos, untätig, die Zimmerkellner waren Inder, Philippinen, Neger, einmal war ein alter Engländer darunter, aber auch die Gäste waren alle aus Asien und Afrika, in den großen Lifts fuhr sie inmitten einer schweigenden Menge mit, als einzige Weiße, und es war recht absonderlich hier, in der Nähe von Marble Arch und dem Hyde Park. Es war nie beklemmend gewesen in Asien oder Afrika, wo sie gerne allein war und sich entfernte, wenn sie mit anderen reiste, denn dann war sie etwas wie »die Frau, die davonritt«, aber hier nicht, es war alles stumpfsinnig, es waren alle völlig stumpfsinnig, nichts stimmte, und die Gäste und die Angestellten verständigten sich in einem Englisch, das auf eine geringe Anzahl von Wendungen beschränkt war, und wer eine mehr verwendete, wurde nicht mehr verstanden, es war nicht eine lebende Sprache, die gesprochen wurde, sondern ein Esperanto, und der Erfinder dieser Weltsprache wäre vermutlich erstaunt gewesen, daß es nun doch schon gelang, auf eine andre Weise zwar, aber immerhin, und sie verlernte auch rasch ihr Englisch und gebrauchte dieses verwünschte Esperanto, wenn sie Zeitungen kaufte oder Zigaretten oder wieder fragte wegen des Flugs. Einmal setzte sie sich in die Bar, um zu sehen, was für Männer hier herumsaßen und ob einer in Frage kam, die wurde aber nun gleich geschlossen, alles wurde immerzu geschlossen, und dann durfte man sich in einen grell erleuchteten Nebenraum setzen, der einem mißglückten Konferenzsaal glich, und man bekam zwar ein paar Tropfen Whisky in ein Glas oder ein Bier, aber die nächste Schwierigkeit war wieder das Zahlen. Elisabeth, die keine Lust hatte, in diesen Tagen zu erlernen, welche Geldstücke jetzt was bedeuteten, sagte, indem sie aus der Geldbörse ein paar Geldstücke nahm: Bitte nehmen Sie sich, was Sie bekommen! Sie wußte nicht, wohin ihr früheres London verschwunden war, alles, was ihr einmal gefallen hatte. Es verstörte sie die Karikatur der Großstadt in der Großstadt, sie ärgerte sich auf der Oxford Street, wenn sie durch diese Menschenmassen trieb, Gruppen von singenden religiösen Sektierern begegnete, und einmal ließ sie sich rasch zur Westminster Bridge fahren und war eine Weile ruhig auf der Brücke und ging weiter und ein wenig auf der anderen Seite der Themse auf und ab, die sie alles sehen ließ wie früher einmal, und es war doch anders. Sie mußte nicht London sehen, es war ihr gleichgültig, sie war müde, sie wollte weg und nachhause, sie wollte in den Wald und zum See, und sie telegrafierte an ihren Vater, hoffentlich verstand er, daß sie hier nur sinnlos festgehalten wurde, und regte sich nicht auf. Nach vielen »I am sorry« und »I don't know«, die wichtigsten Worte in diesem Esperanto, hatte sie dann endlich ihren Flug, wenn auch nur bis Frankfurt. Sie kam vor lauter Überglück eine Stunde zu früh nach Heathrow und wartete dann noch Stunden, weil der Flug nach Frankfurt Verspätung hatte, und in Frankfurt wartete sie nicht, aber hetzte herum, um das Ticket noch einmal umschreiben zu

lassen, auf Wien, und in Wien fuhr sie direkt zum Südbahnhof, dort war sie wieder zu früh dran und ging zur
Bahnhofsmission, zu einer Schwester, sie bat, sich niederlegen zu dürfen, denn sie fürchtete, auf dem Bahnsteig zusammenzubrechen, lag erschöpft auf einem Notbett und
trank ein Glas Wasser, nein, eine Platzkarte habe sie nicht,
sie komme aus London, und es sei alles drunter und drüber
gegangen, das sei der ganze Fortschritt, diese Bescherung.
Elisabeth gab der Schwester hundert Schilling für die Mission, und die Frau versprach ihr, mit dem Schaffner zu
verhandeln, damit sie einen Platz bekäme, und wenn sie ein
kleines Trinkgeld erübrigen könnte für den Mann, dann
ginge es sicher. Elisabeth war erleichtert, das waren wieder
vertraute Töne, aber gerne, es komme nicht darauf an, und
als der Zug aus dem Südbahnhof hinausfuhr, täuschte sie
nur mehr eine schläfrige Übelkeit vor, dem Schaffner zuliebe, weil sie sich sofort gut fühlte, der ganze Alptraum ein
Ende hatte, denn ein paar Stunden später würde sie auf
bekannten Bahnhöfen halten und bald zuhause sein.

Am Morgen verschlief sie das Frühstück, Herr Matrei arbeitete schon im Garten, und sie trank rasch eine Schale
Kaffee und rief vergnügt: Ich bin bald zurück, ich will
nicht übertreiben am ersten Tag! Sie versuchte es mit dem
Weg 2, aber der »Aussichtsturm« gefiel ihr nicht mehr,
und versuchte dann, auf den Weg 1 zu kommen und zu
den Teichen. Es waren hier, so nah an der Stadt, aber Leute, die auch spazierengingen und lärmende Kinder, das war
ein wenig enttäuschend, aber schon morgen würde sie die
großen Wanderungen machen zum See, und ihren Badeanzug konnte sie dann auch mitnehmen und schwimmen
danach.
Mit ihrem Vater aß sie eine Kleinigkeit, und er wunderte
sich immer, daß Elisabeth zuhause zufrieden war mit den
»Kleinigkeiten«, denn er stellte sich ihr Leben vor mit raf-

finierten Mittagessen und Abendessen, Champagner und Kaviar, und wenn sie erzählte, mußte er das auch glauben, weil in ihren Erzählungen nur diese wunderbaren Restaurants vorkamen und berühmte und interessante Leute, und obwohl alle diese Geschichten wahr waren, ließ sie die anderen weg, die sich schlecht zum Erzählen eigneten und in denen kein Champagner und kein berühmter Mann unterzubringen war, sondern Kollegen und Intrigen in einem wirren und anstrengenden Alltag, mit Arbeit und Terminen, mit zuviel Kaffee und einem hinuntergewürgten Sandwich, mit Besprechungen, Koffern, die kaum ausgepackt, schon wieder gepackt werden mußten, Ärgerlichkeiten aller Art, unvorstellbar für Herrn Matrei, dessen Alltag ruhig verlief im Laubenweg und der nur manchmal Erschütterungen erfuhr durch die Telegramme und Briefe der Kinder, Ansichtskarten aus fremden Ländern mit Grüßen, Anrufen, die sogar kamen, wenn er gerade die Nachrichten hören wollte, und Elisabeth erklärte trotzdem überzeugend, daß es ihr hier mit ihm besser schmeckte, daß es ihr lieber sei, ein Paar Würstel zu essen und etwas Käse, als in Paris in einem chinesischen Restaurant zu sitzen. Da Herr Matrei noch nie chinesisch gegessen hatte und China ihm unheimlich war, nickte er verständnisvoll, denn das konnte er gut verstehen, und er ging mit ihr im Garten herum, pflückte für sie die ersten Weichselkirschen und schwarze Johannisbeeren, denn das Kind hatte doch das ganze Jahr nichts wirklich Vernünftiges zu essen, und Obst aus dem eigenen Garten war eben etwas gesünder als dieses ausländische Zeug auf den Märkten, aber er würde schon dafür sorgen, daß sie in ein paar Tagen besser aussähe. Denn sie sah diesmal nicht gut aus. Dieses Teetrinken in England gab ihm auch zu denken, sicher das reine Gift, Tee mochte ja gut sein, wenn man krank war und erkältet, aber den ganzen Tag Tee! Robert war sicher vernünftiger, und mit der Heirat kam eine Ordnung in sein Leben, aber

Elisabeth wirtschaftete schlecht mit ihrer Gesundheit, und in seinen Stolz über ihr erfolgreiches Leben mischte sich immer eine Sorge, daß sie unvernünftig lebe.

Am Nachmittag gingen sie miteinander ein Stück des Höhenweges 1, aber Herr Matrei, der den Wald besser kannte als sie, verließ dann die numerierten Wege, und sie kamen auf einem Umweg zurück, den sie nicht kannte, sie war ziemlich erschöpft, weil es ihr zu langsam gegangen war und sie, wie schon oft, über die Zukunft gesprochen hatten. Zukunft hieß für Herrn Matrei, Überlegungen anstellen, wie alles zu regeln sei für die Kinder, und wieder erforschen, ob Elisabeth nie ihre Meinung änderte, wegen des Hauses, aber sie hatte die Meinung wieder nicht geändert, und Robert würde also das Haus erben. Wenn Herr Matrei stehen blieb, fragte er: Beweis einmal, daß du nicht alles vergessen hast. Was ist das für ein Baum, und wie alt ist er? Woran erkennt man sein Alter? Elisabeth kannte diese Fragen, aber sie wußte immer schlechter die Antworten, die Natur hatte sie schon früher gelangweilt, und sie konnte eben keine Esche erkennen. Auch auf dem Waldlehrpfad, wo für die Schulkinder alle wichtigen Bäume eine Tafel trugen, mit dem deutschen und lateinischen Namen, Herkunft, besonderen Kennzeichen, las sie zwar flüchtig interessiert die Beschriftungen, aber sie ging lieber rasch und dachte an alles Mögliche. Am meisten interessierten sie noch die Wegmöglichkeiten, die Kreuzungen, die Abzweigungen und die Angabe der Stunden, etwa wie lange man von der Kreuzung 1—4 bis zur Zillhöhe brauchte, und da sie nie so lange brauchte wie die angegebene Wegzeit, beschäftigte sie sich nur mit den Zeiten und wie lange sie wirklich brauchte. Ohne Uhr wäre sie nie in den Wald gegangen, weil sie alle zehn Minuten auf die Uhr schauen mußte, um zu errechnen, wie lange sie unterwegs war, wie weit sie gekommen war und was sie sich noch vornehmen solle.

An diesem Abend ging sie früh in ihr Zimmer, und sie schlief sofort ein, es war die erste Entspannung, die Auflösung eines Krampfs, weil sie sich zu lange krampfhaft aufrecht gehalten hatte, und morgens war sie darum die erste und richtete das Frühstück, schrieb ein paar Zeilen für ihren Vater und ging über die Kellerstraße zu dem zweiten, abgelegeneren Anfang des Weges 1. Sie begegnete keinem Menschen, denn die Leute blieben nah am Stadtrand, um ihre Kinder und Hunde auszuführen, aber Wanderungen machte niemand mehr, alle fuhren mit den Autos zum See, wie überall. Als Kinder waren sie immer diese Wege mit den Eltern gegangen, weil es Herrn und Frau Matrei nie in den Sinn gekommen wäre, auch nur die Straßenbahn zu nehmen, höchstens zum Heimfahren, oder wenn es regnete, aber zum See ging man zu Fuß, und das große städtische Strandbad vermieden sie, sie waren immer weiter gewandert zu dem kleinen Bad Maria Loretto. See und Loretto gehörten für Elisabeth unzertrennbar zusammen, obwohl sie Wanderungen lange Zeit als junges Mädchen abgelehnt hatte als etwas Lästiges, Überflüssiges, Unbequemes, und erst wieder gerne ging, seit alle Städte, die so »super« waren, ihr diesen Wald anders erscheinen ließen, als den einzigen Flecken Welt, der still war, wo niemand sie hinjagte, um darüber etwas Brauchbares herauszufinden, und niemand hinter ihr herjagen konnte mit Telegrammen und Zumutungen aller Art.

Es war ein trüber Tag, sie hatte einen alten Regenmantel über dem Arm, die alten Schuhe, die sie immer in Klagenfurt ließ, wenn sie abreiste, aber sie hatte vergessen, Socken anzuziehen von Robert oder von ihrem Vater, darum rutschte sie zu oft in den Schuhen, der dünnen Strümpfe wegen, und trottete langsam dahin.

Daheim war sie nicht in diesem Wald, sie mußte immer wieder neu anfangen, die Wanderkarten zu lesen, weil sie kein Heimweh kannte und es nie Heimweh war, das sie nachhause kommen ließ, nichts hatte sich je verklärt, sondern sie kam zurück, ihres Vaters wegen, und das war eine Selbstverständlichkeit für sie wie für Robert.

Als sie nach Wien gegangen war und zu arbeiten anfing, hatte sie aber schon das Fernfieber gehabt, eine lebhafte Ungeduld, Unruhe, und sie arbeitete nur so viel und auch gut, weil sie hinarbeitete auf ein Wunder, das Wunder, weit wegzukommen, es war zuerst nicht einmal klar, was aus ihr werden sollte, aber mit ihrer Energie erreichte sie es, daß man sie in einer Redaktion telefonieren und tippen ließ, für eine dieser rasch gegründeten Illustrierten nach dem Krieg, die bald wieder eingingen, und sie schrieb bald kleine Reportagen, wußte nur nicht, daß sie kein besonderes Talent zum Schreiben hatte, aber es fiel niemand auf, da die anderen auch nicht mehr konnten. Ihr strahlender Eifer hingegen war so überzeugend, daß man sie begabt fand, und sie lernte deswegen eine Menge Leute kennen, rannte mit Fotografen herum, laborierte an einer »story« herum oder an Bildtexten, lernte immer mehr Leute kennen und war beliebt. Sie hatte nichts Richtiges gelernt und dachte hie und da verzweifelt, doch auf die Universität gehen zu müssen, aber es war schon zu spät für sie und ihr Wunderglauben so stark, daß sie mit großer Geschwindigkeit alles auffaßte und daher als intelligent galt, obwohl sie höchst oberflächliche Kenntnisse hatte von Hunderterlei, eben auffing, was gerade aktuell war und worüber einige ihrer Freunde wirklich etwas wußten. Dann reiste sie zufällig zum erstenmal mit einem Fotografen, der unterwegs krank wurde, und sie, besorgt um diese so wichtige »story«, fing zu fotografieren an und begriff wieder so rasch. Damals wurden zufällig die Weichen gestellt für ihr Leben, denn sie fotografierte besser als sie schrieb, und das hatte sie nicht wissen oder auch nur vermuten können, daß sie damit weiterkommen würde und sogar nach sehr hoch oben. Auch kam die endgültige Entscheidung erst, als ein deutscher Fotograf, Willy Flecker, der damals schon einen Namen hatte und eines Tages gar keinen mehr, nach Wien kam und sie, nach einer kurzen Zusammenarbeit, mitnahm nach Paris, ihr noch einiges beibrachte, und in Paris lernte sie durch ihn Duvalier kennen, der der einzige überragende Fotograf von Weltruf über Jahrzehnte war und Gefallen fand an der kleinen »tyrolienne«, wie er sie scherzhaft nannte. Elisabeth, die aus dem Nichts gekommen war, aus einer dilettantischen Wiener Redaktion, begann kurze Zeit später mit dem alten Mann auf Reisen zu gehen, als Assistentin, Schülerin, Sekretärin, dann schon als unentbehrliche Mitarbeiterin, und der kindliche Traum, den sie in Wien geträumt hatte, war kein Traum mehr, sondern wurde überführt in eine Realität, die sie anfangs überwältigte. Sie fuhr mit Duvalier nach Persien, Indien und China, und wenn sie zurückkamen nach Frankreich und sein nächstes Buch fertigmachten, lernte sie, obwohl er der rücksichtsloseste Arbeiter war, den sie je kennenlernte, rücksichtslos auch sie ausnutzend, durch ihn alle die Leute kennen, die Herr Matrei »Gott und die Welt« nannte, und Picasso und Chagall, Strawinsky und Julian Huxley, Hemingway wie Churchill wurden für sie aus Namen zu Bekannten und Personen, die man nicht nur fotografierte, sondern mit denen man essen ging oder die einen sogar anriefen, und nach ihren ersten Beteiligungen, die der vorsichtige, vielleicht auch geizige Duvalier ihr zukommen ließ, hatte sie schon verstanden, daß es richtiger war, von Balenciaga oder einem anderen großen Couturier, der später kurze Zeit einen anderen Gefallen an ihr fand und ihre Eigenart studierte und betonte, drei Kleider zu haben als zwanzig billige, und wenn sie auch besessen war von der Arbeit und an nichts dachte, als immer besser zu werden, so bekam sie Stil, »Klasse«, wie ihr deutscher Freund sagte, denn sie trug nur mehr und tat nur mehr, was genau zu ihr paßte.

Aus der dürren langen kleinen Matrei, die als Mädchen nicht besonders gefallen konnte in Wien, machten die Pariser einen »Typ«, der erst viel später als interessant und schön galt, und darum war es auch ihr Pech gewesen in Wien, nur beliebt zu sein, aber von den Männern als ein Neutrum betrachtet zu werden. Als sie, schon über dreiundzwanzig, noch immer als beliebte Freundin bedeutender Männer herumlief und nicht einmal eine einzige Eifersucht bei den Frauen und Freundinnen dieser Männer hervorrief, faßte sie den Entschluß, diesem peinlichen Zustand ein Ende zu machen. Sie schwankte eine Weile zwischen Leo Jordan, der ein Arzt war und dessen Karriere begann, und Harry Goldmann, der zwar kein Arzt war, dem man aber eine Unzahl von Frauen nachsagte, und sie entschied sich dann für Goldmann, weil er ihr besser gefiel. Es war eine ruhige, kühle Entscheidung, und ein paar Monate später hörte sie, durch eine Indiskretion, aber ohne sich darüber aufzuregen, daß die Schauspielerin X ihrem Freund Y erzählt hätte, der es Elisabeths Bewunderer Z weitersagte, sie sei völlig frigide, wenn auch eine reizende Person. Sie dachte verwundert darüber nach, vermutlich stimmte das sogar, denn wenn sie Goldmann dieses Geschwätz auch nicht zutraute, aber dem einen oder anderen ja, mit denen sie es auch einmal versucht hatte, so konnten diese Männer doch nicht wissen, daß sie zu ihnen ging, wie man sich in einen Operationssaal begibt, um sich den Blinddarm herausnehmen zu lassen, nicht gerade beunruhigt, aber auch ohne Enthusiasmus, im Vertrauen darauf, daß ein erfahrener Chirurg, oder, in ihrem Fall, ein erfahrener Mann, mit einer solchen Kleinigkeit schon fertig würde. Ohne im geringsten eine Komödiantin zu sein, war sie danach zu diesen Männern, zu Goldmann und anderen, immer von einer neutralen Herzlichkeit, Freundschaftlichkeit, eben keines dieser Mädchen, die Ehen und Beziehungen zertrümmerten oder sich an jemand hängten mit An-

sprüchen und Gefühlen, denn am Tag existierte für sie
nichts mehr, was an einem Vorabend oder Nachmittag geschehen war, und erst als sie Trotta in Paris kennenlernte,
änderte sie sich so vollständig, daß sie ihre Wiener Zeit
und ihr Verhalten dort unbegreiflich fand. Daß sie sich
teilnahmslos in irgendein Bett gelegt hatte, um, wie sie
meinte, einem Mann einen Gefallen zu tun, auch nicht einmal daran zweifelte, daß es ein Gefallen war, das konnte
sie sich nicht mehr vorstellen, denn schon in der ersten
Stunde wollte sie Franz Joseph Trotta gefallen und fürchtete und ängstigte sich wie eine Frau. Sie fing an, alles ins
Spiel zu bringen, um ihn zu gewinnen und zu halten, und
verwarf wieder jedes Spiel, denn wie sollte sie diesen son-
derbaren, hochmütigen Mann für sich interessieren, da sie
sich plötzlich ganz uninteressant vorkam und nicht wußte,
was sein ironisches Verhalten bedeutete, das sie fünf Minuten lang günstig für sich auslegte und fünf Minuten
später für ungünstig. Die ersten Tage, in denen sie Trotta
suchte und floh und er sie suchte und floh, waren das Ende
ihrer Mädchenzeit, der Anfang ihrer großen Liebe, und
wenn sie später auch, wie sie es aus dem jeweiligen Blick-
winkel eben sah, meinte, eine andere große Liebe sei ihre
große Liebe gewesen, dann war doch Trotta, nach mehr als
zwei Jahrzehnten auf dem Höhenweg Nummer 1 noch einmal die große Liebe, die unfaßlichste, schwierigste zu
gleich, von Mißverständnissen, Streiten, Aneinandervor-
beisprechen, Mißtrauen belastet, aber zumindest hatte er
sie gezeichnet, nicht in dem üblichen Sinn, nicht weil er sie
zur Frau gemacht hatte – denn zu der Zeit hätte das auch
schon ein anderer tun können –, sondern weil er sie zum Bewußtsein vieler Dinge brachte, seiner Herkunft wegen, und
er, ein wirklich Exilierter und Verlorener, sie, eine Aben-
teurerin, die sich weiß Gott was für ihr Leben von der
Welt erhoffte, in eine Exilierte verwandelte, weil er sie,
erst nach seinem Tod, langsam mit sich zog in den Unter-

gang, sie den Wundern entfremdete und ihr die Fremde als Bestimmung erkennen ließ.

Das war das Wichtigste an dieser Beziehung gewesen, aber es kam dazu noch etwas anderes. Es kam eben immer darauf an, wo man das Wichtigste gerade suchte, und Elisabeth hatte damals nicht auf alle Sätze Trottas geachtet, der aus jenem sagenhaften Geschlecht kam, wo keiner »darüber hinwegkam«, und auch von seinem Vater wußte sie durch ihn, daß der auch wieder einmal die Zeit nicht mehr verstanden hatte und zuletzt fragte: Wohin soll ich jetzt, ein Trotta? als die Welt wieder unterging, für einen Trotta im Jahr 1938, einer von denen, die noch einmal zur Kapuzinergruft gehen mußten und nur wußten, was »Gott erhalte« heißt, aber vorher alles getan hatten, um die Dynastie Habsburg zu stürzen. Das Allerwichtigste war, daß Trotta Elisabeth unsicher machte in ihrer Arbeit, da sie nach Duvaliers Tod zur besten französischen Illustrierten ging und er sie langsam vergiftete, sie zu zwingen anfing, über ihren Beruf nachzudenken. Als sie einmal hilflos weinend zu ihm kam, weil einer ihrer Freunde, den sie nicht besonders gut kannte, aber sie hatte immer so viele Freunde unter allen, in Budapest bei den Straßenkämpfen getötet wurde, während er fotografierte und mit seiner Kamera in der Hand verblutete, ließ Trotta sie weinen und schwieg hartnäckig. Später verloren sie und die Redaktion und das bessere, das gewissenhaftere Frankreich vor allem drei Fotografen und einen Reporter in Algerien und zwei Journalisten in Suez, und damals sagte Trotta: Der Krieg, den ihr fotografiert für die anderen zum Frühstück, der verschont euch also auch nicht. Ich weiß nicht, aber ich kann deinen Freunden keine einzige Träne nachweinen. Wenn einer mitten ins Feuer springt, um ein paar gute Fotografien nachhause zu bringen vom Sterben der anderen, dann kann er, bei diesem sportlichen Ehrgeiz, auch umkommen, daran ist doch nichts Besonderes, das ist ein Berufsrisiko, nichts weiter!

Elisabeth war fassungslos, denn sie hielt das für das einzig Richtige, alles, was sie taten zu der Zeit, die Leute mußten erfahren, genau, was dort vor sich ging, und sie mußten diese Bilder sehen, um »wach gerüttelt« zu werden. Trotta sagte nur: So, müssen sie das? Wollen sie das? Wach sind doch nur diejenigen, die es sich ohne euch vorstellen können. Glaubst du, daß du mir die zerstörten Dörfer und Leichen abfotografieren mußt, damit ich mir den Krieg vorstelle, oder diese indischen Kinder, damit ich weiß, was Hunger ist? Was ist denn das für eine dumme Anmaßung. Und jemand, der es nicht weiß, der blättert in euren gelungenen Bilderfolgen herum, als Ästhet oder bloß angeekelt, aber das dürfte wohl von der Qualität der Aufnahmen abhängen, du sprichst doch so oft davon, wie wichtig die Qualität ist, wirst du denn nicht überall hingeschickt, weil deine Aufnahmen Qualität haben? fragte er mit leisem Hohn. Elisabeth argumentierte, eifervoll, gescheit noch in der ersten Ratlosigkeit, aber zum erstenmal hatte ihr jemand den Boden unter den Füßen weggezogen, und sie sagte trotzig: Und damit du endlich verstehst, daß es mir ernst ist, ich werde jetzt gehen und aus Überzeugung, ich werde André bitten, daß er mich nach Algerien schickt, er war immer dagegen bisher, daß ich gehe, aber ich sehe nicht ein, warum mir etwas erspart bleiben sollte und den Männern nicht. Das ist doch auch in allen anderen Dingen nirgends mehr so, schon längst!

Damals hatte Trotta seine besondere Zeit mit ihr, er liebte sie wie jemand, den man verlieren wird, verzweifelt und angstvoll, mit der Besorgnis, mit der sie ihn sonst immer liebte, und er bat sie, nicht zu gehen. Geh nicht, Elisabeth, geh nie, es ist nicht richtig, und ich weiß ja, was du damit meinst, aber es hat doch keinen Sinn, du wirst noch selber daraufkommen. Du und deine Freunde, ihr werdet diesen Krieg damit nicht beenden, es wird anders kommen, ihr werdet nichts ausrichten, ich habe überhaupt die Menschen nie verstehen können, die sich diesen Abklatsch, ach nein, diese in die ungeheuerlichste Unwirklichkeit verkehrte Realität ansehen können, man schaut sich doch Tote nicht zur Stimulierung für Gesinnung an. Einmal, es war im Sudan, dort ist mir weiter nichts aufgefallen, nur eine Aufschrift überall, für alle diese Weißen, weil ja nur die kein Schamgefühl kennen, es sei verboten, bei hoher Strafe, »human beings« zu fotografieren. Den Nil und alles andere habe ich vergessen, dieses Verbot nicht.

Obwohl Elisabeth beharrte auf der Wichtigkeit dessen, was sie und andere taten, diskutierten, auch wie sie handelten, um alle Gefährdeten vor Anschlägen zu schützen und Algerier über die Grenzen zu bringen, in ein sicheres Land, nach Italien vor allem, fing sie damals unmerklich an, ihre Arbeit anders zu sehen, denn sie hatte, weil sie den Kopf immer voll hatte von den Tagesereignissen, nie über heiklere Formen von Recht und Unrecht nachgedacht, wie Trotta, und der Verdacht blieb in ihr, daß etwas Beleidigendes in ihrer Arbeit war, daß Trotta, der nicht recht hatte, doch in einem Punkt recht hatte, denn was unterschied so sehr die Fotos von Fensterstürzen, Zugunglücken, weinenden Müttern und grauenvollen Slums von den Bildern, die von allen Kriegsschauplätzen geschickt wurden, und hätten nicht so viele Fotografen das wirklich fotografiert, dann hätte man diese Aufnahmen genau so geschickt herstellen können, wie ein geschickter Bilderfälscher ein Original eben fälschen kann, ohne sich der Gefahr des Mißlingens auszusetzen und ohne einen anderen Einfall zu haben, als gut zu fälschen. Die Fotoserien, die erschienen, waren fast nie gefälscht, aber Elisabeth sah sie jetzt manchmal anders an, besonders die letzten Fotos von dem jungen Pedrizzi, der kurz danach mit einigen Algeriern und einem anderen Franzosen, Leuten, die man nur nebenbei betrauerte, weil man in der Presse nur Pedrizzi kannte und ihn zum Helden einiger Nachrufe machte, in die Luft gesprengt worden war. Trotta fing immer wieder an, sie und ihren jungen festen Glauben zu verhöhnen. Die Leute sollen doch lesen, und überdies wissen sie alles schon, ehe sie es gelesen haben. Du liest doch auch, als wüßtest du es nicht ohnedies, alle Berichte über die Folterungen, einer gleicht dem anderen, und du liest es und weißt, daß es wahr ist, unmenschlich, daß es ein Ende haben muß, und dann möchtest du es vielleicht noch fotografieren, damit Hunderttausende auch sehen dürfen, wie man gefoltert wird. Wissen genügt wohl nicht! Elisabeth warf ihm das Buch, in dem sie gerade erschüttert gelesen hatte, nicht an den Kopf, denn sie verfehlte ihn und es fiel ihm seitlich über die Schulter. Trotta nahm sie in die Arme, schüttelte sie: Aber du mißverstehst ja alles, und du, du darfst nicht mißverstehen. Ich sage nur, es ist eine Zumutung, es ist eine Erniedrigung, eine Niedertracht, einem Menschen auch noch zu zeigen, wie andere leiden. Denn es ist natürlich anders in Wirklichkeit. Also so etwas zu tun, bloß damit einer seinen Kaffee einen Moment stehen läßt und murmelt, ach, wie schrecklich! und ein paar werden sogar einer anderen Partei die Stimme geben bei den Wahlen, aber das würden sie ohnehin tun, nein, meine Liebe, nicht ich halte die Menschen für grundschlecht, für bar jeder Möglichkeit, etwas nicht zu begreifen, und für immer verloren, aber du tust es, denn sonst würdest du nicht denken, daß sie außer ein paar Geboten auch noch Reportagen und »hartes Material«, wie dein Willy es nennt, brauchen.

Elisabeth sagte: Ich sag dir noch einmal, aber zum letzten Mal, es ist nicht mein Willy, und die Menschen müssen einmal zur Vernunft kommen. Dazu werde ich tun, was ich kann, wie wenig das auch ist.

O zu welcher, welcher Vernunft, wenn sie es bis heute noch nicht getan haben, was hat in Jahrhunderten ausgereicht, sie zur Vernunft zu bringen, und was wird ausreichen, um dich zur Vernunft zu bringen!

Aber ich bewundre alle, alle Franzosen, die zusammen mit ihnen für die Freiheit und die Unabhängigkeit . . . ich meine, es gibt für Algerien nichts Wichtigeres als die Freiheit . . . Da Trotta lachte, fing sie zu stottern an vor Wut und Ohnmacht, und er sagte: Vergiß nicht, daß ich ein Franzose bin, und ich finde daran nichts zum Bewundern, du Kind, ich ginge ja sofort, denn ich werde mit diesen verdammten Franzosen, die in deiner Bewunderung existieren, mir mit Vergnügen die Hände weiß waschen, die sich schmutzig gemacht haben, aber bewundert will ich dafür bestimmt nicht werden. Und die Freiheit, die Freiheit, die dauert, wenn sie kommt, kaum einen Tag und ist ein Mißverständnis.

Du bist eben kein Franzose, sagte Elisabeth erschöpft, du verstehst ihr Drama nicht, du verstehst sie nicht.

Nein, ich verstehe sie nicht, weil ich gar nicht will, wer kann von mir verlangen, daß ich sie auch noch verstehe. Es genügt mir, daß ich einer geworden bin und wieder einmal eine Erbschaft antreten darf, die ich mir nicht ausgesucht habe.

Du lebst nicht in dieser Zeit, sagte sie erbittert, ich kann nicht mit jemand leben und reden, der sich bloß in diese Zeit verirrt hat und nicht in ihr lebt.

Ich lebe überhaupt nicht, ich habe nie gewußt, was das ist, Leben. Das Leben suche ich bei dir, aber ich kann mir nicht einmal einbilden, daß du es mir geben könntest. Du siehst nur aus wie das Leben, weil du dich herumtreibst und abhetzt für alles, wovon man in ein paar Jahren kaum mehr wissen wird, wozu es nötig war.

Ehe der Algerienkrieg zuende war, hatten sich Elisabeth und Trotta getrennt, und Elisabeth sah, während alle anderen längst zur »Tagesordnung« übergingen, noch bedrückt, was aus der Freiheit schon zu werden drohte, und aus dem neuen Algerien kam sie niedergeschlagen zurück, sagte aber ostentativ allen, daß es hochinteressant sei, und schrieb mit vorsichtigen Einschränkungen allerlei Positives, und sie überlas ihre Bildtexte, stundenlang, ehe sie sie abholen ließ, ihren Grenzübertritt in die erste Lüge, die ihr klar war, aber sie konnte nicht mehr mit Trotta sprechen, der eines Tages sein Hotelzimmer gewechselt hatte, ohne eine Adresse zu hinterlassen. Viel später las sie zufällig einen Essay »Über die Tortur«, von einem Mann mit einem französischen Namen, der aber ein Österreicher war und in Belgien lebte, und danach verstand sie, was Trotta gemeint hatte, denn darin war ausgedrückt, was sie und alle Journalisten nicht ausdrücken konnten, was auch die überlebenden Opfer, deren Aussagen man in rasch aufgezeichneten Dokumenten publizierte, nicht zu sagen vermochten. Sie wollte diesem Mann schreiben, aber sie wußte nicht, was sie ihm sagen sollte, warum sie ihm etwas sagen wollte, denn er hatte offenbar viele Jahre gebraucht, um durch die Oberfläche entsetzlicher Fakten zu dringen, und um diese Seiten zu verstehen, die wenige lesen würden, bedurfte es einer anderen Kapazität als der eines kleinen vorübergehenden Schreckens, weil dieser Mann versuchte, was mit ihm geschehen war, in der Zerstörung des Geistes aufzufinden und auf welche Weise sich wirklich ein Mensch verändert hatte und vernichtet weiterlebte.

Sie kam nie dazu, diesen Brief zu schreiben, sie vermied nur einige Aufträge, die sie bekam. André fragte sie einmal belustigt: Hast du Angst, Elisabeth? Und sie sagte, seinen Blick vermeidend: Nein, aber ich kann nicht, und ich kann es nicht erklären. Es wird vielleicht vorübergehen, aber ich habe Zweifel, das ist wohl eine Schande heutzutage. André, der schon wieder ein Telefon in der Hand hatte und von ihrer Scham nichts mehr wahrnahm, sagte, da er den Faden verloren hatte, nach dem Telefonieren: Du spannst am besten aus, denn wenn du zufällig einmal meine Meinung hören willst, aber vergiß es gleich wieder, damit du mir nicht eingebildet wirst, du bist viel couragierter als unsere Herren, die, wenn sie couragiert tun, doch nur ehrgeizig sind oder sich einen Mut zurechtlegen. Bei dir geht das vorüber, ich habe dich ein bißchen zu sehr beansprucht, du weißt, ich bin eine Canaille und nutze euch aus, wie ich kann, aber ich weiß es auch, und wäre ich keine, wie sähe dann unsre famose Illustrierte aus.

Danke, Canaille, sagte Elisabeth lächelnd, und klar war mir das längst, daß du eine bist, aber ich arbeite nämlich nicht ungern für Canaillen deiner Art, nur ob ich ausspannen soll, gerade jetzt – ich weiß nicht. Ich werde einmal darüber schlafen und dir Bescheid geben!

Elisabeth verließ den Höhenweg und ging seitwärts hinüber zur Zillhöhe, zu den Bänken, aufgestellt für müde, rastsuchende Wanderer, die nie mehr kamen. Sie schaute auf den See, der diesig unten lag, und über die Karawanken hinüber, wo gradewegs in der Verlängerung einmal Sipolje gewesen sein mußte, woher diese Trottas kamen und wo es noch welche geben mußte, denn einmal war dieser hünenhafte fröhliche Slowene zu Trotta gekommen. Franz Joseph sagte ihr, das sei sein Vetter, dessen Vater beinahe noch ein Bauer gewesen war. Sie erinnerte sich nur an Trottas ungewöhnliche Zartheit diesem Vetter gegenüber, auch wenn er wieder ironisch wurde, eben nicht zeigen wollte, daß etwas ihn anrührte, und sie sagte einmal zerstreut: Ich muß ihn doch schon einmal in Wien getroffen haben, als ganz jungen Burschen, aber ich irre mich vielleicht, er schaut mich immer so an, daß ich nicht weiß, was ich mit ihm reden soll, ist er vielleicht etwas beschränkt? Nein, sagte Trotta, das ist er gar nicht, aber so verflucht gesund, ich weiß nicht, wie die es fertig gebracht haben, dort unten, zuhause, sich nicht zu irren und gesund zu bleiben. Ich bin zu nervös, um dich anschauen zu können wie er, ich kann mich selber nicht anschauen. Deshalb rasiere ich mich tagelang nicht, weil ich mich erschießen könnte, wenn ich mich im Spiegel sehe.

Auf dem Heimweg dachte sie nicht mehr daran, es war kein guter Tag, auch keiner zum Schwimmen, aber morgen konnte es sich aufhellen, und sie ging nachhause, etwas enttäuscht, weil sie sich mehr vorgenommen hatte und nicht weiter gegangen war. Vor dem Abendessen, denn Herr Matrei aß immer sehr früh, sagte sie, sie wolle noch rasch zum EINSIEDLER und ein Bier holen, ein Bier solle er ihr ausnahmsweise bewilligen, bat sie im Scherz, denn Herr Matrei hatte seinen Kindern nie etwas verboten, aber er hörte es gern, wenn sie taten, als hätte er ihnen etwas zu erlauben und zu verbieten. Sie ging rasch noch einmal weg, durch die Teichstraße. Noch ehe sie zum Gasthaus EINSIEDLER kam, zögerte sie, vor dem letzten oder ersten Haus der Teichstraße stand ein alter, abgenutzter Volkswagen und davor eine junge Frau, die ihr überrascht entgegensah und grüßte. Elisabeth blieb stehen und grüßte verwirrt, sie gaben einander die Hand, sie kannte das Mädchen, wußte aber nicht, wo sie es unterbringen sollte, und verlegen sagte die andere: Ich war gerade, bin gerade bei meinem Onkel Hussa, ja danke, meiner Tante und meinem Onkel geht es gut, ich muß nur gleich ... Elisabeth fiel plötzlich ein, wer diese Nichte von den alten Hussas war, natürlich die Elisabeth Mihailovics, die sie zwei- oder dreimal in Wien getroffen hatte, und die war also hier auch auf Ferien, hoffentlich würde daraus jetzt keine Komplikation, denn sie hatte keine Lust, jemand zu treffen und über Wiener Bekannte zu reden. Die beiden Frauen versicherten einander, daß es eine Überraschung sei und leider das Wetter in diesem Sommer so gar nicht erfreulich. Elisabeth bemerkte, daß noch ein junger Mann hinter dem Auto stand, um etwas in den Gepäckraum zu tun und um ihn abzuschließen, und jetzt wartete er abseits, die Mihailovics machte keine Anstalten, ihr den Burschen vorzustellen, der angezogen war wie ein Förster, etwas primitiv aussah, und so sagte sie herzlich: Wenn Sie Lust haben, rufen Sie doch einmal bei mir an, und schöne Grüße an Ihre Tante und Ihren Onkel, die werden sich kaum mehr erinnern an mich, aber mein Vater, ja danke, es geht ihm gut. Da die Mihailovics immer verlegener wurde, verabschiedete sie sich gewandt: Sie verzeihen, aber ich muß noch rasch etwas kaufen, schöne Ferien! Sie ging verärgert weiter, hoffentlich rief die nicht an, und sie drehte sich, ehe sie ins Gasthaus ging, vorsichtig um: die beiden stiegen in den Wagen, der aussah, als wäre er reif für einen Schrotthaufen, und als sie herauskam mit ihrem Bier, fuhren sie gerade an ihr vorbei, und Elisabeth, die lächelte und schon winken wollte, tat es nicht, weil die andere Elisabeth ostentativ vor sich hinsah, und tat, als bemerkte sie sie gar nicht. Beim Abendessen fragte sie ihren Vater, was die Hussas machten, und Herr Matrei sagte kühl, er habe keine Ahnung, ganz anständige Leute übrigens, und Elisabeth erzählte kurz, daß sie diese Wiener Nichte getroffen habe, eine ganz nette Person, etwas farblos, sie mußte sie in Wien kennengelernt haben, bei Freunden, und warum die hier mit einem Bauernburschen herumfuhr, sei ihr nicht klar, denn das Mädchen war ihr ganz anders vorgekommen in Wien, eher eine Intellektuelle, aber die Zusammenhänge fielen ihr nicht ein, und natürlich zog man sich hier, wie sie selber, für den Wald nicht an wie in der Stadt, aber die Elisabeth Mihailovics hatte etwas so Ärmliches und Trauriges an sich gehabt, natürlich, doch, sie kam ja aus einer verarmten Familie, die aber noch ein paar Beziehungen zur Gesellschaft haben mußte, und dann schloß sie, da Herrn Matrei das Ganze wenig interessierte: Es ist ja ganz unwichtig, wenn sie bloß nicht anruft, und sag du ihr jedenfalls, daß ich nicht zuhause bin. Bevor sie einschlief, dachte sie noch, daß es etwas viel war, jetzt noch eine Elisabeth zu treffen, sie war schon verstört gewesen, als Liz auf dem Registry Office mit vollem Namen genannt wurde, Elizabeth Anne Catherine, mit einem Familiennamen dazu, den Elisabeth sofort wieder vergessen durfte, weil sie ihn vorher nicht gewußt hatte und er jetzt keine Rolle mehr spielte, für die neue Frau Matrei. Im Halbschlaf fuhr sie auf, sie war Jahre zurück gefallen, und sie lag mit offenen Augen da, und hörte alles wieder, sie war zuhause und doch in Paris.

Schau, dein Willy! Elisabeth sagte zornig: Er ist nicht mein Willy, so hör doch auf. Trotta fuhr gemächlich fort: Dieser Willy zum Beispiel, wenn er englisch spricht, dann ist er ein Mensch für mich, das klingt doch natürlich, wenn er okay sagt, aber deutsch sollten sie nicht sprechen, nur das nehme ich ihnen so übel. Sie haben irgendwann unterwegs das Gefühl dafür verloren, wie man es sprechen muß. Und die exkulpierten Jüngeren wie er, die machen doch keine Ausnahme. Du mußt nicht denken, daß ich so sehr hasse, es ist etwas komplizierter. Obwohl ich keine Deutsche anrühren könnte, vor Angst, sie könnte den Mund aufmachen.
Weil du kompliziert sein willst! (Und er wußte, daß sie es nur sagte, weil sie sich und den anderen prinzipiell keine Diskriminierungen erlaubte.)
Ich nicht, ich bin gar nicht kompliziert, aber ich habe soviel Kompliziertes vorgefunden. Du meinst, ich hasse sie, aber ich mag doch niemanden, meinst du, ich mag die Franzosen? Das fällt mir doch gar nicht ein, ich will nur sagen, daß es verkehrt war, den Deutschen zuerst alles zu demontieren und sie auf die eine und andre Weise zu strafen und dann mit dieser Teilung, ihnen aber dann gleich wieder Schießprügel in die Hand zu drücken, damit sie nach zwei Seiten brave Verbündete werden.
Also was hättest du gemacht, fragte Elisabeth aggressiv, dir wäre natürlich etwas Glänzenderes eingefallen. O ja, sagte Trotta arrogant, ich hätte in Jalta oder wo war es, einfach beschlossen, daß sie nicht mehr deutsch sprechen dürfen, weiter nichts, und damit wäre das ganze Problem

gelöst. Englisch oder russisch hätte ich sie lernen lassen, irgend etwas, damit man sich mit ihnen verständigen kann.

Elisabeth sagte: Du bist einfach ein Narr, ein Phantast.

Nur Trotta fuhr seelenruhig fort: Aber was diese winzige phantastische Idee für Folgen gehabt hätte. Dein Willy, verzeih, dieser Willy ist sympathisch, zumindest nicht peinlich, wenn er sagt: have a nice time, darling, das klingt sogar normal. Aber: Halt die Ohren steif, Mädchen, dann liegst du richtig. Über den Daumen gepeilt. Acht Uhr plusminus – bei diesem ganzen unerträglichen Gewäsch, da denke ich unwillkürlich, jemand redet aus seinem Bauch, die haben keine Sprache und deswegen verfälschen sie alles. Komm mal rüber! Warum die immer »mal« sagen müssen? Seltsam, aber du weißt das alles natürlich besser und meinst, das komme nur von dem Jargon, den sie in ihren Tausend Jahren gelernt haben, ich glaube das nicht, es steckt in ihnen.

Franz Joseph Eugen Trotta, an dir ist der Welt wirklich ein politisches Genie verlorengegangen, sagte Elisabeth streng.

Vielleicht, sagte Trotta. Aber es fragt mich ja niemand. Und hast du eigentlich bemerkt, daß dieser Willy immer nur herumrennt und sich wichtig macht, aber nie etwas wirklich tut, denn du tust es für ihn.

Das sagst du, erwiderte Elisabeth lachend, und du tust doch überhaupt nichts.

Ich tu nichts, aber das ist etwas anderes, ich spiele mir keine Komödie vor wie ein Deutscher, der die ganze Zeit alles in Trab hält, sich selber vor allem.

Ich bin einmal in Heidelberg stationiert gewesen, es ist ja egal, also in ein paar Städten war ich, weil ich in dieser französischen Uniform herumlaufen mußte und kaum zwanzig Jahre alt schon ein Sieger war, ausgerechnet ich, ein Trotta, wo wir die geborenen Verlierer sind, jedenfalls war ich plötzlich ein Sieger, und das war noch mit Humor auszuhalten, anderes weniger. Interessant war doch, wie die andren Franzosen, und nicht die allein, alle Deutschen für dämonisch hielten, ganz besonders natürlich diese ganz prominenten Mörder. Und dabei sind sie nur völlig verdaddert und bieder gewesen, wirkliche Biedermänner, bei denen, bei soviel Idiotie, ja ein Kurzschluß nach dem anderen eintreten kann. Bei den Befragungen, den Verhören, wenn ich dolmetschen mußte, kamen aber einmal zwei von unseren Leuten an die Reihe.

Elisabeth unterbrach ihn verwundert: Was meinst du mit »unseren«?

Trotta sagte ungeduldig: Natürlich die Österreicher, und denen war die Gemeinheit, der Genuß an jeder erdenklichen Brutalität wirklich in die Visagen geschrieben, und so antworten sie auch. Das waren, wenn du willst, die zwei einzigen dämonischen Figuren, die mir untergekommen sind, für die kann ein Befehl nur ein willkommener Vorwand gewesen sein, für die Deutschen war ein Befehl ein Befehl, und deshalb waren sie so konsterniert, daß man ihnen dann einige Millionen von Ermordeten übel nahm. Aber unsere Franzosen, mit ihrer »logique française«, hatten sich ein für allemal entschlossen, das Dämonische zu sehen, wo es nicht war, und dieser Logik zufolge schickten sie nur die beiden Verbrecher weiter, weil die harmloser erschienen, aus einem Operettenland eben, das mit allen seinen Operettenfiguren ein Opfer geworden war. Ein Opfer ja, aber ich wollte ihnen nicht erklären, warum und weshalb, es war eben zu kompliziert zu sagen, auf welche Weise, mit welcher Geschichte, dieser amputierte Staat ein Opfer geworden war. Das Komplizierte habe ich vorgefunden, und ich bin zu unkompliziert geblieben, um damit fertigzuwerden.

Am Morgen, vor den Nachrichten, lasen Elisabeth und Herr Matrei in je einem Teil der Zeitung, Elisabeth war auf einmal neugierig, was hier geschrieben wurde für die Leute, und sie las es nicht mit Herablassung, sondern mit

Rührung, diese dilettantischen Berichte und das schlecht-
geschriebene Feuilleton. Die Lokalnachrichten gefielen ihr
am besten, denn über einen Kirchtag im Rosental und über
die anwesenden Honoratioren zu schreiben, das trafen sie
besser, wenn es auch unfreiwillig komisch ausfiel, und die
Eröffnung einer »Internationalen Holzmesse«, die man
hier für international hielt, war gar nicht uninteressant, ein
paar missionarische Töne fehlten auch nicht. Missionari-
sches also doch auch hier. Nur mit der Welt kamen sie
nicht zurecht, und Elisabeth fragte sich, mit dem leisen
Hohn, der immer in Trotta gewesen war und der erst später in sie eingezogen war, ob es nun wichtig war, daß die
Leute hier, in diesem Winkel, Nachrichten entstellt zu lesen bekamen oder nicht, und ob es sie etwa geändert hätte,
wenn sie je eine weniger verdrehte Vorstellung von den
Vorgängen außerhalb des Landes bekommen hätten.
Wahrscheinlich nicht. Schon Wien war ein höchst ver-
dächtiger und dunkler Schauplatz für sie, und da sie sowieso so mißtrauisch waren, wenn aus dem Parlament etwas
durchsickerte und Minister Erklärungen abgaben, mußte
man sie vielleicht gar nicht noch mißtrauischer machen
gegen den Rest einer großen vertrackten Zeit, die Gegenwart hieß. Besonders gerne wurden Unwetterkatastrophen
und Flugzeugabstürze behandelt, eine Hitzewelle in Italien mit Todesfällen, obwohl man weit weg von diesen Un-
wettern und der Hitze saß und keine Flugzeuge bestieg,
und von fern, wenn auch der Vergleich nicht ganz stand-
hielt, erinnerte es sie an die vielen Zeitschriften in Paris,
die sich mit der Dritten Welt beschäftigten, die über Bolivien weitaus mehr zu sagen hatten als über alles, was den
Parisern erreichbar war, die sich zwischen Trabantenstäd-
ten oder der banlieue und der Stadt hin und her schleppten, immer erschöpfter, denn erschöpft waren die meisten
nicht von den Ungeheuerlichkeiten, die in südamerikani-
schen oder asiatischen Ländern geschahen, sondern von ih-

rer eigenen Misere, der Teuerung, Übermüdungen und Depressionen, die sich natürlich neben den großen Verbrechen erbärmlich ausnahmen; doch etwas Gehässiges, Kaltes, das bei jeder Bitte, auch nur um eine Auskunft, immer häufiger wurde in Paris und von dem die anderen, die es noch nicht waren, auch immer gehässiger und kälter wurden, merkten sie schon gar nicht mehr. Was in ihnen, selbst in Philippe, so verkümmerte oder in leeren Förmlichkeiten sich erhielt, das reichte dann noch bei manchen jungen Leuten für einen Liebesausbruch für die Menschheit, aber es reichte nicht mehr bis zur nächsten Tür, zu jemand, der, schluchzend oder am Zusammenbrechen, neben ihnen auf der Straße ging. Das Telefon läutete, und sie sprang auf, aber sie hob zu spät ab. Es konnte nur Philippe gewesen sein, als hätte er in Paris gewußt, daß sie gerade an ihn dachte mit Sorge, weil er alles, was in ihm an Feuer, Jugend, Aggression und Anmut war, verbraucht hatte in den Maitagen 1968 und schon am Ende war, verbittert und von Selbstmitleid krank, wenn auch weniger krank, seit sie da war für ihn.

Auf dem Höhenweg 1 kam sie wieder zur Zillhöhe mit den Bänken, und sie setzte sich einen Moment, schaute kurz auf den See hinunter, aber dann hinüber zu den Karawanken und weit darüber hinaus, nach Krain, Slawonien, Kroatien, Bosnien, sie suchte wieder eine nicht mehr existierende Welt, da ihr von Trotta nichts geblieben war, nur der Name und einige Sätze, seine Gedanken und ein Tonfall. Keine Geschenke, keine vertrockneten Blumen, und nicht einmal sein Gesicht konnte sie sich mehr vorstellen, denn je besser sie ihn verstand, desto mehr verschwand von ihm, was wirklich gewesen war, und die Geistersätze kamen von dort unten, aus dem Süden: Verschaff dir nichts, behalt deinen Namen, nimm nicht mich, nimm dir niemand, es lohnt sich nicht.

Ach, und das Lied von der Dankbarkeit, wem bist du denn nicht dankbar? Willy, weil er dich nach Paris gebracht hat, Duvalier, weil du mit ihm hast arbeiten dürfen, und zwei Leuten in Wien, weil sie dich haben arbeiten lassen, und André, weil er dich gut findet. Ich seh kein Ende, wer dich alles entdeckt hat, nur wirst du vor lauter Dankbarkeit noch ganz blöde werden, das hört an einem gewissen Punkt auf, jeder gibt jedem einmal die Hand, aber deswegen mußt du nicht, wenn es schon unwahr geworden ist, weil du allein deinen Weg gehst, noch immer kleben an Schulden, die längst nicht mehr da sind.

Daß Trotta mit Willy Flecker recht behalten sollte, das erfuhr er nicht mehr, denn erst Monate nach der Trennung, als sie mit großer Anstrengung etwas für Willy unternommen hatte, weil es nicht mehr ging, obwohl man ihr noch manchmal einen Gefallen tat für ihn, auch weil er sich ständig betrank und aus der jungen Hoffnung der deutschen Fotografie ein Wrack geworden war, beleidigte er sie, vollkommen betrunken, vor einigen Freunden, die, wie sie, alle erst erstaunt, dann entsetzt zuhörten, aber was aus ihm herausbrach, war nicht, wie manche meinten, eine maßlose Eifersucht, ein Deliriumsanfall, weil sie sich hielt und er unterging, sondern für Elisabeth wurde es die Stunde der Wahrheit zwischen ihnen beiden, sie war nur nicht fähig, sich zu erklären, womit sie sich diesen Haß zugezogen hatte, und dachte hilflos an Trotta, sie ertrug noch ein paar Stunden und versuchte, höflich zu sein, ehe sie aufstand, wegging und zum erstenmal ein paar Schlaftabletten nahm, weil sie nicht in dieser Haßlache einschlafen konnte. Willy schickte ihr noch einmal einen kurzen Brief, ohne Entschuldigung, sie solle sofort für ihn etwas erledigen, und da sie die Unterlagen hatte, suchte sie im Laboratorium einen Tag lang herum, nach Negativen. Sie schickte sie ihm ohne ein Wort. In der Zeit endeten auf ähnliche groteske Weise einige Freundschaften, keine so violent und

grausam, aber beiläufig, stumm, gehässig und sie wußte
nicht, was das bedeutete, denn Franz Joseph konnte ihr
dazu nichts mehr sagen, der ihr nur einmal gesagt hatte,
zwischen ihnen könne es wenigstens keine unangenehmen
Dankbarkeiten geben, weil nie einer für den anderen etwas
getan habe, aber sie werde sich eines Tages an etwas erinnern. Nur erinnerte sie sich zuerst nicht, sondern überlegte
ein New Yorker Angebot, kündigte bei André, der ihr
Glück wünschte und sagte, ein Telegramm genüge, er nehme sie jederzeit zurück, und sie arbeitete in New York
ziemlich erleichtert, weil ihr erstes Paris, jetzt in viele
Feindschaften zerfallen, von ihr abgefallen war. In New
York lernte sie wieder viele Leute kennen und sie fuhr
noch mehr herum als früher, bis sie Hugh kennenlernte,
der auch eine gescheiterte Existenz war, aber nicht jemand,
der scheitern wollte, sondern euphorisch etwas anfing, und
wenn man ihn enttäuschte, deprimiert und unfähig wurde,
denn Hugh versuchte ja, etwas zu tun nach seinem Archi-
tekturstudium, bekam aber keine Aufträge, doch Innenar-
chitektur lag ihm gottlob besser, und sie hoffte an seinen
Hoffnungen mit und brachte ihn mit einigen von den vielen Leuten zusammen. An dem Tag, als er seinen ersten
Auftrag bekam, fragte er sie, ob sie ihn heiraten wolle, und
sie sagte augenblicklich ja, obwohl sie vorher keine Sekunde lang daran gedacht hatte, einen Homosexuellen zu heiraten, er doch nur vorübergehend bei ihr wohnte, aber sie
dachten aufgeregt und glücklich, es könne sehr gut gehen,
jeder würde sein eigenes Leben haben und den anderen nie
stören, und es war eine Freundschaft vielleicht eine bessere
Basis für eine Ehe als eine Verliebtheit. Sie kannte auch
den boy, von dem Hugh gerade meinte, das sei nun die ent-
scheidende Beziehung für ihn, und dann war es drei Wochen später ein anderer, sie gewöhnte sich an den ständigen Wechsel und einige Komplikationen, weil sich manchmal die Affairen von Hugh überschnitten, die sie dann ins

Lot brachte, wenn Hugh das Durcheinander seiner Gefühle und Versprechen über den Kopf wuchs, und mit dem Geld ging es knapp, obwohl sie viel verdiente manchmal, aber Hugh doch wieder nichts und weil einmal ein junger M'ann aus Brooklyn und dann wieder einer aus Rio sehr kostspielig waren. Aber sie hatten ein fröhliches kleines Zuhause, das Elisabeth sehr genoß, Hugh und sie verstanden einander immer gut, und wenn sie zu dritt waren, sehr oft zu dritt, aber nie zu viert, dann ging es auch gut, weil alle boys immer besonders nett zu ihr waren. Vielleicht waren sie wirklich alle so nett und taktvoll, aber manchmal hatte Elisabeth Hugh im Verdacht, daß er das bewirkte, daß er es war, der von jedem neuen boy strikt verlangte, Elisabeth nicht nur zu respektieren, weil sie seine Frau war, sondern sie zu bewundern, über die Maßen, weil er sie bewunderte und die ganze Achtung für sie wollte, die er nie erreichen konnte bei seinen boys, die manchmal berechnend waren oder ihn erniedrigten oder ihn leiden ließen, nur auf Elisabeth, der er zwar alles sagte, durfte kein Schatten fallen, und der Respekt, den man ihr zeigte, war ein Ersatz für die oft beschädigte und gekränkte Selbstachtung von Hugh.

Aber einen Abend in Paris, den brauchte sie nie in sich hervorzurufen, weil die Erinnerung jeden Tag da war, sie vergaß ihn nicht, als sie längst wieder zurück war, New York verlassen hatte, und schuld daran hatte ein durchreisender Wiener Journalist, der sie anrief und mit Grüßen oder einer Nachricht oder einer Bitte kam. Warum sie diesen Mann überhaupt traf, wußte sie nicht mehr, vermutlich hatte sie zufällig ja am Telefon gesagt und ging in ein kleines Café am Boulevard St. Germain, und wichtig war sicher nichts gewesen, wichtig auch dieser junge Wiener nicht, der sie einladen wollte, weil er irgendwelche Leute in Wien kannte, die sie auch kannte, weil er auch ein Journalist war, ein gewisser Mühlhofer oder Mühlbauer, und dann fragte er plötzlich: Sie haben doch den Grafen Trotta gekannt? Elisabeth sagte ärgerlich, es habe nie irgendwelche Grafen Trotta gegeben, und falls er diese sagenhaften Trottas meine, die geadelt worden waren, eines Mißverständnisses wegen, dann seien die längst ausgestorben, schon 1914, und es gebe natürlich Nebenlinien, aber die seien nicht adlig, und einige sollen noch da unten leben in Jugoslawien, und einer hier in Paris. Der Wiener schaute sie einen Moment prüfend an und sagte: Also doch in Paris, dann ist es eben der! Da Elisabeth immer ungehaltener wurde, weil sie nicht mit einem Fremden über Franz Joseph sprechen wollte und ihr schon dieses Getu mit den Grafen Trotta auf die Nerven ging, rief sie nach dem Kellner. Während sie sich beide ungeschickt um die Rechnung stritten, sagte der Mann aus Wien, bevor sie von ihm loskam, noch einmal, daß es dann jedenfalls der Pariser Trotta sei und ob sie nicht wisse, daß er sich erschossen habe, vor einigen Monaten in Wien, es habe ein ziemliches Aufsehen gegeben, weil keine Angehörigen aufzufinden waren und überhaupt nichts in einer kleinen Pension außer seinem Paß, und dann vermutete man eben – er habe nachgeforscht –, es könne der Ururenkel des Helden von Solferino sein, über den er etwas in den Archiven gesucht hatte und doch nichts mehr fand. Elisabeth, die noch nicht zitterte, sagte heftig: Was für ein Unsinn, sein Großvater war ein Rebell und kein treuer Diener seines Herrn wie die Solferino Nachkommen.

Aber da sie schon nicht mehr wußte, warum sie das diesem zudringlichen Menschen erzählte, stand sie auf, winkte zerfahren nach einem Taxi, sie sagte zitternd: Ich bitte Sie, so helfen Sie mir doch, ein Taxi suchen, ich habe eine wichtige Verabredung!

An diesem Abend war sie eingeladen auf das BATEAU IVRE, und als sie auf ihrem Bett lag und nachdachte über ihre einzige und große Liebe und eine Nachricht, deren Ausmaß dieser Wiener gar nicht verstehen konnte, weinte sie nicht, sie war nur zu schwach, um aufzustehen, sie konnte sich nicht einmal ein Glas holen und etwas trinken. Sie versuchte ihn zu rufen mit allen seinen Namen, Franz Joseph Eugen, die Namen, in die sein Vater alles gelegt hatte, ein wirkliches Vermögen und ein vollkommenes Unvermögen zu vergessen. Die Freunde riefen an, Maurice und Jean Marie, und sie versuchte zu sagen, daß sie nicht könne, daß sie todmüde sei, aber die beiden redeten abwechselnd ins Telefon, schon zu gut gelaunt und lachten und sagten, sie kämen gleich vorbei, und ehe Elisabeth widersprechen konnte, hatten sie aufgelegt. Sie zog zum erstenmal ein Kleid mit Bedacht an, nicht um jemand zu gefallen, sondern um nicht zu vergessen, ein abgetragenes verdrücktes Wollkleid, das lange in einer Lade gelegen war und das sie versuchte, müde an sich glatt zu streichen, denn sie dachte daran, daß Trotta sie ein einziges Mal begleitet hatte beim Einkaufen und vor dem Geschäft auf und ab gegangen war in wütender Ungeduld, weil es ihm zu lange dauerte, während sie, schnell wie nie, das erste nahm, das ihre Maße hatte, und nun war es ihr Aschenkleid, Trauerkleid, ihr Trottakleid, mit dem sie hinunterging zu dem Auto, in dem schon vier Leute saßen. Niemand machte sie mit dem Mädchen bekannt, das sich wieder blasiert auf den Vordersitz setzte, und der Mann am Steuer, dessen Namen ihr auch niemand sagte, wandte sich kurz um, sah sie einen Augenblick lang zu lang und zu spöttisch an und sagte: Das sind also Sie? Ihre Freunde, hinten mit ihr aneinander gepreßt auf den Notsitzen, redeten unentwegt. Maurice sagte: Paß auf, Elisabeth, er ist gefährlich. Jean Marie sagte: Nimm dich in acht, ich muß dich unbedingt vor ihm warnen, auf den fällt jede herein. Sie gab keine Antwort, schwieg noch beim Essen, und erst nach einem Glas Wein fing sie zu reden an, Belangloses mit Maurice, und als sie einmal den Fremden aufstehen sah, der für das affektierte Mädchen etwas holen mußte aus der Garderobe und sich vorher herüberbeugte zu ihr, um sie zu fragen, ob sie auch etwas wünsche, holte sie aus ihrer Geldbörse ein Geldstück, gab es ihm und sagte unfreundlich: Werfen Sie das für mich in die Musicbox! Nein, sie habe keinen besonderen Wunsch, überhaupt keine Wünsche, er solle bloß auf irgendeinen Knopf drücken. Als er zurückkam und sich wieder übertrieben höflich verbeugte, als belustigte ihn etwas an ihr, fiel ihre Platte auf den Plattenteller, und es fing eine Musik an, kein Chanson und kein Hit, niemand sang schmachtend oder grölte etwas zu der Musik, die sie noch nie gehört hatte, aber später hörte sie sie noch ein Jahr lang oft wieder, denn erst dann wurde dieses Stück überall gespielt, ein dumpf verjazztes Stück von einer alten Musik, die sie nicht erkannte. Sie hörte erstarrt und versunken zu, ohne jemand anzusehen, und fühlte nur, daß das Mädchen die Schultern im Rhythmus dazu bewegte und sich nur bewegte für diesen Fremden. Elisabeth hörte auch zu essen auf, sie konnte nicht essen während einer Totenmesse und sie wartete noch eine Weile höflich, dann sagte sie, sie müsse sofort nach Hause, sie bat Maurice, ihr ein Taxi zu rufen, und die anderen sollten sich bitte nicht stören lassen. Es hatte sie aber niemand verstanden, denn alle besprachen laut, ob sie noch zu SASCHA gehen sollten oder anderswohin, und endlich saß sie, erschöpft auf die anderen wartend, allein mit dem Fremden im Wagen, während die sich, halb betrunken, herumstritten in der Nähe. Sie beide redeten kein Wort, und dann meinte er, er müsse einmal nach dem Rechten sehen, und sie sagte, wieder zu unfreundlich: Nein, zuerst bringen Sie mich zu einem Taxi, ich bin nicht in der Stimmung, zu SASCHA zu gehen! Warum sie eine Weile später aber dann doch mit allen anderen dort war, begriff sie nicht, es wurde Champagner getrunken und getanzt, und sie stand auf und tanzte mit diesem Mann, der ihr unsympathisch war, und in einer kurzen Pause sah sie ihn einmal genau an und bemerkte: Sie sind aber auch kein Franzose, kein echter jedenfalls. Nein, ein falscher, sagte er befriedigt, aus Zlotogrod, Galizien, und obendrein gebe es diesen Ort gar nicht mehr, aber von solchen Dingen habe sie sicher nie etwas gehört. Elisabeth sagte absichtlich: Nein, natürlich nicht, keine Ahnung, ich wüßte nicht einmal, wie man das ausspricht! Nur versuchte sie danach, wirklich zu tanzen und nicht mehr gelangweilt herumzuschlenkern, und obwohl sie nie gern getanzt hatte, gelang es ihr einmal, wirklich zu tanzen. Jetzt hatten auf einmal die anderen genug, und sie gingen, er brachte sie zuerst nach Hause und vor dem Haustor sagte er bestimmt: Ich komme danach sofort zurück, ich muß mir nur diese Bande vom Hals schaffen.

Obwohl sie mehr getrunken hatte, als es ihr gut getan hätte, Kopfschmerzen hatte und meinte, beim Warten einzuschlafen, schleppte sie sich ins Badezimmer, putzte sich die Zähne und versuchte, sich etwas zurechtzumachen, als es schon läutete, denn er war rascher zurückgekommen, als sie es für möglich gehalten hatte, weil es drei Uhr früh war und kaum mehr Verkehr gab. Sie öffnete, er schloß leise die Tür, und sie wußte nicht, ob er sie so rasch in die Arme genommen hatte oder ob sie es war, die sich so rasch an ihn drängte, und bis zum Morgen, verzweifelt, in einer Ekstase, die sie nie gekannt hatte, erschöpft und nie erschöpft, klammerte sie sich an ihn und stieß ihn nur weg, um ihn wiederhaben zu können, sie wußte nicht, ob ihr die Tränen kamen, weil sie Trotta damit tötete oder wiedererweckte, ob sie nach Trotta rief oder schon nach diesem Mann, nicht, was dem Toten galt, was dem Lebenden galt, und sie schlief ein, an ein Ende gekommen und zugleich an einen Anfang, denn was immer auch von ihr später über diese Nacht gedacht wurde, in vielen Variationen – es war der

Anfang ihrer ganz großen Liebe, manchmal sagte sie, ihrer ersten wirklichen Liebe, manchmal ihrer zweiten großen Liebe, und da sie auch noch oft an Hugh dachte, ihrer dritten großen Liebe. Mit Manes sprach sie nie über den Grund, der sie zu ihm getrieben hatte, nie über das Warum dieser Ekstase, die es nie mehr wieder zwischen ihnen gab, denn in wenigen Tagen war er nichts weiter als ein Mann, in den sie verliebt war, ein sich verändernder Mann, der ein Gesicht und einen Namen für sie bekam und im Laufe von zwei Jahren auch eine Geschichte und eine Geschichte mit ihr, die soweit Gestalt annahm, daß sie langsam daran glaubte, sich ihr Leben mit ihm genau vorstellen zu können, eine Zukunft mit ihm. Als er sie plötzlich verließ, war sie mehr über diese Plötzlichkeit, der nie eine Trübung vorausgegangen war, erschrocken als über die brutale Verletzung und daß sie wieder einmal allein war. Sie litt unter dieser Trennung mehr als unter dem Tod von Trotta, saß tagelang am Telefon und wartete auf einen Anruf, aber sie suchte Manes nicht und sie konnte auch nicht nach dem Grund für dieses Verlassen suchen, weil es keinen gab. Sie vermied auch die paar Menschen, die sie beide kannten, denn sie wollte durch Dritte nichts wissen. Nach vielen Tagen sinnlosen Wartens mußte sie doch mit jemand sprechen und sie fuhr nach Wien zu einem Arzt, den sie von früher kannte. In Wien vermied sie alle Freunde, ging in ein kleines Hotel und saß jeden Tag gemütlich in der Praxis dieses Mannes, der einmal ein kleiner Assistenzarzt gewesen war und jetzt einen Namen hatte und prominente Patienten, und sie redete gar nicht so viel, wie sie meinte, reden zu müssen, sondern drückte sich präzise aus und antwortete auf seine Fragen, geduldige, sensible Fragen, mit Humor. Er machte mit ihr zweimal den Versuch einer Narkoanalyse, die nichts ergab, aber Elisabeth fand es ganz interessant, und nach wenigen Tagen sagte er ihr, er habe gottlob nie einen verständigeren Patienten gehabt, und ihre Probleme, sofern man sie als Probleme bezeichnen könne, seien eben ein integrierender Bestandteil ihrer Person. Er beglückwünschte sie zu ihrer Luzidität, und sie unterhielten sich dann nur noch über Dinge, die nichts mit ihr zu tun hatten, beinahe freundschaftlich und voller Sympathie füreinander. Mit dem Zeugnis »Luzidität« reiste sie nach Paris zurück, voller Optimismus, denn es war wirklich weiter nichts passiert, als was jedem anderen auch unweigerlich passierte. Einen Tag danach brach sie plötzlich zusammen, geriet in ungekannte Angstzustände, weil ihre Klarsicht nichts ausrichten konnte gegen die Tatsache, daß ein Mensch, mit dem sie sich schon zusammengehörig gedacht hatte, sie weggeworfen hatte, daß sie einen so einfachen Verlust nicht überwinden konnte nach einem viel schwereren großen Verlust. Sie litt wie unter einer Amputation und begriff überhaupt nichts mehr, saß wieder tagelang hilflos am Telefon.

Eines Tages fing sie wieder zu arbeiten an, aufzutauchen unter den Leuten und die Dinge zu tun, die sie früher getan hatte.

Nimm nicht ihn, nimm dir nichts, sagte eine Geisterstimme. Manchmal half sie sich auch noch mit ganz primitiven Vorstellungen, zum Beispiel daß Manes ja älter werden würde, daß er ihr dann nicht mehr genügen werde, daß ein jähes Ende besser war als ein langsames Absterben von Gefühlen, und sie half sich eines Tages auch damit, daß sie wieder mit einigen Männern ausging, mit Roger und einem anderen Jean Pierre und Jean und Luc, und sie schlief mit einigen und hörte sich von allen stundenlang Geschichten an über Probleme und Schwierigkeiten. Für Roger ging es darum, daß er gegen eine ältere Frau, die er A nannte, Verpflichtungen hatte und sie auch noch liebte, aber andrerseits hatte er jetzt eine jüngere, B, kennengelernt, mit einer unehelichen Tochter, die er nicht andauernd in seinen Zweifeln hängen lassen konnte, und am

liebsten wollte er die Flucht nach vorn, da er sich nicht entscheiden konnte, und Elisabeth beriet ihn vorsichtig, denn
es war beinahe klar, daß er die Flucht zu Elisabeth erwog,
die nicht gerne ein Ausweg sein mochte, aber plötzlich rief
er sie an, als sie von einer Reise nach Afrika zurückkam,
und sagte ihr: Bitte lach nicht! Ob sie ihn verstehe, ja gestern, er habe gestern geheiratet, die jüngere, B, mit der
Tochter, die Tochter habe den Ausschlag gegeben, und sie
ging noch an dem Tag zu dem Cocktail, zu dem er sie eingeladen hatte, lernte Rogers B kennen und die kleine Tochter. Roger kam ihr strahlend entgegen und zog sie auf die
Seite, nachdem sie vielen Leuten die Hand gegeben hatte,
er würde sie morgen sofort anrufen, aber dann rief er am
nächsten Tag nicht an, auch nicht am übernächsten und sie
saß, wie schon vor Jahren, wieder tagelang vor dem Telefon, suchte verzweifelt nach einer Erklärung und weinte
hemmungslos, und viele Monate später, unvermutet, noch
einmal deswegen, weil es ihr unglaublich erschien, daß jemand, zu dem sie gut gewesen war, einfach nie mehr anrief. Es war ihr nur klar geworden, daß A und B recht ent-
schlossene Frauen sein mußten, da schon eine die andere
nicht duldete und am wenigsten natürlich eine dritte, die A
verstand und B verstand.
An Manes dachte sie nur mehr selten, und seit sie nach
dem Grund seines Verschwindens nicht mehr suchte, erinnerte sie sich beiläufig daran, daß er ihr einmal gesagt hatte, mit Frauen ihrer Art habe er nie etwas zu tun gehabt,
es sei wahrscheinlich damals Maurice schuld gewesen an
allem, der ihm soviel von ihrer Intelligenz vorgeschwärmt
habe, zum Erbrechen, und intelligente Frauen seien für ihn
keine Frauen, er habe sich damals auch nur dermaßen geärgert über sie, weil sie stumm und arrogant in diesem Restaurant gesessen sei.
Elisabeth sagte ihm nicht, auf welchem ungeheuerlichen
Mißverständnis dieser Abend beruht hatte, daß sie zwar

stumm, aber nicht arrogant gewesen war. Und es blieb ihm verborgen, wie ihr Abschied von Trotta und ihre Auferstehung durch ihn und ein Wort wie Zlotogrod ineinandergegriffen hatten.

Diesmal ging sie den Höhenweg über die Zillhöhe hinaus, obwohl es wieder regnete von Zeit zu Zeit, und sie lief hinunter, wo der Weg zum See führte, aber als sie aus dem Wald kam, verlief der Weg ohne Spuren in einer Wiese, und da jede Markierung fehlte, ging sie nach links und rechts und schließlich weit vor, um zu schauen, wo es weiterging. Im letzten Moment hielt sie inne, denn wenn sie, so in Gedanken, noch einen Schritt weiter gegangen wäre, wäre sie abgestürzt, und sie sah vorsichtig, am äußersten Rand der Wiese, was da, wie ein Steilhang, den es früher nie gegeben hatte, vor ihr abbrach. Natürlich begriff sie sofort, daß nicht der Berg abgebrochen war, sondern abgetragen von Baggern. Die frische feuchte Erde war noch zu sehen, und unter ihr lag ein riesiger breiter Bauplatz, hier sollte wohl einmal die neue Autobahn entstehen, die Herr Matrei, der nicht mehr so weit gehen konnte, beiläufig erwähnt hatte, mißbilligend, weil es sicher noch Jahre dauern werde, bei dieser typischen Langsamkeit hier, bis diese Autobahn je fertig wurde. Sie ging an diesem Abgrund auf und ab, suchte nach einem Abstieg, aber wo sie auch ansetzte und versuchte, hinunterzurutschen, gab es keinen Halt, kein Strauchgezweig, keinen Baum, die Erde war überall locker und unbewachsen, und sie wäre sofort über hundert Meter abgerutscht. Dann rekognoszierte sie die Baustelle, an der nicht gearbeitet wurde, nur sehr fern, aber unerreichbar für ein lautes Rufen, stapften zwei Arbeiter in der Trasse, und sie konnte daher nicht schreien und fragen, wo es hier hinunterginge und wie man zum See käme. Sie setzte sich vor den Abgrund und überlegte und ging entmutigt zurück zum Höhenweg, dessen wenig zertretenes Ende sie beinahe nicht mehr fand. Hier also ging es nicht, auf dem Weg 1, und sie mußte eben morgen den Weg 7 oder 8 versuchen, denn einen Weg mußten sie ja übriggelassen haben, zumindest einen Abstieg aus dem Wald zum See. Sie wanderte zurück, schaute in eine plötzlich aufgetauchte Sonne zwischen den Bäumen, die zwar schwach war, aber stechend, und am frühen Nachmittag, als Herr Matrei aufstand nach seinem kurzen Nachmittagsschlaf und sie beunruhigt fragte, wo sie so lange geblieben sei, erzählte sie, daß man vom Höhenweg nicht hinunterkomme und daß die da eine Straße bauten, aber nicht einmal daran gedacht hatten, ein Warnungsschild aufzustellen. Wirklich gefährlich sei es, wenn jemand ahnungslos vorlief und meinte, zum Abstieg zu kommen. Herr Matrei sagte, das sei auch ein typischer Skandal und er sei heilfroh, daß sie wieder da sei. Übertrieben habe sie natürlich auch, denn er hatte sich schon Sorgen gemacht über diese lange Wanderung, viel zu lang für die ersten Tage, aber sie könne es ja versuchen auf den anderen Wegen, und dann tranken sie im Garten Kaffee und sprachen von früher, am meisten von den Zeiten, an die er sich am lebhaftesten erinnerte, nur mehr gelegentlich und amüsiert über die Hochzeitsreise nach Marokko, denn mit Frau Matrei war er nach der Hochzeit einfach durch das Rosental und über den Loiblpaß nach Bled gewandert, und das war eine schöne Wanderung gewesen, wenn auch keine Reise, und Elisabeth steigerte sich wieder hinein in Roberts Pläne, in Roberts Zukunft, und gelegentlich dachte sie ermüdet an ihre eigenen Pläne. Es kam ihr aber ein dumpfer Verdacht. Robert und Liz hatten keine Zukunft, sie hatten nur die Jugend, die Zukunft nicht. Elisabeth hatte ihre Zukunft nicht bekommen, und ihre Eltern hatten sie nicht bekommen, es war nichts mit dieser Zukunft, die immer allen jungen Leuten versprochen wurde. Sie lud ihren Vater diesmal auch nicht mehr zu einem Essen ein, zum SAND-

WIRT oder gar nach Paris zu kommen, wünschte nicht mehr, ihm Paris zu zeigen, denn seit seiner Mitteilung, zur Hochzeit nicht zu kommen, wußte sie genau, daß ihr Vater niemals mehr ausgehen oder reisen würde. Seine letzte Reise hatte er allein und nach Sarajewo gemacht mit siebzig Jahren.

Herr Matrei sagte, er verstehe nicht, warum noch immer keine Ansichtskarte von Robert und Liz gekommen sei, und Elisabeth beruhigte ihn, denn die jungen Leute würden doch nicht gleich schreiben können, auch die Post brauche immer länger, es konnte die Post überhaupt seit der Postkutschenzeit nie so lange gebraucht haben, erst seit es ganz schnelle Flugzeuge gab und immer schnellere Züge, und sie sehe keinen Grund zur Beunruhigung, die Karte würde schon einmal vor Weihnachten kommen. Obwohl sie von Roberts Zukunft sprachen, ohne sich viel darunter vorstellen zu können, fiel Elisabeth etwas Seltsames ein, da sie an Manes dachte und ihm einmal lachend gesagt hatte, bei ihr sei alles verkehrt gegangen, sie hätte nämlich zuerst ein Kind geliebt und erst sehr viel später einen Mann. Und wenn bei einer Frau das eine vor dem anderen kam, dann könne man wohl kaum erwarten, daß sie ganz normal sei. Da Elisabeth nicht sicher war, wollte sie einmal mit ihrem Vater darüber sprechen, und sie fragte, ob er sich noch erinnere, daß sie, vor vielen vielen Jahren, sich ganz merkwürdig aufgeführt hätte wegen Robert und sich unmöglich benommen hätte zu Mama. Herr Matrei, der genießerisch seinen Kaffee trank, denn diese Stunde nach dem Nachmittagsschlaf war seine liebste, sagte abwesend: Aber nein, davon weiß ich nichts, ich versteh dich nicht, was soll denn zwischen der Mutter und dir gewesen sein? Elisabeth kam ins Erzählen: Du weißt also nicht, daß Mama und ich einander gehaßt haben, natürlich nur wegen Robert. Denn Mama konnte nicht verstehen, daß eine Sechzehnjährige, der sie schon dreimal alles gesagt hatte, was man Mädchen eben zu sagen hat, sie plötzlich anschrie und fragte, ob denn Robert überhaupt ihr Kind sei, er könne nämlich genauso gut ihres, Elisabeths Kind, sein. Und damals muß Mama einmal die Nerven verloren haben, weil sie mir zum ersten und letzten Mal eine Ohrfeige gegeben hat, und das hat mich natürlich noch mehr aufgebracht, und ich habe ihr gesagt, eines sei aber ganz sicher, daß ich niemals ein Kind haben würde, weil ich das nicht ertragen könnte, es würde ja niemals so schön und einzigartig sein wie Robert. Mama muß damals in einer furchtbaren Verfassung gewesen sein, denn praktisch kämpften wir ja um dieses Kind, und Robert, der natürlich keine Ahnung haben konnte, auf welche Weise er zu zwei Müttern gekommen war, brachte Mama auch noch zur Verzweiflung, weil er nur einschlief, wenn ich dabei war, du weißt, damals nach seiner ersten Krankheit.

Herr Matrei war nicht verärgert, aber ungehalten. Er sagte: Du übertreibst wieder einmal maßlos, Mama war sehr gerecht und hat euch beide gleich gern gehabt.

Elisabeth ereiferte sich: Aber das bestreite ich doch gar nicht, ich meine nur, sie hat ganz genau gewußt, daß ich ihr dieses Kind nicht gegönnt habe, und ist es nicht wunderlich, daß ich, trotz recht widersprüchlicher Anwandlungen, bei meinem ersten Versprechen geblieben bin, einem kindischen Versprechen, niemals ein Kind zu wollen, weil Robert schon auf der Welt war. Und viel später ist noch einmal etwas passiert, aber ich weiß nicht, warum Mama mir das erzählt hat. Einmal bin ich aus Wien nach Hause gefahren, und nicht einmal ihr habt gewußt, daß ich komme, aber nachts fand Mama Robert verheult im Dunkeln auf der Stiege, und als er zu heulen aufhörte und sie ihn ins Bett zurückgebracht hatte, sagte er zu Mama, ich weiß es doch, ich weiß, sie kommt, mir hat geträumt, daß sie kommt, und mit »sie« war natürlich ich gemeint. Ich muß heute noch manchmal denken, daß Robert der einzige

Mensch auf der Welt ist, der je nachts aufgefahren ist und sich meinetwegen freute und weinte und wußte, daß ich im Kommen war.

Herr Matrei schüttelte den Kopf und sagte: Das ist mir leider zu hoch, wieso soll Robert denn etwas gewußt haben, was wir nicht wußten, aber ihr beide, Robert nämlich auch, ihr habt ja immer schon eine blühende Phantasie gehabt, von der Mutter und von mir habt ihr das bestimmt nicht. Ich weiß nur, daß Robert, ein Lausbub war er eben, mir gesagt hat, er will nicht, daß du heiratest, der junge Herr Bruder wollte das nicht erlauben, und ich habe ihm natürlich meine Meinung gesagt. Entschuldige, ich wollte wirklich nicht über deine Ehe reden und dir weh tun! Elisabeth, die an etwas ganz anderes dachte, mit großer Erleichterung, tröstete ihn lachend: Du tust mir doch nicht weh, meine Ehe war wirklich sehr komisch, fast das einzig Komische in meinem Leben, aber ich weiß, daß du den armen Hugh nie verdaut hast.

Auf dem Steilhang, der zur Autobahn abfiel am plötzlichen Ende des Weges 7, legte sich Elisabeth nieder, und der stechenden Sonne wegen, die wieder herausgekommen war, zog sie sich seufzend die Jacke aus, die Schuhe und die Socken, sie hatte nie solchen Durst gehabt und hätte den See trinken mögen, zu dem sie einfach nicht hinunter kam, aber sie mußte sich wohl abfinden mit dem Gedanken, und sie kam auch, wie über so vieles, über den See hinweg, sie nahm das Dreiländereck ins Aug, dort drüben hätte sie gerne gelebt, in einer Einöde an der Grenze, wo es noch Bauern und Jäger gab, und sie dachte unwillkürlich, daß sie auch so angefangen hätte: An meine Völker! Aber sie hätte sie nicht in den Tod geschickt und nicht diese Trennungen herbeigeführt, da sie doch gut miteinander gelebt hatten, immer natürlich in einem Mißverständnis, in Haß und Rebellion, aber man konnte ja von den Menschen wirklich nicht verlangen, daß sie sich von der Vernunft regieren ließen, und sie dachte belustigt an ihren Vater, der ganz ernsthaft erklärt hatte, es sei damals alles ganz und gar unvernünftig gewesen und sonderbar, und gerade das hätten alle verstanden, weil sie eben allesamt sonderbare Leute waren, und auch die Revolutionäre seien ganz erschrocken gewesen, wie es dann dieses verhaßte, aber mehr noch geliebte sinnlose Riesenreich nicht mehr gab. Sie aber würde sich nicht mehr anstecken lassen von dieser Krankheit, die im Aussterben war, nur eines verleugnen konnte sie natürlich nicht, das war ihre Moral, denn ihre Moral kam von hier und nicht aus Paris und hatte nichts zu tun mit New York und kaum etwas mit Wien. Sonst war sie alle zwei oder drei Jahre nach Wien gekommen, für eine Woche etwa, immer strahlend, immer mit einem anderen Begleiter, manchmal mit zweien, und sie wurde so wenig klug aus ihren Begleitern wie ihre Wiener Freunde, die mit einem gewissen Heißhunger die Besuche Elisabeths genossen. Den einzigen Unfall im Dschungel des Wiener Klatsches hatte ausgerechnet der diskrete Atti Altenwyl verursacht, der einmal meinte, man tue der Matrei gewaltig unrecht, denn niemand sei besser dazu gemacht, mit einem einzigen Menschen zu leben, aber dann verließ ihn sein Geist, weil die anderen ihn entgeistert ansahen, und er konnte auch nicht begründen, worauf sich seine Idee von der Elisabeth stützte, und seine Frau dachte das einfachste, daß er, früher natürlich, vor der Ehe, etwas mit der etwas älteren Matrei gehabt habe, und Antoinette schaute Atti sehr lieb an, denn sie war im Grund stolz auf diese Errungenschaft. Sie beredete die Besuche Elisabeths mit einem Dutzend Leuten unter dem Siegel strengster Verschwiegenheit, und das hieß soviel, daß die Geheimnisse besser gewahrt worden wären, wenn sie in der Zeitung gekommen wären, weil man sie dann vielleicht übersehen hätte. Die Matrei zu kennen war für Antoinette ein großer Gewinn, denn so viele Leute gab es selbst für die Altenwyls nicht, die immerzu mit berühmten Leuten zu tun hatten, und nicht nur beruflich, sondern jemand, der sich mit diesen fernen Gestalten, Malern und Filmstars, Politikern und den Rothschilds einfach traf zu einem Picnic oder einem Abendessen, und Antoinette, die, wie viele Wiener, zwar eine aufrichtige Bewunderung für Schauspieler hatte und selbst Fanny Goldmann herzlich und gerne einlud, hatte natürlich nie wirkliche Filmstars getroffen, für die sie die größte Verachtung zeigte, aber gerade deswegen hatte sie ein kindliches Interesse daran zu fragen, wie es auf den Parties in Hollywood zuging oder wie Liz Taylor wirklich war und aussah, und Elisabeth war etwas erstaunt darüber, denn Leute wie die Altenwyls würden natürlich nie und nimmer auch nur einen Fuß in diese Halbwelt setzen, mit Leuten verkehren, deren Privatleben in Illustrierten abgehandelt wurde, und wenn es auch Filmschauspielerinnen und Fotomodellen allerorten gelang, in die Aristokratie einzuheiraten, so konnten solche Frauen sich kaum vorstellen, daß ein Altenwyl lieber Straßen gekehrt hätte, als sich an der Seite eines Fotomodells zu zeigen, und von jemandem wie der Fürstin von Monaco sagte Antoinette: Ich sag ja nicht, daß sie ihre Rolle schlecht spielt, aber Schauspielerin bleibt Schauspielerin! Niemals hätte sie einen ähnlichen Satz auf Fanny Goldmann gemünzt, denn von ihr sagte sie schlicht: Die Fanny, als Iphigenie, die ist eben königlich.

Wenn Elisabeth beiläufig von ihrem Leben erzählte zwischen Paris und New York, vielmehr von Begebenheiten, deren Zeuge sie gewesen war, da sie über ihr eigenes Leben nie sprach, konnten ihre Wiener Freunde oder zufällige Zuhörer allerdings den Eindruck haben, sie hätten einen Moment teil an einer Welt, die andersartig, schillernd, faszinierend war, weil Elisabeth gut und witzig erzählte, aber zuhause, bei ihrem Vater, fielen alle diese Erzählungen ins Nichts, nicht nur, weil Herrn Matrei das überhaupt nicht interessierte, sondern weil sie merkte, daß sie das alles zwar wirklich erlebt hatte, aber doch auch nicht, denn in all diesen Geschichten war etwas trübe und leer, und das trübste daran war, daß sie alles wirklich mitangesehen hatte, aber ihr Leben daneben anders verlaufen war, ihr darüber oft vergangen war wie einem Zuschauer, der Tag für Tag ins Kino geht und sich narkotisieren läßt von einer Gegenwelt. Von dem, was sie wirklich aufregte, erzählte sie nichts, weil es ungeeignet war für jedes Erzählen. Was gab es zu erzählen zum Beispiel über eine ihrer letzten Reportagen, für die sie eine Auszeichnung bekommen hatte, die sie spöttisch den »Goldenen Löwen« nannte, denn diese Reportage hatte, wie so viele andere, einfach mit dem Problem der Abtreibung zu tun, mit allen diesen empörenden Geschichten, die viele Frauen bereitwillig und anklagend ausbreiteten. Diesmal hatte sie an einer Paragraphenfront zu kämpfen und mußte auch Ärzte und Juristen aufsuchen, lauter Kapazitäten verschiedener Anschauung, aber auch die schienen ihr nicht weniger ungenau etwas herzusagen als diese Frauen, und sie wußte ja, daß es wieder einmal ein sehr wichtiges »Thema« war, aber was herauskam, hatte nichts damit zu tun, sondern war nur eine fürchterliche Anhäufung von fertigen Sätzen, die sie sich auch am Schreibtisch hätte erfinden können, aber Elisabeth, die keinem mehr glaubte, mußte daraus eine Reportage mit furchterregenden Fotos und Texten machen, während sie merkte, daß das alles sie gar nichts anging, schon gar nicht diese Frauen und diese Ärzte, und es packte sie plötzlich eine sinnlose Wut, als sie sich mit einem eleganten, feinsinnigen Gynäkologen unterhielt, sie wollte plötzlich aufspringen, ihn anschreien, daß ihr sein ganzes Verständnis und seine vorsichtigen Formulierungen gestohlen bleiben konnten. Was gingen sie diese ganzen Frauen an mit ihren Schwierigkeiten und ihren Männern und ihrer Unfähigkeit, auch nur ein einziges wahres Wort über ihr Leben zu sagen, und sie wollte diesen Arzt plötzlich fragen: Wer fragt einmal mich, wer fragt einmal jemand, der selber denkt und zu leben wagt, und was habt ihr aus mir gemacht und aus so vielen anderen, mit diesem irrsinnigen Verständnis für jedes Problem, und ist es denn überhaupt noch nie jemand in den Sinn gekommen, daß man die Menschen umbringt, wenn man ihnen das Sprechen abnimmt und damit das Erleben und Denken.

Natürlich hatte sie nicht geschrien, sondern sich höflich bedankt und einen hervorragenden Bericht abgeliefert, der sie anekelte, und der Bericht war schon vergessen und in Papierkörben versunken, als sie dafür einen Preis bekam.

Sie wurde immer gelangweilter nach ihrem vierzigsten Jahr. Jean Pierre, der spätere, sagte, daß er einmal mit einer Wienerin, einer unglaublich ehrgeizigen Person, gelebt habe, einer Simultandolmetscherin, aber zum Glück gebe es noch Frauen wie sie, Elisabeth, die nicht eines Berufes wegen einen Mann verlassen würden, und er fand, sie seien in einer ähnlichen Lage, denn offenbar sei sie ja immerzu von Idioten verlassen worden, und es sei schade, für sie beide, daß er, seit dieser Affaire, einen Knacks habe und ihn ein Gedanke an Heirat würge, selbst bei ihr.

Mit Claude Marchand, der ein primitiver, gefährlicher, aber aufrichtig zynischer Mensch war, der sich aus der Unterwelt skrupellos in die Pariser Filmwirtschaft hinaufarbeitete und dunkle Geschäfte machte, kam sie dann am besten zurecht, er hatte eine unheimliche Energie, die manchmal ansteckend auf sie wirkte, er war so verderbt bis in die Knochen, daß sie ihn als befreiend empfand nach lauter skrupulösen anständigen und entnervten Männern, die sie traurig gemacht hatten, und wenn man auch rundherum nicht verstand, wie sie sich mit jemand wie diesem kleinen Gangster einlassen konnte, so kümmerte sie sich einfach nicht darum, doch als sie aufhörten, einander oft zu sehen, krochen die anderen bereits vor dem Mann, den sie jetzt nicht mehr für einen Gangster hielten, weil er zwei Synchronfirmen aufgekauft hatte und danach bald einen Filmproduzenten nach dem anderen zu Fall brachte. Mit Elisabeth ging er noch manchmal essen und alte Zeiten feiern, in denen er »ein Ding gedreht« hatte.

Ihre zunehmenden Erfolge bei den Männern hatten mit ihrer zunehmenden Gleichgültigkeit zu tun, also nur in den Zeiten davor hatte es das gegeben, was sie, im nachhinein, belustigt, Wüstenzeiten und Durststrecken nannte, da sie nach jedem Verlust noch geweint hatte und trotzig allein blieb, aber stolz weitermachte, weil sie nichts andres tun konnte als weiterarbeiten. Sie konnte nicht mehr verstehen, was früher so tragisch gewesen war, denn jetzt war sie ruhig, ausgeglichen, und es war nur eine Frage der Zeit, der Gelegenheit, wann sie dieser schon zu lang dauernden Beziehung mit Philippe ein Ende machen sollte. Denn sie konnte nicht gut nach Paris zurückkommen und Philippe sagen, er solle seinen Pyjama, seinen Rasierapparat und seine paar Bücher nehmen und verschwinden, denn so leicht würde das nicht sein, und es mußte noch einiges getan werden für ihn. Die Sätze: Ich brauche dich nicht, weder dich noch einen anderen, es hat nichts mit dir zu tun, nur mit mir, und das wünsche ich nicht zu erklären! ließen sich leicht denken, aber nicht ohne weiteres in Paris sofort sagen. Sie konnte auch nicht gut sagen: Mein Bruder hat geheiratet, und zwischen uns ist es aus, ich hoffe, du verstehst. Nur eine Hoffnung durfte und wollte sie sich nicht offen lassen, denn wenn sie in fast dreißig Jahren keinen Mann getroffen hatte, einfach keinen, der von einer ausschließlichen Bedeutung für sie war, der unausweichlich für sie geworden war, jemand, der stark war und ihr das Mysterium brachte, auf das sie gewartet hatte, keinen, der wirklich ein Mann war und nicht ein Sonderling, Verlorener, ein Schwächling oder einer dieser Hilfsbedürftigen, von denen die Welt voll war, dann gab es den Mann eben nicht, und solange es diesen Neuen Mann nicht gab, konnte man nur freundlich sein und gut zueinander, eine Weile. Mehr war nicht daraus zu machen, und es sollten die Frauen und die Männer am besten Abstand halten, nichts zu tun haben miteinander, bis beide herausgefunden hatten aus einer Verwirrung und der Verstörung, der Unstimmigkeit aller Beziehungen. Eines Tages konnte dann etwas anderes kommen, aber nur dann, und es würde stark und mysteriös sein und wirklich Größe haben, etwas, dem jeder sich wieder unterwerfen konnte.

Am Abend läutete das Telefon nach den Abendnachrichten, und Elisabeth rannte hinunter zum Telefon, ohne zu hören, was Herr Matrei kopfschüttelnd sagte, denn dieses Telefonieren mußte ja die reinste Krankheit sein zwischen den jungen Leuten heute. Philippe sagte, er wäre stundenlang nicht durchgekommen und schon ganz beunruhigt, und dann redeten sie kreuz und quer, er vermisse sie gerade heute sehr, denn heute morgen hatte es sich entschieden, er werde jetzt Assistent bei Luc, der schon anfange mit den Vorarbeiten zu seinem neuen Film, und was sie nun dazu sage? Elisabeth sagte, das sei wunderbar, und dann noch mehrmals, daß das aber die beste Nachricht seit langem sei, und wie sie es feiern würden, miteinander, nach ihrer Rückkehr, und zugleich dachte sie, daß es also doch, trotz ihrer Skepsis, zustande gekommen war und daß er eine glücklichere Natur hatte, als er glaubte, schon vergessen hatte, daß er das ihr verdankte, aber sie erwärmte sich trotzdem, damit er auf den Gedanken gar nicht mehr kam, und sie fragte sich nur noch, warum auch Philippe nichts Besseres einfiel, als »mon chou« zu ihr zu sagen, oder »mon poulet«, denn das ging ihr schon seit Jahren auf die Nerven, von Claude, von Jean Pierre, von Jean Marie, von Maurice, von dem anderen Jean Pierre, immer war sie eine »chérie« und »mon chou«. »Oui, mon chou« hörte sie sich antworten, mit einer kleinen Bosheit in der Stimme, und dann sprach sie fröhlich von den Ferien, wie herrlich es sei, morgen werde sie schwimmen gehen, und Philippe, der seine Neuigkeit schon abgeladen hatte, sagte, sie solle endlich zunehmen, er finde es beängstigend, wie sie in der letzten Zeit abgemagert sei, aber dort, auf dem Land, da werde sie sicher gut gefüttert, und sie sagten beide, also auf bald und nochmals auf sehr bald!

Hier, »auf dem Land«, wie Philippe meinte, aßen sie und ihr Vater aber nur ein wenig Aufschnitt und etwas Salat und Früchte, tranken Milch oder saure Milch, aber natürlich keine, die von einer Kuh kam, sondern aus der Landesmolkerei. Ländlich war hier nichts, es war der Stadtrand einer Provinzstadt, die zugleich eine Hauptstadt war, angeschlossen sogar an das internationale Eisenbahnnetz und Flugnetz mit je einem Zug und einem Flugzeug, mit dem man, aus unerfindlichen Gründen, über Frankfurt nach London fliegen konnte. Zwischen Kärnten und England bestanden keine Beziehungen, es hätte welche nach dem Süden und Osten gebraucht, trotzdem waren diese Flugzeuge seltsamerweise immer ausgebucht, aber die Engländer stiegen vermutlich in Frankfurt aus und die Deutschen in Frankfurt zu, denn nach Kärnten kamen nur Deutsche, und Robert, der dieses Flugzeug nahm, war immer der einzige Passagier, der durchflog bis Klagenfurt. Für Elisabeth waren alle Verbindungen ungünstig, sie mußte über Wien, Mailand oder gar Venedig, aber dann brauchte sie immer noch Stunden in der Eisenbahn, um nachhause zu kommen, und zu Herrn Matrei sagte sie: Versteh doch, es ist nicht lieblos, es ist nur so anstrengend, und ich hasse Reisen, weil ich immer reisen muß, für mich ist Venedig nicht das Venedig der anderen, sondern eine Qual, das Hin- und

Hergeschiebe von den Zügen, und Mailand ist eine Katastrophe, von Wien wollen wir gar nicht reden, denn dann muß ich mir im Städteschnellzug auch noch stundenlang diese Gespräche anhören, die ich verstehe, von Leuten, die ich durchaus verstehe. Es ist viel leichter, zwischen Dakar und Paris hin und her zu reisen, weil man dann nicht jedes Wort so versteht, bis in die Wurzel, jeden Mißbrauch, jede Fälschung, jede Vulgarität. Denn wo gab es noch Menschen, die sprachen wie Herr Matrei und immerhin noch wie Robert, und sie würde sich noch einmal Wachs in die Ohren stopfen, um nicht so beleidigt zu werden, stundenlang, in einem Zug in Österreich.

Herr Matrei verstand sie nicht ganz, aber er nickte zustimmend: Deswegen reise ich ja nicht, und ich mag mit niemand mehr reden. Er liebte auch Dialektworte wie sie, spielte sie im richtigen Moment hinein in einen Satz und intonierte das gute ärarische Deutsch, immer seiner Person und seinem Ausdruck, seiner Stimmung entsprechend, und er las gern, herumkrittelnd, aus der Zeitung ein paar Sätze vor, mit Nachbemerkungen wie: Wo haben sie denn das wieder her? »Verunsicherung«, also so was! Hörst du mir zu? Herr Matrei war immerhin stolz darauf, daß Elisabeth und Robert so viele Fremdsprachen konnten, er wisse gar nicht, von wem sie das hätten, von der Mutter gewiß nicht, die das harte Deutsch der Slawen gesprochen hatte, und von ihm auch nicht, weil er nie eine Sprache gelernt hatte, auch slowenisch nicht. Elisabeth wollte ihm nicht sagen, daß Roberts Sprachentalent so groß nicht war, ihn nur der Beruf gezwungen hatte, zwei zu lernen, und daß er erst durch Liz zu einem ganz guten Englisch gekommen war; eher begabt war sie, die sich so wenig begabt gezeigt hatte, wenn sie deutsch schrieb in Wien, aber sie konnte seltsamerweise französisch und englisch schreiben, nur eine Zweisprachigkeit wie Trotta hatte sie nie erreicht, und ihre Perfektion war keine, sie war nur geschickter und anpas-

sungsfähiger als Robert, hatte ein besseres Gehör, und sie
war vorsichtiger, weil sie nie versucht hatte, ein bestimmtes
Englisch zu sprechen, sondern sich in einem neutralen auf-
hielt, ohne die Besonderheiten von englischen und amerikanischen Freunden zu kopieren, und Trotta hatte sie einmal geklagt, daß sie nie so gut französisch sprechen werde
wie er, aber er hatte gemeint, das wünsche er ihr nicht, es
sei besser, sie geriete nie wie er in diesen Zustand von Auflösung, denn es hätten ihn auch die Sprachen aufgelöst. Im
Anfang half er ihr einige Male, Korrekturen zu machen,
wenn sie unsicher war, und dann sagte er eines Tages, es
reiche für ihr »Gewerbe«, wie er sich mild ausdrückte, und
in Amerika half ihr auch noch einmal jemand, und da ging
es noch rascher, denn für den Gebrauch hatten sich dort
schon viele eine lesbare Sprache zurechtgemacht; sie war
darum nicht einmal eine sensationelle Ausnahme wie in
Frankreich. Trotta sprach deutsch wie ein Fremder, aus einer deutschen Fremde, und französisch wie ein Franzose,
aber daran lag ihm nichts, und auch nichts daran, daß er
zwei oder drei slawische Sprachen sprach wie jemand, der
nur lange weg war, und einmal sagte er ihr: Ich habe herausgefunden, daß ich nirgends mehr hingehöre, mich nirgends hinsehne, aber einmal habe ich gedacht, ich hätte ein
Herz und ich gehöre nach Österreich. Doch es hört alles
einmal auf, es kommt einem das Herz und ein Geist abhanden, und es verblutet nur etwas in mir, ich weiß aber nicht,
was es ist.

Elisabeth begriff jetzt, als sie mit ihrem Vater redete, daß
Trotta aber doch ein Österreicher gewesen war, in der Ver-
neinung, wie ihr Vater, der nicht verneinte, aber alles miß-
billigte, was noch so tat »als ob«, als ob von diesem Geist
noch die Rede sein könne, und er beharrte störrisch darauf,
daß ein Irrtum der Geschichte nie berichtigt worden sei,
daß das Jahr 1938 kein Einschnitt gewesen war, sondern
der Riß weit zurücklag, alles danach eine Konsequenz des

älteren Risses war, und daß seine Welt, die er doch kaum mehr recht gekannt hatte, 1914 endgültig vernichtet worden sei, er habe nie gewußt, wie er in diese Zeit geraten sei, ein Beamter, in Zeiten, in der es längst keine Beamten mehr gab, nichts, was er darunter verstand. Er sprach gerne, mit Achtung und Kritik, von der Zeit vorher, er hatte jeden Fehler im Blick, übersah keinen, als hätte er ihn selber begangen, und Elisabeth hörte ihm immer lieber zu, seit er alt war, denn früher hatte sie das wenig interessiert. Für sie hatte es nur die Zukunft gegeben, und sie wußte auch, daß er, obwohl er in seinem tiefsten Wesen kein Sozialist war, es nicht sein konnte, ohne sich selbst zu verraten, immer »rot« gewählt hatte. Er sagte mürrisch: Zur Beschleunigung! Und damit diese Hypokrisie aufhöre, denn er mochte nicht diesen Wigel-Wagel und Reminiszenzen, denn was er erinnerte, war etwas ganz anderes, und das ging heute niemand mehr etwas an. Er hatte auch nur gelächelt, als Robert ihm, von der Universität kommend, im zweiten Semester triumphierend mitgeteilt hatte, daß er die Kommunisten gewählt habe, und er sagte: So ein Lausbub, wählt die Kommerln, und daran ist natürlich die Elisabeth schuld mit ihrem ganzen Aufklärungsgerede aus der großen Welt, sag schon? Die Welt war einmal beinahe schon wirklich groß und etwas weiter fortgeschritten, aber das erklär ich euch nicht. Macht nur weiter so, es ist schon recht.

Elisabeth war damals ziemlich verlegen gewesen und hatte empört gerufen: Ich habe nur erzählt und immer gesagt, was ich denke, und ich habe noch niemandem Ratschläge erteilt, warum sollte ausgerechnet ich diesen Lausbuben beeinflußt haben. Er wird doch selber wissen, was er tut, und du wolltest doch immer, daß wir allein nachdenken und uns nicht herausreden sollen damit, daß wir jung sind, daß es keine Kindereien geben darf, nicht solche, auch für ganz junge Leute nicht, denn was ein Kind nicht mit zwölf oder dreizehn Jahren schon begreift, das wird es später sicher nicht mehr begreifen. Du bist schuld mit deiner Ansicht gewesen, nicht ich.

Herr Matrei wurde sonderbarerweise von seiner Tochter und dem Sohn gleich geliebt, und es mußte damit zusammenhängen, daß er nie etwas sagte oder tat, um sich beliebt zu machen, nicht einmal bei seinen Kindern, nie eines der Opfer ins Treffen führte, und es waren viele gewesen, die er diesen Kindern gebracht hatte, nie, wie er das Haus am Laubenweg angezahlt hatte und dann abgezahlt hatte in Jahrzehnten, dafür erwartete er keinen Dank und auch nicht dafür, daß er nicht mehr geheiratet hatte, weil es sich mit seinen Überzeugungen nicht vertrug, Elisabeth und Robert eine Stiefmutter zuzumuten, und daran hatte er recht getan, denn beide waren von einer ihnen nicht bewußten Unbarmherzigkeit nach dem Tod der Frau Matrei, unerträglich, wenn sie fühlten, daß eine Frau in die Nähe ihres Vaters kam.

Elisabeth, die Robert einmal nach Paris kommen ließ, als er noch aufs Gymnasium ging, fiel es spät ein: Weißt du eigentlich, ist dir das je klar geworden, daß wir alles haben von ihm, er ist ein großer Mann, und wir sind fürchterlich und haben ihm nie gedankt. Stell dir vor, er hätte geheiratet – und das wäre wohl sein gutes Recht gewesen –, wie wir uns aufgeführt hätten, uns gegen ihn und eine andre Frau gestellt hätten. Heute würden wir es verstehen, aber aufrichtig zulassen, ich weiß noch immer nicht. Ich habe da eine Idee, daß er damals diese Frau Jonke, die hübsche Lehrerin von dir, nicht ungern gesehen hat, und sie hatte ihn bestimmt gern, denn sie hat um mich ja geworben, als hinge alles von mir ab und nicht von ihm, und sie war eine gute Frau, sie hätten gut miteinander leben können. Aber siehst du uns mit Frau Jonke im Laubenweg? Ich nicht. Und wir lassen ihn ganz allein, du wirst bald auch nur mehr auf einen Sprung nachhause kommen, und was wirst du mit dem Haus machen, mein lieber Robert? du wirst es nämlich verkaufen eines Tages, er hat diesmal mit mir darüber gesprochen, und wir sind überein gekommen, daß es dir gehören wird, aber ich könnte, für mein Alter, mein hohes Alter, das Recht auf ein Zimmer behalten. Ich hoffe, ich werde dir kein hohes Alter antun, und immerhin habe ich bald eine eigene Wohnung, und irgendwann werde ich heiraten, sowie ich Zeit habe. Aber wenn du heiratest, wird es kritisch, denn es könnte deine Frau mich nicht mögen oder ich sie nicht, und es wäre dann also alles umsonst, was er für uns getan hat.

Leichtfertig schloß Elisabeth das leidige Kapitel: Ich habe dem Vater gesagt, er solle sich das noch zehnmal überlegen, denn dann hat er wenigstens etwas zum Überlegen, zwischen deinen schlechten Lateinnoten und meinen Besuchen.

Erst als sie mit Robert auf der Place du Tertre saß und ihm irgend etwas erklärte, wovon er noch nichts verstand, und er ihr seine ersten ihn bedrückenden Schulgeschichten erzählte, vor allem was die anderen redeten, über die Weiber, er ihr auch gestand, daß er auch so tun müsse, als wüßte er eine Menge über Weiber, damit die anderen nicht glaubten, er habe noch keine Erfahrungen, und sie ihm hilfreich einiges sagte und ihm recht gab in seinen Vermutungen, daß die anderen die Aufschneidereien brauchten, denn sonst würden sie nicht darüber sprechen, wenn sie schon etwas gehabt hätten, mit den »Weibern«. Sie fühlte sich nützlich wie in der ersten Zeit, als ihr das Windelwaschen für ihn und die schlaflosen Nächte seinetwegen das Wichtigste waren, weil er so oft aufwachte und schrie als Kind in der Nacht, aber nicht nach Frau Matrei, sondern immer nach Elisabeth, und dann fiel ihr ein, daß es eine Ungeheuerlichkeit war, was sie über ihren Vater gesagt hatte, dieses: Damit er etwas zum Nachdenken hat – und sie hörte Robert beinahe nicht mehr zu, es war nicht mehr rückgängig zu machen, sie hoffte nur, daß er es überhört habe, in Gedanken bei seinen Pubertätsschwierigkeiten und Schulschwierigkeiten. Wenn du natürlich in Chemie der Beste bist, aber Latein nicht magst, dann – und sie hielt nicht gerade einen belehrenden Vortrag, aber zwischen dem ersten Aperitif, den Robert in seinem Leben trank, in der sanften Nacht, die über die Place du Tertre kam, zwischen sanften Sätzen, die ihn beruhigten, weil es nicht die größte Schande war, als Sechzehnjähriger noch mit keinem Mädchen geschlafen zu haben, und daß das alles nur eine dumme Angeberei war, und Elisabeth, in ihrer Offenheit und erfahren, wenn es überhaupt so etwas wie Erfahrung gab, wohl mehr darüber wußte und trotzdem keines der »Weiber« war, die in der Schule die größte Rolle spielten, dachte sie zärtlich und leidenschaftlich an ihren Vater, und sie versprach sich, nie mehr etwas zu sagen, was ihr mehr weh tat als dem Menschen, von dem sie so sprach. An diesem Abend warf sie Robert aus ihrem Bett, der, etwas benebelt vom ersten Pernod seines Lebens, anfing, ihre Haare und ihr Gesicht zu streicheln, denn das mußte nun endgültig aufhören, oder es durfte vielmehr gar nicht erst beginnen.

Auf dem kleinen Nachmittagsspaziergang zu den Teichen erzählte Elisabeth, daß man auch über den Weg 8 nur bis zur Baustelle kam, und Herr Matrei meinte, das überrasche ihn nicht mehr, er habe schon immer recht behalten mit seinen pessimistischen Ahnungen, wozu diese Bauplaner imstande seien. Aber wenn sie es weit über den Weg 1 hinaus versuche, über das Gasthaus Jerolitsch, dann müßte es einen Steig geben, einen Abstieg zum See, aber wenn es gar nicht ginge, dann würde er, ausnahmsweise, einmal mit ihr zum See fahren, am frühen Morgen, ehe sie Gefahr liefen, Leute zu treffen, Touristen und volle Busse. Denn er ging, wenn auch selten, erst wieder Mitte September schwimmen, wenn man sicher sei vor den Okkupanten, den vielen Autos und dem Lärm am See. Warum sie es so still hier fand im Laubenweg, verstand er nicht, denn es gab rundherum manchmal mehr Lärm als in ihrer Pariser Wohnung, allerdings einen ganz anderen, ein Hund bellte, ein Auto fuhr um die Ecke und zehn Minuten später wieder eines, und diese unsteten Geräusche schreckten einen wirklich mehr auf als ein kompakter gleichmäßiger Lärm in einer Großstadt. Herr Matrei geriet in Zorn, wenn ein Autofahrer rücksichtslos vorbeifuhr, und einmal hatte es einer sogar gewagt, einen ganzen Tag lang seinen Wagen vor die Gartentür zu stellen, ja, eines Nachts hatten sogar zwei Autos angehalten in der Nähe, Türen waren geschlagen worden, alle hatten laut geredet, und das kurz vor Mitternacht, aber damals war ihm die Geduld gerissen, und er hatte etwas aus dem Fenster gerufen. Er bemerkte befriedigt, daß die dann sofort still geworden wären, und der Vorfall, skandalös, habe sich bisher nicht wiederholt. Kinder aus der Nachbarschaft hörten sie auch manchmal, wenige, daher um so deutlicher, noch deutlicher eine junge Frau, die kreischend aus dem Fenster nach diesen Kindern schrie. Buuubi! Puppi! Buuubi!

Trotzdem war es still hier, aber die Stille rührte aus der Lautlosigkeit der Häuser, denn in dem ganzen Viertel, das einmal voller Leben gewesen war in Elisabeths Jugend, alle Häuser anbezahlt von jungen Ehepaaren mit Kindern, wohnten nur noch wenige alte Leute. Herr Matrei erwähnte ruhig: Die Frau Jonas, erinnerst du dich, die aus der Steiermark ist und die diesen Neffen hat, der jetzt berühmt sein soll, man spricht im Radio sogar über ihn, ein Dichter, der lauter unverständliches Zeug schreibt, aber ich will mir da kein Urteil anmaßen, ist im Winter gestorben. Die Kinder von Frau Vuk sind nach Kanada gegangen. Der Edmund, laß mich nachdenken, er muß etwas älter als Robert sein, ist nach Amerika gegangen. Der Herr

Arrighi ist vor einem Monat gestorben. So, du erinnerst dich nicht? er war einmal bei der Kelag.

Elisabeth waren diese Todesnachrichten geläufig, sie hörte jedes Jahr neue und sie lenkte ab und fragte nach den »Nachbarskindern« von früher. Helga hatte nach Schottland geheiratet, ja einen Schotten, Lise war nach Graz gezogen, aber schon zum zweitenmal geschieden, sie gab jetzt Klavierstunden in Graz. Jolanda, die manchmal aus Wien kam im Sommer, grüßte nicht mehr, und Herr Matrei jedenfalls würde diese dumme Gans nicht grüßen, die tat, als kennte sie ihn nicht. Das Lebensmittelgeschäft vis à vis der Waisenhauskaserne hieß noch immer wie früher, aber die Besitzer waren Zugereiste und versuchten, es in einen »supermarket« zu verwandeln. Herr Matrei konnte das Wort nicht gut aussprechen, er stolperte ironisch hinein, erklärte Elisabeth, was so ein Superdings sei, man müsse jetzt einen Drahtkorb nehmen und in dem winzigen Geschäft herumgehen und dann an der Kasse zahlen, obwohl fünf Leute herumlungerten und nichts taten, aber erfreut waren über jeden, der hereinkam. Elisabeth wollte tags darauf das Einkaufen versuchen, um die Veränderung zu sehen, sah sich gleich erkannt von den neuen Leuten, die sie gar nicht kannte, und ging verlegen herum: Gnädige Frau wieder einmal im Land bei uns, Minni, hilf doch der gnädigen Frau, sie wird sich noch nicht auskennen, nein, was für eine Überraschung, der Herr Papa werden sicher sehr froh sein, der Herr Papa halten sich glänzend, so was von rüstig und immer der erste in der Früh! Elisabeth nickte und dankte, alle halfen ihr, die Milchflaschen zu finden, die man wirklich nicht sehen konnte im hintersten Winkel, und dann ging es zu wie früher, und im Grund hätte sie sich den Korb sparen und stehen lassen können, weil man ihr alles zusammensuchte, was sie brauchte. Der neue Besitzer, Herr Bichler, kassierte gewichtig, aber besonders langsam, und so erfragte er geschickt, daß Elisabeth in Paris lebte. Ja, Paris, er seufzte, erst nächstes Jahr würde er mit seiner Frau nach Paris fahren können, heuer waren sie schon in der Vorsaison auf den Kanarischen Inseln gewesen, auf Teneriffa. Im Papiergeschäft, wo sie einen Notizblock und Ansichtskarten suchte, erkannte Elisabeth zuerst die Frau nicht, unförmig, mit einem großporigen Gesicht, und dann gaben sie einander die Hand, sie waren einmal in einer Klasse gewesen, und das also war das junge Mädchen, das mit einigen anderen in einen Skandal verwickelt gewesen war, der mit diesem Papiergeschäft zusammenhing, denn zu dem Papierwarenhändler gingen heimlich einige Fünfzehnjährige, der sich einen ganzen Harem von Minderjährigen gehalten hatte, aber diese hier – der Name war Elisabeth entfallen, Linde oder Gerlinde – hatte er heiraten müssen. Die Frau atmete schwer aus ihrem fetten Körper, vor drei Jahren sei ihr Mann gestorben, leicht hatte sie es nicht gehabt, er hätte ja ihr Vater sein können, und heute bedanke sie sich dafür, wie sie damals von einigen beneidet worden sei, weil der schönste Mann weit und breit sie geheiratet hatte. Die Frau stöhnte: Ein Leben, sag ich dir, ein ganzer Roman, aber kein schöner, und du? ich hoff, daß dir so was erspart geblieben ist, aber ausschauen tust du noch wie damals, die dürre lange Latte haben wir immer gesagt, weißt du noch? Elisabeth lachte ein bißchen und versprach, wiederzukommen, aber sie würde bestimmt nie mehr in dieses Geschäft gehen, und sie kam etwas einsilbig nachhause.

Beim Mittagessen versuchte sie, diese Unterhaltungen in den Geschäften witzig zu erzählen, aber dann schwieg sie plötzlich und ließ die Frau aus dem Papiergeschäft aus. Ihr Vater wollte sich niederlegen, und sie sagte nur: Ich gehe doch noch weg, obwohl es spät ist, wart bitte nicht mit dem Kaffee auf mich!

Sie ging wieder den Höhenweg, unschlüssig, ob sie noch einmal einen der drei Wege versuchen solle, und sie zweigte dann ab, nach Norden, auf den Weg 10 zum Schloß Falkenberg, der immer enger und dunkler wurde, feucht war, aber sie ging wenigstens nicht in Richtung See. Vor dem Schloß Falkenberg, aus dem man offenbar ein Hotel oder eine Hotelpension gemacht hatte, standen viele deutsche Wagen, aber im Garten, an den bunten Tischen, die nicht zum Schloß paßten, saß niemand, weil die Gäste schliefen oder zum See gefahren waren, und sie setzte sich an einen Tisch, rauchte, vergewisserte sich, daß sie zwanzig Schilling mithatte, denn falls jemand kommen sollte, mußte sie einen Kaffee oder Tee bestellen, um ihre Anwesenheit zu legitimieren an diesem Tisch. Der größte Fehler war wahrscheinlich gewesen, daß sie in New York so schnell aufgegeben hatte, denn als sie Hugh heiratete, hatte sie nicht mehr geglaubt, daß sie Trotta liebe und er der richtige Mann gewesen sei, und an diesem Nachmittag, mit dem Blick zum Wald, glaubte sie noch ein letztes Mal, es sei leider damals etwas von ihr völlig verkehrt gemacht worden, sie hätte niemals in diese Scheidung einwilligen dürfen, auf einen Brief hin, sie hätte ihm sofort nachreisen müssen, weil der Brief vermutlich nicht so ernst zu nehmen gewesen war, der eine Reihe von verwirrten Selbstvorwürfen enthielt, und daß er sie niemals in sein Leben, in diesen Schlamm, hätte hineinziehen dürfen, es war auch etwas darin gestanden von »es geht über meine Kraft, Dir das zu erklären, Du hast etwas Besseres verdient, ich wünsche Dir, daß Du einen Märchenprinzen findest und mich vergißt ...«, aber sie erinnerte sich ungenau an diesen Schuldbrief mit der Bitte, die Scheidung einzureichen, und noch heute war ihr unbegreiflich, was denn über seine Kräfte gegangen war, da sie so gut miteinander ausgekommen waren. Genau erinnerte sie sich hingegen, weil sie immerzu in New York, aber auch noch später, davon lebte, an den Anfang seines ersten Briefes an sie: »Uncrowned Queen of my heart!« und sie liebte den Anfang dieses

Briefes länger als Hugh, der etwas mißverstanden haben mußte oder gerade wieder in einer verwirrten Verfassung war, als er mit einem jungen Italiener die Flucht nach Mexiko veranstaltete und sie drei Wochen lang vor Sorge fast umkommen ließ. Sie hatte ihm einen reichlich pathetischen Brief geschrieben, daß sie selbstverständlich seinen Wunsch respektiere, aber nicht einsehe, warum er allein die Schuld haben wollte, denn sie sehe überhaupt keine, daß er immer auf sie zählen könne, daß sie auch warten wolle, aber da ihr Brief vielleicht auch so konfus war wie der seine, kam nur mehr eine kurze Bitte, nicht zu warten, er müsse allein durch diese Krise, er habe nur die eine große Bitte, sie solle ihm verzeihen, und die zweite große, sie solle sich scheiden lassen. Gino litte sehr, weil er, Hugh, in Gedanken so weit weg sei, immer bei ihr, und überhaupt bei dem Gedanken, die Ursache dieser Trennung zu sein. Was dieser Gino, den sie nur einmal gesehen hatte, unter Hughs und ihren Angelegenheiten schwer zu leiden hatte, blieb auch für immer ein Rätsel, und Hugh hatte wieder einmal jemand mit Geheimnissen und Sensibilitäten ausgestattet, die sie nicht entdecken konnte, denn sensibel war nur er, kaum je ein Gino. Mit Hugh hätte alles gut gehen müssen, und nur er hatte das fertig gebracht, Einfälle zu haben, die Elisabeth noch heute glücklich machten, denn Hugh war wirklich großzügig und gut zu ihr gewesen. Einmal hatte er einen Auftrag bekommen und eine Anzahlung von hundert Dollars, und von diesen ersten kostbaren Dollars, die er verdient hatte, kaufte er so viele Blumen für sie, daß sie in allen Vasen und Töpfen nicht unterzubringen waren und im Waschbecken und im Bad schwammen, und dazu ein teures Parfum, eine riesige Flasche, und Elisabeth war fassungslos, aber nicht so sehr vor Freude, sondern weil die Telefonrechnung noch nicht bezahlt war und sie auch sehr knapp dran war, aber jetzt, als sie aufstand und abschiednehmend das Schloß, das kein Schloß mehr war, ansah, weil keine Kellnerin gekommen war und ihr ein deutscher Kaffee erspart geblieben war, sah sie sich mit dem ganzen Arm voller Blumen, zwischen Lachen und Weinen, wie in einem Film, wo Männer einer Diva soviel Blumen schickten, daß die Hauptdarstellerin darunter zusammenbrach, und sie hörte sich noch sagen: You are a fool, oh Hugh, my darling, you must be crazy! Heute gab es keinen Zweifel mehr, daß eine bezahlte Telefonrechnung nicht in Elisabeths Erinnerung geblieben wäre, sondern nur eine, die kaum bezahlt hatte werden können, aber die Blumen und das hinausgeworfene Geld, alles, was Hugh ohne Nutzen getan hatte, das war er geworden für sie, so lebte er weiter in ihr, glorifiziert, und er womöglich — in Mexiko oder wo immer es heute Mode war, »von ganz vorn« anzufangen, denn damals war es eine Mode gewesen — wußte vielleicht nichts mehr von dieser Stunde, als die kleine Wohnung von Blumen verschüttet war und er gestrahlt und gesagt hatte, BANDIT sei das einzig richtige Parfum für sie, sondern er dachte in Südamerika oder doch wieder in New York an etwas Peinliches, von dem sie wiederum nichts wußte, oder auch an etwas Schönes, an einen schönen Moment, an den sie sich nicht erinnerte.

Vor der Abzweigung zum Weg 5 setzte sie sich, sie konnte hier natürlich über das Schloß Freyenthurn hinunter, aber nur bis zum Plattenwirt, und das war natürlich die Lösung. Sie brauchte von dort, wo die Stadt noch nicht aufhörte, ja nur ein Stück bis zur Strandpromenade gehen, aber gerade das wollte sie nicht, denn so kam sie doch auf Straße, und die Villacherstraße mußte vermieden werden, sie konnte in diesem Aufzug nicht unter die Leute, sie konnte natürlich schon, ihr machte es auch nichts aus, aber diese zu frühe Mündung der Wege 5 und 6 behagte ihr nicht, und sie ging zwar hinunter, stand dann aber auf einer Wiese, sie hätte weitersuchen müssen, sah nicht einmal den See von hier aus, in der Ebene, sicher mußte es irgendwo weitergehen, aber querfeldein gehen durfte man nicht, und nach einigem Herumstreunen, Pfadesuchen, kehrte sie um und ging über den Höhenweg nachhause.

Wegen des Telefons hatte Herr Matrei lange revoltiert, er dulde keines im Laubenweg, und er mokierte sich über das Telefonieren seiner Kinder, über diese Anrufe von Männern, die nicht deutsch konnten und Elisabeth verlangten, und er sagte jedesmal, schreib auf, wieviel du wieder vertelefoniert hast, denn Robert muß die Rechnung bezahlen. Obwohl Elisabeth ihn zuerst zu bewegen versucht hatte, ein Telefon zuzulassen, weil sie meinte, ihn um den Finger wickeln zu können, denn sie war ja seine Tochter, war es dann doch Robert gewesen, dem die List gelungen war. Aber er mußte das Telefon auch bezahlen, und Elisabeth wiederum mußte ihre Gespräche an Robert bezahlen. Herr Matrei ließ sich schmunzelnd die Bezahlung gefallen, nur weil er es nicht gewollt hatte, denn er hätte ihnen gerne alles bezahlt, aber sie sollten nur ein wenig lernen und symbolisch büßen. Er mochte diesen Apparat zuerst nicht, weil er störte, klingelte, wenn er sich nachmittags ausruhte oder im Garten war oder die Nachrichten kamen. Und immer zu diesen unmöglichen Zeiten riefen die Kinder an, aus einem Ausland. Zuerst war er nur verärgert und sagte jedesmal kurz: Schreib lieber, schreib mir einen Brief, du hast mir schon drei Wochen nicht geschrieben, und jetzt sind Nachrichten.

Später freute er sich, daß Robert sich durchgesetzt hatte, und er lebte doch auf, wenn die Kinder anriefen. Entsetzt war er nur gewesen, weil Elisabeth einmal aus New York anrief, und er dachte, sie sei schwer erkrankt, aber sie wollte nur wissen, ob er ihr einen Auszug aus der Heimatrolle besorgen könne, sie habe nicht mehr alle Dokumente, auch den Geburtsschein finde sie nicht. Später mußte er feststellen, daß dieser leichtsinnigen Tochter einfach alle Maßstäbe verlorengegangen waren, sie bloß angerufen hatte, weil

sie partout heiraten wollte, und ein Brief hätte durchaus
genügt.

Am nächsten Morgen regnete es, und Elisabeth und Herr
Matrei saßen beim Frühstück beisammen, die Zeitung war
noch nicht da, und sie sagte: Ich weiß nicht, dieser Sommer, das wird kein Sommer mehr. Herr Matrei entschuldigte sich für den Kärntner Sommer und er meinte, sie
könnten es aber heute riskieren, zum Strandbad zu fahren,
weil der Regen viele abhalten würde, und dann nach Loretto zu gehen, denn ihr mache Regen ja auch nichts aus,
und Menschen begegnen wollten beide nicht. Sie fuhren
mit dem Bus weg und stiegen um am Hlg.-Geist-Platz in
den Bus zum See.
Es war nicht mehr die alte Tramway, mit den offenen
Sommerwaggons, den vielen Kindern, die auf dem Tritt-
brett hingen, und den Erwachsenen auf den Bänken vis à
vis. Nirgends auf der Welt hatte es eine hübschere Som-
mertramway gegeben als in Klagenfurt. Heute nahm man
einfach einen Bus, der aussah wie Busse überall. Sie wan-
derten zu Fuß nach Loretto, und sie waren die ersten und
einzigen, die zum Schwimmen gekommen waren.
Elisabeth hatte schon den Badeanzug an unter dem Kleid
und warf es auf der Brücke weg. Herr Matrei zog sich umständlich um in einer Kabine, und dann schwammen sie
zwanzig Minuten in einem ziemlich kalten Wasser. Weder
er noch sie wollten zurück und nachhause, denn es war
herrlich und sie fror und crawlte wild, um sich zu erwär-
men, aber sie mußte wirklich arg dürr geworden sein, in
der letzten Zeit. Sie schwamm trotzdem noch einmal, ihr
Vater schwamm auch noch einmal, und sie trafen sich im
See an einem Baumstamm, der wie eine Boje im Wasser
rollte. Daddy, I love you, schrie sie zu ihm, und er rief:
Was hast du gesagt? Sie schrie: Nichts. Mir ist kalt.
Auf dem Heimweg kamen sie an den riesigen Camping-

plätzen vorbei, und Herr Matrei ließ einige bissige Bemerkungen fallen, nicht ohne Genugtuung, daß diese Leute so eng zusammengepfercht waren, freiwillig. Er wäre nämlich deswegen allein nie hergekommen, obwohl er noch immer so gerne schwimme wie früher, aber an den See könne man nicht mehr vor dem Herbst, es seien ja nur noch Deutsche da. Herr Matrei sinnierte: Es sind überhaupt nur noch Deutsche da, jetzt haben sie es endlich fertiggebracht, jetzt haben sie uns gekauft, und die haben denen keinen Riegel vorgeschoben, unsere Regierungstrottel, die das hätten kommen sehen müssen. Und nun mußte er noch auf seine alten Tage erleben, daß Kärnten den Deutschen gehörte. Die Bauern hätten praktisch fast alle Grundstücke an sie verkauft, die neuen Besitzer spielten sich schon auf wie die Herren, nicht wie Gäste. Einen Österreicher schaute man während der Saison gar nicht an, und die Speisekarten waren voll von irrsinnigen Ausdrücken, die kein Österreicher verstand, für Topfenkuchen habe er »Käsesahnetorte« gelesen, und danach sei er aufgestanden beim RONACHER und habe das Lokal nie mehr betreten. Herr Matrei sagte empört: Und unsere Leute kuschen und glauben, es sei gut für unsere Devisen und den Fremdenverkehr. Das habe aber nichts mit Fremdenverkehr zu tun, sondern gleiche einer Okkupation. Elisabeth wußte zwar, daß seit vielen Jahren das halbe Rhein-Ruhrgebiet nach Kärnten eingefallen war, natürlich nicht die Reichen, die würden sich hüten, in ein so armes Land zu gehen, aber wie ihr Vater, der »rot« wählte, sagte, es seien diese Proleten mit ihren stinkenden großen Autos, die das Land kaputt machten, und das war einfach zuviel für ihn. Überall diese Proleten zu hören, die von neun Uhr morgens an grölten und Bier tranken, ihre Autos immerzu wuschen und dann nach »Fenedig« rasten. Elisabeth dachte für sich, denn sie wollte ihren Vater nicht noch mehr aufregen: Dieser See ist auch nicht mehr der See, der uns gehörte,

sein Wasser schmeckt anders, es schwimmt sich anders
darin. Er hat uns nur eine halbe Stunde lang im Regen gehört. Herr Matrei wiederholte sich, während sie stadtein-
wärts fuhren: die Deutschen hätten jetzt alles, und das
habe er nicht mehr erleben wollen. Den Krieg hatten sie
verloren, aber nur scheinbar, jetzt eroberten sie Österreich
wirklich, jetzt konnten sie es sich kaufen, und das war
schlimmer, für ihn war ein käufliches Land schlimmer als
ein verirrtes und zerschlagenes. Man durfte sich nicht kaufen lassen.

Warum Elisabeth plötzlich an den Bezirkshauptmann
Trotta aus der Monarchie denken mußte, der für sie nur
eine Legende war, wußte sie nicht, aber sie dachte, mein
Vater und er, die ähneln einander so sehr. Mehr als ein
halbes Jahrhundert später gab es wieder jemand, der jemand ähnelte aus einer anderen Welt, einer versunkenen.
Und vielleicht waren ihre Gedanken deswegen so oft bei
Franz Joseph Trotta in dieser Zeit, an den sie in manchen
Jahren kaum mehr gedacht hatte. Und Trotta hatte im
Grunde nichts anderes gemeint als ihr Vater, wenn er von
den Deutschen sprach: Ich meine, es hat mir buchstäblich
die Sprache verschlagen, ich weiß, seit ich mit der französischen Armee in Deutschland war, was sprachlos sein heißt,
weil rund um mich diese Leute waren, die sich einbildeten,
deutsch zu sprechen, und die Franzosen haben ihnen das
auch noch geglaubt, vieles andre nicht, aber ausgerechnet
das.

Auf dem Hlg.-Geist-Platz fanden sie keinen Anschluß, und
Elisabeth sagte: Ich hole uns ein paar Zeitungen! In einer
las sie bestürzt, auf der ersten Seite in einer kleinen Rubrik, daß einer ihrer Freunde bei Sorrent von einem Felsen
gestürzt sei, und die italienische Polizei sich noch nicht klar
darüber sei, ob es sich um einen Unfall, Selbstmord oder
Mord handle. Aber dieses Blatt, wie die anderen Blätter,
hatte dicke Schlagzeilen, die sie zuerst nur zerstreut las. Sie

kam atemlos zu ihrem Vater zurück, der vor dem Landhaus stand und winkte, weil der Bus kam, sie gab ihm zwei Zeitungen, obwohl er sonst nur eine las, auf die er abonniert war, und dann fing sie, um sich zu beruhigen, entspannt zu lesen an: Eifersuchtsdrama auf Millionärsvilla. »Auf« war gut. Das interessierte sie kaum, aber in der nächsten hieß es schon wieder: Blutbad in Millionärsjagdhaus. Sie fing wider Willen zu lesen an. In dem Moment kam der Bus, und sie stiegen ein. Während der Fahrt las Elisabeth angestrengt, denn sie war zu sehr eine Journalistin, und der Anfang dieser umständlichen Berichterstattung ließ sie zuerst nichts begreifen. Wenn man die Provinzpresse kennt, ihre liebenswerte Unfähigkeit, über Ungewohntes, etwa ein ihr nicht bekanntes Milieu zu schreiben, dann brauchte man allerdings Phantasie oder Metier, um aus dem Wust der Sätze die Fakten herauszulesen. Elisabeth sah einmal auf und sagte, während sie am Stadttheater vorbeifuhren: Der Bertold Rapatz hat seine Frau und irgendeinen slowenischen Forstgehilfen erschossen und nachher sich selber, das ist doch nicht zu fassen! Herr Matrei antwortete nicht, denn er war vertieft in seine Zeitung, er sagte nur: Rapatz? Nie gehört. Elisabeth sagte verwundert: Aber Vater! Immerhin ist das einer der drei reichsten Männer Österreichs, wenn nicht der reichste, und er hat einige Jagden hier bei uns. Aus dem Bericht war sie nicht ganz klug geworden, der zweiundsechzigjährige Diplomingenieur Bertold Rapatz hatte seine dreiunddreißigjährige Frau Dr. Elisabeth Rapatz erschossen, aus Eifersucht vermutlich, zuerst ihren Liebhaber, vor den sie sich zu werfen versucht hatte, einen gewissen Jaslo soundso. Die Gendarmerie in Eisenkappel sei gerufen worden zum Tatort von einer Radmilla soundso, die Haushälterin in der Millionärsvilla war. Elisabeth nahm ihrem Vater jetzt seine Zeitung weg, denn das war ja zum Nervöswerden, diese ungeschickten langatmigen Berichte. In Paris oder New York hätte jeder kleine

Journalist der Boulevardpresse gewußt, wie man so etwas machte, aber die wußten es hier eben nicht. Eifersuchtsdrama, das klang nach Heuboden und Taschenfeiteln, und trotzdem war der Mann Bertold Rapatz. Eine Zeitung bemühte sich sogar etwas weiter zu gehen: »Dipl.-Ing. Bertold Rapatz, dessen Vater aus der erlauchten Familie der Edlen von Rapatz stammt, die für die Verdienste um die Erschließung der Gailtalbahn zu kriegswichtigen Zwecken geadelt wurde . . .«, und Elisabeth dachte zuerst, daß diese armen kleinen Journalisten, die so gut über Holzmessen zu berichten wußten, leider keine Ahnung hatten, was ihrer Gendarmerie da in die Hände gefallen war, und daß Bertold Rapatz' erlauchter Adel zwar nichts wert war, weil Kaiser Karl kurz vor dem Kriegsende so ziemlich alle Leute geadelt hatte, die ihm gerade über den Weg gelaufen waren, und daß es auch uninteressant war, ob Bertold Rapatz Diplomingenieur war, wie sein Vater, der Edle von Rapatz, aber nicht unwichtig war es zu wissen, daß Rapatz nicht einfach ein Millionär war, es gab vielleicht sogar in Kärnten einige Millionäre, sondern eine Macht, das Geld schlechthin, und daß ein Jagdhaus keine Villa war, sondern etwas anderes, und daß Rapatz nur ganz nebenbei auch noch ein Drittel der Holzindustrie und Jagden Kärntens gehörte. In der vierten Zeitung, die Elisabeth endlich von ihrem Vater eroberte, die auch groß tat mit Blutbad und Eifersuchtsdrama, las sie aber bald nicht mehr weiter, sondern ließ das Blatt sinken. Rapatz' dritte Frau, »Dr. Elisabeth Rapatz, geborene Mihailovics«, hieß es dort, und sie dachte an die kurze seltsame Begegnung in der Teichstraße und sagte sich: Nein, das ist nicht möglich, und es muß doch wahr sein, die kleine, arme, schüchterne Mihailovics war die dritte Frau Rapatz geworden, und was bedeutete das nur alles? die war doch keine Frau, die auf einen reichen Mann aus war, und dieser junge Slowene, der ihr einfiel, mußte zwar der erwähnte »Forstangestellte« sein, aber zwischen diesen beiden war doch nichts, das hatte sie in einer Sekunde erraten, es mußte etwas ganz andres gewesen sein, was die Mihailovics so verlegen gemacht hatte. Sie sagte erstickt zu ihrem Vater: Es ist die Elisabeth Mihailovics, die er geheiratet hat, stell dir das vor, und unsere brave Gendarmerie wird nie herausfinden, was da wirklich los war, denn es stimmt alles nicht, was die sich in ihren beschränkten Hirnen zusammenreimen, da stimmt überhaupt nichts. Das laß dir gesagt sein!

Herr Matrei, der nicht verstand, warum Elisabeth sich so aufregte, sagte nur etwas wie: Arme Person! Diese älteren Männer heute mit ihren viel zu jungen Frauen, das muß ja schiefgehen.

Ach was, sagte sie ungeduldig, jedenfalls nicht so. Es gibt kompliziertere Dinge als Eifersuchtsdramen. Ich gäb was darum, wenn ich erraten könnte, auf was dieses Hascherl sich eingelassen hat und was dieser Rapatz für ein Mann war. Gesehen hat ihn ja kaum jemand, auch in Wien nicht. Solche Leute sieht man nie.

Herr Matrei war nun doch erstaunt, denn für ihn waren die wichtigen Leute ganz andere, die, die sonst in den Zeitungen vorkamen, Abgeordnete, der Bürgermeister, der Landeshauptmann vor allem, das waren für ihn und wohl die meisten anderen auf dem Land die Leute »da droben«, und daß es Leute gab wie Rapatz, die diese so wichtigen Persönlichkeiten des öffentlichen Lebens nicht einmal in ihr Haus hineingelassen hätten, das paßte gar nicht in seine Vorstellung von Hierarchien, auch nicht, daß ein Rapatz, falls er wirklich ein bekannter Mann war, wie Elisabeth es sich einbildete, es abgelehnt hätte, sich fotografieren zu lassen oder im Radio zu sprechen, das wollte ihm noch weniger einleuchten. Ich glaube, du überschätzt diesen Mann sehr, sagte Herr Matrei bestimmt. Man hat nie etwas von ihm gehört.

Das glaube ich gern, sagte Elisabeth lächelnd, und wenn er

nicht zwei Leute und sich getötet hätte, wäre nicht einmal seine Anwesenheit hier bekannt geworden. Nicht hier in Klagenfurt jedenfalls. Aus den ersten Aussagen der Haushälterin und der anderen Angestellten ging auch so wenig hervor, das war eher auszulegen als ein beharrliches Schweigen und Verschweigen, so daß sie sich vorstellen konnte, wie Rapatz eine Mauer um sein Leben gezogen hatte und daß darum auch später keiner von ihnen sprechen würde, denn Leute wie Rapatz suchten sich ihr Personal zu genau aus, es fiel ihr auch auf, daß fast nur Slowenen darunter waren, einige Kroaten, das bedeutete einen weiteren Schutzwall gegen Neugierige, auch nach seinem Tod.

Nach der ersten Woche, obwohl sie zwei Wochen hatte bleiben wollen, wurde Elisabeth so unruhig und von Stunde zu Stunde nervöser, weil sie sich beherrschen mußte vor ihrem Vater, der feststellte: Du schaust aber schon viel besser aus. Die Unruhe kam von den langen Wanderungen durch den Wald und vom See, zu dem sie gar nicht mehr hinunter wollte, aber an diesem Tag hatte sie es noch einmal versucht, über das Gasthaus Jerolitsch hinunter zu gelangen, obwohl sie schon wußte, daß es nicht möglich war. Sie kam gebräunter, aber erschöpft nachhause, und dann gab sie vor, sehr müde zu sein, und sie ließ ihren Vater allein beim Abendessen, ging in ihr Zimmer, las aber noch in einem alten Abenteuerbuch von Robert bis Mitternacht, und dann, weil sie sicher war, daß ihr Vater schon schlief, rief sie leise das Fernamt an und verlangte Paris. Nach wenigen Minuten war das Gespräch schon da, sie hörte erleichtert Philippes Stimme, sie bat ihn flüsternd, ihr ein Telegramm zu schicken, in dem etwas stünde von sehr dringend und Abreise erforderlich wegen Arbeit. Am nächsten Morgen kam das Telegramm aus Paris, und Elisabeth tat ungehalten, sie murmelte: Ausgerechnet jetzt, wo ich endlich anfange, mich zu erholen.

Einen Augenblick sah sie zu Boden, denn sie fürchtete, ihren Vater zu enttäuschen, aber sie entdeckte erleichtert kein Zeichen einer Traurigkeit oder Depression, weil sie ihn so rasch wieder verlassen wollte – mußte, wie er glaubte –, und sie fuhren mit dem Bus sogleich in die Stadt zum Reisebüro, nein, er übernahm das Besorgen der Fahrkarte und duldete nicht, daß Elisabeth zahlte bis Wien, denn mit diesen Geschenken, überreichlichen, wollte er immer ausgleichen, was er für ihr Telefonieren verlangte, und auf dem Heimweg schimpfte er wieder auf den wahnwitzigen Verkehr, den Elisabeth nirgends entdeckte. Den Abend vor der Abreise verbrachten sie still miteinander, hörten wieder die Abendnachrichten, lasen abwechselnd Blätter aus der abonnierten Zeitung, die wieder von dem blutigen Eifersuchtsdrama »in auf und um« Millionärsjagdhaus berichtete, ohne ein einziges neues Detail. Eine Karte aus Marokko war noch immer nicht gekommen, und sie redeten ein wenig oder schwiegen nachdenklich, und diesmal war es Herr Matrei, der darauf bestand, daß sie früh schlafen ging. Im Zimmer, allein, hatte sie keine Lust, sich gehorsam hinzulegen, sondern kramte in ihren Sachen und fing an, ihre Koffer zu packen. Sie erschrak ein wenig, als ihr Vater klopfte und dann hereinkam, aber er sagte nichts, weil sie noch nicht im Bett lag, sondern gab ihr befangen ein Kuvert und küßte sie auf die Wange. Er sagte: Damit ich es nicht vergesse, es ist nur etwas für die Reise, und damit du zurecht kommst in Wien.

Elisabeth brachte kein Wort heraus, ihr fiel ein, es würden wieder tausend Schilling darin sein, damit sie, das Kind, auf dem Weg zurecht kam, und sie sagte, wie immer: Wie lieb von dir, damit sie ihn zum Lächeln brachte und er wieder wußte, wie nötig sie ihn hatte. Sie fühlte sich nicht schuldbewußt, als sie am nächsten Morgen mit ihrem Vater zum Bahnhof fuhr und Herr Matrei sich wieder umständlich vergewisserte, daß der Zug vom Bahnsteig I

wirklich abging und wirklich zur angegebenen Zeit, sondern kaufte, indem sie ihn vorausgehen ließ, am Kiosk Zeitungen, Zeitschriften und Zigaretten und schlenderte damit zum Bahnsteig, wo Herr Matrei sie streng erwartete,
da er prinzipiell auf frühes Dortsein bestand, und nun hatten sie leider noch eine halbe Stunde Zeit, standen neben
den Koffern und redeten, sie versprach, sofort zu schreiben, sie erwähnte, sie werde in Wien vielleicht vom Flugplatz aus Freunde anrufen, irgendwelche Freunde, die
Herr Matrei nicht kannte, sie beteuerte, daß ihr ein
Abendflug nach Paris lieber sei als ein Tagflug, daß es sie
überhaupt nicht mehr interessiere, etwas zu sehen von
Flugzeugen aus. Endlich kam der Zug, und sie stieg ein,
nachdem sie ihn umarmt hatte, und sie stellte sich ans Fenster, ja, ihr Vater war kleiner geworden und nur hier, wenn
er nicht zuhause war und nicht mit ihr auf einem Wald-
weg, hatte er wieder diesen kindlichen Blick, den greisen-
haften eines alten Mannes, den man zurückließ, allein ließ,
und Elisabeth, obwohl es nun zu spät war, wollte noch einmal aussteigen und ihm etwas sagen, doch was? was denn
nur? doch nicht, wie sehr sie fürchtete, als der Zug anfuhr,
ihn nie mehr wiederzusehen. Sie schrie, aber er hörte sie
vielleicht nicht mehr: Ich schreibe sofort, danke für alles,
ich schreibe! Sie lächelte und winkte und hoffte, der Zug
würde diesmal rascher hinausfahren als sonst, sie winkte,
als wäre sie nicht verzweifelt, eine strahlende Frau, seine
Tochter, ein Kind, Roberts Schwester, ein Mensch, der ab-
fuhr, reiste und immer weiter reiste.
In Wien auf dem Flughafen, nachdem sie mechanisch die
Formalitäten hinter sich gebracht hatte, ihre Koffer weg
waren, ging sie sofort durch die Paßkontrolle, weil gerade
niemand dort stand. Sie überlegte, ob sie ins Restaurant
hinaufgehen solle, entschied sich dann aber für das ödere
Café, einen riesigen Raum mit Plastiktischen, an denen er-
müdete Leute saßen, die warteten. Nachdem sie einen er-

sten Kaffee getrunken hatte, der eben leider kein Wiener Kaffee mehr war, blätterte sie in ihrem Adreßbuch. Vielleicht sollte sie die Altenwyls anrufen oder die Goldmanns, nein, da stimmte etwas nicht mehr mit den beiden, das war zu heikel, und sie blätterte und blätterte, die Jordans eventuell oder Martin oder Alex ... Nein, es hatte überhaupt keinen Sinn, denn wahrscheinlich war niemand in der Stadt Ende Juli.

Ein Mann war jetzt schon zum zweiten oder dritten Mal an ihrem Tisch vorbeigekommen und wieder zurückgegangen, und da sie sich unwillkürlich umdrehte und ihn ansah, kehrte er wieder um und fragte höflich und ungeschickt: Verzeihen Sie, sind Sie Elisabeth Matrei? Da sie ihn ohne Antwort anstarrte, wiederholte er: Verzeihen Sie, Sie werden sich nicht mehr an mich erinnern.

Er war ein Mann ihres Alters, aber er kam ihr jünger vor, obwohl ihr sonst alle Männer älter vorkamen in diesem Alter und er sprach dieses harte Deutsch, das ihr vertraut war, nur fiel ihr einfach nicht ein, was ihr daran vertraut war, woher er sie kannte und ob sie ihn kannte. Sie machte vorsichtig eine Geste, er setzte sich, und in diesem Augenblick fiel es ihr ein, es mußte dieser Vetter von Trotta sein, dieser Branco, einer von denen, die in Jugoslawien geblieben waren, ein Sohn oder Enkel von Bauern oder Händlern, oder waren es Maronibrater gewesen? aus jenem Sipolje, das es nicht mehr gab, und da dieser Branco also dort kaum mehr leben konnte, fragte sie zögernd. Er lebte also in Ljubljana. Er bestellte auch einen Kaffee, und nun wußte sie nicht, worüber sie mit ihm reden sollte, denn von dem Tod seines Vetters mußte er längst alles wissen, es lag auch schon so weit zurück. Sie hörte unaufmerksam zu und hörte ihn noch einmal etwas mühsam sagen von Ljubljana und daß er ein Visum für Moskau habe und jetzt nach Moskau fliege. Dann sagte er, aber ohne Mühe und rasch, so daß sie erstaunt aufsah: Ich habe lange gewartet. Sehr lange. Aber Sie waren immer unter so vielen Menschen. Ich meine, Sie waren immer so beschäftigt, und es waren immer so viele Leute um Sie herum. Sie antwortete heiter: Ja? So viele Leute? Er setzte zusammenhanglos hinzu: Ich habe geheiratet vor einem Jahr, ja, da unten, und ich habe einen Sohn, er ist zwei Monate alt. Sie legte ihre Zigarette auf die Untertasse und sagte herzlich: Da freu ich mich aber sehr für Sie. Aber es kam ihr etwas seltsam vor, und sie sah ihn genauer an, er hatte schon ein paar weiße Haare an den Schläfen. Aber so spät, ich meine, Sie haben erst so spät geheiratet? Es sollte eine ganz gewöhnliche Frage sein und klang auch so. Ja, sagte er, und dann sah er ihr fest in die Augen: Sie waren immer unter so vielen Leuten. Ich habe Sie einmal in Wien gesehen und dann mit meinem Vetter getroffen in Paris, und Sie wissen sicher alles, aber dann habe ich nie mehr etwas von Ihnen gehört. Ich weiß nicht einmal, ob Sie etwas über mich und Franz Joseph wissen, wir waren nicht nur verwandt miteinander, es war etwas mehr, nur ich konnte nichts mehr tun, und wir sind zuhause geblieben.

Elisabeth sagte leise: Das war wohl besser, aber Sie sagen noch »zuhause«, dann gibt es das also noch. Der Mann sagte: Franz Joseph war in Paris nicht zuhause und dann zuletzt in Wien auch nicht, bestimmt nicht, denn er hat immer gerne paradoxe Dinge gesagt, am häufigsten, er sei exterritorial. Sie müssen nicht traurig sein, es war ihm nicht zu helfen. Er stand auf, denn sein Flug wurde aufgerufen, er hörte unschlüssig auf die Stimme, die über die Lautsprecher kam, es war kein Zweifel mehr, es wurden die Passagiere nach Moskau gebeten, und er wartete nicht, bis sie ihm die Hand gab, sondern sagte leise und rasch, im Gehen: Gott beschütze Sie. Sie schaute ihm nach, sie konnte daraufhin nicht gut »Auf Wiedersehen« sagen, und sie blieb verwirrt sitzen und sah zu spät, daß ihre Zigarette verascht vom Teller fiel und das Zigarettenende glühend auf den Plastiktisch, sie verbrannte sich die Finger, weil sie nicht wußte, wie sie anders die Zigarette löschen sollte auf diesem öffentlichen Tisch. In ihrem Kopf war eine solche Konfusion, weil sie nicht verstand, was er immerzu mit diesen vielen Leuten gemeint hatte und warum er das so oft wiederholt hatte. Ein anderer Flug wurde aufgerufen, wieder in drei Sprachen, und dann hörte sie erschrocken eine andere Stimme, wieder über den Lautsprecher, es war kein Aufruf, sondern eine höfliche monotone Mitteilung, daß der Flug nach Moskau aus technischen Schwierigkeiten sich voraussichtlich zwei Stunden verzögern werde, die Passagiere nach Moskau wurden gebeten ... Als er zurückkam, war sie schon aufgestanden, weil sie sein Kommen im Rücken spürte, ehe sie die Schritte hörte, und sie wandte sich ihm zu, sie standen voreinander und sahen einander an. Er nahm behutsam, dann immer fester, ihre beiden dünnen überschlanken Hände in seine schweren Hände. Sie fingen beide manchmal zu lächeln an und sagten kein Wort. Sie fragte ihn nicht, warum er nach Moskau flog und was er dort zu suchen hatte, und er fragte sie nicht, ob sie noch in Paris lebte und was sie dort verloren hatte. Sie sahen einander nur in die Augen, und in ihrer beider Augen schwamm ein ganz helles Blau, und wenn sie nicht mehr lächelten, wurde es dunkler. Er sagte gottlob nicht mehr, daß sie immer unter so viel Leuten gewesen war, und sie vergaß auch alle die vielen Menschen in ihrem Leben, die Menschen auf diesem Flugplatz und in diesem trostlosen Buffet. Es lief nur die Zeit so rasch ab, rascher als je zuvor, und sie meinte plötzlich, ohnmächtig zu werden, und gleichzeitig fühlte sie, daß er, der soviel kräftiger war, blaß zu werden anfing und daß auch ihm schlecht wurde in dieser Hochspannung, in dieser Hingabe. In diesem Moment wurde der Flug nach Paris ausgerufen, und sie löste sanft, beinahe erlöst von einer unerträglichen Qual, ihre Hände aus den seinen. Sie ging weg wie je-

476

mand, der sich alles genau eingeprägt hatte, die Richtung bis zur Glastür, zu der sie mußte, sie hatte nichts als die gate number im Ohr, als wäre es sehr wichtig, sich darauf zu konzentrieren. Er kam ihr langsam nach bis zur Glastür, die sie trennen würde, und sie fürchtete, er wolle jetzt etwas sagen, aber er blieb nur stehen, zog einen kleinen Notizblock und einen Kugelschreiber heraus, riß ein Blatt ab und schrieb im Stehen etwas auf dieses kleine Blatt und faltete es zusammen. Sie fürchtete noch immer, es könne etwas zerstört werden, und sie sah ihn eindringlich an, er hatte ihr hoffentlich nicht seine Adresse in Ljubljana oder Moskau daraufgeschrieben, aber er sah sie ganz ruhig an, nicht mehr mit diesem Schmerz und dieser Blässe im Gesicht, und steckte ihr das gefaltete Blatt in die Manteltasche. Sie drehte sich um und ging durch die automatisch aufgehende Tür.

Sie las den Zettel nicht im Flugzeug, aber als sie in Orly vor dem Fließband auf die Koffer wartete und nach einem Taschentuch im Mantel suchte, zog sie das kleine Blatt mit heraus, sie öffnete es und las, betäubt und ohne zu begreifen:
Ich liebe Sie.
Ich habe Sie immer geliebt.
Sie hielt auch das Taschentuch in der Hand und wußte nicht mehr, warum sie danach gesucht hatte, ach ja, es zog wahrscheinlich und sie hätte beinahe niesen müssen, aber dann steckte sie den Zettel und das Taschentuch sofort zurück in die Manteltasche, denn sie sah, zu Tode erschrocken, Philippe auf sich zukommen, der zuerst energisch ihre Koffer nahm und sie auf einen Karren stellte und dann Elisabeth an sich zog und lange und heftig küßte, zwischen all den Leuten, die an ihnen vorübergingen, als wären sie allein, und seine Zunge war so tief in ihrem Mund, daß sie ihn zurückstieß, weil sie zu ersticken meinte. Sie sagte atemlos: Aber, ich bitte dich, das war doch nicht

nötig, warum bist du denn nach Orly gefahren, bloß weil ich zurückkomme! Philippe rollte den Karren mit den Koffern zum Ausgang, und sie lief daneben her und wiederholte sich: Ich verstehe absolut nicht, warum du nach Orly rast, wir hätten uns doch später in der Stadt . . . Philippe suchte ein Taxi, fand zufällig auch eins, und im Taxi küßte er sie noch einmal, mit dieser Gier, und sie wehrte sich nicht mehr. Dann begann er heftig zu reden: Jetzt sag mir bloß, was passiert ist, warum ich dir dieses Telegramm habe schicken müssen, ich bin ja halb verrückt geworden vor Sorge! Sie richtete sich auf und sagte verblüfft: Was du nicht sagst? es ist doch ganz einfach, ich habe mich schrecklich gelangweilt, und das war doch vorauszusehen, daß man sich langweilt auf dem Land, nur deswegen habe ich dich darum gebeten.

Aber da Philippe nicht dumm war, denn das war er wirklich nicht, sah er sie mißtrauisch an und insistierte: Es ist aber etwas passiert. So mach mir doch nichts vor.

Sie schaute aus dem Fenster und antwortete nicht, sie tat, als interessierte sie sich angelegentlich für diese nächtliche Straße mit den vielen Autos und Neonlichtern.

Philippe sagte: Schon wie du dich benimmst, daran merke ich doch alles.

Da wieder keine Antwort kam, fand er es bedenklich, und so fing er wenigstens an, von dem Film zu reden, denn er hatte doch den Wunsch, darüber zu reden, und schließlich ließ er sich nicht alles von einer Laune Elisabeths kaputtmachen, aber an einem Rotlicht, als er so ziemlich alle Neuigkeiten bis ins Detail erzählt hatte, sagte er wieder: Es ist doch etwas passiert.

Sie sagte laut und abweisend: Ach du meine Güte, erstens passiert fast nie etwas, und wenn schon, dann ist doch für dich eine ganze Menge passiert, das freut mich sehr, sehr, nur – sie hielt einen Moment inne – nur die wirklichen Dinge, die geschehen gar nie oder zu spät.

Hast du dich verliebt in einen Tiroler? fragte Philippe, denn jetzt redete sie wenigstens, aber sie dachte angewidert an Jean Pierre, der ihr einmal etwas vorgejammert hatte von einer »tyrolienne«, die gar keine war, und dann dachte sie traurig an Duvalier, der so oft stolz und amüsiert gesagt hatte: Das ist meine kleine begabte tyrolienne! Zu Philippe sagte sie: Nein, überhaupt nicht, leider, mon chéri, nicht einmal in einen Tiroler. Und lässig fügte sie hinzu, um wieder in den alltäglichen Ton mit ihm hineinzufinden: Nur, ich weiß nicht, wie ich es dir sagen soll, und gleich in der ersten Stunde, ich glaube, ich werde furchtbar viel Arbeit haben in der nächsten Zeit, du weißt doch, wie das ist, bitte nicht so enttäuscht aussehen, bitte nicht so!

Philippe sagte zärtlich: Nein, ma chérie, ich war doch nur so besorgt, deswegen habe ich auch so oft angerufen, denn ich habe mich jeden Abend miserabel gefühlt ohne dich, ohne deinen Rat, ich habe dich noch nie so gebraucht wie in diesen letzten Tagen. (Elisabeth dachte mild, nun übertreibe er doch sehr, denn es war ja nicht das erste Mal, daß er sie, wie noch nie zuvor, gebraucht hatte.) Dich anzulügen, das käme mir dermaßen schäbig vor, ich glaube, ich habe eine Riesendummheit gemacht, und ich muß es dir gleich jetzt sagen, nur am Telefon, da konnte ich nicht anfangen damit, weil ich merkte wie glücklich du warst in deinem herrlichen Landleben dort. Es ist wegen Lou.

Elisabeth, die sich jetzt wirklich wieder in Paris fühlte, schon einige Straßen erkannte und also auf einem sicheren Weg war zu ihrer Wohnung, sagte zerstreut und mitfühlend: Geht es ihr schlecht, ist sie krank, ist sie in Schwierigkeiten?

Nein, das nicht, sagte Philippe, es ist nur so idiotisch, denn man kann ihr nichts begreiflich machen, zuerst tun diese Mädchen so modern und frei, als wären sie vollkommen erhaben über bourgeoise Vorstellungen, und dann wollen sie eben doch geheiratet werden und schicken einem, wie in ei-

ner Schmierenkomödie aus dem vorigen Jahrhundert, den
Vater auf den Hals, der alte Marchand, verzeih, ich meine
Claude, er ist zu mir gestürmt wie der Rächer der Ehre seiner Tochter, du kennst ihn doch, ich meine, du kennst ihn
besser als ich. (Einen Moment lang sahen Elisabeth und
Philippe einander an wie Komplizen, aber nur einen un-
feststellbaren Moment lang, da jeder wußte, was der andere bei dem Namen Marchand dachte.) Ich kann mir nur
denken, daß alle Männer eben leider wieder altmodisch
werden, wenn es um ihre Töchter geht! Elisabeth unterbrach ihn: Also was ist mit Lou? Philippe sagte einfach:
Sie ist schwanger. Marchand haßt mich doch, und ich
wollte natürlich vor diesem stinkreichen Kapitalisten nicht
wie ein Idiot dastehen, ich habe ihm gesagt, daß ich nicht
daran denke, mich einer Verantwortung zu entziehen, da
ich immerhin, und obwohl ich nichts habe . . .
Das Wort »Verantwortung« hatte Elisabeth noch nie von
ihm gehört, und sie hoffte, er würde ihr Lächeln im Halb-
dunkel des Taxis nicht bemerken. Sie sagte: Chéri, einer so
großen Verantwortung kann man sich einfach nicht entziehen, weißt du, ich wollte dir ja nie mit Belehrungen kommen, aber da du selber davon sprichst, kann ich nur sagen,
daß ich das alles vorausgesehen habe, und wegen uns, du
weißt doch, es war eine so schöne Zeit, die wir miteinander
gehabt haben, zumindest für mich, und ich bin dir unendlich dankbar dafür, aber einer Verantwortung im Weg stehen, mon chou, das ist mir nie in den Sinn gekommen.
Er hatte also seinen Abgang und einen sehr guten obendrein, verbunden mit dem Eintritt in eine Welt, die er aufrichtig gehaßt hatte, auch noch lange nach seinem Mai-
rausch, auch noch in der Zeit, in der Elisabeth ihn heraus-
gezogen hatte aus seinen Depressionen, aus dem Trinken,
den immer sinnloser werdenden Diskussionen und Wut-
ausbrüchen, die bald nicht mehr dem Regime, dem Kapita-
lismus und Imperialismus galten, sondern schon seinen Ge-

nossen, die in viele Splittergruppen zerfielen und einander bekämpften. Trotz all ihrer Torheiten hatte sie immer eine glückliche Hand gehabt und immer die besten Gestrandeten aufgelesen. Philippe war einmal zu ihr gekommen nach dem Ende der Mairevolution und wollte etwas von ihr, er hatte sich ziemlich arrogant aufgeführt, denn für ihn war sie eines dieser verabscheuenswerten Luxusgeschöpfe, nicht gerade eine Kapitalistin, aber doch eine Kapitalistenhure. Nach und nach hatte sich das geändert, er kam immer öfter zu ihr, redete stundenlang mit ihr, schleppte ihr haufenweise junge Leute an, die unendlich viel zu essen und zu trinken brauchten und sie kaum zum Arbeiten kommen ließen, und eines Tages fing er an, ein wenig über sie nachzudenken, und wunderte sich. Mit ihm ins Bett wollte sie auch nicht, vielleicht tat sie das nur mit einem Marchand, der ihr teure Kleider kaufen konnte, aber dann kam er dahinter, daß ihr kein Mann Kleider kaufte, daß ihr vielleicht noch nie einer eines gekauft hatte und daß sie zwar Geld verdiente, aber arbeitete dafür. Eines Tages bildete er sich ein, verliebt zu sein oder jedenfalls nicht mehr ohne sie sein zu können, und nachdem er ihr das erklärt hatte, sagte sie mehrmals lachend nein, aber eines Tages gab sie ihren Widerstand auf, und sie lebten miteinander.

Jetzt, in diesem Taxi, das so verdammt lange brauchte, beobachtete er sie andauernd und angstvoll, nein, sie sah nicht totenblaß aus, doch sie war ja fast immer braun, weil sie auch im Winter in Länder fuhr, in denen es heiß war, aber sie fing auch nicht an zu weinen, sie warf sich nicht an seinen Hals und fing nicht an, ihn mit Beschuldigungen zu vernichten. Es war ihm unklar, wie er sich benehmen sollte, denn sie war einfach taktlos, herzlos, da er wirklich das Bedürfnis hatte, über Lou und die blödsinnige Entwicklung in diesen letzten Tagen zu sprechen. Denn es fiel ihm doch nicht leicht, diese Lou einfach zu heiraten, und einen Rat hätte er unbedingt gebraucht. Aber sie lächelte bloß, während er auf eine dramatische Szene vorbereitet war, denn mit einer Frau, die älter war, mußte man ja auf alles gefaßt sein, er hatte sich deswegen auch mit einem Freund beraten, dem letzten, der ihm geblieben war aus der Zeit der Sorbonne-Schlachten, denn er wollte wirklich nicht, daß Elisabeth seinetwegen zusammenbrach, wegen Lou womöglich Selbstmord beging, er war jedenfalls nicht ein Claude Marchand oder eine dieser Kreaturen, mit denen sie es bisher zu tun gehabt hatte, er gab sich wenigstens zu, daß er sie oft genug angelogen und auch mißbraucht hatte. Aber wahrscheinlich war der armen Elisabeth die ganze veränderte Situation noch nicht zum Bewußtsein gekommen, und erst zuhause oder erst morgen oder übermorgen würde dann der Zusammenbruch kommen, das sah er genau voraus. Natürlich hatte sie eine großartige Beherrschung und diese Allure, aber andernfalls hätte er sich doch nie mit ihr eingelassen. Wegen des Geldes, sagte Philippe, es ist sicher nicht der richtige Moment, aber ich will, daß du weißt, daß ich weiß, wieviel ich dir schulde und wie dankbar ich dir bin. Ich glaube, ich kann jetzt sehr bald, wenn der Film . . .

Wie bitte? fragte Elisabeth abwesend. Aber das ist doch absurd, ich weiß nicht, warum du es so eilig hast, ich bin doch nicht am Verhungern, sondern habe sogar ziemlich viel Geld verdient in den letzten Monaten. Nein, Geld, weißt du, mach dir keine Sorgen, ich habe soviel Glück gehabt, immer wieder, und welche Rolle könnte Geld zwischen uns überhaupt spielen? Ich verstehe dich wirklich nicht.

Philippe dachte verzweifelt: Ah, jetzt wird es ihr bewußt, jetzt kommt gleich der Zusammenbruch. Denn Marchand hatte wirklich Geld, und Elisabeth arbeitete nur und verdiente damit Geld.

Sie stiegen aus, sie zahlte, ließ sich aber gerne von Philippe die Koffer hinauftragen. Sie hatte nie Koffer tragen mögen, aber heute war sie tatsächlich zu schwach dazu. In der Wohnung wurde die Situation wirklich peinlich, weil Elisabeth den Faden vollkommen verloren hatte. Sie begann sinnlos: Falls du mit Marchand nicht zurecht kommst, der sich natürlich für seinen Engel eine andere Partie vorgestellt hat – Philippe fiel ihr ungeduldig ins Wort: Du weißt so wenig wie er, daß Lou kein Engel ist, außerdem ist sie süchtig, und ich mag keine süchtige Frau heiraten, vor allem einmal muß sie gesund werden und weg aus dieser Clique, in der sie lebt.

Elisabeth sagte vernünftig: Daß du heiratest, das ist doch bereits abgemacht, es war doch nicht meine Idee.

Philippe stand unglücklich in dem Zimmer herum, in dem er sooft gesessen und selbstverständlich herumgegangen war. Elisabeth sagte: Verzeih, ich will nur die Post überfliegen, und sie riß rasch einige Briefe auf. Philippe, der ihr zuerst nur konsterniert zugesehen hatte, setzte sich neben sie und küßte ihre Hand, er fragte: Bist du böse, bist du traurig?

Sie sah ihn erstaunt an: Sehe ich böse aus, sehe ich traurig aus? Todmüde gewiß, das ja. Aber das ist doch natürlich nach einem langweiligen Aufenthalt in Österreich und einer Hochzeit in London und ähnlichen Vergnügungen.

Sie schob immer mehr Briefe und Drucksachen weg und suchte nur noch die Telegramme heraus. Das erste Telegramm war für sie völlig unverständlich. Es fing mit »merde« an, und hörte mit Zärtlichkeiten auf, unterschrieben von André. Aber André schickte keine Telegramme ohne präzise Inhalte. Das zweite Telegramm war uninteressant, das dritte ging über drei Seiten und war wieder von André, es mußte also vorher aufgegeben worden sein, denn zwischen stop und stop und stop stand etwas von Kemp und ulcer, also Magengeschwür. Nun ja, schließlich wußten sie alle, daß Kemp schon lange eine komplizierte Magengeschichte hatte, und das mußte man ihr nicht telegrafisch mitteilen. Aber nach noch einmal stop begriff sie, daß Kemp operiert werden müsse und also nicht fahren könne, und nachdem sie die zweite Hälfte des Telegramms noch einmal gelesen hatte, ging ihr endlich auf, daß André sie bat, an Stelle von Kemp, nach Saigon zu fliegen. Es war das längste Telegramm, das sie je bekommen hatte, aber die scheuten ja keine Kosten in der Redaktion, wenn es um eine Berichterstattung von Qualität ging.

Da Elisabeth unnatürlich lang dieses Telegramm studierte, es dann auf den Tisch legte, aber noch immer anstarrte, fragte Philippe, dem jede Minute in dieser Wohnung elender wurde, ob es eine wichtige Nachricht sei, und sie sah ihn erleichtert an und sagte, etwas froher: Ja, ich glaube ja. Sei lieb, geh bitte in die Küche und hol uns etwas Eis und mach uns zwei drinks, denn wir müssen ja auf alles Mögliche trinken. Auf so viele Veränderungen! Nie hatte sie Philippe so rücksichtsvoll oder eingeschüchtert gesehen, auch so jung nie, und sie war ein wenig traurig, weil er nicht mehr der unleidliche anmaßende selbstbewußte gescheiterte Rebell von vor zwei Jahren war, sondern nicht anders aussah als ein beliebiger junger Mann, ein unsicherer Liebhaber, der sich heute hüten würde, sie auch nur einmal zu verärgern. Philippe stellte die Gläser auf den Tisch und schenkte ein, er tat alles wie sonst, und sie lächelten und tranken einander zu.

Ist es etwas Schönes oder wenigstens nichts Schlimmes? fragte Philippe. Sie sagte: Schön oder schlimm, das sind nicht die richtigen Worte dafür. Aber ich möchte mit dir doch noch einmal ein Glas trinken. Philippe dachte offenbar immer noch, daß sie zusammenbrechen könne, daß er bei ihr bleiben müsse diese Nacht und keine Gelegenheit mehr finden würde, heute abend Lou anzurufen. Er war heute trotzdem zu allem bereit, denn er hatte eine Verantwortung, sogar Elisabeth gegenüber. Sie schob ihm beiläufig das Telegramm hin und sagte: Lies es, es ist besser, wenn du weißt, was darin steht. Er las es auch zweimal, während er ein paar Schlucke trank, und eine Weile blieb er stumm. Er stellte sein Glas auf den Tisch und sagte: André muß wahnsinnig sein, das kommt nicht in Frage, du gehst nicht, ich verbiete es dir.

Sie schaute ihn genau an, in einer grenzenlosen Verwunderung, denn was ging ihn das noch an, und er hatte doch jetzt eine so große Verantwortung, doch sie betraf Lou, aber nicht sie. Nur konnte sie ihm das alles nicht mehr sagen, weil sie zu müde war, und sie sagte nur nachgiebig: Ich kann dir nur versprechen, daß ich André heute nicht mehr anrufe, ich werde ihn bis morgen früh schmachten lassen, aber dann fahre ich. Ich weiß genau, daß ich fahren werde, ich brauche keinen Entschluß zu fassen, ich weiß es schon. Und jetzt geh du bitte. Ja?

Sie küßte ihn nicht, und ließ sich nicht von ihm küssen, sie wich ihm aus, erst vor der Tür küßte sie ihn flüchtig auf eine Wange und legte die Arme einen Augenblick um ihn. Philippe sagte aufgebracht, hilflos und wütend: Du darfst nicht gehen, niemals, das darfst du nicht tun!

Aber sein Satz hatte nichts mit dem Satz Trottas zu tun, seine Stimme hatte nichts von der Stimme Trottas, die sie seit fast zwanzig Jahren im Ohr hatte, und sie glaubte nur mehr ihrer Stimme und auch den ganz anderen Stimmen ihrer Trottas, die sich diesmal nicht gegen sie richteten. Philippe stand noch immer an der Tür, mit einem bösen aggressiven Gesicht, und so liebte sie ihn wieder einen Augenblick lang, und er schrie beinahe: Dieser Hanswurst ist völlig verrückt, wie kann man nur eine Frau dahin schicken, er wird doch noch ein paar Männer in der Reserve haben, diese Canaille.

Sie mußte lächeln und schob ihn aus der Tür, sie versprach ihm noch, ihn am nächsten Tag anzurufen.

Elisabeth, die früher nie das geringste Mitleid mit Philippe gehabt hatte, überkam ein so großes Mitleid mit ihm, und

während sie sich auszog, schon zu müde, um sich abzu-
schminken, dachte sie, es sei also alles gut ausgegangen,
gut zwischen ihnen beiden, er war in Sicherheit. Nur, wo
war der Mai geblieben? Sie trank noch ihr Glas aus und
warf sich auf das Bett. Sie mußte sofort eingeschlafen sein,
als ein erster Traum sie aus ihrem Schlaf sprengte, und sie
streckte die Hand nach dem Telefon aus, murmelte: Hallo!
Es konnte nur André gewesen sein, aber sie hatte sofort
wieder eingehängt und griff nur nach dem kleinen ver-
knüllten Zettel, den sie unter ihr Kopfpolster schob, ehe sie
einschlief, schon am Schlafrand getroffen von einem
Traum, und sich an den Kopf griff und an ihr Herz, weil
sie nicht wußte, woher das viele Blut kam. Sie dachte trotzdem noch: Es ist nichts, es ist nichts, es kann mir doch gar
nichts mehr geschehen. Es kann mir etwas geschehen, aber
es muß mir nichts geschehen.

Ingeborg Bachmann

Anrufung des Großen Bären
Gedichte. 6. Aufl., 22. Tsd. 1974. 84 Seiten. Pappband

Das dreißigste Jahr
Erzählungen. 5. Aufl., 31. Tsd. 1975. 247 Seiten. Leinen

Der Fall Franza /
Requiem für Fanny Goldmann
2. Aufl., 12. Tsd. 1979. 192 Seiten. Leinen

Die gestundete Zeit /
Anrufung des Großen Bären
Gedichte. 4. Aufl., 25. Tsd. 1980. SP 78. 142 Seiten. Kart.

Die Hörspiele
Ein Geschäft mit Träumen – Die Zikaden – Der gute
Gott von Manhattan. 1976. SP 139. 172 Seiten. Kart.

Simultan
Neue Erzählungen. 2. Aufl., 29. Tsd. 1974. 233 Seiten.
Leinen

Werke
Vier Bände, hrsg. von Christine Koschel, Inge von
Weidenbaum, Clemens Münster. 1978. 2397 Seiten.
Leinen

Aldous Huxley

Eiland
Roman. Aus dem Englischen von Marlys Herlitschka. 2.
Aufl., 10. Tsd. 1973. 344 Seiten. Leinen

Das Genie und die Göttin
Übersetzt von Herberth E. Herlitschka. Neuausgabe. 3.
Aufl., 14. Tsd. 1977. Piper-Präsent. Geb.

Eine Gesellschaft auf dem Lande
Aus dem Englischen übertragen und mit einem
Nachwort von Herbert Schlüter. 2. Aufl., 5. Tsd. 1977.
248 Seiten. Leinen

Meistererzählungen
Aus dem Englischen von Herberth E. Herlitschka/Herbert Schlüter. 1979. 343 Seiten. Geb.

Parallelen der Liebe
Roman. Aus dem Englischen übertragen und noch für
diese Ausgabe neu durchgesehen von Herberth E.
Herlitschka. 1974. 369 Seiten. Leinen

Die Pforten der Wahrnehmung –
Himmel und Hölle
Übersetzt von Herberth E. Herlitschka. 8. Aufl., 43. Tsd.
1979. 123 Seiten. Serie Piper 6. Kart.

Die Teufel von Loudun
Aus dem Englischen von E. Herlitschka. 2., neu
durchgesehene Aufl., 7. Tsd. 1978. 399 Seiten mit 7
Abb. Leinen

Italienische Autoren

Giorgio Bassani
Die Gärten der Finzi-Contini
Roman. Aus dem Italienischen von Herbert Schlüter. 4.
Aufl., 12. Tsd. 1975. 359 Seiten. Leinen

Eugenio Montale
Die Straußenfeder
Erzählungen. Auswahl, Übersetzung und Nachwort Alice
Vollenweider. Neuausgabe. 2. Aufl., 5. Tsd. 1975.
145 Seiten. Serie Piper 145. Kart.

Elsa Morante
La Storia
Roman. Aus dem Italienischen von Hannelise
Hinterberger. 1976. 631 Seiten. Leinen

Mario Soldati
Die amerikanische Braut
Aus dem Italienischen von Heinz Riedt. 1979.
279 Seiten. Geb.

Giuseppe Tomasi di Lampedusa
Der Leopard
Roman. Aus dem Italienischen von Charlotte Birnbaum.
12. Aufl., 184. Tsd. 1973. 338 Seiten. Geb.

Giuseppe Ungaretti
Die späten Gedichte
Italienisch/Deutsch. Übertragung und Nachwort
Michael Marschall von Bieberstein. 1974. 121 Seiten.
Pappband